CAROLINA DE ROBERTIS

LA MONTAÑA INVISIBLE

Carolina De Robertis creció en una familia uruguaya que emigró a Inglaterra, Suiza y California. Su ficción, no ficción y traducciones literarias han aparecido en *ColorLines*, *The Virginia Quarterly Review* y *Zoetrope All-Story*, entre otras publicaciones. Además, su traducción de la novela chilena contemporánea *Bonsái*, de Alejandro Zambra, se publicó en 2008. Vive en Oakland, California, donde está trabajando en su segunda novela.

LA MONTAÑA INVISIBLE

CAROLINA DE ROBERTIS

VINTAGE ESPAÑOL
Una división de Random House, Inc.
Nueva York

PRIMERA EDICIÓN VINTAGE ESPAÑOL, AGOSTO 2010

Biblioteca del Congreso de los Estados Unidos
Información de catalogación de publicaciones
De Robertis, Carolina.
[Invisible mountain. Spanish]
La montaña invisible / by Carolina De Robertis.—1st. ed. Vintage Español.
p. cm.
ISBN: 978-0-307-47235-9
1. Mothers and daughters—Fiction. 2. Uruguay—Fiction. I. Title.
PS3618.O31535I6818 2010
813'.6—dc22 2010017505

Traducción de Pilar De La Peña y Gerardo Di Masso

www.grupodelectura.com

Impreso en los Estados Unidos de América
10 9 8 7 6 5 4 3 2 1

Tonita y Pamela,
este libro es para ustedes

"Pero tú, ¿por qué regresas a tanto infortunio? ¿Por qué no asciendes la deliciosa montaña, la fuente y causa de toda felicidad?"

—DANTE ALIGHIERI, *El infierno*

"Un silencio tan grande que la desesperanza es humillada. Montañas tan altas que la desesperanza es humillada".

—CLARICE LISPECTOR, *Soulstorm*

CONTENIDO

PAJARITA

uno

LA NIÑA QUE APARECIÓ EN UN ÁRBOL

Cuando Salomé escribió a su hija —por entonces ya una jovencita, una desconocida, a miles de kilómetros de distancia—, le dijo que *todo lo que desaparece está en alguna parte,* como si la física pudiera hacer retroceder el tiempo y salvarlas a las dos. Era una máxima que había aprendido en el colegio: la energía no se crea ni se destruye. Nada desaparece de verdad. También las personas son energía y cuando no se las puede ver es porque han cambiado de sitio, o de forma, o ambas cosas. La excepción son los agujeros negros, que se tragan las cosas sin dejar el más mínimo rastro, pero Salomé dejó que su bolígrafo siguiera moviéndose como si estos no existieran.

Las faldas húmedas se le pegaban a las piernas y el bolígrafo continuaba moviéndose y moviéndose sin que su mano pareciera empujarlo, formando las puntas, los picos y los capiteles y los bucles de las palabras cursivas, tes y jotas agudas, íes griegas y ges con nudos en la base como para unirse unas a otras, para reunir a las mujeres, y mientras escribía los bucles se agrandaban mayores, como si hiciera falta más cuerda para amarrar lo que el viento se había llevado de su interior, y no sólo de su interior sino también de su alrededor, y de delante de ella, en tiempos de su madre, en los de su abuela, la multitud de historias que Salomé no había vivido sino que habían llegado a ella como llegan las historias: en abundancia, sin avisar, a veces poco a poco, otras con una fuerza que podía ahogarte o catapultarte al cielo. Otras historias nunca habían llegado, no se habían contado. Dejaron un silencio hueco en su lugar. Pero, si era cierto que todo lo que desaparecía estaba en algún lugar, entonces hasta aquéllas aún respiraban y resplandecían en alguna parte, en los rincones ocultos del mundo.

El primer día de un siglo nunca es como los demás, menos aún en Tacuarembó, Uruguay, un pueblo diminuto, conocido por empezar los siglos con algún milagro peculiar. Por eso los habitantes de aquella localidad estaban preparados esa mañana, dispuestos, intrigados, inquietos, borrachos algunos, rezando otros, bebiendo algunos más, metiéndose mano bajo los arbustos otros, o apoyados en las sillas de montar, llenando de mate las calabazas, esquivando el sueño, asomándose a la pizarra de un siglo nuevo.

Un siglo antes, en 1800, cuando Uruguay aún no era un país sino una franja de tierra colonial, habían aparecido unas canastas enormes de frutos silvestres púrpura en el altar de la iglesia. Aparecieron de la nada, suculentas y perfectamente maduros, en cantidad suficiente para alimentar a dos poblaciones como aquélla. Un monaguillo llamado Robustiano había visto al cura abrir la puerta y encontrarse el obsequio abrasándose de calor a los pies de Cristo. Durante años Robustiano describiría el semblante del cura al ver aquellos frutos silvestres sudando al sol de las vidrieras, tres canastas tan anchas como el pecho de dos hombres, su fragancia elevándose para embriagar a Dios. Robustiano pasó el resto del día, y el resto de su vida, relatando lo sucedido. "Se puso pálido, blanco como el papel, luego se puso colorado, los ojos se le quedaron en blanco y, páfate, ¡se desplomó al suelo! Me acerqué corriendo a zarandearlo y le grité 'Padre, padre', pero estaba duro como una piedra". Años después añadiría: "Fue el olor lo que pudo con él, ¿sabés?, como el olor de una mujer satisfecha. El pobre padre. Todas aquellas noches solo... No pudo soportarlo, aquellos frutos calentados por el sol, en su iglesia, demasiado para un cura".

Mujeres, gauchos y niños fueron a darse un banquete de frutos silvestres. Los bancos no estaban acostumbrados a semejante multitud. Los frutos eran pequeños y bulbosos, maduros y ácidos, distintos a cualquier cosa que hubieran visto crecer en aquellas tierras. Cuando el pueblo se echó a dormir una digestiva siesta, una mujer octogenaria se acercó al altar y contó el relato que había oído en su juventud sobre los milagros que sucedían en Tacuarembó el primer día de cada siglo. "Les digo —aseguró— que éste es nuestro milagro". Su barbilla peluda estaba manchada de un convincente jugo púrpura. Los milagros son milagros, señaló; llegan sin avisar, carecen de explicación y no hay garantía de que te den lo que querés. Y aún así los aceptamos. Son los huesos escondidos de la vida corriente. Les contó la historia del día de Año Nuevo de hacía cien años, en 1700, tal y como se la habían contado a ella y nadie tuvo una razón decente para ponerla en duda: aquel día, habían rondado el aire canciones en una antigua lengua nativa, el tupí-guaraní, desde un amanecer hasta el siguiente. Aunque corría sangre indígena por las venas de casi todos los tacuaremboenses, incluso entonces muchos habían perdido ya su lengua. No obstante, los sonidos eran inconfundibles: los golpes guturales, el tono cantarín como el del arroyo sobresaltado por las piedras. Todos las oían pero nadie sabía quién las cantaba; la música cabalgaba incorpórea, potente, accidentada, al viento.

Pajarita oyó todas estas historias de niña: la de los frutos silvestres, la de las canciones, la de la mujer de piel púrpura. No tenía ni idea de cómo sonaba el guaraní. Lo único que oía en casa era el español de Tacuarembó, el murmullo del fuego, el sonido entrecortado del cuchillo al cortar la cebolla, el leve roce de la falda de su tía Tita, el intenso lamento de la maltrecha guitarra de su hermano, los cuervos afuera, los cascos de los caballos, las protestas de los pollos, a su hermano regañando a los pollos, el constante plegar, limpiar, remover, cortar, barrer y verter de la tía Tita. La tía Tita apenas hablaba, salvo cuando contaba alguna historia, y entonces era imparable, exhaustiva y exigía una atención absoluta. Las contaba mientras cocinaba. Brotaban, fluían, escapaban de ella, las derramaba por todas partes, llenando la casita de una sola habitación de espectros fluidos de los muertos.

—Tenés que saber —decía— por qué a tu hermano lo llamaron Artigas —y ésa era la señal para que Pajarita se acercara a cortar la carne para el estofado. Conocía los contornos de la historia como conocía la forma del cuchillo antes de asirlo. Asentía con la cabeza y aguzaba tanto el oído que le parecía que las orejas se le ponían tan grandes como la boca de un pozo.

—Se llama así por tu bisabuelo. Ya sé que algunos no lo creen, pero José Gervasio Artigas, el gran libertador de Uruguay, es mi abuelo. De verdad. Sí, encabezó la lucha por la independencia, con los gauchos, los indios y los esclavos liberados. Todos saben que hizo eso y la próxima vez te contaré la historia. Pero también plantó su semilla en el vientre de la hija de un gaucho con una melena hasta las rodillas. Analidia. Hacía las mejores morcillas de este lado del Río Negro. Tenía catorce años. Nadie te va a creer, pero no debes dejar que eso te importe, tenés que esforzarte por mantener viva la historia. Mirá, Pajarita, cortá la carne un poco más chica. Así.

Observó a Pajarita hasta que estuvo satisfecha, luego se inclinó sobre la lumbre y removió las brasas. La muchacha de pelo negro que sostenía las morcillas rondaba a su espalda, translúcida, con los ojos muy abiertos, abriendo y cerrando las manos alrededor de la carne.

—Pues, el tal José Gervasio pasó una noche en 1820 sudando sobre unos cueros frescos con Analidia, justo antes de que lo derrotaran los brasileños. Huyó a los bosques paraguayos y nunca se lo volvió a ver. Analidia dio luz a una niñita perfecta. Esperanza.

Mi madre. ¿Recordás su nombre? Era más fuerte que un toro de estampida. Cuando creció, se enamoró del Facón, ese gaucho loco, tu abuelo. Al nacer, lo registraron como Ricardo Torres, pero no demoró en ganarse su verdadero nombre. Nadie maneja el facón como lo hacía él. Me gustaría ver a los ángeles intentarlo.

Mientras seguía troceando y troceando, Pajarita imaginó a su abuelo, el Facón, de joven gaucho, con el facón apuntando al cielo, la hoja resplandeciente, goteando al suelo sangre fresca y roja de toro.

—En aquellos días, antes de que naciéramos tu padre y yo, el Facón era famoso por su voz dulce, su temperamento irritable y su puntería mortal. Merodeaba las tierras a sus anchas, con su facón, sus bolas y su lazo, persiguiendo al ganado y llevándose después la carne y los cueros a los puertos. Le traía regalos a Esperanza, joyas de la India y de Roma, recién salidas de barcos exóticos, pero a ella le importaban más bien poco. Se amontonaban en un rincón de la choza donde vivían. Ella lo único que quería era tenerlo a su lado, por eso sufría. Cuando nací yo, estaba sola. Se enfermaba al leer las hojas de té de ombú y de ceibo, que guardaban terribles advertencias. Advertencias obvias. Había guerra por todas partes. En todas las estaciones, aparecía un nuevo tirano que reunía un ejército, asesinaba a un ejército, tomaba el poder o lo perdía. Los hombres jóvenes se hacían pedazos unos a otros y se echaban a los perros. Se derramaba tanta sangre que la tierra debería haberse vuelto roja. No pongas esa cara, Pajarita. Mirá, ya hierve el agua.

Pajarita se agachó junto al horno de tierra incandescente y apiló la carne en la cazuela. Era carne de vaca, no de hombre joven. El sol de última hora esmaltaba el suelo de tierra, la mesa, las pieles para dormir; pronto habría que encender la lámpara.

—Y allí estaban, el Facón y Esperanza, viviendo en el campo destrozado por las luchas. Entonces llegaron los hermanos Saravia. Aparicio y Gumersindo, el condenado de Gumersindo, y organizaron su ejército aquí, en Tacuarembó. Estaban decididos a lograr la independencia del último tirano, convencidos de que ganarían. Tu abuelo el Facón se creyó todo lo que decían. Salió con ellos de Uruguay, hacia Brasil, al campo de batalla. Allí vio cosas de las que jamás habló, de las que juró que no diría una palabra ni en el infierno. Que ni el mismo diablo las soportaría, solía decir. Así que no las sabemos. Pero sabemos que enterró a Gumersindo con sus propias manos, luego vio al enemigo desenterrarlo, cortarle la cabeza y pasearla por todas partes. Bueno, después de eso, tres años más tarde, el Facón se volvió a Esperanza temblando. Se hicieron este ranchito, este en el que estamos ahora, y aquí nació tu padre, igual que tu hermano Artigas. Y de ahí viene su nombre.

La tía Tita revolvió el guiso y se quedó en silencio. Pajarita limpiaba los cuencos y los cuchillos mientras pensaba en cabezas cortadas, larguísimas melenas y joyas de ultramar.

Artigas, el hermano de Pajarita, recordaba perfectamente el día en que la tía Tita había ido a vivir con ellos: fue en 1899, cuando Pajarita nació por primera vez, antes de lo del árbol, antes del milagro.

Ese año él había cumplido cuatro años y su madre, la Roja, había muerto al dar a luz. No dejó otra cosa que un mar de sangre y un bebé de grandes ojos negros. El parto anterior también había terminado en muerte, pero había sido el bebé el que había muerto y Mamá la que se había quedado para cocinar y cantar otro día. Esta vez dejó de moverse. La sangre empapó el montón de pieles que la familia usaba para dormir y las dejó muy estropeadas, por eso Artigas se asustó cuando vio que, llorando, su padre se frotaba la cara con ellas y se teñía de rojo la piel. También el bebé lloraba. Miguel la ignoró. Aquella noche no durmieron. Por la mañana, llegó la tía Tita y echó un vistazo a la choza. El taburete de cráneo de vaca de la Roja ya no ocupaba su lugar en la mesa. Miguel lo sostenía con ambas manos, sentado inmóvil, de cara a la pared. A su espalda, Artigas, sentado en unas pieles empapadas de sangre coagulada, sostenía a un bebé inquieto. El horno de tierra estaba frío y vacío; la tía Tita lo llenó de leña. Fregó las manchas de sangre de las paredes, hizo tortas fritas, sacó afuera las pieles estropeadas y lavó la ropa. A cuatro cerros de distancia, encontró una madre joven que amamantara al bebé sin nombre. "Esa bebita", la llamaban por los pozos de Tacuarembó.

La tía Tita se quedó con ellos, y Artigas se alegró; su tía era como un ombú, de tronco grueso y silencio elocuente. Él se acurrucaba en su sombra. Dormía apoyado en la cálida corteza de su cuerpo. Las estaciones se llevaban el frío, traían el calor y luego otra vez el frío. Miguel se endureció, como la carne al humo. Ni tocó al bebé. Una noche que el viento invernal se colaba por las grietas de las paredes y, afuera, las copas de los árboles se balanceaban en un cielo claro en que la luna se veía tan grande como para parir un ternero de su vientre, el bebé lloraba en brazos de Tita.

—¡Hacela callar, Tita! —dijo Miguel.

—Es el viento. Y que le están saliendo los dientes.

—¡Pues matá a la putita!

Artigas se agazapó en las sombras. Su hermana sin nombre miraba a su padre con ojos grandes.

—Miguel —replicó Tita.

—¡Callate!

—Miguel. Tranquilizate.

—Estoy tranquilo. Te dije que la mates.

La tía Tita abrazó con fuerza al bebé y miró fijamente al hermano de la niña, quien miraba al bebé, quien a su vez no desviaba la mirada. Artigas sintió ganas de defecar; no soportaba la expresión del rostro de su padre, un gesto con el que habría podido hacer pedazos a un hombre. El fuego se iba consumiendo y crepitaba, y su padre dio media vuelta y salió apartando la cortina de cuero que cubría la puerta. Artigas lo imaginó afuera, solo, bajo un manto de estrellas y lo oyó montar y alejarse a caballo por la tierra plana.

A la mañana siguiente, el bebé no estaba. Aunque dormían todos en la misma piel, la familia Torres no había notado que se marchara. La batida de la zona no produjo resultados: ni huellas de gateo, ni pistas, ni cadáveres diminutos. Una semana después de su desaparición, los chismosos de Tacuarembó decidieron que había muerto o, en palabras de la devota doña Rosa, que los ángeles se la habían llevado al cielo. Había muerto de inanición. Había muerto por abandono. Había muerto en las garras de una lechuza, sin nombre, no deseada. Miguel no pronunció palabra al respecto, ni asintió ni disintió, ni lloró ni sonrió.

Sólo la tía Tita siguió buscando al bebé, al ritmo infatigable de una yegua. Miró por todas partes: en campos verdes, colinas, entre tupidos arbustos, en árboles altos, vetustos o frondosos, en la pendiente soleada que conducía al pueblo, en la plaza, la iglesia, los tres pozos de piedra, las casas, los ranchitos que salpicaban el paisaje, pequeños cubículos de ventanas recortadas, en cuyo interior esperaban las mujeres para chasquear la lengua y negar con la cabeza. Por la noche, la tía Tita preparó un té de hojas de ombú y ceibo y examinó las formas húmedas y calientes en busca de algún indicio del paradero de la niña, o al menos de su muerte. Pero no halló ninguno. La búsqueda prosiguió.

Se llevó a Artigas en algunas de sus batidas. Una de ellas lo marcó para siempre (y le hizo preguntarse, años más tarde, siendo ya un hombre maduro que paseaba sus rifles por la selva, si de no haber sido por aquel día habría envejecido sin pena ni gloria en Tacuarembó). Ocurrió un domingo que empezó con una misa en la iglesia del pueblo, lugar que Artigas odiaba porque le recordaba a la última vez que había visto a su madre, envuelta en ropas negras y flores silvestres. El cura habló con una pasión que le llenó de saliva los labios y a Artigas le dolieron las rodillas. De camino a casa, su tía tiró de las riendas y cambió de rumbo sin advertencia o explicación alguna. Artigas miró a su alrededor y examinó los pastizales, los altos eucaliptos y los rebaños de ovejas distantes. Ni rastro de su hermana. Avanzaron en silencio, abrasados por el sol.

Pasó una hora. Artigas empezó a inquietarse.

—¿Cuánto más vamos a buscar, tía? —preguntó.

Ella ni contestó ni aminoró la marcha. Sus faldas siseaban al contacto con la piel del caballo. Quizá se hubiera desviado en busca de algún brote especial, una hoja torcida o una raíz amarga para uno de sus tés o bálsamos curativos. Siempre andaba buscando. En el pueblo era famosa por levantarse las faldas hasta los muslos para recoger en ellas los hierbajos arrancados de las tierras de otros. Los chicos de los Escayola se burlaban de él: "Le vi a tu tía las piernas cubiertas de barro", "Tu tía es una loca que anda persiguiendo a bebés muertos". Artigas llegaba a casa lleno de rasguños, sangrando y victorioso.

Cuando la tía Tita al fin se detuvo, bajó del caballo y permaneció inmóvil. Él se dejó caer tras ella.

Estaban en un campo desconocido. No había vacas, ni ovejas, ni personas, ni bebés que cayeran del cielo. Nada salvo pasto y un par de ombúes. Vacío, vacío. No se encontraba a una hermana en un espacio vacío. Una niña pequeña no podía sobrevivír en plena naturaleza. Aunque la encontraran, estaría desfigurada, toda huesos blancos y carne roída, como el cuerpo sin vida de una oveja abandonada. Artigas se sentó y se quedó mirando la espalda de la tía Tita, la trenza larga y oscura que bajaba por el centro como una costura. Estaba quietísima. El muchacho esperó. No pasó nada. El sol apretaba. Artigas tenía calor y quería cachetear algo. A aquel campo yermo y mudo. A ese sol asfixiante. A la espalda singular e inerte de Tita. Se levantó de un salto.

—Tía, ¿qué hacemos aquí?

—Escuchamos. A los pájaros.

Artigas abrió la boca para protestar por aquella absurda respuesta, pero no salió nada, porque, en lo que tardó en inspirar, ya había sucedido, era demasiado tarde; el sonido del campo le inundó el cuerpo, los pájaros cantaban en el cielo y en las hojas, le estallaban los huesos, llevaba pájaros en los huesos, que trinaban, pequeños, sonoros y delicados, ocultos en la carne, ocultos en el follaje, diciendo lo indecible en plañidos, canturreos, aullidos, casi insoportables; el campo, aquellas pequeñas gargantas feroces, el mundo abierto, más allá de su entendimiento, y el sonido fue abriéndose poco a poco y derramó una música secreta que podía atraparlo y no devolverlo jamás. Lo invadió el terror y algo más, y tuvo ganas de orinar y de llorar pero no podía, así que enterró el rostro en la hierba con olor a monte y escuchó a los pájaros.

No encontraron a ningún bebé aquel día. De hecho, el día de Año Nuevo, no fue ni la tía Tita ni Artigas sino la joven Carlita Robles la que llegó galopando a la plaza con las noticias. Artigas vio ondear a la espalda de la muchacha sus trenzas color nogal, del mismísimo tono y brillo que su caballo, como si los hubieran sumergido en el mismo tinte. Se presentó en el momento más oportuno. El siglo ya tenía nueve horas. Los adoquines de la plaza crepitaban por la mirada fija del sol matinal. Aún quedaban algunos rezagados en el lugar de la fiesta: borrachos, jóvenes amantes, perros sin dueño, Artigas con su maltrecha guitarra (con la que se empeñaba, contra toda lógica, en penetrar las guaridas secretas del sonido). La devota doña Rosa aún no había salido de la iglesia. Llevaba allí desde medianoche. Había ayunado desde Navidad para que Dios no les mandara un milagro malo aquel año, una masacre, el cólera o una plaga de infidelidades (aunque nadie se tomaba demasiado en serio su campaña, porque hacía tres años, cuando su hijo había desaparecido con las fuerzas rebeldes de Aparicio Saravia, se había obsesionado con los ayunos y la oración y, cuando su marido no la encontraba, iba a buscarla a la iglesia donde se ocultaba la esposa penitente para llevársela a casa a que le hiciera la comida. Qué paciencia tiene el hombre, decía la gente. No es moco de pavo que te pongan los cuernos con Dios).

—¡Lo encontré... el milagro! —gritó Carlita—. ¡Hay un bebé en un árbol!

Artigas dejó de rasgar la guitarra, las parejas dejaron de besarse y Alfonso, el comerciante, levantó la cabeza del banco, atontado.

—¿Estás segura?

—Claro que estoy segura.

—Vamos a verlo.

Fueron primero a la capilla a contárselo a doña Rosa. La luz del exterior se coló por encima de sus cabezas y se encaminó furtivamente hacia los bancos, por el pasillo, iluminando la devota espalda de doña Rosa. Carlita sumergió los dedos en agua bendita y se santiguó deprisa. Artigas hizo lo mismo, por ella (era tan bonita).

—Doña Rosa —le susurró Carlita—. El milagro. ¡Hay un bebé en un ceibo!

Doña Rosa levantó la vista de su rosario.

—¿Un bebé?

—Sí.

—Ah. —Frunció el ceño—. Qué bendición.

Cabalgaron por el camino de tierra en dirección al margen oriental de Tacuarembó. Artigas se acomodó en el músculo equino caliente que tenía bajo las piernas. La noche que había pasado en vela le había dejado un barniz de agotamiento vigilante y no quería descansar. Montaría su caballo hasta los límites del pueblo, hasta los confines del mundo; era un siglo nuevo, cabalgaría sin parar, y el bebé podría ser, no, imposible, salvo que lo hubiera. Qué vivos los colores que lo rodeaban, el verde y dorado del pasto estival, el azul intenso del cielo matinal, la madera oscura de los ranchitos de los que salían más personas para unirse a su periplo. Las mujeres asomaban la cabeza empañolada entre las cortinas que cubrían los umbrales de las puertas en busca de noticias, luego dejaban sus guisos en ascuas. Los hombres, que bebían mate al sol, desataban los caballos y montaban en sillas a sus hijos.

El grupo se duplicaba y volvía a duplicarse, engrosándose como lo hacen los ejércitos al pasar por los pueblos. Cuando llegaron al ceibo, el sol ya había rozado su cenit y empezaba a descender. El árbol se alzaba imponente sobre el pozo del este y, en lo alto de su copa, a treinta metros de tierra firme, agarrada a una rama fina, había una niña.

No tenía ni un año. Su piel era dos tonos más clara que el chocolate caliente y tenía unos pómulos prominentes y un pelo caótico que le caía hasta la cintura desnuda. Su ojos eran redondos y esponjosos como un pastel de cumpleaños. No parecía ni asustada ni inquieta por bajar.

Artigas echó la cabeza hacia atrás. Ansiaba llamar su atención. *Mirame,* pensó.

—¡Es una bruja! —exclamó una mujer.

—¡Una bruja nos envió una brujita!

—No sean ridículos —espetó doña Rosa—. Es un ángel. Ha venido a bendecir a Tacuarembó.

—¿Con qué? ¿Con una lluvia de caquita?

—No es ningún ángel, no es más que una niña.

—Una niña sucia.

—A lo mejor es una de las criaturas de Garibaldi. Siempre están trepando a los árboles.

—A los árboles sólo trepan los chicos Garibaldi.

—Y sólo se trepan a los ombúes.

—Eso es cierto. ¿Quién podría trepar por este tronco?

Las cabezas de cincuenta tacuaremboenses se alzaron para mirar a la niña. El árbol parecía imposible de escalar. Si hubiera sido un ombú nativo, con sus ramas bajas y tentadoras, no habría habido milagro, ni leyenda, ni noventa años relatando la historia. Pero aquel era el ceibo más alto de Tacuarembó, su rama más baja se encontraba a varios metros del suelo. Nadie podía imaginar a un adulto bamboleándose hasta allí arriba con un bebé en brazos, menos aún a un bebé solo.

—Muy bien. Doña Rosa, ya tiene su milagro.

—Nuestro milagro.

—Un milagro es un milagro, ¿qué otra cosa hay que hacer?

—Sólo dar gracias a Dios.

—Si usted lo dice.

—Lo digo. Claro que lo digo.

—No pretendía ofenderla.

—Hmm.

—Vamos… no discutamos.

—Hay que encontrar un modo de bajarla.

—¡Una escalera!

—¿Por qué no sacudimos el árbol?

—No hay una escalera lo bastante alta… Lo sé porque las hago yo.

—Yo podría trepar el árbol…

—¡Si casi no puedes subirte al caballo, hombre!

—Deberíamos esperar una señal…

—¿Y qué? ¿Dejarla ahí hasta el siglo que viene?

La niña contemplaba el alboroto desde lo alto, impasible, casi sin moverse. Artigas pensó: *Mirame.* Volvió la cabeza, a un lado, al otro, y sus ojos se encontraron. Vos. Vos. Intercambiaron una mirada sólida, una mirada intensa, una mirada que era una rama entre los dos, invisible, inquebrantable, o eso parecía.

—La conozco —gritó Artigas—. Es mi hermana.

Cincuenta rostros se volvieron hacia el muchacho.

—¿Tu hermana?

—¿Qué hermana?

—Ah… se refiere a…

—Pobrecito.

—Mirá, Artigas —le dijo Carlita Robles arrodillándose a su lado—, no puede ser ella.

—¿Por qué no?

—Hace mucho que desapareció.

—No puede haber sobrevivido.

—Las niñas chicas no sobreviven solas.

—Pero ella sí —insistió Artigas.

Carlita y doña Rosa se miraron.

—Además —añadió el niño—, si no es ella, ¿de dónde ha salido esa niña?

Doña Rosa abrió la boca para hablar, pero volvió a cerrarla. Nadie dijo nada. Artigas volvió a mirar a la niña encaramada en lo alto del árbol. Ella le devolvió la mirada. Estaba lejos, muy cerca del cielo, pero habría podido jurar que le veía bien los ojos: aquellos pozos negros, tan abiertos, con sus venitas rojas en lo blanco. Se imaginó elevándose para encontrarse con ella.

—Esperame —le gritó al follaje.

Montó su caballo y bajó el cerro al galope.

Artigas encontró a la tía Tita en la puerta de la cabaña, desplumando un pollo. Desmontó deprisa y le contó todo lo ocurrido en la plaza aquella mañana, lo de la multitud que rodeaba el ceibo, la niña encaramada a la rama. Ella lo escuchó. Inclinó la cabeza al sol. Sus labios se movieron sin emitir ningún sonido. Se limpió las manos en el delantal y se lo desató.

—Vamos.

Cuando llegaron al ceibo, casi todo el pueblo había formado un círculo a su alrededor. Las mujeres habían traído a sus hijos, los hijos habían traído a los bisabuelos, los hombres a sus esposas, los perros de la plaza se habían traído unos a otros. Los caballos pastaban. Doña Rosa había sacrificado la delantera de su vestido para arrodillarse en el suelo y rezar intensamente con su rosario que el Papa le había bendecido hacia dieciséis años. El hijo del comerciante blandía una flauta de madera. Los perros ladraban y aullaban. Varios mates y canastas de empanadas circulaban de mano en mano. Surgían discusiones, que cesaban y volvían a surgir, sobre la niña, sobre los pastelitos, sobre quién había bebido tanto y cuánto y había hecho qué con quién en la plaza la noche anterior. La pequeña los miraba fijamente desde el elevado follaje, que la sostenía como los brazos de un guardián adoptivo.

La tía Tita y Artigas se deslizaron de la silla que compartían. La multitud enmudeció. La tía Tita no era alta, pero era grande de algún modo, de mandíbula prominente, imponente.

—Déjennos solos —dijo, mirando al bebé pero dirigiéndose a la muchedumbre. Nadie quería perdérselo, disolver el grupo, dejar que otro resolviera el problema. Pero no era fácil oponerse a la tía Tita, aquella mujer extraña, insondable, a la que recurrían para que sanara los achaques de los ancianos y los espumarajos de la boca de los soldados. Lentamente, a regañadientes, la multitud se dispersó.

—Vos también, Artigas.

El muchacho hizo lo que le mandaban. El cuerpo húmedo del caballo se movía bajo sus muslos. El aire estaba caliente, denso, pesado. Se unió a un pequeño grupo que se había formado a la sombra de un ombú y se volvió para mirar desde la silla, a Tita y la figura diminuta de aquella niña oscura recortada contra un cielo despiadado. Tita alzó los brazos y pareció esperar, entonces se agitó la copa del árbol y sus hojas y se combaron repentinamente las ramas y los brazos de Tita se cerraron en torno a algo que cayó con fuerza contra su pecho. Artigas vio a su tía alejarse del árbol, del pueblo, y volver a casa a pie. Cuando salió la luna, todo Tacuarembó sabía la historia de la caída convertida en vuelo o del vuelo convertido en caída.

La llamaron Pajarita.

No todas las vidas empiezan así. Mira a Ignazio Firielli. Jamás desapareció, ni reapareció, ni fue considerado un milagro por un pueblo entero. Aunque también tuvo su día mágico, cuando ya era un adulto que vivía lejos de casa, pero aun así ello no fue más que un día que sirvió únicamente para empujarlo hasta el amor. Así se lo contaba él, por lo menos, años después a sus nietos, sobre todo a Salomé, quien escuchaba, sonriente, con sus funestos secretos bien escondidos. Decía que el ver a determinada mujer hacía que le brotara magia de las manos. Era sólo como artista de carnaval, que ejecutaba desmañadamente sus trucos ataviado con un traje chillón. Pero la memoria es una experta prestidigitadora: puede sacar a la luz lo que reluce y dejar que la oscuridad se trague a la torpeza y el dolor.

Antes de saber nada de magia, de Uruguay, o de mujeres nacidas en los árboles, Ignazio conoció Venecia. La llevaba en el cuerpo: sus canales, extensos como venas; el bronce cantarino de su lengua; el olor a salmuera, a albahaca y a madera recién cortada del hogar de su familia. Sobre todo, conocía las góndolas. El negocio familiar consistía en fabricar góndolas de todos los tamaños y estilos. Junto a la ventana, había apoyados arcos de madera; podía recorrerlos con las manos y los ojos y saber que a esa ciudad pertenecía. Sus formas podían mantener a una persona deslizándose por la superficie del agua, no podía ahogarse, no se ahogaría, rodeada de tablones y proas, de góndolas para pescar, para hacer el amor, para ir al mercado y, sobre todo, góndolas para transportar a los muertos a la isla cementerio de San Michele.

Las góndolas vinculaban a los venecianos con sus difuntos. Vinculaban a Ignazio con sus propios muertos. Una historia de muerte y de góndolas vivía enterrada en los rincones de su casa. Cuando Ignazio tenía once años, su abuelo le reveló el pasado mientras estaban los dos solos sentados en el taller. Nonno Umberto no solía ser locuaz. Pasaba muchas horas junto a la ventana, sus manos huesudas en reposo, hamacándose en la mecedora que él mismo había tallado de muchacho. Contemplaba las casas que se reflejaban en el agua, la ropa tendida, tranquilo, callado, por mucho que se gritara en la cocina. Estaba sordo. Fingía ser sordo. Ignazio nunca supo con certeza cuál de las dos cosas era verdad. Llegaba y se sentaba en una banqueta a los pies de Nonno en busca de tranquilidad, aunque fuera fingida, y se encontró un día con el relato de una historia escurridiza, secreta, tan furtiva y acalorada como una confesión.

Hacía mucho, le explicó Nonno, la familia Firielli se ganaba la vida modestamente construyendo góndolas sencillas. Llevaban siglos haciéndolo, y daban por sentado que lo harían durante muchos más. Aprendió el negocio desde niño. Se hizo mayor. Se casó. Tuvo siete hijos, y su familia también vivió entre cortes de madera de salina en estado puro de formación. Era una mala época para Venecia. El cólera se propagaba rápidamente; nadie tenía comida suficiente; los cadáveres llenaban uno tras otro el cementerio de San Michele.

—Los austríacos —Nonno Umberto agarró con fuerza un trozo de la colcha que le cubría el regazo. Si la colcha hubiera estado viva, pensó Ignazio, se habría asfixiado—. Se mancharon las manos de sangre. Nos lo quitaron todo y luego dejaron que nos pudriéramos.

El sol veteaba las paredes e iluminaba los esqueletos de los barcos que los rodeaban. Nonno miraba por la ventana. Ignazio miró también y vio a los austríacos de antaño, hombres grandes de rostros monstruosos, con coronas, recostados en una góndola y riéndose de los mendigos en los puentes y las orillas. En la cocina proseguían los gritos, su madre, su padre, un bofetón, una caída, más gritos.

Nonno continuó: —Llegó la revolución. Era 1848. Los venecianos se deshicieron del gobierno austríaco. Umberto y miles de venecianos más bailaron en los escalones de la catedral hasta que salió el sol. La ciudad bullía de esperanza: eran libres, eran independientes, Venecia volvería a ser la que era. Durante un año aquello fue cierto, pero luego volvieron los austríacos. El cólera recrudeció y arrasó la ciudad. Al cabo de seis meses, seis de los siete hijos de Umberto habían muerto de cólera. Cuatro niñas y dos niños. Sólo Diego sobrevivió ("tu padre, Ignazio; tu padre fue el único"). La noche en que murió la última hermana que le quedaba, Diego, que tenía nueve años, enmudeció y no volvió a decir palabra por dos años y treinta y siete días. Esa misma noche, Umberto se sentó junto a su hijo silencioso, vacío como un trapo que ha sido escurrido una y otra vez. Llegó el empleado de la funeraria, vestido de negro, con el rostro enmascarado por una capucha con un par de aberturas para los ojos. A través de ellas miraba al joven Diego.

—No mires a mi hijo —le ordenó Umberto.

—No le va pasar nada.

—No lo mires.

El empleado de la funeraria alzó las manos. Umberto le dio un puñetazo, el hombre retrocedió tambaleándose, y Umberto volvió a golpearlo hasta que le dejó la capucha aplastada contra su cabeza.

—Ojalá la fiebre se adueñe de tu casa —le gritó el empleado de la funeraria—. Ojalá se pudran todos. —Salió dando un traspié y sin el cuerpo de la niña.

Esa misma noche, a Umberto lo despertó un crujido a los pies de la cama y vio un ángel ("Te lo juro —le dijo a Ignazio—, un ángel, ¡con alas y todo!"). Permaneció inmóvil un minuto en medio de aquel resplandor de silencio. Luego le preguntó al ángel cómo podía evitar la muerte del hijo que le quedaba. El ángel le contestó: "Dios oye lo que surca las aguas". La punta de una de las alas rozó la cabeza de Umberto y éste volvió a dormirse. A la mañana siguiente, entró en su taller y pasó allí tres días y tres noches sin dormir construyendo una góndola funeraria que le asombró con su belleza. Cuatro pilares sostenían un techo tapizado de suave terciopelo. Umberto talló sus plegarias en la madera: floridos crucifijos en cada pilar, enredaderas, uvas y flores de lis, querubines con sus trompetas, una bruja arrancándose el cabello, sílfides copulando, Hércules llorando en una montaña y, en el timón, Orfeo con su lira dorada listo para cantar durante el viaje a Hades. El día que aquella góndola surcó las aguas con el cuerpo de su última hija, llamó la atención de una duquesa, quien le encargó una para su marido, muerto de sífilis. Después de eso, las góndolas Firielli transportaron los cadáveres de los difuntos de mayor alcurnia de Venecia.

Así lo contaba Nonno Umberto. Ignazio escuchaba, rodeado de astillas de madera, convencido de que Nonno mentía. Viendo aquellas manos artríticas que apenas podían llevar el tenedor a la boca, le costaba creer que su abuelo hubiera podido darle martillazos a una góndola durante tres días seguidos. Le costaba creer que un ángel se posara en cualquier parte. Ni podía imaginar a su propio padre, Diego, de pequeño, mudo de pena, cuando entonces era cualquier cosa menos silencioso y pequeño. Su padre siempre se le hacía demasiado: demasiado volumen, demasiado pelo, demasiadas botellas de vino que se vaciaban demasiado deprisa. Demasiadas carcajadas inoportunas (su risa tenía garras; estallaba bruscamente). Los eclipsaba a todos, al propio Ignazio, a sus hermanos, a sus hermanas, a su madre de anchas caderas y amor pertinaz, y a Nonno, con su mecedora, su ventana, su piel corrugada y esa falta de ilusión por la vida que causaba que ya no esculpiera, ya no intentara moldear las cosas, se limitara a dejarlas flotar o hundirse en sus canales.

Una noche de verano, cuando ya habían cenado y apretaba el calor en casa, Ignazio se despidió a regañadientes de su infancia. Era miércoles. Tenía doce años. De la cocina llegaba el melodioso chapoteo y repiqueteo metálico de sus hermanas lavando los cacharros. Su padre se enfundó el abrigo. Las mejillas coloradas por el vino. Los hermanos mayores de Ignazio hicieron lo mismo y esperaron, con las manos en los bolsillos. Diego Firielli se volvió hacia su hijo más pequeño y le hizo un gesto con el dedo como diciendo "ven". Sus hermanos rieron. Ignazio se sonrojó y salió disparado en busca de su abrigo.

Afuera los esperaba su góndola, imparcial, en el agua. Ignazio fue el último en subir. El viento se arremolinaba en la superficie del canal y ellos se deslizaban por el agua en silencio. Diego se volvió para mirar a Ignazio con un gesto extraño, expectante, burlón. Su densa mata de pelo impedía ver la ciudad a su espalda.

Era tarde, incluso para Venecia, pero la casa a la que iban rebosaba de luz, bullicio y mujeres. Las cortinas de terciopelo rojo colgaban hasta el suelo; el vino se servía libremente; de un acordeón brotaban lánguidos acordes; las mujeres reían, se contoneaban y arrimaban sus cuerpos a los de los hombres. Ignazio se quedó de pie en un rincón, entre una cortina y una quinqué muy recargado, e intentó no mirar a nadie. Deseó que la luz se atenuara para poder fundirse con la pared. Se apartó de la zona iluminada, pero entonces se le acercó su padre con una muchacha de cada brazo.

—Toma —le dijo, arrojándole a una.

Arriba, en el colchón maloliente, a Ignazio le temblaba la mano al tocarle la rodilla a la muchacha. La tenía fría y suave. El hombro salpicado de pecas. El rostro regado de tirabuzones negros. Se hallaba sentada, medio recostada, en la cama delgada. Ella lo asustaba; Ignazio se sentía inseguro, humillado por su propio miedo. La muchacha le llevó la mano al ruedo de su falda, él no hizo nada, ella puso los ojos en blanco y estiró la mano para desabrocharle los pantalones. Dos minutos después, mientras la penetraba, Ignazio oyó la voz de su padre al otro lado de la cortina de su izquierda, gruñendo rítmicamente, y se dio cuenta de que también su padre podría oírlo a él. ¿Y si cometía un error audible? Gimió al compás, sus sonidos eclipsados por los de su padre, y la muchacha permaneció inmóvil. Su tacto era el de un duranzo estrujado, blando, húmedo, alarmante. Su padre terminó e Ignazio mordió el cuello de la chica para poder alcanzar el clímax en absoluto silencio.

Poco después, pasó lo que tenía que pasar. Cuando Ignazio cumplió trece años, su voz cambió y su padre le rompió las costillas a su madre. A los catorce, una noche vio algo en la cocina que le erizó la piel: su padre, sentado a la mesa, sollozando. Sin hacer ruido. El vaso vacío. Mocos y lágrimas cayendo de su mentón. Ignazio se escabulló y volvió corriendo a la cama, donde yació en el mar de ronquidos de Nonno, inquieto, hasta que volvió a salir el sol.

A los quince años, Ignazio cortaba y lijaba, tallaba y montaba, hasta despellejarse las manos. Se levantaba antes del alba para trabajar, y no cesaba hasta la madrugada. Una noche, de puro agotamiento, se serró la punta del dedo anular. Aun así, el negocio de los Firielli se encontraba al borde del desprestigio. Llegaban los pedidos, Diego los ignoraba, las góndolas a medio hacer, desnudas, abandonadas. Pasaban las fechas de los funerales sin que las embarcaciones encargadas se hubieran terminado. Los clientes empezaron a desconfiar; comenzó a mermar la comida en la casa. Cuando Ignazio cumplió los dieciséis, sus hermanos y hermanas se habían casado, los pedidos de góndolas habían descendido a la mitad y el hambre empezó a ser tan normal como el latido del agua bajo la madera.

Una noche, en el burdel, Diego hizo trizas una lámpara de araña y dos sillas de madera. Lo echaron del lugar y le pidieron que no volviera. La noche siguiente, ante la insistencia de su padre, Ignazio atracó la góndola delante de las escaleras del burdel.

—Ven conmigo.

Ignazio negó con la cabeza.

Su padre desembarcó, borracho, tambaleante. Aporreó la puerta dorada con la aldaba de bronce. Advirtió a voces que iba a entrar. Salieron tres guardias, le dieron puñetazos y lo bajaron a rastras hasta el canal. Luego lo empujaron hacia la góndola, que se balanceó bajo la presión.

—No pueden... —intentó decir Diego.

—¡Cállate! —le espetó uno de los guardias. Ignazio no podía verle la cara; su inmensa silueta se volvió hacia él—. ¿Es que no sabes controlar a tu padre? Por Dios. Por el buen nombre de tu familia.

Una especie de baba caliente le reptó bajo la piel. Deseó poder saltar al oscuro canal, nadar muy lejos y no volver jamás. Asintió con la cabeza y llevó la góndola al agua.

Una fría noche de invierno seis meses después, Diego le abrió la cabeza a su mujer estampándosela contra la pared y salió corriendo de la casa. El canal gruñía bajo el viento. Desde la ventana de su habitación, Ignazio vio la sombra de su padre bambolearse al borde del canal y luego caer como empujada por un puño invisible.

Ignazio permaneció en silencio hasta que oyó gritar a su cuñada desde la cocina: "Muerta, muerta, mamá está muerta". Cerró los ojos. Su madre le inundó el pensamiento: abrazándolo cuando se había hecho un rasguño en la rodilla a los seis años, cubriéndole las orejas con sus voluminosos pechos hasta hacerlo sentir como si escuchara una caracola; canturreando, con su voz de tenor mientras amasaba los ñoquis; viéndolo ponerse el abrigo junto a sus hermanos, con los ojos hinchados. Le ardía el pecho. Si su padre no se hubiera lanzado al agua, Ignazio lo habría matado con sus propias manos. Oyó a Nonno incorporarse en la cama de enfrente.

—¿Eh? ¿Qué pasó?

Ignazio pasó las cinco horas siguientes limpiando la sangre de las paredes y del cadáver.

Dos días después, arrastrado por la corriente, el cuerpo de Diego apareció en la puerta de la casa de un conde cuyo encargo jamás habían terminado. Salió a la superficie justo a tiempo para hacer el viaje a San Michele junto a su esposa.

Los cadáveres surcaron las aguas acompañados por una multitud. El cielo estaba pálido de espanto. Un séquito de dolientes —hijos, hijas, esposas y esposos, niños, tías abuelas, tíos, todos vestidos de negro— seguía los féretros en sus góndolas. San Michele se alzó ante ellos, la isla cementerio, empapada de las oraciones y los llantos que fluían por el agua.

Ignazio remaba aturdido. El mundo ya no era el mundo sino una mera pintura de sí mismo, distante, impenetrable; todas aquellas personas inconsolables no eran sino pinceladas; y él en medio, fingiéndose real, vistiendo la vida de otro. Sólo Nonno Umberto seguía pareciendo auténtico de verdad. Al desembarcar, su respiración entrecortada se oía por encima del murmullo de los avemarías. Se apoyó en el brazo de Ignazio. Olía a jabón, a vinagre y a un dejo de sudor.

Filas de sepulcros, susurros sacerdotales, llantos de tías y el desplazamiento de las losas para bajar los ataúdes a la fosa. Ignazio vio cómo los restos de sus padres (*marido y mujer,* pensó, *asesino y asesinada*) se sumergían juntos, lentamente, en la oscuridad. La losa de piedra crujió cuando sus hermanos volvieron a colocarla en su sitio, enterrando a los difuntos.

—Ignazio, llévame a dar un paseo —le pidió su abuelo.

Escaparon de la multitud que oraba y caminaron por el sendero empedrado. A su alrededor, se elevaban las tumbas de los ricos, edificios el doble de grandes que la cocina de los Firielli, labrados de estatuas. Avanzaban bajo la mirada penetrante de sílfides, dioses desolados antiguos y ángeles. Pasaron de largo en dirección a una fila de tumbas sencillas, de cajas sin adornos sumergidas en la tierra. Nonno se detuvo delante de una de ellas. Ignazio leyó los nombres esculpidos en el mármol: PORZIA FIRIELLI. DONATO FIRIELLI. ARMINO FIRIELLI. ROSA FIRIELLI. ERACLA FIRIELLI. ISABELLA FIRIELLI. Los recitó mentalmente uno tras otro: *Porzia, Donato, Armino, Rosa, Eracla, Isabella,* sus tías, sus tíos, niños congelados, fantasmas desconocidos.

—Tu padre —dijo Nonno sin levantar la vista del suelo—. No puedes ser como él.

—No.

—Pero tienes que aceptarlo.

—Está muerto.

—Por eso.

Ignazio pateó una piedra del suelo y asintió automáticamente.

—¿Te vas a ir?

—¿Irme?

—Sabes que no puedes quedarte.

Ignazio se sintió transparente. Claro que lo sabía. O al menos se lo había preguntado. Su madre había muerto, al igual que el negocio familiar; sus hermanos mayores se peleaban por los restos como buitres; sus hermanas ya se habían casado. La casa era un casco de sombras.

Nonno Umberto parecía estar sumamente cansado. —Deberías irte. Nuestro apellido está maldito. Además, Italia pronto volverá a estar en guerra. —Se le acercó. Ignazio pudo percibir el olor acre de su pelo blanco—. Escucha. Tengo un poco de dinero escondido bajo los tablones del piso y te mandaré al Nuevo Mundo si me prometes que construirás algo. Góndolas, quizá, u otra cosa, algo que resulte útil allí, algo que merezca la pena construir. Cualquier cosa. Júralo.

Entonces se rasgó el lienzo que cubría el mundo e Ignazio dejó de sentirse aturdido; no formaba parte de la pintura después de todo: se encontraba en un mundo en bruto, sin acabar, rodeado de muertos, exhibiendo una nueva capa de piel viva.

—Lo juro —respondió.

Cuando dieron media vuelta para regresar al entierro, Ignazio contempló las aguas de Venecia. Al otro lado, la ciudad se extendía con toda su belleza densa y corrosiva. Las góndolas hendían las aguas con su movimiento, con su silencio, con sus proas apuntando hacia tierras lejanas, hacia ríos de espaldas largas y mares de espaldas anchas que conducían a Dios sabe dónde, a algo nuevo.

Cuatro días después, Ignazio compró un boleto para el vapor. Era el 1 de febrero de 1911. El barco se dirigía a Montevideo, una ciudad de la que nunca había oído hablar, pero estaba ansioso por embarcar y, en cualquier caso, cuanto más anónimo fuera mejor. Luego de subir a bordo, puso a buen recaudo sus escasas pertenencias y le preguntó a un marinero cómo era Montevideo.

—Las putas son baratas. La pesca es buena. Está a orillas del Río de la Plata.

Ignazio asintió e intentó sonreír.

Cruzaron el inmenso resplandor azul del Atlántico. Los italianos apestaban, sufrían arcadas y amoldaban sus esperanzadas palabras para sonar más españoles. Los bebés chillaban y los hombres maduros lloraban como bebés. Ignazio se habría marchitado de soledad de no ser por Pietro, un zapatero florentino de ésos que pueden hacer bailar hasta una estatua. Cuando se conocieron, Ignazio lo vio liarse un cigarrillo: el papel se plegó sin más, como si hubiera estado esperando para someterse a su voluntad. Retorció los extremos, sellando así toda vía de escape (ríndete, tabaco, no hay para ti otro destino que el humo). Se lo llevó a los labios. A su espalda, el sol se ponía en el mar, como doblegándose poco a poco. Ignazio no podía separarse de él. Quería ser como Pietro, frívolo, seguro, desdeñoso del pasado, y pavonearse por la cubierta como si el futuro fuera una mujer desnuda esperándolo de piernas y brazos abiertos.

Pasaban las largas tardes apoyados en la barandilla, mirando al océano. Fumaban, miraban, encendían un cigarro y volvían a fumar, hasta que se quedaron sin tabaco y tuvieron que limitarse a mirar y mordisquear algún sustituto: escamas de pescado, jirones de alguna prenda, ramitas errantes de su suelo patrio. Pietro trataba a Ignazio como a un gracioso hermano pequeño (era diez años mayor, de unos veintisiete o algo así), aunque se ablandó en cuanto Ignazio le ganó a las cartas. Las noches en los burdeles lo habían convertido en un buen jugador. Cuando Ignazio le enseñó su duodécima mano ganadora, Pietro se echó a reír.

—No está mal. Te hará falta esta habilidad en el Nuevo Mundo.

Nuevo. Mundo. Sonaba fresco y grande y abrumador. Ignazio

barajó las cartas y miró de soslayo la línea del horizonte, fina, azul, pegada al cielo.

Tres meses después, sudoroso y exultante, Ignazio desembarcó en el puerto de Montevideo. Un hedor extraño y agradable le asaltó las fosas nasales: una mezcla de cuero, sudor, orina y el impetuoso viento alcalino. El puerto rebosaba de barcos en los que ondeaban banderas de todo el mundo: Inglaterra, Francia, Italia, España, Estados Unidos, y otras muchas cuyos colores no identificaba. Sus compañeros de viaje lo rodeaban como niños aturdidos. Creía que Pietro estaba justo detrás de él, pero por más que se volvió no lo encontró por ninguna parte. El aire estaba pesado, húmedo. Se oía la música de palabras españolas pronunciadas atropelladamente y a gritos. Había un constante ajetreo de personas por todas partes: marineros, vendedoras, niños mugrientos picoteando algún pescado. Un muchacho que fregaba los contenedores de pescado levantó la vista para mirarlo. La nariz de aquel chico se extendía considerablemente hacia ambos lados, y unos ojos negros lo miraban desde el rostro de tez más oscura que Ignazio había visto jamás. Pietro le había asegurado que Uruguay estaba poblado por europeos y sus descendientes. Un lugar civilizado, le había dicho. Los ojos de Ignazio se encontraron con los del muchacho. Sintió una ola de... ¿qué? ¿miedo? ¿fascinación? ¿vergüenza? Entonces fue consciente de la realidad obvia e impensable de que se encontraba en una tierra extraña, a mundos, muchos mundos de mar azul de casa. Se le tensaron las costillas por dentro. Echó de menos a su único amigo. Lo buscó, abriéndose paso entre los grandes canastos de las mujeres y las sonrisas ebrias de los marineros hasta que lo encontró, fumándose un cigarrillo (¿de dónde lo habría sacado?), apoyado como si nada en una pared de estuco.

—No te preocupes —dijo Pietro—. Ya nos acostumbraremos. —Se echó a reír—. Toma, échate unas pitadas. ¿Qué te parece si buscamos un sitio para comer y una o dos mujeres? Ya pensaremos en un empleo y un alojamiento por la mañana.

Le dio una palmada en la espalda a Ignazio y juntos empezaron a navegar por el salobre alboroto de Montevideo.

Monte. Vide. Eo. Veo una montaña, dijo uno de los primeros portugueses que avistaron aquellas tierras desde el mar.

Monte. Vide. Eo. Pero Ignazio no veía ninguna montaña, sólo calles planas empedradas.

Monte. Vide. Eo. Ciudad de marinos y trabajadores, de lana y carne de vaca, de piedras grises y noches largas, de inviernos gélidos y eneros tan húmedos que se podría nadar por el aire caliente. Ciudad de buscadores. Puerto de un centenar de banderas. Núcleo y confín de Uruguay.

Era del cerro de lo que hablaban aquellos portugueses. Habían visto el cerro desde su barco y así había nacido el nombre de la ciudad. Monte. Qué exageración. Ignazio lo contemplaba todos los días desde su puesto de trabajo en el puerto: un montículo con la forma de un enorme huevo frito, esparcido a lo largo y por lo bajo al otro lado de la bahía. Era absurdo, apenas una loma, patético, y él lo sabía bien, que provenía de una nación de auténticas y majestuosas elevaciones —los Alpes, los Dolomitas, los Apeninos, el Vesubio, la Presanella, el Cornizzolo— montañas de verdad que él nunca había visto pero sabía a ciencia cierta que existían, que tenían peso, altura, sustancia, no como aquella cosa a la que llamaban "el cerro" y que él miraba de reojo a todas horas mientras trabajaba, subido a una grúa de acero, recordando a los primeros necios que habían visto Uruguay desde el mar.

Muchas cosas se veían distintas desde lo alto de una grúa. Las barcas. Las montañas. Las aguas tranquilas abajo. El largo y abultado arco de un día de trabajo. Las grúas eran nuevas en Montevideo; las primeras habían llegado la misma semana que Ignazio. Aprendió en seguida su idioma, la acción elevadora de las poleas, el gruñido de la palanca, el paso cauteloso por sus grandes morros de acero, la exposición al frío húmedo y al sol abrasador, el músculo metálico de la modernidad, la emoción de levantar gigantescos cajones por los aires.

Al anochecer, Ignazio caminaba por las calles flanqueadas por balcones de hierro forjado y puertas muy floridas hasta la calle Ejido, donde vivía a la sombra de los cañones que antes guardaban la Ciudad Vieja, cuando no sólo era la ciudad vieja sino la ciudad entera. Era curioso que los primeros colonos de aquellas tierras hubieran construido su pequeño asentamiento rodeándolo de una muralla armada. Habían levantado un puerto completamente abierto a las aguas, pero se habían cerrado a las tierras que los rodeaban. ¿Qué los había acechado entonces? ¿Qué los acechaba en aquel momento? Al otro lado de la muralla, en la parte más nueva de la ciudad, las carreteras se convertían en caminos de tierra, salpicados de casuchas que parecían modestas cajas de madera, rodeadas de naturaleza y espacio abierto. Tenía cosas extrañas aquella ciudad. Las amatistas usadas como topes de puerta, el cuero empleado para todo, los restos de una muralla de piedra entre la Ciudad Vieja y la Nueva. Su obsesión por el presidente, un hombre llamado Batlle y Ordóñez, que había prometido escuelas, derechos a los trabajadores y hospitales (seculares, qué gran escándalo, sin crucifijos en las paredes). Todos los obreros con los que trabajaba Ignazio (hasta los inmigrantes, que eran muchos) hablaban de Batlle como en Italia se hablaba del Papa. También los obsesionaba el mate, una infusión de hojas trituradas, que se preparaba en una calabaza hueca y luego se bebía por una paja metálica llamada "bombilla". Lo bebían como si su vida dependiera de ello y quizá fuera así, porque chupaban de la bombilla subidos a las vigas de acero, derramando el líquido mientras esperaban el siguiente cajón y pasándose la calabaza de unas manos callosas a otras. La primera vez que le ofrecieron mate, a Ignazio le sorprendió el que se diera por sentado que debía compartir un vaso. Después de todo, tenía dieciocho años, ya era un adulto. Pensó en rechazarlo, pero no quería que los demás pensaran que la infusión lo asustaba. Sintió la calabaza caliente en la palma de la mano. En su interior, relucía una pasta verde húmeda. La bebida le inundó la boca, viva, verdosa, amarga, pensó él, *el sabor de Uruguay.*

Pudo encontrar pedazos de Italia: pastas frescas, buen Chianti, la cadencia tranquilizadora de su idioma. El Corriente, el bar de debajo de su sombría habitación de alquiler, rebosaba de la fuerte y dulce grapamiel, la música de un piano desafinado y la compañía de otros hombres inmigrantes. Iba directo allí después del trabajo. A veces, en plena noche, bajaba sigilosamente a oír el italiano que se farfullaba a gritos en aquel bar. Lo necesitaba. Le llenaba algo que ni siquiera las putas podían llenar.

Pietro trabajaba para un zapatero excelente pero artrítico. Se encontraba con Ignazio en El Corriente varias veces por semana hasta que, tres años después de su llegada, se casó con una joven siciliana de mirada plácida y huesos firmes. Ignazio lo acompañó en el altar mientras el órgano sonaba y la novia sedosa se acercaba. El cura balbució, gesticuló y les dio su bendición para que se besaran. Afuera, en las escaleras, Ignazio les tiró arroz crudo y los felicitó a voces mientras la pareja corría a su carruaje. Partieron sin mirar atrás.

Después de aquello, vio menos a Pietro. Algunas noches, la soledad y el agotamiento trenzaban lentamente un nudo corredizo alrededor del cuello de Ignazio. Yacía en su fino colchón, hora tras hora, mirando a la oscuridad, procurando no pensar en canales. Tenía comida, dinero, trabajo, alojamiento, todo lo que necesitaba para sobrevivir, y sin embargo sus días eran como valvas de molusco con el cuerpo quitado: vacíos, inútiles, listos para desechar. Aquello no era para lo que su abuelo lo había mandado allí. Trató de recordar su rostro, dibujándolo en el lienzo negro del cielorraso. Los detalles se habían difuminado, pero no permitiría que se esfumara. Lo reconstruyó en su mente, suspendido en el aire, enorme, a veces joven y anguloso, otras exageradamente marcado. El rostro variaba con las estaciones, con la textura de las noches, e Ignazio se dormía mirándolo, como el buzo mira la luz de la superficie.

Una noche de noviembre, mientras los rayos de sol de su cuarta primavera uruguaya se llevaban el aire fresco, Ignazio conoció a un grupo de hombres en El Corriente. Jugaban una escandalosa partida de póquer cuando él entró. En seguida le llamó la atención el llamativo atuendo y el peculiar aspecto de aquellos hombres: un fornido gigante de bigotes rizados, un hombre con aros de oro en las orejas y un pañuelo rojo en la cabeza, dos robustos gemelos rubios idénticos, un español peludo cargado de ostentosas joyas y un enano con ojos de tiburón, de pie en la silla para llegar a la mesa. Los obreros de las otras mesas fingían ignorarlos. El enano levantó la vista y detectó a Ignazio.

—¿Te gustaría jugar?

Ignacio acercó una silla. El gigante repartió las cartas con delicada precisión. Ignazio notó que los ojos oscuros del Español lo estudiaban, del mismo modo que un hombre estudia los cortes de lomo en el mercado. Lo hizo con sutileza, pero Ignazio se dio cuenta. Había aprendido a percatarse de todo mientras jugaba: el movimiento de los ojos, el descenso de la temperatura alrededor de la mesa cuando se repartían las cartas, la tensión de los músculos y la respiración de sus compañeros de juego. Eran sus armas secretas, algo emocionante. Extendió sus cartas en la mesa. El gigante, que era el que más había perdido, gruñó malhumorado. Los demás rieron.

—Dale —dijo el de los aros—. Juguemos otra.

Esta vez repartió el Español. Ignazio volvió a ganar. Y ganó también la siguiente mano. Notó los cambios a su alrededor: el ascenso de la temperatura, el aire tenso como un alambre. Menos risas, más miradas, más tragos. Ignazio pagó una ronda de bebidas con sus ganancias. Disminuyó la tensión. Los músculos se relajaron. Volvió a ganar.

El enano miró al de los aros. El Español miró a Ignazio con

mayor descaro. Todos menos el de los aros abandonaron la partida. Ignazio subió las apuestas; el de los aros las vio. Ignazio apoyó las cartas sobre la mesa y miró a su oponente. Tenía ojos de color verde oscuro, rodeados de arrugas de expresión; le recordaba a un pirata, aunque nunca había visto uno. El de los aros mostró su mano: escalera real. Todas las miradas se volvieron hacia Ignazio.

Un momento así podía convertirse en una pelea en un abrir y cerrar de ojos. Lo había visto otras veces. Inclinó la cabeza hacia el ganador y le pasó el dinero de la apuesta.

—Bien hecho.

El de los aros recogió las monedas.

—¿Cómo te llamás?

—Ignazio. ¿Tú?

—El Mago. El Mago Milagroso —añadió con una nota de dramatismo—. Pero me llaman Cacho. ¿Italiano?

—Veneciano. De donde son las góndolas.

Cacho intercambió una mirada perpleja con el gigante. Ignazio abrió la boca para explicarse, pero el Español se le acercó.

—Che. Tú. Góndola.

Ignacio se volvió hacia él. Percibió el olor acre de su barba.

—¿Qué te parecería trabajar para mí?

—¿En qué?

—Como mozo de cuadras. Estos hombres forman parte de mi carnaval —añadió, señalando con un gesto a los que ocupaban la mesa. La semana que viene empezamos nuestra gira de verano.

—A nuestro mozo de establo lo mataron anoche en un duelo —apuntó con desprecio el enano—. Por amor.

El Español sonrió y dejó ver tres dientes de oro.

—Pago bien. —Extendió las cartas en abanico sobre la mesa—. ¿Qué me dices?

Ignazio miró los dorsos rojos y blancos de las cartas. Deseó poder dar vuelta a una y meterse en ella para buscarse a sí mismo entre espadas y diamantes. Era codicioso, las quería todas, corazones y tréboles, jotas y ases, pero la vida y el póquer no son así. Hay que elegir y aceptar el camino emprendido. Cuando te subes al barco, Venecia se desvanece, el océano te rodea y no puedes volver. Si renuncias a una escalera de color, cierras el pico cuando la baraja te proporciona la carta que necesitas en la ronda siguiente. Sopesas tu vida en la ciudad frente a una oferta deslumbrante, rústica, desconocida, incierta: una aventura en manos de completos desconocidos. Era una apuesta. Era siempre una apuesta.

—Bueno —respondió.

El Español selló el trato con un movimiento afirmativo de la cabeza.

Seis días después, Ignazio partió hacia el este con el Carnaval Calaquita, formado por una docena de hombres, las mujeres y los hijos de algunos de ellos y varios carromatos tirados por caballos y repletos de lonas, mástiles, carpas, tablones de madera, toldos, escenarios plegables, coloridas ruedas de la fortuna, balanzas, espejos mágicos, máscaras chillonas, harina, arroz, trompetas, carne ahumada, palomares, conejeras, y baúles y baúles llenos de disfraces. Con el polvo que levantaban los caballos, la visibilidad en la carretera era cada vez menor, por lo que avanzaban traqueteando por entre nubes bajas de color marrón. Menuda carretera. Ignazio había vivido siempre en la ciudad e ignoraba que el ladrillo urbano pudiera ocultar semejantes extensiones de campo abierto. Sabía que existía, pero no lo habían preparado para su exuberante quietud e inmensidad, ni para la emoción que, desorbitada, se apolderaba de él, a medida que iban avanzando. Cabalgaban y cabalgaban, y la tierra se desplegaba, abundante, indecorosa, desnuda, fragante, interminablemente verde, salpicada de chozas dispersas, repleta de calor y espinos y sonidos de animales.

En la primera parada, Pando, un puñado de edificios en torno a una plaza, los recibió con todo el entusiasmo propio de su fervor prenavideño. La cuadrilla orquestó un pequeño mundo de juegos, mística y espectáculo. Ignazio sudó, acarreó bultos y limpió la mierda de los caballos; luego se enfundó en un traje azul de lentejuelas y observó a los carnavaleros dedicarse a su oficio. En aquel mundo, podían lograr cualquier cosa. Que un santo ardiera de deseo y que un pecador abandonara las cargas del mañana. Que hombres adultos les suplicaran, al borde de los modestos carromatos, para que no empacaran, no se marcharan, no desaparecieran como lo hicieron por la ancha y calurosa carretera.

Uno tras otro los acogían los pueblos. Viajaron por todo el campo, hacia el oeste hasta Paysandú, hacia el este por Rocha hasta el Chuy brasileño, hacia el norte en dirección a Artigas. A Ignazio le encantaba imaginarse cómo lo verían aquellas personas: indomado, libre, un poco peligroso. Así se sentía, dejando pueblos atrás, mirando con cariño a los pequeños de ojos vivos, a los hombres que recorrían los campos a caballo y a las mujeres que llevaban baldes de agua a hogares. Se preguntó lo que verdaderamente era un hogar. Lo buscó aquel verano en el lomo del caballo, en el traqueteo del carromato, en la luz disonante de las estrellas, en el mate y el alcohol ingeridos junto al fuego. Hizo amistad con Cacho Cassella, el mago-no-pirata de llamativos pañuelos y risa rotunda. Cacho descendía de los gauchos del este, que comían *feijoada* brasileña y hablaban *portuñol,* un híbrido fronterizo. Tanto Ignazio como él disfrutaban de las largas noches a la luz de la hoguera. Al calor de las brasas anaranjadas, Cacho cantaba baladas gauchas y le enseñaba a Ignazio trucos que hacían que pareciese que dispusiera de poderes esotéricos. También le enseñó a jugar a la antigua usanza uruguaya, con vértebras de vaca, pedazos de hueso blancos arrojados al suelo oscuro. A veces caían con suerte; otras, pa'l culo. A veces los dos se sentaban en silencio, pasándose el mate, alimentando el fuego, viendo el cielo pasar de negro a azul aterciopelado ribeteado por el rosa del alba.

—Éstas son las auténticas noches gauchas —le aseguró Cacho.

Para Ignazio era algo mágico, el poder vestirse de una cultura, abotonársela hasta arriba, ajustada, como hecha a medida, como si nadie pudiera notar el disfraz.

Al tercer mes de viaje, Cacho se despertó una tarde con tal resaca que no se tenía en pie, y menos aún podía protagonizar el espectáculo de El Mago Milagroso. Era la primera noche que pasaban en Tacuarembó. Montones de lugareños esperaban apiñados a la entrada de la tienda.

—¡Maldito sea! —protestó el Español tras el telón—. Como tengamos que suspender la función, lo…

—No es necesario suspenderla —aseguró Consuelo, la esposa de Cacho. Las lentejuelas rosas de sus leotardos centelleaban mientras hablaba—. Góndola lo puede remplazar.

Ignazio la miró sorprendido.

—¿Y yo qué sé de magia?

—¿Qué sabe Cacho? ¿Qué sabe nadie? Has visto el número montones de veces. Y te queda su ropa. —Como era la costurera del grupo, su opinión en ese aspecto resultaba irrefutable. En las tiendas la llamaban "la señora de los disfraces". Consuelo ladeó la cabeza con aire sensual—. Yo te iré soplando desde el ataúd mientras me cortas por la mitad.

—Tiene razón —apuntó el Español—. Eres nuestra mejor opción. Ponte el traje. Rápido.

Veinte minutos después, Ignazio apartó el telón de terciopelo con dedos temblorosos. Hubo aplausos y el fragor de trompetas. Hacía un calor infernal en el escenario y el hedor a sudor y maníes se le hacía casi insoportable. La multitud se convirtió en una mancha de color. Ignazio soltó precipitadamente el discurso inicial, intentando reproducir los chistes y las florituras dramáticas que le había visto emplear a Cacho noche tras noche. Para su sorpresa, el público estalló en vítores y carcajadas. Consuelo se unió a él en el escenario y le guiñó el ojo para darle ánimo.

Ya iba por la mitad de su segundo truco cuando empezó a distinguir a la multitud (estaba más tranquilo; todo saldría bien), y entre aquella masa de color humano apareció ella, una mujer joven de pómulos prominentes, mirada firme y largas trenzas negras rematadas por dos moños verdes. Parecía recién llegada a la Tierra, de algún planeta extraño y mejor. Estaba sentada, atenta, absorta, solemne. Cuando dejó de mirarla, la estampa de su rostro quedó flotando ante él, como un fantasma.

Pronto su incipiente dominio del escenario comenzó a derrumbarse. Empezó a tartamudear. Tres niños de la primera fila rieron con disimulo. Llegó el momento de pedir un voluntario del público.

—¿Quién quiere ayudarme? —Muchos alzaron las manos, incluidos los niños de la primera fila, pero él señaló a la muchacha del fondo—. ¿Qué tal esa morochita de la esquina?

Ella subió al escenario. Años después, Ignazio no recordaría los murmullos de sorpresa, los brazos cruzados de decepción, las cáscaras de maní que le acribillaron las pantorrillas, sólo que ella había subido al escenario. Le puso un pañuelo de seda amarillo en la mano. El truco era sencillo. La impresionaría. El pañuelo desaparecería y se lo sacaría a ella de la oreja y luego de su propia manga. Agitó el brazo y el pañuelo desapareció. La multitud contuvo un aspaviento, admirada; la joven lo miraba inmóvil, inquietante. La tenía tan cerca. Se inclinó hacia ella (¡qué bien olía!) y sacó el pañuelo de detrás de su oreja. El público aplaudió. La joven sonrió, levemente, un suave movimiento de los labios, pero sonrió. El pañuelo volvió a desaparecer. El se acercó y le preguntó:

—¿Dónde creés que está?

Su voluntaria ladeó la cabeza. Él sonrió victorioso y se metió la mano en la manga. Allí no estaba. Volvió a buscar, hurgó más dentro. El otro pañuelo amarillo, oculto en el forro de la manga, había desaparecido.

Oyó risitas, murmullos, vio al público inclinarse hacia el escenario, expectante. Miró a la joven, aterrado. Abrió la boca, pero no pudo decir palabra. Ella se acercó y metió la mano dentro de su manga y, entre aquellos dedos que lo escaldaron y se fueron demasiado pronto, apareció el pañuelo amarillo, capturado como una presa flácida.

Estalló la sala. El público se rió de él y elogió a la joven, gritando su nombre. Pajarita. Aquel nombre voló de los labios del público y se coló a por la manga hueca de Ignazio para posarse en el centro de su pecho vacío. Pajarita. Y allí se quedó el resto de la función, mientras serraba el ataúd, sacaba el conejo de la galera y soltaba las palomas. Revoloteó cuando la muchedumbre empezó a disolverse. Aleteó y se extendió entre sus costillas cuando, tumbado bajo las estrellas, intentó dormir con los ojos muy abiertos. Pajarita.

Cuando se quedó dormido, Ignazio soñó que estaba tumbado junto a un canal sacando pañuelos de debajo de las faldas de una mujer, más y más pañuelos, hasta verse envuelto en ellos, y se estremecía sin parar y no veía más que seda amarilla.

A la mañana siguiente, su boca temblaba mientras engullía el pan y el mate. Deambuló distraído por el campamento. Atendió a los caballos, que le recordaron a los dones carnales de ella. Acarreó sogas, lo que trasladó su mente a sus lustrosas trenzas negras. Clavó mástiles en profundos hoyos en la tierra... tenía que encontrarla.

No fue difícil; era un pueblo muy pequeño. Aquella tarde, Ignazio llamó a la puerta de la choza de los Torres con el sombrero en la mano, rezando para parecer tranquilo y respetable. Salió a recibirlo una mujer de rostro curtido y pechos colgantes.

—Buenas tarde —dijo él.

Ella le indicó con un gesto que pasara la cortina de cuero que colgaba del umbral de la puerta y entrara en su casa. Luego, con otro gesto, lo invitó a sentarse a la mesa. Él estaba a punto de aceptar cuando vio que los taburetes que rodeaban la mesa no eran tales, sino cráneos de animales de rostro pálido y severo y pozos negros por ojos. Desde un foso hecho en el suelo de tierra asomaban las llamas; los cráneos lo miraban de reojo, socarrones, a la luz trémula. No se sentó. Procuró no estremecerse. La mujer lo miró, luego se puso en cuclillas junto al fuego en el que cocinaba.

Aumentó el silencio entre ellos. Ella lo rompió.

—Venís por Pajarita.

—Sí.

—Está en el mercado.

Ignazio rascó el ala del sombrero con sus uñas.

—¿Cuándo… estará en casa su marido? Me gustaría hablar con él sobre su hija.

—Su padre va a venir. —Echó perejil picado al agua hirviendo—. Querés casarte con ella.

—Sí.

—¿Por qué?

—Es la jóven más hermosa que he conocido.

La mujer lo miró a los ojos como si fueran montones de ropa sucia que pudiera escurrir.

—¿Qué más?

—No sé. —Un pedazo de seda amarilla le pasó por la cabeza—. Estoy… buscando esposa. Mire, señora, soy un buen hombre. De buena familia, veneciana. Mi familia hacía gondo… barcas, fabricábamos barcas.

Ella no le quitaba el ojo de encima.

—Pajarita va a volver a casa de noche. Podés esperarla aquí.

Ignazio se sentó en un tronco junto a la puerta de la casa y contempló el lento descenso de la luz sobre el paisaje. Había gallinas por todas partes, cloqueando escandalosamente, picoteando el aire en su dirección. Una hora. Dos horas. ¿O más? Cambió de postura, se levantó, caminó unos pasos y volvió. El polvo ensució su único par de zapatos de charol. Era ridículo, un hombre al que los niños arrojaban sus cáscaras de maní. Un impostor. Un hombre triste y solitario. Era estúpido esperar allí, se marcharía en cualquier momento.

Pero se quedó.

Ella llegó.

Llevaba unas canastas colgando a los lados del caballo. Ya no tenía moños en las trenzas y su vestido parecía hecho para una mujer el doble de grande. Nadaba en él. Nadaba en el aire. Era perfecta.

Ignazio se puso de pie y se quitó el sombrero. Todas las cosas geniales que había pensado decirle se esfumaron. Ella se acercó. Una punzada le recorrió el cuerpo al verla desmontar. Quiso abalanzarse sobre ella y estrecharla contra sus caderas, pero en lugar de eso hizo una reverencia y dijo:

—Buenas noches, señorita.

Pajarita permaneció inmóvil mientras el anochecer la envolvía como una falda cada vez más oscura. Luego miró a la mujer, que acababa de aparecer en el umbral de la puerta.

—La tía Tita, ¿qué hace este hombre aquí?

La tía Tita, pensó Ignazio, *debía de haber nacido antes de que los humanos aprendieran a pestañear.* Se limpió las manos en el delantal.

—Como lo venciste con la magia, ahora quiere casarse contigo. A lo mejor deberías dejar que se quedara a comer.

Ignazio se sentó a la desvencijada mesa de la cocina, depositando finalmente su trasero sobre uno de los cráneos. La tía Tita y Pajarita cortaron y limpiaron y revolvieron. Él juntó las manos, las subió a la mesa, las extendió, volvió a juntarlas y las apoyo en su regazo. ¿Debía iniciar una conversación? El silencio parecía tan natural y corriente para aquellas mujeres. Lo vestían como una capa. Alzó una mano, tamborileó en la mesa, se detuvo. Pajarita lo miró. Él sonrió. Ella miró hacia otro lado.

El padre llegó justo antes de la comida, se sentó en su cráneo y miró al desconocido que había en su casa.

—Buenas noches, señor, me llamo Ignazio Firielli.

El hombre asintió con la cabeza.

—Miguel.

Ignazio esperó a que dijera algo más, pero no lo hizo.

Sirvieron la comida. Ignazio se había imaginado una bulliciosa familia de campo, repleta de niños cuyo favor podría ganarse con trucos de cartas. Pero no había ninguno. Comieron los cuatro. Sólo las preguntas de la tía Tita interrumpieron el silencio: ¿Cómo es Montevideo? ¿Italia está muy lejos? ¿Cómo que agua en lugar de calles? Las respuestas de Ignazio fueron sencillas al principio, luego comenzó a adornarlas, y estaba en medio de una descripción de la sin igual elegancia práctica de las góndolas que seguramente persuadiría al padre para que alzara la vista y viera a su invitado de otro modo, o eso parecía, cuando este se levantó y se fue.

Ignazio se detuvo a media frase. Oyó bufar al caballo de Miguel y alejarse al galope. Las mujeres no dijeron nada. Habría podido darle un puñetazo a la pared, pero pensó que, si lo hacía, se rompería y se derrumbaría ¿y dónde iba a declararse entonces? Había perdido la oportunidad de hablar con el padre y, sin embargo, empezó a pensar que las normas de aquella familia no se ajustaban a los valores morales que había imaginado, ni a ninguno que se le hubiera podido ocurrir.

El fuego del horno de tierra se había reducido a brasas. Era hora de marcharse. Se levantó, con el sombrero en mano.

—Muchas gracias por la comida.

La tía Tita hizo un gesto con la cabeza.

—¿Puedo volver mañana?

La tía Tita miró a Pajarita, quien ladeó la cabeza y lo miró fijo. Él se sintió desprotegido bajo su mirada. Ella asintió con la cabeza.

Se marchó y caminó a través del campo en dirección al campamento del carnaval. Se volvió para mirar por última vez el ranchito y vislumbró, estaba convencido, un rostro en el umbral de la puerta, un rostro exquisito, antes de que se ocultara precipitadamente tras las paredes.

Esto, pensó Pajarita, no es el mundo. Es el hogar: ahí está la mesa y aquí, a mi lado, la respiración de mi familia dormida. Allí, por la ventana, se ve la suave cuchillada de la luna. Ahí cae, formando su luz plateada en el suelo. Este sitio es el hogar. Y es bueno. Pero no es el mundo.

Este pensamiento la sorprendió. Lo notó distinto, una hierba desconocida para el paladar de su mente. El mundo guardaba muchas cosas que no eran Tacuarembó, y Pajarita lo sabía: que Tacuarembó no era más que una parte de Uruguay; Uruguay sólo una astilla del continente; el continente uno de los muchos que podían encontrarse al otro lado de esas aguas a las que llamaban "los mares", y ella siempre había sabido sobre "los mares", porque su abuelo, el Facón, había cabalgado hasta sus orillas y adquirido cosas exóticas procedentes de otras tierras. Ella tenía un brazalete con incrustaciones de jade que él le había comprado a su abuela. Sabía, se lo habían contado, que Tacuarembó no era más que una mota olvidada, ni siquiera digna de un punto en los mapas del mundo.

Y, sin embargo, durante el rítmico devenir de los días, apenas había necesidad de recordarlo. El mundo, en un día normal, presentaba los mismos senderos en los mismos campos, con los mismos olores y murmullos y crujidos, cada estación, como continuación de la anterior, y ése era su mundo, el que había vivido, el único mapa que necesitaba.

Pero aquel día no era un día normal. Aquel hombre se había plantado en su puerta. No podía conciliar el sueño. Debía de ser la luna, la luz que derramaba, que la tenía en vela. Qué sensación tan extraña: vertiginosa, emocionante, como cuando, de niña, daba vueltas y vueltas hasta que paraba y miraba a un mundo que giraba ante sus ojos. Todo bailaba, nada permanecía quieto. El hombre llevaba otro país en la boca. Su español producía formas y sonidos extraños. Sabía de lugares lejanos, como aquella ciudad repleta de ríos en lugar de calles, ¿quién iba a creérselo? Y su rostro sonrosado se había sonrosado aún más cuando la tía Tita le lanzó sus preguntas. Pero había respondido. *Por mí.*

Otros hombres la habían mirado. Claro. En la plaza y en el mercado, igual que a las gallinas rollizas. Los muchachos, en un alarde de virilidad, intentaban llevarle la canasta. Y aun así, a los dieciséis, todavía no tenía pretendientes serios. Era la niña milagrosa, que, siendo apenas un bebé, había tenido la fortaleza suficiente para sobrevivir en el monte y en los árboles sin familia. ¿Cómo se lo tomaría un marido? Nadie había intentado averiguarlo. El charco de luz de luna era cada vez más blanco. Parecía leche derramada. Junto a Pajarita, la tía Tita se removía en sueños. Le daba la ancha espalda a Pajarita, la cara a su padre. Siempre dormía entre los dos, a modo de muro humano. La tía Tita no se había casado y podía cargar con dos baldes grandes llenos de agua. Era capaz de despellejar a un toro en tres movimientos rápidos. Sabía preparar tés y bálsamos que curaban todos los males, y le enseñaba a Pajarita mientras lo hacía. El matrimonio no era esencial. Incluso podía resultar dañino. Mira a Carlita Robles, agotada por el mal genio de su marido, demasiado decaída para ir al mercado siquiera. Igual que su propia madre, muerta al dar a luz *(a mí, a mí).* El matrimonio podía significar la muerte, o hijos, o lugares nuevos, o la proximidad del cuerpo de un hombre. Aquel desconocido no iba a llevársela a ningún palacio, a ninguna calle de agua, a ninguna tierra lejana. Pero quizá pudiera llevarla hasta algo, hasta otro pequeño tramo del mundo.

No. Ansiaba arrojar una manta sobre la despiadada luna. Ése era su hogar. Allí conocía cosas, y la conocían a ella. La vida le era familiar, como la forma de sus dientes al contacto con la lengua. Necesitaba los dientes. Necesitaba el hogar. No quería marcharse. Eso era mentira: algo voraz en su interior la empujaba constantemente a contemplar el horizonte y preguntarse qué ocurriría si galopara hasta los confines de su pequeño mundo y siguiera avanzando sin mirar atrás, cabalgando y cabalgando, recorriendo campos y montes y ríos que le empaparan las faldas, saboreando la oscura intensidad de las noches encendidas de estrellas, como lo había hecho Artigas, el muy hijo de la madre, cómo lo extrañaba. Siempre había sido la fuerza que la mantenía con los pies sobre la tierra. Su compañía formaba una esfera, un lugar de tarareo puro y entusiasta, que los abarcaba a ellos y a todos sus pensamientos ocultos, por lo que había sabido que planeaba marcharse antes de que él se lo dijera. Artigas amaba su música, y estaba inquieto, y el campo estaba cambiando, proliferaban las estancias, con sus ricos propietarios y sus interminables tierras envueltas de alambre de púas. Cada día resultaba más duro seguir siendo gaucho. Allí les aguardaba un futuro de trabajo al mando de un patrón en una tierra confinada, una vida confinada, una pesadilla para su hermano. Además, los dos sabían, aunque ninguno de los dos lo dijera, que la melancolía de su padre lo haría sentirse aún más constreñido. Pajarita no se lo reprochaba. Lo aceptó, aceptó la pérdida de su hermano del mismo modo que aceptaba los pozos secos en épocas de sequía.

—Sé adónde vas —le dijo ella mientras le pasaba la leña detrás de la casa.

Artigas blandió el hacha y partió un leño.

—A Brasil.

—Por Dios —respondió él—. No hay secreto que se te resista.

Las trenzas de Pajarita caían sobre su pecho como sogas de plomo.

—Supongo que no puedo ir contigo.

—¡Ja! Los caminos son peligrosos. Forajidos, jaguares, selva.

—Por eso necesitás que te proteja.

—Me parece que los bandidos… —levantó el hacha— … necesitan que se los proteja… —la dejó caer— … de vos.

—¿Vas a escribir?

—Seguro.

—Artí, prometémelo o voy a la selva a buscarte.

Artigas se quitó una astilla de la mano. A su espalda, la tierra extendía su manto verde y suave hasta el horizonte.

—Pajarita —le dijo, y allí estaba, la esfera que compartían, el murmullo de la revelación íntima, en la que ambos vislumbraban las profundidades de sus propias mentes—. Te prometo que habrá cartas.

Nunca las hubo. Habían pasado dos años. No podía estar muerto. En cualquier momento llegaría una carta, con estampillas extrañas, portadora de buenas noticias. O el propio Artí aparecería en la puerta, polvoriento, entusiasta, contando anécdotas, invitándola a ciudades llenas de música. O quizá no, y ella yacería allí, noche tras noche, completamente sola, despierta sobre las viejas pieles de la familia. Salvo que se fuera… ¿adónde? ¿A Montevideo? ¿Al hogar del desconocido? Montevideo tenía carreteras sólidas y barcos en el puerto procedentes de todas partes. Una ciudad más allá del Río Negro, que ella nunca había cruzado; se contaban historias de viajeros que se habían ahogado, con caballo y todo, tratando de vadear sus aguas. Incluso después de que levantaran el puente, muy pocos tacuaremboenses se aventuraban a cruzarlo. Sin embargo, aquel hombre, aquel desconocido, aquel mago desmañado lo había hecho. La había mirado como si ella llevara el calor del sol en el cuerpo. Como si quisiera colarse bajo su piel para sentirlo.

La respiración de la tía Tita se hizo constante, constante, de sueño profundo. Pajarita metió la mano debajo de su camisón. Se acarició con los dedos el estómago, los muslos, el vello sedoso que había entre ellos. El ardor que ocultaban.

La luna derramó su leche por la habitación, exuberante, familiar, y Pajarita pensó en todos los cuartos y las tierras y los cuerpos que bañaría aquella misma luz.

Ignazio atravesaba los campos a grandes zancadas, con urgencia. Las frondas le acariciaban las rodillas, sensuales. Era su segunda visita y al día siguiente se iría de Tacuarembó. *Mi última oportunidad,* pensó, y se arremangó la camisa, luego, por decoro, volvió a dejar las mangas como estaban. Llegó al ranchito, llamó con los nudillos y cruzó la cortina de cuero. La tía Tita y Pajarita se encontraban agachadas junto al horno de tierra. Ignazio se quitó el sombrero.

—Pajarita, necesitamos más leña —dijo la tía Tita—. Enséñale a nuestro invitado dónde está la leñera.

Él la siguió por un camino gastado, el aire aún fecundo del calor. Ella se detuvo delante del montón de leña cortada que le llegaba a la cintura. No pienses en su cintura, se dijo él, deja de temblar. Le tendió los brazos. Ella le dio un leño. Luego ramas. Más ramas. Ramitas. Era una apuesta. Era siempre una apuesta.

—Pajarita.

Ella lo miró, su rostro bañado por una luz oscura.

—¿Qué?

—¿Querés... eh... querés casarte conmigo? —Le habría gustado arrodillarse, pero llevaba los brazos ocupados y temía que la leña menuda saliera disparada para todas partes—. Sos tan bonita y tan perfecta y yo ya estoy cansado de... bueno... quiero que vivas conmigo, en Montevideo. Vení conmigo. Sé mi esposa.

Su mirada, imperturbable, no le dijo nada. A su alrededor, aumentaba el olor almizclado del pasto estival.

—No sé.

—¿Querés a otro?

—No.

—¿Me querés a mí?

—No te conozco.

—Yo te quiero, Pajarita. ¿Me creés?

Hizo una pausa tan larga que Ignazio pensó que jamás le contestaría.

—Sí.

—Sí ¿a qué?

—Sí, te creo.

—Ah. —Titubeó—. Mañana nos vamos. Podría ahorrar un poco de dinero y volver en otoño. Quizá entonces tengas una respuesta.

—Quizá.

Buscó en vano algo más que decir, algo galante, cautivador, pero ella ya había iniciado el camino de vuelta. La siguió, derramando ramitas. La comida pasó volando y, cuando se dio cuenta, ya era hora de marcharse.

Ignazio durmió muy mal aquella noche, y se despertó algo revuelto. No pudo tomar nada, ni siquiera mate.

—Uy, no querés mate —dijo Cacho, pasándole el mate a Bajo, el enano—. La cosa es grave.

Recogieron las tiendas, los puestos y los escenarios rápidamente, a fin de cuentas se trataba de estructuras provisionales, poco sólidas.

—No te preocupes, Góndola —lo animó el Español con una palmada en la espalda—. Hay muchas otras mujeres.

Ignazio no dijo nada.

—Miren —gritó Consuelo desde el carromato, señalando a los montes del oeste.

Ignazio se volvió y vio dos caballos en la cima verde, uno llevaba a la tía Tita, el otro a Pajarita, manteniendo el equilibrio entre bolsas de pertenencias, con el aspecto de un ángel despiadado. Se acercaron a Ignazio cabalgando. Pajarita lo miró desde la montura. Sus ojos eran aguas oscuras en las que él podría ahogarse.

—El cura está en la iglesia —dijo—. Si vamos ya, en una hora nos habrá casado.

Ignazio miró al Español, quien le dio permiso con un movimiento de la cabeza. Montó en el caballo de ella, con los muslos pegados a su cadera, y cabalgaron juntos hasta el pueblo. La tía Tita, Cacho, Consuelo y Bajo los siguieron en sus caballos. Cuando llegaron a la plaza, se les habían unido tres docenas de tacuaremboenses. Ya en la iglesia, los bancos crujían de atención mientras Ignazio y Pajarita intercambiaban votos. A las buenas y a las malas, entonó el cura casi melódicamente. En la salud y en la enfermedad. Sí, dijeron. Sí otra vez. Un suspiro se propagó por los bancos como una onda en el agua. Cacho se enjugó las lágrimas con una maroma de cuero. A su lado, un bebé aulló de satisfacción (tras dejar magníficamente marcada de dientes una Biblia). El cura los declaró marido y mujer.

Regresaron al campamento, donde los gemelos rubios hicieron sonar las trompetas, sembrando el caos entre los caballos.

—Señora Firielli —dijo el Español y, llevado por la emoción del momento, le hizo una reverencia—. Bienvenida al Carnaval Calaquita. La escoltaremos a su nueva vida. —Alargó el brazo para tomarle las bolsas—. Hemos hecho lugar para sus cosas.

Ella le movió la mano. —Ésta se queda conmigo.

—Por supuesto —respondió el Español, vacilante, y tomó el resto de las bolsas.

Ignazio sonrió a la tía Tita por encima de la cabeza de su esposa.

—Doña Tita, no se preocupe. Trataré a su sobrina como a una reina.

—Más te vale. Es tu deber. —Tita alargó el brazo para superar la distancia que separaba los caballos de las dos y le apretó a Pajarita la palma de la mano. Tocó la bolsa que su sobrina se había guardado. Ignazio notó que su esposa respiraba hondo y la abrazó con más fuerza. La tía Tita pareció beberse a Pajarita con los ojos. Luego tiró de las riendas, subió por el camino y desapareció de vista.

La compañía cabalgó muchas horas aquel día, hasta las orillas tranquilas del Río Negro. Esa noche, antes de cruzar a la mitad sur de Uruguay, el Carnaval Calaquita acampó al borde del río. Consuelo, la mujer del mago, "señora de los disfraces", buscó un bosquecito apartado y preparó un lecho nupcial con pieles de vaca, flores silvestres y la pana azul que había servido de telón la noche en que la pareja se conoció.

Ignazio se acostó con Pajarita bajo la luz redonda de la luna. Le besó los hombros. Le deshizo las trenzas, le soltó el pelo y lo sostuvo en sus manos, oscuro, abundante, tan suave y peligroso como el agua. Ella salió a su encuentro. Pensaba acariciarla con pausada reverencia, pero el deseo lo impulsó a su interior y ella estaba preparada, abierta, suspirando. Después, disfrutaron de un sueño opulento.

Él despertó. Ella estaba en sus brazos. Aún era de noche. Escuchó el suave murmullo húmedo del río, y respiró los aromas que lo rodeaban: sexo, hierba, eucalipto, cuero y, sobre todo, ella. Su pensamiento se desvió a la bolsa que ella se había guardado. Se encontraba a unos pasos de la cama, llena del quiensabequé que llevaba dentro. Salió a gatas de la cama y abrió con cuidado la bolsa. De ella brotaron montones de hojas de ceibo, ombú, eucalipto, plantas que no reconocía. Trozos de corteza. Raíces negras. Semillas puntiagudas. El olor acre le inundó la nariz y la imaginación. Sintió una punzada de horror: se había casado con una desconocida; había entrelazado su existencia con la de una desconocida. Aquel pensamiento fue como una bofetada, a un tiempo dolorosa y estimulante, como el instante en que había abandonado la tierra italiana por primera vez. Cuando al fin se quedó dormido, soñó con góndolas repletas de hojas de ceibo, deslizándose por el Río Negro, perturbando las aguas oscuras a su paso.

dos

ALAMBRES EXTRAÑOS Y SACRAMENTOS ROBADOS

Montevideo era lana sin hilar, plagada de olas turbulentas, de laberintos grises, de promesas en bruto.

Monte. Vide. Eo. Veo una montaña, había dicho uno de los primeros europeos en avistar esa tierra. Pajarita nunca había visto una montaña, pero hasta ella podía concluir que allí no había ninguna. Aquella ciudad no tenía elevaciones. No, eso no era cierto: su suelo era plano, pero se alzaban edificios por todas partes, que cobraban altura rumbo al cielo. Ojalá fuera un pájaro no solo de nombre, sobrevolaría la ciudad y ¿qué vería entonces? Una red de muros y calles empedradas, abarrotada de gente, aplastada contra el mar. No, no era el mar: era un río, una interminable corriente de aguas tranquilas, bordeada de piedras. Argentina se encontraba en alguna parte al otro lado. Quizá en su planeo por las alturas la vería asomar a lo lejos.

Aquí, en esta ciudad, se podía pensar en volar. Aquí era fácil olvidarse del suelo. Como, por ejemplo, en su nuevo apartamento de Ciudad Vieja, donde todo parecía vertiginosamente alto: el tramo de escaleras que conducía a la puerta; el somier de bronce que suspendía el colchón en el aire; las sillas el doble de altas que los cráneos de toro, con respaldos rectos de madera; los fogones, pensados para cocinar de pie en lugar de en cuclillas. Y la ventana por la que se asomaba para absorber la calle Sarandí, con su aliento pétreo; sus hombres con sombreros negros limpios y las mujeres con sus canastas; el ruido seco de las herraduras de los caballos y el sutil susurrar de los árboles; la dulce presión de un acordeón lejano y el pregón del almacenero que le había dicho que el mundo estaba en guerra.

En aquel primer otoño de 1915, Pajarita pasaba largas horas contemplando la calle desde su ventana mientras Ignazio trabajaba en los muelles. Por la noche, todas las noches, lo redescubría, como el terreno cuya vegetación y cuyos vientos no dejan de cambiar. Ignazio. Insaciable. Le gustaba todo lo que ella le daba de comer. Sucumbía todas las noches a sus apetitos. Llegaba a casa de noche, con olor a agua de mar, cansado, justo a tiempo para comer, hacer el amor y dormir. Estas cosas sucedían siempre en el mismo orden. Se había creado un ritmo entre ellos: la caída de la noche, la llegada de Ignazio a casa, Pajarita en la cocina, las milanesas friéndose ruidosamente en la sartén, su hogar impregnado de los aromas empalagosos de vivir. Se reunían en torno a una pequeña mesa cuadrada. La cena entonaba su canción de crujidos y tintineos. A Ignazio, revivido por la carne y el vino, se le despertaba su otro apetito. Bajaba la luz de la lámpara de aceite y la miraba; ella se dejaba ver; él alargaba el brazo por encima de la mesa para tocarla. Ella oía caer su tenedor al suelo. Él la llevaba en brazos, medio desnuda, a la cama, y allí ella se retorcía y se agitaba y lloraba, como si el mundo hubiera reventado, como si cuchillos de intensa luz pincharan el mundo.

Luego, antes de que amaneciera, ella escapaba de sus brazos y levantaba la mesa para el desayuno. Él se iba a trabajar antes de que fuera completamente de día. Qué raro, pensaba Pajarita, vivir tan cerca de un hombre y apenas verlo a la luz del sol. Sólo compartían la luz del día los domingos, cuando, después de misa (o en su lugar), solían pasear por la orilla del río, marido y mujer, de la mano, hundiendo los zapatos en la arena. Allí, la densa atmósfera de Montevideo se soltaba un poco y se posaba despacio sobre las ligeras olas. El suelo estaba salpicado de cantos rodados e inesperados caracoles de mar. Los barcos de pesca capturaban grandes brazadas de sol. Allí era donde resultaba más fácil imaginarse el vuelo: un empujoncito de la brisa marina y ahí estaba, flotando sobre la orilla en el amplio cielo, elevándose hacia la corona azul del mundo.

Volando en parte y en parte a su lado, escuchaba a Ignazio. Hablaba de trabajo. De sueños. De Venecia, aunque no de su familia: Ignazio jamás decía una palabra sobre su madre o su padre, ni ningún otro pariente. El territorio entero de la memoria veneciana parecía privado de presencia humana. Por lo que contaba, parecía que en Venecia no había más que góndolas elegantes y desocupadas. Pululaban por la ciudad, frías criaturas esculpidas, seres acuáticos de madera. Él hablaba de ellas con el timbre de la obsesión.

—No voy a trabajar siempre en los muelles, mi amor. —Tomó un guijarro plano y pálido—. Las góndolas nos harán ricos. Lo presiento. Yo las construiré y las conduciremos los dos, aquí, en el Río de la Plata.

Exploró la superficie del río como si la midiera con los ojos. Lanzó la piedra, que brincó por el agua para después hundirse.

—Un peso por viaje. A la gente le encantará, ¿no te parece? —Le apretó la mano a Pajarita—. Puedo verlo. Nuestra pequeña flota deslizándose por las aguas. Nuestra flota. Nuestras aguas.

Pajarita sintió el apretón entusiasta alrededor de sus dedos y se lo devolvió. Notó la cicatriz del dedo cuya punta le habían rebanado, en algún lugar, en algún momento, por una razón que ella desconocía. Una barca de pesca con la pintura roja descarada se mecía cerca de la orilla. En ella había un pescador, arrastrando una red a cubierta. Parecía casi vacía: nada salvo una o dos truchas agitándose. Otros días había visto las redes alzarse repletas de cuerpos plateados, centelleantes. Nadie conocía los ritmos de las profundidades del océano. En un día bravo, un centenar de barcas rojas podían quedar vacías.

Ignazio le pasó el brazo por el hombro. Ella sintió la palma callosa de su mano en el cuello.

—Antes de todo eso —le dijo—, te voy a construir una casa.

Y así fue. Pidió prestado el dinero a su amigo Pietro, que por entonces ya era propietario de una zapatería en una callecita muy concurrida cerca de la Plaza Zabala. Con el préstamo, Ignazio adquirió materiales: tablones, ladrillos, una sierra, clavos, martillos, picaportes, láminas de vidrio, unas cosas nuevas y misteriosas llamadas cables eléctricos, el derecho de ocupación de una pequeña parcela de tierra a las afueras de la ciudad, en una zona rural llamada Punta Carretas que a Pajarita le recordaba a Tacuarembó, con su cielo abierto, su tierra plana, su pasto bajo y sus ranchitos. Solo que allí, claro, la brisa marina le acariciaba el pelo mientras recorría los caminos de tierra. Un faro próximo cruzaba la noche con su lento, lento torbellino de luz.

—Con ese farol, nunca nos perderemos en la oscuridad —señaló Ignazio.

Tabla tras tabla se alzó su casa. Ladrillo a ladrillo, se fue reforzando. Ignazio daba martillazos, medía, aplicaba la argamasa, cargaba bultos; Pajarita cosía y lo miraba. Miraba por si necesitaba algo de su canasta: mate caliente, un buñuelo de espinacas, una de las empanadas de jamón y queso que había preparado la noche anterior, un pañuelo para secarse la frente, más caricias, más clavos. Trabajó durante meses. Cada clavo era un dardo de esperanza que atravesaba la madera. Cada extraña vena eléctrica regaba de oraciones las paredes. Cada rincón cobraba vida por su voluntad, por su sudor. Ninguna otra vida se había colado antes en aquellos espacios: podían dejar fuera el pasado e iniciar su propia historia, un relato expansivo encerrado en cuatro paredes nuevas, con capítulos y generaciones y giros desconocidos cuya sola idea la hacía querer asomarse a los oscuros recovecos del futuro.

—Éste es nuestro palacio, mi reina —le gritó él desde el tejado—. ¡Veo todo!

Pajarita, que lo miraba desde el suelo, le respondió:

—Cuidado, no te caigas.

—Estos hombres —dijo una voz a su espalda—. Siempre trepan más de lo que deberían.

Pajarita se volvió. A escasos metros, vio a una mujer cargada con una canasta grande. Llevaba el delantal salpicado de sangre. Se le acercó.

—Soy Coco Descalzo, de la carnicería —le dijo, señalando a la casa con el letrero pintado a mano que había al fondo del camino—. ¿Cómo te llamás?

—Pajarita.

—¿De dónde sos?

—De Tacuarembó.

—¿En serio? ¿De tan al norte? —Coco miró a Ignazio de reojo, de nuevo ocupado—. ¿Tu marido también?

—No. Él es italiano.

—Ah. —Coco se pasó la canasta de una ancha cadera a la otra—. Cuando su casa esté terminada, vengan a mi negocio por un buen churrasco. Un obsequio de bienvenida.

Pajarita e Ignazio pintaron su casa de color arena y la decoraron con una cama, tres sillas, una mesa y empapelado de color menta y limón. Recogieron las cosas de su apartamento de la Ciudad Vieja y lo dejaron para siempre. Comieron milanesas y arroz en la cocina nueva al compás del faro. En la cama, su ritmo disminuyó para asimilarse al del haz de luz que planeaba sobre ellos: instante de luz, retroceso, instante de luz.

A la mañana siguiente, Pajarita le preparó el desayuno a su marido, salió a despedirlo y caminó hasta la Carnicería Descalzo. Los techos eran bajos y el aire estaba cargado de un fuerte olor acre. Dos mujeres hablaban junto al mostrador. Coco lo presidía desde el otro lado. Pajarita se detuvo a la puerta y examinó la carne. Era buena, roja, magra y recién cortada. Las mujeres hablaban sobre la guerra. Por lo visto, iban ganando los ingleses; lo había oído la que tenía forma de pelota de fútbol. La del sombrero enorme tenía un hijo al que le gustaba la guerra, porque un soldado necesita un uniforme, y Uruguay tenía lana.

—¡Por favor! —exclamó Coco—. ¿Y por eso es buena? ¿Sabés cuántos muchachos han muerto ya?

—Me lo supongo —replicó la del sombrero enorme—. En Europa. Pero por aquí nos va bien.

—¡Bah! —dijo Coco—. Eso es gracias al batllismo, buenas escuelas, buenos salarios, nada de guerra —frunció los labios—. Pajarita, ¡pasá!

Pajarita se acercó al mostrador principal.

—Ésta es nuestra nueva vecina. Le prometí un churrasquito. —Se agachó a buscar uno entre los cortes finos y magros.

—Yo soy Sarita —se presentó la mujer gorda, mirando a Pajarita con curiosidad.

La del sombrero enorme miró a Pajarita de reojo.

—Bueno, ¿tú qué pensás?

Miró indecisa a la mujer. Tenía ojos pequeños de ratón.

—¿Sobre qué?

—¡Sobre la Gran Guerra! ¿Es buena o qué?

Pajarita titubeó. Aquellas mujeres hablaban de cosas que ocurrían muy lejos, como si pudieran ver a mucha distancia y estuvieran acostumbradas a evaluar los acontecimientos del mundo. Pensó en Europa, un lugar nebuloso que su mente no lograba enfocar. Pensó en soldados, como los que se habían unido a los rebeldes en los tiempos de su abuelo, que volvieron a Tacuarembó con miembros amputados, sueños tristes y bocas retorcidas.

—Será "qué".

Sarita se echó a reír. La mujer del sombrero frunció el ceño, tomó su paquete y se fue.

—No te preocupes por ella —dijo Sarita con cierto aire de victoria. Olía a perfume de vainilla—. Le encanta quejarse.

Coco le dio a Pajarita un paquete muy bien envuelto en papel.

—Bienvenida a Punta Carretas.

Pajarita volvió al día siguiente, y al siguiente, y a la semana empezó a beber mate en el piso de arriba de la carnicería, en casa de Coco, a la hora de la siesta, mientras la carnicería estaba cerrada. El marido de Coco, Gregorio, se quedaba abajo, en la tienda, cortando, trozando y colgando carne. La hija de ambos, Begonia, gateaba por el suelo. En los días en que el trabajo comenzaba antes del amanecer y se prolongaba hasta bien entrada la noche, la hora de la siesta en casa de Coco era un refugio, una balsa de tiempo, un sacramento robado para los que la compartían. En la sala de los Descalzo abundaban los chismes, una decoración de vivos colores, y un juego de té inglés auténtico que ocupaba el centro de la repisa de la chimenea. Coco estaba muy orgullosa de sus tazas y sus platitos ingleses, que recogían polvo mientras su mate hacía las rondas diarias. Encima del juego de té colgaba una fotografía de José Batlle y Ordóñez, el último presidente, que, por lo que dedujo Pajarita de la conversación, con sus ideas y sus leyes y sus palabras, había transformado a Uruguay en una nación moderna y democrática. La fotografía, enmarcada en plata, mostraba a un hombre grande y mofletudo mirando serio a la derecha de la cámara. Siempre había una bandeja grande de bizcochos, cuyas capas de masa dulce se derretían en las bocas de las mujeres de Punta Carretas. Aquellas mujeres. Como Sarita Alfonti, con su ineludible aroma a vainilla, su risa escandalosa como el choque de dos ollas de cobre, sus manos cortando el aire al hablar. Y la Viuda, que había enviudado hacía tanto que se había olvidado su nombre original. Se sentaba en la mecedora, en el rincón, y aprobaba o reprobaba los comentarios con un movimiento de la mano. Y María Chamoun, cuyos abuelos habían llegado a Uruguay cargados con las especias de su Líbano natal. A veces aún olía a ellas, muy levemente, un aroma sutil que hacía pensar a Pajarita en sombras de verano. María tenía el pelo como el de un caballo de primera, exuberante y oscuro. Había perfeccionado el arte de hacer alfajores de nieve. Dos galletas lisas y delgadas, unidas por un dulce de leche de dulzor calibrado y el azúcar glasé apretado en las curvas con delicada tenacidad. María Chamoun supervisaba su consumo con el orgullo de una campeona sin par. Clarabel Ortiz, "la divorciada", la primera mujer de Punta Carretas que había ejercido el derecho legal de divorciarse, siempre se apoyaba en los almohadones del sofá. En el salón de Coco, su estado civil le otorgaba notoriedad y una mística intangible. Su rostro era pálido y llevaba los labios pintados de rosa. Tenía el cuerpo como una estaca de valla. De vez en cuando, Clarabel organizaba sesiones de espiritismo en su casa. Algunas mujeres asistían. Otras se mofaban.

—¿Qué, esta noche toca que tiemblen las tacitas de té?

—No siempre tiemblan, Sarita, y tú lo sabés.

—Aun así. Yo prefiero dejar en paz a mis muertos. Aunque pudieran resucitar, que no pueden, ¿para qué provocarme más dolores de cabeza?

—Esperá. Pero no —la Viuda levantó la palma de la mano—. Con espiritismo o sin él, los muertos están allí para algo más que para darnos dolores de cabeza.

Se hizo el silencio en la sala. Coco tomó el mate de la mano de Pajarita. Le añadió agua y se lo pasó a María Chamoun.

—¿Se enteraron? —preguntó María—. Encontraron a la nieta de Gloria junto al faro, tirada en las rocas debajo de un muchacho. —Bajó la voz—. Con la blusa desabrochada.

—¡Esa muchacha!

—No ha dado más que problemas desde que nació.

—Por lo visto su padre le dio una buena paliza.

—No va a volver a ver al muchacho.

—Eso es un poco exagerado. ¿Qué pasa porque tenga novio?

—¡Clarabel! Qué ideas tan raras que tenés.

Clarabel también creía que las mujeres debían tener derecho a votar y que pronto se les concedería. Invitaba a sus amigas a practicar votando con papeletas rosas perfumadas que recogía en una canasta y enviaba por correo a la Junta. Aún estaban debatiendo la reciente elección del presidente Viera.

—Fui incapaz de escribir su nombre.

—¿Qué otra opción teníamos?

—Está claro que no es tan bueno como Batlle, pero es que nadie puede serlo.

—¡Bah! Trató de impedir que se aprobara la ley de la jornada de trabajo de ocho horas. Menos mal que llegó tarde.

—Bueno, al menos la tenemos… gracias a Batlle.

—Y la educación. Y las pensiones.

—Y el divorcio.

—Y la paz —la Viuda alzó su mano huesuda—. Nos ha librado de los golpes de estado y el derramamiento de sangre. El siglo pasado fue terrible. Lo recuerdo.

Ellas encontraban a Pajarita fascinante, con su tez más-oscura-que-la-de-nosotros, su origen "de campo", su nombre de animal. Le pedían que les contara historias de su familia gaucha y de cómo había sido la vida en Tacuarembó, como si todo fuera completamente salvaje y romántico, además de algo desagradable. Pajarita se sentía un poco como el juego de té inglés, apartada y expuesta, solo que no por el brillo delicado de la porcelana sino por el olor almizclado y correoso de la vida de campo. Ella bebía la presencia de las demás para saborear la ciudad, y poco a poco se le ocurrió que quizá a través de ella las otras trataban de alcanzar a la tierra. *Así es,* pensó; llevamos un mundo en nuestro interior y ansiamos saborear los mundos de los demás, los miramos, los tocamos, bebemos un sorbo, pero no podemos habitarlos. A veces el interés de las otras le parecía un desaire: "Andá, mirá, Pajarita es morena, no sabe leer, ¿no es curioso?". Coco no era así. La sentía más cercana, atrevida como una liebre. A veces, después de la siesta, Pajarita se quedaba a solas con ella, ayudándola a limpiar, escuchando su cháchara y sus confesiones. Le daba hierbas para aliviar sus ciclos femeninos, sus nervios, su secreta impaciencia con su marido y su hija. No le costaba prepararlas con el puñado que se había traído de Tacuarembó y los árboles y hierbas silvestres del barrio. A cambio de estos obsequios, Coco la ayudaba a escribir cartas a casa.

—*Querida tía Tita* —le dictaba, y Coco escribía al tiempo que le exprimía al mate las últimas gotas de sabor—. *¿Qué tal por casa? Te extraño. Este invierno hace más frío en Montevideo que el año pasado. Nunca hace tanto calor como en Tacuarembó. Ignazio está bien. Lo ascendieron en el puerto. Dice que los negocios van muy bien últimamente, hay muchas exportaciones por la...*

—¿La guerra en Europa? No, no le cuentes eso. No son noticias alegres. ¿Y si ponés "porque es muy trabajador"?

—Tá. *¿Cómo está papá? ¿Cómo están todos? ¿El pueblo? ¿La familia? ¿Las gallinas? Envía saludos a todos. Gracias por la lana. Y por favor avisame si sabés algo de Artigas. Con cariño, Pajarita.*

El sol de final de la siesta se colaba por la ventana, reticente y dorado, tomando su tiempo. La habitación olía a naftalina, a chorizos frescos y a jabón. Coco terminó de escribir y rió, sin motivo claro, y su risa sonó como una cálida campana de bronce.

—¿Te sentís sola sin mí todo el día, mi reina? —le preguntó Ignazio en la cama.

Pajarita jugueteó con los rizos de su pecho.

—No.

—¿Cómo que no? ¿No me querés?

—No seas tonto. Me gusta el barrio. He hecho amistades.

—¿Hombres?

—No.

—Hombres.

Más serio esta vez.

—Por favor, Ignazio... *no.*

El faro se llevó el silencio con su haz de luz. Volvió a llevárselo. Ignazio se incorporó, tieso. Su amplia silueta tapaba la ventana.

—Me gustaría que quedaras embarazada.

Pajarita se incorporó también. Encendió la lámpara que tenía al lado y esperó a que la luz dejara de deslumbrarlos. Había estado evitando el tema, a la espera del momento oportuno, incapaz de encontrarlo.

—Ya lo estoy.

El rostro de Ignazio reveló asombro, luego ternura, después (sólo un instante) dolor, y a continuación le besó a Pajarita la boca, las mejillas, el cuerpo. La luz se apagó.

Estar embarazada era como convertirse en una naranja: su piel se volvió tensa y redonda y se sentía plena de potencia. Maduraba más cada día. Eso que llevaba dentro la ponía enferma hasta que pasaba a la euforia, llena de lágrimas y peso y movimiento: ese ser extraño que llevaba en su interior daba vueltas y se sacudía y golpeaba en medio de la noche haciendo que se sintiese voraz por el futuro.

El nacimiento se produjo el día que los hombres al otro lado de los océanos firmaron un documento para poner fin a la guerra. El 11 de noviembre de 1918, mientras las calles de Montevideo se llenaban de tambores y confeti y estridente sudor, Pajarita yacía en su casa entregada a un parto de blanco calor. Consiguió sobrevivir al alumbramiento sin heridas, con la pequeña excepción de una reprimenda del médico por haber expulsado al niño cuando él se encontraba fuera de la habitación. Había salido un momento para consultar con Ignazio en la cocina cuando oyeron un grito y corrieron de regreso para encontrar a Pajarita, con el rostro encarnado, la respiración agitada y un niño empapado y azul que lloraba entre sus muslos.

Lo llamaron Bruno. Los amigos llenaron la casa, incluidos Cacho y su esposa, Consuelo, quien había cosido ropa de bebé adornada con lentejuelas; Coco y Gregorio Descalzo, con Begonia y su hija de pocos meses y el costillar entero de una vaca; las mujeres de Punta Carretas con sus canastos con comida caliente; el Español y Bajo el Enano, llevando fichas de póquer; y Pietro (alto y animado) con su esposa y su bebé. La pequeña casa estaba henchida de ruidos y risas. Cacho realizó algunos trucos de magia que dejaron a Sarita boquiabierta mientras Clarabel festejaba como un marinero. El Español adulaba a la Viuda como un joven e insolente pretendiente provocando que la mujer mayor se sonrojase por primera vez en veinte años. María le cantó al pequeño Bruno una canción de cuna árabe mientras el bebé se adormecía apoyado en sus pechos prodigiosos. Bajo, para su regocijo, derrotó a Pietro varias veces con las cartas.

Después de que la última persona se hubo marchado, Pajarita aún podía sentir el aliento estridente y tierno de los invitados. La envolvió mientras estaba tendida en la cama, acunando a Bruno, escuchando a su esposo apagar la luz de la cocina, entrar en la habitación y acostarse junto a ella. Él permaneció completamente inmóvil. Ella le tocó el hombro.

—¿En qué pensás?

—En ser padre.

Pajarita le acarició la piel.

—¿Sos feliz?

Él no contestó. Giró en la cama. Ella miró el perfil de su espalda.

—¿Ignazio?

No hubo respuesta.

Pajarita se quedó en silencio un minuto, luego otro. Bruno se movió y comenzó a gimotear. Ella se levantó el camisón y lo colocó sobre su pecho. Permaneció en silencio en la oscuridad mientras su hijo comía.

Aquella noche Ignazio soñó que nadaba debajo del agua, en un canal de Venecia, buscando el cuerpo de una mujer. El cadáver de su padre, azul e hinchado, flotaba hacia él. Los brazos putrefactos se extendieron para envolver su cuerpo. Trató de gritar, trató de resistirse, pero cuando abrió la boca se le llenó de agua pútrida.

En Punta Carretas se construyó una prisión. Justo allí, frente a la Carnicería Descalzo, el estruendo metálico de unas máquinas extrañas le dieron vida. Se alzó un extenso muro, con un portón en arco justo en el centro y, detrás del portón, la enorme caja de un edificio comenzó a tomar forma. Era imponente, como un castillo, la estructura más impresionante que Punta Carretas había conocido jamás.

—Al menos es bonita —dijo Sarita apoyándose en el mostrador de los chorizos.

—Pero es una prisión —dijo Coco—. Nos impide ver el faro. ¿Y qué clase de vecinos tendremos?

—No hay forma de impedirlo —la Viuda extendió las manos en un gesto de presagio—. Todo el barrio está cambiando. Ahora Punta Carretas es pura ciudad.

Era verdad. La piedra y la densidad del centro de la ciudad avanzaban lentamente hacia Punta Carretas. La ciudad se había apoderado del barrio. La puerta de Pajarita ya no se abría a un incierto camino de tierra sino a una acera de piedra. Para cuando dio a luz a Marco (un bebé solemne comparado con el ambular incesante de Brunito), Punta Carretas había cambiado al punto de volverse irreconocible. Las casas se apiñaban a ambos lados de ellos, empujando una pared contra otra; los adoquines cubrían la calle fuera de su puerta; una iglesia cobraba forma junto a la naciente prisión. El aire era espeso. El faro dejó de iluminar su casa con su lento haz de luz. Y todo esto era el progreso, decía el alcalde, decía el presidente; la ciudad era más grande, moderna, desarrollada; Montevideo era una capital digna de esta nación, la Suiza de América del Sur, llena de esperanza y promesas.

Increíble, Pajarita pensaba, cuánto podía llegar a cambiar el mundo. Con qué facilidad se podía acostumbrar a la electricidad, la cocina, las sillas altas, la cama alta. Cómo la tierra podía desaparecer debajo de casas y pavimento de piedra y cómo los hombres podían convertirse en esposos que luego se convertían en... ¿qué? ¿En qué se estaba convirtiendo Ignazio? En alguien diferente del joven que había conocido hacía años; un hombre a quien a veces apenas reconocía. Todo comenzó con el nacimiento de su primer hijo y se agudizó al nacer el segundo. Había algo en su interior —pálido y atormentado— que había crecido hasta alcanzar un tamaño incontrolable. Abultaba. Nunca mostraba su rostro desnudo. Se hundía en el mar de todo el licor que bebía. Lo mantenía alejado de ella: en una época de jornadas laborales de ocho horas, Ignazio llegaba a casa cada vez más tarde, borracho, el rostro tenso como las riendas en un caballo imprevisible; o bien, otras noches, con el rostro sonoro, relajado, desinhibido. No te merezco. No me amas. Cómo podrías. Por qué no ibas a hacerlo. Dime si lo hiciste lo hiciste sí que lo hiciste. Ella trataba de contestar pero no había palabras suficientes y él, en realidad, nunca hacía una pregunta. Estaba obsesionado con la idea de que ella tenía un amante. Ambos luchaban por la existencia fantasmal de ese hombre. Había noches en las que peleaban hasta derrumbarse uno contra el otro, y sólo en aquellas horas podía ella tratar de alcanzar quien ella era y él quien ansiaba ser, y abrirse el uno al otro, y fundirse en un crisol de fuego. Otras noches se despertaba al sentir que Ignazio se acostaba a su lado y desprendía un olor tan intenso a alcohol y mujeres y aceites aromáticos que lo mandaba a dormir en el suelo de la sala de estar para poder quedarse sola en la cama, libre de sus olores, extrañando su cuerpo.

Tuvo un tercer hijo. Tomás. El niño se parecía tanto a su hermano, Artigas, que mirarlo la hería. Los mismos huesos delgados y ojos brillantes. Fue a sesiones de espiritismo en la casa de Clarabel y preguntó por su hermano. No hubo respuesta. No podía estar muerto, no podía estar muerto, no podía estar vivo y no haber escrito.

La pila de pesos que Ignazio traía a casa cada semana fue adelgazando. Era demasiado escasa, apenas alcanzaba para alimentar a los niños. Un domingo por la mañana ella lo arrinconó contra la mesa de la cocina.

—Ignazio. No estás trayendo todo tu sueldo a casa. Tenés tres hijos, querido. Tenés que parar.

Pensó, podría haberlo jurado, que él pelearía; que su mandíbula se pondría tensa, que alzaría la voz, que su puño se estrellaría contra la mesa con estrépito. En cambio, él la observó, luego desvió la mirada hacia la ventana, en dirección al faro que se ocultaba detrás de la prisión casi terminada. No dijo nada. Ella esperó. El perfil de Ignazio se recortaba contra el empapelado a rayas.

—¿Te acordás de cuando llegamos a la ciudad? —preguntó él—. ¿Cómo caminábamos por la orilla del río? Como si no tuviera fin. Como si pudiéramos caminar y caminar y encontrar solamente más olas, más arena, más agua. Siempre quise poner góndolas en esas aguas. Y lo voy a hacer. Un peso por viaje. Tendremos más que suficiente para todos nosotros.

Pajarita dejó que sus manos descansaran en su regazo. Se entrelazaron.

—¿Cuánto costaría construirlas?

Ignazio se encogió de hombros.

—Un monto.

—¿Y de dónde saldría ese monto?

—Eso dejámelo a mí.

Aquella noche Ignazio se mostró voraz con ella, más aún cuando ella le clavó las uñas en la espalda y le desgarró la piel.

Tres días más tarde, la prisión que se encontraba al otro lado de la calle abrió sus puertas con grandes festejos. Montevideanos de todas partes de la ciudad llegaron para verla. El Penal de Punta Carretas, así la llamaron. El alcalde apareció en la escalera y se aclaró la garganta.

—Compañeros montevideanos, nos encontramos hoy aquí reunidos para celebrar el progreso, para celebrar este nuevo y formidable edificio, pero, sobre todo, para celebrar esta ciudad. —Se enjugó la frente, perlada de sudor, y acomodó su traje de lana—. Montevideo es una de las ciudades más bellas y modernas del continente. Nuestro clima, nuestras playas, nuestra literatura no tienen comparación y, en los últimos veinticinco años, nos hemos convertido en una ciudad de categoría mundial. Aquí han encontrado un hogar inmigrantes procedentes de Italia, España, Francia y otras naciones. Hemos establecido un sistema democrático inspirado en los ideales humanitarios más elevados, los ideales del batllismo, los ideales que se encuentran en el corazón de Uruguay. —La multitud prorrumpió en aplausos y el alcalde hizo una pausa, hinchando el pecho como un gorrión—. Sí, sí, hemos conseguido esto mientras nuestros vecinos gigantes, Argentina y Brasil, sólo sueñan con esa estabilidad. ¡Podemos ser pequeños, pero somos una nación ejemplar y reclamamos nuestro lugar en el mundo! —Apuntó vigorosamente al cielo con el dedo índice y lo mantuvo en alto mientras los aplausos llovían sobre él—. Y así, mis queridos montevideanos, mientras dejamos señalado este día, mientras inauguramos estas modernas instalaciones en Punta Carretas, miremos también hacia el futuro. Con todo lo que hemos logrado hasta ahora en este siglo, piensen en lo que nos aguarda en lo que queda de él. Nuestros hijos y los hijos de nuestros hijos se apoyarán sobre los cimientos que hemos construido para ellos y nos llevarán hacia nuestro destino. Somos una ciudad del futuro. ¡El futuro le pertenece a Montevideo!

El alcalde cortó la cinta roja que colgaba delante del portón, goteando sudor, resplandeciente bajo un diluvio de aplausos. Sarita Alfonti gritaba detrás de Pajarita. Ella podía sentir la excitación de la multitud, su hambre y su orgullo. Los corchos de las botellas de champán saltaron por el aire. Un acordeón emitió acordes. Los muros color crema del penal se alzaban amenazadores, limpios, altos, impasibles.

Aquella noche, Ignazio no regresó a casa. Pajarita se despertó a las cuatro de la mañana en una cama aún vacía. Miró el techo hasta que se volvió gris pálido con la luz del amanecer. Luego se levantó y preparó el desayuno para los niños: tostadas y leche caliente y lo que quedaba de mantequilla. Hoy era el día de pago de Ignazio. Cuando llegara, con él llegaría más mantequilla.

Pero Ignazio no regresó aquel día. O aquella noche. O al día siguiente. Cebollas, tenía cebollas; podía freírlas para la cena y servirlas sobre rebanadas de pan. Más pan con mayonesa para el almuerzo.

Llegó a casa la sexta noche. Estaba pálido y demacrado y evadió su mirada. Olía como si acabase de salir de una zona de guerra. Se sentó encorvado y en silencio a la mesa de la cocina. Pajarita le sirvió mate durante dos horas antes de poder persuadirlo de que le contara qué había hecho durante esos días.

Después de su última noche en casa, Ignazio le pidió a su jefe un adelanto de dinero por los próximos dos meses de trabajo. Era un empleado fiel, de modo que su jefe le concedió el préstamo. Esa suma de dinero representaba una tercera parte de lo que necesitaba para construir una flota de góndolas. Ignazio se fue directamente a El Corriente con la intención de triplicar esa suma en una mesa de póquer. Pero no pudo triplicarla. Lo perdió todo.

Qué suave era la mesa de madera que se extendía entre ellos. Sólida, eso parecía; sin embargo, bastaría un sólo golpe de hacha para partirla en dos. Enviar ambas mitades volando por el aire. Pajarita se aferró al borde de la mesa como si ese único acto fuese suficiente para mantenerla en su lugar. Desaparecido. El salario de dos meses. Y los días bostezando delante de ellos como bocas.

—¿Qué vamos a hacer?

No hubo respuesta.

—Ignazio…

—¡Callate, mujer! —Ignazio se levantó tan súbitamente que la mesa se soltó de sus manos y cayó—. Cerrá tu estúpida boca de mierda.

Pajarita también se levantó.

—A mí no me grites.

Ignazio se tensó hacia atrás como un arco y una flecha enormes y con toda su fuerza se impulsó hacia adelante con un puño que se estrelló contra el rostro de Pajarita, lanzándola contra la pared y luego el suelo; ella se acurrucó alrededor de su rostro ardiente; el mundo giraba y giraba, lleno de gritos, lleno de estrellas, lleno de silencio. Silencio. El dolor remitió levemente. Estaba sola. No, no del todo; los sonidos de Ignazio llegaban claramente desde la sala de estar. Debía ir con él. No lo haría. Se quedaría aquí, acurrucada en el suelo de la cocina, mientras él sollozaba. Pero ella estaba sangrando. Se levantó y buscó un trapo para limpiarse la cara. Un sabor metálico le tiñó la lengua. Mojó el trapo y volvió a limpiarse la sangre. Gracias a Dios, gracias a Dios que los niños estaban durmiendo. Levantó la mesa y la colocó en su sitio, nuevamente apoyada sobre sus cuatro patas, y limpió la sangre que había en el suelo. Mareada. Trató de escuchar si se oían sollozos desde la sala de estar. Nada. Fue a echar un vistazo. Allí estaba, su esposo, las mejillas empapadas de lágrimas, borracho, profundamente dormido en la mecedora. Pasó junto a él en dirección a su habitación, a la cama, a dormir.

A la mañana siguiente, cuando despertó, la mecedora estaba vacía. Ignazio se había marchado. Aprovechó el último resto de harina para tener pan ese día. Galletas. Aún quedaban galletas. Los días pasaron. Sin rastros de Ignazio. Las galletas se terminaron. Sólo quedaba un cuarto de frasco de mayonesa. Sus manos (frotando, doblando, cepillando el pelo de Bruno, abriendo la blusa para el hambriento Tomás) temblaban.

Coco la salvó con carne fresca y una idea.

—En primer lugar —dijo Coco, poniendo en las manos de Pajarita un pesado paquete— tomá esta carne. No me importa lo que digas. Sé que tu esposo se fue... ese desgraciado.

Coco acomodó su amplio cuerpo junto a la mesa de Pajarita. Ella se quedó mirando el regalo.

—No sé cómo agradecértelo.

Coco continuó hablando como si no la hubiese oído.

—En segundo lugar: tus plantas. Son fuertes. Deberías venderlas.

—¿Venderlas?

—A las mujeres del barrio. Puedes empezar en la carnicería, detrás del mostrador, conmigo. Mirá, una vez que se corra la voz sobre tus curas, mejores que un médico y también más baratas, vas a llenar de comida los estómagos de esos nenes.

Era algo que nunca se le había pasado por la cabeza, pero no se le ocurría ninguna razón para no intentarlo. Llevó a sus hijos y una canasta de hojas y raíces y cortezas de árbol a la carnicería. Los niños reanudaron un juego épico de gauchos en el campo, montando en caballos imaginarios entre grandes piezas de carne que colgaban del techo. En un rincón de la habitación, entre la tabla de cortar y los ganchos de carne, Pajarita dispuso dos pequeños taburetes de madera y se sentó en uno de ellos. *Ignazio,* pensó, *quiero matarte, besarte, trincharte como a un costillar; sólo esperá y vas a ver cómo voy a vivir sin tenerte a mi lado.*

Coco actuaba como un anuncio viviente. Las mujeres comenzaron a llegar. Algunas de ellas sólo necesitaban que alguien las escuchase; contaban extensas y deshilvanadas historias de muertes en la familia, suegras brutales, presiones económicas, esposos descarriados, esposos violentos, esposos aburridos, soledad, crisis de fe, visiones de María, visiones de Satán, frigidez sexual, tentaciones sexuales, sueños recurrentes, fantasías que incluían sillas de montar o látigos para toros o carbones ardientes. Ella les ofrecía distintas clases de té para consuelo, suerte o protección. Otras clientas llegaban a consultarla por problemas físicos: dolor en los huesos, una punzada en el costado, entumecimiento en la cadera, zumbidos en los oídos, amnesia, dolor de rodillas, dolor de espalda, dolor en el corazón, dolor en los pies, dedos cortados, dedos temblorosos, dedos erráticos, quemaduras, jaquecas, estreñimiento, hemorragias excesivas durante el período, un embarazo que no llegaba, un embarazo que debía interrumpirse, huesos rotos, piel agrietada, sarpullidos que ningún médico era capaz de diagnosticar, dolores que ningún médico era capaz de curar. Esas mujeres eran amas de casa, criadas, costureras de manos doloridas, adúlteras de manos sudorosas, bisabuelas que se tambaleaban apoyadas en sus bastones, muchachas que se desvanecían de amor. Pajarita las escuchaba a todas. Mientras escuchaba sus historias permanecía sentada e inmóvil como un búho. Luego les entregaba un pequeño paquete y les explicaba lo que debían hacer con el contenido. El rumor se propagó como la pólvora. Las mujeres acudían a verla desde todos los rincones de la ciudad. Ella apenas tenía tiempo para recoger las hierbas que crecían en las grietas de las aceras, en los parques cercanos y las que cultivaba en macetas en su casa. Coco estaba encantada porque las mujeres a menudo recogían su ración de carne diaria junto con las hierbas para sus curas. Pajarita no había fijado precios. Algunas le pagaban con pesos, otras con fruta, una canasta de pan, uno o dos ovillos de lana hilada a mano. Regalos anónimos aparecían en los escalones de los Firielli: canastas de manzanas, jarras de yerba mate, ropa hecha a mano para los niños. Tenían suficiente.

Pronto había desarrollado una clase de fama peculiar. Su nombre era susurrado a través de las cocinas y los puestos de verduras de Montevideo. Pajarita, ella me curó, vos también tendrías que ir a verla. Y cuando yo casi. Vos me viste entonces. Si no hubiera sido por ella. Era extraño, pensaba, que todo esto surgiera de algo tan familiar como las plantas, unas cosas tan corrientes, abriendo mundos nuevos, llevando las almas y las historias de esta ciudad hasta la puerta de su casa, revelando dentro de ella algo realmente asombroso: un alcance, un campo de acción, aventuras sin mapa de carreteras, incursiones en los dominios internos de personas desconocidas donde ella vagaba por la oscuridad en busca de algo que corcoveaba y relampagueaba y desaparecía, resbaladizo, evasivo, indomable.

Una tarde de calor sofocante, mientras una mujer jorobada que olía a ajo confesaba su pasión ciega por el nuevo sacerdote de la parroquia, Pajarita sintió que algo se agitaba dentro de su cuerpo. Su mente se concentró en la sensación. Estaba embarazada. Una niña. Se llenó con el recuerdo de la concepción, aquella noche final, las uñas clavadas, la piel desgarrada y hambrienta de Ignazio. Y él había desaparecido. La tristeza hizo que casi implosionara.

Dejó que la mujer de los ajos acabase su historia y le ofreció su compasión, un paquete de hierbas e instrucciones para su uso. Luego cruzó la cortina.

—Coco.

—Sí.

—Terminé por hoy. Voy a llevar a los niños arriba para que duerman la siesta.

—De acuerdo, Rita, pronto estaré alli.

Regresó adonde estaban sus hijos. Bruno agachado detrás de la tabla para cortar carne, un soldado en pleno combate, un hueso de vaca simulando un arma y apuntada hacia su hermano Marco.

—*¡Pum!* ¡'Tás muerto!

Marco dejó caer al suelo su fémur de vaca.

—Hiciste trampa —protestó. Tomás se acercó gateando y tomó un extremo del hueso. El fémur cayó de su mano e hizo un leve ruido al chocar contra el suelo. Tomás gorjeó de alegría.

En un rincón, apartado del juego, Andrés Descalzo estaba sentado y dibujaba la silueta de un hombre, el cuadrado de una casa. Un montón de líneas verdes y anaranjadas y moradas por todas partes. Por fin un niño, había gritado Coco cuando nació Andrés dos años atrás. La gente lo llamaba el Carnicerito, nacido para continuar el negocio de la familia y salvarla del destino de los yernos. Incluso parecía un hombre en miniatura, con su rostro enfático, como si siempre estuviese descifrando el más importante de los códigos.

—Es la hora de la siesta. Guarden todos esos huesos.

Los niños obedecieron a su madre con un estrépito de huesos. Andrés guardó los lápices de colores en su caja. Pajarita tomó una manzana y un cuchillo de su canasta y la cortó en rodajas que les dio a sus hijos. Andrés estaba preparado con la mano extendida, el único hijo varón, del mismo modo que la que ella llevaba ahora en el vientre sería la única hija y, por un instante, mientras la mano de Andrés tocaba la suya y tomaba el trozo de fruta, ella tuvo la visión fugaz de una historia, una vieja historia, de una manzana y una mujer y un jardín.

Eva, pensó, mientras seguía a los niños por la ruidosa escalera. Ése será tu nombre, y quién puede evitarlo, no importa lo que vos quieras elegir, el nombre elige al niño.

El año en que nació Eva Dolores Firielli Torres se inició la construcción de la Rambla en la costa del Río de la Plata. El gruñido estridente de las máquinas invadía la ciudad. Las máquinas excavaron una acera a lo largo de la playa, un camino curvo con baldosas color crema y granate donde los uruguayos podían caminar por el límite de las cosas, la línea entre el agua y la ciudad.

Eva era una criatura notablemente curiosa. Tenía la piel pálida, como su padre ausente y Marco, y como las mujeres de la ciudad, pero su pelo era negro como el de su madre, grueso desde el mismo día en que se asomó al mundo. Le encantaban las cosas que brillaban o centellaban, como el brazalete de jade de Pajarita, los destellos de sol sobre el agua, el haz del faro cuando se escabullía entre las rocas nocturnas.

Cuando Eva tenía casi dos años, y hablaba con gran entusiasmo, Pajarita recibió una carta de Ignazio. Corrió inmediatamente a la casa de Coco para que ésta se la leyese en voz alta.

—*"Mi Reina"*, leyó Coco—. ¡Hmmm! ¡Qué coraje!—. *"Rezo para que estén bien. Estoy seguro de que la familia ha estado mejor sin mí. Hasta hace tres semanas estuve en un submundo que ninguna mujer debería ver jamás. Y tampoco nuestros hijos. Aquí te envío un poco de dinero. Te enviaré más cuando pueda.*

"No creo que alguna vez puedas perdonarme ni que me creas cuando te digo que esto lo hago para protegerte. Cuando mis demonios hayan desaparecido, regresaré a casa. Te amo. Ignazio".

Durante los años siguientes, sus cartas siguieron llegando: intermitentes, vagas, amorosas, con el papel doblado cuidadosamente alrededor de pesos húmedos.

La tormenta llegó desde el este. La lluvia bramaba contra el techo. El sonido de los truenos despertó y asustó a Eva, quien corrió desde la cama hasta encontrar a su madre en la cocina lavando ollas y sartenes.

—¡Mamá! ¿Puedo quedarme contigo?

—Bueno.

—Contame una historia.

—Había una vez una nube de tormenta muy amistosa…

—No te creo.

—¿Por qué no?

—Las nubes de tormenta son malas.

—Algunas son lindas.

—¡No!

—¿Por qué no?

—Traen oscuridad, y ruido, y mucha lluvia.

—La lluvia puede ser una cosa muy buena.

Eva parecía dudosa.

—Ayuda a que las plantas crezcan.

Eva se encogió de hombros.

—¿Y?

—¿Cómo que "y"? Y…

Golpes en la puerta. El rugido de la lluvia. Más golpes.

Ambas se miraron.

—¿Creés que es una nube de tormenta? —preguntó Eva.

—Vamos a averiguarlo.

Las dos caminaron hasta la puerta agarradas de la mano.

—¿Quién es? —preguntó Pajarita.

—Ignazio.

No puede ser. No puede ser. La puerta latía como una enorme

bestia de madera, respirando al compás de la lluvia. Ella la abrió y allí estaba él, el paraguas en una mano, un ramo de rosas en la otra. Amarillas. Marfil. Rojas.

Lo dejó entrar. Él permaneció indeciso en la entrada de la sala.

—Querida.

Las gotas se acumulaban y caían desde el ala de su sombrero.

—¿Quién es, mamá?

Ignazio la miró.

—Eva —dijo Pajarita— éste es tu papá.

Ignazio abrió los ojos muy grandes. Los de Eva se entrecerraron. Él se agachó hasta quedar a la altura de la niña, examinando su cara entre las manos, los dientes apretados, las trenzas de pelo negro y grueso.

—No te parecés a mi papá.

—¿Y cómo es tu papá?

—No lo sé.

—Tal vez se parece a mí.

—¿Por qué tenés esas flores?

—Pensé… que podrían gustarte.

—¿Por qué estabas afuera bajo la lluvia?

—Yo… este…

—Eva —dijo Pajarita —ahora volvé a la cama. Es muy tarde.

Ignazio se quedó en la entrada de la habitación mientras Pajarita tapaba a Eva y le cantaba una canción de cuna. *Arrorró mi nena, arrorró mi sol.* Podía sentir la mirada de Ignazio sobre ellas y sobre la segunda cama donde dormía Tomás. *Arrorró, pedazo de mi corazón.* La lluvia seguía golpeando arriba de ellos pero, por ahora, ningún trueno. Los músculos de Eva se relajaron cuando se durmió.

Los dos regresaron de puntillas a la sala de estar.

Ignazio extendió su mano con las flores. Tímidamente.

Pajarita tomó el ramo de rosas. El papel de seda crujió entre sus dedos. Se imaginó a sí misma sacando las rosas una a una, tallo por tallo, y arrojándoselas a este hombre que ahora goteaba agua de lluvia sobre su alfombra. Se imaginó a sí misma enrollándolas con fuerza alrededor del cuello de él. Se imaginó a sí misma deslizándolas sobre su propio vestido, aplastándolas contra su cuerpo, con espinas y todo. En cambio, trajo un florero con agua de la cocina y colocó las flores sobre la mesa de café. Se sentaron en dos sillones, con el ramo de flores entre ellos, dos personas durante una tormenta común y corriente.

—Has mantenido la casa muy linda.

Esposo, pensó Pajarita. *Éste es mi esposo.*

—¿Dónde has estado?

—En la parte vieja de la ciudad. En un edificio de apartamentos cerca de la calle Sarandí. Viviendo... no, viviendo no —hizo una pausa. Estudió el brazo de su sillón—. Una noche Cacho me encontró en un callejón. Estaba inconsciente y sangraba por una cuchillada. Él me salvó. Me llevó dentro, me lavó, me consiguió un trabajo y me obligó a aceptarlo. Pietro también me ayudó. Luego empecé a escribirte. Todos los días soñaba con regresar a casa.

—Pero no lo hiciste.

—No podía. Era un monstruo.

—¿Qué sos ahora?

—Un hombre. Un esposo.

—¿Tenés idea de lo que significa ver a tus hijos con hambre?

—Ya no van a pasar hambre.

—No, no van a pasar hambre, te quedes o no. Yo trabajo. Tenemos lo suficiente.

Ignazio pareció sorprendido y ella podría haberle borrado esa expresión del rostro con una bofetada. Se sentía fuerte, caliente, victoriosa. Oh, Ignazio, hombre triste, triste hijo de la madre, abandonaste a una mujer pero al volver a casa encontraste a otra; no sabés en quién me he convertido: trituro hojas por kilo, mis infusiones han calentado la ciudad, la ciudad ha dejado manzanas en mi puerta. Ella sentía su propie estatura, su solidez, más allá de las dimensiones de su cuerpo. Se sentó erguida en el sillón, una reina en su trono, observando al suplicante que estaba frente a ella.

—Quiero quedarme —dijo él.

—Vas a tener que cambiar.

—Lo haré.

—Va a llevar tiempo.

—Esperaré. Dormiré en el suelo.

—Sí. Lo harás.

Él se echó hacia atrás. Estaban sentados bajo la tenue luz de la lámpara. Éste podía ser un mundo tan húmedo y pesado. Podía inundar una noche normal con una lluvia implacable; podía llevarse a un hombre en sus corrientes y volver a escupirlo en playas perdidas; podía penetrar en tu tierra secreta aunque a ti te gustaría, te gustaría, te gustaría, permanecer seca. Las rosas habían impregnado la habitación con una fragancia que podía embriagarte. Los pétalos lucían como si olvidasen el oscuro marchitamiento de mañana o pasado o el día siguiente. Ignazio se inclinó hacia adelante. Tenía esa expresión que lucía cuando tenía esperanza, una suerte de brillo en los ojos. Su mano tocó la de ella y era cálida y había acariciado a sus hijos al nacer, había temblado sobre su cuerpo, había construido el techo que se extendía arriba de ellos, protegiéndolos del cielo mojado; ella extrañaba los contornos callosos de esta mano que (una vez) se convirtió en un puño y (más de una vez) buscaba el alcohol. Una sola mano y tantos usos. Una mano que era tanto para cargar.

—Pajarita.

Ella ansiaba acurrucarse contra su cuerpo, deseaba arrojarlo fuera de la casa y bajo la lluvia. Se levantó, abandonó la sala de estar y regresó poco después con una almohada y dos mantas.

—Podés usar esto.

Él parecía herido.

—Gracias.

—Buenas noches, Ignazio.

—Pajarita.

Ella giró sobre sus talones y abandonó la habitación sin mirarlo.

Ignazio durmió en el suelo durante un mes. Ella se despertaba cada mañana pensando que él se había marchado, podía haberse marchado, que entraría en la sala de estar y sólo encontraría las mantas arrugadas. Pero él seguía allí, cada mañana, aún dormido bajo la pálida luz del amanecer. Ella preparaba el desayuno haciendo ruido con los trastes para despertarlo. Pensaba que tendría que doblar las mantas, pero Ignazio se encargaba de guardarlas tan pronto como se levantaba. Los niños nunca veían su improvisado camastro. Los varones estaban encantados con el regreso de su padre, se trepaban sobre él, reían de todas sus bromas, se peleaban por su atención, como si acabase de regresar de un viaje prolongado pero perfectamente explicable. Al principio, Eva se colgaba de las faldas de su madre, mirándolo, insegura. Pero al cabo de dos semanas, él la había conquistado con su sonrisa de complicidad y sus antiguas canciones italianas. La sentaba sobre su regazo, *Mi dulce, mi única princesa,* y Eva resplandecía con su transformación en un miembro de la realeza. La ternura de su padre era algo palpable. Y enfurecía a Pajarita. Ella no lo tocaba. Durante el día él se marchaba a trabajar en el puerto y ella se instalaba en la carnicería. Por las noches, él jugaba con los niños mientras ella lavaba los platos de la cena. Él esperaba a que los niños llevasen tres horas en la cama antes de extender sus mantas en el suelo de la sala de estar. Algunas noches ella se encerraba en la habitación y dejaba que Ignazio pasara esas horas solo. Otras noches, sin embargo, él la convencía para que se quedase.

—Hablame de tu trabajo.

—Ya te conté lo que hago.

—Contame más.

Él no conseguía ocultar su asombro ante la carnicería, los manojos de hierbas, las filas de mujeres esperando que ella las ayudase. Escuchaba a Pajarita con verdadera avidez, como si esas historias incluyeran algo que él había perdido. Él mismo parecía perdido. Era un barco sin ancla, en aguas inexploradas, sin saber muy bien cómo guiar su volumen y su peso.

—¿Cuándo me vas a dejar entrar?

—Ya entraste.

—Sabés a qué me refiero.

—Buenas noches, Ignazio.

Ella no sabía la respuesta a esa pregunta. Podría haber llevado mucho más tiempo si no hubiese sido por el segundo regreso. Muchos años más tarde, como una mujer de pelo canoso que trataba de entender a su nieta Salomé, mientras sostenía su mano delgada en un ómnibus traqueteante después de quince años de temer por su vida, Pajarita recordaría este año, 1930, el año de los regresos, y decidiría que debía existir un imán, algún imán cósmico invisible que atraía —en lugar de trastes y clavos— a los hombres que amaba de regreso a casa, del mismo modo en que Salomé regresaba ahora a casa, como una niña milagrosa y descarnada recién vuelta de una tierra hechizada. Esas cosas suceden; toda clase de minerales yacen enterrados dentro de las vidas, y seguramente la gente es incapaz de ver todas las fuerzas que los empujan, los atraen, los mantienen de pie. A veces es uno mismo quien convoca a estas fuerzas sin saber que lo ha hecho. En el año de los regresos, 1930, dos semanas antes de que Ignazio volviese a casa, Pajarita se había arrodillado ante una estatua de cerámica de San Antonio y rezado en nombre de Coco. *San Antonio, santo patrón de las cosas perdidas, por favor hacé que aparezca el chal de Coco. El rojo que le tejió su abuelita.* Ella había encendido una vela y dejado unas monedas en la caja. *Y también, por favor, hacé que regrese cualquier cosa que yo haya perdido. Avemaría y amén.* San Antonio da un golpecito con su muñeca sagrada. Un imán se agita. Y si ella pudiera creer en esas cosas, la muñeca, las monedas, el imán, entonces podría creer que lo que había quedado varado ante su puerta aún podía ser suyo.

Una noche, tarde, alguien llamó a la puerta. Ignazio llevaba un mes en la casa y los dos estaban sentados en la sala, escuchando el sonido de la lluvia de invierno.

—¿Esperás a alguien?

Ella meneó la cabeza. Más golpes.

Ignazio se levantó con una expresión de cautela en el rostro.

—¿Quién es?

—¿Pajarita?

La voz la empujó, obligándola a levantarse y aferrar el picaporte de la puerta y girarlo y tirar y allí estaba. Artigas. Empapado y temblando bajo un paraguas demasiado pequeño. Un pelo demasiado largo se pegaba a su cabeza. Llevaba de la mano a una niña pequeña, de unos cinco años, una mulata con los mismos ojos color avellana de Artigas. Ella también estaba empapada. Alzó la vista hacia Pajarita.

—¿Nos vas a dejar entrar? —preguntó Artigas.

Ella les indicó que entrasen. Su hermano goteaba sobre la alfombra. Ella podía saborear las llanuras verdes y frondosas de Tacuarembó, el viento cálido y seco, el olor del guiso en el horno de tierra, el crujido de la leña bajo el hacha de Artigas, su olor, su voz, su sombra en la oscuridad.

—Hermana.

Ella cayó en sus brazos y él la mojó. Ignazio permaneció de pie, mirando a ese hombre guapo, la niña, su esposa mojada. *Estoy soñando,* pensó Pajarita. En cualquier momento puedo echar a volar o despertarme o convertirme en una sartén.

—Artigas, éste es mi esposo. Ignazio, éste es mi hermano...

—Y ésta es Xhana. Mi hija.

Artigas apretó la mano de la niña. Xhana apoyó la mejilla contra su pantalón mojado.

—Hola, querida —dijo Pajarita—. Debés tener frío.

Xhana asintió.

—Tienen que secarse. Los dos. Se quedarán a pasar la noche.

—¿No te importa? —preguntó Artigas—. ¿Tenés lugar?

Pajarita hizo unos rápidos cálculos mentales. Cinco camas, cuatro de ellas de los niños. Xhana podía dormir con Eva: uno más uno es igual a uno. Artigas podía dormir en el suelo de la sala de estar (espacio número seis), sólo que ese lugar ya estaba ocupado por su esposo. ¿Y qué pensaría su hermano al ver a su esposo en el suelo?

—Por supuesto que hay lugar. Si no te importa dormir en el suelo.

—Me encanta el suelo.

—Ignazio, ¿podés traer las mantas, por favor?

En los minutos siguientes, Pajarita calentó milanesas, preparó chocolate caliente y buscó ropa seca para sus huéspedes mientras Ignazio preparaba la cama en el suelo de la sala. Artigas puso a su hija a dormir con Eva.

—Está profundamente dormida —dijo cuando salió de la habitación.

Los tres se demoraron en la sala de estar.

—Ignazio —dijo Pajarita—. Sé que estás cansado. Capaz que estás pronto para irte a la cama.

Ignazio dudó.

—Este... ¿la cama?

Ella asintió como si fuese la cosa más natural del mundo.

—Artigas. Si me disculpás.

—Por supuesto. Buenas noches.

Ella observó a su esposo desaparecer detrás de la puerta del dormitorio.

—¿Más chocolate caliente, hermano?

Los dos se sentaron a la mesa de la cocina. Artigas llevaba puesto un suéter de Ignazio, que era demasiado ancho de hombros y olía a moho después de cinco años metido adentro de un cajón.

Él la miró mientras Pajarita volvía a llenarle la taza con chocolate caliente.

—¿Estás enojada? —preguntó.

Ella apoyó el cucharón. Mirar a Artigas era como atisbar dentro de un pozo que se hundía en el pasado. No puedes ver el fondo, te resistes a los ecos, pero no puedes evitar mirar. Cazas sombras. Esperas a que las monedas perdidas reflejen la luz.

—Me prometiste que ibas a escribir.

—Yo sé. Perdoname.

Lo decía en serio. Si ella quería podía permanecer bien amarrada y guardar los nudos en su interior. Pero qué tormenta, qué noche avanzada, qué taza de chocolate humeante entre sus manos. Hora de desatar, desplegar, abrirse a esta cocina con sus potes de hierbas, el milagro de los niños seguros durmiendo, el hombre con manos mágicas que la había invitado a subir al escenario hacía tanto tiempo, desgarrado y vuelto a coser y haciéndose preguntas silenciosas en su cama, Artigas regresado de los muertos y mirándola con los mismos ojos que, según rezaba la leyenda, convencieron a un bebé asilvestrado que baje de lo alto de un árbol. Cubrió sus manos con las suyas.

—Te extrañé.

—Por Dios, yo también te extrañé. Pensaba escribirte pronto, pronto, cuando estuviese preparado para volver. Al menos para visitarte. Pero las cosas no salieron de ese modo.

—Ah. ¿Y cómo salieron las cosas?

Artigas derramó sus historias para su hermana.

Aquella primera cabalgata en el viento lo atravesó de lado a lado. Todas las cadenas que lo habían atado a Tacuarembó se habían abierto de pronto con el martillar de los cascos de su caballo sobre una tierra ignota. El paisaje lo cautivó: ¡Mirá eso, un eucalipto nunca visto antes, una choza rodeada por gallinas desconocidas, una mujer junto a un pozo que nunca había visto su rostro! El cielo caliente y azul se extendía infinito sobre su cabeza. Y los sonidos. No había oído una música semejante desde que tenía siete años. El viento soplaba y gemía y susurraba guturalmente a través de las copas de los árboles. Su caballo zapateaba, los gorriones lloraban y los cuervos respondían con chirridos. Los grillos canturreaban su embeleso a través de la noche. La canción del camino se vertía en sus oídos, una droga auditiva, pleno de todo el caos y la persistente polifonía del mundo. Hacía que su corazón le doliese como un músculo obligado a moverse más que nunca antes. Música. Se entregó a ella, se bañó en ella, empeñó una vida de devoción al misterio del sonido.

El camino lo llevó hacia el norte y el este, en dirección a Brasil, a través del departamento de Tacuarembó y entrando en el de Rivera. Durante su viaje encontró gente que le ofrecía un tazón de puchero caliente, el caldo desprendiendo el aroma a cebollas cocinadas a fuego lento, o mate fresco, o un trozo de suelo donde echarse a dormir. Él, a cambio, cantaba para ellos. Cantaba baladas conocidas y las familias se unían al canto, abriendo bien grandes sus bocas desdentadas; también escribía canciones para la gente que conocía, componiendo una crónica de sus aventuras ficticias, rasgueando acordes simples en su guitarra. Una familia memorizó la canción —dos líneas cada uno— de modo que, entre los doce de ellos, pudieran mantenerla viva. En otro pueblo, una viuda de piel curtida se echó a llorar y le ofreció tres panes y la mano de su hija (la hija se sonrojó; Artigas sonrió cortésmente). Nunca permanecía más de una noche en el mismo lugar. Hacia el final del desayuno ya eran demasiadas las preguntas acerca de su familia, cómo podía haberlos abandonado, cuándo volvería a verlos. Él daba respuestas vagas y montaba rápidamente, cabalgando por una tierra rebosante de sonidos.

Justo antes de llegar a la frontera con Brasil, Artigas conoció a Bicho y Bronco, hermanos de la ciudad de Treinta y Tres. Su familia los había desheredado por razones misteriosas y Artigas se mostró más que feliz de no interrogarlos. Ambos cabalgaron a su lado. Los hermanos compartían contexturas delgadas, sonrisas rápidas y una evidente fascinación por el nombre de Artigas, que evocaba imágenes de los héroes que habían seguido al primer Artigas en la guerra de la independencia.

—Somos como aquellos rebeldes de los viejos tiempos —dijo Bronco—. Ja. ¡Llevanos a la batalla!

—¿Nos estás llevando a la batalla? —Bicho miró a Artigas desde debajo del ala del sombrero—. ¿O sólo a Brasil?

—No los estoy llevando a ninguna parte —dijo Artigas—. Sólo viajamos en la misma dirección.

Una vez cruzada la frontera encontraron caminos cada vez más agrestes. Bordearon la selva, un terreno tan denso y húmedo y fértil que a Artigas le parecía que aspirar el aire podía volverlo de color verde. En su octava mañana en Brasil, Artigas se despertó solo. Los hermanos habían desaparecido. Se habían llevado su caballo, su guitarra, sus pocos pesos y su hato de ropa, incluso el facón que guardaba envainado dentro de la bota. Mataría a esos muchachos. Él moriría de terror. No tenía nada y no conocía este lugar, sería atacado por una serpiente o quedaría atrapado entre las enormes plantas trepadoras, se ahogaría y moriría y se pudriría en la brillante y agresiva densidad de la selva.

Siguió adelante.

Viajó a pie. Las canciones lo mantenían cuerdo. Cantó todas y cada una de las baladas que conocía, una tras otra, como si pudiesen alejar a la muerte, a los depredadores y al hambre. Cantaba en una voz apenas audible, atento a los sonidos que lo rodeaban, el zumbido de criaturas que se movían lentamente entre los árboles. El tercer día, finalmente dejó de cantar y escuchó a la selva. El lugar desplegó sus sonidos para él: Húmedo. Denso. Estallando con vida verde, incesante, pájaro llorón y enredadera trepidante, un himno de elegancia felina.

Bebió las aguas de arroyos delicados. Comió hojas y, muy pronto, la propia tierra, llevando a su boca puñados llenos de gusanos. La primera vez, la repugnancia hizo que sólo comiese un pequeño bocado; la segunda vez, se entregó a la selva, arrodillándose en la tierra húmeda y comiendo terrones, lamiéndose los dedos, alimentándose del mismo lugar que los árboles. Rezó para que nada de lo que comía fuera venenoso. Rezó por la vida. No sabía, o no le importaba, a quién o qué le rezaba. Unos días más tarde encontró la salvación en una llanura abierta: dos huellas de hierro cortaban el paisaje una al lado de la otra. Vías de ferrocarril. Artigas conocía los trenes, había visto sus vías tendidas en Uruguay, criaturas nuevas y extrañas, más veloces que corceles a todo galope. Se inclinó para besar el metal brillante, luego se tendió junto a él y cerró los ojos. Pasó el tiempo. Aguzó el oído. Un tren se acercaba: un estruendo desde el suroeste en dirección a Río. Los sonidos metálicos y los gruñidos se volvieron más estridentes y esa cosa larga de hierro rugió en dirección a él, enorme y veloz y en forma de gusano, su trompa marrón lanzando bocanadas de vapor y, de pronto, los grandes y pesados vagones del tren pasaron como una mancha junto a él, las altas ruedas rodando a una velocidad pasmosa, y *No,* pensó, *no puedo hacerlo pero debo.* Contuvo el aliento y saltó.

El viento y el hierro llenaron sus oídos. Se colgó del costado de un vagón de carga y encontró una barandilla con los pies. Miró hacia abajo y deseó no haberlo hecho: el suelo pasaba vertiginosamente. A un metro de él había una puerta corrediza negra entreabierta. Avanzó lentamente, cautelosamente, hacia ella y volvió a contener el aliento mientras se lanzaba dentro del vagón.

Un penetrante hedor lo rodeó de inmediato, olor a mierda. El vagón estaba lleno de cajones con estiércol formando pilas de tres metros de alto. El calor de pleno verano hacía que desprendiesen un olor que podía invadir el más pequeño de los poros. Pensó en salir disparando de allí, pero se quedó paralizado ante el recuerdo del terreno que se escurría a toda velocidad debajo de las ruedas. El olor a mierda penetraba cada parte de su cuerpo, capa tras capa de piel. Exploró el estrecho pasillo que había entre los cajones, pero cada paso apestaba, era inútil y no había escapatoria; golpeó el costado de un cajón con repugnancia. Alguien jadeó detrás del cajón.

Se preparó. Extrañaba su facón, pero se defendería sin él si era necesario. Alzó los puños y rodeó la pila de cajones.

Una familia se apiñaba entre ellos: un niño y una niña pequeños, un hombre joven y fuerte, una mujer con un bebé en brazos y un anciano con el pelo plateado. Indios, por sus rostros, marcados por el miedo. Bajó los puños. El niño cerró los ojos. La niña lo miró con los ojos grandes como lunas. La mujer lo miró con fiereza.

El hombre joven se levantó y alzó las manos en el aire, suplicándole a Artigas en un portugués titubeante.

—No los voy a lastimar —dijo Artigas—. No, no lastimar. —Siguió repitiendo la frase al hombre, quien seguía explicando mientras gesticulaba con urgencia señalando a su familia. Finalmente, Artigas dijo—: No soy del tren. *Yo* —señalándose el pecho— no —sacudiendo el dedo— tren —señalando a su alrededor.

El alivio se hizo evidente en el rostro del hombre. Profirió unos sonidos rápidos y extraños. La mujer besó la cabeza del bebé, la criatura gimoteó y el anciano sonrió, mostrando una boca desdentada.

El hombre joven se volvió hacia Artigas.

—*¿Quem é você, então?*

—Artigas. ¿Vos?

—Galtero.

Los dos hablaron en una forzada mezcla de español y portugués. Galtero y su familia, según supo Artigas, eran guaraníes del sur de Brasil que habían vivido en tierras indias durante incontables generaciones hasta el mes anterior, cuando unos hombres con vestimentas extrañas llegaron de un lugar llamado Zaffari Supermarket Company y dijeron que la tierra les pertenecía. Los hombres no tenían documentos legales ni ninguna prueba de lo que decían, pero el gobierno no hizo nada. Los hombres de Zaffari derribaron sus casas, arrasaron campo tras campo de mandioca y maíz, y dejaron a cientos de familias sin hogar ni cosecha, repartidas a los cuatro vientos.

La mujer sacó un mate. Lo llenó de agua fría y se lo ofreció a Artigas. La idea de beber cualquier cosa en este lugar le revolvió el estómago y, sin embargo, allí estaba, el ofrecimiento del mate, ese antiguo gesto de amistad. Su corazón podía romperse en pedazos ante la generosidad de aquella mujer. Aceptó el mate, se llevó la bombilla a los labios y bebió. Sabía a estiércol untado sobre pasto.

Aquella noche, Artigas se tendió sobre el suelo trepidante junto a la niña. Mientras dormía, la pequeña se deslizó hasta descansar en la parte interior de su codo. Sus trenzas de pelo negro y grueso le recordaron a Pajarita. ¿Dónde estaba su hermana ahora? La soledad lo envolvió y luego lo empujó hacia el sueño. Soñó con grandes praderas verdes que se rajaban violentamente para inundarse con ríos de mierda.

El día siguiente transcurrió acompañado del sonido y el canto del metal. La historia de Galtero no dejaba de darle vueltas en la cabeza como una rueda de hierro. La crueldad del relato aplastaba sus pensamientos. Se lo dijo a Galtero.

—Pero no es nada nuevo —dijo Galtero—. ¿Cómo es en tu país?

—No tenemos esos problemas.

—¿De verdad? ¿Se respetan las tierras de los indios?

—No... Es sólo que... —Comenzó a decir *no tenemos indios en Uruguay,* pero la frase le pareció súbitamente vergonzosa—. Nosotros simplemente no pensamos en eso.

—Es asombroso —dijo Galtero— que tu tribu no tenga que pensar en eso.

Artigas abrió la boca para corregir al hombre y luego la cerró desconcertado. En su país él no era un indio; nadie lo era. Galtero estaba equivocado, ¿o no? ¿Acaso no tenía este hombre ecos de su propia piel y pelo y nariz y hombros? Los ecos podían ser tenues y aun así resonar, como lo hacían ahora, haciendo que algo retumbase en su cabeza, una historia, la que hablaba acerca del milagro de 1700, exactamente doscientos años antes de que su hermana apareciera en lo alto de un árbol, cuando las canciones guaraníes habían llenado el aire del Año Nuevo con melodías perdidas que no había oído nunca antes; tampoco había oído la historia de cómo se había perdido esa música, y a qué precio. El estrépito pasó a la sangre y corrió a través de su cuerpo, ruidoso y rojo y centelleante, haciendo que algo se abriese en su cuerpo.

Cuando el tren llegó a Río de Janeiro, Artigas y Galtero se abrazaron, rápidamente, furiosamente, y abandonaron el vagón de carga en direcciones opuestas. Galtero con su familia, Artigas solo.

Las calles eran empinadas y bulliciosas. Vagó por ellas, mirando boquiabierto a su primera ciudad, atestada de gente, rodeada por una erupción de montañas verdes. Debajo de los gritos y las conversaciones y los pregones de la venta ambulante oyó música, un tambor y una canción que lo estremecieron y penetraron en su interior. Corrió hacia la música, por la calle empinada, doblando en una esquina, y su intensidad aumentó, los ritmos se unían estrechamente, muchos tambores al mismo tiempo, dramáticos, devastadores, otra esquina, no era la correcta, dobló en otra y allí estaban, su destino, un grupo ensayando para el carnaval, estremeciendo el cielo con su música, atrapando los dardos de sol en sus vestimentas cubiertas de lentejuelas, las bocas bien abiertas en una canción que seguramente estaba compuesta de voces divinas de esa misma tierra extraña y punzante, y él se acercó con los brazos abiertos, hambriento de canciones.

La multitud se separó rápidamente a su alrededor. Bailarines y tamborileros retrocedieron asqueados. Estaba solo en medio de un claro repentino.

—Apestas —dijo un hombre flaco y desgarbado.

—Ah. —Sintió que la vergüenza le calentaba la piel—. Perdón.

—¡Vete de aquí! ¡Lávate!

El hombre señaló y Artigas vio, colina abajo, la playa llena de gente y, más allá, el océano. Echó a correr.

El océano era más vasto y azul y maravilloso que cualquier otra cosa que jamás hubiese experimentado. Se quedó contemplándolo fijamente. Lo comió con los ojos. Cayó de rodillas ante una ola blanca. El agua le rodeó las rodillas y lamió las piernas y los dedos de los pies, luego retrocedió como si quisiera arrastrarlo con ella. La arena estaba cubierta por una multitud, gente medio desnuda con ropas extrañas que se reía de él, pero los ignoró. En alguna parte de la playa estaban tocando más música, incitándolo, gritando una y otra vez, *Sí, sí.* Gateó hacia el agua y la sal le roció la lengua. Un agua limpia, cerúlea, envolvió su cuerpo. Se sumergió por completo y las olas lo rodearon, roncas, plañideras, en sus oídos. Fue engullido, envuelto, una criatura oceánica con una conmoción de sal en los labios. La mierda se desprendió de su piel y su ropa, la mierda se sacudió de sus huesos, la tristeza se derramó de su corazón y se disolvió en el agua salada. El cuerpo vasto y misterioso del océano lo sostuvo en su enorme balanceo húmedo. Flotó hasta la superficie y se dejó llevar, gozando del calor del sol, pequeñas lenguas de agua ondulándose sobre su cuerpo, y aunque no tenía un lugar donde dormir, ni dinero, ni amigos, ni posesiones que no estuviesen en su espalda o su piel, una palabra se abrió paso hasta su mente y allí se quedó. Hogar.

Tenía dos objetivos: sobrevivir y aprender a tocar el tambor. Los tambores se habían quedado con él, resonaban en su cabeza, lo sacudían en las calles bulliciosas y en silencio. Su guitarra se había perdido en los caminos de la selva. No había vuelta atrás, ninguna posibilidad de traer su vieja música a los ricos y múltiples ritmos de esta ciudad. Ansiaba poder acariciar la piel de los instrumentos de esta tierra, anhelaba sentir cómo latían en sus manos.

Para su primer objetivo encontró un trabajo fregando platos y una habitación llena de ratas. El segundo objetivo lo llevó hasta João, un hombre alto con manos que se movían como las alas de un colibrí. La choza de João estaba en la ladera de una frondosa colina. Desde su puerta, Artigas podía ver la ciudad extendida a sus pies, desde el pico súbito del Pão de Açúcar hasta la curva blanca de Copacabana. Dos veces por semana subía el empinado sendero hasta la casa de una sola habitación de su maestro y se unía a un pequeño círculo de hombres sentados bajo las cálidas estrellas, esforzándose por absorber los complejos compases, sonidos como un pez ágil y brillante que sus dedos ansiaban atrapar. Permanecía callado mientras los hombres y mujeres de la colina compartían sus adamantinas historias cotidianas. Aquí él era diferente: no era negro, no era brasileño, apenas estaba aprendiendo portugués y el lenguaje de la samba. Era un intruso y, sin embargo, cada vez que llegaba había un cajón de madera en alguna parte donde podía sentarse. Y tambores. Y Ana Clara.

Ana Clara era la hija única de João. La primera vez que Artigas la vio, ella salía de la choza con un machete en mano. Se movió con la elegancia de un tapir hacia un tallo de caña de azúcar que se apoyaba contra el costado de la casa. El machete se alzó en el aire. Corte. El sólido tallo se partió por la mitad. Ella dejó los trozos en el suelo. Corte. La dura cáscara cedió otra vez, revelando las pálidas fibras internas, esperando ser prensadas para entregar su jugo. Las manos de Artigas tropezaron sobre el pellejo de cabra y perdieron el ritmo. Ana Clara desapareció dentro de la casa.

Pasaron meses. Artigas trabajaba y estudiaba. Desarrolló una lenta y perenne amistad con João y sus vecinos y se propuso ganarse el amor de Ana Clara. Esta empresa le llevó cuatro años ya que Ana Clara se tomó su tiempo. Era una mujer que hablaba en serio, incluso si eso significaba no decir absolutamente nada. Su sonrisa podía eclipsar veinte velas, pero ella sólo sonreía cuando era verdaderamente feliz, un estado de ánimo que Artigas empeñó su mundo en crear. Traía flores y piñas frescas, baladas y paja para reparar el techo de la choza de su padre. Escuchaba sus palabras y su silencio.

—Hay cosas —dijo ella una vez —que sólo le cuento al océano. Vete a tu casa, vete de aquí antes de que te las cuente a ti.

Él obedeció esta orden y descendió la empinada colina hasta llegar a la pequeña y destartalada habitación que llamaba casa. Se acostó en la oscuridad y trató de no pensar en su otro hogar, su familia en Tacuarembó, su padre tieso, derrotado, los brazos firmes de la tía Tita, su hermana Pajarita durmiendo entre las pieles sin él, soñando, quizás, con la carta que su hermano descarriado nunca le envió. Esperaba que estuviese furiosa con él por su silencio, en lugar de herida o triste, posibilidades que lo avergonzaban. Había preguntado en el barrio por escritores de cartas y encontrado a uno que podía escribir en español al dictado, pero Artigas nunca fue a verlo, diciéndose a sí mismo que aún no tenía dinero para pagarle, ¿pero cómo era eso posible si tenía dinero para comprar piñas frescas y paja? La razón no era el dinero; era otra cosa, una incapacidad para colocar las palabras adecuadas en el orden correcto y transmitir cómo estaba a una hermana a la que no podía ver u oler o escuchar. Él nunca había dictado una carta, pero parecía algo terriblemente formal, cada palabra colocada de forma indeleble en la página para luego marcharse en tren o en el lomo de un caballo, sin que uno pudiera ajustarlas. Cuanto más tiempo transcurría, parecía que la carta debía ser más elaborada y perfecta. Y también, una vez que efectivamente la escribiera, tendría que estar preparado para decir que iría a visitarla, como siempre había pensado que haría, pero ahora que estaba aquí, en la ciudad, con sus bordes afilados que podían cortarte y brillar al sol al mismo tiempo, no podía imaginar el regreso a su hogar. Le escribiría, por supuesto que lo haría, sólo necesitaba un poco más de tiempo, se decía a sí mismo, noche tras noche, año tras año.

Cuatro años más tarde, Artigas se había asegurado la bendición de João y la aceptación de Ana Clara para que la cortejase. Cuanto más tiempo pasaban juntos —tomados de la mano caminando por la playa, palpando juntos las papayas para descubrir su madurez— más repetía Artigas la canción de su nombre, Ana Clara, Ana Clara, una melodía ágil con infinitas variaciones. Se casaron. Artigas construyó una segunda habitación en el costado de la cabaña de João, donde Ana Clara y él hacían el amor y dormían en el suelo sobre una esterilla tejida. Hacían el amor en silencio, ya que su padre dormía al otro lado de la pared, de modo que Artigas absorbía los otros signos del placer de su esposa: la conmoción de sus muslos, la brutalidad de sus uñas, la expresión en su rostro como si estuviese viendo a Dios y todos los demonios congregados detrás de sus párpados cerrados. Él cobraba vida por la noche en su búsqueda del placer de Ana Clara, del placer de ambos, un placer que podría haber incendiado todo el barrio. Cuando ella se quedó embarazada, el sexo se volvió suave, oceánico, como la caricia de Iemanjá, decía Ana Clara, la diosa africana madre del mar. Ella dio a luz una larga y calurosa noche que Artigas pasó desterrado en la habitación de su suegro, escuchando a través de la pared los gemidos de su esposa y a las tías y primas que estaban con ella. Permaneció despierto y sumido en un estado de pánico permanente hasta que oyó el llanto del bebé. La llamaron Xhana y, en los años siguientes, Artigas aprendió que el amor —por una esposa, un hijo— era un abismo sin fondo, un espacio abierto al que te arrojas, constantemente, voluntariamente, dispuesto a dar tu vida, pero no mueres porque no hay suelo contra el cual chocar, ni hay límite, de modo que simplemente caes y caes y caes.

En aquellos años tenía tantas cosas: su nueva familia, los tambores, trabajo suficiente para comer al menos una vez por día, el océano al que había llegado a llamar Iemanjá. Los rumores comenzaron a propagarse a comienzos de la primavera de 1930. En el sur se estaba reuniendo un ejército. El hombre que lo dirigía se llamaba Getúlio Vargas. Su plan era derrocar al gobierno. Muy pronto sus soldados barrerían el norte.

—La locura de la política —dijo João, removiendo la carne de una piel de cabra—. Dos hombres blancos ricos peleando entre ellos.

—Pero el Presidente es un corrupto. —Ana Clara cortó la carne de cabra en pequeños cubos. Su vientre estaba redondo otra vez con un niño—. Miren lo que pasó con las elecciones.

João se encogió de hombros.

—Hicieron trampa.

—Por supuesto que hicieron trampa. Quizás Vargas habría ganado.

—¿Qué importancia tiene? De todos modos ninguno de nosotros pudo votar.

—No debería ser así.

—Pero lo es.

—Las cosas pueden cambiar, *pai.* Vargas mejorará las cosas.

—¿Cómo lo sabes?

—Él quiere ayudar a la gente.

—¡Bah! Dice eso porque necesita la ayuda de la gente.

Artigas permanecía en silencio mientras cortaba tajadas de carne del hueso. Él no sabía nada de la política brasileña, pero tenía la sensación de haber entrado en una corriente densa y opaca de la historia. El timbre de la voz de Ana Clara permaneció con él; había pocas cosas de las que ella hablase con tanta pasión. Miró la carne fresca en sus manos, la estaban cortando para celebrar el cumpleaños de João; hacía meses que no cocinaban carne de cabra. Si un presidente aumentaba los sueldos podrían comer carne más a menudo. Pensó en Galtero y en la compañía que había destruido el hogar y las cosechas de su tribu con el consentimiento del gobierno. Quizás un nuevo líder protegería a las familias como la de Galtero, aumentaría el salario de los trabajadores y crearía una escuela donde Xhana pudiese aprender a leer. Si eso era lo que significaba la rebelión, lo que Ana Clara esperaba, debía ser algo bueno, y él tendría que apoyarla, excepto que la idea de soldados cerca de su hija y su esposa embarazada lo llenaba de espanto.

Tres días más tarde, unos burócratas subieron la colina a caballo llevando un decreto. Junto a sus vecinos, Artigas y Ana Clara observaron a esos hombres en sus monturas ornamentadas. Uno de ellos extendió un rollo de papel y leyó: Vargas y su ejército estaban cerca de Río. Amenazaban al actual gobierno de Brasil. Todos los civiles debían tomar las armas para defender a su país. Tenían que presentarse en la base militar en cuatro horas.

El hombre enrolló el papel. La multitud congregada junto a su caballo estaba en silencio. Tosió, tiró de las riendas y encabezó la pequeña procesión colina abajo hasta perderse de vista.

Las voces se elevaron, una riada enfurecida.

—Yo no iré a la guerra por ellos.

—Yo tampoco.

—¿Por qué habríamos de arriesgar nuestros cuellos?

—Si no lo hacemos, podría costarnos la vida.

—Nos costará la vida si lo hacemos.

—Si tenemos que luchar lo haremos en el bando de Vargas.

El asentimiento fue general. Artigas abrazó con más fuerza a su esposa.

Un muchacho subió la colina corriendo.

—¡Miren! ¡Miren! —Señaló hacia la ciudad—. ¡La ciudad se está levantando contra el Presidente!

Todos los ojos se volvieron hacia Río: la ciudad serpenteaba de gente, tan apretados unos contra otros que, desde la distancia, parecían un único líquido. La multitud comenzó a bajar la colina para unirse a ellos en una mancha nebulosa de formas lanzadas a la carrera. Ana Clara se libró de su abrazo.

—Yo también voy.

—¿Adónde?

—A las calles.

Artigas la tomó del brazo.

—No lo hagas.

—No trates de detenerme. Ésta es mi ciudad. Yo voy. —Se alejó de él y echó a correr a través del tembloroso pasto. En la última curva, a plena vista, alzó la mirada hacia su esposo y él la bebió, Ana Clara, obstinada, con el vientre redondo, el vestido rojo y blanco ondulándose por la brisa, saludándolo contra el fondo de una ciudad en ebullición—. Cuida a Xhana —gritó. Luego dobló detrás de una pared de roca y desapareció.

Aquellas fueron sus últimas palabras para él. Aquel día cientos de miles de personas invadieron las calles de la ciudad. La policía abrió fuego; el pánico se apoderó de la multitud; la gente empujó y presionó y corrió aterrada. Ana Clara cayó al suelo, invisible en medio de la estampida hasta que el sobrino de un primo segundo de João tropezó con ella. Era demasiado tarde.

Ana Clara, Ana Clara, Ana Clara.

El dolor desgarró a Artigas como un cuchillo. Le arrancó el deseo de vivir. Se derrumbó en su habitación y no comió ni bebió ni durmió durante seis días. La séptima noche, una hora antes de que amaneciera, Ana Clara apareció en el borde de la estera con su vestido rojo y blanco. No estaba embarazada. No sonreía.

—Artigas.

—Dios mío. ¿Sos vos?

—Lo prometiste. Prometiste que cuidarías de Xhana.

Él extendió los brazos hacia ella.

—Pero, Ana...

Ella comenzó a desvanecerse en una bruma roja y blanca.

—Lo prometiste...

Artigas se frotó los ojos. Estaba solo. Salió sigilosamente de la habitación y encontró a su hija de cinco años dormida en la estera de su abuelo, acurrucada entre sus brazos. Se inclinó en el suelo y le besó la frente. Su cabeza olía a manteca de cacao derretida. Su nariz era diminuta, esculpida, inocente, emitía pequeños soplos, al compás de sus sueños, imaginó él. Se tendió en el suelo y envolvió su mano pequeña entre las suyas. Observó la respiración de su hija hasta que la luz del amanecer tiñó la habitación de gris.

Las tropas llegadas desde el sur tardaron dos semanas en derrocar al gobierno. El ejército rebelde pululaba por las calles de Río; Vargas llegó montado en un enorme caballo negro y el uniforme cubierto de medallas. Las masas volvieron a volcarse en las calles, esta vez para celebrar. ¡UN NUEVO BRASIL! decía una bandera. BIENVENIDO VARGAS, BIENVENIDA LIBERTAD, rezaba otra.

João y Artigas se quedaron dentro de la casa. João jugaba con el pelo de Xhana y Artigas miraba sus manos, esas manos expertas que trenzaban y destrenzaban y volvían a trenzar, buscando a tientas las habilidades que su hija se había llevado con ella a la muerte. La imagen de ella invadió su mente, del mismo modo que los soldados invadieron el mercado, del mismo modo que el miedo invadía ahora las calles de Río. En estos días había armas por todas partes, junto a recordatorios de lo que él había perdido. Ana Clara en las curvas de plátano de las playas hambrientas por el mar. Ana Clara en el empinado sendero del acantilado que llevaba a la ciudad y de regreso a casa. Ana Clara en el sabor de los mangos y el sonido de los machetes que cortaban la caña de azúcar. Todo lo familiar era insoportable. Él se preguntaba qué buscaba Ana Clara en aquellas calles antes de caer, qué visión había tenido, cuánto de todo eso había muerto con ella, qué necesitaría el resto para poder sobrevivir. Por las noches soñaba con incendios que se extendían a través del continente mientras el corría para sofocarlos con las manos desnudas. Soñaba con marcharse. Ansiaba los caminos abiertos, una pizarra vacía, un destino libre del peso de los recuerdos y hombres jóvenes armados.

Una noche el sonido de una invitación espectral lo despertó. *Tú. Túuuuu.* Se levantó y salió de la choza. *Tú. Túuuu.* Buscó el origen de la voz bajo la pálida luz de la luna.

—¿Dónde estás?

El sonido de una risa desvió su atención hacia la copa de un árbol. Había una niña sentada en una rama: su hermana, Pajarita, posada igual que hacía mucho tiempo.

—¿No vienes?

—¿Adónde?

Ella canturreó la respuesta, como si la palabra tuviese su propia melodía:

—Mon-te-vi-de-o.

Él rebosaba de preguntas pero, antes de que pudiese hablar, la niña desapareció, un búho del color de la arena prístina ocupó su lugar. *Tú,* ululó el pájaro. *Túuuuu.* Artigas miró sus ojos enormes, insondables. Cuando volvió a la cama durmió más profundamente que nunca desde la muerte de su esposa.

Una semana más tarde, con la bendición reticente de João, Artigas y Xhana abordaron un tren con destino a Uruguay. Se sentaron en los asientos de madera de un vagón que, a pesar de las gallinas y el olor a sudor, olía a paraíso comparado con su último viaje. Xhana apretaba la nariz contra la ventanilla y contemplaba la exuberante masa de selva que pasaba velozmente delante de sus ojos, inmune al calor aplastante y al *clack clack clack* de las insomnes aves de corral. Artigas la miraba con el mismo asombro con que ella miraba el mundo. Allí estaba. La luz de sus ojos. La presa inesperada de su larga cacería.

Una vez en Montevideo se sumergió en la ciudad en busca de su hermana.

Pajarita vertió el último cucharón de chocolate caliente en la taza de su hermano.

—Me alegro de que me hayas encontrado.

—No fue difícil. La gente te conoce en las tiendas de comestibles de todos los barrios. Sos una mujer respetada… incluso un poco temida.

Pajarita miró las plantas en las macetas y los potes con hierbas que llenaban la cocina. Ellas le susurraban en un idioma crujiente, mensajes que surgían de la tierra serena.

—Mirate. Cuando me fui todavía eras una niña.— Se acercó a ella—. Contame cómo llegaste hasta aquí.

—Otra noche. Ya casi sale el sol. —Hizo un gesto hacia la ventana, un cuadrado de llovizna teñido de gris.

—De acuerdo. ¿Mañana?

Pajarita asintió.

—¿Cuánto tiempo te vas a quedar?

—Depende.

—¿De qué?

—Bueno, por ejemplo…¿Cuánto tiempo podemos quedarnos aquí?

—Artí. No me ofendas.

—Gracias.— Le tomó la mano. Su palma estaba áspera y dura luego de años de tocar el tambor—. Si tu esposo está de acuerdo.

Pajarita pensó en Ignazio, una sombra oscura en su cama.

—Dejá que yo me preocupe por él.

Una vez que hubo dispuesto las mantas y las almohadas de Artigas en el suelo de la sala de estar, Pajarita entró en puntas de pie a su dormitorio. Se puso el camisón sin encender la luz. La respiración profunda de Ignazio se oía a través de la oscuridad.

—Ignazio.

La respiración se detuvo. Las sábanas se agitaron.

—Sí.

Ella podía sentir el suelo frío bajo sus pies.

—Artigas se va a quedar hasta que encuentre una casa.

El leve crujido de una sombra negra que se erguía hasta quedar sentada.

—Pajarita.

—Sí.

—¿Tú… venís a la cama?

Ella se balanceó levemente. Su camisón de algodón le acarició las piernas y eran fuertes, sus piernas, aún podían sostenerla, ella podía sostenerse sola durante décadas si era necesario. Pero deseaba descansar.

—Sí.

Ella oyó el susurro de las sábanas al apartarse. Se deslizó dentro de la cama. Eran cálidos, los brazos de Ignazio, largos y sólidos envolviendo su cuerpo. Esta noche, al menos, estos brazos eran sólidos. Sintió los latidos de su corazón, luego su mano, luego la fusión de su cuerpo con el de Ignazio, mientras planeaban juntos, hacia las trayectorias sin ataduras del sueño.

—¿Xhana?

—¿Sí?

—Estás durmiendo?

—No.

—¿Les tenés miedo a las tormentas?

—A veces.

—Yo también.

—¿Podemos ser hermanas?

—Claro.

—Podés dormir aquí, en mi cama, cuando quieras.

—Está bien.

—Y vamos a ser hermanas.

—Sí.

—Para siempre.

—Sí.

Allí estaba. Otra vez. Artigas contempló el terreno que lo rodeaba, un campo de fútbol con la forma de América del Sur, un enorme mapa de pasto, las fronteras entre los países marcadas con tiza sobre el suelo. Los incendios se extendían a través del continente, súbitos estallidos de luz deslumbrante. Rápido, corrió velozmente de un lado a otro del campo, apagándolos con las manos desnudas. Sofocó uno en Perú, giró hacia el oeste para salvar la Guayana, luego bajó hacia Chile y regresó a través de Brasil. Los incendios surgían cada vez más rápido. Él era tan pequeño, estaba exhausto, era imposible continuar. Se paró en seco, derrotado, rodeado por las llamas. Miró hacia el norte. Un fuego cegador iluminaba y encendía el horizonte: una conflagración devastadora, sus chispas disparándose hacia el sur, cayendo sobre el mapa cubierto de pasto e incendiándolo...

Se despertó empapado de sudor, la nítida impronta del fuego ante sus ojos. ¡Xhana! Sintió el suelo debajo de él y recordó dónde se encontraba. Xhana estaba a salvo, durmiendo en la otra habitación con su prima. Eva. Su nombre era Eva.

Se acercó a gatas hasta la habitación donde dormían las niñas, abrió la puerta y las miró. Dormían una enfrente de la otra, con los brazos alrededor de los pequeños hombros de cada una. Las primeras luces del amanecer bañaban su piel. Le recordaron a la forma en que él había dormido con Pajarita mientras crecía... acunándose mutuamente, calentados por brazos y piernas y pieles, soñando sus propios sueños debajo de una manta. Por la forma en que estas niñas se acurrucaban ahora, los sueños parecían buenos y serenos.

—Duerman bien, mijitas, les esperan muchas cosas —susurró mientras cerraba la puerta.

EVA

tres

VOCES, ROSTROS, COPA DE VINO, MESA, PALABRAS

Cuando Eva era muy pequeña, su mundo aún radiante e intacto, le encantaba caminar más allá de la prisión de Punta Carretas. Temía ese edificio con el miedo vago y sagrado de una criatura y, sin embargo, aminoraba el paso cuando su familia pasaba delante de la prisión camino a la iglesia. Esos muros altos y pálidos; esa entrada con su arco elevado cerrado por portones de hierro; detrás de esos portones, un patio, y atisbos de la prisión propiamente dicha con sus gruesos muros. Era tan grande. Y bonita también, con su modelo de castillo en lo alto, la misma forma que subía y bajaba y que sus hermanos hacían cuando construían una fortaleza en la arena. Al pasar delante de la prisión, vislumbrando su interior, Eva pensaba en la gente que estaba encerrada dentro de esas paredes. Era una prisión de hombres, pero tratándose de la imaginación, que es el lugar de nacimiento de la rebelión, ella siempre veía mujeres allí. Pero mujeres que habían hecho cosas malas. En su imaginación esas mujeres eran hermosas, con lápiz de labios color cereza en bocas enojadas. Estaba segura de que escuchaban todo lo que pasaba en las calles: el bebé que lloraba en la puerta de la iglesia, las mujeres que hablaban en la carnicería, los automóviles orgullosos y llamativos, el canto agudo de los cascos de los caballos. Los propios pasos infantiles de Eva. A veces le parecía que podía oír las risas de esas mujeres. Del penal jamás salía ningún sonido, pero podía sentir cómo reían, una suerte de textura chillona en el aire. No podía imaginar cómo alguien podía reír estando encerrado en una prisión, a menos que se riesen de la gente que estaba afuera. Ella las veía con una precisión onírica: estas mujeres temerarias, todas con uniformes, las cabezas echadas hacia atrás, produciendo un sonido vívido y arrollador. (Cuatro décadas más tarde a Eva le asombraría que alguna vez hubiese mirado la prisión y visto eso, oído eso, cuando todo lo que ella podía ver ahora era a su hija, corriendo, corriendo, dejando salsa de tomate fresca quemándose en la cocina).

Pasaban frente a la prisión de camino a la iglesia y, si después de misa papá estaba contento y había sol, todos iban a dar un paseo a lo largo de la Rambla. Caminaban a paso lento contemplando la costa a través de una multitud de gente que también lo hacía, sobre una acera crema y escarlata. El agua no era siempre la misma. Marrón, verde, tranquila, revuelta. Estirándose para llegar al cielo. Eva entornaba los ojos buscando a Argentina al otro lado del río, pero no veía más que una línea infinita, cielo de un lado, agua del otro. Sin embargo sabía que Argentina estaba allí porque lo había aprendido en la escuela. También había aprendido que el Río de la Plata se llamaba así porque los primeros europeos pensaron que los llevaría a una tierra de oro y plata. Los europeos quedaron profundamente decepcionados, explicó la señorita Petrillo, sus ojos deambulando por la habitación como los de un águila, mechones de pelo escapándose de su rodete. De hecho, si bien el nombre le quedó, no era verdad, no fue cierto. Cierto. Cierto. Eva hacía girar esa palabra en su boca. Había algo sensual acerca del sonido *sss* contra el paladar, seguido del estallido dramático de *ier,* para acabar con un *to* decisivo y contundente, que la seducía, como si su propio sabor hiciera que valiera la pena pronunciar la palabra. Ella caminaba por esa rambla los domingos y daba vueltas a la palabra en voz baja, mientras observaba a las olas extenderse sobre la arena. El Río de la Plata había prometido algo, pero no era *cierto,* como *cierre, cielo, cerrado, siempre.* Ella murmuraba al compás de las olas: *Cierre. Cielo. Cerrado. Siempre.*

Eran tontos, sus juegos de palabras, y ella lo sabía. No les hablaba de ellos a sus padres. Papá, especialmente, decía que Eva se tomaba las palabras demasiado en serio.

—En la vida hay más que las palabras —decía él, y debía saberlo, después de haber construido con sus propias manos la casa donde vivían. Pero Eva amaba las palabras por la forma en que se inclinaban y bailaban alrededor de sus pensamientos, como si sus pensamientos y palabras fuesen capaces de bailar un tango, los pensamientos calientes y sudorosos, las palabras brillantes y elegantes, un ritmo apretado entre ellos. Sólo el tío Artigas entendía su juego secreto. Él era como una botella y la música era el vino: tangos, canciones folclóricas, candombe, cualquier cosa. A ella le gustaba estar a su lado cuando se derramaba. En una ocasión inventaron una canción, *La araña se fue a pescar, el pájaro vuela a su casa, soy más grande que un elefante, pero más chico que un duende,* y él la tocó una y otra vez para ella en su guitarra. De vez en cuando, al amanecer, después de que Artí hubiese tocado toda la noche, se acercaba a la cama de Eva y la despertaba, con olor a tabaco y a ese aroma a licor dulce de la grapamiel. Ella abría los ojos para ver el rostro curtido de su tío y le oía susurrar, "¡Che! Querés ir a pescar?" Ella siempre decía sí, quiero ir a pescar, quiero ver al sol volverse fuerte sobre el agua que tiembla en sueños, quiero estar inmóvil con una caña de pescar en las manos y no importarme si muerden el anzuelo, quiero sentarme en una roca contigo mientras la luz llena el cielo.

Una vez, en aquellas rocas, Eva atrapó un pez, y Xhana lo destripó allí mismo. Le abrió el vientre y sacó los órganos con dedos ágiles y pegajosos. Luego lo despellejó como si, simplemente, la carne hubiese estado esperando debajo de las escamas a que ella la liberase. Ella era así, su prima; sabía cómo manejar un cuchillo, no temía a lo que hubiera oculto en el cuerpo de un pescado.

Sabía muchas cosas sobre cuchillos y canciones y las cosas de mayores de las que hablan los músicos. A los siete años, Xhana había leído *El capital* de Marx. Eva trató de imitarla, pero el libro se le antojó impenetrable, palabras importantes enhebradas de maneras extrañas. Sin embargo, dedujo que tenía algo que ver con la libertad, y quizás con la música, y con que todas las personas del mundo tuviesen esas dos cosas. Artí y Xhana parecían tenerlas. Ellos vivían en el Barrio Sur, más cerca del centro, en una calle con viejas puertas labradas que estaban astilladas en los bordes, donde los edificios estaban muy juntos como si fuesen amigos íntimos. A veces desaparecían sin avisar durante un mes o dos y se marchaban a Brasil o Paraguay o a la cordillera de los Andes. Regresaban con historias, picaduras de mosquitos, agujeros en la ropa, una fotografía de Xhana con su abuelo João, tambores pintados y quenas, las flautas indias, y lecciones sobre la forma de tocarlas.

Una vida así no podía esperar la aprobación universal. Coco Descalzo, la esposa del carnicero, chasqueaba la lengua cada vez que se enteraba de la partida de Artigas.

—Allá va —decía y golpeaba un montón de salchichas—. A vagar por caminos peligrosos con esa pobre niña. Ella necesita un hogar decente, un hogar estable. ¡Qué barbaridad!

—Sí, Coco. —Las trenzas negras de mamá se balanceaban cerca de la carne—. Pero él no va a cambiar.

—¿Por qué debería cambiar? —Clarabel Ortiz, la Divorciada, estaba en la puerta con su sombrero en la mano. El sombrero estaba festoneado con flores de papel arrugadas. Hasta Eva sabía que Clarabel sentía una pasión no correspondida por Artigas—. Sólo piensa en las aventuras que deben vivir. ¡Xhana tiene suerte de poder ver el mundo!

—Sí, sí —decía Coco—. Buenos días para ti también. Todos sabemos lo que pensás y cómo te gustaría —con el rostro encendido miró a Pajarita y luego a Eva, que escuchaba desde un rincón— este…—suspirando —viajar. ¿Salchichas? Más frescas no pueden estar.

—No, gracias. —Clarabel arrancó un pétalo falso de su sombrero—. Vine a ver a Pajarita.

Mamá y Clarabel cruzaron la cortina de cuero que había detrás del mostrador. Eva las siguió. Estaba de acuerdo; Xhana tenía suerte. ¿A quién le importaba que su apartamento fuera pequeño? ¿Que dos de las ventanas estuviesen rotas? En el camino, el mundo entero podía ser su hogar, el mundo con todo su polvo y flautas y secretos. Eva también quería ver el mundo y por eso se había convertido en una pirata en sus juegos con Andrés Descalzo. Él era mayor que ella, le llevaba tres años, pero los dos habían jugado en la parte de atrás de la carnicería desde que podía recordar. Andrés tenía una mente ágil y brillante y juntos surcaban los mares. Los grandes costillares, colgados de los ganchos, se convertían en las velas de su barco. Buscaban y blandían sus espadas y encontraban tesoros en agujeros que cavaban en el suelo con palas imaginarias. Su amistad se había forjado a partir de exilios menores: Andrés tenía prohibida la entrada al mundo de muñecas y tazas de té de su hermana mayor, y Eva no podía unirse a los partidos de fútbol que dejaban a sus hermanos con las rodillas raspadas. Para agravar aún más la situación, Andrés no era bueno jugando al fútbol, y a Eva le aburría servir tazas de té vacías. Era mucho mejor abordar un barco y explorar la inmensidad oceánica con todos sus peligros en compañía de Andrés, el capitán, que cubría su ojo con un parche que había fabricado con un trozo de papel de envolver marrón coloreado con lápiz negro ("esa cosa te va a dar dolor de cabeza", decía su madre, pero cada vez que le rompía uno, Andrés hacía otro). Eva, el segundo oficial, tenía una nariz asombrosa, conocida a través de los mares por su capacidad para oler debajo de la carne de vaca el aroma del oro y los rubíes. Andrés navegaba. Mientras Eva mantenía su nariz en los metales preciosos, él mantenía su ojo descubierto atento al peligro. Había muchos peligros: cocodrilos, dragones, olas grandes como casas, barcos malvados llenos de hombres repulsivos que llevaban largos cuchillos, rocas afiladas, sirenas locas, hechiceros con dientes enmohecidos. Andrés dirigía el barco a través de todos ellos, hacia las tierras donde estaba el tesoro esperando a ser desenterrado y sacado a la luz del día. Ésa era la mejor parte: la búsqueda, el hallazgo, el examen detenido de joyas verdaderamente extraordinarias: un anillo de zafiro que te permitía volar; collares que podían oír los secretos susurrados del corazón; pulseras hechas de delicioso y brillante caramelo que podían ser lamidas y lamidas y nunca se acababan, nunca perdían su forma, porque estaban hechas de oro dulce, que era el premio para los piratas temerarios, el gran premio.

Eva vio que su madre y Clarabel se sentaban en sendos taburetes. Clarabel ya estaba llorando. Eva alzó la vista hacia las grandes piezas rojas de carne que colgaban del techo, la tabla de cortar cubierta de sangre, los cuchillos preparados. Cuando fuese mayor sería pirata. Se haría a la mar en busca de tierras desconocidas y fabulosas, desenterraría un tesoro y lo traería de regreso a Punta Carretas. Mami tendría más oro del que podría usar. Y todo el mundo en Montevideo se reuniría en la plaza y exclamaría, ¡miren! ¡miren! ¡miren lo que Eva Firielli trajo a casa! Y habría una gran fiesta con brindis y serpentinas y el tío Artigas tocaría y Mamá y Papá bailarían y ella llevaría una enorme magnolia detrás de la oreja toda la noche.

O quizás Papá no bailaría. Papá, después de todo, era imprevisible. Era como un planeta con atmósfera y gravedad propios. Eva sabía acerca de los planetas y la gravedad y la atmósfera por la señorita Petrillo. Ella sabía que cada planeta tiene su propia clase de aire que lo rodea, y que cada planeta atrae las cosas a su manera. Sus hermanos también parecían entender estas cosas; ellos orbitaban alrededor de su padre como tres vigorosas lunas, Bruno,

Marco, Tomás, moviéndose furtivamente en el aire taciturno que rodeaba a su padre en una nube de ruido juvenil hasta que se fundían unos con otros, Brunomarcotomás. Su madre los llamaba desde la calle de ese modo. ¡Brunomarcotomás! Su presencia era instintiva, constante, como la respiración. Ellos siempre estaban allí y, sin embargo, su club estaba cerrado para ella, junto con su manera de ser codificada: la carrera detrás de una pelota de fútbol, un rastro de sudor tras ellos, un desenfado ruidoso alrededor del planeta de su padre. El clima de ese planeta cambiaba con frecuencia. Un día brillaba, humedecido por el ron; al día siguiente tu piel podía agrietarse por su aridez. En los días secos era mejor dejar que permaneciera sentado, imperturbable, en su mecedora que crujía al moverse hacia adelante y atrás. En días húmedos había alegría, la contenta gasa del humo del cigarro, trucos de magia ejecutados para el animado aplauso en *staccato* de Eva, partidas de póquer con Brunomarcotomás, jugadas con caracoles marinos a modo de fichas (en casa no se jugaba por dinero, una regla que Mamá hacía cumplir con férrea voluntad), u otro juego en el que había que lanzar vértebras de vaca en lugar de piedras, un verdadero juego de gauchos porque, tal como proclamó una vez Cacho, el mago, "El papi de ustedes es un verdadero uruguayo". En aquellas buenas noches el juego del verdadero uruguayo llenaba la sala de estar de carcajadas. Las risas llegaban hasta la cocina, donde Mamá lavaba los platos y Eva los secaba y guardaba. En cada rincón de la cocina, las plantas mezclaban sus alientos de hoja dulce con el aire y la calma y las risas estridentes. Estamos creciendo, murmuraban a su manera verde. Estamos creciendo en todo el aire de esta cocina.

Mamá tenía su propia manera de navegar el planeta de Papá. Cuando Eva tenía nueve años, Papá comenzó a llevar a Brunomarcotomás a un lugar llamado El Corriente. Mamá sacó a relucir todas sus armas. Primero usó la lógica. "¡Por Dios, todavía son unas criaturas! ¿Qué clase de ejemplo les das con esto?". Luego usó la memoria. "¿Es que te olvidaste? ¿Es eso?". Finalmente, y de forma más brutal, usó el silencio. Eva vio cómo su madre convertía a su padre en el Increíble Esposo Evanescente. ¡Ahora está aquí, ahora no está! Ahora el hombre de la casa no existe. Allí —¡Ta Ta!— hay un Fantasma Comiendo Tostadas a la Mañana. Mamá ponía agua a hervir para el mate matutino de un fantasma, colocaba el mate sobre una mesa a la que nadie se sentaba.

—Querida —nadie decía.

Mamá no decía nada, ya que no había nada que contestar.

—Por favor…

Aquí no había ningún hombre pronunciando palabras que se disolvían en el aire cómplice.

Después de diecinueve días, el Hombre Que No Existe se quebró y sollozó sobre su mate. Esto volvió a darle cuerpo. Papá regresó a la mesa, opaco y completamente formado, y desde aquel momento Brunomarcotomás —para su consternación— se quedaron en casa.

Una noche de verano, Papá no volvió a casa. Eva estaba sentada en la cocina dedicada a unos ejercicios de resta de fracciones, mientras Mamá fregaba todas las superficies y cambiaba de lugar las macetas con las plantas. Cuarenta y siete minutos después de medianoche, Eva se quedó sin fracciones y comenzó a dibujar números, una y otra vez, simulando sumar, multiplicar, para convertirlos en algo más de lo que eran. Al día siguiente, Eva regresó de la escuela exhausta y se derrumbó sobre su cama. Cuando despertó, la habitación estaba completamente a oscuras. No había luna. Sentada a su lado sobre la cama había una figura cálida.

—Pssst. Eva.

—¿Xhana?

—Prima, ¡pensé que no te despertarías nunca!

Eva arrastró su mente desde la niebla del sueño.

—¿Está Papá aquí?

—Estaba. Volvió a salir. Mi papá y tu mamá están hablando en la cocina.

—Ah.

—¿Te enteraste?

—¿De qué?

—De que tu papá se quedó sin trabajo.

Eva se sentó en la cama apoyándose en las almohadas. El aire presionaba su humedad contra ella.

—No.

—Por eso está tan mal.

Los ojos de Eva se adaptaron un poco a la oscuridad. Apenas alcanzaba a ver el contorno del rostro de Xhana, la línea del pelo, los ojos, la curva de la nariz.

—¿Sabés por qué pasó?

—Hay un problema con nuestra economía.

—Ah.

—Tenemos una economía de exportación.

Eva había oído la palabra *exportación* antes, para describir la compañía en la que trabajaba su padre. Ella siempre había pensado que significaba Cajón de Madera Muy Grande.

—¿Qué es eso?

Xhana encendió la lámpara. Eva parpadeó, los ojos engullendo la luz.

—El tema es que —dijo Xhana —tenemos muchas vacas y ovejas. Uruguay, quiero decir. ¿Tá?

—Tá.

—Así que la gente exporta, eso significa que vende cosas muy lejos. A países que son más ricos y a los que les gusta nuestra lana. Y la carne. Y el cuero.

Eva asintió. Xhana tenía dos cintas azules en el pelo. Hacían juego con su blusa. Eran tan bonitas.

—Pero entonces, un día estos países ricos se despertaron no tan ricos. Y dijeron, esos uruguayos, no compremos sus cosas. Y entonces, después de eso, los uruguayos no tienen dinero. Y por eso le dicen a la gente que no vaya a trabajar.

—Entiendo —dijo Eva lentamente, aunque no era verdad. Ella sólo veía la cara de su papá, triste y árida rodeada de una nube de sueño en la que ella anhelaba desaparecer.

—¿Te quedás esta noche?

—No lo sé.

—¿Querés quedarte?

—Sí.

Eva levantó la sábana de su cama. Su prima se quitó los zapatos y se metió dentro con la blusa puesta y las cintas en el pelo. El sueño se alzó alrededor de ellas, una faja oscura rodeando los dos cuerpos.

Los meses de otoño transcurrieron acompañados de frío. Marzo. Abril. Llovía intensamente. Una nueva clase de silencio se apoderó de la casa de Eva, y no era un silencio bueno ni bonito, no era un silencio de mañana de pesca; este silencio era pegajoso y agrio y se instalaba profundamente entre las fibras de las alfombras, en los rincones de la casa, diáfano y transparente sobre sillas y tenedores y servilletas. Estaba en todas partes, un silencio que podía mancharte las manos y pincharte la nuca. El ruido no lo expulsaba de la casa. Cualquier palabra o risa o canción simplemente descansaba un momento sobre él, revoloteaba por el aire, luego se deshacía y aterrizaba en forma de motas en el gran silencio. La vida se desarrollaba en él y alrededor de él y dentro de él: las ausencias de Papá y sus tensas llegadas; su cavilación seca como un hueso y los chistes de voz arrastrada; Brunomarcotomás, desterrados del fútbol a causa del mal tiempo, desgajados en Bruno (jugando locamente con caracoles marinos), Marco (perdido en los libros) y Tomás (jugando por caracoles marinos y lustrando los zapatos olvidados de su padre); Mamá, avanzando como una proa constante, su puño aplastando migas de pan en la carne, sus trenzas tensas y brillantes cada mañana. Mamá seguía llenando su canasta cada mañana con hojas y raíces recién cortadas para la carnicería. Las mujeres continuaban acudiendo en busca de remedios, aunque ahora tenían menos cosas que dar a cambio. Eva veía todo esto, observando desde su barco pirata, tomada de la mano del capitán Andrés del Parche Invencible. Ella veía a las mujeres sentadas en ese taburete a través de los mares, los rostros tensos, las manos vacías, los cuerpos encorvados formando un signo de interrogación.

En invierno, bajo las lluvias torrenciales de agosto, Eva descubrió un truco, una manera de salir de la casa sin tener que sumergirse en las palabras. Cada cosa, después de todo, tenía un nombre; y cada nombre era una palabra que podía dejar una huella en el aire, volviéndose más grande que la propia cosa que nombraba. Las letras se elevaron una a una, una presencia alta como el techo en la habitación. Cualquier cosa podía iniciarlo: como el golpe de la puerta del frente y su padre entrando en la casa, el sombrero mojado por la lluvia, el suéter de lana goteando en el suelo.

Mamá en el borde de la sala.

—¿Dónde andabas?

—Afuera.

Eva estaba sentada en la alfombra, junto a la silla mecedora. *SILLA.* Las letras eran enormes y elegantes. *S,* como una serpiente, deslizándose, una enorme boa azul enroscada (*S* es azul, siempre azul).

—Ya me di cuenta. Han sido tres días.

Las gotas que caían de las mangas de Papá dejaron dos marcas oscuras en la alfombra.

—Dejame en paz.

(*I,* una alta torre de piedra, la clase de torre en las que languidecen las doncellas bajo el influjo de un encantamiento. La clase de torre donde se ocultan los tesoros de los piratas).

—Estás borracho —dijo Mamá.

—Dejame en paz —dijo Papá, esta vez alzando la voz.

(*LL,* dos altos muros marrones con un escondite protegido entre ellos. Oscuro y seguro pero del que resultaba difícil salir trepando).

Mamá avanzó unos pasos, la espalda recta, los brazos cruzados contra el pecho. Era mucho más baja que Papá.

—¿Cómo pudiste? ¿Cómo pudiste hacerlo? Cuando no tenemos suficiente para nuestros hijos.

—¡Plata! (*A* es muy fuerte. *A,* una letra con clase propia. *A,* una montaña con la mitad de la cumbre cubierta de nieve)—. ¡Eso es todo lo que te preocupa, la falta de plata!

—No. —Mamá descruzó los brazos. (Mirá esas laderas en la *A,* tan empinadas. Podría resultar imposible escalarlas. ¿Quién las ha escalado?)—. Es tu ausencia.

En el silencio que siguió a sus palabras (pegajoso y agrio), e incluso después de que su padre se hubiese marchado de repente, Eva las miró una y otra vez, estas formas que llenaban la habitación: serpiente y torre, muros y montaña:

S-I-LL-A.

Las letras brillaban tenuemente con el misterio de palabras desmanteladas hasta llegar a su esencia, sólo sus partes, sin las cuales no podrían existir los nombres y tampoco las historias. Ella reptaba dentro de las letras, escalaba sus alturas, intentaba encontrar su centro, el núcleo oculto que hacía que latiesen con significado. Nunca encontraba ese núcleo pero, de todos modos, seguía conjurando letras; las letras se erguían para ella una y otra vez. Después de todo había un millón de cosas con nombres, como Eva descubrió aquel invierno, cuando los nombres de cosas (*libro* y *albahaca, hueso* de vaca y *lámpara* de aceite y *media* de lana que pica) cobraron vida desde el suelo hasta el techo.

Al llegar la primavera, Eva escuchó su nombre a través de la puerta del dormitorio de sus padres. Caminaba por el pasillo en dirección al baño. Eran las dos y media de la mañana. Primero escuchó la voz de su madre.

—¿Eva?

La voz de mami resonó en el silencio de la casa y Eva se detuvo como si la hubieran llamado.

—Shhhhh, Pajarita... sí. Es para Eva.

—Ignazio...

—Espera un momento, mi amor. Sólo escuchame. Me pediste que buscara, he estado buscando. Por favor, sentate.

Pausa. Movimiento audible. En el pasillo, los dedos de los pies desnudos de Eva se doblaron sobre la alfombra, ganchos diminutos que la mantenían en su sitio. Se apoyó contra la pared, pensando, no por primera vez, PARED.

—Bueno —dijo Mamá—. Te escucho.

—Pietro me lo explicó todo. El trabajo que tiene es mejor para alguien más joven. Es primavera: en el puerto podrían volver a necesitarme pronto. Su negocio funciona bien, de modo que puede contratar a alguien que lo ayude y pagarnos. Él sabe cuánto necesitamos el dinero.

Eva tenía los dedos de los pies helados. Tenía que ir al baño a hacer pis. No podía permitir que susurrase ningún rincón de su camisón rosa (cosido por Mamá).

—¿Pero por qué Eva? Sólo tiene diez años.

—Probablemente para que los muchachos puedan seguir asistiendo a la escuela.

—Eva también va a la escuela.

—Sí. Pero, mi amor, Marco podría llegar a ser médico. Eva, una esposa. Pensá. Podría ser una gran experiencia para ella.

Silencio. La parte de atrás de las pantorrillas de Eva estaban frías. Sus brazos también. Su camisón rosado no era suficiente, esta noche, en este pasillo, donde no debería estar parada en este momento.

—Pajarita —dijo papi —no empecés. Pensá en lo que esto podría significar para la familia.

—No lo va a hacer.

—Lo va a hacer.

—No podés obligarla, Ignazio. No te lo voy a permitir.

Más silencio.

—Al menos dejá que hable con ella.

Murmullo, murmullo, no más palabras apagadas. Los muelles de la cama crujieron. Eva ya no tenía urgencia por ir al baño; regresó a su cama y permaneció acostada con la mirada fija en el techo, que estaba oculto detrás de la oscuridad.

La tarde siguiente, cuando Brunomarcotomás estaban afuera jugando al fútbol bajo el sol indeciso, y cuando Mamá ya se había marchado a la carnicería y Eva estaba sentada a la mesa de la cocina dividiendo fracciones, oyó que Papá la llamaba.

—¿Sí, Papá?

—Vení acá.

En la sala de estar, la luz glaseaba la estantería con libros, la fotografía enmarcada sobre el alféizar de la ventana, el pelo de su padre, como si Dios hubiese levantado las cosas que había en la habitación para sumergirlas, una por una, en una cazuela de sol. Cuando se sentó en el sofá junto a Papi saboreó una imagen de él colgando boca abajo entre los enormes dedos de Dios, la parte superior de la cabeza sumergida en luz líquida.

—Tú sabés, por supuesto, cuánto te queremos. —Papá sonrió. Su sonrisa era sincera pero un tanto triste—. Lo sabés, ¿verdad?

—Sí, Papá.

—Cuando yo tenía tu edad podía construir una góndola. Hacía mesas con los ojos cerrados. —Miró a través de la ventana—. Con los ojos cerrados.

Eva esperó.

—Mi amigo Pietro me ofreció un trabajo para vos. En su zapatería. Es una gran… cómo se dice, oportunidad, que no se encuentra tan fácilmente en Montevideo. Tu madre piensa que no lo vas a aceptar, pero yo creo que sí. ¿Sabés por qué?

Eva negó con la cabeza. Papá se inclinó hacia ella. Ella pudo oler su colonia semidulce.

—Porque sos una niña inteligente. De modo que sabés que las

cosas se pueden aprender en un montón de lugares. No sólo en la escuela. Pensá en lo que podrías aprender en un trabajo. —Apoyó la palma sobre la mano de Eva—. Pero ésa no es la razón más importante. ¿Sabés cuál es la razón más importante?

Eva negó con la cabeza. No lo sabía.

—Tú querés a tu familia. Y querés ayudar a tu familia. ¿Verdad?

—Sí.

—¡Por supuesto! Todos queremos ayudar. Y aquí tenés tu oportunidad. —En la frente de su padre se habían formado pequeñas gotas de sudor—. Pero, por supuesto, depende de vos.

Eva miró la fotografía enmarcada sobre el alféizar de la ventana. Sus padres —jóvenes, recién casados, recién llegados a la ciudad— estaban parados uno al lado del otro delante de un fondo simple, sin adornos. La sonrisa de su padre torcida hacia un lado; el rostro de su madre despejado y serio. Cuando se tomó la fotografía, ni siquiera sus hermanos habían nacido. Mamá colocó la foto allí cuando Eva tenía cinco años y su Papi acababa de regresar a casa (recordaba confusamente haberlo conocido entonces, un hombre empapado y con flores en la mano, encorvándose y llamándose a sí mismo "Papi"). Eva odió esa fotografía durante años; le recordaba el extraño hecho de que una vez no había existido.

—¿Voy a tener que dejar de ir a la escuela?

Papá asintió. Eva miró fijamente la foto. Quería aplastarla; quería quemarla; quería envolverla en seda y guardarla en una alta torre de piedra, bajo un hechizo, donde ningún mal pudiese alcanzarla. Su padre —no el padre que aparecía en la foto sino su padre real— se pasó la mano a través del pelo canoso. La luz había madurado. El sol ya no iluminaba su cabeza.

Ella dijo:

—Voy a ir…

—Eva, eso es…

—Si prometés que vas a dejar de beber.

—¿Qué?

—Sólo si dejás de beber.

Él miró la habitación como si acabase de aparecer a su alrededor.

—¿Pero sabés lo que me estás pidiendo?

—¿Y vos?

Esto hizo que su padre abriese muy grande la boca y los ojos. Sus labios se movieron alrededor de palabras que no pronunció. Cerró la boca. La abrió. Lanzó un bufido.

—Carajo, sos igual a tu madre —meneó la cabeza—. La puta madre.

Ambos permanecieron en silencio durante unos minutos que parecieron horas. Papá miró a través de la ventana. Finalmente se volvió y extendió el brazo y ella se encogió, pero todo lo que hizo fue acariciarle el pelo, la mano cálida y callosa después de años de cargar bultos en el puerto. Eva se inclinó hacia él, dejó que su cuerpo se fundiese con el de su padre.

—De acuerdo —dijo él.

—¿Lo prometés?

A través de su ropa y su piel ella podía sentir el bombeo y el flujo de la sangre dentro de su padre.

—Lo prometo.

Aquella noche, muy tarde, en su cama, Eva no podía dejar de pensar. Veía a su madre, parada junto a ollas humeantes y fingiendo no esperar a su esposo. Veía a la señorita Petrillo, con su rostro afilado y pequeño rodete, el día en que la clase había hecho una excursión hasta la orilla del río: el agua parecía llevar un vestido marrón rizado. Habían planeado otra excursión para el mes siguiente pero Eva no estaría allí. *Cierre. Cielo. Cerrado. Siempre.*

Se levantó en silencio para no perturbar el sueño de su hermano Tomás. Tomó el cabo de una vela de la sala de estar, entró sigilosamente en el baño, cerró la puerta, encendió un fósforo y abrió los cajones de su corazón. Jugueteó con lo que encontró allí. *Mañana,* escribió, *es el último día de escuela.* Una tras otra, las palabras se derramaban de su pluma, antes de que pudiese conocerlas, antes de que pudiese sentir su origen. *Quiero comerme la vida.* La pluma seguía moviéndose cada vez más deprisa. Su mano se apresuraba para no quedarse atrás. *Aguantá firme. Aguantá firme.* Había terminado. Acarició la página asombrada. La sentía suave y llena, como un vaso rebosando de agua. Lo había volcado ella misma. Se sentía un poco más liviana; estaría bien; tenía esto —¿un poema?, ¿podía llamarlo así?— una cadena de palabras, al menos, que podían enrollarse en la lengua, envolverse en la mente, guardadas en cajones que aprendería a esconder.

Caminó hasta la Ciudad Vieja, pasando junto a edificios antiguos y orgullosos, balcones españoles, piedras talladas cargadas de historia. Se detuvo delante de la Cigarrería Cabán y aspiró la Ciudad Vieja, con su olor a autos y aceite frito. El ruido y el movimiento llenaban la calle; los tranvías eléctricos gemían debajo de los cables elevados; los hombres se llamaban unos a otros y tocaban ligeramente sus sombreros mientras se dirigían a paso rápido hacia alguna parte; los grandes edificios se alzaban como centinelas envejecidos mantieniendo una silenciosa vigilancia sobre las arterias centrales de la ciudad.

La zapatería estaba acurrucada en una estrecha calle cerca de la Plaza Zabala, en el primer piso de un edificio de cuatro plantas. El techo estaba plagado de querubines de piedra. Eva abrió la puerta, vacilante, y entró en una habitación colmada de estanterías con zapatos. Sus cueros —negro, rojo, marrón, crema, beige— entibiaban el aire con su olor. Un cartel junto a la caja registradora rezaba: SÓLO EL MÁS FINO CUERO URUGUAYO, CORTADO EN LOS MÁS FINOS ESTILOS ITALIANOS. En un fonógrafo fuera de vista sonaba un tango que chirriaba en el disco.

Pietro apareció desde atrás de las estanterías con dos pares de botas en las manos.

—Eva. Bienvenida —La saludó con un rápido beso en la mejilla (olía a menta)—. Estoy ordenando un poco después del último cliente. Ponete cómoda.

Ella se sentó en una silla tapizada de felpa mientras Pietro guardaba las botas en cajas. Era un hombre alto de sonrisa fácil. Silbaba, desafinado, al compás del tango. Ella se relajó un poco. El recuerdo que tenía de él era borroso, aunque sabía que tenía esposa, tres hijas y la inquebrantable lealtad de su padre ("Es un buen hombre", había dicho anoche durante la cena, "bueno, pero bueno"); era el amigo más antiguo de su padre, el amigo del barco de vapor italiano. Ella guardaba una imagen de Papá y Pietro riendo al timón de un barco, aferrados a las barandillas, sus capas largas flameando en el viento mientras atravesaban el Atlántico, como superhéroes de las historietas yanquis que les gustaba leer a sus hermanos.

—Bueno. —Pietro se acercó a ella—. Te voy a enseñar el negocio.

Aquella tarde, Eva aprendió las cosas básicas de la tienda: las estanterías de zapatos, colocados en una ordenada formación militar (botas, mocasines con hebilla, zapatos tipo Oxford con cordones, zapatos de charol con taco fino); las sillas acolchadas donde los clientes se probaban los zapatos (elegantes costuras frente a Eva cuando se inclinaba para calzarles los zapatos); el déposito iluminado por dos bombillas desnudas, con su estrecho pasillo flanqueado por estantes y más estantes de cajas con zapatos. Había mucho que hacer. Había pies que despachar y preguntas que responder a las personas unidas a esos pies. Había cajas que clasificar y volver a ordenar, parada en la escalera de mano del déposito (muy alta, como estar parada encima de una mesa, algo que en casa estaba prohibido). Había suelos que barrer al terminar la jornada, mientras Pietro contaba el dinero en el escritorio en la habitación trasera, extendiendo los billetes junto al fonógrafo melodioso, bebiendo su mate vespertino.

—¿Qué te pareció tu primer día de trabajo?

—Estuvo bien, señor, gracias.

—Llamame Pietro. Creo que nos vamos a divertir. Parecés una niña muy especial. —Señaló el fonógrafo con la cabeza—. ¿Te gustan los tangos?

Ella asintió.

—¿Sabés cómo se baila?

Ella negó con la cabeza.

—Yo puedo enseñarte. Mañana, después de cerrar. ¿Te gustaría?

Eva asintió, sin dejar de barrer, los ojos fijos en el mango de la escoba.

Aquella noche, durante la cena (¿qué tal el trabajo?; bien, Mamá) y durante el desayuno la mañana siguiente (no te olvides del cárdigan; no, Mamá), Eva pensó en el tango, con su elegancia precisa y urgente. Mientras caminaba hacia la zapatería a través del Parque Rodó, en la Avenida San Salvador, oyó la música de un fonógrafo y se detuvo a escuchar. La voz de Carlos Gardel, el rey del tango, cantaba una melodía en una larga caricia, un sonido que ella podía sentir en su piel. La música salía de una puerta color rojo sangre. Junto a la puerta, sobre la pared de piedra, había una placa de latón que decía: LA DIABLITA. Eva deslizó los dedos sobre las letras grabadas. Había oído al tío Artigas hablar de este lugar. Era un café de moda donde se reunían los artistas y la elite de Montevideo para holgazanear y reírse y hacer comentarios inteligentes, para saborear pastas y poesía y vino, para disfrutar de la música y las volutas acres de humo de los cigarros. *Parecés una niña muy especial.* La voz de Gardel se convirtió en un lamento. El aire a su alrededor estaba fresco y claro. Deseó poder disolver su piel y deslizarse dentro del café, en el humo de los cigarros, en el movimiento ululante de la canción.

Aquella noche Pietro cumplió su promesa. Elevó el volumen y bailó a lo largo del pasillo con los brazos extendidos alrededor de una mujer hecha de aire.

—¿Preparada? —preguntó y tomó su mano. Navegaron alrededor de la habitación y sus pies siguieron los pasos suaves de Pietro y las instrucciones, *BA pa pa pa,* de su voz; las curvas de la música apretaron su cuerpo contra el de ella, una mano se apoyó en su espalda, no como si fuese una niña sino una mujer, adulta y hermosa, vital, imbuida de una elegancia prestada. La canción terminó. Ambos dejaron de moverse, sin aliento. La camisa de Pietro estaba oscura de transpiración. Ella se apartó de él.

—Tenés un talento natural —dijo Pietro.

Ella no sabía qué decir. El aire era espeso y brillaba de un modo extraño.

—Tus padres. ¿No lo aprobarían?

Ella meneó la cabeza.

—¿Pero a vos te gusta?

Ella se miró los zapatos toscos, zapatos de escolar, no de mujer.

—Sí.

Pietro se quedó en silencio y ella pensó en el problema en que se metería, cómo frunciría Papá el ceño mientras Pietro se encogía de hombros, cómo Mamá escucharía también y menearía la cabeza y no más tango, no más curvas, no más luces trémulas.

—No te preocupes. No les voy a decir nada.

Y no lo hizo. Las lecciones de tango ocurrían un par de veces por semana. Había pasos complicados, giros que aprender, inclinaciones tan profundas que Eva veía la habitación invertida detrás de ella. El cuerpo de Pietro indicaba cuándo se acercaba un giro, o una inclinación, cuándo planeaba arrastrarla hacia la izquierda, adelante, atrás. Cuando Eva bailaba se convertía en algo más que ella misma, algo más grande que la vida, como las mujeres en los carteles de los cines que languidecían en los brazos de los héroes. Hacía que se sintiera de un modo que no era capaz de definir —el deseo abarcaba toda su piel y llegaba en ríos de calor hasta sus huesos—, quería escapar de su cuerpo. Era excitante. Terrible. Se sentía más cerca de las mujeres a las que atendía, quienes deslizaban sus pies dentro de magníficos zapatos de charol, quienes se miraban naturalmente en el espejo, cuyos tobillos elevados por los tacos altos lucían tan bellos, y quienes no parecían pasarse horas inclinadas sobre el fregadero de la cocina o sentadas sobre un taburete en una carnicería.

—¿Qué hiciste hoy en el trabajo, Eva?

—Ah, lo mismo de siempre. Ordené una estantería. Vendí unos pares de botas. Barrí.

Mami hacía una pausa, más preguntas en su boca, luego las dejaba ir. Papá le guiñaba el ojo desde el otro lado de la mesa. En su vaso sólo había agua. Eva miraba su plato y hundía el cuchillo en la carne.

Llegó diciembre. Las sandalias de verano llenaban las estanterías y Eva cumplió once años. En su cumpleaños hubo un pastel y velitas, canciones y buenos deseos, un vestido verde nuevo cosido por Mamá. El día después de su cumpleaños, Pietro le ofreció un cigarrillo.

—No me digas que no has querido probarlo.

Un cigarrillo encendido colgaba de sus labios y parecía un marinero, un marinero envejecido, curtido por los siete mares. Pietro enarcó las cejas.

Ella, dudando, tomó la delgada columna blanca de entre sus dedos. Se la llevó a la boca; él se inclinó sobre el escritorio, encendió un fósforo y acercó el fuego a la punta del cigarrillo.

—Aspirá.

Eva aspiró. El humo la llenó, denso y amargo. Comenzó a toser.

—¿Demasiado?

Ella meneó la cabeza.

—Ahora ya sos toda una mujer —dijo Pietro—. ¿Verdad?

Permanecieron allí un momento, fumando juntos, el humo elevándose desde dos diminutas puntas anaranjadas y brillantes, formando un frágil dibujo en el aire. *Lo estoy haciendo,* pensó. *Puedo fumar.* Una nueva canción comenzó a sonar en el fonógrafo: "Caminito," un tango lleno de largos y ardientes acordes. Pietro elevó el volumen, apagó su cigarrillo y tomó y apagó también el de ella. *Caminito que el tiempo ha borrado/ Que juntos un día nos viste pasar…* Pietro tomó su muñeca con una mano, enlazó su cintura con la otra y juntos se deslizaron a través de la habitación. Él la ceñía con fuerza, la llevaba por la estrecha tienda apretada contra su cuerpo —*una sombra ya pronto serás*—, la habitación se sentía calurosa, flanqueada de cajas, girando alrededor de ella —*una sombra lo mismo que yo*—, el baile era grande ahora, más grande que ella, atrapada como estaba en una voz melodiosa y curvas rítmicas y penetrante colonia y sudor, su sudor, amargo y húmedo, y todo alrededor de la habitación la canción golpeaba golpeaba sus compases, elevándose hacia su clímax mientras los dedos de Pietro se clavaban en ella y él se detuvo, los dos se detuvieron, sus manos la atrajeron hacia él —*yo a tu lado quisiera caer*—, contra algo duro —*y que el tiempo nos mate a los dos*— y la canción terminó; la apretaba con fuerza; ella trató de apartarse y el gimió de un modo extraño, presionando aún más contra su cuerpo, otra vez, otra vez, luego la soltó. Ella retrocedió. No lo miró. La respiración de Pietro era agitada e irregular. Comenzó a sonar otro tango y ahogó su respiración. Ella lo oyó caminar hacia el escritorio y encender un cigarrillo.

—Te has convertido en toda una bailarina.

Zapatos. Ella miraba fijamente sus zapatos.

—Andate a casa.

Eva pasó las filas de cajas, atravesó la puerta y salió al aire perfumado del verano. La penumbra del crepúsculo, con su luz que suavizaba los contornos, acababa de nacer. Un tranvía eléctrico retumbó en alguna calle fuera de vista. Un chico pasó a su lado en bicicleta, casi rozándola. Ella aspiró el olor de la lenta cocción de un asado en un balcón sobre su cabeza, el olor rojo y musculoso de la carne. Tenía el estómago revuelto. Antes de doblar en la esquina, se volvió para mirar la fachada de la zapatería, con su brillo claro y la campanilla de cobre; luego alzó la vista hacia la parte superior del edificio, donde los querubines de piedra agitaban sus trompetas entre las palomas. Algunos querubines sonreían; otros miraban al cielo con expresión de súplica. Uno de ellos sollozaba en su desesperación de piedra. Eva se vio a sí misma ascendiendo hacia él, y más lejos aún, hasta perderse de vista.

—Los hijos —dijo Artigas con un suspiro —siempre están creciendo. ¿Quién puede impedirlo?

Eva tomó su mano y la balanceó al compás de sus pasos. Sus zapatos cantaban sobre los ladrillos calientes de la Rambla. Estaba rodeada por su familia, Artigas de un lado, Xhana del otro, el resto de ellos —mami, papi, Brunomarcotomás y la nueva novia de Bruno— caminaban unos metros más adelante. A la izquierda, el Río de la Plata se extendía enorme y tranquilo. Un millar de diminutas astillas de luz guiñaban en el agua, como si el propio río se hubiese puesto un vestido de lentejuelas para el día de Año Nuevo.

—Aun así —continuó Artí —parece feliz.

Estaba hablando de Bruno. Allí estaba, caminando con el brazo alrededor de Mirna, una chica de miel y almendras con una espléndida melena. Inclinaban sus cabezas el uno hacia el otro como si escuchasen a un hada (o una pulga) entre ellos. Bruno había terminado el liceo. Estaba cortejando formalmente a Mirna. Ya era un hombre. Papá, junto a él, enlazaba los hombros de Mamá. El cuerpo de ella se relajaba sobre el de él. Unos metros más adelante, Marco y Tomás caminaban con la clase de pasos que caracterizaban sus discusiones sobre fútbol: rápidos, enfáticos, decididos. Marco vertió dentro del mate agua caliente que llevaba en un termo y se lo pasó a su hermano sacudiendo la cabeza con un gesto despectivo. Otras familias pululaban alrededor de ellos: un grupo de niños bajó corriendo los escalones de asfalto que llevaban a la arena; una viuda se inclinó hacia su hijo mientras escuchaba extasiada el chisme de otra mujer; una pareja en un banco desenvolvía unas empanadas bajo el brillante abrazo del sol. Montevideo se había levantado e inclinado y hecho rodar a la gente hasta su borde, y la gente, al parecer, lo había hecho con gusto.

Artigas estaba en uno de sus estados de ánimo expansivos y contemplativos.

—El Año Nuevo me hace pensar en tu madre. Ya sabés, ella fue una niña milagrosa.

Xhana miró a Eva y puso los ojos en blanco.

—Gracias, mija, por tu respeto filial.

Xhana, sorprendida *in fraganti,* se echó a reír.

—Como estaba diciendo.

Eva compartió un apretón burlón de manos con su prima, pero estaba agradecida por la historia de su tío, con su pulso familiar (la Roja era nuestra madre, comenzó cuando ella murió), como el lento y tenaz empuje de las olas. En este paseo se sentía más tranquila de lo que había estado en semanas. Las lecciones de tango se habían acabado el día después de su cumpleaños. Cuando pensaba en aquel último baile, un manto de alquitrán negro y caliente la cubría desde los talones hasta el cuello (luego ella desapareció en plena noche). Delante de ellos, Papá giró la cabeza para decir algo y Mami se echó a reír. Su espalda extendida formaba un arco mientras reía y sus trenzas rozaban la parte inferior de sus caderas. Esos dos habían realizado este paseo desde aquella época extraña, inquietante, antes de que Eva naciera. La ciudad había cambiado desde entonces. La Rambla había sido asfaltada sobre rocas afiladas y habían surgido edificios contra el lado norte de la calle. Ella nunca había conocido la costa sin el pavimento y las casas. Pero el agua seguramente no había cambiado, vieja, tranquila, constante, capaz de limpiar cosas, incluso de matar cosas, como el año que acababa de finalizar, ahogándose en la inundación fluvial del tiempo; ella veía el viejo año como una res muerta en el agua (algunos decían que voló, otros decían que cayó); el propio tiempo era limpiado por todas estas olas, ahogado, lavado, erosionado y, quizás, las contundentes aguas serían capaces de disolver sus pecados como si fuesen cadáveres, consumirlos y hacer que desaparecieran.

En enero trató de ser la empleada perfecta. Cada zapato en su sitio en la estantería de madera. Cada cliente mimado. A la hora de cerrar, el agua comenzaba a hervir cuando Pietro empezaba a querer su mate. No había baile. Durante algún tiempo pareció que funcionaba. Pietro no elevaba el volumen de los tangos, vendía zapatos, sonreía, canturreaba mientras armaba sus cigarrillos en el escritorio. Llegó febrero. Las calles se llenaron con los sonidos del carnaval: murgas, con los rostros pintados como los payasos y sus ropas de colores brillantes, baladas cantadas con voces chillonas para exultar y ridiculizar a los políticos del país; comparsas golpeando sesenta tambores al mismo tiempo; tangueros, en su primer verano desde la muerte de Carlos Gardel, escenificando homenajes para exhibir su extravagante dolor. La música sacudía y perforaba la ciudad.

—Eva. —Pietro estaba detrás de ella junto a la ventana—. ¿Te gustan éstos?

En la mano sostenía un par de zapatos rojos con tacones. Eran altos, finos, los más caros de la tienda. La semana pasada, una mujer había comprado tres pares: dos para ella, uno para su hija.

—Sí.

Pietro extendió los zapatos hacia ella.

—Ay, no…

—Son tuyos. Por todo tu trabajo.

Ella meneó la cabeza.

Él suspiró, un hombre paciente encargándose de la ignorancia de los demás.

—No podés seguir usando esos zapatos de escuela. Es malo para el negocio. Tenés que servir de modelo para nuestra mercancía. —Sonrió—. Querés hacer tu trabajo, ¿no?

Ella asintió. Pietro volvió a ofrecerle los zapatos rojos. Ella extendió la mano hacia ellos, lentamente.

—Eso está mejor. —Parecía auténticamente contento, un niño que acaba de ganar un premio—. Ahora ponételos.

Ella lo hizo.

—Caminá para mí.

Ella caminó tambaleándose de un lado a otro, a una altura que no le resultaba familiar. Los zapatos eran empinados y flexibles. Escuchó que en la calle un grupo de hombres entonaba una murga triste.

Pietro se reclinó en una silla y encendió un cigarrillo. Sus ojos se volvieron duros y brillantes y su mirada descendió hacia los tobillos de Eva.

—Seguí caminando.

Eva caminó por la habitación. Las piernas le temblaban pero no se cayó.

—Bien —dijo él suavemente—. Bien. Practica todos los días. Muy pronto vas a caminar como una dama.

Las semanas pasaron. A Eva le dolían los pies. Había algo más que también le dolía, nebuloso y sin nombre, cuando Pietro la miraba y también mucho después, cuando estaba sola en la cama, demasiado inquieta, aún pegajosa con la capa de su mirada. Calor y miedo y hambre y repugnancia. No era capaz de entenderlo y hacía que deseara irse, desaparecer, deslizarse dentro de un par de zapatos lindos y perderse para siempre. Eso era todo, deslizarse, acurrucarse contra una suela de zapato donde nadie pudiera encontrarla. Los zapatos altos eran los más seguros, el modelo que oculta el tobillo o la pantorrilla dentro de túneles de cuero, fuertes y gruesos y curados para que durasen para siempre. Pasaron los meses. Ella trabajaba. Se mantenía fuera de vista. Seguía las suelas de los clientes hacia los oscuros caparazones de los zapatos que se probaban, se arrastraba dentro de oscuras cuevas de cuero; llevame dentro del zapato, moleme en las profundidades del tacón donde no pueda ser vista, invisible, inhallable, la niña mágicamente menguante, acurrucada donde el sudor se mezcla con el cuero.

¿Cómo fue hoy el trabajo, Eva? Bien, mamá.

En mayo llegaron las botas de invierno, cuerpos alargados posados en el suelo del depósito como pájaros abatidos a disparos. Eva se arrodilló para ordenarlas por estilo. Pietro entró y le acarició el cuello. Eva se había estado imaginando dentro de una bota marrón de mujer.

—Vení acá.

—Espere. Tengo que ir al baño.

—Es una lástima —dijo él y su voz pertenecía a un desconocido, a un hombre rudo que nunca había visto antes. La empujó contra una pila de cajas, la mano en el ruedo de la falda y debajo de ella, reptando húmeda y pegajosa por su muslo; ella luchó pero Pietro la aplastó contra las cajas, la mantuvo sujeta por el pelo mientras la otra mano se metía debajo de las bragas y dentro de su cuerpo —punzante y ardiente, quebrándose en muchos trozos dentados—. Callate, puta —la voz del desconocido y las cuevas de cuero se desgarraban mientras ella caía y caía.

Eva se retorció y luego él se sacudió y ella consiguió salir de debajo de él y se arrastró, rápidamente, se levantó y echó a correr hacia la puerta del depósito y más allá, lejos de la voz que la llamaba para que regresara, fuera del edificio y por la calle como las chicas nunca deben correr, quitándose los zapatos de tacos altos y corriendo descalza, pasando junto a caballos y carrozas engalanadas y miradas alarmadas sobre interminables adoquines hasta que irrumpió a través de la puerta de su casa y cayó al suelo, sin aliento y descalza y con un incendio entre las piernas, delante de mamá, quien alzó las cejas y la espátula sobresaltada y se acercó a ella. Eva se inclinó sobre el cuerpo de su madre y abandonó el suyo.

Estaba en la cama. Sentía que las manos de su madre le trenzaban el pelo. No sentía nada de la cintura para abajo. Su padre estaba en la entrada del dormitorio, con un aspecto extraño, estaba allí y no estaba, como si estuviese suspendido por hilos invisibles y esperase que el viento se lo llevase volando en cualquier momento. Miró a Eva. Estaba pálido como el hielo.

—¿Qué has hecho?

Ella le hubiera contestado, quería contestar, pero su boca estaba vacía.

—Ignazio —dijo Mami —danos un poco de tiempo.

Él pareció indeciso.

—Un poco de tiempo, Ignazio. A solas.

Él se marchó.

—Mijita. —Mamá parecía consumida. Eva buscó alguna señal de ira en su rostro pero no pudo encontrarla—. Contame lo que pasó.

—¿Hablaron… hablaron con Pietro?

—Tu papá lo hizo.

—¿Y qué dijo?

—Que coqueteabas con los clientes y robaste un par de zapatos.

—¡Eso no es verdad!

—Bueno. ¿Qué pasó?

Eva miró el rostro de su madre: delgado, sólido, enmarcado por dos trenzas gruesas. No podía ver más que la parte superior de ellas, pero sabía que estaban allí, cayendo negras y largas sobre su espalda. De todas las cosas que Eva conocía en el mundo, ninguna era más cierta que las dos trenzas negras. No podía arriesgarse a perderlas. Quería contarle la verdad pero eso no era posible. La verdad era peor que la versión de Pietro: eran tangos bailados a la hora de cierre, llenos de movimientos ceñidos, prohibidos; un cigarrillo, aceptado, fumado; la forma en que ella hacía que él se apretase contra su cuerpo y gimiera; dos tacones rojos, aceptados, usados en la zapatería cada día. Se imaginó diciendo todas estas cosas en voz alta. Una historia devastadora se había abierto en su vida y ella era la malvada, la tragedia, la chica detestable, su crimen no tenía límites, era infinitamente perverso y ocultarlo era la única forma de mantener a su madre inclinada sobre ella con trenzas y rostro y brillo. Perder a mami sería peor que perder a Dios.

Se quedó callada.

—¿Evita?

—Nada.

—Hija...

—Mami, no siento las piernas. No puedo moverlas. ¿Qué es lo que me pasa?

Sus piernas habían desaparecido o, mejor dicho, ella de sus piernas. Estaban vacías, deshabitadas, inalcanzables, como los glaciares en el sur del continente. Mientras mami le pinchaba suavemente las piernas, mientras el sol se ponía en un cielo distante, mientras la noche comenzaba a bañar su pequeña habitación con las primeras sombras, Eva envió los aros de su mente más abajo de su vientre y no sintió nada. Ningún dolor, ningún calor, ningún indicio de movimiento. Se quedó dormida y soñó con un torso con cabeza y brazos, el suyo, arrastrándose a través de un corredor ayudándose con los nudillos.

Al día siguiente vino el doctor Zeballos. Su gran barriga y su voz jovial siempre le habían recordado a Santa Claus.

—A esta niña no le pasa nada, que yo sepa. Una parálisis inexplicable. Los franceses la llaman un síntoma de rebelión.

Aparentemente no había ninguna cura para esta dolencia. Eva permaneció en cama. Mamá le traía la comida, cambiaba su orinal y mantenía a papá a raya. El tercer día, Pietro vino de visita. Cuando Eva lo vio, con una amplia sonrisa detrás de un ramo de claveles rosados, la mitad del cuerpo que aún sentía se llenó de un grito líquido.

—Evita. He estado muy preocupado por vos. Mirá, te traje claveles. Son tus flores preferidas, ¿verdad? —Hizo una pausa esperando una respuesta. Ella no dijo nada—. Te doy otra oportunidad.

—Sos demasiado generoso con nosotros, Pietro —dijo su padre, apoyado contra la pared, tieso como un soldado.

—Por favor, Góndola, ¿cuánto tiempo hace que somos amigos? ¿Creíste acaso que lo olvidaría? —Unos pelos diminutos salpicaban su mentón, más grises que negros, observó Eva—. Tu hija es joven; todavía puede aprender. Esperaré. —Pietro recorrió la habitación con la mirada, abarcando las colchas hechas a mano, la deshilachada pantalla de la lámpara, la Madre Preocupada Rondando en la Entrada, la chica—. Ah, y te traje tus zapatos. No te preocupes por el par que robaste. —Sonrió amablemente, exponiendo el amarillo pálido de sus dientes—. Tengo muchos más.

Si sólo..., pensó aquella noche, despierta en la oscuridad. Si sólo el tiempo, ese río feroz, pudiese invertirse para que fluyera de regreso hacia el punto de donde venía. Sí sólo se pudiese conseguir que las cosas no hubiesen sucedido. Contempló cómo la luna reposaba su luz en el alféizar de la ventana. Era de un blanco puro. Parecía leche derramada. No tenía derecho a estar aquí, en esta habitación invadida por claveles rosados, como los cocodrilos que el capitán Andrés y ella habían repelido hacía miles de años, en aquella época en la que ella creía en cosas estúpidas como el oro dulce, antes de que Andrés estuviese tan atareado con la escuela y ella con el trabajo que apenas se veían y, cuando lo hacían, ella se marchaba pronto, sin saber qué decir, sin querer escuchar sus preguntas acerca de la vida, el trabajo, dónde-has-estado, en-qué-pasás-los-días, antes de todo esto: una luna caída, sombras de flores, niñas malvadas, la quemadura (tuculpatuculpatuculpa) dentro de ella. Y la ausencia. Ausencia de piernas. Ausencia de luz. Ausencia de palabras en su garganta. La ausencia era una sustancia viscosa; ella dejaba que se extendiera y extendiera y se tragase todo.

Mamá libró una guerra contra la ausencia. Todas las mañanas, todas las tardes a las tres y todas las noches después de haber lavado los platos, hervía un brebaje amargo que sin duda podía conseguir que los muertos volviesen a andar. Esos brebajes reparaban el interior de Eva, lentamente, a la fuerza. Mamá se sentaba y la vigilaba y se aseguraba de que bebiera cada gota y preguntaba, ¿en qué pensás?, ¿en qué pensás ahora?, contame, Eva; pero incluso cuando la ausencia vacilaba no había manera alguna de conquistar el tuculpatuculpatuculpa que había debajo. Echaba humo y se espesaba y amenazaba con ahogar todo su mundo. Ella no podía permitir que se filtrase al exterior ni siquiera por un instante. Se escapaba dentro de los zapatos que había en el suelo junto al armario. Se acurrucaba allí mientras su madre la miraba beber el brebaje. Se acurrucaba allí cuando su padre asomaba la cabeza dentro de la habitación, brevemente, como si ella tuviese alguna enfermedad que volvería a avivarse a menos que él se mantuviese a distancia. Ella se acurrucaba allí cuando sus hermanos le daban sus sermones: Bruno sobre cómo debía comportarse con los hombres, Tomás sobre cómo mantener feliz a papá, y Marco sobre la ética del robo. Nadie podía tocarla, nadie podía encontrarla, la ausencia era como una funda que la separaba de todos ellos. Pero no completamente: los tés de mami (y su aspecto sombrío y los suaves masajes) conquistaron las piernas de Eva. Después de dos semanas, Eva pudo mover otra vez los dedos de los pies. En tres semanas pudo ponerse de pie. Al cabo de cuatro semanas pudo caminar y no sentía ningún entumecimiento que le impidiese volver al trabajo.

El primer día de regreso en la zapatería, Pietro la recibió señalando el depósito. Cuando llegó la hora de cerrar, ella no se defendió.

Pasaron días. Semanas. Eva conoció las suelas de miles de zapatos por dentro. Aprendió a desgajarse del momento presente como un caracol que abandona su caparazón, guardando sus partes internas más suaves en cuevas de cuero, dejando el resto detrás, librado a una muerte lenta. Esto resultaba más fácil unas veces que otras. Por la noche soñaba que caía en un abismo negro, cortada en dos por el largo e incesante tacón de un enorme zapato. Los domingos asomaban amenazadores cada semana, con sus temidas visitas al confesionario. Ahora que podía volver a caminar, tenía que arrodillarse e inventarse pequeños pecados, como si fuese una niña normal con un alma normal y problemas normales. Era un pecado, seguramente mortal, mantener ese secreto y aun así comer el cuerpo de Cristo, pero las penitencias del padre Robles habían sido severas por soñar en clase y servirse una porción demasiado grande de pastel de cumpleaños, de modo que no podía imaginar qué castigo podría imponerle ahora. Y, sin embargo, la Viuda había dicho una vez en la carnicería que, de cualquier manera, Dios lo ve todo. Si hay alguien que puede soportar la verdad, ése es Dios.

Dios seguramente ayudaría porque Dios amaba a su madre, verdad, y seguramente no quería que mamá siguiera teniendo ese aspecto, toda adusta y triste e inquisitiva, como si a través de una mirada exhaustiva pudiese atravesar las cortinas de su hija, una por una, y desenterrar las cosas podridas que se ocultaban detrás de ellas. Dios seguramente todavía estaba, si no con Eva, al menos con mamá, y mamá seguía librando su batalla, verdad, ¿y no sería mejor si, antes de que su madre ganara y Eva se quebrase y confesara la verdad, ella cumpliese su penitencia y se volviese un poco más pura, un poco más limpia, al menos a los ojos de Dios, cualesquiera que fuesen y dondequiera que estuviesen sus ojos?

Le llevó dos meses buscar la absolución. Eligió un martes para así poder tener la iglesia sólo para ella. Era un tarde destemplada. Las baldosas del confesionario estaban frías bajo sus rodillas.

—Perdóneme, padre, porque he pecado.

—Alabado sea el Señor —dijo mecánicamente el padre Robles a través de la rejilla—. Contame tus pecados, hija mía.

—Se trata del hombre para quien trabajo. Él... hace cosas. Creo que fui yo quien empezó.

—¿Qué clase de cosas?

—Me toca. Hace que lo toque.

Una pausa se filtró a través de la rejilla.

—Esto es muy serio. Tenés que contarme todo lo que pasó. Dios debe escuchar cada detalle.

Eva apretó los labios. Se obligó a abrirlos. Sus historias brotaron de ella, una por una, toque por toque, pregunta del cura por pregunta del cura. Las imágenes se deslizaban por su memoria como babosas. La vista desde la altura de la cintura. La dura madera del escritorio debajo de su rostro debajo de sus manos apretadas. Dos rodillas, las suyas, demasiado separadas. Entonces se interrumpió, ¿lo había oído?, no, no era posible, del lado del confesionario que ocupaba el cura, a través de la rejilla, su respiración, breve, pesada, agitada, como la de Pietro. Se quedó paralizada. La bilis ascendió hasta su garganta.

—Continúa, hija mía...

Pero ella ya había salido del confesionario, olvidándose incluso de persignarse antes de volver la espalda a Jesús crucificado encima del altar. Fuera, el cielo extendía su flácido manto gris sobre Punta Carretas. Detrás del portón de la prisión, un guardia se rascaba la entrepierna y alzaba la vista con los ojos entornados hacia la vasta ausencia de sol.

Cierre. Cielo. Cerrado. Siempre.

En los días, los meses, el año que siguieron, y en el año que transcurrió después de aquello, Eva excavó cada vez más profundamente dentro de las oscuras cuevas de los zapatos que clasificaba y almacenaba y adonde enviaba su mente tambaleándose, encogiéndose, acurrucándose una y otra vez.

Algo estalló en su interior cuando vio la sangre. Se quedó inmóvil en medio del diminuto baño con la mirada fija en el centro de sus bragas. Pietro no la había tocado en ese lugar al menos en una semana y, sin embargo, allí estaba: una mancha como una flor. Ella había oído hablar de esto a las mujeres en la carnicería. Tenía algo que ver con ser mujer. La semana anterior Eva había cumplido trece años, y en su casa había habido pastel y velas y un suéter azul nuevo. La esposa de Bruno, Mirna, había hecho el pastel; Mamá había hilado y teñido la lana y tejido el regalo con sus manos que nunca dejaban de moverse. Afuera hacía frío, estaba lloviendo y ahora llevaba el suéter puesto. El contacto de la lana era suave y áspero al mismo tiempo, y allí estaba ella, trece años, a dos años de convertirse en una mujer para la sociedad, dos años desde que había sido una niña. Se quedó boquiabierta mirando la mancha roja. Nadie había hecho fluir esta sangre excepto ella, o cualquiera que fuese la fuerza misteriosa que había encontrado el interruptor dentro de ella para hacerlo funcionar. (La Viuda lo había llamado la maldición de Dios. Pero Clarabel, la Divorciada, se había burlado de ella diciendo, ¿Por qué escuchar a los curas cuando hablan sobre el tú sabés qué de las mujeres? Ellos no eran ningunos expertos, había añadido, y tenía razón).

Eva tocó la mancha con mucho cuidado. Estaba tibia; retiró la mano rápidamente. Se miró en el espejo. No podía recordar la última vez que se había mirado en un espejo. Un rostro se encontró con el suyo, pómulos altos, piel suave, ojos oscuros que la miraban fijamente. Estaba creciendo. Había formado una llama de sangre. Pensó en sangre y llamas y cosas dentro de ella de las que no sabía nada, cosas que podían existir y no eran dolor. Era casi la hora de cerrar la tienda; tenía que darse prisa. Mientras metía papel higiénico dentro de las bragas repasó mentalmente el día para evaluar el estado de ánimo de Pietro. La hora de cierre era un momento peligroso, más aún cuando las ventas eran escasas.

Cuando salió del baño, él la fulminó con la mirada.

—¿Dónde te habías metido? El agua hirvió y tuve que ponerla en el termo.

—Disculpe.

—Hmmm. —Se acercó a ella. Había estado bebiendo—. Parecés acalorada.

Ella miró hacia adelante al medio de su pecho.

—¿Qué estabas haciendo ahí adentro?

—Nada.

—No mientas.

Pietro la empujó ligeramente. Ella retrocedió, un paso, dos, hasta que el escritorio se alzó detrás de ella y el sexo duro de Pietro se apretó contra su cintura. Él la hizo girar para que quedase de frente al escritorio.

—Inclinate.

Ella pensó en la mancha roja, el apaño hecho con papel higiénico. No se movió.

—Te dije que te inclines.

—No.

—¿Qué?

—No.

—Maldita puta —dijo y la agarró del pelo, tirando de tal modo que su cuello se arqueó hacia atrás y vio unas grietas familiares en el techo—. Hacé lo que te digo. —Aflojó la presión y abrió la palma de la mano sobre la cabeza de Eva—. Ahora. Inclinate.

En ese momento, Eva vio un arma, un arma secreta, justo allí al alcance de la mano. Lentamente, con los brazos extendidos, se inclinó sobre el escritorio. La mano de Pietro, satisfecha, se relajó sobre su cabeza. Ella se acercó al escritorio, él se estaba desabrochando los pantalones, tomó el termo del mate, se volvió y observó cómo el agua hirviendo volaba hacia Pietro y él gritó y la imagen se grabó en su mente —Pietro quemado y encogido— antes de que echase a correr, fuera, por la calle mojada, sin quitarse los zapatos rojos de tacos altos, a través de una cortina de lluvia torrencial tras otra, corriendo hasta que le ardieron los pulmones, continuó corriendo, no hacia su casa, esta vez no, corriendo ahora por la Avenida San Salvador, hacia la puerta rojo sangre; las calles estaban oscuras por la lluvia y ella estaba empapada y se encontraba ante la puerta, la abrió y entró.

Era la hora de la cena en La Diablita. La recibió un revuelo de aromas apetitosos. Los cubiertos resonaban hambrientos en los platos, el fondo de percusión para la melodía de las voces. Un *fox-*

trot volaba con alas dentadas desde un piano. La clientela llevaba ropa bien planchada y se recostaba contra las nubes de humo de cigarrillo. Las mozas, jóvenes y suntuosas, se deslizaban detrás de las paredes revestidas con paneles de madera. Eva se dejó caer en una silla roja. Permaneció sentada unos minutos para recobrar el aliento, buscando a los poetas, hasta que una de las mozas se acercó a ella con ligera curiosidad.

—¿Querés pedir algo?

La joven llevaba la piel muy maquillada y su pelo formaba ordenados rizos alrededor de su rostro.

—Eh, no —farfulló Eva—. En realidad, busco trabajo. ¿Necesitan gente?

—Puede ser. —La moza la examinó más detenidamente—. Me voy a Buenos Aires. —Su rostro se iluminó—. Voy a ser actriz. ¿Querés hablar con el dueño?

Eva asintió. La moza la acompañó a través de la sala, más allá de la barra, a través de un umbral con una cortina de cuentas, detrás de la cual el dueño haraganeaba con cuatro amigos borrachos.

—Che, Pato. Esta muchacha quiere trabajar acá.

Pato alzó la vista. Era un hombre corpulento y calvo. Siempre ha comido todo lo que quiso, pensó Eva. Mujeres. Comida. La luna. El tipo estudió a Eva. Ella se sentía estúpida con su suéter hecho en casa, mojada por la lluvia, pero agradecida de llevar sus tacos altos.

—¿Trabajaste antes?

—Sí, señor. Tres años.

—¿Dónde?

—En una zapatería.

—¿Cuántos años tenés?

—Dieciséis —mintió.

—¿Y por qué querés trabajar acá?

La gente en la mesa se quedó en silencio. Una mujer de negro encendió un cigarrillo. Todos la miraban. Se sentía demasiado pequeña para contestar, pero no podía dejar que ellos lo supieran, ellos sólo verían su máscara. Se irguió.

—Creo en la poesía. En la belleza. Quiero trabajar en un lugar donde la gente es bella y libre. —Se permitió esbozar una sonrisa inocente—. Éste es *esa* clase de lugar, ¿verdad?

La mujer vestida de seda negra se echó a reír.

—¿Y, Pato? ¿Lo es?

Pato miró el vaso de la mujer, sus hombros, el amplio escote que tensaba su vestido. Miró a Eva. ¿Cómo te llamás?

—Eva Firielli Torres.

—Eva, volvé el sábado a las cinco. Vamos a encontrar alguna manera de mantenerte ocupada. Se volvió hacia su compañera. La entrevista había terminado.

Eva regresó por el mismo camino hacia la Avenida San Salvador, teñida de magia en la noche incipiente. Caminó hacia su casa. La lluvia trazaba una corona moteada en su cabeza. Caminó casi siete cuadras antes de que el miedo se apoderase de ella. Sus pasos se volvieron cada vez más lentos hasta que se detuvo. Su madre no estaba en casa, estaba jugando a la canasta en la casa de Coco, o de la Viuda, o quizás estuviese en el apartamento de Clarabel. ¿A qué otro lugar podía ir? Podía dar media vuelta e ir al Parque Rodó, sentarse junto a la fuente con las parejas que se hacían arrumacos. Podía regresar a La Diablita y lavar algunos platos a cambio de una Coca-Cola. Podía ir a la Rambla y caminar hacia arriba y abajo, arriba y abajo hasta la playa. Esto serviría durante una hora, tal vez incluso una noche, pero no durante el resto de su vida. Y el papel que llevaba entre las piernas estaba empapado, estaba sangrando, estaba cansada, estaba toda mojada. Tendría que encontrar algo que decirle a su padre.

Cuando llegó a su casa, una docena de posibles historias se agolpaban en su cabeza. Abrió la puerta con la llave y entró. Papá saltó del sofá. Se acercó a ella con expresión amenazadora. En la mesa había una botella de grapa vacía; el olor a licor dulce impregnaba el aire. Ambos se miraron.

—Hablé con Pietro.

—No es lo que creés.

—Puta.

—Es un mentiroso.

—Es un buen hombre.

—No lo es.

—Me rompés el corazón.

—Papá…

—Puta.

Ella abrió los brazos hacia él.

Un puño voló hacia su cara. Se tambaleó hacia atrás, el sabor a metal en la lengua. Él volvió a golpearla y ella cayó contra la pared y se preparó para recibir más golpes, y cuando llegaron estaba preparada, cubierta, flácida, muy lejos del hombre cuyo cuerpo tenía tantas cosas que decir. Cuando su padre dejó de pegarle, ella esperó hasta asegurarse de que había terminado. Silencio. Lo miró. Su padre se estaba mirando la mano, observando cómo se abría, se cerraba, volvía a abrirse. La miró a ella con ojos arrugados. Pareció que iba a decir algo pero en la boca de Eva había hierro, chispas en su cabeza, un espacio entre ellos que cada vez se hacía más grande, una grieta negra y abrupta en la que ella no caería.

—Nunca más volveré a hablarte —dijo ella.

Se levantó con paso vacilante y se alejó por el corredor. Escuchó que él la llamaba, pero no le sonaba a español y nunca había aprendido el italiano. En el baño se cambió el papel lleno de sangre y examinó su rostro en el espejo. Un corte en el labio, ligeramente oscurecido, ningún diente perdido.

Se acostó en la cama y se resistió a la llegada del entumecimiento. Las piernas se estaban desvaneciendo, pero no, esta vez no se irían; ¿qué pasaría con su nuevo trabajo si sus piernas desaparecían? No te vayas, no te caigas, no te mueras, tenés que quedarte. Papá no era el mundo, y aunque la partía por la mitad pensar en él, su mente tenía otros lugares adonde volar, como el luminoso pensamiento de la piel de Pietro ardiendo de dolor, y La Diablita, con sus aromas cálidos y brillantes, su bullicio, su aire que crujía, crujía, llamando a esa parte de ella que pensaba que nunca llegaría a florecer pero que esperaba (densa, explosiva) debajo de su piel.

Los colores del café se erguían hacia ella como en sueños, desde paredes de madera marrones, pelo marrón brillando a la luz de las velas, un piano marrón derramando canciones, vestidos negros, teclas negras resbaladizas temblando toda la noche, maquillaje negro realzando las curvas de los ojos de las mujeres, humo pálido de cigarrillo, perlas pálidas alrededor de cuellos pálidos, sillas rojas, mesas rojas, lápiz de labios rojo, risas luminosas rojas, vino rojo.

Ella quería tragar cada centímetro de luz y glamour. Robaba tajadas de conversación que conseguía entresacar de la clientela. Tenía una manera subrepticia de inclinarse sobre las mesas, apenas lo bastante cerca para recoger las palabras junto con los platos sucios. Una mujer con un peinado caro alaba a un poeta arrastrando las palabras. La baba cuelga de la boca de un estudiante mientras habla de la revolución rusa. Jóvenes amantes discuten apasionadamente acerca del futuro del teatro, sus manos aferradas debajo de la mesa. Eva lo absorbía todo. Tomaba pedidos extraños: "Dante Alighieri" junto a "martini"; "existencialismo" seguido de "chianti chileno… otra vuelta"; una larga lista de platos de pastas salpicados con títulos de libros. Cuando la comida y el vino habían sido llevados a sus mesas, ella metía los pequeños papeles en el sostén para usarlos más tarde en sus propios y voraces festines en la librería del centro. Los papeles tenían manchas de aceite de oliva y licor, pegajosos y potentes entre sus pechos. Eran mapas del tesoro. Ella los utilizaba para navegar la ciudadela de libros, donde cada texto era un hogar lujoso; cada texto tenía habitaciones llenas de exquisiteces para tocar, sentir, probar, destrozar, golpear, amasar, frotar, dormirse junto a ellas y soñar. A ella le encantaba irrumpir en ellas, un intruso secreto en la página.

Él quería conocer sus secretos, ese hombre que era su padre. Dónde trabajaba. Qué estaba haciendo. Qué pensaba. La primera noche la había llamado —"¿Eva? ¿Evita?"— seis veces diferentes ante la puerta de su dormitorio, cada hora hasta el amanecer, y ella no dejaba de pensar que él entraría —después de todo no había cerrojo— pero él no abrió la puerta y ella tampoco lo hizo. La segunda noche hizo dos visitas que consistieron sólo en golpear la puerta. La tercera noche ella llegó del trabajo a las tres de la mañana y encontró una nota sobre la cama, con esa escritura suya que parecía una serie de globos diminutos: *Voy a estar despierto. Es tu última oportunidad.* Rompió la nota en pedazos y la hizo desaparecer por el inodoro junto con la orina.

El orgullo se apoderó de Papá, un manto que se volvía cada vez más tieso con el uso. Pasaban uno al lado del otro fingiendo ignorar a un fantasma. Hablaban con todos los que estaban en la habitación excepto entre ellos.

—Marco, pasame la salsa golf.

—Pedísela a papi, está delante de él.

Ella miró a su hermano con el ceño fruncido.

—Marco.

—¡Esto es ridículo! Papá, tu hija quiere la salsa golf.

—No tengo ninguna hija. —Ignazio pinchaba una papa hervida con el tenedor—. Ninguna puta es hija mía.

A ella no le importaba. No le importaba. Él podía pensar lo que quisiera; ella era libre.

Le contó a su madre que era moza, y no, en realidad, una mujer de la calle, a pesar del maquillaje, las noches en que llegaba muy tarde, una blusa nueva con un corte más bajo que nunca antes.

—Es un restaurante en la Ciudad Vieja. Pagan bien. —Eva extendió un fajo de billetes sobre la encimera, como si presentara una mano ganadora de póquer—. Tomá, agarralo.

Pajarita seguía limpiando el fregadero. Ni siquiera miró el dinero.

—¿Qué pasó con tu padre?

—Nada.

Mamá dirigió los ojos hacia ella con esa mirada que la hacía sentirse transparente.

—Hija. No tenés que hacer esto. Otras cosas son posibles.

Ella absorbió el rostro de su madre, su olor, sus manos posadas en la encimera. Vio el gris por primera vez, sólo uno o dos mechones que invadían la larga caída de su pelo. La ira recorrió a Eva como un relámpago. Vulneraba todo sentido de la decencia que esas trenzas pudieran cambiar, que cualquier hebra de ese negro sólido pudiera apagarse, que su madre —que cualquier mujer— pudiese encanecer sin haberse puesto un vestido de seda ni una sola vez en la vida.

—¿Como qué?

—Podrías venir conmigo a la carnicería. Yo te podría enseñar.

El sol de la mañana era cruelmente igualitario: iluminaba los pesos y los paños de los platos, las hojas de romero y salvia y los bordes saltados de las macetas. Afuera, el lechero hacía sonar su campanilla y frenaba su caballo. Eva oyó que el animal relinchaba en amable resignación. Ella sabía que había otro Uruguay, fuera de esta ciudad y debajo de ella e incluso en su casa: un Uruguay donde las mujeres crecían durmiendo sobre pieles de vaca y sentadas en cráneos de animales y donde nunca aprendían a leer, aprendían en cambio a preparar tés amargos para mujeres sin estilo que chismeaban en carnicerías. Pero Eva sabía leer, y ella había leído aquella historia acerca de la muchacha que cayó en el agujero de la madriguera del conejo y descubrió cosas efervescentes; ella podía ser esa muchacha, ella había encontrado ese lugar, en un viejo edificio de piedra lleno de velas, rubíes, poetas, cigarrillos importados, vino tinto. El caballo del lechero se alejó haciendo sonar sus cascos sobre los adoquines de la calle. Y, de todos modos, Mami realmente no la necesitaba. Ahora ella tenía a

Mirna y, si Marco se casaba con esa chica dulce y estúpida de La Blanqueada, habría hijas más que suficientes, hijas más agradables y limpias que ella.

—No. Me quedo con este trabajo.

—¿Dónde está ese lugar?

—No puedo decirte.

Su madre la estudió.

—¿Estás segura ahí?

—Muy segura. Las mozas son simpáticas. Me ayudan a aprender.

Las compañeras de Eva le enseñaban las artes misteriosas de servir licor, ponerse rubor en las mejillas y fumar como un medio de seducción.

—Mirá —ronroneó Graciela—. Fruncís los labios así. —El humo salía de su boca roja: esbelto, blanco, ondulante—. Probá.

Eva lo intentó. El humo brotó en borbotones irregulares que provocaron la risa de Graciela. Lo conseguiría. Sabía que lo haría. ¿Cómo no iba a conseguirlo con estas muchachas como hermanas mayores y ella tan ansiosa de corrupción? Escuchaba los divertidos análisis que hacían de los clientes de La Diablita. Ese eminente escritor que se sentaba a la mesa del rincón les mentía a todas sus novias. Esos opulentos patrones que bebían chardonnay se jactaban de ser benefactores del arte pero dejaban unas propinas miserables. Los estudiantes bohemios que hablaban sobre Batlle, Bolívar y Marx darían su brazo derecho por tener una cita con Eva.

—Mirá cómo te siguen con los ojos, nena. Es obvio.

Pero Eva se sentía atraída sobre todo por un círculo de poetas que se reunían cada fin de semana en la habitación trasera, detrás de la cortina de cuentas. Esa noche había ocho de ellos, todos jóvenes excepto el Poeta Muy Conocido, que presidía las reuniones y hablaba lentamente para que la joven con el pequeño cuaderno de notas azul pudiese escribir todo lo que decía. Estos eran poetas... poetas auténticos. Ella se daba cuenta por la forma lírica en que movían los cigarrillos. Se acercaba a la mesa y colocaba los vasos delante de ellos, uno por uno, aguzando el oído para captar pequeños fragmentos que luego apuntaba en sus papeles secretos.

Ahora el que hablaba era un hombre alto y desgarbado.

—Ojalá Hitler pudiera oír tu *Oda a la lucha.*

Esa voz. Miró más detenidamente su rostro delgado y era él, Andrés Descalzo, hablando con los poetas como si eso fuese la cosa más natural del mundo. Él pareció sentir la insistencia de su mirada en la piel y, antes de que ella pudiese pronunciar su nombre, él se dio vuelta.

—Especialmente ese verso que habla sobre lavar los pies del enemigo. Qué imagen tan incisiva.

Eva llenó un vaso de vino. Lo entendió. En esta habitación, Andrés no era —nunca había sido— el Carnicerito. Su camisa blanco marfil perfectamente planchada era sencilla comparada con la vestimenta de sus camaradas, pero mucho más fina que cualquier prenda que vestía su familia. Ella se deslizó en silencio a través de la cortina de cuentas.

Ahora observó la mesa de los poetas con una nueva audacia. La presencia de Andrés era una infiltración y le daba esperanzas de que ella también pudiese encontrar una manera de incorporarse al grupo. Fingió no conocerlo. Sonrió luminosamente mientras servía vino. El Poeta Muy Conocido comenzó a sonreír sin dejar de mirarla.

—Un baile, por favor.

—¿Perdón? —dijo ella, pensando que, en medio del ruido, no había entendido bien el nombre de una bebida.

—Me gustaría pedirte un baile. ¿O tal vez sería mejor "implorar humildemente un baile"?

Todos los ojos estaban puestos en ella. No era atractivo, no para ella, con ese pelo que comenzaba a agrisarse, esa risa estridente, esas manos de nudillos pronunciados que le recordaban a las de Pietro. Pero sus ojos eran bondadosos.

—Sí.

Su rostro se iluminó.

—"Implorar humildemente" es mucho mejor.

El poeta se sonrojó. Ignoró las risitas disimuladas que brotaron de la mesa.

—Bien, no faltaba más, entonces permitime que te implore.

No había pista de baile. Ambos fueron hasta el rincón donde estaba el piano. Eva no había vuelto a bailar desde las lecciones en el depósito de la zapatería. La música comenzó a sonar; ella contuvo el aliento; apretó la mejilla contra la del poeta. Su cuerpo se quebró en los ángulos del tango, aún allí, aún palpitando. Jaimecito, el pianista, entusiasmado, dejó que su voz se elevase hasta el lamento: *Cómo ríe la vida / Si tus ojos negros me quieren mirar* —ella recordaba esto, podía moverse de este modo, podía inclinarse y girar y bambolearse con movimientos precisos. El Poeta Muy Conocido la llevaba con torpeza, pero no importaba; la gracia estaba en el ritmo de los huesos, en la sangre, en la canción mientras se volvía más cálida *—y un rayo misterioso—* y urgente *—hará nido en tu pelo—* y las manos comenzaron a aplaudir acompasadamente, y las bocas silbaron, y el Poeta Muy Conocido al fin encontró su paso; sus cuerpos decían "girar al mismo tiempo", luego decían "descender", y Jaimecito buscó un clímax ambicioso más allá de su registro vocal: *Florecerá la vida, no existirá el dolor.* La canción terminó con una bulliciosa ola de teclas y aplausos. Se sentía mareada. Tímida. Graciela gritó desde la puerta de la cocina. El poeta resplandecía.

—¡Qué cosa! ¿Querés venir a sentarte con nosotros?

—Tengo que trabajar…

—Estoy seguro de que podés tomarte un minuto de descanso.

—Trabajo hasta medianoche.

—¡Ajá! Podés juntarte con nosotros después. Insisto.

A medianoche, Eva cruzó la cortina de cuentas, no para servir bebidas, sino para sentarse a la mesa. El Poeta Muy Conocido la presentó a los demás: Joaquín, el animoso estudiante universitario con su fiel cuaderno de notas; Pepe, un estudiante de literatura con el cuello almidonado (planchado seguramente por su mucama); Carlos, un abogado joven y amable que tenía unas orejas enormes; Andrés; y Beatriz, una muchacha con una inverosímil cabellera roja.

—Estábamos hablando del nuevo libro de Moradetti —le dijo el Poeta Muy Conocido—. ¿Lo leíste?

—Por favor. —Pepe se estiró los puños—. No tortures a la pobre moza. A ella le pagan por servir mesas, no para analizar las tendencias en poesía.

—Dale, dale…

—No, tiene razón. —Eva formó un puño debajo de la mesa—. Los poetas no me pagan para que los lea. No tienen necesidad de hacerlo. Leí a Moradetti gratis. —Sonrió—. ¿Por? ¿A vos te pagó?

Pepe tosió nerviosamente.

—No quise decir eso.

—Por supuesto que no —dijo Eva.

Las tres horas siguientes fueron borrosas y doradas. Los poetas hablaban; discutían; hacían bromas y bebían y hablaban un poco más. De Moradetti se pasó a Mussolini, de Mussolini al propósito del arte, del propósito del arte al modernismo (tema controvertido), y a los encantos de los postres franceses. Las copas se vaciaron. Los ceniceros se llenaron. Eva se inclinaba hacia adelante para oír mejor, se reclinaba contra el respaldo de la silla para pensar. Estaba despierta, viva, llena de ideas como ramas en un invernadero, creciendo gruesas y frondosas contra el cristal.

Cuando regresaba a su casa, sintió más que vio a Andrés caminando en la misma dirección por la otra acera. Andrés atravesó la oscuridad para reunirse con ella. No hablaron. Salieron de la Ciudad Vieja y recorrieron las calles flanqueadas por casas del Parque Rodó. Una mujer vieja y flaca fumaba un cigarro en un portal amarillo. A través de unas cortinas verdes, Eva alcanzó a ver la silueta de una pareja que bailaba lentamente siguiendo la música que emitía un fonógrafo. La canción era triste y su sonido llegaba apagado. Los pasos de Eva y Andrés resonaban en la acera, sus pequeños tacones afilados y los zapatos más pesados y oscuros de Andrés.

—¿Dónde piensan que vivís? —preguntó ella.

—Pocitos.

—Ah.

Doblaron en una esquina.

—¿Alguna vez te preguntaron por tu familia?

—Mi padre importa joyas de Francia. Mi abuela es una pesada. Así evito que hagamos lecturas en mi casa.

—Ya veo. ¿Y la poesía?

—¿Qué?

—¿Escribís poesía?

Andrés aminoró el paso y ella sintió que estaba pensando, un crujido y un zumbido en el aire entre ellos.

—No sé si escribo poesía o si la poesía me escribe a mí. A veces siento que todo —el mundo, mi cuerpo, cada uno de los movimientos que hago— se convierte en un poema. Es horrible. No puedo respirar hasta que escribo. —Su cabeza estaba inclinada hacia el suelo, los rizos oscuros contra su mejilla—. Te debe parecer loco.

—No. Para nada.

—¿A vos te pasa lo mismo?

Andrés le tocó el hombro. Su mano estaba llena de calor que aguijoneó su cuerpo. Ella recordó la primera cosa que había escrito, antes, antes de todo.

—Capaz.

Continuaron caminando y hablando. Las casas se volvieron más sencillas: cajas de techos planos apretadas una junto a otra.

—¿Te acordás de cuando éramos pequeños? —dijo ella.

—Por supuesto.

—Éramos piratas...

—Sí...

—¡Encontrábamos tesoros enterrados en el suelo!

Andrés se echó a reír.

—Tesoros en una carnicería. Eso sí que es una proeza de la imaginación.

Bajo el baño plateado de la luna, Andrés parecía etéreo, de otro mundo, un hombre (un muchacho) que sentía que el mundo se convertía en poemas, el hijo de un carnicero, nacido para heredar cuchillas, delantales manchados de sangre, ganchos de carne y la carne que colgaba de ellos. Ella escuchaba los sonidos combinados de sus pasos.

Pocas puertas antes de llegar a la casa de Eva, Andrés la besó en la mejilla. Su piel parecía ser de algodón limpio.

—Buenas noches. Seguí yendo a nuestra mesa. No dejes que el estirado de Pepe te asuste.

Eva atravesó la casa adormecida hasta llegar a su habitación, donde sacó papel y pluma del cajón de las medias, cuidando de no despertar a Tomás que dormía en la otra cama. Llevó ambas cosas al baño, cerró la puerta y se miró en el espejo. Había olvidado quitarse el maquillaje antes de volver a casa: se la veía femenina, madura; había bailado en un salón lleno de desconocidos, había bebido vino en la mesa de los poetas, ella podría quizás, quizás abrir su vida a la poesía, lo que fuese que fuera eso, pero esperaba que fuera algo puro, insondable, una fuerza en la que pudiesen convertirse su mundo y su cuerpo, una fuerza que tal vez pudiese escribirla a ella mientras ella escribía y que nunca pudiese herirla o desvirtuar su forma. En la mejilla sentía aún el cosquilleo del beso de Andrés. "Soy una poeta", susurró ante el espejo. Se sentó en el inodoro, tomó la pluma y empezó a escribir.

Los meses y los años se alargarían y acabarían y ella siempre desearía esto: estas noches; humeantes, eléctricas, suculentas, inefables; el tacto de la mesa roja debajo de su mano (descascarada y lustrosa, pegajosa en la parte de abajo) mientras los poetas soñaban y bromeaban y presumían; el modo en que el aire se extendía y brillaba tenuemente después de su segunda copa de vino; las conversaciones que se enrollaban de forma intrincada alrededor de la guerra hasta ensayos recientes y el significado más profundo de la vida. En esas noches brillaba una luz que Eva no era capaz de definir, que se desvanecía si ella la buscaba demasiado directamente, que doraba todo lo que tocaba —voces, rostros, copas de vino, mesa, palabras— con una miel divina. Llegó a confiar en ella, en su poder para repeler todo aquello que debía mantenerse alejado: monotonía, aburrimiento, pesadillas, la ira de su casa, el terror dentro de las zapaterías y los nazis en tierras lejanas. Ella era libre dentro de su esfera invisible, y la vida se volvía más factible. Seguro que los demás poetas también lo sentían: Joaquín, con sus versos meticulosos, la frente anudada y un arsenal de lápices de puntas recién afiladas; Carlos, que olía a pomada para zapatos y le hurtaba momentos a la firma de abogados de su padre para escribir odas en los archivos legales; el Poeta Muy Conocido, con su risa afable y su pelo gris y desgreñado; Pepe, con su barbilla puntiaguda y sus rápidos *martinis;* Andrés, con su voz lúcida, pensamientos agudos, risa aguda; y Beatriz, la clase de muchacha cuya risa se derramaba como si fuese melaza, cuyos poemas rebosaban de pastoras núbiles que suspiraban por sus gauchos errantes. Eva podría haber soportado estoicamente sus poemas si Beatriz, además, no se sentara tan cerca de Andrés.

—Estamos cambiando el mundo, ¿verdad, Andrés? —dijo Beatriz, enroscando un mechón de pelo en un dedo lento.

—La poesía sola no cambiará el mundo —dijo Andrés—. Pero sin ella, ¿dónde estaríamos? Despojados de misterio, pasión, todo lo que nos obliga a permanecer despiertos a pesar de la mierda y el dolor de vivir. En un mundo plagado de guerras, necesitamos la poesía más que nunca.

Joaquín y Carlos murmuraron su acuerdo con las palabras de Andrés. El Poeta Muy Conocido asintió detrás del humo de su cigarrillo. Las palabras de Andrés se mezclaron con el humo, formando un remolino alrededor de la mesa, impregnando el aliento de cada uno de los poetas. En un mundo plagado de guerras. Eva percibió el humo y la mole del *Admiral Graf Spee* dentro de esas palabras. Había pasado apenas un mes desde que el acorazado alemán arrastrase su enorme y duro cuerpo herido hasta el puerto, buscando refugio y trayendo tras él el humo y fuego y olor tóxico de la batalla. Uruguay era un país neutral. Uruguay estaba muy lejos de Europa. Uruguay no había sido invadido como Polonia la primavera pasada. Pero el *Graf Spee* vino de todos modos y también los barcos de guerra británicos que lo habían incendiado. Los dedos de la guerra eran muy largos y se extendieron sobre el Atlántico y sacudieron su ciudad del mismo modo en que los dedos helados de un fantasma atraviesan una ventana y te despiertan con un estremecimiento en tu propia cama. Así fue cuando Eva se despertó para oír a Papá en el pasillo hablándole a Tomás sobre el *Graf Spee: el humo era denso como, bueno, como una gran manta negra, que cubría todo el puerto, y allá arriba, en la grúa, todos tosíamos como locos, y vi a los nazis en cubierta rígidos como putos palillos, como si todo estuviera bien, como si estuviesen respirando el aire de los putos Alpes.* Después de que el capitán alemán se diese por vencido y hundiera su barco en el fondo del río, Eva soñó con nazis muertos y empapados que destrozaban su ventana y se metían en su cama, fríos y chorreando agua, cortándola con trozos de vidrio y barco y con sus uñas.

Andrés había escrito un soneto titulado "El fantasma del *Graf Spee*" y se le ocurrió que él quizás lo entendiera. Le tocó el pie por debajo de la mesa. Él sonrió sin mirarla.

—Las cosas que decís —le dijo ella más tarde cuando regresaban a casa—. La forma en que las dijiste. Todo el mundo te escucha.

—Son palabras solamente.

El corazón de las cosas, tú lo tocas cuando hablas; de alguna manera consigues sacudir y cambiar la materia de la que está hecha la realidad.

—Es más que eso.

Regresaban juntos a casa todas las noches, pero nunca hasta la puerta. No querían que los descubriesen. A Eva le aterraba ir a comprar la carne para la familia por la forma en que Coco la atravesaba con ojos tristes.

—¿Qué le pasó a ese hijo mío? ¡Vos, Eva, decime! Ya casi no vive aquí.

Nos han dicho, escribió Andrés, *que el mundo está hecho de arpillera:/ Áspera, resistente, cuando en realidad es de gasa,/ Capa sobre capa, fina, frágil, infinita,/ Podemos ver nuestros dedos a través de ella bajo la luz.* Y él mismo era una luz, una baliza, aunque no como el faro de Punta Carretas, no ese haz de luz lento, previsible. Él era febril y errático. Su haz era un cuchillo brillante; sus pensamientos y palabras podían hacerle un corte a la noche. Ella quería acercarse, ser perforada, aproximarse a la mecha que había dentro de él y, ocultada del mundo, que seguramente nacía del dolor, que guardaba secretos tan oscuros y delicados (ella imaginaba) como los suyos. Andrés le daba ánimos. Sentada en el inodoro a las cinco de la mañana, ella emprendía el vuelo, se arriesgaba, escribía, línea tras línea de palabras que surgían de una fuente a la vez desconocida e íntima. Palabras sobre la libertad, la furia, sus muchos apetitos; palabras que rechinaban sus dientes y se mordían unas a otras en la página.

Pasó un segundo año. La poesía se filtraba sobre su bloc de moza, la piel del brazo, trozos de papel que luego encontraba en sus medias. Esa primavera, su hermano Marco se casó con la muchacha de La Blanqueada, quien, Eva tuvo que reconocerlo, era auténtica en su dulzura y quería que Eva se convirtiese en su hermana, una empresa que ella destrozó rápidamente negándose a devolver sus llamadas. *Tú nunca me entenderás,* Eva podría haber dicho, pero no lo hizo. Al año siguiente, finalmente recitó un poema en voz alta. Estaba en la sala de estar de la casa de Pepe, opulenta con alfombras importadas y lirios recién cortados. No debería haber mirado nunca los lirios. Perdió el ánimo y perdió la voz.

—Seguí, Eva —la incitó Carlos, inclinándose hacia adelante en un gesto de apoyo. Tenía una mancha de salsa de tomate en el cuello y eso le dio valentía. Sin embargo, apenas pudo emitir poco más que un susurro ronco; los poetas confundieron ese tono de voz con un toque dramático y respondieron con aplausos genuinos.

—No está mal —dijo Pepe con desgana. Se volvió y le habló al público, en vez de a ella—. El faro como metáfora de la libertad durante la guerra. Y una sagaz alusión a esa inglesa Woolf.

Eva no había pensado en la guerra cuando estaba escribiendo ese poema (aunque debería haberlo hecho, Estados Unidos se había unido a la contienda, los judíos en Europa llevaban estrellas amarillas cosidas a la ropa, morían miles y miles de personas) y ella había olvidado todo lo relativo a Virginia Woolf.

—Sí, gracias.

—Esto sería excelente para la próxima edición de *Expresión* —dijo Joaquín. Frunció el ceño con expresión seria; Joaquín se había convertido en comunista recientemente, un buen lugar para él, pensó Eva, considerando todos sus años de notas obedientes. Por lo que ella había conseguido entender, parecía que los comunistas escribían un montón de declaraciones, leían muchos libros y discutían acerca del proletariado mundial alrededor de cervezas frías—. Deberías enviarlo.

Cuando el poema apareció en las páginas de *Expresión,* una revista publicada en el sótano de un poeta, Eva recortó dos copias: una para conservarla debajo de la almohada y otra para ese lugar oscuro entre sus pechos. Cada día su sudor humedecía el papel. Al llegar el invierno, el papel estaba manchado y más fino. Pero ella lo seguía llevando de todos modos, escondido allí como un arma pequeña.

En el quinto año de Eva en La Diablita, su hermano más pequeño se convirtió en hombre al casarse con la hija de María

Chamoun, la brillante-como-una-llama Carlota. Tomás estaba parado junto al altar, empequeñecido en su propio traje tieso, boquiabierto ante la nube de tul y seda que avanzaba hacia él. En los primeros bancos, Eva estaba sentada junto a Bruno, Marco y Mamá. La novia llegó al altar. El padre Robles hizo el signo de la cruz (sus dedos seguían siendo gordos) y acometió su discurso. Carlota estaba radiante detrás del velo. Tomás sonreía como un personaje de historieta. El banco de madera era duro y Eva cruzaba y descruzaba las piernas, imaginándose a sí misma escupiendo en el crucifijo gigante que había detrás del altar.

En la recepción —la mitad del vecindario apretujado en la sala de estar de los Chamoun— Eva servía los platos con su cuñada Mirna.

—Bueno, Eva. —Mirna alzó la cabeza con una expresión traviesa—. ¿Cuándo vamos a hacer esto para vos?

Ella no contestó. Miró a su alrededor buscando algún respiro. Al otro lado de la sala, Xhana inclinaba la cabeza hacia el muchacho que la había estado cortejando. César. Se habían conocido en la universidad, donde ambos estudiaban para ser maestros. César tenía los ojos de un ángel: frescos, grandes, negros como la medianoche, encendidos ahora por algo que Xhana estaba diciendo. Eva aún no lo había conocido; evitaba las reuniones familiares como un acto reflejo, para evitar momentos de tensión con Papá. Pero extrañaba a su prima. Eran casi desconocidas. Quizás podía ir hasta allí, sonreír, saludar como una muchacha normal.

La voz de su padre se elevó detrás de ella.

—Y Pietro, ¿qué tal la zapatería?

—Excelente.

Mirna le pasó un plato a Eva. Casi se le cae de las manos.

—¿Tu hija trabaja ahí?

—Sí.

—Espero que te dé menos trabajo que la mía.

Pietro se echó a reír afablemente.

—Ay, Góndola —dijo.

Eva tomó el cuchillo de la bandeja de pascualina. Era largo y estaba manchado de espinacas; podía alzarlo ahora mismo, cortarles el cuello a los dos y detener así sus risas. Al pensarlo la invadió una ola de calor. Blandió la hoja del cuchillo contra la bandeja una, dos, tres veces y, a la tercera, golpeó la bandeja y lanzó el resto del pastel al suelo.

Mirna la miraba en silencio.

—Necesito un poco de aire —dijo Eva y se alejó casi corriendo.

Aquella noche soñó que era una novia y caminaba por el pasillo central de una iglesia. *Nunca pensé que esto pudiera pasarme a mí.* Llevaba en la mano una docena de claveles. Tenía que estirar el cuello por encima de las flores para poder ver adónde iba. *¿Quién es el novio?* El aire tenue se deshizo ante la música del órgano. Cuando se acercó al altar oyó un terrible cacareo que se volvía más estridente a cada paso. Dejó caer las flores. Delante de ella se alzaba un trozo gigante de tarta pascualina sostenido sobre dos palos a modo de piernas, un moño pegado en su masa de pastelería. Se reía. Olía a huevos podridos. Eva gritó y la risa de esa cosa se volvió atronadora. Gritó y gritó y se despertó empapada en sudor. La luz del amanecer se filtraba a través de las cortinas. Se levantó y las descorrió. El cielo estaba gris. Quería salir volando por la ventana, convertirse en un pájaro, en una mota de polvo flotante, en cualquier cosa que pudiera elevarse y desaparecer en la noche. La pequeña casa era como una trampa, estrecha, oscura, ineludible, llena de palabras nunca dichas. Su cuerpo también. Tenía dieciocho años. A esa edad su madre ya llevaba casada dos años, y no se trataba de que deseara la vida de su madre o que siquiera le importase, ¿pero quién se casaría con ella? ¿Y con quién querría vivir ella tan cerca en un rincón de este mundo estridente? Sólo con una persona. No era digna de él, nunca lo sería, pero quizás tenía que intentarlo.

Esperó demasiado tiempo. Una semana más tarde aún estaba reuniendo valor para hacerlo, buscando las palabras adecuadas, cuando salió de la cocina de La Diablita para secar el sudor de las mesas y vio a Andrés y a Beatriz contra la pared, junto al piano, besándose. Dos bocas entrelazadas. Sus manos en el pelo del otro.

No dejaría caer la bandeja, con todos los platos sucios, aunque era pesada, demasiado pesada, una carga imposible. Corrió hacia la cocina y desapareció detrás de la puerta.

Eva cumplió diecinueve años sin asomo de matrimonio. Veía a Andrés y a Beatriz sentados muy juntos y el estómago le daba un vuelco, la forma propietaria en que ella le acariciaba el cuello. Intentaba ignorarlos pero ellos dejaban una impronta en su vista como si hubiese mirado el sol.

En su último año en La Diablita, Eva trabajó todas las horas que pudo y guardó el dinero extra debajo del colchón, por si el mundo abría alguna vez una escotilla de emergencia y ella tenía que lanzar su propia balsa.

La Guerra Mundial terminó y Montevideo se convirtió en un carnaval prematuro. Eva se despertó por el estruendo de los tambores y las canciones y los gritos que llegaban desde la calle. La radio de los vecinos vociferaba extasiadamente a través de la pared: "La paz por fin... la rendición de Alemania... no hay más guerra...". Se vistió rápidamente y corrió a la cocina, donde su madre estaba inmóvil como un halcón, un paño húmedo colgando de su mano, mirando fijamente la pared como si quisiera perforar su superficie para revelar una fisura oculta. Contra su voluntad, Eva sintió los amplios y volubles brazos de la esperanza. El mundo podía cambiar. Estaba cambiando: esta cocina no era sólo una cocina, sino una caja en la orilla de un río humano que fluía junto a su puerta, celebrando la erupción de la paz. Se acercó a su madre y la abrazó desde atrás.

—Mamá.

Pajarita se reclinó contra su hija. Una sola estela húmeda en su mejilla, como si un caracol o una lágrima hubiesen bajado por allí. No era una humedad que Eva quisiera ver, ni un abrazo que pudiese resistir. Se apartó en dirección a la puerta. Mamá la miró de un modo que selló su misión de escapar.

—Voy a salir.

Una vez en la calle, Eva abrió sus venas y huesos y sentidos a una paz estridente, fresca, que se arremolinaba a su alrededor, engrosando la multitud y llevándola más allá de los muros de la prisión iluminados por el sol, y más allá de la gran escalinata de la iglesia en dirección a la amplia arteria central de la Avenida 18 de Julio. La gente se apiñaba y vitoreaba y gritaba y se sacudía alrededor de ella. Hombres vestidos con brillantes atuendos de murga entonaban las baladas de la última temporada; un niño, sentado en los hombros de su padre, masticaba una bandera uruguaya; una pareja joven bailaba un tango febril, tropezando con la multitud; las botellas de champán descorchaban su espuma a cada giro; la música se movía en espirales azarosos, tambores de candombe aquí, acordeones allá, cantos y palmas, sonidos a cuyo compás se podía mover, bailar, ser arrastrado por la explosión de la ciudad. ¡Paz!, gritó alguien. ¡Paz!, gritó ella a su vez, empujada contra quienes estaban cerca de ella. Una mano desconocida le pasó una copa de champán. Ella brindó con el cielo —por un mundo nuevo— y bebió. La muchedumbre se apiñó aún más, cuerpos y más cuerpos, calientes y acres, densos y entusiastas, y ella devolvió la presión encantada hasta que un cuerpo se apretó con demasiada fuerza contra ella desde atrás. Se quedó paralizada. Pietro (sus manos, su aliento, su embestida) cruzó por su mente como un relámpago helado. La erección del desconocido se presionó contra ella. Pietro la miraba de un modo lascivo, volvía a olerlo, oyó su voz, tenía que gritar o correr, pero se quedó inmóvil mientras el desconocido tanteaba su cuerpo. Las náuseas inundaron su boca cuando el hombre le levantó la falda.

—¡Che! —gritó el hombre que estaba delante de ella.

Eva miró con ojos entrecerrados el vómito en el abrigo del hombre, su rostro enfadado. Las manos y el pene se disolvieron y dejaron un espacio en la multitud detrás de ella. Echó a correr, lejos del hombre al que había ensuciado, de la escena del crimen, lejos muy lejos de la escena de su crimen. Corrió. Empujó a través de la celebración bulliciosa hacia calles más vacías, hasta que una punzada en el costado la obligó a aminorar la carrera. ¿Adónde iba? La alegría del día sabía ahora a bilis pura. Se tambaleó hasta un callejón desconocido, un pasadizo húmedo y estrecho revestido de paredes de ladrillo. Su lugar era el taco de un zapato. No pertenecía a ninguna parte, debería irse por el desagüe, escurrirse a través del suelo y desaparecer. ¿Quién la extrañaría? Era ridícula, tenía casi veinte años, estaba casi condenada a la soltería, una moza y poeta de tercera categoría cuyo propio padre pensaba que era una prostituta y cuyos compatriotas, en el día de la libertad, podían meterse debajo de su falda. El vómito le amargaba la boca. Tenía que lavarse. Estaba cerca de la fuente del Parque Rodó. Dobló en la esquina y caminó hacia el parque, a la plaza situada en el centro, y se acercó a la fuente. No le importaban (*no* le importaban) los desconocidos que la observaban desde sus bancos mientras ella echaba agua sobre su vestido.

—¿Eva?

Se volvió. Andrés Descalzo estaba delante de ella, mirando su pecho húmedo; luego apartó la mirada.

—Me tiré champaña sobre mi vestido.

—Ya veo. ¿Estás bien?

—Sí, sí. Estoy bien.

—¿Estás contenta con la rendición?

—¿Qué?

—Ya sabés. Alemania.

—Ah, sí, Alemania. —Eva se miró los pies. Las baldosas debajo de ellos estallaban con dragones, peces pintados, una granada llena de semillas abriéndose—. Fantástico. Por supuesto. No podría ser mejor.

—Ahora las cosas van a cambiar.

—Sí.

—¿Seguro que estás bien?

—Sí, sí.

—Te ves diferente.

—Estoy cansada.

—¿De qué?

—¡De… todo… de mi familia, de los poetas estúpidos, de Montevideo y de todos los hombres en este maldito país!

Andrés se echó a reír. El sol se reflejó en sus dientes mientras reía.

—¡Yo también!

Se sentaron juntos en el borde de la fuente. Baldosas azules frías contra la piel.

—¿Cómo está Beatriz?

—Rompió conmigo.

—Ah.

—Ahora está con Pepe.

—Lo lamento.

Andrés se encogió de hombros.

—De todos modos la cosa no funcionaba. —La miró fijo y ella se sonrojó—. Ella no es como vos, Eva. No es alguien con quien realmente pueda hablar.

Eva apartó la mirada. Él estaba tan cerca. El aire que respiraba había estado dentro de él.

—Tengo que decirte algo.

Ella contuvo la respiración.

—Me voy.

—¿Qué?

Andrés asintió. Eva apretujó un trozo de su falda.

—Tengo que irme de Uruguay. —Miró hacia los árboles impasibles—. Mi padre se quiere jubilar. Si me quedo acá voy a tener que hacerme cargo de la carnicería. ¿Alguna vez oíste hablar de un poeta que olía a sangre de vaca? La guerra terminó. Es una señal. Es el momento para hacerlo.

—¿Adónde pensás ir?

—A Buenos Aires.

En la mente de Eva, Buenos Aires era una bailarina, con movimientos deslumbrantes y un aroma escandaloso debajo de la ropa, que bailaba como Montevideo —su hermana más pequeña, ordinaria— nunca lo haría.

—Buenos Aires —repitió ella.

—Las cosas marchan bien allá, con la revolución social. —Andrés juntó las manos y luego las separó—. Hay otras razones.

—¿Como cuáles?

Andrés estudió su rostro. A la derecha, más allá de los árboles, Eva oyó el llanto de un bebé. Andrés se encogió de hombros. —Bueno, para los escritores, es lo mejor después de París, ¿no? París antes de las bombas.

Eva no dijo nada. Obviamente era lo mejor después de París.

—¿Cómo pensás llegar?

—Tengo suficiente plata para el pasaje del barco y para vivir la primera semana. Voy a buscar trabajo. Al principio estoy dispuesto a hacer cualquier cosa.

—¿Cuándo te vas?

—Mañana por la mañana.

—No. —Eva le aferró la muñeca. Era suave debajo de sus dedos; tal vez le dejaría marcas—. No podés hacer eso.

El brazo de Andrés se relajó bajo la presión de sus dedos, una presa flexible.

—Te voy a extrañar.

—Yo también te voy a extrañar. Sos mi mejor amiga. —Miró el suelo; las baldosas; los fantásticos dibujos pintados en esas baldosas—. Te quiero, chiquilina. Pero no te preocupes, te voy a escribir. Te voy a mandar la dirección.

Esa noche, Eva rebozó milanesas en silencio junto a su madre. Puso la mesa, tenedor por tenedor, haciendo de cada movimiento un minúsculo acto de liberación. Durante la cena comió lentamente, flotando lejos del alboroto de sus hermanos acerca de la rendición de Alemania, de las exclamaciones de sus esposas, de la constante búsqueda de vino de su padre. Más tarde, en la cama, permaneció acostada pensando y sintiendo, sintiendo y pensando, imaginándose Buenos Aires e imaginándose Montevideo sin Andrés, escuchando sus palabras, *chiquilina, te quiero.* No pudo dormir. Antes de que el amanecer blanquease la oscuridad de su habitación, metió la mano debajo del colchón y sacó el fajo de pesos. Lo deslizó dentro de un bolso, junto con algo de ropa, joyas, cuadernos de notas, libros. Se vistió. Escribió una nota para su madre. Eran las cinco menos cinco de la mañana.

Fue sigilosamente hasta la cocina y dejó la nota junto al fregadero, donde Mamá sería la primera en verla. Casi podía saborear la presencia de su madre en esta cocina, con su alegre desorden verde, sus potes de oscuras plantas secas cuyos usos Eva nunca había aprendido. Habrían de pasar muchos años antes de que volviera a pisar esta cocina otra vez, y más años aún antes de la noche en que estaría parada aquí, en la oscuridad, tirando los restos de salsa de tomate quemada dentro del tacho de la basura con gestos desesperados, incapaz de sentir la olla en las manos, incapaz de oler las ruinas negras, incapaz de pensar en nada salvo *No, Salomé, no, no.* Ahora, en este momento, preparándose para escapar a través del río, sólo pensó en Mamá. Tal vez, si respiraba con suficiente profundidad, podría llenarse los pulmones con la esencia de su madre y llevársela con ella. Lo intentó, pero sus pulmones estaban tensos y no sintió nada, de modo que se deslizó furtivamente fuera de la cocina, hacia la noche.

Afuera estaba oscuro y los muros de la prisión proyectaban sombras amplias sobre la calle. Apenas podía discernir la forma de castillo en los ladrillos que discurrían en lo alto de los muros, la forma que la había fascinado cuando era pequeña. Cruzó la calle adoquinada, dejó atrás la prisión y se acercó a la escalinata de la iglesia. Sintió los escalones fríos y suaves contra sus piernas al sentarse, de espaldas al templo, mirando a la Carnicería Descalzo. Se dispuso a esperar.

La calle estaba absolutamente inmóvil. Sólo su respiración parecía moverse. La luz goteaba sobre las casas en el extremo oriental de la calle. En cualquier momento. Podía ver la puerta de la carnicería con más claridad a cada minuto que pasaba, un rectángulo verde oscuro en la pared. No se perdería su salida, a menos que ya se hubiese marchado. La ansiedad tensaba sus nervios. Esperaba que su madre no se hubiese levantado para hacer pis. Una luz tenue cubría lentamente el cielo. Las casas de Punta Carretas se apiñaban, una al lado de otra, pequeñas cajas en fila. En cualquier momento sus padres se despertarían y descubrirían que no estaba en casa. Los imaginó corriendo hacia ella en ropa de dormir. Se sentó en un escalón más bajo.

La puerta de los Descalzo se abrió y una silueta alta salió de la casa. Se apresuró a reunirse con él.

—Psst. Andrés.

La espalda de Andrés se puso tensa.

—Eva, qué estás…

—Me voy contigo. Tenés que llevarme.

Esperaba que su voz sonase firme e irrefutable.

—No puedo.

—¿Por qué no? Me quiero ir de acá, igual que vos.

Él meneó la cabeza pero estaba escuchando.

—Tengo plata. Te voy a ayudar. Quiero conocer Buenos Aires, quiero ser una poeta y quiero estar contigo. ¿Acaso no me querés? ¿No fue eso lo que dijiste?

La pausa entre ellos se hizo más densa. Ella intentó otro enfoque.

—Mirá, de todos modos, yo busco lo mismo que vos.

Él se mordió el labio.

—¿O sea?

—Piratería.

Él se echó a reír brevemente; fue casi un ladrido. Luego se puso serio. La miró a los ojos.

—Por Dios. —Miró hacia la prisión—. ¿Ya empacaste?

—Sólo lo que realmente necesito.

—¿Estás segura de esto?

—Totalmente.

Él la miró como si ella fuese una misiva que recién comenzaba a entender.

—El barco sale dentro de poco. Es mejor que vayamos directamente al muelle.

Justo antes de doblar la esquina, Eva echó una última mirada a la calle de su infancia: el arco de la puerta de la iglesia, el largo muro de la prisión, la casa color arena donde dormía su familia. Era más de lo que su mente cansada podía abarcar. Se volvió y empezó a alejarse en dirección al río.

cuatro

EL ARTE DE HACERSE A UNO MISMO DE NUEVO

Esta ciudad. Buenos Aires. Brillaba como una tierra de gigantes incandescentes. Rugía y se extendía y se despegaba del suelo en planos de piedra. Eva se detuvo en el borde de la Avenida 9 de Julio y se quedó mirando. La calle más ancha del mundo, había presumido su nueva casera. Alzó su barbilla hundida cuando lo dijo. Y no había razón para creer que el mundo pudiese tener cualquier cosa, en cualquier lugar, más enorme que esta calle, estruendosa por los automóviles y el sonido de los zapatos de miles de personas. Un orgulloso cielo de finales de otoño se abovedaba sobre ella. El obelisco se alzaba en medio de la avenida, perforando el corazón de la ciudad, un dedo largo y blanco señalando hacia el cielo, alto, liso, resplandeciente con autoridad y promesa. La gente también parecía ser así: suave y lisa como la piedra. Mujeres delgadas con bolsos exquisitos, hombres con elegantes trajes de París. Brotaban de todas partes sin cesar. Eva dobló en la Avenida Corrientes. En el kiosco de periódicos de la esquina, un hombre de piel curtida mascullaba acerca de las mercancías más interesantes —¡Perón defiende el nuevo plan laboral! ¡Cigarrillos! ¡Revistas! ¡Chicles!— entre bocanadas de humo de cigarrillo. Durante el día, ese hombre probablemente hubiera gritado anunciando lo que vendía, pero ahora eran las tres de la mañana y un poco de territorio, sólo un poco, tenía que cederse a la noche. Pasó junto a él sin detenerse, pasó junto a la pareja que se besaba contra un farol; unos hombres salieron de un bar, el pelo engominado, oliendo a licor y colonia; las puertas del salón de baile palpitando con los tangos; el café lleno de gente donde una mujer estaba sentada sola a una pequeña mesa, escribiendo con expresión triste en un delicado papel rosado. La ciudad era demasiado, se aplastaba contra ella. Eva se detuvo y se apoyó contra la vitrina de una boutique cerrada. Permaneció inmóvil hasta que sintió el zumbido, bajo y constante, debajo de la superficie de la ciudad. Lo sentía en los huesos, la iluminaba, la enervaba, le indicaba el camino, llenaba cada lentejuela y lamparilla y callejón, desde el denso centro de la ciudad hasta su destartalado edificio en San Telmo, donde la pintura podía ser brillante mientras se descascaraba, donde los tangueros bailaban en bares con paredes agrietadas, donde las escaleras de incendio eran balcones donde moverse al compás de una música robada, tomándose un breve respiro de las habitaciones pequeñas y húmedas. Incluso en su propia habitación, Eva era parte de ese zumbido, y lo percibía cuando se quedaba completamente inmóvil. No importaban las cucarachas que pululaban por todo el suelo, las manchas en las sábanas, la forma en que contenía la respiración para evitar el hedor que salía del baño que había en el corredor. No importaban las paredes finas como el papel a través de las cuales podía oír a la prostituta de la puerta de al lado entregada a su trabajo, noche y día, hombre tras hombre con su propio ritmo y embestida y gemidos; las familias de cinco, seis, nueve en habitaciones individuales; las peleas a cuchillo en el callejón a la vuelta de la esquina. Allí estaba en casa, en el brillo de la ciudad, y de todos modos había movido su cama hasta la otra pared, la que estaba junto a la habitación de Andrés.

Eva golpeó ligeramente el cristal de la vitrina de la boutique con las puntas de los dedos y siguió caminando. Lo había logrado. No había sido tan malo después de todo. Su undécima entrevista; debería estar contenta. Le pagaría bien, ese don Rufino, con sus manteles de lino y los brillantes cuchillos de plata. Sus preguntas habían sido muy fáciles de responder, con la pequeña excepción de la manera en que le miraba los pechos con su ojo sano mientras su ojo de vidrio vagaba hacia la pared.

—Las otras chicas te van a enseñar los trucos de este trabajo —dijo—. Lo vas a hacer bien.

Y lo haría. Por supuesto que lo haría. Mientras tanto, aquí estaba, en la librería Libertad, donde Andrés la esperaba en la sección de poesía. Cuando entró en la librería sus dedos estaban llenos de chispas. Seguro que cada libro que se había escrito en Latinoamérica (y Francia y España) podía encontrarse en estas imponentes estanterías. La ciudad renegaba del sueño para deambular entre ellas. Pasó junto a las novedades de literatura reciente, atravesó el largo pasillo dedicado a la filosofía, hasta llegar a la parte de atrás, donde Andrés estaba sentado en un taburete, inclinado sobre un libro. Miró cómo sus labios se fruncían y relajaban, fruncían y relajaban mientras leía.

—Andrés.

Alzó la vista.

—Conseguí el trabajo.

—Ah. Buenísimo.

—¿Cómo estuvo el cabaret esta noche?

—Bien. Trabajo. Uno de estos días hasta podría permitirme comprar uno de estos libros.

—¿Qué encontraste?

—Bueno. Por ejemplo. —Andrés le hizo un gesto para que se acercase—. Este boliviano: versos de amor magistrales.

—¿De verdad?

Ahora estaban muy cerca, ella se inclinó sobre el libro, su pelo rozando el hombro de Andrés. Un relámpago podría pasar entre ellos por menos contacto que éste.

—Aquí .—Andrés recorrió una línea con el dedo. La página era áspera y de color crema, su dedo largo y delgado—. Este verso: *Beberte en mil tragos diminutos.* ¿Qué te parece?

—Sí.

—¿Qué?

—Sí, me gusta.

—A mí también. —Meneó la cabeza—. Y sus poemas de guerra... esperá, dónde estaba... —Buscó a través de las páginas.

—Si no lo encontrás, no importa.

—Tenés razón. Hay tantas cosas para leer acá.

Ella se sentó en el suelo a sus pies y se zambulló en el libro.

Querida mamá,

Te escribo tal como te prometí. Estoy en Buenos Aires, mi dirección está abajo. Aquí estoy muy bien. Trabajo en un restaurante de lujo. Vivo en un edificio que está pintado de un verde muy bonito. Es una ciudad hermosa. Escribí algunos poemas nuevos, que también te incluyo. Espero que te gusten. Por favor, no se los muestres a nadie (excepto a Coco, por supuesto, para que ella te los pueda leer). Te quiero. Por favor, no te enojes conmigo. Por favor, no te preocupes. Te vuelvo a escribir pronto.

Con cariño, Eva.

Tres semanas más tarde recibió un paquete. En su interior encontró un bulto envuelto en tela gruesa y una carta:

Querida Eva,

Gracias por escribir. Me alegra saber que estás bien. Pero no tenés derecho a decirme que no me preocupe. Decilo de nuevo y me voy a enojar. Hasta que no seas madre, no vas a poder entenderlo.

Coco está aquí, escribiendo esta carta por mí. Ella dice que debería estar agradecida de saber que mi hija está viva. Dice que te cuente que Andrés desapareció la misma noche que vos y no te podés imaginar cómo sufre. Sabés algo de esto, si es así, te ruego que me digas adónde está. Ésta que habla soy yo, Coco.

Pajarita otra vez. Prepará un té con lo que te mandé. Dos veces por día. También podés poner la hierba en el mate. Te envío más el mes que viene.

Por favor, volvé a escribir.

Mami.

Eva desenvolvió el bulto de tela. Estaba lleno de hojas secas y raíces negras. Olían agrias y ahumadas. Mamá, los dedos delgados rodeando un pote, dorada por el sol de la mañana. Volvió a envolverlas y las colocó entre el colchón y la pared, y del otro cuarto oyó un gemido, luego unos quejidos casi inaudibles; debía de ser un hombre mayor.

Ella no necesitaba paquetes como éste, ya no. Vivía en una de las ciudades más cosmopolitas del mundo. Asistía a lecturas de poesía donde nadie, nadie, sabía que ella era moza, la hija de un obrero, una muchacha que una vez se encogió de miedo contra una estantería de botas de cuero y perdió las piernas y bebió extrañas infusiones de hierbas para recuperarlas. Ella podía volver a crearse, como esa actriz de radionovelas, la que compartía su mismo nombre y se había convertido en la amante del hombre que era vicepresidente y ministro de Guerra. Eva Duarte. Ella había recortado su fotografía de un periódico. La tenía guardada en un cajón debajo de sus sostenes. Estudiaba la fotografía como si fuese un proyecto: el brillo rubio del pelo, las joyas en el cuello, la muchacha trabajadora con una sonrisa de triunfo. Ella usaba diamantes pero seguía hablando en nombre de los pobres. Al otro lado de la pared, el hombre mayor llegó al clímax y se quedó en silencio. Luego comenzó el ajetreo de pantalones, cinturón, dinero. Eva pensó en la fotografía, la forma en que la tinta manchaba su piel. Arreglaría su pelo oscuro hacia atrás. Se depilaría y delinearía las cejas. Luego se examinaría ante el espejo maravillada ante el arte de hacerse a uno mismo de nuevo.

Había una magia apacible también: despertarse en la habitación de Andrés. No el primer despertar que la sacaba de la cama, eso lo hacía sola. La habitación de Andrés representaba la otra parte, el lento camino a la vigilia que se desenrollaba a lo largo de rondas de mate. Se sentaban juntos en la cama de Andrés, el pelo revuelto, los párpados abultados por el sueño. Una luz débil se filtraba a través de una ventana de vidrios sucios. Ella vertía el agua en un suave silencio.

—¿Más, Andrés?

—Por supuesto.

Ella le pasó el mate.

—La yerba es muy amarga aquí —dijo Eva.

—A mí me gusta.

—¿Vas esta noche a la lectura de poemas en la Libertad?

—Tengo que trabajar —dijo Andrés.

—Ah.

—Andá tú, Eva. No me esperes.

Eva asintió. No iría. La última vez que había ido sola a una lectura de poemas, un hombre con un bigote en forma de manillar (pintor, según declaró) la había arrinconado con su conversación. *Quiero escuchar tus poemas.* Por un momento, ella había resplandecido. *Quiero pintarte desnuda.* Por primera vez, aquella noche, había extrañado a La Diablita. Incluso el pensamiento de Pepe con sus poses exageradas despertaba cierta calidez.

—A lo mejor la próxima vez.

Andrés se llevó la bombilla a los labios.

—La próxima vez.

La punta de la pajilla metálica desapareció entre sus labios. Ella quería seguirla. Quería que sus manos le envolvieran las muñecas y la inmovilizaran contra la pared, recorrieran todo su cuerpo y desgarrasen las capas de ropa, se entrelazaran mientras él le rogaba que viniese a la cama, rogaba por sus piernas y todo lo que había arriba de ellas y entre ellas. Ella vería cuánto la necesitaba. Y entonces ella se desplegaría, se abriría para él del modo en que el mar se abrió para Moisés, extenso, vital, milagroso. Eso serían el uno para el otro, mar y suplicante, pecadora y salvación. Después de eso estarían juntos. Él querría estar con ella, su deseo estaría claro. Ahora aún estaba turbio; él era educado, un caballero. La respetaba. Ella tendría que ser más atrevida. Pero todavía no, pensaba, semana tras semana, al tiempo que el invierno extendía su humedad a través de las calles de la ciudad. No hasta que hubiesen encontrado un terreno más firme.

Una tarde de octubre, ella preguntó:

—¿Has pensado en escribir a tu casa?

La lluvia tamborileaba contra los cristales de la ventana. Las gotas caían del techo dentro de un cubo.

—No —dijo Andrés.

—¿Por qué no?

A Eva la sorprendió lo que ocurrió con el rostro de Andrés. Se cayó; algo que la cubría se cayó; ella pudo vislumbrar la cruda oscuridad que había debajo. Andrés se miró las manos. Del cielo caían grandes gotas marrones.

Eva pensó en las cartas que guardaba en su cajón, llenas de pequeñas invasiones de Coco.

—Tu madre está preocupada.

Andrés le dio la espalda. Eva le miró la parte posterior de la cabeza, las pequeñas ondas oscuras que colgaban de su cuero cabelludo, la cucaracha moviéndose como una borracha en la pared detrás de él. No te vayas, su mente lo riñó.

Cuando Andrés se volvió para mirarla ya había pasado, estaba de regreso, el tema de Coco había desaparecido como si ella nunca lo hubiese sacado.

—¿Podés creer que arrestaron a Perón?

Eva también abandonó el tema. Cualquier cosa con tal de mantener la tranquilidad entre ellos. Porque ella no podía estar sola en esta enorme ciudad; porque ella podía, de hecho, creer que Perón estaba entre rejas, que los sindicatos a los que representaba estaban furiosos, que la voz de Eva Duarte en la radio exigía que el pueblo se levantase para protestar ("Perón los ama, trabajadores; ¿cómo podría si no amarme a mí?"); y por qué, cuando las masas marcharon y extendieron un enorme manto humano que cubrió los bulevares, una muchedumbre eléctrica, plagada de banderas, cantando, *Libertad para los trabajadores, libertad para Perón,* Eva gritó con ellos desde su ventana pero no se atrevió a bajar, no recorrió esas calles, no podía estar sola en medio de un mar de desconocidos.

Perón fue liberado. La primavera descendió sobre la ciudad con sus brazos amplios y húmedos. Los clientes llenaban las mesas con manteles de lino de don Rufino, sacudiéndose el frío del invierno, ávidos de chianti y churrasco caliente. Eva trabajaba cada vez más tarde por la noche, bebiendo grandes tragos de ginebra en la habitación trasera para seguirle la corriente a don Rufino. Todas las otras mozas también lo hacían. Se reían de sus bromas, sonreían cuando él las buscaba a tientas en la cocina, muchachas de campo arañando su camino en la vida de la gran ciudad. Ella podía manejarlo. Había dominado el arte de esquivarlo, deprisa, agradablemente, una trabajadora demasiado ocupada para demorarse por sus manos. Y aun así. Él había empezado a parecer impaciente y ella no estaba segura de cuánto tiempo más podría durar. ¿Y cuánto tiempo más quería durar? Esto era lo que se preguntaba, parada debajo de una torre de productos secos, vaciando un pequeño frasco de ginebra en su boca. Cuatro meses viviendo en Buenos Aires y ningún poema publicado, ni una sola palabra de amor profesada. ¿A qué había venido aquí? ¿Para poder reunir con esfuerzo el dinero para el alquiler y defenderse de otro jefe mientras el hombre al que quería hacía sólo Dios sabía qué en un cabaret donde las mujeres —no mujeres cualesquiera sino mujeres de Buenos Aires, porteñas, hermosas, deslumbrantes— disfrutaban de su ingenio y rostro y cuerpo? Mientras ella, la estúpida, esperaba que él hiciera un movimiento como si ella fuese alguna clase de lirio blanco, como si creyera que tenía un lugar en algún ramo de flores. Apenas escribía ya. Tomó la botella del estante y rellenó su pequeño frasco. Las voces estridentes de los cocineros resonaron en el pasillo. Un último trago y de vuelta al trabajo, esta noche dejaría de esperar.

Cuando llegó a San Telmo la luna ya se había acomodado en el cielo. Los faroles brillaban intensamente. Pasó junto a las prostitutas con sus cuellos desnudos, los hombres holgazaneando en las escaleras de incendio, el acordeonista encorvado sobre su instrumento con manos rugosas. Los escalones crujieron al subir la escalera. La luz se filtraba por debajo de la puerta de Andrés. Cuando él la abrió, ella pudo oler los vestigios de su noche, un ligero perfume y cigarrillos y sudor.

—¿Puedo entrar?

—Seguro. Podés sentarte en el sofá. —Andrés señaló su cama oxidada—. ¿Qué tal el trabajo esta noche?

—Largo. ¿Vos?

—Más o menos lo mismo.

—Estos argentinos son unos clientes muy exigentes.

—Ya lo creo.

—Y unos jefes muy exigentes.

Él asintió. Agarró un par de zapatos negros y comenzó a lustrarlos con un trapo. Sus dedos se movían hábilmente sobre las curvas y ella estaba segura de que eran cálidos.

—¿Encontraste a alguna porteña simpática ahí?

—Se creen que son las dueñas del mundo. Las ricas. Otras son simpáticas.

—No. Lo que quiero decir es si conociste a alguien.

—¿Yo? No. ¿Y vos?

—No.

—Bueno, no encontraste a una *porteña* simpática, ¿pero a un *porteño* simpático?

Ella se echó a reír. Andrés pasó el trapo por ambos tacos.

—Sé lo que quisiste decir, ¡bandido! Pero no, no hay ningún argentino que me atraiga. —Se inclinó hacia adelante—. Dale. Tú sabés que hace mucho tiempo que me gusta alguien.

—¿De veras?

—Sí. Un uruguayo.

Andrés mantuvo la mirada fija en los zapatos mientras los dejó a un lado, lentamente, y se sentó en la cama junto a ella. Él la buscó, cavó a través de ella, tratando de exhumar con la mirada una respuesta a quién sabía qué pregunta, y ahora ella estaba más cerca, en el camino hacia su oscuridad, lo bastante cerca como para sentir la mecha de él, pura, chamuscada, exquisita. Ella encontró su mano y la envolvió con la suya. El rostro de Andrés se puso tenso como si estuviese a punto de llorar. Eva tomó sus dedos y se los llevó a su cara, los deslizó por ella, dejando una estela de calor y betún en la piel.

—Eva —susurró él—. Sos demencialmente bella.

Los labios de ambos se rozaron, presionaron, abrieron. La boca de Andrés estaba húmeda y almizcleña, su humedad latiendo lentamente dentro de la de ella. Las manos de él acariciaron su pelo. Las manos de ella estaban sobre los botones, se deslizaron debajo de la camisa, su piel estaba prieta y caliente y suave y Eva estaba ávida de ella.

—Eva.

—Andrés.

—Esperá.

Sus dedos abandonaron la cabeza de Eva. Apartó las manos de Eva de su pecho y las sostuvo como si fuesen dos pájaros heridos.

—Yo… —dijo y se interrumpió—. No hagamos nada que vayamos a lamentar.

—No lo voy a lamentar.

Él miró sus manos y las de ella.

—Lo que está hecho no puede deshacerse.

—¿Y qué? Yo ya lo hice. —Eva comprendió cómo habían sonado esas palabras y la invadió la vergüenza—. Con el corazón, quiero decir. —Andrés no se movió. Ella apartó sus manos—. ¿No querés hacerlo?

—No, no es eso…

—Entonces por qué…

—Vení.

Él la atrajo entre sus brazos, hacia su corazón, de modo que ella sintió cómo latía contra su oreja. Se puso rígida, preguntándose qué quería decir y qué era lo que estaba sucediendo, pero entonces el abrazo de Andrés la rodeó, ella intentó resistirse pero su cuerpo se fundió en el de él, cuerpo traidor, hambriento de este lugar, rindiéndose ávidamente a este lugar; y ella vio el rostro de su padre; sus manos, callosas y abiertas, cerrándose alrededor de ella, una niña que recíen había dicho que sí a una zapatería; algo se elevó contra su voluntad, irrumpió a través de su garganta, la movió de un lado a otro con una fuerza que no podía detener ni controlar o impedir que se convirtiera en sollozos que se volvieron más violentos cuando se dio cuenta, para su horror, de que estaban dejando un rastro de mucosidad en el pecho de Andrés.

—Bueno, bueno —dijo Andrés—. Ya pasó.

Ella lloró hasta que no le quedaron lágrimas. Se apoyó en la piel sudada de Andrés y se entregó al sueño.

Se despertó en su propia cama ante los ruidos de la pareja del piso de abajo que gritaban, se peleaban, lanzaban una lámpara o una silla o un niño contra la pared. El dolor le atravesó la cabeza. Se sentó en la cama, mareada. A través de la pared de la derecha, oía a un cliente que gemía como un cuervo. Mate, necesitaba mate para esta resaca. Quizás Andrés ya tenía el agua caliente; Andrés; la noche anterior surgió de pronto en su mente.

Se levantó. En el umbral de su puerta había un sobre. Lo abrió y encontró sesenta pesos y una nota.

Querida Eva:

Sos la mejor amiga que jamás haya tenido. Aquí hay un poco de plata para ayudarte por el camino. Lamento que esto sea tan precipitado. Por cualquier dolor que pueda haberte causado, lo siento.

Sé buena contigo misma, chiquilina.

Tuyo,

Andrés

Las palabras golpearon y golpearon a la puerta obstinada de su mente. Corrió de su habitación a la de Andrés, se quedó allí, una mujer vacía en una habitación vacía, nada allí, arrancó las sábanas de la cama, nada allí, abrió el cajón, nada, abrió otro cajón, lo encontró vacío, lo cerró con tanta fuerza que toda la cómoda chocó contra la pared. El ruido la sobresaltó. Miró la cómoda, desde su tablero astillado hasta sus patas regordetas. Debajo de ella asomaba un pequeño cilindro color cobre. Un lápiz de labios. Lo recogió. Ella sabía que los hombres tenían mujeres —su padre lo hacía y también el padre de Andrés—, pero igual, ser engañada. Ser abandonada. Abrió el lápiz de labios. Era rojo sangre. Lo dejó caer en el suelo y vio cómo resonaba y se alejaba rodando. Estaba frío dentro de ella, frágil y frío, lo bastante frágil como para romperse.

Todo podía irse rodando: el mate caliente en las mañanas lluviosas; el lápiz de labios olvidado; los dedos ágiles de su único amigo; la muchacha que se creía un lirio; un Buenos Aires que mantenía, en sus laberintos, un rincón de hogar.

Sola.

Se derrumbó en el suelo.

Simplemente se hundiría, se hundiría, se alejaría rodando, lejos del aguijón de frío y de esta ciudad que la empujaba desde todas partes. Hundirse es fácil cuando no tienes, cuando no eres, nada. Más profundo, hasta esa oscura cueva de cuero, donde las paredes húmedas te contienen, donde todas las cosas pueden ser tragadas. Todavía estaba allí. Ella sabía exactamente lo que debía hacer. Sólo acurrucarse, acurrucarse contra la suela, observar los rostros que se formaban a su alrededor, brillando con una fiebre lenta: su padre primero, erguiendo, los vasos sanguíneos marcados como si estuviese gritando, aunque de su boca no salía ningún sonido; luego Pietro, mirándola también, mirándola riendo fusionándose con el rostro de su padre y flotando hacia arriba otra vez, flotando fusionándose mirando mientras flotaba y flotaba.

La cuerda del tiempo se estiró más allá de lo reconocible.

Pietro, Papá, Pietro, cada uno se convertía en el otro, se convertían en Andrés, quien la apretaba dentro del tacón de su zapato-cueva con nudillos del tamaño de su cabeza, empujando hacia abajo, una y otra vez. Beatriz reía a lo lejos, se estaba riendo en el calor de La Diablita; Eva oía las voces de los poetas en una gran soga de sonido, discutiendo, canturreando, atronando con sus carcajadas, atronando sin ella, atronando sin fin, hasta que, lentamente, sus carcajadas estridentes se convirtieron en terror cuando las bombas nazi cayeron sobre ellos, sus voces difuminándose en un tumulto de risas y chillidos, cava profundamente cava profundamente dentro de la puntera de este lugar porque los sonidos eran un río violento que podía despedazarla y arrastrarla en trozos.

Una voz quebró la oscuridad.

—Señorita. ¿Me oyó? Ésta no es su habitación.

Se sentó. La noche había caído hacía horas. Entrecerró los ojos para adaptarlos a la luz y vio a la encargada del edificio, una distorsión de arrugas empolvadas y ojos de águila.

—Disculpe.

Dos cucarachas se abrieron paso por sus brazos.

—¿De veras? Bueno, algunos de nosotros tenemos que hacer. Salga de esta habitación antes de que la eche de la suya.

Eva se levantó del suelo. Se tambaleó hasta su habitación. Le latía la cabeza. Miró el reloj: casi medianoche. Tendría que haber entrado a trabajar hacía cuatro horas. Se puso la blusa tan deprisa como pudo y salió corriendo.

Don Rufino la recibió con una bocanada de humo de su cigarro.

—Pero si es la princesa Eva.

—Señor, lo lamento mucho…

—¿Lo lamentás? ¿Por dejarme escaso de personal en nuestra noche de más trabajo?

—Tuve una emergencia. No va a volver a pasar.

—Por supuesto que no va a volver a pasar. Estás despedida. —Don Rufino se acercó un poco más a ella. Su ojo de vidrio examinaba el suelo. Su pupila era roja, porque él era medio diablo, como le gustaba repetir. Su abultado vientre se apretó contra ella—. Claro que hay una forma de arreglar la situación.

Eva contuvo la respiración para evitar su olor.

—¿Sí?

—Te digo lo que vamos a hacer. Volvé mañana de tarde. Reunite conmigo en la despensa. —Él la tocó del modo en que un comprador prueba los artículos por los que está regateando—. Veremos a qué acuerdo podemos llegar.

Cuando volvió a su habitación, Eva se sentó en la cama. Las habitaciones contiguas estaban en silencio. No quería pensar, no quería permitir que el mañana entrase en su mente. Se acostó y dejó que el sueño la aplastara.

Cuando se despertó ya había amanecido. Intentó sentarse pero sólo consiguió elevar el torso apoyándose en los codos. Se pinchó el muslo. Nada. Sus piernas se habían paralizado. No podía sentirlas: estaban vacías, inhabitadas, eran inaccesibles. Hoy no habría despensa, ni ojo de vidrio rojo, ni mesas con manteles de lino blanco ni dinero en su mano. No se levantaría de la cama. El ímpetu del mundo podía permanecer donde estaba, colgando justo encima de su cama, esperando a que ella se levantase y se uniera a él. No se levantaría. Estaba paralizada, no podía moverse, era algo que ya se había decidido. Era sencillo: dejaría que fuese fácil, simplemente se cerraría para siempre, llevame-dentro-de-vos-profunda-bota-negra-cerrándose, cerrando la puerta al ruido de Buenos Aires, la cadena de fracasos, la habitación desocupada de la que incluso había sido barrido el lápiz de labios; yaciendo entumecida de este modo, ella sólo podía esperar, simplemente esperaría la muerte.

El tiempo se hamacó, cambió de forma, se arrastró y corrió y volvió a arrastrarse.

El sol que se colaba a través de la ventana alcanzó todo su esplendor y luego se hundió en la noche.

La noche se mantuvo febril y eléctrica hasta el amanecer.

El amanecer trajo consigo luz que extendió lentos miembros y lentamente, lentamente se precipitó en la noche.

Eva se esfumaba de su cuerpo. No era una mujer joven en una cama oxidada, sino una niebla suave y difusa en el aire. Se elevaba translúcida, el frío no importaba y tampoco el fuego; sólo esto, el buen olvido, la extraordinaria levedad de ser-esta-nada-finalmente. Más alto ahora. A través del techo, hacia el cielo, flotando en el aire. El aire lo invadía todo, aire pálido y arremolinado, aire oscuro y quieto, abriendo una tenue fisura de luz a través de la cual podía sumergirse para encontrarse con cualquier cosa que hubiera allí, Dios tal vez; no le importaba: se sumergió.

—Eva.

Una sacudida, un susurro, había un árbol: posada en el árbol, Pajarita, con trenzas oscuras y ojos oscuros.

—¿Por qué estás acá?

Más que hablar, le transmitió un sentimiento: *Me estoy muriendo, Mami. Ya casi estoy ahí.*

—¿Por qué?

Demasiado.

—Mija —el rostro de Pajarita se asomó por entre ramas—. No seas boba. No te voy a dejar entrar.

No puedo. Hacerlo. Sola.

—¿Sola? —Su madre se echó a reír—. Tenés unas ideas muy raras.

Un susurro, un estremecimiento, y el rostro de Pajarita se aleja envuelto en una luz pálida. Un árbol se disuelve. Una fisura se cierra dejando una astilla de luz. Luego el aire cae; el aire está cayendo a través de ella; nada y todo chocan contra sí y se convierten en algo sólido y que vuelve a palpitar.

Abrió los ojos. La apacible luz de la mañana cubría las paredes. La sensación volvió a inundarla: cuello y brazos doloridos, garganta seca, hambre, jaqueca como un bloque de plomo. Sacudió la cabeza y las puntas de los dedos para asegurarse de que aún podía hacerlo. Debajo de la cintura seguía sin sentir nada, pero por encima de la cintura sentía dolor, hambre, estaba viva.

—¡Socorro!

Sonó como una rana. Hizo un esfuerzo para abrir la garganta, volvió a intentarlo.

—Por favor… ayúdenme…

Finalmente, un tímido golpe en la puerta.

—¡Che! ¿Estás bien?

—Por favor… entrá.

La puerta se abrió. La prostituta de la habitación de al lado estaba en el umbral de la puerta con una toalla rosada y un cepillo de dientes en la mano. Una mujer enjuta y sólida, con la piel hinchada arrugada debajo de unos ojos azules.

—Pensé…¿qué carajo te pasó?

—No puedo moverme.

—Voy a llamar a una ambulancia.

La prostituta se fue a buscar un teléfono. Eva se volvió hacia la pared. Mientras esperaba, vio, más que recordó, que había guardado algo entre la pared y el colchón, ese paquete de hojas y raíces. Lo sacó y lo colocó en el vértice de sus piernas desaparecidas.

La habitación a la que la llevaron era blanca, apenas amueblada, y el hospital se asomaba vagamente detrás de ella, un territorio estéril, inexplorado, enorme. El segundo día se despertó al oír pasos que resonaban en el corredor. Un grupo de pies que se acercaban a su habitación.

—Éste es un caso realmente inusual —dijo un médico antes de entrar—. Parálisis parcial, entumecimiento, fiebre, deshidratación, desnutrición, dolores diversos, histeria, delirios. Ningún diagnóstico estable aún. Entremos.

Entraron en grupo, una bandada de pájaros blancos con sus batas de laboratorio. El maestro adelante, estudiantes de medicina aleteando a su alrededor. Eva sintió sus miradas sobre su pelo caótico, el sudor no lavado, el desorden de sus poemas a medio escribir sobre la pequeña mesa de acero inoxidable suspendida encima de su regazo. Se incorporó apoyándose en las almohadas.

—Buenas tardes —dijo.

Los estudiantes arrastraron los pies. Su cuerpo necesitaba agua.

—Mientras la examinamos, fíjense si presenta alguna anormalidad sutil —dijo el médico. Era un hombre calvo con mofletes caninos—. ¿Alguna pregunta?

Los estudiantes menearon la cabeza.

—¿Doctor? —dijo Eva.

—Muy bien, entonces podemos empezar. —El médico retiró las sábanas que cubrían a Eva. Apoyó el estetoscopio sobre su pecho, luego le pinchó el cuello, los brazos, las palmas, la cintura, sin dejar de hacer comentarios a sus estudiantes. Le apretó el muslo—. ¿Puede sentir esto, señorita?

—No.

—Levante la pierna derecha, por favor.

Eva lo intentó; la pierna permaneció flácida sobre el colchón.

—La pierna izquierda.

Nada.

—Interesante. —El médico apuntó unos datos en su hoja

clínica—. Bueno. Esto le va a interesar al doctor Santos, que va a examinar a la paciente esta tarde.

Uno de los estudiantes murmuró algo. Las plumas se agitaron en el aire y escribieron sobre las tablillas con sujetapapeles.

—Vámonos —dijo su maestro y la bandada se dispersó.

—Doctor —llamó Eva.

El médico se volvió.

—¿Sí?

—Necesito un poco de agua.

—Ah. Bueno. Pronto vendrá una enfermera.

El médico sonrió nerviosamente y se marchó.

Eva se quedó recostada contra una almohada blanca y almidonada. Debería sentirse agradecida de estar en este lugar, esta habitación limpia, aunque fuese detestable, una caja desinfectada con demasiados ojos mirando su interior. Estaba a su merced. Ellos le preguntaron muy poco acerca de su vida y ella no quiso explicarles nada. No necesitaban saber de su derrumbe, de la deserción de Andrés, la mucosidad en su pecho, una madre en una fisura y un padre en una bota. Ellos podían pensar que estaba loca pero ella sabía lo que era: estaba viva, aún respiraba y eso era un portento. Volvería a caminar. Tal vez lo haría. Y, si lo hacía, caminaría hacia su propio futuro, adelante adelante nunca hacia atrás; no sabía adónde se dirigía pero sabía de qué estaba cansada, cucarachas, traiciones, vivir en el fondo de un zapato; se alejaría a grandes pasos de todo eso, hacia alguna costa nueva, cortejando milagros con los dientes apretados. El mundo se extendía a su alrededor en un paisaje desnudo que la abrumaba cuando cerraba los ojos. Se volvió hacia la poesía. Las palabras salían disparadas de ella como chispas. No podía parar. Línea tras línea ardían en las hojas que una amable enfermera le había traído. La pluma tocaba el papel y veía llamas que no parecían posibles. Eran todo lo que tenía, estos poemas, y las plantas secas de Mamá para deslizarlas dentro del mate cuando las enfermeras no miraban.

Tomó la pluma y escribió: *Tú, mi fuego, sos todo lo que tengo. Vengo a ti aún desnuda.*

Sed. Pasos que se movían con brusquedad de un lado a otro en el corredor. *Lame cada parte de mí, lengua azul. Hambrienta iré hacia ti.*

Arrancó la página del cuaderno de notas, la dejó caer en el suelo. Hoja nueva. *He buscado en los bosques más salvajes/ Pozos de terror, carreteras desconocidas/ El nombre secreto del deseo…*

La luz de la pequeña ventana se estaba volviendo dorada. Una nueva hoja otra vez. *En todas partes, en todas partes hay esperanza/ Si todavía hay poesía.*

Del otro lado de la puerta, una mujer se echó a reír. Sonaba como una bruja. *Poemas como agujas que te arrancan del sueño/ Poemas que llevan a mujeres a través de agujeros en el cielo.*

Un golpe en la puerta. La enfermera entró en la habitación empujando una silla de ruedas.

—Vamos a ver al doctor Santos —dijo, como si anunciara que tomarían el té con el Papa.

Primero hubo agua para beber, luego un baño con esponja, y luego la enfermera colocó a Eva en la silla de ruedas y la llevó a través de unos estrechos corredores. Cada pasadizo estaba lleno de gente: enfermeras, hombres con batas de laboratorio, un paciente con el torso vendado y ojos perturbados, un paciente que lloraba y le cantaba muy suavemente al artilugio intravenoso que llevaba clavado en el brazo. Pasaron a través de unas puertas dobles de color gris. Otra bandada de estudiantes con batas blancas llenaban la habitación. En el medio de ellos había un hombre de unos treinta años con una larga nariz, barriga prominente y un inconfundible aura de autoridad.

—¿Doctor Santos? Llegó la paciente.

El doctor Santos alzó la vista de sus notas y miró a Eva con serena indiferencia.

—Señorita Firielli —su voz estaba amablemente calibrada—. ¿Cómo se siente?

—No muy bien.

El médico asintió, lentamente, sabedor.

—Es bravo estar enfermo.

—Es bravo estar en este hospital.

Las batas blancas crujieron como suaves alarmas. El doctor Santos la miró.

—¿De veras?

Había dicho demasiado. Se sonrojó.

—Sí.

—¿Puedo preguntar por qué?

—Los médicos. Son irrespetuosos.

El rostro del médico permaneció impasible, pero ella pareció detectar una leve contracción en la comisura de la boca.

—Bueno, señorita, le pido disculpas. Espero que nuestra reputación sea redimida. —Miró su hoja clínica—. Usted fue ingresada con quejas de parálisis, fiebres, dolores y jaquecas agudas, ¿es correcto?

Ella asintió.

—Ahora la voy a examinar.

El médico empezó a tocarla, los estudiantes en un arco silencioso alrededor de ambos. Le palpó la clavícula, le dio ligeros golpes en los brazos, le oprimió suavemente la espalda. Las puntas de sus dedos eran cálidas y discretas. Pasaron de puntillas sobre su columna vertebral como si fuese una escalera conocida en la oscuridad.

El doctor Santos asintió para sí y escribió algo en la hoja clínica. Los estudiantes lo siguieron a una habitación contigua, donde cerraron la puerta para debatir. Cuando salieron, el médico llevaba un pequeño frasco con pastillas.

—Por favor, ahora déjenme a solas con la paciente.

Los estudiantes se marcharon. El médico acercó un taburete a la silla de ruedas y se sentó.

—Eva. —Su nariz era como un pico. Un gran pájaro blanco que ahora estaba junto a ella y canturreaba—. No quiero otra cosa más que ayudarla. —Le mostró el frasco que contenía unas píldoras pequeñas y rosadas—. Estas pastillas reflejan los mejores avances de la medicina moderna. Si las toma regularmente se pondrá bien. Y usted quiere ponerse bien, ¿verdad?

Sus ojos eran tan inquisitivos, su bata tan blanca y almidonada. Ella asintió.

—Quiero que comience su tratamiento. —Señaló la mano de Eva y depositó tres píldoras en su palma. No pesaban prácticamente nada—. Tómelas. Así comenzará su recuperación.

Eva hizo rodar las píldoras en su mano. No estaba loca, no estaba perdida, encontraría su camino. Sostuvo la mirada del médico mientras se metía las píldoras en la boca. *Cúrenme,* pensó, y se las tragó. Era una señal. Su recuperación había comenzado. Se pondría bien.

En el centro de su mente, el doctor Roberto Santos había archivado su inminente boda en un cajón que llevaba el rótulo "Cosas Correctas Que Hacer". Un lugar perfectamente razonable para guardar un matrimonio. De seguro le proporcionaría algo de felicidad, no sólo a Cristina Caracanes, quien había importado kilómetros de encaje veneciano que él no estaba autorizado a ver, sino también a su padre y a su madre. El casamiento elevaría el nombre de la familia, en lugar de arruinarlo. Arruinar el apellido familiar era una tradición de los Santos que sus padres habían dedicado sus vidas a deshacer. Su madre, Estela, había estado siempre obsesionada con "romper el hechizo", y así lo expresaba, como si sus vidas estuviesen encerradas bajo siete llaves en castillos custodiados por dragones, como si ella hubiese sido la Bella Durmiente cuando Reynaldo Santos la encontró, abanicándose en las Pampas junto a unas vías de New World Railroad. Ella era la hija del dueño; él era un ingeniero contratado por la New World para que supervisara el tendido de la vías. Él se sintió cautivado al instante por la forma en que los finos cabellos de ella escapaban de su rodete para azotar el viento. Era un hombre instruido, pero no un hacendado. Su familia descendía de una de las sangres más azules de la vieja España, que provenía del primo segundo del rey Fernando de Aragón, pero todo esto había sido mancillado por el padre de Reynaldo, conocido como Llanto, el último miembro vivo de la Mazorca. Llanto se había unido a ella en 1848, cuando el dictador Juan Manuel de Rosas amplió su círculo de asesinos para mantener vivo el terror. La Mazorca tenía tantas misiones entonces que reclutaban nuevos miembros entre sus propios hijos. Llanto tenía sólo dieciséis años cuando entró a formar parte de esa organización. Aprendió rápidamente el arte de cortarles el cuello a una docena de personas arrodilladas de un solo y largo golpe. Aprendió la forma de obligar al violinista a seguir tocando mientras manaba la sangre. Perfeccionó el arte de ensartar cabezas en las picas de modo que permanecieran boquiabiertas durante una semana en la Plaza de Mayo. Al cumplir los veinte años, Llanto había matado a más de doscientos hombres y mujeres y ochenta y siete niños. Entonces el dictador fue depuesto y Llanto se retiró cubierto de vergüenza a una casucha en la llanura cerca de Rosario. A los sesenta años regresó a Buenos Aires en busca de una esposa respetable. Encontró a Talita, una viuda de veintidós años, y engendró a su primer hijo legítimo, Reynaldo, un ingeniero de la construcción. Reynaldo creció mancillado por el legado familiar, decidido a cambiarlo con el arco de su propia vida, como si el apellido de una familia pudiera ser restregado hasta quitarle la sangre y la ignominia, y las acciones de su progenie fuesen el cepillo para esa acción. De modo que se casó con la chica más pura que pudo encontrar, que se abanicaba en silencio junto a los rieles sobre los que no había transitado tren alguno. En su amor de brazos puros y piernas frescas, ella no sintió el peso de la mancha de los Santos hasta que hubo acabado su luna de miel en Río de Janeiro.

Roberto Santos siempre había sabido de esa mancha en su apellido. Fue criado para que continuase la misión iniciada por su padre.

—Mirá, Roberto —le dijo su padre —en la vida hay sólo tres cosas que realmente importan. ¿Sabés cuáles son?

—Sí —contestó Roberto, esperando la segunda parte.

—Nacimiento. Matrimonio. Muerte. Eso es todo. Y pensá, ¿sobre cuál tenés control? Sólo el matrimonio. Será mejor que elijás bien.

Durante años, Roberto no había elegido nada. Parecía ser una decisión demasiado importante, un tren cuyo giro arrastraría los vagones de cien años tras él. Toda esa dura historia estaba amarrada a su espalda. En cambio, se había volcado a sus estudios, a través del secundario y después, pasando de ser un gran estudiante a un gran médico a un investigador de primera clase. El apellido Santos se convirtió en una fuente de orgullo nacional entre científicos, intelectuales y, más recientemente, entre la elite peronista. Pero no era suficiente. Sus padres querían una boda; él era su único hijo.

Y ahora estaba tan cerca, habiendo escogido a Cristina Caracanes, con su pelo perfectamente ondulado, su tensa sonrisa de sociedad, sus tés importantes y sus bailes de beneficencia para huérfanos con cabezas rapadas y sus recipientes de lata para limosnas. Su linaje era inmaculado, como lo eran los pliegues de sus vestidos. Había sido una sugerencia de su padre y, pensó Roberto, una buena sugerencia. Incluso daba la impresión —por sus visitas a su salón, donde bebían té inglés bajo la apacible luz del atardecer— de que él le gustaba. O le gustaban, al menos, las columnas en las páginas de sociedad que elogiaban su compromiso matrimonial. Ella era la menor de tres hermanas y, a los veinticuatro años, estaba impaciente por casarse. Cristina parecía un caballo y se reía como un gorrión. Era una mujer adecuada y justa y llana y aburrida, todo lo contrario a esta uruguaya que había invadido su mundo en una silla de ruedas, arrojando poemas como si fueran explosivos diminutos.

El destino, pensó, tenía un sentido del humor realmente terrible, la clase de humor que no era bienvenido en ninguna fiesta refinada, al enviar a esta paciente extraña a su sala del hospital. Traer al sujeto perfecto para sus estudios en la forma de esta mujer, afilada y brillante como el cristal tallado, tan tentadora como peligrosa.

Cuando estaba con ella se sentía tan imprudente como no lo había sido en años, y tenía que detenerse, no debía administrarle su medicina tres veces por día y darle las píldoras de su propia mano. Era mucho más de lo que jamás había hecho por ningún paciente. Era su piel. Demasiado suave. No, sus ojos. No. La forma en que se movía, haciendo que la bata de hospital más gris y monótona pareciera de satén (el descaro). Tal vez fuese su fragilidad. O su lengua. Él contaba los minutos para poder tocar su lengua húmeda y caliente.

—Sus pastillas, señorita.

Él esperaba a que levantara los ojos de su cuaderno de notas.

Ella sonreía y abría la boca.

Los dedos del doctor Roberto Santos ardían al colocar tres diminutas píldoras sobre la suave humedad de esa boca y hacían una pausa, luego se retiraban a regañadientes mientras ella replegaba la lengua y estiraba la cabeza para beber un trago de agua, exponiendo su cuello desnudo.

—Gracias —murmuraba—. Es usted muy amable.

Ella escribía ferozmente y, en ocasiones, él la observaba desde la puerta de la habitación. Apoyada en las almohadas, el cuaderno de notas sobre la pequeña mesa metálica, el ceño fruncido en un gesto de tensa inspiración. Qué espécimen fascinante. Él no podía deducir ninguna causa particular de estos ataques súbitos. Eva era como una gata salvaje: suave, inquieta, voluble, y también inteligente, mucho más que Cristina con su charla banal. Jamás podría imaginarse a Cristina rodeada de poemas de su puño y letra. Pero tampoco podía imaginarla en una silla de ruedas y rodeada de la gente más pobre y enferma de la ciudad.

Pensar en el lugar de donde podía haber llegado Eva le resultaba inquietante. Él tendía a no pensar demasiado acerca del mundo de sus pacientes fuera del hospital, los pasos y las marañas de su vida cotidiana. Incluso ahora, con esta mujer, prefería mantenerla en el tiempo presente, pensar en ella como en un pez —escupido desde las fauces del mar— y en este hospital como una playa seca donde ella brillaba tenuemente y se agitaba en busca de ayuda sin necesidad de que él tuviese que probar la sal del ahogamiento. Los mundos como los de ellos no estaban destinados a mezclarse. Jamás. Y ésa era precisamente la razón por la que los argentinos de su clase social —y, más aún, de la clase de Cristina— se habían sentido horrorizados la semana anterior cuando Perón se casó con Eva Duarte. Una cosa era permitir que esa clase de mujer fuese su amante. ¿Pero una esposa y, si él ganaba las elecciones, una primera dama?

—¿Qué le está pasando a nuestro país? —se había quejado Cristina, haciendo sonar ligeramente la taza de té de porcelana en el platillo.

Roberto Santos había asentido mientras Cristina seguía quejándose. Me pregunto. ¿Fue amante de alguien Eva alguna vez?

Ésa, pensó —mientras recorría la sala del hospital, estudiando las hojas clínicas de los pacientes, apoyando la mano derecha en la espalda de una mujer atribulada— debe ser la respuesta. Lo que él sentía debía ser una pura respuesta carnal. Si conseguía que ella fuese su amante, si sólo tuviese la suerte y las pelotas, podría liberarse de esta fiebre. Intentó pensar en Eva en La Flor de Oro, trató de elegir muchachas que tuviesen algún parecido con ella, se imaginó que era ella quien estaba tendida debajo de él en las habitaciones de la planta alta, pero era inútil. Aún se despertaba por las mañanas pensando en ella, tendida en esa cama espantosa, medio paralizada (que Dios lo ayude) y, sin embargo, tan resplandeciente, instándolo a que la comiese de un lento y largo bocado. No, se estaba engañando; él quería más de lo que podía conseguir con cualquier sustituta de La Flor de Oro. Él quería *conocer* a Eva. Conocer —¿qué?— no su pasado, quizás, sino la forma de su respiración cuando dormía, el rizo exacto en los bordes de sus pensamientos. Algo inexplicable, interno, la convertía en la mujer extraña que era. Sus palabras eran motas de ello. Él quería ver más. Él quería, desesperadamente, ver cada uno de los poemas que llenaban esos trozos de papel. Hizo que las enfermeras recogiesen los papeles mientras Eva dormía y luego volviesen a dejarlos en su sitio antes de que despertara. Para su investigación, dijo. (Imprudente otra vez; las enfermeras tenían una manera especial de ver a través de las cosas, ¿y qué pasaría si sospechaban? ¿Y si hablaban? Buenos Aires podía ser una ciudad grande, pero no tan grande para las habladurías, especialmente sobre algo así, un compromiso matrimonial de la alta sociedad, una paciente joven y bonita, un médico que limpiaba el apellido de la familia). Él copiaba diligentemente el contenido de esos papeles en su hoja clínica. Esos poemas lo fascinaban. No podía detenerse. Cada página llevaba la fecha en la esquina superior derecha, en números diminutos, aunque sólo se incluyera una palabra, como:

Absoluto—

o
(cordón de zapato)

o
canta canta canta

Otras páginas contenían fragmentos más largos, como por ejemplo:

Ardiendo ardiendo mientras asciendo
Llévame arriba y llévame abajo

O, de un modo más extraño:

Sal de mi caja torácica
Tú pirata carnicero estúpido...

Y éste le derritió las rodillas:

Cayendo desde el borde del mundo
Luego me enviaron a Santos;

Sintió una oleada de calor en el cuello; se aflojó la camisa. Suerte y pelotas, eso es lo que necesito. Era una mañana tranquila en el pabellón del hospital. Tenía el espacioso salón de los médicos sólo para él. A pesar de eso, estaba en el cuarto de los suministros, leyendo los fragmentos de Eva a la luz de una débil lamparilla. Se sentía ridículo, ocultándose de esta manera, tomando una precaución absurda aunque necesaria.

Unos pasos se acercaron al salón. Roberto, instintivamente, cerró la puerta. Ridículo, eso era lo que era, escondiéndose debajo de estanterías llenas de mascarillas quirúrgicas. No había ninguna explicación aceptable.

—Sólo un trago de café y luego continuamos. —Era la voz del doctor Vázquez. Dos pares de pasos se dirigieron a la encimera más lejana. Roberto oyó el apagado sonido de las tazas—. Y bien, ¿qué piensa de esa chica poeta?

—Es un caso extraño, doctor. —Debía ser un estudiante. Se advertía el asombro en su voz—. Nunca vi nada parecido.

—No cabe duda de que corrobora la hipótesis de Santos.

—¿Se lo van a decir en algún momento?

—No.

El café vertido en las tazas. El sonido de las cucharitas.

—Es una locura, doctor…

—Ya sé. Ya sé. Pero no podés decirle a un paciente que le estás dando un placebo. De todos modos, es una locura inocua.

—¿Qué más se puede hacer en estos casos?

—Nada. Pero nos ayuda a probar los límites de la medicina moderna.

Roberto pudo percibir la sonrisa afectada en la voz del médico. El aire en ese pequeño cuarto era denso y viciado y él —ante su sorpresa— podría haber golpeado al doctor Vázquez en su bulbosa nariz. Oyó el sonido de las dos tazas en el fregadero de acero y luego los dos se marcharon.

Roberto abrió la puerta y respiró profundamente. Allí estaba el salón, con sus sillones modernos, su cafetera, el ficus, cuyas hojas estaban veteadas de marrón. Todo estaba en su lugar. Todo en orden. Limpio, razonable, vacío. Pronto.

Eva no se sorprendió cuando el doctor Santos le hizo la propuesta. En las tres semanas que llevaba en el hospital había tenido tiempo de sobra para pensar, para recorrer y registrar las habitaciones traseras de su mente, y sabía algunas cosas: que se había desmoronado una crisis nerviosa, que podría haber muerto, que no tenía ningún destino planeado más allá de estas paredes. Que había sido una tarada con Andrés. Como una niña, una niña sucia. Y ahora sus piernas podían moverse otra vez, y siguiendo las órdenes del médico recorría la habitación seis veces por día, caminando hasta la ventana y de vuelta. Ellos la dejarían marchar, sería libre para salir del hospital, ¿para ir adónde? Podía mover estas piernas de regreso a San Telmo, recoger lo que había dejado allí, buscar otra habitación con ratas y cucarachas y otro don Rufino. O regresar a Montevideo, con las manos vacías y los zapatos gastados y derrotados, enfrentando la tristeza de Mamá, las agradables vidas de sus hermanos, la expresión en la cara de Papá. Prefería ahogarse en el Río de la Plata. Justo debajo de ella se abría un vacío, una oscuridad profunda y abismal en la que podía caer y no detenerse jamás, no regresar jamás, y ella prefería morir antes que caer allí. Si quería seguir flotando, no podía ser la misma muchacha que había sido hasta ahora.

Ella también sabía algunas cosas acerca del doctor Santos. Sabía que un silencio reverente se formaba a su alrededor en las habitaciones llenas de gente, que estaba comprometido para casarse (con una Caracanes, según había musitado una de las enfermeras), que sus dedos temblaban cuando colocaba las pequeñas píldoras sobre su lengua. Ella sabía que sus visitas eran un reloj con el que podía medir el paso del tiempo; él dormía en una casa llena de objetos lujosos; su mirada se demoraba como la de un perro hambriento. No era un mal hombre, eso también lo sabía: era fácil distinguir a un hombre malo de otro hambriento. Ella pensó durante días en su mirada, en su hambre. Pensó en su propia lengua, un músculo blando y húmedo que hacía que él se estremeciera. A pesar de toda su fama y eminencia, ella conseguía que él se estremeciera.

El último día —después de haber observado cómo su lengua se asomaba en la boca, colocando la píldora rosada en silencio, dejando sus dos gruesos dedos un rastro de sal— él le dijo:

—Ésta es su última dosis.

Ella tragó la píldora sin agua y lo miró mientras apuntaba algo en la hoja clínica.

—Todo se estabilizó. Recuperó toda sus capacidades ambulatorias. Mañana por la mañana le dan el alta. —Hizo un gesto hacia la ventana—. Puede volver a la vida normal.

Eva miró la ventana, que no había cambiado.

—Ya veo.

—¿Está contenta?

Era demasiado pequeña, la ventana, y demasiado cuadrada.

—¿Por qué no iba a estarlo?

—Bueno… Eva. —Él se inclinó a través de la ventana y ella

pudo oler su loción para después de afeitarse con olor a jabón—. Tengo que preguntarle algo —dijo—. ¿Tiene casa a la que volver?

Ella entrelazó las manos como si estuviese rezando.

—De cierta manera.

—Supongo, si me permite ser tan atrevido, que no es mucho.

—A lo mejor no.

—Bueno. Tengo una sugerencia que hacerle. Una propuesta, podría decirse.

Ella se miró las manos y esperó.

—Voy a preparar todo para que tenga un apartamento.

—¡No sabía que el hospital tuviera esa clase de programas!

—Ah, no, Eva. No estoy hablando en nombre del hospital. —Tosió ligeramente—. Yo voy a hacer los preparativos personalmente.

Todos los silencios, Eva lo sabía, no eran iguales. Algunos estaban vacíos, otros no. Éste colgaba entre ellos, cargado de cosas no dichas. El doctor Santos se ajustó el cuello de la camisa. Miró hacia la puerta, que aún estaba cerrada, y luego nuevamente hacia ella. Eva habló lentamente, como si armase un rompecabezas con cada palabra.

—¿Me está pidiendo que comprometa mi virtud?

Él parpadeó.

—Por supuesto que no. Yo simplemente… la aprecio, como paciente. Su bienestar es del mayor interés para mí.

—Ya veo.

—Permítame ayudarla, Eva. —Su voz se convirtió en un susurro—. Yo simplemente, si a usted no le importa, iría a visitarla, para verla y asegurarme de que todo está bien. —Hizo una pausa—. Quiero que esté bien.

Su rostro no ocultaba nada. Ella sonrió.

—Yo también quiero estar bien.

El doctor Santos estudió sus ojos, su boca, su cuello, su pelo, sus ojos otra vez. Cerró la carpeta con su historia clínica. —De acuerdo. —La bata de laboratorio crujió cuando se levantó de la cama—. Considérelo hecho.

A la mañana siguiente, en la bandeja con el último desayuno de Eva había un sobre blanco. En su interior, ella encontró una llave, seiscientos pesos y una nota que no llevaba firma:

Avenida Magenta 657, Nº 10. Tome un taxi. La veo mañana.

Eva se sentía como una princesa recién coronada mientras preparaba sus cosas (dos vestidos, el paquete de Mamá, bragas, lápiz de labios, un sostén, un montón de páginas arrugadas), salió del hospital para tomar un taxi y apretó la nariz contra el vidrio mientras las calles lustrosas pasaban deprisa frente a ella. El conductor detuvo el taxi delante de un edificio color bronce. Ella pasó junto al guardia de botones dorados que había en el vestíbulo, aterrada de que pudiera gritarle, "¿Adónde se cree que va?". Pero el hombre se limitó a sonreír. Una vez en el ascensor se preguntó qué haría si la llave no abría la puerta. Se imaginó vagando por las calles con sus bolsos, una mujer perdida, abandonada, frágil, sin ningún hombre o abrigo que la protegiese del frío.

La llave entró en la cerradura. La puerta se abrió sin resistencia alguna. El apartamento erguió para recibirla: empapelado lleno de rosas color malva y cuadrículas doradas, un sofá bordó, el suave tacto de la caoba bajo la palma de la mano, sábanas color crema tendidas sobre un amplio colchón en el dormitorio. Le encantó el olor de este lugar, una mezcla de jabón de lavanda con madera recién cortada, y la pequeña cocina con baldosas color siena y un armario, dos, bien provistos de vasos, tazas de té, platos delicados. Todo tenía una razón de ser, todo estaba en su sitio. No había cucarachas, ni paredes finas, ni agujeros en el techo. Un pequeño balcón la llamó desde el dormitorio, apenas lo suficientemente grande para alojar a una persona (o dos, si se apretujaban). Salió al balcón, absorbiendo el elevado cielo, los coches lustrosos, la risa esculpida de las mujeres de alta sociedad, las columnas de piedra y los ángeles tallados de la mansión que se alzaba al otro lado de la calle. La puerta de la mansión se abrió y salió una viuda, un sombrero con velo inclinado sobre un rostro. La mujer formaba una tensa línea negra contra el pavimento. Al final de la cuadra había una panadería, el cartel colgado de un poste de madera tallado. LA PARISIENNE. Esta noche tendría cruasanes para la cena. Cruasanes y vino y cigarrillos, aquí en esta nueva guarida. Pensó en el doctor Santos, con su gesto serio, sus dedos de puntas saladas, su enjambre de protegidos. El doctor Santos con su novia de sangre azul y su llave secreta. Él le había dado el lado elegante de la ciudad. Le había dado un hogar con muchas tazas. Le había dado su palabra de que, mañana, vendría a visitarla. Ella tenía todas estas cosas hoy, pero mañana no tendría nada si él se cansaba de ella. Las amantes eran arrojadas a las alcantarillas y nadie volvía a saber de ellas nunca más. Sólo las esposas podían conservar sus habitaciones sedosas. Ella había conocido demasiadas alcantarillas, y, Andrés, dondequiera que estés, allí afuera en esta inmensa ciudad, te estoy buscando desde esta altura, este balcón, mirando hacia la zona sur donde solíamos arrastrarnos, ya podés irte al infierno y quemarte allí una y otra vez. Podés convertirte en una cáscara achicharrada de vos mismo y yo te pisaré hasta hacerte polvo. No voy a pensar en vos. No me voy a derrumbar, voy a subir y subir, esperá y vas a ver, voy a revelar lo que realmente soy. Un fonógrafo sonaba en un balcón cercano. *Alma mía, ¿con quién soñás?* Ella movió las caderas al compás del tango. *He venido a turbar tu paz.* Un coche se detuvo delante de la puerta de la viuda. El chofer caminó alrededor del coche para abrir la puerta trasera. La viuda alzó la vista y Eva sintió la mirada de la desconocida a través de la red negra de su velo. Un rayo de acusación. Eva dejó de moverse. Luego volvió a comenzar, acentuando los movimientos de las caderas, sosteniendo la mirada oculta de la viuda. *La noche porteña te quiere besar.* La viuda permaneció inmóvil, una cosa de espalda rígida envuelta en un fino tejido negro. Luego rozó el sombrero como si espantara a una mosca y se inclinó para entrar en el coche. Eva se quedó observando mientras el coche cerraba las puertas, se ponía en marcha y se alejaba por la avenida hasta perderse de vista.

Él llegó para su primera visita a las tres de la tarde, justo cuando comenzaba la hora de la siesta. Dejó un discreto sobre en la mesa auxiliar que había junto a la puerta. Sostenía el sombrero con ambas manos; un pulgar jugueteaba con el borde del ala.

—Por favor, doctor Santos, ¿no quiere sentarse?

Se sentaron juntos en el sofá color vino. Él parecía no tener cosas que decir. Ella nunca lo había visto así antes, fuera de los pasillos del hospital, inseguro, nervioso, un chico en un terreno de caza que no le resultaba familiar.

—Esteee…¿le gusta el apartamento?

—Es una maravilla. Gracias de nuevo.

—¿Encontró todo lo que precisaba?

—Sí. Sólo que estoy rendida.

—Ah. Rendida.

—Claro. Es sólo mi segundo día fuera del hospital. Un cambio muy importante.

—Sí, claro. Bueno —el sudor le perlaba el nacimiento del pelo—. Debería dejarla descansar

Ella estaba viva; más que viva; la mirada de él le confería sustancia. Él estaba preparado para comerla, con ropa y todo. Ella fingió no darse cuenta.

—Gracias, doctor Santos. Si no le importa.

Él permaneció en silencio.

—Estoy segura de que pronto me sentiré mucho mejor.

—Por supuesto.

Ambos estaban sentados, inmóviles. Él buscó su sombrero.

Ella lo acompañó hasta la puerta.

—Por favor, vuelva mañana. ¿Sí?

Él la estudió. El rostro del médico era agradable, de un modo intelectual.

—Claro que sí.

La tarde siguiente, Eva estaba preparada, armada con una bandeja de plata, tazas de té, platillos, una tetera llena, crema y azúcar, y masitas de La Parisienne. Se había puesto un vestido nuevo, comprado con el contenido del sobre de ayer: azul, con lunares marfil y un cinturón haciendo juego.

—¡Ah! Se ve encantadora.

—Es demasiado amable.

—¿Se siente mejor?

Eva alzó la bandeja.

—Mucho.

—Deliciosas.

—Espero que le agraden. ¿Nos sentamos?

Eva le sirvió a su invitado una taza de té. El líquido cayó describiendo una curva oscura. Ambos escucharon su ligero chapoteo.

—¿Azúcar?

—Por favor.

—¿Crema?

—Sí, gracias.

Él la observó mientras Eva añadía la crema y revolvía su té. Era una tarde húmeda y calurosa, poco adecuada para esta clase de refrigerio. Ella le alcanzó su infusión. El vapor ascendía de las tazas, un muro diáfano entre ellos.

—¿Cómo estuvo su mañana? —preguntó Eva.

—Ajetreada. Extremadamente ajetreada.

—Cuénteme lo que hizo. Me muero por saberlo.

Él bebió unos pequeños sorbos de té. Tomó una pasta de chocolate y comenzó a hablar de su día. Le contó acerca del paciente que había muerto rodeado de sus nueve hijas que rezaban el rosario formando un círculo alrededor de la cama. Sus párpados se habían cerrado bajo los dedos del doctor Santos, como manteca blanda. Eva estaba absorta, de modo que el doctor Santos le explicó más cosas: sobre las nueve faldas de las hijas, que habían sido cortadas de la misma tela gruesa y púrpura. La manera silenciosa en que se apoyaron contra la pared mientras la enfermera tendía una sábana blanca sobre el difunto. Esa mañana los pasillos del hospital habían estado llenos de gente, varios pacientes admitidos al mismo tiempo. A la hora del almuerzo le dolían los pies después de haber recorrido las salas y permanecido parado junto a las camas de los pacientes. Durante el almuerzo se suscitó una discusión entre cuatro estudiantes sobre la mejor manera de administrar analgésicos. El doctor Santos, buscado como juez en el debate, no había podido terminar su sándwich de salame. Continuó hablando. La luz se volvía cada vez más profunda a su alrededor. Le habló de sus estudiantes, los entusiastas y los holgazanes, los que eran como robots mecanizados que trataban de memorizar cada regla (sin aceptar, para su disgusto, que la medicina también era un arte), los que lo trataban de una manera excesivamente obsequiosa por simple ambición. Cómo fantaseaba con estar solo, sin médicos, sin enfermeras, sin ningún paciente, él solo dentro de un inmenso hospital blanco y vacío. Eva se inclinó hacia adelante, con el mentón apoyado en la mano, escuchando y asintiendo. Para cuando sus historias dejaron de salir a borbotones, habían pasado dos horas. Él miró su reloj.

—Debería regresar.

—¿Tan pronto?

—Desperdicié el tiempo.

—Para nada. Fue fascinante.

—¿Está fascinada?

—¿Acaso no lo están todos?

El doctor Santos examinó el plato de las masitas, reducido ahora a un montón de migajas y un único pastel de fresas.

—No.

—Es difícil imaginarlo.

Él intentó tocarle el muslo. Ella se levantó cuando su mano la rozaba, un contacto ni aceptado ni rechazado.

—Fue una tarde preciosa. Lamento que tenga que marcharse.

Él se levantó, inseguro sobre sus pies, como un hombre que ha bebido más ginebra de la que pretendía. Ambos se dirigieron hacia la puerta y permanecieron en el umbral, Eva sosteniendo entre ambos la bandeja cubierta de migajas.

—¿Mañana entonces?

—Mañana.

En su tercera visita, él entró más decidido. El té llenó la taza entre una nube de vapor, palideció al añadirle la crema.

—Me alegro de verlo, doctor Santos.

Hoy él se sentó más cerca.

—Y yo a usted.

—¿Cómo estuvo su mañana?

—No puedo pensar en mi mañana.

—¿No?

—Estoy pensando en usted.

—Qué ama…

Su boca aterrizó sobre la de ella, manos grandes sobre su cuerpo, empujando húmedas; el té salpicó mientras trataba de dejar la taza en la mesa y el líquido caliente le quemó el brazo; una mano deambulaba por su cuerpo, una lengua exploraba sus dientes, estaba apretada contra el sofá, la mano sobre su pecho, frotando, hambrienta, y luego veloz y ávida en el ruedo de su falda.

—Roberto.

—Sí.

Ella consiguió abrir un mínimo espacio entre ambos.

—No puedo.

—¿Qué?

Su rostro estaba muy cerca del de ella. Su respiración pesaba sobre su mejilla.

—Por favor, entienda. Me siento profundamente en deuda

con usted… y me gustaría que pudiéramos —hizo una pausa— eso sí. Pero soy una mujer virtuosa. Usted lo sabe, ¿verdad?

Él parpadeó. Sus labios se movieron pero no dijo nada.

—Está sorprendido. —Ella bajó la vista como si se sintiese herida—. Estoy esperando al hombre con el que me casaré.

La mano de Roberto tiró del trozo de falda capturado.

—Aquí, en Argentina, las cosas son diferentes. Debí suponerlo.

—Eva. —Su voz era ronca—. No pretendía faltarle el respeto. Pero debe saber que la deseo.

Él podría haber quemado un agujero en ella con sólo mirarla. Una sensación de alivio invadió a Eva. Él no utilizaría la fuerza. Ella perdería la batalla y la guerra si él empleaba la fuerza. Pero no, era un buen hombre, adicto a la propiedad. Quería que ella se abriese, que se ofreciera a modo de gratitud o deuda. Se suponía que eso era lo que debía hacer, el siguiente paso del baile apropiado.

—Mi querido doctor —ella recorrió su mentón con la mano—. Ojalá pudiéramos hacerlo. Pero es imposible.

Una tragedia, perfecta en su deseo frustrado. Un momento en que las cuerdas sonarían en una película romántica. Eva no escuchaba ninguna cuerda, sólo el gemido de un coche y a un perro acicalado que ladraba en la calle. Roberto cerró los ojos. Los pantalones abultaban debajo de la cintura. Eva tomó el rostro de él con la mano. Así permanecieron, la mano de él apoyada en su muslo, la mano de ella en la mejilla de él, lo bastante cerca como para respirar el mismo aire cargado.

—Gracias.

—¿Por qué?

—Por respetarme.

Roberto se quedó en silencio.

—Le escribí un poema.

Él mantuvo los ojos cerrados.

—¿Le gustaría escucharlo?

Él asintió. Ella le dio palabras. Su rostro se relajó, un niño escuchando una canción de cuna. Ella le acarició el pelo. No era el pelo de Andrés, no se curvaba apretadamente desde el cuero cabelludo y otra vez hacia atrás. No brotaba entre sus dedos con rizos tensos y vigorosos. Este pelo era liso y fino, la gomina de la mañana había perdido parte de su fuerza, podía conseguir que todo el pelo apuntara en la misma dirección con unas pocas caricias. Se preguntó cómo serían los años junto a este hombre, si ella ganaba la guerra y lo tomaba como botín. Cómo la abrazaría y miraría y tocaría él, y en quién se convertiría ella dentro de su casa. El niño que había en él estaba tan cerca de la superficie, hambriento, delicado, solo. Ella agotó su poesía y se quedó en silencio, acariciándolo suavemente, ordenando el frágil cuero cabelludo del médico.

Él venía a visitarla cada día de la semana. Ella moldeaba sus días alrededor de su llegada. Por las mañanas escribía, fumaba y holgazaneaba en el balcón, fingiendo no buscar a la viuda con la mirada, quien nunca estaba allí, y fingiendo no dirigir la mirada hacia los edificios de la zona sur de Buenos Aires. Al mediodía iba a La Parisienne y compraba un sándwich para el almuerzo y masitas de la reluciente vitrina para la visita de Roberto. Cuando regresaba al apartamento ponía agua a hervir y preparaba la bandeja del té debajo de la ventana de la cocina, donde la luz entraba a raudales y parecía lavarle las manos. Ella esperaba su golpe en la puerta, que era siempre el mismo: *staccato,* tenso, carente de todo adorno. Ella lo recibía en ese apartamento como si fuese suyo, como si la entrada de él dependiera del estado de ánimo de ella. Le entregaba astillas de sí misma: un regazo donde descansar, palabras ágiles, oídos abiertos, un muslo que acariciar o unos labios que besar cuando se marchaba. Ella sentía la espiral del poder en su cuerpo, entre sus caderas, un lazo largo y firme que arrojaba hacia él, de la forma en que un gaucho enlaza el ganado en el campo, o quizás de la forma en que el ganado enlaza a un hombre. La excitaba. Cada visita era una victoria sobre leyes tan antiguas como la gravedad, tan constantes como las leyes del colmillo y la presa: la ley de hombre y puta y ella la estaba quebrantando, ¿verdad?, poniéndola de revés y permitiendo que todos los trozos se agitasen como nieve falsa en una esfera.

—Sirvase otra tartaleta.

—No podría.

Ella le dio un ligero codazo.

—Claro que puede. —Alzó la bandeja hacia él. Roberto levantó las manos en un gesto de rendición y tomó una tartaleta de pera glaseada. Eva observó cómo la mordía, limpiamente, con los dientes delanteros—. ¿Cómo está su prometida?

Él dejó de masticar. Sus dedos apretaron la masa del pastel, provocando unas grietas diminutas.

—Desde luego que sé.

—Está bien.

—Seguro que es una mujer muy bonita.

—A mis padres les gusta. —Sus ojos estaban tan pálidos—. Tengo una obligación.

—¿Con ella?

Él se encogió de hombros.

—¿Con sus padres?

Roberto tomó la mano de Eva entre las suyas. La masa de pera dulce y manteca se quebró en su palma.

—Eva. La deseo. Está siempre en mi pensamiento.

—Roberto…

—Pero no puedo.

—¿No puede qué?

—Casarme con usted.

Los dos se miraron. La densa luz de la tarde teñía los muebles de dorado. Ella conservaría todo eso, los muebles, el sol que brillaba desde el norte, el hombre. Meneó la cabeza, lentamente, tristemente.

—Querido. ¿Qué vamos a hacer?

Él se inclinó hacia Eva. Su aliento olía a té negro.

—Quedarnos aquí. Estar juntos. Tendrá todo lo que necesite. —La besó. Su boca estaba húmeda y exuberante y dulce por el glaseado de pera. Eva cayó hacia atrás sobre el sofá. Él estaba encima de ella, ya con una erección.

—Roberto.

—Hmm.

—No podemos.

Su voz sonó como la de un niño.

—¿Por qué no?

—Usted sabe por qué no. — El sexo de él estaba firme y también las manos de ella alrededor de su mandíbula—. No estamos casados.

Él la agarró con fuerza, la blusa se abrió, sus piernas se abrieron ante el empuje de las rodillas de él, y ella casi aflojó —por qué no, por qué no, él había esperado tanto tiempo— pero cuando cerró los ojos vio un callejón sucio, ratas veloces, su propia garganta desnuda en el frío. Lo empujó. Él no se detuvo. Ella lo empujó con más fuerza y su cuerpo se sacudió hacia atrás. Él se agachó junto al sofá y dejó escapar un sonido ronco.

—¿Roberto?

No la miró. Las paredes lo enmarcaban con un paisaje salvaje y ornamentado: hordas de rosas malva en una jaula enrejada.

—Roberto.

—Tengo que irme.

Se lanzó hacia la puerta y desapareció.

Las tres horas siguientes transcurrieron en medio de una especie de bruma. Eva bebió una botella de vino y observó cómo la luz se desvanecía de su hogar. No era su bello hogar. Había perdido. Él ya había tenido suficiente. No habría más sobres discretos, no más sueños entre sábanas de satén, no más tardes de miradas sutiles y lazos lentos y azúcar en el té inglés. Cayó la noche; la habitación se tornó oscura, teñida con la tenue luz del farol de la calle bajo su ventana. Tendría que haber aceptado su propuesta, ser su amante, conservar lo que tenía y permitir que él satisficiera su deseo, en lugar de haber puesto todas las cartas sobre la mesa. Si él le concedía otra oportunidad, ella la aceptaría, pero probablemente ya era demasiado tarde. Tendría que volver a preparar su equipaje. Había muy poco que guardar y no tenía ningún lugar adonde ir. Buenos Aires la acechaba con todo su brutal esplendor, siseando con aire triunfal, no pertenecés a este lugar, nunca pertenecerás, no sos nada. Vio a su padre en el rincón oscuro de la habitación, brillante, traslúcido. Puta, la llamó. Puta estúpida. Ella le enseñó los dientes y él se tambaleó como un reflejo en aguas perturbadas por las piedras. Le dolía la cabeza. No podía pensar. Quería detener los remolinos dentro de su cabeza. Cerró los ojos.

La despertó un golpe en *staccato* sobre la puerta y se tambaleó a través de la habitación a oscuras. Roberto estaba en el vestíbulo.

—Me olvidé el sombrero.

—Adelante.

Él entró en la oscuridad.

—Disculpe —dijo ella—. Voy a prender una luz.

—No. No la prendás —dijo él, tuteándola por primera vez. Su silueta se acercó a ella. Olía a cigarrillos. Ella nunca lo había visto fumar—. Eva.

Ella se preparó.

—Está bien. Nos casaremos.

Ella no respiraba.

—Decí que sí.

—Sí.

Se abrazaron en silencio. Fuera de la ventana, un coche aceleró en la calle rumbo a una fiesta elegante o un bar solitario. Roberto hundió ambas manos en el pelo de Eva. Eva respiraba contra su cuello almidonado. La boca de él se precipitó sobre su mejilla, mandíbula, cuello.

—¿Cuándo?

—Pronto —dijo él, con una voz tan poco audible que los rincones de la habitación no debieron oírle—. Muy pronto.

Al día siguiente, Roberto rompió su otro compromiso matrimonial y reservó la iglesia para un sábado dos semanas más adelante. Le dio a Eva una lista de tiendas.

—Te esperan mañana.

Ella no le preguntó cómo habían ido las cosas con Cristina, pero examinó mentalmente las posibilidades. Cristina había tenido un ataque de furia, arrojado valiosos floreros contra las paredes, maldecido a Roberto y a toda su futura descendencia. Había caído de rodillas, llorado lágrimas virginales, implorándole, con las manos sobre el corazón, que reconsiderase su decisión. No. Había esbozado una sonrisa tensa, noble, pronunciado unas pocas palabras duras (una chica pobre, ah, qué generoso de tu parte) y despedido a Roberto con una inclinación de la cabeza. Se preparó para que Cristina Caracanes apareciera en su puerta, la cara enrojecida, las manos convertidas en puños, pero eso nunca ocurrió. Incluso las páginas de sociedad limitaron la información sobre el escándalo Santos a dos breves párrafos, habiendo dedicado la mayor parte de su espacio al matrimonio Perón. Juan Domingo Perón había sido electo presidente. Evita sería la primera dama. Era necesario especular interminablemente acerca del futuro, anunciar una nueva era, diseccionar los rumores sobre el vestido que llevaría Eva en la toma de posesión. Sin embargo, dos párrafos son suficientes para ocultar un cuchillo. *La Srta. Caracanes ha sido sustituida por una chica desconocida de la que se sospecha un origen turbio.* Eva se sentó en el suelo bajo la luz de la mañana y leyó la frase treinta y siete veces. Arrancó el artículo y lo rompió en pedazos, cada vez más pequeños, hasta que casi parecieron un montón de polvo. Los llevó al balcón y los lanzó hacia la mansión al otro lado de la calle. Los trozos de papel cayeron en lentos y azarosos racimos. Entró y buscó una hoja en blanco.

Querida Mami:

Lamento no haber escrito, pero hoy tengo una noticia maravillosa: me caso. Su nombre es Dr. Roberto Santos y es un hombre muy respetado. Además, es amable y digno de confianza.

El bolígrafo se detuvo un momento y luego continuó.

Nuestro compromiso está en las páginas de sociedad, ¡cerca de unas fotos de Evita! La boda será dentro de doce días. Como te podrás imaginar, hay mucho que hacer. Roberto quiere que tenga un vestuario completamente nuevo. Es muy generoso. Hasta el día de la boda mi dirección es ésta: Avenida Magenta 657, Nº 10. El apartamento tiene empapelado dorado y unas hermosas tazas de té (te encantarían, Coco). Estos pesos son un regalo nuestro.

Te quiere, Eva.

Se sumergió en los preparativos de la boda. Pasaba largas mañanas en tiendas elegantes que alguna vez se le habían antojado impenetrables. Le encantaba la forma en que las lámparas de cristal brillaban en esos lugares, dotando de esplendor a las sedas, a las piedras preciosas y a las perlas. Ella quería relucir como las gemas, fluir como un pañuelo de gasa, crujir con la dignidad de los visos hechos finamente a mano. Las mujeres que tomaban las medidas y doblaban y fijaban la tela con alfileres junto a sus tobillos (ella recordaba, con precisión, esa visión del mundo con ojo de dobladillo), la tomaban en serio. Podía tocar un vestido de satén y hacerlo suyo con un ligero asentimiento. Le preguntaron, con tonos serenos y corteses, si prefería que el diamante fuese encastado en oro o platino. Oro, afirmó, oro en toda su osadía. Lo necesitaba contra su piel para su primera cena con los padres de Roberto.

El hogar de la familia Santos era un lugar de candelabros y corredores con ecos y cortinados de terciopelo que ocultaban las ventanas. Comieron en medio de un tenso silencio, roto sólo por el sonido de los bruscos cuchillos sobre la porcelana blanca. La señora Santos, con su espalda como una vara y su cuello alto adornado con encajes, miraba a Eva con abierto escepticismo. El señor Santos se encorvaba sobre su plato de sopa, meneando la cabeza entre bocado y bocado, como siguiendo una ópera trágica que sólo él podía oír. Eva amenizaba la cena con comentarios corteses.

—Qué hermosa casa.

Clink, clink.

—Ese retrato es encantador.

Clink.

—La sopa estaba exquisita, gracias.

Roberto, a su derecha, inclinaba la cabeza sobre el plato como un hombre que reza o cumple una penitencia. Nadie hablaba. La mucama se llevó los platos de sopa y volvió a llenar las copas de vino sin decir una palabra. A mitad del plato principal (papas con hierbas, *boeuf au vin*), Eva se resignó a comer en silencio. La salsa estaba deliciosa, bien condimentada, sustanciosa; ella la acompañó con largos tragos de vino. Habría limpiado el plato con pan si no hubiese parecido una falta de delicadeza. Su copa de vino parecía llenarse por voluntad propia (la mucama era experta, discreta, se parecía un poco a Mamá en las fotos viejas, el pelo, los ojos negros y lustrosos). Eva sentía los ojos de la señora Santos posados en el chorro rojo cuando se depositaba dentro de su copa. Se sentó más erguida. El silencio era palpable, casi tenía encarnadura, se extendía sobre la mesa como un músculo, flexionando su desafío. La *mousse* de chocolate llegó en copas de cristal. Ella levantó una cuchara de plata. Iba a sobrevivir al postre. En su vida había tenido que hacer frente a muchos desafíos; seguro que podría sobrevivir a una *mousse* de chocolate. Ese pensamiento la hizo reír, una risa breve y aguda. ¡Ja-ja-ja! Los tres —su madre, su padre, el propio Roberto— miraron a Eva. Roberto sonrojado; su madre frunció los labios; la boca de su padre colgaba abierta. Ella esperaba que la vergüenza extendiera su manto sobre ella, pero sólo sintió el peso del collar de oro en la garganta. Mantuvo la cabeza bien erguida (el collar lanzando destellos, imaginó, a la luz de las velas) y sonrió.

—Me encanta el chocolate. ¿Y a ustedes?

Tomó un bocado de *mousse* (tan dulce, tan densa). La señora Santos devolvió su postre.

—No te preocupes —le dijo a Roberto cuando regresaban en coche a casa—. Tus padres van a llegar a aceptarme.

Se apoyó en su brazo. Lo harían porque tenían que hacerlo. Roberto le tomó la mano y dobló sus dedos formando un nudo.

Los planes para el casamiento eran muy simples: una boda en la iglesia, presenciada sólo por la familia cercana de Roberto y un único amigo, el doctor Caribe, y su esposa. Antonio Caribe había sido el mentor de Roberto en la facultad de medicina y ahora, como colegas, seguían hablando de su trabajo en rigurosos detalles. Era la clase de hombre que uno podría imaginar levantando a un gorrión herido con sus manos ahuecadas. Cura y velo, votos y anillos y el beso a la novia. Ninguna recepción. Viajarían directamente a pasar la luna de miel en una casa de campo al sur de Mar del Plata.

El día anterior a la boda, Eva recibió un paquete que contenía un regalo envuelto en papel de seda, y una carta.

Querida Eva:

Felicitaciones. Quiero conocerlo. Quiero que tu matrimonio sea muy feliz.

Por favor, enviá fotos. Todo el mundo quiere verlas. Artigas pregunta por vos a menudo. Está bien de salud, tocando el tambor todos los días, muchas veces acompañado por César, el novio de Xhana, que es un percusionista maravilloso, ¿te acordarás de él, no? Se van a casar el mes que viene. Xhana es profesora de historia. Y es una de las mejores bailarinas de todo el carnaval. Realmente deberías verla.

Más noticias: Mirna tuvo otro hijo; sos tía de nuevo. Y las nietas de Coco se están convirtiendo en unas chiquilinas muy buenas. Ay, deberías verlas, Eva, casi muchachitas y tan bonitas; ¿podés creer que yo sea una abuela tan afortunada? Es una lástima que el inútil de su tío Andrés siga sin escribir. Si ves a mi hijo (¡tú tenés que saber algo!) decile que nos rompió el corazón y que debería regresar al lugar donde pertenece.

Ahora habla tu Mami.

Nunca tuve un vestido de novia, hija, de modo que no puedo enviarte el mío para que lo uses ese día. Tomá esto, en cambio. Algo viejo. Algo azul. Lo hice con la cortina que fue mi lecho nupcial. La primera vez que vi a tu padre, salía de atrás de esta cortina en un escenario ridículamente pequeño. Bien. Te extrañamos. Cuidate.

Cariños,
Mami

Eva desenvolvió el papel de seda y encontró una liga de pana azul y encaje color marfil. Estaba bien cosida, pero era vulgar comparada con las sedas y la lencería fina de su nueva vida. Se llevó la liga a la nariz: olía a alcanfor y canela; olía a Uruguay. El encaje rozó su mejilla, suavemente, un eco de una caricia perdida. Se imaginó a la madre de Roberto conociendo a Mamá, una mujer llamada Pajarita, costurera de ligas, fabricante de brebajes de corteza de árbol, novia que pasó su noche de bodas al aire libre, en las orillas del Río Negro, rodeada de caballos y arcones llenos de disfraces. Podía ver a la señora Santos con absoluta claridad, la expresión en su rostro, el arco de su cuello retorcible. Eva usaría la liga. Nadie se enteraría. La ocultaría debajo de la vasta nube de su vestido. La rozaría entre los muslos cuando caminara por el pasillo de la iglesia, la fricción de la memoria y los mundos perdidos. La vida estaba llena de mundos perdidos. Podrías viajar kilómetros a través de caminos sinuosos y pensar que estás muy lejos de todo lo que conoces y, de pronto, tropezar con los escombros de uno. Hace treinta años, una chica se acostó en un lugar que olía a pasto y caballos y el río de aguas oscuras. Todo eso había desaparecido: los años, la chica, los caballos. Eva acarició la liga con los dedos. Tal vez susurraría —aunque nadie podría oírla— debajo del ruido del encaje veneciano, el suspiro de las enaguas, el silencio de las rosas blancas sostenidas delante de ella como si fuesen un arma.

cinco

A TRAVÉS DE AGUA NEGRA, UN MAR SECRETO

Su vida estaba colmada de cosas finas: una casa en el barrio de La Recoleta con una entrada flanqueada por columnas y un seto perfecto, comidas de cuatro platos preparadas por un cocinero formado en Toulouse, cinco estuches con joyas, piernas calientes junto a las suyas por las noches, cortinas de damasco, bandejas de plata, sillas estilo Louis XIV, ingredientes suficientes —seguramente más que suficientes— para elaborar la felicidad.

Eva se retiró dentro de la casa como si se tratase de un enorme capullo. Ya habría tiempo para el mundo, pero primero se sumergió en el lujo de evitarlo. Mientras su esposo pasaba largos días en el hospital, ella pasaba lánguidas tardes en el estudio, impregnada por la luz del sol y el olor embriagador de los libros antiguos. Se precipitó en la poesía épica, novelas, historia, leyendo ávidamente hasta que la luz se había escurrido por completo del cielo. Cuando llegaba Roberto, cenaban en la larga mesa del comedor. Él le contaba sobre su día en el hospital. Ella asentía ante sus historias, sonreía ante sus triunfos, arrugaba compasivamente la frente ante sus quejas. Más tarde, en la planta alta, él le quitaba a ella la ropa como si desenvolviera un regalo. Debajo de Roberto, ella tenía la sensación de que ningún viento podría arrastrarla de allí, ninguna tormenta sería capaz de perturbar el ancla oscilante de su peso.

Finalmente, se aventuró fuera de la casa, ahora una dama refinada vestida de seda y oro. Pasaba horas a solas componiendo poemas en cafés elegantes. Compraba libros por docenas. Acudía a fiestas donde los invitados bebían Veuve Clicquot y se entregaban a bromas perfectamente calculadas. Aprendió rápidamente a emplear su ingenio con políticos, intelectuales, mujeres aristocráticas con el pelo acicalado. Algunas se mostraban más estiradas que otras, pero ella mantenía la cabeza erguida y seguía radiante. Después de todo, ¿qué podían hacer? Era una nueva era, cuando incluso la primera dama podía venir de un ambiente pobre, ser llamada puta detrás de manos influyentes y, a pesar de todo, ocupar con ferocidad el centro de la escena. Ninguna disculpa por parte de Evita Perón. En casa, Eva escuchaba sus discursos por la radio. "Perón es todo, el alma, el nervio, la esperanza de los argentinos. Yo soy sólo una mujer sencilla que vive para servir a Perón". Las lujosas sillas y alfombras podían incendiarse con el calor que emanaba de esa voz. "¡Nada se puede lograr sin fanatismo! Vale la pena consumir nuestras vidas!" Las fotografías llenaban las páginas de los periódicos: Evita en su despacho, donde manadas de argentinos pobres llegaban a golpear la puerta, cada día, pidiendo ayuda, recibiendo dinero, dentaduras postizas, sonrisas, zapatos, máquinas de coser, juguetes, alfombras importadas, promesas de más ayuda; Evita enfundada en opulentos vestidos de París, cubierta de diamantes, riendo ante la cámara; Evita delante el micrófono, el rostro distorsionado por la vehemencia del discurso, la mano alzada como si estuviese a punto de saludar o de lanzar una bofetada. Eva recortaba las fotografías y las guardaba entre la ropa interior perfectamente doblada, ocultas de Roberto. A Roberto el matrimonio Perón no le gustaba.

—Son fascistas —decía, ajustándose la corbata por la mañana.

Eva asentía con la mirada vacía.

—Su control es cada día mayor.

—Tenemos que andar con cuidado. Estar en el lado bueno.

—Desde luego, mi amor.

A veces, en la profundidad de la noche, ella soñaba que era Evita y un montón de niños entraban en el dormitorio. Estaban descalzos. Las mujeres entraban detrás de ellos. Ella sacudía a Roberto, que dormía en la cama junto a ella, pero no se despertaba. Las mujeres y los niños tendían los brazos, con las palmas abiertas, pidiendo, y luego Mami aparecía entre ellos con unas tijeras en las manos; sin mirar a Eva, comenzaba a cortar la ropa de cama de satén, y Eva intentaba recoger las sábanas a su alrededor, trataba de gritar, pero los niños habían crecido, de pronto se habían convertido en hombres jóvenes, rasgando las sábanas con manos hambrientas. En las noches buenas se despertaba antes de que la alcanzaran.

Después de dos años de matrimonio, Eva dio a luz a un niño. Roberto. Robertito. Sus primeros llantos perforaron el aire y parecieron hacerlo añicos. Ella quiso tranquilizarlo con su cuerpo, llenarlo con su leche, pero Roberto había hecho otros arreglos. Su hijo fue llevado a la habitación contigua donde lo esperaba un ama de leche.

—No se preocupe —dijo el médico partero—. Ahora debe descansar.

Durante meses, Eva dolió por estar con su bebé. Permanecía ferozmente junto a su cuna mientras dormía. El ama de leche se llamaba María: una mujer joven y madura, enloquecedoramente dulce, ofreciendo una ternura que ahora esas manos diminutas reconocían, derramando lo que Eva había dejado que se secara. Sus pechos eran tierra baldía. Ahora era una dama, tenía un papel que representar, un papel en el que no había lugar para bebés chupando de su cuerpo. Su hijo creció. Ella apenas lo conocía. Conservaba sus zapatos. No podía evitarlo, la necesidad era primitiva, subterránea y, de todos modos, ella lo hacía en secreto, aunque no había nadie de quien preocuparse. Ella desempeñaba su papel de un modo impecable. Señora Santos, Esposa de Médico, Dama Encantadora, Realmente una Poeta Deliciosa. ¿Leíste su nuevo poema en *La Nueva Palabra*? Fascinante. Los salones de la elite le abrían sus puertas. Hasta sus poemas debían encajar en su papel: ella, después de todo, no era una muchacha anónima, una moza inmigrante que no le importaba a nadie. Ella importaba; era vista; sus palabras podían encumbrar o manchar la carrera de su esposo. Ella encerraba sus poemas en temas de buena esposa: alegrías domésticas, amor devoto, las rodajas más dulces de la maternidad. También rastreaba cada línea en busca de cualquier cosa que pudiese considerarse antiperonista. Había editores y escritores que habían tenido que tomar el camino del exilio. "Si cada día tengo que apretar cinco veces la tuerca por la felicidad de la Argentina", gritaba Evita, "lo voy a hacer". Los poemas de Eva crecían tan esculpidos como los setos que rodeaban su casa.

No le importaba. Era su obligación. Cuando sentía la tentación de escribir con demasiado ardor, tomaba baños fríos para escurrir los poemas fuera de ella.

Yo elegí esta vida, pensaba, desnuda, apretando los dientes contra el frío. De modo que la voy a vivir.

Las duras baldosas blancas brillaban ante ella desde todos lados.

El segundo hijo de Eva llegó un día que pareció desgarrarla por la mitad. La niña salió de su vientre roja y gritando; Eva también gritaba; las voces de ambas compusieron una fuga tosca. La enfermera envolvió al bebé en una manta y se la llevó de la habitación. Eva relajó su respiración. Esperó hasta que la habitación estuvo casi vacía. Sólo quedaban ella y un estudiante de medicina.

—Psst.

El joven se acercó a la cama.

—Quiero que me traiga a mi bebé.

Él miró alrededor de la habitación.

—Por favor.

—Eso va contra las reglas.

—Lo sé.

—Podría llevar tiempo.

—Está bien.

El joven la estudió. Su rostro era fornido, franco y necesitaba una afeitada. Abandonó la habitación. Eva esperó. Las baldosas del techo habían dejado de moverse. Las observó, quietas, en sus filas perfectas. El estudiante regresó; entró deprisa en la habitación, un ladrón de joyas con el botín envuelto en una manta. Dejó a la pequeña sobre el pecho de Eva, una carita diminuta, tan limpia ahora, desconocida y arrugada, extraña, delicada, los ojos cerrados, la piel rosada, los dedos retorciéndose en la textura novedosa del aire.

El estudiante también miraba al bebé.

—¿Ya eligió un nombre para ella?

—Sí —dijo Eva, habiéndose preparado para la llegada de una niña un mes antes, en la biblioteca, con una obra de Oscar Wilde. "Estoy sediente de tu belleza", decía la heroína. "Ni las inundaciones ni los grandes mares pueden apagar mi pasión", y esa línea la había penetrado, redimiendo aparentemente el horror que llegó después—. Salomé.

—¿Salomé? —El joven frunció el ceño—. ¿No es la mujer que decapitó a Juan el Bautista?

—Sí.

—¿Conoce la historia?

—Sí.

El estudiante irguió la cabeza y la miró con una nueva intensidad. En el corredor se oyeron pasos que luego se desvanecieron. El joven miró nuevamente al bebé. Era bastante guapo. Eva se preguntó si éste era su primer parto.

—Salomé —pronunció él lentamente, como si estuviera saboreando la palabra—. ¿Qué hará ella?

Eva acomodó el frágil peso de su hija sobre sus pechos.

—¿Qué hará?

—Con su vida. ¿No es raro? El potencial puro de una sola vida.

Eva no dijo nada. El estudiante cerró los ojos y apoyó la mano sobre la pequeña cabeza. Salomé se inclinó sobre la palma con absoluta confianza.

—Podés hacer cualquier cosa, Salomé. Cualquier cosa. Todo es posible.

Eva estaba exhausta y extasiada y ligeramente azorada, como si se hubiese tropezado de pronto con la ceremonia privada de otra persona. Quería volver a meter a Salomé dentro de su cuerpo. Quería gritarle a este joven que dejara de interferir, que la dejara sola, que permaneciera cerca de ellas siempre. La intimidad que él había forjado era insoportable. El rostro de Salomé se contrajo, comenzó a lloriquear y Eva se levantó la bata y acercó a la niña a su pezón. La pequeña boca lo buscó a tientas.

—Puede llevar tiempo —dijo él— que baje la leche.

La boca del bebé encontró el pezón. No salió nada. Salomé empezó a llorar.

—Si me permite—dijo el estudiante y tomó el pecho de Eva. Acomodar, apretar, tranquilizar al bebé, ya, y entonces la boca llegó otra vez y un goteo mínimo salió del cuerpo de Eva como un aguijón. El joven desvió la mirada hacia la pared.

—¿Cómo se llama?

—Ernesto.

—¿Y su apellido?

—Guevara.

—Señor Gue…

—Puede llamarme Ernesto.

—Ernesto. Gracias.

Él asintió.

—Debería llevarme a la niña. Cuando haya terminado.

—Por supuesto.

Ambos esperaron hasta que la boca de Salomé soltó el pezón. Eva la apartó de su cuerpo y se la entregó a Ernesto. La mano del joven estaba otra vez sobre la cabeza del bebé, manteniéndola erguida, un contacto necesario, pero Eva sintió la imperiosa necesidad de gritar: *Alto, ladrón.*

—¿Quiere que apague la luz?

—Por favor.

Eva se acomodó nuevamente la bata y los observó abandonar la habitación.

Se recostó sobre la almohada. Afuera, el sol ascendía en el cielo con su séquito de rosas y malvas. El brillo intenso de las modernas luces fluorescentes había impedido que reparara en el sol. Se sentía vacía. Cerró los ojos, se volvió hacia la izquierda, luego hacia la derecha, buscando el sueño. Cuando finalmente lo encontró, cuando soñó, él también estaba allí, el estudiante, parado en un tejado con su hija en brazos, y decía, *Todo es posible,* decía, *cualquier cosa,* rugía como un león, ahora era un león, sus garras iban a desgarrar a su hija en pedazos, ella gritó y corrió hacia ellos pero él lanzó al bebé hacia el sol, un bebé al que le crecían alas y ascendía, un bebé volador, se perdería o se quemaría, un bebé Ícaro, su bebé, *No,* gritó Eva, *no* y *no,* corrió agitando los codos como una tonta gallina pero no pudo alzar el vuelo, no pudo volar; *No se preocupe,* dijo el león, *es posible.*

Ocho semanas después del nacimiento de Salomé, una semana antes de emprender el exilio, Eva entró en la Casa de Gobierno con un cosquilleo entre los pechos. La noche cayó espesa, impregnada de una lluvia que aún no había comenzado a caer. La Casa Rosada se alzaba bajo ella, con sus muros indestructibles, sus innumerables ventanas iluminadas, su alta entrada protegida por ninfas de pechos desnudos, cuyos rostros tallados en la piedra parpadeaban hambrientos o divertidos. Alrededor de ella, los otros invitados avanzaban, mezclando sus perfumes finos. El cosquilleo se hizo más intenso; ella se aferró con más fuerza al brazo de su esposo.

En el guardarropa, Eva se quitó su abrigo de zorro, revelando su vestido, rojo como los rubíes que pendían de sus orejas. Un color atrevido, pero ésta era una noche para el arrojo, su primer compromiso social desde el nacimiento de Salomé. Hora de volver a enfundarse en su vestido esbelto y emballenado... pero lo sentía ceñido, terriblemente ceñido contra sus pechos, empujando hacia arriba la leche henchida que no debería estar allí. Una dama decente habría estado seca hacía ya varias semanas. Se volvió hacia Roberto, quien permanecía a su lado con expresión ausente. Ella sonrió.

—¿Entramos?

Roberto asintió. Parecía cansado. Ella estudió las bolsas de piel debajo de sus ojos, producto de un trabajo ambicioso e interminable. Esta noche, cuando regresaran a casa, ella se acercaría a él con su arsenal de alivios. Le frotaría los pies; recitaría poemas (toda la poesía, para él, era soporífera); se pondría un negligé negro. El negligé, sin embargo, no había dado resultado las últimas veces. Ella se preguntaba qué había hecho para que él perdiera el interés. Dar a luz a sus hijos. Volverse demasiado redonda. Pensó que eso sucedería cuando estuviera embarazada, pero ahora él permanecía distante, trabajando hasta altas horas de la noche y cenando fuera de casa, por trabajo, decía él, y ella repetía por trabajo, sí, naturalmente. Eva ajustó la corbata de moño de su esposo. Él sonrió, una especie de arruga en el borde de los ojos, y ella extrañó la voluminosa ternura de su cuerpo. Enlazaron los brazos y entraron en el salón de baile.

El gran salón abrió sus amplios y espléndidos brazos. Todo brillaba: las mujeres incrustadas de joyas, los militares incrustados de medallas, las bandejas con canapés, el lustroso violonchelo que sollozaba vigorosamente. El techo estaba cubierto de arañas de luces y en él resonaban los ecos de doscientos murmullos. A pocos metros, un colega de Roberto explicaba una anécdota que mantenía atentos a cinco oyentes. Roberto se acercó a ellos y Eva lo siguió. A mitad de camino, los pezones comenzaron a escocerle intensamente; apoyó una mano en la cintura para calmarse.

—Roberto. Tengo que empolvarme la nariz. Vuelvo en un momento.

En el baño, los floreros de cristal tallado contenían los lirios dos veces: una vez sobre el mármol y otra en el espejo, donde una mujer se esforzaba por liberar sus pechos por encima de un vestido sin tirantes. Dos chorros brotaron de su cuerpo y rociaron el espejo. Una dama la miró a través de vetas de leche blanca. Todavía una dama. Por supuesto que lo era. Aunque tuviese dos pechos que robaban chupadas cuando el ama de leche no estaba allí. Ella no había conseguido rendirse ante la succión animal de la boca de Salomé, la sensación del líquido pulsando de un cuerpo grande hacia uno pequeño. Eva retiró la tela que había acolchado la pechera del vestido para que absorbiese el goteo errante de su crimen. La sujetó alrededor del pecho como si fuese un vendaje y la ciñó. Más ceñida. Pensó en su hija en la cuna o, quizás, en este momento, en el pecho de María. La mezcla lechosa en el espejo goteó sobre la encimera de mármol dejando un rastro en el vidrio. Ella lo limpió. El agua del inodoro se llevó la evidencia hacia cañerías oscuras e invisibles. El aire olía a leche y sudor y lirios. Se reajustó la parte delantera del vestido, se retocó el peinado en el espejo y regresó a la fiesta.

La multitud había aumentado de volumen. Los esmóquines almidonados se mezclaban con los uniformes de los generales y vestidos de todos los colores: coral, lila, esmeralda, crema. Murmullos; risas; una especie de sonata en las cuerdas. Roberto estaba hablando con otro eminente científico, un hombre calvo que parecía un loro. Se reunió con ellos y se quedó junto a su esposo, sonriendo amablemente, buscando a alguien con quien hablar. Las copas de champán se acercaron posadas en una bandeja de plata. Rodeó el tallo de una con los dedos, bebió, y vio a Lucio

Bermiazani, el editor, al otro lado del salón. No lo conocía pero había visto su cara —carnosa, con una breve sonrisa afilada— en la sección literaria de *Democracia;* el año anterior, con ocasión del debut de Soledad del Valle, él había sido la estrella de esas páginas. Su brillo se había visto magnificado por la ausencia de fotografías de la propia poeta, una mujer rodeada por un halo de misterio y especulación periodística, una paisana ciega que escribía versos en los campos de trigo de la pampa, recluida, plebeya, que fascinaba a la elite literaria sin haber puesto jamás los pies en la gran ciudad. Y los poemas. Una pasión apacible que casi saltaba de la página. Eva los degustaba, a altas horas de la noche, mucho después de que los versos hayan hecho dormir a su esposo.

Ahora su esposo estaba asintiendo, mientras su interlocutor elogiaba la política soviética de Perón.

—Si me disculpan —se excusó y atravesó el salón.

La forma en que una fiesta se podía abrir y ella avanzar contoneándose a través de la gente después de todo este tiempo le parecía pura magia. Era plenamente consciente de su propio cuerpo, su movimiento, el brillo oscuro de su pelo, el perfume que emanaba suavemente de su piel. La elegancia era una esfera de poder a su alrededor. Los hombres se apartaban para dejarle paso, las mujeres se erguían aún más, los ojos se demoraban sobre ella, los mentones señalaban o se meneaban de un lado a otro. Ella era mucho más que una mujer afanándose por limpiar su leche del mármol: era percibida, tenía peso, tenía cosas importantes que decir.

El señor Bermiazani estaba hablando con el general Peñaloza.

—¡Ah! —exclamó el general—. ¡Señora Santos! ¿Cómo se encuentra esta noche?

—No podría estar mejor, general.

—Y tampoco podría lucir mejor —replicó el hombre grande y corpulento, mostrando sus dientes torcidos—. Lucio. ¿Conocés a la señora Santos?

—No.

El cuerpo de Lucio se estiró dentro del esmoquin.

—Señora, le presento a Lucio Bermiazani. Y ella es la señora Eva Santos, la esposa del doctor Roberto Santos. Estoy seguro de que estás al tanto de su trabajo.

—Por supuesto. —Lucio enarcó las cejas—. Su esposo ha hecho mucho por la Argentina.

—Gracias. —Eva alzó su copa de champán—. Usted también. Sus colecciones son maravillosas.

Lucio se mostró muy complacido; ella casi podía ver las plumas de pavo real abriéndose en abanico detrás de él.

—Ah. ¿Lee usted poesía?

—Adoro la poesía.

—¿De verdad? ¿Por qué?

El general Peñaloza, habiendo detectado la presencia de Juan Perón al otro lado del salón, se alejó de ellos.

Eva hizo girar el champán dentro de la copa aflautada; sus bordes se espumaron.

—¿Por qué? —Sentía la fiesta, la noche, el mar de joyas y vestidos reducirse a este instante, este lugar, este rayo de atención por parte de un hombre pequeño y carnoso—. "¿Por qué respirar? /¿Por qué amar?/ ¿Por qué buscar la mañana?/ Los poemas son sólo alas que crecen/ En la mente de cada ser humano".

El publicista agitó sus exuberantes alas invisibles.

—Soledad del Valle.

—Una verdadera inspiración.

—Espere un momento. Eva Santos. Vi sus poemas en *La Nueva Palabra.*

—Han publicado algunos.

—Si no recuerdo mal, son agradables.

—Es usted muy amable.

—De modo que le gustan las mujeres poetisas.

—Entre otros.

—En esta época parece haber cada vez más de ellas.

—Es verdad.

—¿Ya publicó una colección de sus poemas?

—No —Eva sonrió—. ¡Pero tengo una casa inundada de poemas! Hace que las tareas de ama de casa sean más interesantes.

—Bueno, espero que antes de permitir que la escoba llegue hasta ellos, me envíe algunos a mí. —Metió la mano en el interior de la chaqueta del esmoquin y sacó una tarjeta—. Me gustaría leer detenidamente su manuscrito.

—Ay, señor. Gracias.

—Señora, para mí es un placer. —Hizo una breve reverencia—. Y ahora, mi querida señora, si me disculpa…

Lucio se alejó bamboleándose y ella se quedó un momento disfrutando de su victoria. Ansiaba contárselo a Roberto. Se volvió para regresar junto a él.

Se detuvo después del tercer paso. Evita estaba a plena vista, brillando como un diamante con un exquisito vestido de satén. Se reía de algo que alguien acababa de decir, su boca un amplio arco rojo, su pelo una corona dorada. Estaba delgada y demacrada, sí, los rumores acerca de su enfermedad debían ser ciertos; pero enferma o no, resplandecía, aquí estaba, la joya de la nación, santa, esposa, portavoz del pueblo, pegamento que unía a la nación con Perón. El Puente de Amor, así la llamaban, y seguramente ese apodo era adecuado, seguramente los cruces se hacían soportables por su presencia. Ahora Evita estaba sola contra las espaldas de los esmóquines negros, sorprendentemente pequeña, pero mientras permanecía allí parada, mientras su boca se arqueaba, Eva podía creer lo que quería creer: que las promesas eran verdaderas; Perón casi un Dios; los pobres podrían tener glamour, casas, bordados finos; el gobierno amaba a su pueblo eternamente; las mozas inmigrantes podrían conservar sus piedras preciosas y publicar libros de poemas. *No te mueras,* pensó Eva para sí. *No te mueras nunca.* Evita giró la cabeza y sus miradas se encontraron y, por un instante, Eva gritó toda su alma en esa mirada, pero Evita se limitó a asentir con la cabeza superficialmente, sonriendo con la misma sonrisa que agraciaba sus retratos a lo largo y ancho de la nación, y luego sus ojos continuaron su recorrido y todo terminó.

Eva no tuvo oportunidad de contarle a Roberto sus noticias hasta varias horas más tarde, cuando ya estaban en el coche. Afuera, la lluvia finalmente se había liberado del cielo. Caía torrencialmente. Eva buscó la mano de su esposo.

—Lucio Bermiazani quiere conocer mi obra. Creo que va a publicarla.

Roberto la besó en la frente.

—Está bien.

No era la respuesta que ella había esperado. Su esposo era un buen hombre. Había hecho mucho por ella. Había deshecho su vida y la había vuelto a construir con una nueva forma sólo para estar con ella. Ambos eran conscientes de esta deuda, demasiado grande para ser saldada. Ella le apretó la mano y miró a través de la ventanilla a Buenos Aires bajo un manto de lluvia. Las puertas ornamentadas se abrían de par en par para los clientes bien vestidos que buscaban el calor del interior. Jóvenes amantes abrazados bajo un paraguas, en un callejón, riendo. Los orgullosos faroles de hierro proyectaban nebulosos globos de luz. Imaginó su libro en suntuoso detalle: su lomo, sus páginas cremosas, la gala de celebración que señalaría su publicación. Habría champán, flores brillantes, una multitud de gente. Tal vez incluso asistiera Soledad del Valle. EVA SANTOS, podría leerse en los periódicos, LA POETA QUE ATRAJO A DEL VALLE FUERA DE SU ESCONDITE. Buenos Aires brindaría y brillaría y la envolvería entre sus brazos. Fuera del coche, las calles cambiaban, desplegando las grandes casas de La Recoleta. La lluvia martillaba el techo metálico encima de sus cabezas.

Llovió durante dos días. La humedad emergía, aflojaba, golpeteaba, volvía a emerger. El agua caía con fuerza la tercera noche, a la una y cuarto, cuando el doctor Caribe llegó a su puerta. Ambos se sorprendieron cuando María, el ama de leche, llamó a la puerta del dormitorio para decirles que había sonado el timbre.

Acababan de acostarse. Eva estaba arrodillada en el suelo desatando los cordones del zapato izquierdo de su esposo. Ella alzó la vista y lo miró bajo la luz tenue.

—¿Esperás a alguien?

—Claro que no.

Zapatos atados nuevamente, cuellos alisados, una pareja casada descendió por las amplias escaleras rojas (qué lucha había sido ésa, por la alfombra roja; Roberto quería un beige aburrido, inexpugnable, pero Eva se había mantenido firme y su rojo había ganado, Diablita Roja, la llamaba ella para sí, como las sillas donde se había convertido en poeta). Eva permaneció en el último escalón y miró a su esposo cruzar el vestíbulo.

—¿Quién es?

—Antonio.

Roberto abrió la puerta. El doctor Caribe estaba parado bajo un paraguas negro. Aferraba el mango como si fuese lo único que lo mantenía unido al suelo.

—Por favor, pasá.

El doctor Caribe entró y cerró el paraguas.

—Lamento la intrusión.

—Nada que ver. Siempre sos bienvenido en esta casa. ¿Está todo bien?

—No.

—¿Tu esposa…?

—Ella está bien. Mis hijos están bien. No podía dormir. No sabía a qué otro lugar ir.

Roberto tomó el abrigo y el sombrero de su amigo y se los dio a Eva, quien los colgó en el perchero.

—¿Querés beber algo?

En el salón, Eva sirvió coñac en tres copas y se sentó en el sofá junto a su esposo. El doctor Caribe los miraba desde el sofá, el pelo mojado, una mirada vidriosa en los ojos. Ella lo había visto hacía cuatro meses, en su cumpleaños número sesenta. Los brindis habían sido muy emotivos y abundantes, provocando que el doctor Caribe no dejara de sonrojarse. Esta noche su rostro estaba pálido; parecía viejo, consumido, perturbado. Un dolor sutil avanzó lentamente entre sus pechos.

—Te extrañamos la otra noche en la Casa Rosada —dijo Roberto.

El doctor Caribe no contestó.

El silencio regresó a la habitación, enorme, embarazoso. En la mesa de centro que había entre ellos se alzaba impasible un florero con rosas blancas. Eva miró el empapelado, con sus verdes y violetas, sus campesinos franceses que bailaban debajo de los árboles dorados. La lluvia rugía contra las ventanas.

—¿Han estado leyendo *Democracia*? —preguntó el doctor Caribe.

—A veces.

El doctor Caribe miró a Eva.

—Sí.

—Entonces vieron esto.

El doctor Caribe sacó un recorte del bolsillo. La fotografía mostraba a un hombre joven, de rostro delgado y serio, mirando desde debajo de un titular: ¡FRUSTRAN MALVADO COMPLOT CONTRA PERÓN! LA POLICÍA ARRESTA AL TRAIDOR EN TIROTEO! Había una foto del traidor, un estudiante que había estado conspirando junto con la embajada de Estados Unidos para derrocar a Perón. Eva había leído la historia hacía unos días, atraída por el nombre del traidor. Ernesto Bravo. Lo había vuelto a leer para asegurarse de que no era el joven que había conocido, el estudiante de medicina, pero no, era otra persona.

Roberto asintió.

—Escuché acerca del caso. La policía arrestó a un joven acusado de traición.

—Eso es lo que se dice. Pero es mentira.

El doctor Caribe miró fijamente su bebida. Su boca se frunció como encerrando una palabra tóxica. Hizo girar el coñac dentro de la copa, una, dos veces.

—Doctor Caribe —dijo Eva suavemente—, ¿qué pasó?

El doctor Caribe vació la copa.

—Hace cinco semanas recibí un llamado de la policía. Trato a sus presos. Ladrones, asesinos, prostitutas. De modo que pensaba que tenía alguna idea de lo que podía esperar. Bien. Cuando llegué a la comisaría me acompañaron a la unidad de la Policía Federal. Sección Especial. Nunca había estado antes allí.

Hizo una pausa.

—Me llevaron a una habitación oscura. En el piso de cemento había un joven delgado tirado. Inconsciente. Cubierto de sangre, un corte profundo en la cabeza. Tenía la cara tan magullada que, se lo juro, ni su propia madre lo habría reconocido. Lo examiné y tenía rotos dos dedos y una costilla. Había perdido mucha sangre.

—Me dijeron que lo limpiara y lo curara sin trasladarlo a un hospital. Eso es imposible, dije. Está en un estado crítico; es necesario que lo llevemos a un hospital. El oficial me miró con una expresión airada. Usted limítese a curarlo, dijo. Otro policía me llevó a un lado. Mire, dijo, las cosas son así. La paliza no estaba autorizada. Era necesaria, por supuesto, pero no algo que podamos hacer público. Este tipo tiene que quedarse aquí hasta que se encuentre, ya sabe, presentable. Ése es su trabajo. Yo protesté un poco. ¿Y qué pasa si no lo hago? El oficial se impacientó. Entonces puede que nadie lo haga, dijo. —Al doctor Caribe le temblaba el labio inferior.

Roberto apartó la vista, delicadamente. Los pechos de Eva hormigueaban, llenos de leche; se vio a sí misma trayendo al médico a través de la mesa de café, pasando junto a las rosas, hasta su pecho, como lo haría con un niño que se rasguñara la rodilla en el pavimento.

—Doctor, está bien.

—No, no lo está en absoluto. —Se miró las manos—. Me avergüenza decirles que me quedé. Pero ese muchacho necesitaba cinco médicos. Si yo me iba no tendría ninguno. De modo que comencé a limpiar su cuerpo. Me llevó toda la noche. A mitad de mi trabajo escuché a los policías hablando del otro lado de la puerta. El primero quería matar al joven y decir que había sido un accidente de tráfico. El segundo se mostraba indeciso. Hablaban de ese muchacho como si fuera un trapo viejo del que había que deshacerse. Pensé que iba a vomitar, allí mismo en el suelo de hormigón.

—En ese momento tendría que haberme ido. Tendría que haberme negado a volver, nunca. Pero, en cambio, pensé: ¿Qué me van a hacer a mí? ¿Qué le van a hacer al muchacho? Mi Dios, fui tan cobarde. —El doctor Caribe miró por encima del hombro de Eva como si la habitación de hormigón y hierro estuviese detrás de ella—. Ese muchacho se convirtió en mi vida. Todas las horas que estaba despierto las pasaba con él. Cuando dormía, él visitaba mis sueños. En mis sueños, a veces, se convertía en mi hijo ya que los dos tienen aproximadamente la misma edad. Bien. En cuatro días recuperó el conocimiento. Los policías le vendaron los ojos para que no pudiera verme. A mí me dieron un seudónimo para usar en su presencia. Querían trasladarlo a la prisión, pero aún se encontraba demasiado débil. Pasaron otros cinco días más hasta que estuvo estable y pudo ser trasladado a la prisión.

—Llevamos al muchacho a una casa en los suburbios. Un lugar secreto que la policía utiliza para... hacer lo que sea que hace. La acondicionaron para su convalecencia. A medida que las heridas del rostro se curaban, ese muchacho me recordaba cada vez más a mi hijo. Jamás me habló, excepto para pedir comida o agua o que lo ayudara a cambiar de posición en la cama a la que estaba esposado. La policía, por supuesto, le había advertido que no podía hablar. A los dos nos habían advertido. Pero, aun así, me torturaba la idea de que él me despreciara profundamente. Que me considerara uno de ellos. Yo quería explicarle, quería huir. En cambio, hice lo que me dijeron.

—Pasaron tres semanas. Finalmente llegó una orden para que lo dejaran en libertad. Se había terminado. Pensé que lo había salvado y que me había salvado a mí mismo. Pensaba dejar esa historia atrás y dar vuelta la página. Volví a mi casa y dormí veintidós horas seguidas.

—A la mañana siguiente vi el ejemplar de *Democracia* y el mate casi se me cae al suelo. Así fue cómo me enteré del nombre de ese muchacho. —Alzó el recorte del periódico—. Ernesto Bravo.

A Eva le dolían los pechos, estaban demasiado llenos, se rebelaban contra su compresa. —No lo entiendo.

El doctor Caribe agitó el recorte del periódico.

—Bravo no pudo haber atacado a la policía. Estaba bajo mi cuidado. Le pusieron una trampa para incriminarlo.

Eva se recostó sobre el sofá, tratando de no tragar nada; ni saliva, ni aire, ni lo que llenaba el espacio entre ellos. Los campesinos franceses lucían ridículos en su empapelado, brincando de un lado a otro como si su árbol dorado no tuviese nada de malo. Ridículos, aunque ella deseaba ser como ellos, continuar bailando, aferrarse a lo que era brillante y lustroso y por lo que merecía la pena consumir la propia vida. Pero algo más, una herida, se había abierto en su hogar. Un médico se desmorona junto a unas rosas blancas; un joven es torturado hasta quedar irreconocible; los campesinos bailan alrededor de un árbol pintado cuyo tronco verdadero, atrapado en su interior, se está muriendo.

—Lo lamento mucho —dijo ella.

—No sé qué hacer —dijo el doctor Caribe. Su voz era pequeña, la del niño con la rodilla herida.

—Antonio. — Roberto se inclinó hacia adelante—. Tenés que olvidarlo.

—No puedo. Traicioné todo, mi profesión, mi conciencia. Incluso a mi esposa, que se pregunta por qué nunca duermo. Si no hago algo para arreglar esto, puede destruirme.

Eva observó su rostro demacrado y le creyó.

Roberto parecía precavido.

—¿Qué pensás hacer?

—Tengo que decírselo a la gente. Aparte de a ustedes. Necesito consejo sobre la forma de hacerlo.

—No. — El cuerpo de Roberto casi se elevó de los almohadones del sofá—. Pondrías en peligro tu trabajo, a tu familia... todo.

—Lo sé.

Eva sufría por su invitado, por su aflicción, por el joven Ernesto Bravo, por la boca de su bebé, que dormía en la planta alta en su cuna color rosado.

—¿Y si escribe una carta y la deposita en los lugares adecuados?

—Eva... —intervino Roberto con un matiz de hierro en la voz.

—Anónimamente —añadió ella. Roberto la miraba, una clara advertencia en sus ojos. Ella fingió no darse cuenta.

—No puedo —dijo el doctor Caribe—. Lo intenté. No pude encontrar las palabras. Es como si hubiese una enorme piedra en mi camino. —Le sonrió a Eva, una sonrisa cansada, la primera de la noche—. No todos tenemos sus dones.

—Da lo mismo —dijo Roberto—. Podrías escribir tomos sobre esto y no cambiar nada de lo que pasó. —Juntó las manos con fuerza; Eva pudo sentir su miedo emanar lentamente—. Lo último que necesita Argentina es a otro hombre bueno en el exilio.

—Tal vez tengas razón.

—Por cierto —Roberto barrió el aire con la mano, limpiándolo—. Leí tu ensayo sobre la lepra. Es fascinante.

La conversación se desplazó, cambió, se cargó de términos médicos que Eva no entendía. Se removió incómoda en el sofá; hora de desvestirse; hora de ir a ver a Salomé.

—Perdonen —dijo y se dirigió hacia la escalera.

Salomé Ernestina Santos dormía en su cuna, su mano cerrada en un puño diminuto, el chupete cubriéndole la boca. Eva le quitó el chupete y Salomé abrió los ojos, comenzó a llorar y tendió los brazos hacia su madre. Ella desnudó sus pechos. La pequeña boca era cálida y apretaba fuerte. Su puño se aflojó y aferró a la piel de su madre. Allí estaba, el líquido caliente y dulce brotando, el poder de ella para hacer fluir algo que era necesario. Trató de no pensar en Ernesto Bravo, quebrado dos veces, o en la mujer que alguna vez lo alimentó con su cuerpo; trató de no pensar en los Perón, con su palacio rosado, su brillo brillo brillo en la radio, sus dispensaciones de esperanza, sus mentiras impresas, la intrincada ecuación de su existencia, compleja, indescifrable, einsteniana en sus paradojas: ella trató de no pensar en sí misma, en mañana y el día siguiente y el otro, moviéndose a través de su vida con este secreto en sus entrañas, una mujer respetable, segura y pulcra, con sus joyas y copas de cristal y cortinas de damasco, permitiendo que otra gente sangrara sobre suelos de hormigón. Ya sentía repugnancia hacia sí misma. Asió a Salomé con más fuerza; el bebé se contorsionó y siguió succionando el pecho. Podría haberle dicho muchas cosas a su hija, estaba preparándose para decírselas, *ésta es quien soy realmente, con los pechos desnudos, alimentándote, deseando ser valiente, grande, furiosa, creer en el hombre que dijo que todo es posible,* pero bebé y mamá abrieron la boca al mismo tiempo, y Salomé dejó el pezón, chasqueando los labios. Eva acostó nuevamente a su hija en la cuna, cantándole una canción de cuna, "arrorró mi niña, arrorró mi sol", y el bebé se durmió.

Eva regresó al salón. Los hombres estaban de pie.

—¿Ya se va?

Eva extendió las palmas de las manos para expresar su decepción.

—No es precisamente la hora del té.

—¡Pero aun así! Permítame al menos que lo acompañe hasta la puerta. Roberto, —tocó el brazo de su esposo— debés estar rendido. ¿Por qué no te vas a la cama?

Roberto lo hizo y, minutos más tarde, justo cuando el médico salía a la lluvia, Eva susurró:

—Vuelva por la mañana, cuando Roberto esté en el trabajo. Yo lo voy a ayudar.

El doctor Caribe la miró con los ojos entrecerrados. La lluvia golpeaba contra su paraguas.

—¿Cómo?

Ella se inclinó hacia delante y algunas gotas alcanzaron los bordes de su pelo.

—Con las palabras.

No llevó mucho tiempo. Tres días después, Roberto irrumpió en la sala.

—¡Eva!

Ella alzó la vista del cuaderno de notas donde acababa de escribir, *Tú quemas y*. El rostro de Roberto estaba muy cerca del suyo, la boca dura, el ceño fruncido, un animal acorralado.

—¿Qué pasa?

—Decime vos, Eva. Lo que hiciste con Antonio.

—No sé a qué te referís.

—Aquella noche. Las cosas que nos contó. Hay un texto mimeografiado circulando entre los políticos. Hoy se filtró a la prensa. Eva dejó el cuaderno de notas sobre la mesa de centro.

—¿Qué te hace creer que yo tuve algo que ver con eso?

Los ojos de Roberto echaban chispas.

—Mirame a los ojos y decime que no fuiste vos.

—Seguro que fue un anónimo.

—No tenés idea de lo que son capaces. —Sus ojos eran salvajes, los ojos de un jaguar enjaulado. *Sos casi un hombre mayor,* pensó ella—. Hoy recibí una misteriosa llamada y alguien me sugirió que dejáramos el país. Ahora decime, mi querida esposa, ¿por qué iba a recibir una llamada así?

Sus ojos la perforaron. Ella hizo un esfuerzo para no desviar la mirada, para no preguntar cómo era posible, cómo podían saberlo.

—Vos lo ayudaste, Eva. Contra mi voluntad.

Ella se levantó.

—La tuya no es la única voluntad que sigo.

Todo sucedió deprisa: manos sobre sus hombros, una dura sacudida en la cabeza y, de pronto, fue empujada contra el empapelado francés y un hombre que era su esposo gritó —"¿Qué-es-lo-que-hiciste?"— y ella no podía respirar, no podía respirar, no necesitaba respirar porque flotaba fuera de sí misma, elevándose en el aire y si sólo pudiese encontrar esa fisura…

Él la soltó. Eva se apoyó contra la pared. El dolor latía como un collar alrededor de su garganta. Roberto estaba a pocos pasos de ella, dándole la espalda. Podía leer en sus hombros encorvados que lo lamentaba. La sala de estar lo enmarcaba con su mesa antigua, cortinas de terciopelo, alfombra persa tejida a mano. Él me ama. Recitó las palabras para sí.

—Nos vamos —dijo él—. Mañana. Prepará a los niños. Eva. Sabés que…

—Lo sé.

Él se quedó en silencio un momento, luego se marchó sin mirar atrás.

La noche siguiente, a las dos de la mañana, Eva miraba a través de la ventanilla del coche las aguas del Río de la Plata. Oscuras. Quietas. Cediendo a los vientres curvos de las embarcaciones atracadas en los muelles. Detrás de ella oyó el ajetreo de los hombres en el maletero, sacando valijas llenas de ropa, dinero, fotografías, montones de poemas inéditos, su caja secreta de zapatitos de bebé (demasiado pequeños ahora, esenciales, reliquias que no podía dejar atrás o de las que no podía desprenderse). Salomé dormía entre sus brazos. Robertito se apoyaba soñoliento contra su cuerpo, aferrado a su conejito de peluche, Papagonia. Ella se llenó con la delicada fragancia de su hijo: polvo de talco dulce y aceite para el pelo con olor a pastel. Si sólo pudiere conservarlo así, suave y fragante, desafiando de alguna manera las inexorables leyes del tiempo. Su inteligencia la asombraba; hoy la había sometido a incesantes preguntas sobre adónde iban ("al país de donde vine") y durante cuánto tiempo ("oh, ya verás"). Su esposo estaba sentado en el otro extremo del asiento trasero, contemplando su ciudad. Había hecho todo el viaje en silencio. Mejor así. Eva se ajustó el pañuelo en el cuello para asegurarse de que las magulladuras quedaran ocultas.

Se preguntaba cómo y cuándo descubriría la gente que se habían marchado: los estudiantes de Roberto en el hospital; sus padres, con su amor mojigato pero generoso; María de los pechos que daban y daban. Una noche, diría el cuento, en el año 1951, toda la familia simplemente desapareció. No parecía que fuera a llover. Las nubes se habían levantado, como si estuviesen saciadas por el reciente diluvio, sin señales de que fueran a regresar, al menos no esta noche, cuando el cielo claro y despejado significaba tanto para ellos. No tenía sentido preocuparse por lo que pudiera hacer el cielo mañana.

Una barca se acercó al amarradero. La puerta del coche se abrió y un hombre cubierto con una capucha la acompañó rápidamente a la embarcación. Ella apoyó el pie en su interior con cautela. El agua brillaba oscuramente a su alrededor. *Cierre. Cielo. Cerrado. Siempre.*

Los barqueros encapuchados los lanzaron hacia el río silencioso. Delante sólo se veía agua, pero Eva sabía que había tierra porque ella había vivido allí, la había caminado y respirado, seis años antes había sido su hogar. Montevideo. Ciudad de ecos. Ciudad de demasiados zapatos. Ciudad de carnicerías en las esquinas, hierbas verdes atestando la cocina, el calor simple de los guisos de Mamá. Navegando de regreso, bajo la noche, por primera vez en quince años, ella rezó: por su hijo Roberto y por Salomé; por su matrimonio, cargado ahora con un peso nuevo y sin nombre; por el doctor Caribe y su familia, también cruzando en alguna parte en dirección al exilio; por Ernesto Bravo y su madre y por Evita y Juan Domingo Perón y la Argentina que los amaba y les temía, Argentina tan encantada y embrujada y severa; rezó por Uruguay, por Mamá, sus hermanos, los hijos y esposas de ellos, todos los poetas de La Diablita, Coco con sus cartas y su hijo desaparecido, Andrés; rezó porque las olas continuaran cantando en la Rambla y porque la lana uruguaya siguiera girando en sus ruedas; por su padre, sí, rezó por su padre e incluso por Pietro, sí, oh, Dios que estás en el cielo o dondequiera que estés, por Pietro también, puesto que éste era el único lugar donde podía hacerlo, aquí entre orillas, entre hogares, en este río que corría entre mundos.

Horas más tarde, a través de la oscuridad, a través de la extensa agua negra, comenzaron a brillar tenuemente las luces color albaricoque de Montevideo.

Monte. Vide. Eo. Veo una montaña, dijo un capitán hacía cuatro siglos, divisando una colina baja desde su barco, acercándose a un río que no tendría ninguna plata. Ciudad de nombres incorrectos. Ciudad de cosas pequeñas. Ciudad fragante de cuero, lana fresca y brisa nocturna y salina.

Regresar era como viajar hacia atrás en el tiempo. Todos esos recuerdos atrapados en cada piedra y paso y olor. El primer día, la fuente del Parque Rodó casi la tiró de espaldas. De sus aguas se erguía un espectro de sí misma, el día que acabó la guerra, inclinándose para limpiar el vómito de su blusa. Saltó sobre ella, sucio y lanzando arañazos. Ella retrocedió tambaleándose, hacia los árboles y la calle que había detrás de ellos.

Las cosas no eran iguales al regresar. La ciudad no había cambiado; era ella quien tenía que adaptar sus ojos —adaptar todos sus sentidos— a una luz diferente, acostumbrarse a los espectros, acostumbrarse a cosas tan pequeñas y apacibles. No había bulevares gigantescos, ningún estruendo enloquecedor en el corazón de

Montevideo. Hasta los coches parecían menos tensos. Su nuevo apartamento estaba en la Ciudad Vieja, en la Avenida San Salvador. El balcón de hierro forjado extendía su mirada por encima de edificios barrocos, una calle adoquinada, árboles añosos que agitaban sus hojas y La Diablita. Hacía seis años, antes de Buenos Aires, vivir en este vecindario habría representado la expresión máxima del glamour. En el interior del apartamento, la cama era maciza, aunque no lujosa; las alfombras limpias, aunque no rojas; las cortinas pintorescas, aunque no finas. Ella se levantaba de la cama (sigilosamente, para no perturbar el sueño de Roberto) y caminaba de puntillas hasta el balcón en pantuflas y un abrigo de piel. En ese refugio seguro, ella fumaba y contemplaba como la puerta roja se abría y cerraba para los clientes. La propia puerta recordaba, palpitaba y la llamaba; estaba segura de que si cruzaba la calle y la tocaba, todas las noches de trabajo y anhelo volverían velozmente a ella y le mostrarían quién era. Ese latido la mantenía despierta durante horas, mientras un cigarrillo tras otro quemaban su lenta ceniza hacia su mano.

Regresar no sería regresar hasta que no fuese a Punta Carretas. No podía ir a la casa donde había crecido. No podía ver a Papá. Pensaba en ello, trataba de imaginarlo, intentaba reunir las cosas que podía decir, pero sus imágenes acababan siempre en la boda de Tomás, su risa con Pietro, una tarta pascualina caída en el suelo. Aquella pascualina estaba hinchada y podrida y podía fácilmente infiltrarse en su cuerpo. Temía que quizás fuera incapaz de levantarse de la cama, besar a sus hijos, evitar matar a alguien si volvía a tragarlo. Un punto muerto era un punto muerto y era mejor que una guerra. Pero Mamá. Tenía que ver a Mamá.

La buscó en la Carnicería Descalzo. En el interior el aire era acre y evocaba a una niña y un niño piratas que ya no estaban allí, matando a un dragón, riendo a carcajadas. La carnicería estaba igual, y Coco también: la misma cara redonda, el mismo pañuelo amarillo, encorvada sobre los chorizos mientras los ordenaba.

Robertito se aferraba a la falda de Eva. Había estado caprichoso desde la mudanza y pronto necesitaría una siesta. Eva esperó a Coco, súbitamente cohibida. A ella también le hubiese gustado aferrarse a unas enormes faldas. Dos moscas revoloteaban a través del aire carnoso, quizás las descendientes de las mismas moscas que habían estado aquí cuando Eva se marchó. La vitrina se cerró y Coco emergió para atender a su cliente, una desconocida adinerada flanqueada por un niño de tres años y un cochecito de bebé.

—¿En qué puedo ayudarla, señora?

—Vengo a ver a mi madre.

Coco parpadeó. Estudió a Eva, de arriba abajo, de arriba abajo otra vez.

—¿Eva? —Lentamente, como si pusiera en marcha un motor que llevaba mucho tiempo apagado—. ¿Eva Firielli?

La cortina que había detrás del mostrador se abrió. Pajarita la atravesó. Allí estaba, con su vestido de lana, el pelo a medias ceniciento, los ojos muy abiertos. Eva sintió que un caparazón se rompía en su interior.

—Mamá... —y antes de que pudiera huir o arrodillarse pidiendo perdón, dos brazos la apretaron, el roce áspero de la lana, el olor a albahaca rallada y raíces amargas.

—Ha pasado tanto tiempo —dijo Mamá.

Dejó que su cuerpo se derritiese un poco contra su madre. Ella era tan pequeña pero apretaba con tanta fuerza; Eva apenas podía respirar. Los hombros de Pajarita empezaron a temblar. Eva resistió el impulso de apartarse.

Roberto le estiró la falda.

—Mamá.

Pajarita se apartó para agacharse junto al niño.

—Hola, precioso.

—Roberto. Decile hola a tu abuela.

—Hola, abuela —imitó educadamente a su madre. Robertito estudió a la mujer que tenía delante, con sus ojos húmedos y su vestido sencillo. Ella le tocó el brazo, el pelo, la cara.

Eva señaló el cochecito del bebé.

—Y ella es Salomé.

Pajarita miró dentro del carrito. Salomé se agitó, como si la mirada hubiese roto la fina película de su sueño. Pajarita alzó a la niña y la colocó contra su cintura. Salomé asió una trenza negra y gris como si fuera una cuerda lanzada para rescatarla. Tiró con fuerza. A Pajarita no parecía importarle, no pareció que le importase que Salomé arrancara la trenza de raíz.

—Es fuerte —dijo Eva a modo de disculpa.

—Los dos se parecen a vos, Pajarita —dijo Coco desde el mostrador. Se había recuperado de la conmoción y examinaba a Eva con sutil recelo—. Mirate. Recién llegada de Buenos Aires. —Recalcó las dos últimas palabras con un tono teñido de asombro o, quizás, disgusto—. No te hubiera reconocido.

Eva sonrió, insegura. Se sentía como una niña pequeña, sorprendida mientras jugaba a disfrazarse con las ropas elegantes de una tía. Ahora era sofocante, esta carnicería con su olor metálico a sangre, sus recuerdos, su propietaria con los brazos cruzados. Coco, con toda su calidez, no perdonaba fácilmente, y Eva era una sospechosa en el crimen de escaparse con su hijo y provocar el dolor de su mejor amiga. Eva imaginó a Coco y a Mamá en el salón de arriba, a lo largo de los años, bebiendo té impregnado con el sabor de la tristeza de ambas.

—¿Dónde está tu marido? —preguntó Coco.

—Trabajando.

—¡Trabajando! ¿En las vacaciones?

—No estamos aquí de vacaciones. —Eva observó a su hijo acercarse a una vitrina con carne—. Vinimos a quedarnos.

Pajarita la miró, o intentó hacerlo, su cabeza aún inclinada hacia el puño de Salomé.

—¿A quedarse?

—Sí. Nosotros tuvimos que marcharnos, en la oscuridad, en un bote con hombres encapuchados. Lo decidimos de golpe. Por eso no te escribí.

La nariz de Roberto estaba apretada contra el cristal. Seguro que dejaría una mancha.

—Ya veo. —Ahora Pajarita la miró a los ojos—. ¿Cuándo vendrán a cenar?

Era la pregunta que Eva temía. Ella no tendría, no podía permitir, una fiesta de bienvenida-a-casa abarrotada de familiares, interminables empanadas, el ruido de dos docenas de voces, el gateo de sobrinos por todas partes, vino, bizcochos, Papá.

—Ah, quién sabe —contestó ella, demasiado deprisa—. Estamos muy ocupados por la noche —una excusa vergonzosa—. Pero voy a volver acá para verte.

Los ojos de Pajarita eran tiernos pero no se doblegaron.

—¿Qué le digo a tu padre?

Eva cambió el peso del cuerpo del pie izquierdo al derecho, luego otra vez al izquierdo. Roberto golpeó el cristal dos veces, tac, tac. Naturalmente, Mamá intentaría recuperarla, como si la familia fuese un telar y Eva una hebra descarriada; como si ella pensara que sus manos eran capaces de tejer y anudar a su hija en su lugar, y la tela formaría un todo, y el todo podría unirse, suave, satisfecho, como si en el mundo no hubiera ninguna maldita tijera.

—No sé.

Pajarita alzó la cabeza, que Salomé había liberado.

—Claro.

Se hizo el silencio. Coco tosió. Roberto seguía golpeando el cristal con las uñas: tac tac tac tac tac tac tac tac…

—Basta, querido. —Eva lo apartó del cristal y lo alzó apoyándolo en su cadera. Estaba creciendo tanto. Necesitó toda su fuerza para sostenerlo.

—Debería llevarlo a casa para que duerma la siesta.

—Volvé pronto —dijo su madre.

Eva asintió.

—Mañana.

Coco tomó a Eva del brazo cuando se marchaba.

—Mira. Acerca de Andrés. Tiene que haber algo, cualquier cosa, que puedas decirme.

Eva estudió la mano de Coco cubierta de manchas hepáticas.

—Nos fuimos juntos. Estuvo conmigo en Buenos Aires por unos cuatro meses. Luego desapareció y desde entonces no he vuelto a saber nada de él.

Coco entrecerró los ojos.

—¿Te dejó en problemas?

—No. Fue todo un caballero. Él no... nosotros no.

Coco parecía dubitativa. El olor a carne cruda se espesaba en el aire.

—Lo lamento, Coco.

—Al menos sé que todavía está vivo.

Eva imaginó a Andrés muriendo desangrado en un callejón de San Telmo, o sucumbiendo solo a una pulmonía, o vagando por París y riéndose de las dos.

—Desde luego.

—Estás diferente, sabes. No es sólo la ropa.

Regresar implica tantas cosas, pensó aquella noche, fumando en el balcón. Es una zambullida en el pasado, simple, infinita, imposible. Una zambullida en la oscuridad. Esta noche el aire estaba cargado y húmedo; las estrellas se ocultaban detrás de unas nubes bajas. Calle abajo, la puerta de La Diablita se abrió y una chica entró en el local. ¿Moza? ¿Aspirante a poeta? Eva no iría allá. Ya había tenido suficientes bienvenidas. Apagó el cigarrillo contra la barandilla del balcón. Abajo, en la calle, había un hombre con un largo abrigo negro. El ala del sombrero de fieltro le ocultaba la cara. Tuvo la clara sensación de que ese hombre estaba esperando algo. La llegada de alguien o algo que investigar. Ella encendió otro cigarrillo y esperó la investigación, la prostituta, el trato secreto. El cigarrillo se consumió lentamente hasta su final. No ocurrió nada.

Se levantó y regresó al dormitorio. Roberto roncaba suavemente de espalda, la mandíbula floja. Había encontrado trabajo con suma facilidad; los hospitales habían competido por él, no habían hecho preguntas acerca de los motivos de su salida del país. En la oscuridad, ella contempló su cuello en el espejo que había encima de la cómoda. Las magulladuras parecían haber desaparecido. Se acercó un poco más, girando para captar la luz del farol de la calle. Sí, habían desaparecido. Y el silencio entre Roberto y ella estaba dejando paso a palabras corteses, un "Buenos días" y "Dame tu abrigo" al comenzar y acabar cada día. Pero no era más que una superficie quebradiza. Ninguno de ellos había perdonado al otro o, tal vez, no se habían perdonado a sí mismos por los mimeógrafos o el exilio o los momentos transcurridos sin respirar contra la pared.

Eva buscó un cuaderno y un bolígrafo. Escribió. En la oscuridad sus palabras caían oscilando y desordenadas sobre el papel, pero no importaba. Escribía descarnadamente, velozmente, arrancando las hojas a medida que las llenaba, hasta que se hubo liberado de toda saturación. Luego abrió un cajón, juntó las páginas y las apretujó en una ciénaga de poemas inacabados.

Pasaron tres años. Años apacibles. Algunos días, Eva echaba de menos el ruido y el alcance de Buenos Aires, pero Montevideo, para su sorpresa, se desplegaba de maneras nuevas, ofreciendo su propio lirismo cotidiano. La carnicería, por ejemplo, había días en que se espesaba con el sudor y los aceites dulces y las confesiones de las mujeres. Las mismas mujeres aún venían a comprar carne e intercambiar chismes, aunque ahora adornaban su charla con comentarios elogiosos sobre sus nietos. Hasta la Viuda seguía viniendo. Debía ser más vieja que Dios. A veces reclamaba un taburete junto a la puerta y acosaba a todos los que entraban con sus apocalípticos consejos. Las mujeres hablaban con Eva, queriendo saberlo todo acerca de los años transcurridos, acerca de Perón, había tantos exiliados argentinos aquí, más cada año, decían ellas, ¿y era Perón realmente tan represor como decían los diarios de izquierda? Eva contestaba y las mujeres chasqueaban la lengua: qué clase de populista le hace eso a su propio pueblo, nada que ver con nuestro Batlle, que en paz descanse. Pequeñas multitudes se reunían esperando pacientemente los servicios de Pajarita. Algunas mujeres cruzaban estoicas la cortina de arpillera y salían llorando; unas pocas entraban llorando y salían con una expresión beatífica. Eva cuidaba a los niños, envolvía carne, limpiaba un mostrador aquí o allá. Dejaba que su mente mojase la punta del pie en el mundo de su madre.

De vez en cuando llevaba a su madre a la Rambla, donde paseaban y contemplaban el resplandor del sol de la tarde sobre el río. Una relajada quietud las acompañaba en esos momentos. A través de esa quietud se podían decir cosas delicadas.

—¿Mami?

—Mmm.

—Espero que no estés enojada porque no vaya a casa.

Eva escuchaba el húmedo embate de las olas. Su madre extendía la vista hacia la franja de tierra donde se alzaba el faro. Cuando construyó su casa, le había contado su madre una vez, los rayos de luz de ese faro entraban a través de las ventanas, aclarándolo todo desde la costa.

—¿No cambiaste de idea?

—No.

—¿Yo no puedo hacer que la cambies?

—No.

Continuaron el paseo. Mamá parecía triste. Su perfil se movía contra el fondo del cielo despejado.

—Es mejor tener un poco de vos que no tener nada.

Eva veía al resto de su familia por partes: Tomás y Carlota la visitaban en la carnicería. Bruno y Mirna la invitaban a comer, acosándola para que les contara cosas sobre Argentina mientras comían buñuelos y papas hervidas, con los niños empujando trenes de madera en el suelo. Marco, que ahora era farmacéutico en Buceo, se tomaba descansos para el mate y compartía un banco en el parque con su hermana, y la fastidiaba con su padre.

—Tendrías que ir a verlo —le decía—. Los dos son demasiado tercos.

Eva sonreía y observaba la brisa que hacía travesuras con los rizos de su hermano.

La cocina de Xhana era su refugio. Xhana vivía en el Barrio Sur con su esposo y su padre, a una cuadra de la casa de los padres de César, a dos cuadras del río, rodeados por la pequeña comunidad negra de Montevideo. En la cocina, la mesa lucía su mantel a cuadros como si fuese un vestido. Los platos y tenedores y tazas aparecían para cualquiera que llegase a la casa. La sala de estar solía llenarse de tamborileros y su música. Eva les llevaba gruesos paquetes con carne de Coco, para rellenar empanadas, freírla como milanesas, adobarla para churrasco. Ella observaba a Xhana dirigir su cocina, reír cordialmente, cocinar como un demonio generoso, explicarle a los amigos los matices de una nueva ley o la huelga en una fábrica. Podía ver a Xhana la niña, aún allí, la misma que había destripado los pescados y devorado a Marx sin miedo. Cuando tenían la cocina para ellas solas, conversando ya bien entrada la noche, la niñez rondaba tan cerca de ellas que Eva se miraba las manos para asegurarse de que tenían tamaño de mujer.

—Es bueno tenerte aquí de nuevo. —Xhana sirvió otro vaso de vino—. Estuviste lejos demasiado tiempo.

Eva expulsó una bocanada de humo.

—Fue algo bueno que me exiliaran.

—No hablo sólo de Argentina, prima. Te habías ido mucho antes.

Eva jugó con el cenicero, con su montículo de cigarrillos apagados.

—Yo sé.

—Eras mi única hermana. Te extrañé.

Desde la sala de estar llegó la voz del tío Artigas cantando una vieja balada gaucha. Eva la recordaba de su infancia. El repique de César alimentaba un ritmo de candombe por debajo de la canción, lento y ágil. Eva apagó el cigarrillo. Esperó la pregunta que no quería contestar. Pero la pregunta no llegó.

—Ahora estoy aquí —dijo.

A menudo, después de visitar a Xhana, Eva se quedaba despierta hasta el amanecer y escribía. Los poemas llegaban por su propio bien: copiosos, íntimos, crudos. Su pila secreta ya ocupaba tres cajones, palabras atrapadas en una oscuridad mohosa, cada palabra un diminuto prisma que refractaba algunos pequeños rayos del mundo de Eva. Hambre. Amanecer. Una ciudad en la costa. Dos hijos milagrosos que insistían, a pesar de todo el deseo materno, en crecer y correr y convertirse en personas pequeñas independientes. El funeral que Salomé y Xhana organizaron para una golondrina muerta en el Parque Rodó (tan sensible, su Salomé; lloró como si hubiera amado a ese pájaro durante años). La dicha de enrollar su cuerpo alrededor del de Roberto durante una noche lluviosa (el joven, no el mayor, Roberto el joven y serio e inteligente). Ella escribía sobre las bellas durmientes de Montevideo y su regreso diario dentro de su piel, sobre la forma en que las pequeñas cosas —el movimiento curvo del Río de la Plata, una mujer llorando contra la baranda de un balcón, el aroma rojo de la carne asándose a las brasas en el bar de la esquina— podían sacudirla en vientos súbitos que la despertaban al mundo y al lugar minúsculo que ocupaba dentro de él. Y ella escribía y no escribía acerca de las noches encantadas, cuando los demonios parecían empujarla a través de sus sueños hasta que se despertaba, bañada en sudor, jadeando en busca de aire, sola en una ciudad encantada y al lado de un médico profundamente dormido. No escribía acerca del médico, el desconocido que dormía en su cama, la fina película de buenos modales que los protegía mutuamente. Ella ya no sabía adónde iban estas palabras, por qué las escribía, qué significaban. Era suficiente con dejar que el bolígrafo vagara por el papel, persiguiendo su borde, dando forma a lo informable. Persiguiendo su hogar.

—Roberto debe extrañar nuestro país —dijo la señora Caribe mientras tomaban el té—. Sé que nosotros lo extrañamos.

Eva bebía pequeños sorbos de una delicada taza. Habían pasado días desde que Roberto había llegado a casa antes de la medianoche.

—Sí, lo extraña.

La señora Caribe miró el techo, donde un ventilador de vidrios de colores agitaba el aire pesado.

—A veces los diarios me dan esperanzas de que Perón no va a durar mucho más. Se está volviendo imprudente. ¿Una chica de catorce años? ¿Qué clase de presidente convierte en su amante a una chica de catorce años?

Eva meneó la cabeza, los labios apretados en señal de desaprobación. Evita debía estar revolviéndose en su tumba, pensó, excepto, claro está, que no tenía una. Revolviéndose en los agrios líquidos de embalsamamiento.

—Lo que deseo, más que cualquier otra cosa, es ver a mi hermana antes de que muera. Sólo espero que su salud pueda sobrevivir a Perón. A veces sueño que está muerta y me grita a través del río. Puedo oírla pero no puedo contestarle. Me despierto sudando… seguro que parece una locura.

—No. Para nada.

La señora Caribe sonrió con gracia.

—¿Tenés pesadillas alguna vez?

Eva cruzó las piernas y luego las descruzó.

—Sí.

—Ah. Tengo un remedio para eso. —Miró por encima del hombro como si el armario de la porcelana pudiese ocultar espías—. ¿Quién te lava el pelo?

No era lo que Eva esperaba.

—Yo.

—¿Quién más?

—Mi peluquero.

—¿Es decir?

—Un señor en Pocitos.

—¡Bah! Tenés que ir a mi peluquera. Es la mejor de la ciudad. Te lava el pelo como si ese jabón dulce que usa pudiera lavarte todas las preocupaciones.

Eva le sonrió a su anfitriona.

—Te juro que es verdad. Después de haber ido a la peluquería duermo mucho mejor. Y mirá qué bien que corta.

La señora Caribe se acarició los rizos cenicientos.

—Te voy a dar su número de teléfono.

Aquella noche, después de haber acostado a los niños y lavado los platos de la cena, Eva salió al balcón y abrió la nota que le había dado la señora Caribe. Hizo un esfuerzo para descifrar la escritura a la luz del farol. Zolá Zapateada, 35-53-99.

Él estaba aquí, otra vez, en la calle: el hombre del sombrero oscuro. El sombrero encajado a la altura de los ojos, enfundado en su largo abrigo negro, como si no estuviesen en el húmedo apogeo del verano. Como si la calle tuviese algo que él había perdido. ¿Qué era lo que llevaba a un hombre a merodear por una calle durante tres años seguidos? Podía ser un artista torturado; un amante con el corazón destrozado; un criminal al acecho; un loco que no tenía ningún otro lugar adonde ir. O sólo alguien sin rumbo en un mundo que envía las almas a la deriva, que suelta las amarras del alma sin aviso previo o razón o siquiera un fósforo para poder alumbrar en la oscuridad. Regresó al dormitorio, con su cama vacía, sin esposo. Se deslizó debajo de las sábanas y cerró los ojos. Zolá Zapateada, se durmió pensando, ¿qué clase de nombre es ése?

Concertó una cita para la semana siguiente. Zolá vivía en un edificio alto y lujoso, donde el uniforme del ascensorista brillaba con los botones recién lustrados. Salió del ascensor en el piso quince y llamó a la puerta del apartamento 1555.

—Un minuto —dijo una voz cremosa desde el otro lado.

Una mujer alta y elegante abrió la puerta.

—Buenas... —Se quedó inmóvil.

—¿Zolá?

—Sí. Adelante.

Eva entró y estudió la habitación, las encimeras de mármol, las paredes color marfil, un florero de cristal tallado con flores frescas. Zolá llevaba un collar de perlas y un vestido de seda violeta y los labios rojo oscuro. Miraba a Eva con una intensidad que rayaba en la mala educación.

—Qué lindo apartamento.

—Eva. ¿No te acordás de mí?

—¿Acordarme?

En los rasgos de esa mujer había algo que le resultaba familiar. Definidos, agradables. No podía situarlos en un lugar preciso. Recorrió en su memoria, buscó el rostro, el pelo, los ojos. Los ojos. Se le cerró la garganta; no podía hablar. Las dos se miraron.

Pasó un momento largo. No era posible. Eva sintió que se le encendían el rostro y las manos. Su anfitriona fue la primera en apartar la mirada.

—¿Querés que prepare mate?

Eva no se movió.

—Por favor, ponete cómoda.

Eva se sentó en el sofá de terciopelo mientras Zolá desapareció para hervir agua en la cocina. La habitación era espaciosa, con ventanas del suelo al techo, pinturas con marcos dorados, macetas con plantas exuberantes. A su derecha, el sillón de peluquería estaba colocado delante de un espejo redondo; a su izquierda, la vista se extendía hasta el río por encima de los edificios. Se imaginó a sí misma cayendo, fuera de la ventana, fuera de su realidad, todo el camino hasta un retorcido mundo submarino. Zolá regresó de la cocina con una bandeja con bizcochos y mate.

Eva quería echarse a reír, llorar, gritar.

—No lo puedo creer.

Zolá le ofreció la bandeja sin mirarla.

Eva tomó un bizcocho y la miró. Parecía perfectamente normal.

—¿Cuánto tiempo hace que te dedicás a cortar el pelo?

—Siete años. Estudié en Buenos Aires, después del "cambio". Allá hay mucha competencia, así que decidí volver. —Le pasó el mate a Eva—. Soy una de las mejores en Uruguay.

Eva bebió del mate. Su boca se llenó del líquido amargo.

—¿Y fue por eso que me dejaste?

—¿Cortar el pelo?

—Sabes a lo que me refiero.

—Lo siento. De verdad. Ingresé en el hospital poco después de separarnos. No quería dejarte, pero nadie podía saberlo.

—¿Qué te hicieron…? Quiero decir…

Zolá alisó su falda.

—Hay una operación. Todo era muy nuevo. En Berlín hubo un pintor; fue el primero que lo hizo. Eso fue en 1931. Me enteré de ese caso por los muchachos de La Diablita. Podés imaginarte que no estaban poniéndolo por las nubes precisamente. Pero eso me sirvió para saber que podía hacerse, así que me fui a Argentina. Tú conocés Buenos Aires. Siempre tratando de estar a la última.

Eva asintió. La siguiente pregunta se le quedó atascada en la garganta.

—Adelante. Preguntame lo que sea.

—¿Por qué hacer una cosa así?

Zolá no dijo nada y Eva temió haberla ofendido. Buscó algo que decir para llenar el silencio. Todo lo que pensó parecía imposible de decir.

—Para ser auténtica.

La luz entraba copiosamente, en este hogar alto, reflejándose en los floreros de cristal, sacudiendo el polvo de los recuerdos, reordenando el mundo conocido. Le devolvió el mate a Zolá. Observó cómo ella (¡ella!) vertía el agua caliente sobre las hojas y colocaba sus labios rojos donde acababan de estar los de Eva.

—Y durante todo este tiempo pensé que te habías fugado con otra mujer.

—¿En serio?

—Claro. Encontré un lápiz de labios debajo de tu cómoda.

—¿Y de quién creés que era?

Eva se la quedó mirando.

—Trabajaba en un cabaret. ¿Te acordás?

—Ah.

—Pero es un negocio que tiene mala fama. Esta profesión es mejor para mí.

Eva pensó en la primera caminata que habían hecho hasta casa desde La Diablita, qué etéreo le había parecido Andrés bajo la luz de la luna, como una criatura de otro mundo, absolutamente extraña a la tabla de cortar de un carnicero.

—No tenés idea de cuánto te he extrañado.

—Obviamente —dijo Zolá— el sentimiento es mutuo.

Se miraron a los ojos. La mirada era intensamente extraña y familiar.

—Te ves bien.

—Vos también.

Eva apartó la mirada.

—¿Tenés miedo de que te reconozcan?

Zolá sonrió con un asomo de orgullo.

—Vos no me reconociste, ¿verdad? Pero me mantengo alejada de Punta Carretas. La mayoría de la gente que conocía en Montevideo no se atiende con peluqueras como yo. Mis clientas son principalmente… bueno…

—¿Como yo?

—Sí, señora Santos. —Añadió un énfasis irónico al apellido—. Como vos. Así que decime. ¿En quién te has convertido?

—Eso no te lo puedo responder.

—¿Por qué no?

—No tengo la menor idea.

—Entonces contame lo qué pasó.

Eva le explicó su historia, metódicamente al principio, luego con urgencia, contándole su parálisis cuando Andrés se marchó, las semanas en el hospital, las atenciones especiales y las pequeñas píldoras rosadas del doctor Roberto Santos, el apartamento de rosas color malva y la seducción, la casa con columnas blancas, el nacimiento de su hijo y su hija, sus esporádicas publicaciones, la aparición de un médico empapado por la lluvia en plena noche, las palabras mimeografiadas que los habían enviado al exilio, su balcón actual desde donde observaba la puerta de La Diablita, sus noches en la casa de Xhana y los días en la carnicería de Coco, su marido distante y sus hijos brillantes y los poemas embutidos en un cajón. El acto de hablar sacudió el calidoscopio de la memoria. Las palabras caían de sus labios en colores astillados y la mujer que estaba sentada delante de ella no perdía detalle de lo que decía. Finalmente, se refugió en el silencio.

—¿Entonces sos feliz?

—No lo sé. ¿Y tú?

Zolá enarcó una ceja.

—Sí. Pero ha habido algunas pérdidas terribles.

—¿Como cuáles?

—Como mi madre.

Una impronta de Coco espesó la habitación: manos con sangre y jabón, una risa chillona, caderas como los muros de una fortaleza.

—Y vos.

Eva miró a través de la habitación el espejo redondo. Dentro de él se podía ver el cielo nublado.

Zolá miró la mesa de café como si la fascinara.

—¿Estás asqueada?

Eva miró a través de la ventana. La luz se estaba tornando dorada; algunos fragmentos habían caído en el río. El río brillaba intensamente, largo y ancho, el mismo río de siempre. Ella había querido montar su lomo durante años antes de cruzarlo. Casi podía verse a sí misma, allá abajo, en el agua, en un barco al amanecer, a los veinte años, con su mejor amigo, deseando su cuerpo, deseando mucho más, segura de aquello que deseaba, segura de nada. Quizás aquella chica, su fantasma, aún vagaba sobre las olas bajas. Una gaviota planeó por encima de los techos y se perdió de vista.

—No.

Por un instante, Zolá pareció aliviada, como un niño.

—Pero. Tengo una pregunta más.

—¿Sí?

—¿Abandonaste la poesía?

—No. Tengo un seudónimo. De una poetisa.

—Ah.

—Es una muchacha del campo, de la pampa.

—No.

—Y es ciega.

—Zolá, espera un momento. Tú no sos Soledad del Valle…

—¿Me conocés?

—No lo puedo creer.

—Pensalo. Una ermitaña, recatada, ciega, en el campo… ¿Cómo podría aparecerse nunca en la ciudad?

Eva tomó un bizcocho de la bandeja, pero no lo comió. Quitó las capas de masa, exponiendo el interior blando y pálido.

—¿En qué pensás, Eva?

—En que el mundo es un chiste.

—¿Te estás riendo?

—Quién sabe…

Zolá sonrió. Detrás de ella, el cielo parecía concentrarse como un manto. —¿Te lavo el pelo?

Ese viaje al piso quince se convirtió en su tesoro secreto. Arriba arriba hacia el cielo, hacia el nido de águila de Zolá, donde había tanto que amar: amplios torrentes de luz; lirios que miraban las estrellas y bostezaban con fragancia; mármoles y espejos suaves; mechones de pelo, los de ella, negros y finos, cayendo al suelo. Cada vez que venía era una clase de caída diferente. Las manos de Zolá volvían una y otra vez al pelo de Eva.

—¿Eva?

—Mmmmm.

—¿Qué te parece?

—Perfecto. El mejor lavado de pelo del mundo.

—Yo lo llamo masaje del cuero cabelludo.

—Podés llamarlo como quieras. Llamalo paraíso.

Se hundió en el sillón y dejó que su cabeza se relajara aún más en el agua tibia con olor a rosas y almendras. Unos dedos hábiles examinaban su pelo como si buscasen pepitas de oro.

—No me extraña que las mujeres nunca se cansen de esto. Tenés que dejar que te pague.

—Ni loca.

—Pero, ¿y tu negocio?

—Algunas cosas son más importantes. Shhhh… relajate…

Ella cerró los ojos y Zolá engulló su cabeza con manos tiernas y agua tibia con espuma de nueces y flores. Ella era una flor, una especie de animal, una anémona marina, resbaladiza, desenrollada, ondulante, llena de deseos evasivos.

—Ay. Gracias.

—¿Por qué?

—Por… hacer que me sienta como una sirena.

Zolá se echó a reír.

—Capaz que te sale una cola.

Estas manos eran las mismas de siempre, aunque ahora pudieran clavar las puntas de sus uñas rojas en la piel. Ella las había visto cribar un oro imaginario, pasar páginas, llenar páginas, quitar lágrimas de su mejilla. Ella conocía estas manos y las manos la conocían a ella, mejor, parecía en ocasiones, de lo que ella se conocía a sí misma: ellas palpaban más allá del collar de perlas, los aros, incluso los rizos, para deslizarse a lo largo de los contornos desnudos y ocultos del cuero cabelludo. Era atormentador permitir que esos dedos conocieran una piel tan íntima y pálida: como si todo el blindaje que ella hubiese formado alguna vez pudiera disolverse en una palangana de agua fragante; como si nada pudiera permanecer oculto a esos dedos o quisiera hacerlo. Algunos días no le importaba esa exposición y se zambullía libremente, ansiosa por ser acariciada, esculpida, renacida, rebautizada en un mar secreto.

Cuando Zolá comenzaba a cortarle el pelo, Eva sentía que un ser diferente comenzaba a tomar forma. Entraba como una mujer inacabada, fuerte pero de perfiles borrosos, como una fotografía tomada con una lente suavizada. Los cortes de Zolá profundizaban su definición y agudizaban sus contornos. Cualquier cosa superflua, ella comprendió, podía ser cortada. Un corte, una capa de peso fuera. Un corte y ella se sentía mucho más libre que antes. Un corte y otro más, las tijeras cantaban con gemidos breves y suaves mientras bailaban sobre la curva de su cuello.

Después del primer corte de pelo, Eva recorrió la Rambla como si sus pies caminasen sobre oro puro. Después del segundo, regresó a casa y lloró durante siete horas. En silencio, para que sus hijos no pudiesen oírla desde sus habitaciones, o desde la mesa donde comían bajo el cuidado a medias vigilante, a medias petulante de la señora Hidalgo del piso de abajo. Una vez cada hora, la señora Hidalgo llamaba a la puerta del dormitorio de Eva.

—¿Doña Eva? ¿Necesita que me siga quedando?

—Si no le importa.

—¿Seguro que se siente bien?

—Sí, gracias.

Ella oía a la viuda cuando se alejaba de la puerta. Más lágrimas.

Después del tercer corte de pelo, Eva llegó a casa y exhumó todos y cada uno de los poemas que pudo encontrar. Las páginas emergían de cajones, medias, bolsos, la oscuridad debajo de la cama, los cascos de zapatos desechados. Los espació encima de la cama y comenzó a seleccionarlos en busca de alguna pauta en el caos.

Se los llevó a Zolá.

—Leeme otro. Dale.

—Zolá, tengo que irme. —A regañadientes—. Me espera la niñera.

—Seguro. —Zolá también parecía reticente. Se extendió en el sofá con la barbilla apoyada en los brazos—. Son encantadores. ¿Por qué cuernos nos hicimos poetisas?

—Porque éramos audaces.

—¿Porque nos encanta la vida?

—Porque no podíamos evitarlo.

—Debe ser eso. —Hizo un gesto hacia los papeles repartidos sobre la mesa—. ¿Puedo quedármelos por un tiempo?

—Sí, claro.

El otoño se acercaba con sus vientos fríos y sus lluvias prematuras. La estación parecía encantada. Eva podía ir caminando por la calle —con un hijo de cada mano— y sentirse invadida por un súbito e intenso vendaval de felicidad. Hizo que quisiera brincar y correr y patear los charcos y perseguir el crujido sensual de las hojas marrones debajo de sus botas. Tanta sensación opulenta en una sola acera.

—¡Salomé, tú pisá aquella!

Las pequeñas botas de lluvia aplastaban una hoja, luego otra, y dos risitas (la de una niña de tres años y la de su madre) se mezclaban con un sonido crujiente.

—¿Roberto? ¿Qué me decís de vos?

Una cabeza se menea, una gorra de lana (tejida por su abuelita) agita su pompón. ¿Cómo llegó a ser tan alto? ¿Y tan solemne? Se necesitaron muchas salpicaduras en los charcos de la acera para arrancarle una sonrisa, pero mereció la pena porque ésta fue como un amanecer.

La alegría desatada raramente pasa inadvertida.

—¿Qué pasa?

Xhana cruzó los brazos sobre su delantal.

—¿De qué hablas?

—Por favor, prima. Mirate.

Eva dio un buen mordisco a su empanada. Una nube de vapor se escapó de la masa crujiente que la envolvía.

—Papá, ¿no te parece que está diferente?

El tío Artigas hizo un redoble de tambor sobre el mantel con los dedos.

—Si no la conociera… yo diría… ¡que se enamoró!

Xhana alzó la barbilla en un gesto de triunfo.

—Eso es escandaloso —dijo Eva.

—¿Lo es? —dijo Artigas.

Eva miró a su alrededor, las manos extendidas, un inocente haciendo frente a sus acusadores. Buscó en la habitación a sus salvadores. El aceite crepitaba en una sartén sobre la cocina; una mujer emergía del mar en un cuadro que colgaba de la pared, las estrellas caían de sus manos, encima de ella una palabra, *Iemanjá;* tamborilero e hija la miraban fijamente. No hay indulto. Ella bajó la cabeza fingiendo derrota.

—Tienen razón. Estoy enamorada… de mis preciosos hijos.

Los gritos la acosaron desde ambos lados.

—Está bien —dijo Xhana—. No tenés que contar nada. Ni siquiera a tu propia familia.

—Seguro. —Artigas se inclinó hacia ella—. Pero tenemos ojos en la cabeza.

Ella quería decir más, pero era imposible. Había nuevos territorios en su vida para los que no tenía palabras. Era increíble cuántos territorios existían en una ciudad, incluso en una ciudad tranquila donde no podías encontrar una montaña. Había tantos Montevideos detrás de las innumerables puertas. Quizás las mujeres eran como ciudades, llenas de habitaciones ensombrecidas, capaces de encontrar nuevos mundos en corredores ocultos.

—Eva. —La voz de Zolá se deslizó a través del agua—. Tengo que confesarte algo.

Eva regresó de su ensoñación.

—Le di tus poemas a la señora Sosoma.

—¿La esposa del editor?

Zolá parecía a la vez arrepentida y divertida. Una gota de agua había dibujado un pequeño círculo oscuro en el pecho de su blusa color lima.

—Es una clienta habitual. Le encantó tu obra. Les encantó. Me temo que quieren publicarla.

Eva nunca había conocido a los Sosoma, pero sabía sobre sus colecciones de poesía, elegantes volúmenes publicados en Montevideo, con el objetivo, según sus propias palabras, de alzar las voces de las mujeres.

—¿Lo decís en serio?

Zolá asintió.

—¿Estoy perdonada?

—Sólo por esta vez. Pero voy a tener que vigilarte de cerca. Sos demasiado buena para guardar secretos.

—Verdad. Pero también soy buena para compartirlos. —El rostro de Zolá se volvió indescifrable—. Ahora, mi querida, si me hacés el favor de echar la cabeza para atrás...

Ella hundió la cabeza en las manos de Zolá. Sus rizos eran algas marinas; los dedos buscaban perlas entre ellos. Ella rebosaba de perlas. Rebalsaba. Había tantas cosas aún por encontrar.

Eva escuchó en la radio la noticia de la caída de Perón el 20 de septiembre de 1955. La voz del locutor, borracho de historia, se derramó en su cocina, sobre las baldosas, sobre todas las cosas. *En*

Buenos Aires, una nueva junta militar anunció que Perón ha renunciado... paradero desconocido... Aquí, en Montevideo, algunos exiliados ya están preparando sus equipajes, dispuestos a regresar a su país. La voz era eufórica y Eva sintió que saltaba de la silla como empujada por un viento súbito, elevada de esperanza por Argentina, hasta que las palabras se asentaron, *nueva junta militar.* Imaginó a los Caribe, metiendo camisas y peines y tazas de té en las maletas, arrancando fotografías y pinturas de las paredes. Vio a Roberto, parado junto a un niño enfermo, su cabeza llena de noticias y visiones del regreso. Apagó la radio de un manotazo. Los niños estaban en la escuela. La casa estaba hueca, en silencio. El rompecabezas preferido de Salomé estaba en la mesa de café: un tigre, sonriendo amistosamente, la cabeza y las garras sin terminar.

Aquella tarde, en el apartamento de Zolá, Eva se instaló delante del espejo redondo y observó cómo las tijeras cortaban su pelo húmedo. Zolá estaba detrás de ella, concentrada, los labios apretados, el pelo recogido en un rodete alto y preciso. Ambas estaban calladas.

—Más corto, Zolá.

—¿Estás segura?

Eva asintió, deseando levedad, deseando que la rapase.

—Bueno. Pero no muevas la cabeza. —Las tijeras chirriaban—. ¿Cómo va tu libro?

—Genial. Me tiene entusiasmada.

Era verdad —el editor era inmensamente amable, y ella estaba casi lista, despierta hasta tarde disponiendo sus poemas mosaico tras mosaico— pero hoy las palabras eran forzadas.

—¡Qué bien!

—¿Escuchaste las noticias hoy?

—Sí. Caída en los precios de la lana. Más puestos de trabajo perdidos.

—Y Perón.

Las tijeras no interrumpieron su fluidez.

—Y Perón.

En el espejo, la luz color piña se propagaba a través de la ventana, sobre el sofá, el manto, el vestido rosa de Zolá, su collar de perlas, su cuerpo cuando se arqueaba para conseguir el ángulo perfecto en el pelo de Eva.

—¿Qué dijo Roberto?

—Todavía no lo vi.

—Estoy segura de que ya a estar feliz de poder volver a casa.

—¿A casa? Él nunca vuelve a casa. —Eva no había tenido intención de gritar—. Me engaña, ¿sabés?

—¿Estás segura?

—¡Por supuesto!

—No muevas la cabeza.

Sus ojos se encontraron en el espejo: una mujer furiosa con el pelo húmedo, y otra mujer detrás de ella, empapada en sudor, las tijeras alzadas en el aire.

Zolá reanudó su trabajo.

—No estoy celosa.

—¿No?

—No. Al menos no de ella, quienquiera que sea. Estoy celosa de él.

—¿Por qué?

—Porque hace lo que quiere.

—Y vos no.

—No.

—¿Por qué?

—Para las mujeres es diferente, Zolá.

El reflejo de Zolá se mantuvo concentrado en su trabajo.

—¿Es eso lo que te detiene?

—En parte.

—¿Cuál es la otra parte?

—Otra cosa. —Ahora las tijeras estaban en su cuello, frías contra la piel. Su piel estaba caliente—. ¿Y qué me decís de vos?

—¿Qué de mí?

—¿Estás haciendo lo que querés?

Zolá miró el espejo.

—En parte.

Sus ojos se encontraron. Eva no podía respirar. El silencio cayó sobre ellas y allí se quedó hasta que rompieron la mirada, durante el resto del corte, secado y peinado. Finalmente, Eva se levantó para irse. Se miró el pelo en el espejo.

—Hermoso.

Zolá estaba ordenando sus frascos de esencias dulces y jabones. Adelantó una botella verde y volvió a colocarla detrás.

—Si te vas, ¿te vas a despedir de mí?

—Por favor. —Eva buscó su abrigo. Mantuvo los ojos posados en los botones mientras los deslizaba en los ojales—. Me vas a volver a ver.

Cuando regresaba a su casa, luego de pasar la Plaza de Zabala, Eva se desvió por una calle alta y estrecha.

Todavía estaba allí. Por supuesto.

Los mismos querubines de piedra alineados en el tejado, manchados por los excrementos de las palomas. Los mismos balcones flanqueaban la puerta con su timbre de bronce. En las ventanas, filas y filas de zapatos exhibían su cuero: negro, rojo, marrón, crema. Se quedó rondando en la esquina, preparada para escapar. Nada se movió. No había necesidad de acercarse más y tampoco había necesidad de echarse a correr. Comenzaba a caer el frío del anochecer. Un tranvía traqueteó detrás de ella; las suelas resonaban bruscamente contra la acera; Montevideo se dirigía a casa. Ella había cambiado. Tenía treinta años, ya no era una niña. Tenía unas ligeras arrugas a los costados de los ojos; dos hijos; un matrimonio basado en fantasías y máscaras y un sincero intento; un libro de poemas en camino; una prima y una madre y tres hermanos; manos que tocaban su cuero cabelludo debajo de un agua deliciosa; y ella tenía algo debajo de la piel, algo oscuro y resbaladizo y fijo, como una roca en medio del mar.

Un cuerpo se movió en la ventana de la tienda. Eva dobló velozmente la esquina y se perdió de vista. Lo había hecho. En cada última esquina de esta ciudad ella podía detenerse, respirar aire, ser auténtica. Más que cualquier otra cosa, quería ser auténtica.

La llave de Roberto giró en la cerradura a la una y media de la mañana. Eva lo oyó quitarse el abrigo, colgarlo, toser y acercarse al dormitorio. Se sentó en la cama. La colcha se dobló bajo su peso. Eva observó su espalda encorvada, la barbilla carnosa, el pico delgado de su nariz. Casi la mitad de su pelo era gris. ¿Cuándo había ocurrido eso?

—Buenas noches. —Él esperó. Ahora era el turno de ella, su momento de decir, "¿Qué tal fue tu día?" y arrodillarse para desatarle los cordones de los zapatos. Ella no hizo nada de eso. Roberto alzó la vista ligeramente molesto—. Estoy seguro de que escuchaste las noticias.

—¿Sobre Perón?

—Por supuesto. —Roberto dudó, luego se agachó para quitarse los zapatos—. En el trabajo me regalaron una botella de champán. —El cordón salía de cada ojal con una precisión casi quirúrgica. No era como lo hacía Eva; ella tendía a tirar con demasiada fuerza—. ¿Se lo dijiste a los nenes?

—¿Decirles qué?

—Que volvemos a casa.

—Roberto. —Eva se sentó junto a él—. Tengo que decirte algo.

Su expresión se volvió precavida.

—Me gustaría quedarme.

—¿Qué?

—No quiero volver a Argentina.

—Por supuesto que volvemos a Argentina.

—Dejame decir sólo una cosa.

—No. No me la digás —dijo él, alzando demasiado la voz.

Ella extendió una mano suave y fresca.

—Sólo escuchame…

—No, Eva, vos escuchame a mí. —Se levantó de repente—. Vos no querés ir a Argentina. No querés. A lo mejor ya te olvidaste por qué tuvimos que irnos. O dónde me casé contigo. Dónde te hice todo lo que sos. —Tenía el rostro encendido y la señalaba con un dedo pálido y carnoso—. Te di todo. ¿Y a cambio? Esto. El exilio y ahora esto. Una esposa que no tiene ganas de volver.

Eva se levantó. Era un alivio, esta furia, al aire libre, palpable.

—Te decepcioné.

—¿Vos qué creés?

—¿Cómo se llama?

—¿Cómo se llama quién?

—Tu amante.

Él retrocedió.

—¿O es que acaso han sido demasiadas como para recordarlas a todas?

El rostro de Roberto se quedó sin expresión. Eva se acercó a él. Pudo oler el mordisco de su colonia, rápida, agradable.

—Capaz que soy una mala esposa pero, al menos, te he sido fiel, nunca toqué a otro hombre. —O mujer. O—. Al menos puedo decir eso.

Él se volvió hacia las cortinas y entonces ella lo supo: esta habitación era mucho más frágil de lo que había imaginado. Las paredes se combaban ante el menor peso. El aire era cortante; le pinchaba la piel.

Un golpe en la puerta del dormitorio. Eva la abrió. Allí estaba Salomé, con ojos lagañosos, las trenzas cayendo contra el camisón color lavanda. Su rostro era delicado y pequeño para sus cuatro años. Eva se arrodilló.

—Hija, ¿qué hacés levantada?

—Escuché algo.

—Está todo bien.

Hizo todo lo posible para que su voz sonara tranquilizadora.

—Me asusté.

—Claro. Pero está todo bien.

—¿Puedo dormir con vos?

—Esta noche no.

—Por favor…

—La próxima vez, te lo prometo. —Eva acarició la mejilla de su hija—. Ahora volvé a la cama.

Salomé asintió, poco convencida. Eva la siguió con la mirada cuando regresó a su habitación, y cerró la puerta.

Roberto parecía cansado.

—En serio no querés volver.

—No

Él asintió, como si ella hubiese pronunciado la respuesta obvia. Abrió el armario y lanzó un par de pantalones sobre la cama. Buscó otro.

—¿Qué hacés?

—Me voy.

—Shhhhhh. Los niños.

—Me marcho.

Roberto habló más bajo pero continuó sacando ropa del armario.

—¿Esta noche?

—Sí.

—¿Adónde te vas?

—¿Acaso importa?

—¿A la casa de ella?

—¿Y qué si sí?

—¿Pensás volver?

—¿Por qué lo haría?

Ella se balanceó ligeramente.

—Los niños.

—No me voy a olvidar de ellos.

La pila de ropa encima de la cama había crecido como un hongo hasta convertirse en un montón de lana y cinturones y algodón bien prensado. En este momento, una mujer diferente habría implorado, adulado, caído de rodillas, deslizándose furtivamente, hecho cualquier cosa para retenerlo aquí y hacerlo cambiar de idea. Pero —el pensamiento la atravesó como un licor potente— no quería hacerlo. Por supuesto que no. Estaba demasiado borracha, quería más, deseaba seguir su embriaguez adonde quisiera llevarla, no importaba lo escarpadas que fuesen las cornisas, cuán profunda fuese la caída.

Observó a Roberto sacar la maleta del estante y dejarla abierta encima de la cama. Trabajaba de forma metódica, su esposo, incluso en el calor de las emociones desatadas. Una corriente de afecto sutil la recorrió ante ese pensamiento. En ese momento podría haberlo besado (no para retenerlo) pero el gesto parecía inoportuno. En lugar de eso, salió al balcón a respirar aire puro. La Avenida San Salvador se extendía a sus pies, amplia y despierta. Un disco con un viejo tango sonaba a través de una ventana próxima; las parejas paseaban, sin prisa, las manos planeando sobre el pelo del otro; en la acera delante de La Diablita, la gente se apiñaba sentada en pequeñas mesas, desafiando el frío. Encendió un cigarrillo y observó la brasa que crepitaba hacia su boca. El hombre del sombrero oscuro había llegado a su puesto junto al farol, el abrigo ceñido al cuerpo y el sombrero calado hasta los ojos como siempre. Triste. Absurdo. Si era un artista torturado, debería irse a casa y hacer arte. Si era un amante destrozado, debería buscar un nuevo amor. Si era un loco —bueno— ¿no podía encontrar un mejor uso para su locura en otro lugar? Ella rebosaba del extraño licor de esta noche.

—¿Señor —llamó—, ¿quién es usted? ¿Qué carajo busca?

El hombre se quedó como petrificado. Una pareja joven, que se dirigía a La Diablita, se detuvo, movida por la curiosidad.

—Eva —dijo el hombre—. Hola.

El cigarrillo de Eva casi le quema los dedos. Ella conocía esa voz. El hombre se quitó el sombrero. El pelo lanzaba destellos grises bajo la luz del farol, un matiz más claro que el viejo edificio de piedra que había detrás de él. El hombre esbozó una sonrisa nerviosa. Sus manos masticaban el ala del sombrero. Desde este ángulo parecía pequeño, una estatuilla de un padre.

—Yo... esteee... no quería molestarte.

Eva aplastó el cigarrillo y lo lanzó a la calle. Quiso echarse a reír, pero abrió la boca y el sonido no salió.

—¿Eras vos, todo este tiempo?

Ignazio lo reconoció encogiéndose de hombros. La joven pareja se había quedado allí y observaba la escena con una fascinación apenas disimulada. Ignazio los miró. Ellos apartaron la mirada.

—¿Te parece que tal vez podríamos ir a alguna parte? ¿A tomar algo?

—No —dijo Eva—. Estoy en medio de algo. —Ahora sí se echó a reír, y la risa salió fácilmente, la risa incontrolada de una loca. Su padre la miraba desde el farol de hierro—. ¿Tal vez mañana? ¿A las cinco de la tarde?

—De acuerdo. —Se volvió a poner el sombrero—. Te veo mañana.

—Adiós, Papá.

En el dormitorio, Roberto estaba inmóvil con dos pares de medias en la mano.

—¿Ése —dijo con tono incrédulo— era tu padre?

Eva pensó en el padre de Roberto, quien jamás pasaría las noches peinando las calles como un plebeyo. No por una hija ni por nadie en el mundo. Sólo los hombres más extraños o enfermos o ardientes pensarían en hacer algo semejante.

—Sí —dijo y pensó, *ése es mi padre.*

A la mañana siguiente, Eva se despertó sola en una cama vacía. Los largos dedos de luz se enrollaron alrededor de los bordes de las cortinas. La habitación estaba viciada, abarrotada de viejos alientos y palabras suspendidas. Luz y aliento y cosas no dichas y ella sola entre las sábanas, vacía, eufórica, temerosa. Buscó pluma y papel y comenzó a escribir un poema. En el poema, una mujer perdía las piernas y comenzaba a buscarlas, apretando los dientes, arrastrándose ayudada de los nudillos. El polvo llenaba la boca de la mujer y Eva dejó de escribir, arrancó la página, y comenzó otro poema, en el que una mujer viajaba por un río en mitad de la noche desde una orilla llamada Mentiras hasta otra llamada Verdad. Eva describió Verdad, sus enredaderas silvestres y pájaros color fuego, y continuó incluso cuando oyó los pies ligeros de sus hijos junto a la puerta; debería levantarse y prepararles el desayuno, pero su pluma se enroscaba y empujaba a través del papel y su mano no tenía otra opción que seguirlo. Los pies se alejaron y luego se oyeron sonidos en la cocina y llegaron más pasos y luego una voz al otro lado de la puerta, diciendo: "Mami".

Salomé alzó la vista hacia ella, empequeñecida por la bandeja que sostenía entre las manos, concentrada intensamente en su equilibrio. En la bandeja había mate, un termo con agua caliente y un plato con tostadas. ¿Cómo lo habían hecho solos? ¿Y si se hubieran quemado?

—Buenos días —dijo Salomé, insegura.

Eva se sentó en la cama.

—Ay, hija.

Salomé se acercó un poco más y Eva tomó la bandeja y la colocó sobre la cama. Miró a su hija y recordó su rostro la noche anterior, confiado e infinitamente frágil. Una niña que percibía cada cambio en el viento, que lo sentía todo intensamente pero era incapaz de protegerse a sí misma, necesitaba que otra persona fuese su manto. A Eva la aterraba, la idea de lo que exigía la maternidad, la idea de fracasar. Sintió que su rostro comenzaba a desmoronarse. Salomé pareció preocuparse y Eva sonrió rápidamente.

—Qué lindo. Esto es tan lindo.

Salomé se relajó, un poco.

—¿Tenés hambre?

Salomé asintió y Eva levantó las sábanas para que se metiera en la cama. Salomé se acurrucó contra ella como una criatura subterránea con hocico. ¿Cómo había hecho su cuerpo para formar a esta niña extraña y perfecta?

—¿Dónde está tu hermano?

Salomé se encogió de hombros.

Eva lo llamó, una vez, dos veces, y Roberto llegó a la habitación, una tostada a medio comer en la mano, con expresión cautelosa y expectante, enfundado en su pijama del Pato Donald. Se levantarían juntos, construirían una nueva vida, los tres formando una trinidad recién modelada, y a quién le importaba cómo meneaba el mundo la cabeza y fruncía los labios; era su vida, no la del mundo.

—Entrá, entrá —dijo Eva.

Ella partió la tostada en trozos irregulares y los dos se apretaron contra su lado de la cama, los tres juntos, en silencio, con los pies entrelazados, comiendo trozos de tostada, descuidados con las migas.

Aquella tarde, Eva entró en La Diablita por primera vez en diez años. Los recuerdos la inundaron, desde las sillas rojas y la música alegre y las paredes oscuras. Se vio a sí misma, con trece años, llegando sin aliento y tambaleándose sobre los tacos altos, aquel día decisivo cuando había hablado por última vez con este hombre, su padre, que ahora estaba a su lado.

Ocuparon una mesa cerca del piano. La moza que les tomó el pedido tenía el pelo como las alas de un cuervo, plegado junto al cuerpo. Ignazio miró a su alrededor. En su rostro había arrugas que ella nunca había visto.

—¿Es acá donde trabajabas?

Eva asintió. Sacó un cigarrillo del paquete; Ignazio se lo encendió y luego hizo lo propio con el suyo. El humo de ambos formó lentas volutas en el aire. Ella esperó a que él hablara, pero Ignazio permaneció sentado, fumando y golpeando ligeramente el pulgar con las puntas de los dedos. Detrás de él, una mujer con el pelo descolorido se inclinaba ávidamente hacia su amiga. Contame el secreto, decían sus ojos.

—Todo ese tiempo —dijo Ignazio.

Eva dejó caer la ceniza en el cenicero.

—Tu apartamento parece muy lindo. Desde afuera.

—Parece que conocés esa parte muy bien.

—No quería asustarte. De veras. —Extendió las palmas—. No puedo explicarlo. Una noche salí a caminar y cuando quise acordar estaba en tu cuadra.

—¿Nunca se te ocurrió golpear?

—Nunca pensé que me abrirías.

Ella se preguntó si lo habría hecho. Llegó el vino, lo sirvieron en sendas copas. Bebieron sin brindar. La habitación estaba llena de murmullos, el canto triste de un disco de jazz, la risa demasiado aguda de alguien, el perfume demasiado intenso de alguien más.

Ignazio pasó los dedos por el tallo de la copa.

—Nunca volviste. —No era una pregunta, y ella no habría tenido una respuesta si lo hubiese sido—. Hay un agujero en la familia.

Eva fumaba. Detrás de él, la mujer con el pelo descolorido estaba devorando las confesiones de su amiga, los codos apoyados en la mesa, un pie enfundado en charol meneándose debajo.

—¿Me odias?

Ignazio se lo dijo al tablero carmesí.

Ella hizo girar el vino dentro de la copa. Bebió un trago. El líquido le calentó la garganta.

—No.

Él encendió otro fósforo. Bajo la luz fugaz su expresión era esperanzada de un modo casi infantil. Una vez, pensó ella, él había sido realmente un niño, en algún lugar de Italia y luego apoyado en la barandilla de un barco a vapor, fumando cigarrillos como éste, durante su viaje a Uruguay, radiante, solo, a leguas de su hogar.

—Me voy a morir.

—Papá. ¿Estás enfermo?

—No. Sólo viejo.

—No tan viejo.

—Más viejo de lo que llegó a ser mi padre.

La mención de su padre conmocionó a Eva. No sabía absolutamente nada de él.

—Viejo y muerto son dos cosas diferentes.

Él se encogió de hombros.

—Quiero que me perdones.

—¿Por qué?

Él jugó con el tallo de la copa.

—Por todo. Por no haber querido escuchar nunca tu versión de la historia.

El cigarrillo de Eva se había quemado hasta el filtro. Lo apagó.

—Podría escucharla ahora.

Ella tocó la parte de abajo de la mesa. Estaba fría; estaba pegajosa; le ensuciaría las manos.

—No.

—O podríamos dejarlo en el pasado.

—Mejor.

Ignazio miró el cenicero como si encerrara un misterio cifrado.

—¿Vas a venir a casa?

Ella se demoró encendiendo otro cigarrillo. La risa aguda cortó el aire otra vez, luego cesó, atrapada en una telaraña de voces.

—Sí.

—¿Y me vas a perdonar?

Ella lanzó una bocanada de humo y volvió a dar una pitada.

—Por qué no.

Él tosió. Estaba maravillado ante los dedos de Eva, con sus uñas cuidadosamente esmaltadas.

—Tenés muy buen aspecto. Esteee... ¿cómo están las cosas con tu familia?

Eva se echó a reír. Se sentía ligera, estaba embriagada, no era el vino.

—Ah, bien. Mi esposo se fue.

—¿Se fue adónde?

—Me dejó.

—¿Lo qué?

Eva sonrió, absurdamente. La mujer con el pelo descolorido ya no estaba; en su silla sólo había quedado una servilleta arrugada.

—Vení a vivir con nosotros.

—Voy a estar bien —dijo ella, quizás demasiado deprisa.

—De todos modos. Cualquier cosa que precises. Comida. Plata. Un lugar donde quedarte.

Eva pensó en la casa color arena, con sus habitaciones desordenadas, su calidez y ajetreo, la mesa cargada de platos, rincones descuidados que ella recordaba con todo detalle.

—Gracias.

Él volvió a encogerse de hombros.

—¿Más vino?

Eva subió al piso quince. Zolá abrió la puerta.

—¡Qué sorpresa!

—¿Estás desocupada?

—Completamente.

Eva entró. Zolá cerró la puerta. Llevaba una blusa lila y tenía un aspecto encantador, una flor de invernadero, rara, híbrida, laberíntica.

—Roberto volvió a Buenos Aires.

—¿Ya?

—Sin mí.

—Ay. Lo lamento.

—No lo lamentes. No es eso por lo que vine a verte.

—¿Querés que te lave el pelo?

—Zolá.

Eva se acercó a ella. No estaba segura de cómo empezar. Tocó la cara de Zolá, y los ojos de Zolá se abrieron con una respuesta que se parecía al dolor. El aire rugió y luego nada importó, ya estaban dentro, se besaron y dos bocas se movieron una dentro de la otra, húmedas, presionando, Zolá apretada contra ella, las manos de Zolá en su pelo, cálidas, firmes, buscando, más hambrientas de lo que ella había conocido nunca, y entonces ella lo hizo, dejó que sus manos vagabundeasen, las dejó sueltas sobre el cuerpo de Zolá como dos bestias escarbando en busca de comida.

—¿Puede ser? —dijo Zolá—. ¿En serio puede ser?

—Sí —dijo Eva—. Ay, sí, puede ser.

El paraíso no está en el cielo, pensó, sino en la piel y piel y piel…

Estaban tendidas en la oscuridad, una junto a la otra, después de haber hecho el amor en la oscuridad, a la oscuridad, con la oscuridad sosteniéndolas como si fuese una gran mano ahuecada. Eva pensó, no quiero irme nunca, quiero habitar este lugar impregnado de las fragancias que hemos creado, con la impronta que han dejado nuestros cuerpos y voces, descubriendo nuestros gritos y poros y cuencos perdidos donde el anhelo se enrolla, ha permanecido enrollado durante años, esperando a estallar, ávidos por liberar sus colores secretos.

—Quiero quedarme aquí para siempre —dijo.

—Pues quedate.

—Quiero decir, me voy a ir. Los niños. Pero me quedo acá en una capa de sudor entre tus sábanas.

—Mmmm.

—Y nunca te voy a dejar.

—Mmmm.

—Tu cuerpo, Zolá…

—Shhhh.

—Es un milagro.

—Eva.

—Lo es.

—Eva.

—No me dejes nunca.

—Nunca.

—¿Estás llorando?

—Nunca. Nunca.

Eva lanzó una nueva vida, suavemente, desde la catapulta de sus propias manos. Encontró trabajo en un café a tres cuadras de su casa. El sueldo era bajo pero sus compañeras mozas tenían bocas llenas de risas y su jefe, un septuagenario generoso, la enviaba a casa todos los días con cajas de cartón llenas de cruasanes o pasteles de guayaba o empanadas para sus hijos. Ellos comían estos pequeños regalos durante el desayuno, el almuerzo o la cena, a veces directamente de la caja, sus paredes blancas manchadas con círculos de aceite. Los tres se sentaban alrededor de la mesa de la cocina y los comían con los dedos. Roberto siempre cortaba su parte metódicamente, como si necesitara investigar su contenido antes de probarlo. Salomé cerraba los ojos antes de morder, como si el hecho de saborear el relleno requiriese un acto de fe previo. A menudo comían en silencio. Ambos se habían vuelto taciturnos desde que su padre se marchó a Buenos Aires. Al principio, Roberto preguntaba cada día dónde estaba su padre, y las respuestas —aún está en Buenos Aires; no, no va a volver; ahora serían ellos tres— no eran suficientes para impedir que las preguntas se repitieran. Pero pronto la repetición pareció aburrir a Roberto y las preguntas se desvanecieron, dejando los sonidos apacibles de dientes y cucharas.

No siempre comían en casa. Ella comenzó a llevarlos a la casa de sus padres en Punta Carretas. La primera vez que fueron de visita, ella se quedó en la sala de estar mientras su padre abrazaba a sus hijos, pensando, no tengo diecinueve, ni once, no soy una niña en guerra, no me estoy escapando en plena noche. Los cuerpos de sus hijos encajaban tan fácilmente contra su abuelo Ignazio, como si hubiesen estado disfrutando de su afecto toda la vida. Habían pasado sólo cinco minutos y él ya los estaba haciendo reír, prometiéndoles hacer trucos de magia después de la cena. Siempre que se hayan comido todas las zanahorias, añadió, con un guiño. Roberto asintió con entusiasmo, Salomé resplandecía. En la mesa, durante la cena, Eva observó a sus hijos comer primero sus verduras, un fenómeno que jamás había presenciado antes. Una vez acabada la cena, ella ayudó a su madre en la cocina mientras Ignazio y los niños se retiraban a la sala de estar para el espectáculo.

—Ellos lo adoran —dijo Eva tratando de sonar imparcial.

Pajarita sonrió.

—Él está diez veces más entusiasmado que ellos.

Lavaron los platos, Pajarita fregando, Eva secando y acomodando. Las tazas y tenedores y ollas, como siempre, habitaban los mismos estantes de los mismos armarios; estaban en casa, tenían un lugar, pertenecían. Las encimeras seguían atestadas de plantas en sus macetas y frascos con hojas secas y raíces y cortezas que podían hacer que un ama de casa lanzara un suspiro de alivio o una hija encontrase sus piernas. Eva no sabía qué decirle a su madre, pero no parecía importar; un agradable silencio pendía entre ellas, entretejido con el sonido del agua corriente, los platos que tintineaban y las risas infantiles que llegaban desde la sala de estar.

Otras noches visitaban la casa de Xhana, donde Artigas y César jugaban con los niños. Los dos escribían canciones en las que Roberto y Salomé eran los héroes, una princesa rescatada de torres muy altas por los gauchos, un príncipe que salvaba las aldeas de los reyes. Si a ellos no les gustaba la historia, podían cambiarla, pero eso significaba que tenían que cantar. Los niños resplandecían en el ambiente cálido de la casa de Xhana, en su ruido, el golpe de los tambores y la marejada de voces. La familia se reunía alrededor de la mesa con mantel a cuadros para comer, los brazos tocándose, mientras la tía Xhana cortaba la carne de Salomé y contaba historias que eran una crónica de la historia de Uruguay: una revolución librada por indios y esclavos liberados, un presidente que construyó escuelas para todos, fábricas donde la gente dejaba de trabajar porque no era feliz, gente valiente que, como ella explicaba, se había rebelado por su país, por Uruguay, y lo había hecho para que ellos pudieran tener esta mesa y comida y una hermosa familia.

—Dejá que coman, querida —dijo César.

—Ellos pueden escuchar una pequeña historia mientras comen. ¿Verdad, chicos?

Roberto miró su puré de papas. Eva le dio un leve codazo.

—Sí —dijo él.

—Sí —dijo Salomé. Parecía arrobada, fascinada por las historias que explicaba Xhana. Eva también estaba fascinada; pensaba en Argentina, con su larga sucesión de dictadores; en comparación, Uruguay tenía una historia única, una historia notable, que demostraba que una democracia fuerte —con alfabetización, derechos laborales, sanidad— podía existir en América Latina, podía crearse otra vez en otros países. En una ocasión dijo esto y suscitó el escepticismo en la mesa.

—Ojalá tuvieras razón, prima —dijo Xhana —pero las cosas no son tan simples. Todo eso podría volverse cosa del pasado.

—Si no ha pasado ya —dijo Artigas.

Eva dejó el tenedor en el plato.

—¿Cómo puede ser?

—Mirá lo que ha pasado desde que terminó la guerra de Corea. Estados Unidos ya no necesita la lana nuestra para vestir a los soldados y la carne nuestra para alimentarlos.

—Exactamente.

—Y por eso hoy tenemos inflación, caída de los salarios, aumento de precios. No podemos exportar nada, pero seguimos obligados a importar.

—Nunca debimos haber basado nuestra economía en la guerra —dijo César, con tanta pasión que hasta Roberto alzó la vista de su plato.

—Sí, querido, ¿pero qué opción teníamos? ¿Un país chico como el nuestro? ¿Cómo podíamos sobrevivir sin venderles productos a los gigantes?

—Ésa es exactamente la pregunta que tenemos que hacernos ahora —dijo Artigas—. Tenemos que encontrar un camino mejor que éste. Miren los conflictos que hemos tenido este año, las huelgas, el arresto de los líderes sindicales. El gobierno no está del lado de los trabajadores, ya no.

—No puede estarlo; está demasiado fracturado.

—Está corrupto.

—Tiene que cambiar.

—No lo va a hacer.

—Entonces lo va a hacer el pueblo —dijo Xhana.

Salomé escuchaba con tanta atención que el trozo de carne se había caído de su tenedor; lo sostenía con expresión ausente, clavado en el aire vacío. Eva sintió un impulso dual de sumergirse en la conversación —para decir que no podía ser, Uruguay no era un país tan frágil, ya habían vivido antes tiempos duros y seguramente estos también pasarían— y de moverse en una dirección completamente nueva, lejos de cualquier cosa que pudiese sonar a peligro a los oídos infantiles, como una causa para abandonar su casa, como ya habían hecho una vez. Ella admiraba a Xhana, con sus reuniones del comité comunista, sus panfletos llamando a la huelga, su implacable análisis de los problemas sociales, pero ella se sentía desgarrada entre el instinto de unirse a esa causa y el instinto de proteger a su familia. Ahora eran sólo ella y sus hijos y tenían mucho menos que antes, y sí, era cierto, nadie se estaba exiliando de Uruguay, y seguramente nadie lo haría, pero aun así, y si, y si, ¿adónde irían? Era mejor apoyar la lucha desde la distancia y del modo en que pudiera, en el ámbito de la poesía, y la poesía, después de todo, sí importaba: las palabras sí importaban; sus armas eran sus palabras.

Cuando se quedaban hasta bien entrada la noche, los niños dormían en la cama del tío Artigas y Eva y Xhana disponían de tiempo para ellas en la cocina.

—Comé un poco más, Eva.

—Gracias, Xhana. Realmente estoy llena.

—¿Alguna noticia de Roberto?

—Una carta. Llegó bien y se está instalando. Supongo que sus cosas van bien.

—¿Te vas a divorciar?

—No podemos.

—¿Por qué no?

—En Argentina es ilegal.

—O sea que no te podés volver a casar.

—No es que tuviera intención de hacerlo.

—¿Pero en el futuro, Eva?

Ella titubeó un momento muy largo, seguramente demasiado largo.

—Mi futuro está con mis hijos.

—Aun así podrías conocer a otro hombre.

Ella no tenía intención de reírse e intentó contenerse, de modo que el sonido escapó convertido en un cacareo de bruja.

—No contemos con eso.

No había ningún pensamiento de casamiento, ningún pensamiento acerca de un amante que no fuera Zolá, a quien veía varias veces por semana, después del trabajo, o antes del trabajo, o durante citas de peluquería, mientras sus hijos quedaban bajo atento cuidado de sus abuelos. Ella quería envejecer junto a Zolá, quería saber cómo se sentirían sus caricias sobre la piel arrugada, qué haría la edad a sus cuerpos desnudos. Quería hundirse profundamente en Zolá y acurrucarse en su centro, hacer allí su nido, no marcharse nunca. Quería que Zolá la llenase, otra vez, otra vez, para caminar las calles llena de los dedos de su amante, bautizada por su lengua. Todos sus momentos eran robados y nunca eran suficientes. *Contame más. Contame tu corazón, todo.*

Nací para tocarte, mi vida para esto, mi mano recorriendo tu piel. Una vez, hacía ya muchos años, ella había querido morir; ahora la enfurecía que no hubiese vida suficiente, que no tuviesen mil años para consumir, que un día sus bolsillos quedaran vacíos de días. Ellas sólo tenían pequeñas monedas de tiempo y las gastaban y gastaban y gastaban, las pulían con su placer, hacían que brillaran. De modo que esto es lo que la felicidad le hace a una mujer, pensó: te vuelve hambrienta, hace que desees vivir y vivir, hace que guardes secretos a cualquier precio, despierta al animal que hay dentro y hace que gruña hasta romper el cielo en pedazos.

Llegó el otoño y cubrió las calles de hojas que imploraban ser aplastadas bajo los pies. Eva sentía cómo crujían bajo sus suelas; a veces las aplastaba amorosamente, una lenta y pesada caricia, y otra veces, pisaba con fuerza, imaginando que eran la cara de su esposo. Roberto se había estado olvidando de enviar dinero. Eso fue lo que le dijo cuando lo llamó por teléfono: me olvidé, sí, sí, lo envío pronto. Su voz sonaba tensa y se apresuró en cortar, la mujer que había atendido el teléfono seguramente estaba detrás de él golpeando el suelo con el pie. Y Eva le creyó, que realmente pensaba enviar el dinero, que se le había pasado por alto, que Montevideo simplemente se alejaba cada vez más del alcance de sus pensamientos. Para él, después de todo, no era más que una pequeña suma, insignificante. Eva pateó una pequeña pila de hojas mientras caminaba a través de ellas. En cuatro días había que pagar el alquiler y no tenía suficiente dinero.

Se lo confió a Xhana, en su cocina, a las dos de la mañana.

—Llamalo.

—Ya lo hice.

—Llamalo todos los días.

—Es evidente que a esa mujer no le caigo bien.

—¿Y eso a quién le importa? Es su responsabilidad.

—No soy un caso de caridad.

—Por supuesto que no. Ellos son sus hijos.

Eva encendió un cigarrillo.

—Son míos.

Xhana observó las volutas de humo que se elevaban en el aire.

—Puedo prestarte el dinero para el alquiler.

—Gracias.

Se quedaron sentadas en silencio mientas Eva fumaba.

—Es sólo que no quiero necesitarlo.

—Podrías irte del apartamento.

—¿Y adónde podría ir?

—Aquí sos bienvenida, pero hay más espacio en la casa de tus padres.

—No puedo hacer eso.

—¿Por qué no?

Eva se encogió de hombros.

—Ahora ves a tu padre a menudo, ¿no?

—Sí.

—¿Y las cosas están bien entre ustedes?

—En general.

—¿Excepto?

—Sigo esperando que las cosas se pudran.

—Tal vez no pase.

—Tal vez.

Xhana la observó apagar el cigarrillo.

—¿Cómo va el libro?

El nudo en Eva se aflojó, comenzó a brillar.

—Casi terminado.

El libro saldría en tres semanas. *El río más ancho del mundo.* Un volumen delgado, una cubierta sencilla que mostraba un dibujo lineal de una mujer desnuda recortada contra una costa. Entre las tapas, los poemas cantaban sobre el hambre y el amanecer y las ciudades amadas, los pechos henchidos de leche y las noches encantadas, pasiones sin nombre y belleza sin razón, un hombre joven sangrando en una celda de Buenos Aires, marxistas soñando alrededor de una mesa con mantel a cuadros. La primera vez que sostuvo un ejemplar en las manos pensó en la niña que había abandonado la escuela a los once años y deseó poder volver atrás en el tiempo y abrir el libro ante sus ojos. Aquella niña respiraba entre estas páginas, como lo hacían todas las muchachas y mujeres que ella había sido; ellas recorrían las líneas de palabras como fantasmas; ella casi esperaba que las páginas se humedecieran a causa de sus constantes exhalaciones. Este libro podían leerlo dos personas, o dos mil, no tenía importancia. El libro existía, ella existía, había cantado.

Xhana y Pajarita organizaron una fiesta en la casa de Punta Carretas para celebrar la publicación. Cocinaron durante días, llenaron la casa con flores recién cortadas, y echaron a Eva de la cocina cada vez que intentaba ayudarlas. Ella se sentía un poco una novia, la novia que hubiera sido si se hubiera casado en su casa, como era la costumbre. Se paró delante del espejo, aplicándose el lápiz de labios, e imaginó que era una novia, esta noche, a los treinta años, sólo que ¿con quién se estaba preparando para casarse?

Los invitados llenaron la casa hasta el tope, desde gente a la que conocía de toda la vida —Bruno, Marco, Tomás, Xhana, Artigas, Coco, Cacho, todas las mujeres del barrio, todas sus familias— hasta poetas que había conocido recientemente, y poetas a los que no veía desde hacía años: Beatriz, Joaquín, y el Poeta Muy Conocido llegaron juntos y gritaron de alegría mientras la abrazaban. Beatriz, en particular, parecía ávida de hablar. Había cambiado; su pelo era castaño natural, se había casado con Joaquín, había fundado una asociación de poetas mujeres, ¿querría unírsele Eva?

—Me encantaría —dijo Eva.

—Fantástico. Estoy deseando leer tu libro.

—Gracias.

—Decime una cosa. —Beatriz bajó la voz—. ¿Es verdad que te fugaste con Andrés?

Eva acarició la copa de vino.

—En cierto modo.

—Eso pensé. De veras. ¿Dónde está Andrés ahora?

—Vaya uno a saber.

—Sí, claro —dijo Beatriz y Eva percibió el aguijón de la decepción en su voz.

—Algunos dicen que inició una nueva vida en París.

—¡París!

Eva sonrió. No pudo evitarlo.

—¿Quién sabe?

Esa noche, más tarde, ante la insistencia de la multitud, ella leyó algunos poemas en voz alta. Se colocó delante de la ventana de la sala, enmarcada por los fríos muros de la prisión, y casi se echa a llorar ante la fuerza de los aplausos, profundamente emocionada, había bebido demasiado vino, el sonido llenó su cuerpo como una bebida dulce y caliente. Después de la lectura, alguien puso música y todos comenzaron a bailar; primero bailó con su padre, luego con Artigas, luego con Xhana, luego en un círculo de compañeros poetas y, finalmente, sola, entre parejas, moviendo el cuerpo de modo que la seda del vestido la acariciaba, seda roja, pensó, cerrando los ojos, qué color para una novia, qué noche para una fuga; podría hacer mis votos internamente en este momento mientras la música mueve mis caderas y nadie se enteraría; por qué no, a quién le importa si es imposible, lo posible con todos sus muros y mentiras podía irse al infierno; el ritmo es bueno y crudo, mis ojos están cerrados, y tú, tú, poesía, qué clase de novio sos, tentador, insondable, después de todos estos años aún ignoro qué prometés o qué sos, pero sé que nunca me has abandonado; sos el único que permaneció cerca de mi piel, mis manos, mi sexo, mi mente, mis noches, cuando no tenía nada y no era nada tú estuviste conmigo; me acunaste; me llenaste; acercate, novio mío, el calor de mi piel y el embate de mi aliento y la sal de mis días te los entrego a vos, para bien o para mal, son tuyos, yo soy tuya. Lo soy. Lo soy. Abrió los ojos. La habitación estaba llena a rebosar. Buscó a Zolá, aunque obviamente no había venido, ya que no podía arriesgarse a que la reconocieran; Eva sentía su ausencia como un desgarrón en su propio vestido, pero se aferró a lo que Zolá había dicho la noche anterior, sorprendiendo a Eva con un dormitorio iluminado por la luz de las velas y lleno de rosas frescas: *Voy a estar allí, siempre estoy contigo.* Buscó a los niños. Roberto estaba comiendo empanadas con sus primos Félix y Raúl. Tenía un aspecto tan serio con su camisa y corbata, como si fuese un hombre en miniatura. Continuó buscando a su hija, pero no pudo encontrarla. Salomé. Salomé. La casa estaba llena de adultos buenos y ésta no era una zapatería, no había motivos para el pánico, pero llegó de todos modos, la golpeó con su mazo instintivo, y se abrió paso entre los invitados hasta llegar a la cocina, donde Pajarita estaba friendo buñuelos y no sabía adónde había ido Salomé, corrió por el pasillo y entró en todas las habitaciones hasta que abrió la puerta de su viejo dormitorio y encontró a su hija durmiendo en la oscuridad.

Se sentó en el borde de la cama y dejó que sus ojos se adaptaran hasta que vio el rizo del cuerpo de Salomé, el derrame oscuro de sus trenzas, el bollo de su vestido de fiesta con volados. Su respiración se relajó y casi se echó a reír ante su ataque de terror, pero no quería quebrar aquella quietud.

Estaremos bien. Todos nosotros. Ese pensamiento la envolvió con su afelpado ropaje. Podemos mudarnos a esta casa y estaremos bien. Había una delicada gracia en esta noche, en la que todo parecía posible, toda la sed y también todo su apaciguamiento; el propio mundo se percibía diferente, más vasto, deslumbrante, un océano de mundo donde hombres y mujeres empujaban sus vidas hacia delante como olas; quizás ningún oleaje (ninguna palabra escrita ninguna noche rota ningún secreto que humea en la oscuridad) quedara desaprovechado; tal vez ellos alimentaban la marejada de vida que habría de llegar. Podría estrechar a esta niña pequeña contra ella, mostrarle visceralmente que sería libre y estaría segura; libre y segura y amada con tanta ferocidad que nada la apartaría de las brillantes cumbres de su destino. Pero no quería despertarla, de modo que, en cambio, Eva grabó esa promesa en su mente.

Salomé siguió durmiendo, lejos, en una balsa de sueños.

SALOMÉ

seis

EL MUNDO ES EMPUJADO POR MUCHAS MANOS

Algunas preguntas no existían para ser hechas. Por ejemplo, la pregunta de cómo Papá podía estar al otro lado del río cuando más allá del río sólo podías ver el cielo. Las preguntas acerca de padres y cielos y muchas otras cosas sólo existían para hacer girar la gran rueda de tu aliento; inhalabas sin saberlo, exhalabas de la misma manera. Las preguntas, acumuladas dentro, conservaban su intensidad, circulaban a través de uno como ráfagas independientes. Era mejor no preguntar demasiado, mejor no hacer que Mamá se pusiera triste, ahuyentar su risa que desgarraba el aire en jirones dorados y punzantes, su olor a flores y sudor y almendras, su misma presencia, fumando, reclinándose, escribiendo, componiendo mensajes secretos a desconocidos o a Dios. Y, por todo eso, Salomé no preguntó por qué se mudaban. De todos modos, no le importaba; le gustaba la casa de los abuelos, con su prisión de marfil afuera y el viento suave entre los robles, sus olores a cebollas friéndose, hojas de romero secándose, la colonia del abuelo cuando la abrazaba muy fuerte. La abuela siempre formaba altas pilas de comida en unos platos que tenían unas flores pequeñas y rosadas. El abuelo Ignazio les contaba historias mientras comían: acerca de su juventud aventurera en el campo; las cabalgatas y el brillo y el juego de entonces; las calles de agua de Italia, los botes que construía y cómo su corazón fue robado por una hermosa mujer experta en los juegos de manos.

—Ella lo robó, lo juro… ¡por debajo de mi manga! Nunca lo recuperé. —Señaló a la abuela Pajarita con el pulgar—. Esta mujer. Saltó de entre la multitud como la Mujer Maravilla.

La abuela sonreía. Parecía pequeña y vieja. Salomé la imaginó vestida con el biquini brillante de la Mujer Maravilla, con el látigo en la mano.

—¡Comé, Salomé! —dijo el abuelo—. Estás creciendo.

Después de la comida, el abuelo jugaba con el entusiasmo de un niño. Les enseñaba muchas cosas: a jugar al póquer, a apostar con los huesos de vaca, los trucos de cartas que una vez había hecho en el escenario. Mezclaba las cartas de un modo extravagante, haciendo que volaran por el aire formando un arco nebuloso. Extendía el mazo sobre la mesa con manos llenas de cicatrices. Elegí una. Ella miraba y elegía. Luego volvía a empezar y mezclaba y mezclaba, mientras su boca explicaba un cuento o un acertijo. Las cartas se extendían otra vez. Le decía que eligiese otra y ella lo hacía. Él sabía —¡asombroso!— exactamente qué carta era. El abuelo sonreía ante su expresión y se inclinaba hacia ella, el olor a vino fuerte-dulce en el aliento.

—¿Querés saber un secreto?

Salomé asintió.

—¿Me prometés que no se lo vas a decir a nadie?

—Te lo prometo.

—El truco consiste en mantener la atención de los demás en una mano y hacer la magia con la otra.

Salomé dejó que el truco se asentara en ella, sin imaginarse nunca cómo, cuando fuera una mujer, acariciando armas en una habitación en penumbra, volvería a resurgir como una boya en su mente.

Cuando estaba empacando las cosas, Mamá se quedaba detenida en mitad de un gesto para mirar el espacio, libro o plato o solapa de caja en la mano, como si hubiera entrado algo en la habitación que sólo ella era capaz de ver. Y se quedaba así, inmóvil, aunque Roberto o Salomé la llamasen. La mañana de la mudanza, ellos dos se levantaron temprano y juntos prepararon tostadas para su madre, sin hablar de ello, no había necesidad de decir *ella está lejos, así que hagamos nosotros las tostadas.* La sala de estar llena de cajas apiladas por todas partes, marcadas con tinta. Ahora Salomé tenía cinco años, lo bastante mayor como para colocar el pan en la plancha de la cocina, aunque no para quitarlo, y lo bastante mayor como para añadir un poco de agua fría dentro del mate aunque era Roberto quien se encargaba del agua caliente. Llevaron la bandeja al dormitorio de Mamá. La encontraron en el balcón, en camisón, de espaldas a ellos.

—Mamá —dijo Roberto.

Ella se volvió rápidamente. Era hermosa, incluso con esa mirada distante que no revelaba nada. Alzaron la bandeja del desayuno hacia ella, un ofrecimiento esperanzador.

—Ah. Muchas gracias. Buenos días.

Los hermanos de Mamá ayudaron a llevar y descargar las cajas. Llegaron a la casa de Punta Carretas en una oleada de movimiento. Sus abuelos los estaban esperando con limonada fresca. El tío Marco se acercó a Eva con una gran caja que no estaba marcada.

—¿Qué es esto?

—Nada.

—Condenadamente pesado para no ser nada.

—Va en mi armario —dijo Mamá rápidamente.

Salomé se preguntó qué contendría esa caja. Siguió al tío Marco y lo observó mientras dejaba la caja dentro del armario, en un estante demasiado alto como para que ella pudiese alcanzarlo. Ella llevó una caja con juguetes a su nueva habitación. Miró a su alrededor. Era la misma habitación en la que se había críado Mami, con su larga ventana encima de la cama, que daba a un árbol solitario, y su lámpara deshilachada y cajones que chirriaban. Intentó imaginarse a Mami, ya grande pero más pequeña, fumando un cigarrillo entre las sábanas.

—Fantástico —dijo el abuelo aquella noche—. La casa vuelve a estar llena. No me gusta verla vacía.

A Salomé le pareció extraño que dijera eso. La casa estaba siempre llena. Algunas noches rebosaba de tíos —Bruno, Marco, Tomás— y tías —Mirna, Raquel, Carlota— y primos: Elena y Carlos y Raúl y Javier y Aquiles y Paula y Félix y Mario y Carmencita y Pilar. La abuela Pajarita hacía su propia magia: la mesa extendida, las paredes echadas hacia atrás, aparecía espacio para cada miembro de la familia. La casa rugía con bromas, chismorreos, discusiones, vasos que brindaban, carcajadas, chillidos de los niños. Las montañas de comida quedaban reducidas a migajas. Los juegos de cartas se prolongaban hasta bien entrada la noche. La gente se tumbaba por todas partes. Salomé observaba las partidas de póquer de sus tíos, jugaba a los gauchos con sus primos (Aquiles, el desollador de toros; Carmencita, la sanadora; Félix el estanciero malvado) y, a veces, cuando el silencio la llamaba, se retiraba a la cocina y dibujaba escuchando el sonido de los platos cuando los lavaban.

—Miren a Salomé —decía la tía Mirna—. Una niña tan buena. Tan callada y tranquila.

—Es verdad —decía Mamá, como si estuviese perpleja—. Es muy buena.

Pasaba muchas horas sola, inmersa en juegos privados. Los botones que había en la canasta de costura de la abuela la mantenían absorta durante días. Los seleccionaba por tamaño, color, textura, forma. Desfilaban. Formaban familias. Eran un pueblo de pequeñas cosas redondas, lleno de dramas y aventuras. Los botones metálicos eran todos comerciantes: almaceneros, carniceros, hilanderos de lana. Los verdes eran inteligentes. Los rosados eran proclives a enamorarse. Los botones pequeños tendían a ser matoneados, y el botón más grande, un veterano de terciopelo de un viejo abrigo, acudía a menudo a su rescate. Cada botón tenía una historia; cada botón podía pertenecer. Los amores y luchas épicos eran invisibles para el resto de la familia; ellos sólo veían a una niña buena, que no molestaba, que cambiaba de lugar unos diminutos discos en silencio.

Roberto y ella tenían un lugar sagrado para el silencio: un lodazal en el límite de la ciudad, la última parada del autobús. A veces acudían a ese lugar provistos de sándwiches y monedas para el viaje de regreso; para respirar un poco de aire, como decía Mamá. Allí fuera el aire era amplio y fresco y fragante. Ella hacía dibujos. Miraba los patos que se deslizaban por el agua, los juncos mecidos por la brisa, las opulentas trayectorias de los insectos. Roberto atrapaba ranas y las pinchaba, luego volvía a dejarlas en el barro y escribía algo en su cuaderno de notas.

—¿Qué hacés?

—Investigo.

Ella miraba a través del lodazal y se preguntaba qué encontraría su hermano. Roberto sería un científico famoso, como Papá. "Tu hermano es un genio", le había dicho su maestra el primer día de clase. "Veamos si estás a la altura". Salomé no sabía qué significaba "estar a la altura", pero sabía que ansiaba hacerlo. En clase prestaba atención, hacía todas las tareas, recitaba el alfabeto mientras caminaba hacia y desde la escuela, una letra por cada paso. Cuando llegaba al final, daba tres pasos para la *Z*, para la buena suerte. Escribía su nombre empleando grandes letras mayúsculas. Recortaba corazones y los decoraba cuidadosamente con pasta seca, fieltro y caracoles que había recogido en la orilla del río. Aprendió a juntar números para formar nuevos números, y, hacia el final de su primer año escolar, comenzó a leer. Las líneas y curvas negras se convertían en sonidos en su mente. Ella quería ser capaz de leerlo todo: las señales de la calle, las tareas escolares, el libro de su madre con poemas que ella misma había escrito, ahora vivo en los estantes de toda la ciudad. Por las tardes estudiaba junto a su hermano en la cocina hasta que llegaba la hora de poner la mesa.

—¡Ustedes dos estudian demasiado! —dijo el abuelo—. Roberto, ¿es que nunca quieres salir a jugar al fútbol? ¿Provocar algún lío?

Roberto parecía desconcertado.

—¡Papá! —dijo Mamá con brusquedad.

—Sólo digo, Eva, que podría divertirse un poco.

—Él ya se divierte.

—Necesita un hombre, Eva, que le enseñe…

—Es suficiente —dijo Mamá. El silencio se extendió sobre la mesa, cubriendo los recipientes para servir, los platos, los tenedores dedicados a lo suyo, clink, clink. Mamá dejó su cuchillo lentamente.

—Roberto —dijo la abuela Pajarita—, ¿te gusta estudiar?

—Sí.

—¿Y a vos, Salomé?

—Sí.

—¿Entonces cuál es el problema?

Mamá miró a su madre con una expresión agradecida.

—Sus notas son perfectas. Luego van a ir a la universidad y se van a convertir en lo que ellos quieran ser. Los dos.

El abuelo Ignazio miraba fijamente su vaso de vino.

—Seguro.

Salomé enroscaba los espaguetis en su tenedor. Universidad. Faltaban aún muchos años pero, aun así, se asomaba como un castillo en el horizonte. Un día entraría allí y se convertiría en algo, en lo que ella quisiera, y seguramente había grandes cosas en las que podría convertirse.

Un día, Mamá llegó triste a casa porque su jefe le había reducido las horas en el trabajo. Lo había hecho porque eran tiempos difíciles, dijo, había menos dinero en los bolsillos de todo el mundo, y Salomé imaginó abrigos y pantalones y camisas de los que desaparecían misteriosamente los billetes y las monedas, a través de la ciudad, y la gente meneaba la cabeza, azorada: ¿Adónde se fueron todos los pesos?

Una semana más tarde, cuando Salomé y Roberto llegaron a casa de la escuela, ella los estaba esperando en la cocina.

—Antes de que empiecen a hacer los deberes, tenemos que hablar.

Los dos se sentaron.

—¿Vieron ese lodazal al que van?

Ellos asintieron.

—No pueden volver más allá.

Roberto parecía desolado.

—¿Por qué no?

—Porque es peligroso.

Salomé pensó en patos malvados, en un barro extra resbaladizo.

—¿Peligroso, cómo? —preguntó Roberto.

—Se ha convertido en un cantegril.[1]

Una palabra nueva para Salomé, *cantegril. Cante,* como *cantar:* un lugar, quizás, donde la gente canta mucho.

—¿Qué es eso?

Mamá titubeó. Llevaba una blusa blanca con botones nacarados en el frente. En la canasta de la costura había tres de esos botones, solteronas soñadoras enamoradas del Gran Terciopelo.

—Es una nueva clase de lugar. Donde vive gente. Pero no es... un buen lugar.

—¿Y entonces por qué viven allí?

—Porque no tienen otro lugar adonde ir.

Roberto se quedó pensando en lo que dijo su madre.

---

[1] La denominación *cantegril* en Uruguay es sinónimo de *villa miseria* en Argentina, *favela* en Brasil y *chabola* en España. (N. del t.)

—Pero…

—Roberto. Basta de preguntas. —Cruzó los brazos sobre el pecho—. No van a ir más a ese lugar.

Aquella noche, en la cama, Salomé intentó imaginar un cantegril. No un Buen Lugar Donde Vivir. Ella vio a hombres llorando en los umbrales de las casas, familias resentidas mientras preparaban churrasco, niños que perdían las pelotas de fútbol en la calle, mujeres tendiendo la ropa lavada mientras cantaban canciones sensibleras. Miró a través de la ventana la obcecada rebanada de luna. Se asomaba entre las ramas del roble. Seguramente lo veía todo, esa luna: las lágrimas de su madre, el cantegril, las calles, el río ávido por reflejar la luz. Ella quería verlo todo. Quería entender. Estaba mal romper las reglas pero, si no lo hacía, nunca vería o sabría. No podía dormir. Dio vueltas en la cama hasta que el cielo enmarcado en su ventana se convirtió en azul zafiro. Cuando se movía, la colcha susurraba suavemente contra su cuerpo. La colcha estaba hecha con triángulos de tela verde y azul y crepitaba como si alguien —la abuelita Pajarita, ella era quien la había cosido— hubiera estado cocinando y derramado especias entre las costuras. Imaginó el accidente, su abuela en la cocina, tratando de cocinar y coser al mismo tiempo, el cucharón en una mano, la aguja en la otra, las especias cayendo sobre la tela desde uno de sus frascos de vidrio, semillas y raíces y hojas desmenuzadas, y ahora sentía que llovían sobre ella, formando una larga manta, y finalmente se durmió.

Dos días más tarde, tomó el autobús, sola, en dirección al lodazal. El autobús se fue vaciando conforme se acercaba al límite de la ciudad. Era un día claro y Montevideo estaba hermosa con sus calles adoquinadas, sus casas de azoteas coronadas con cuerdas para el lavado, sus almaceneros con los cajones de madera llenos de fruta. Cuando el autobús se acercó a la última parada, ella era el único pasajero a bordo y el conductor la miró por el espejo retrovisor, una niña de siete años sentada sola en uno de los asientos.

—Che, chica, ¿adónde creés que vas?

—A la siguiente parada.

—No voy a dejar que te bajes allí.

—¿Por qué no?

—Es peligroso.

—Pero en ese lugar vive gente.

—Precisamente. ¿Tu madre sabe que estás aquí?

Una ola de calor la recorrió por dentro.

—Por favor, señor. ¿Podría parar un momento? Sólo voy a mirar por la ventanilla.

Las cejas del conductor, gruesas como pulgares negros, se juntaron sobre sus ojos. Detuvo el autobús sin abrir la puerta. Salomé miró por la ventanilla.

Ella había imaginado gente llorando en los umbrales de las casas pero no había umbrales donde llorar, no había casas construidas, ni calles adoquinadas donde perder la pelota de fútbol. El lodazal aún estaba pelado y sucio; las viviendas precarias se alzaban sobre el terreno enlodado. Las paredes habían sido levantadas con cartón y metal corrugado (soplaré y soplaré, pensó)[2]. Estaban por todas partes. Las cañas colgaban sus cabezas en charcas de pis y caca entre las casuchas. El olor la golpeó a través de una estrecha ranura en la ventanilla. La gente estaba hacinada: una niña con los pies descalzos y unos harapos como falda apilaba periódicos para encender un fuego, un bebé desnudo gateaba sobre una pila de cáscaras de fruta podrida, un hombre sin camisa alimentaba con paja a un caballo zarrapastroso y lanzó una mirada fiera al autobús. A ella. Ella apartó la mirada, pero ya había visto sus costillas, y también las del caballo. Sintió el sabor del vómito en la garganta. El tenue gemido del motor se convirtió en un gruñido y se alejaron.

---

[2] Hace referencia al cuento de *Los tres cerditos* y al lobo que los amenaza con soplar y soplar hasta derribar sus casas. (N. del t.)

Cuando regresó a casa, Salomé no pudo concentrarse en sus deberes para la escuela. Los números en la página seguían convirtiéndose en personas: enflaquecido 7, descalza 4, una familia entera aplastada dentro de un cartón 3. Estaba inquieta. Estaba insaciable. Había quebrantado una regla, y quizás el cielo se cayera, pero ante su asombro aún no se había caído, y su mundo ahora era diferente debido a esa ruptura. Sentía una excitación de calor y vergüenza y victoria. Quería llorar por la gente que había visto. Quería revelar los secretos a su alcance.

Mamá se iba a la peluquería; tenía un poco de tiempo.

Se deslizó dentro del dormitorio de su madre y fue hasta el armario. Se subió a una silla. La caja sin marcar estaba bien arriba y era pesada, pero se tomó su tiempo, acercándola poco a poco, hasta que todo su peso descansó sobre sus brazos. Era demasiado pesada para cargarla hasta el suelo sin que se cayera. La empujó nuevamente hasta dejarla en su lugar.

Ella no era lo suficientemente fuerte. Todavía no.

Las noticias de Cuba llegaron el día de Año Nuevo de 1959. Cuba, una palabra densa, llena de energía, un serpentín tenso lanzado al vuelo, estallando desde la radio, *Cuba, Cuba,* lanzado desde las bocas de gente borracha. Salomé no sabía qué significaba la palabra, pero oía poder puro en las voces de la radio, las crepitantes declaraciones desde una ciudad llamada La Habana, la multitud reunida en la cocina de la tía Xhana. Después de que casi todos los invitados se hubieron marchado, e incluso Xhana y César se fueran a la cama, Mamá y el tío Artigas se quedaron levantados escuchando la radio. La luz de la mañana llenó el apartamento. Se suponía que Salomé tenía que estar durmiendo en la cama del tío Artigas, pero se despertó al oír una risa estridente en la cocina, la risa de su madre. Se levantó, abrió apenas la puerta del dormitorio, se arrodilló e hizo un esfuerzo para oír las voces que llegaban de la cocina.

—Todavía no lo puedo creer.

—Creelo, Eva. —El tío Artigas sonaba como un hombre parado en una alta cornisa—. Ésta es la primera de muchas revoluciones.

—¿Te parece?

—Ya vas a ver. —Un líquido llenó algunos vasos—. Barrerá el continente. Pensalo. ¿Por qué están cayendo los salarios? ¿Por qué los sindicatos van a la huelga?

—La economía.

—¿Y qué es lo que controla la economía?

Salomé cambió el peso del cuerpo de un pie al otro, silenciosamente, acurrucándose sobre las rodillas.

—El mercado.

—Los yanquis.

—Ah, no sé...

—Vamos. Por supuesto que es verdad. Ellos dejan de comprar nuestra lana y —¡páfate!— los campesinos se quedan sin trabajo. Ellos nos prestan dinero, ¿y qué ocurre? Le dicen a nuestro gobierno lo que puede y no puede hacer por su pueblo. ¿Acaso creés que a Eisenhower le preocupan los cantegriles?

—Aquí la situación no es tan desesperada como en Cuba. No hemos tenido un dictador militar como en ochenta años. No se compara.

—Por supuesto que sí. Tú no podés verlo porque todavía creés en el sueño del batllismo.

—Ay, tío, eso no es justo.

Un hombre gritaba en la radio, pero Salomé no conseguía entender las palabras, sólo la potente y brillante interferencia estática que las rodeaba.

—Suena como un argentino.

—Es argentino. Su verdadero nombre es Ernesto Guevara.

Mamá se echó a reír.

—¿Me estás tomando el pelo?

—No.

—Yo lo conocí. Cuando nació Salomé.

Salomé sintió que se le calentaban las manos.

—El Che se fue para ser útil. Lo mismo que voy a hacer yo.

—¿Qué?

—Me voy.

—¿Adónde?

—A Cuba.

—¿Cuándo?

—Muy pronto.

El silencio de Mami se desplegó como una flor rabiosa.

—Eva. Pensalo. Nadie me necesita acá.

—Xhana…

—Me quiere, pero no me necesita. Y he estado esperando esto durante muchos años. —El tono de su voz se volvió burlón—. Podrías venir.

Salomé se imaginó un barco y a ella a bordo, con el tío y Mamá, navegando hacia un destino lejano. Era un barco blanco, recién pintado, sólido contra los mares.

Mamá fue breve.

—Aquí me necesitan.

—Seguro. Yo sé. Tus hijos. —Un tono burlón otra vez—. O tu peluquera.

—Tío…

—¿Sí?

Silencio en la cocina.

—Eva, yo no te juzgo. En serio.

Más silencio. A Salomé le dolían las piernas, pero no se movió.

—¿Y qué pensás hacer allá?

—Cualquier cosa que necesiten. Construir, trabajar. Iré al sur de la isla si ellos quieren. Sobreviví en la selva antes.

—Eso fue hace siglos. Tenés sesenta y tres años.

—Muy bien, entonces es una edad perfecta para jubilarme en el Caribe. Vamos, Eva, no te pongas triste.

Mami suspiró. Salomé sintió ese suspiro como si lo hubiesen creado sus pulmones.

—Te voy a extrañar montones. Más te vale que nos escribas.

Todo ocurrió muy deprisa. Al tío Artí le llevó una noche preparar el equipaje y dos días encontrar un barco que lo llevaría a Cuba. La noche en que partió, Salomé estaba en medio de una multitud de familiares en el puerto de Montevideo, agitando un pañuelo al tío Artí en cubierta. Él se fue haciendo cada vez más pequeño mientras devolvía el saludo de despedida. Era una noche húmeda de verano y el sudor perlaba la frente de todos. Más tarde, el intenso calor no la dejaría dormir. Estaba acostada en la cama y pensaba en las historias que la tía Xhana siempre contaba, sobre personas valientes que se habían levantado para defender a su país, personas a las que Salomé siempre había imaginado formando un gran círculo alrededor de ella, espectralmente, con un resplandor tenue, vigilando, levantándose, sentándose, volviéndose a levantar, una y otra vez, para defender a su país, para hacer historia, en una danza lenta e inaudible. Ahora ellos se levantaron, en la oscuridad. Ella podía verlos claramente, los vio extender unas manos brillantes. ¿Adónde irás?, preguntaron, y ella contestó, Cuba. Ellos la tomaron de la mano y la llevaron por el aire hasta que aterrizó en una selva. El Che estaba allí, cubierto de sudor y barro. Te he estado esperando, dijo él, desde el día que naciste. Le alcanzó un mate. Ella bebió. La selva era húmeda y suntuosa y oscura. El tío Artigas salió de entre el follaje, también cubierto de barro, con un fusil colgado del hombro. La vio y dijo, Salomé, ¿estás preparada para rebelarte? Ella asintió. Él le entregó el arma. Ella se la colgó del hombro y, de pronto, también estuvo cubierta de barro, perfectamente radiante, perfectamente valiente, perfectamente fuerte. Entonces el Che sonrió, se inclinó para besarla en la frente como un padre, y dijo, Vamos.

Aquel verano, Mamá los llevó a la playa. Salomé y Roberto juntaron toallas y libros y los tres caminaron por la Rambla hasta los escalones de piedra que llevaban a la costa. El descenso era la mejor parte: cuando toda la flexible costra de arena se extiende ante vos, esperando la desnudez de tus pies, instándote a que te quites las sandalias, hundas los dedos en los granos, finos, pálidos, calientes por el sol de verano, extendiéndose completamente hasta la destellante espuma. Ellos leían en silencio tendidos sobre las toallas hasta que el calor los obligaba a correr hacia el agua, donde se salpicaban unos a otros librando pequeñas y caóticas guerras.

Cuba enviaba ondas a través de la ciudad: susurros, alabanzas estridentes, comentarios en la radio, banderas cubanas y estandartes donde se leía QUE VIVA LA REVOLUCIÓN pegados en las ventanas. Mamá también estaba diferente. Escribía furiosamente. Los poemas se derramaban de ella, alfombrando el suelo, páginas y páginas de versos frescos.

—¿Se puede saber de qué cuernos escribís? —preguntó el abuelo Ignazio.

—De todo. Política, cambio, la forma en que podrían ser las cosas.

—¿Para qué?

—¿Cómo?

—¿Por qué escribirlo?

—La escritura es esencial.

—Bah. No podés comerte un poema.

Comenzó la escuela. Salomé aprendió a leer líneas enteras de texto. Aprendió a cortar las naranjas en mitades y tercios que podían ser sumados y restados unos de otros. Un día de junio, la tía Xhana llegó del frío de la calle. Se quitó el abrigo y la bufanda y el sombrero. A través de la ventana, Salomé observaba a los robles que azotaban los muros de la prisión con sus ramas.

—Escribió. —Xhana mostró un sobre. Estaba radiante, recién lustrada—. Papá escribió.

Todos se reunieron alrededor de la mesa de la cocina. La abuela Pajarita sacó empanadas del horno. El abuelo había estado leyendo *El País* en la mesa. Junto a él, Roberto estudiaba álgebra. La abuelita se quedó inmóvil con una bandeja vacía en las manos. Xhana leyó en voz alta:

Querida familia:

Hola hola no se pueden imaginar cuánto los extraño. Cuando llegué aquí estaba entero y aún lo estoy. Transpiro mucho y no duermo pero soy feliz. Hay tanto trabajo por hacer. Principalmente he estado ayudando a convertir los casinos en escuelas, empresas privadas en fábricas nacionales. Lo que pertenecía a los ricos ahora le pertenece al pueblo. Los Estados Unidos no están contentos y ya veremos por cuánto tiempo más van a comprar nuestro azúcar. Ellos quieren que les devolvamos sus compañías. No hay nada seguro, todo depende de la esperanza. Y del trabajo, por supuesto, eso siempre. Estoy estudiando la música de La Habana. Qué música. Ritmos africanos, parecidos y diferentes al candombe nuestro. Todo es diferente y parecido.

Por favor, todos cuiden de todos…

Besos y más,

Artigas

—Gracias a Dios —dijo la abuela—. Ese hombre finalmente aprendió a escribir a su casa. Trajo las empanadas a la mesa. Las manos atacaron la bandeja desde todas partes.

—Parece que le va bien —dijo Mamá.

—¿Bien? —dijo el abuelo—. Se va a romper la espalda. ¿Y para qué?

—Para construir un país mejor —dijo Mamá.

El abuelo se irguió con dignidad, pero Xhana alzó una mano para detenerlo.

—Antes que nada, Pajarita, las empanadas están riquísimas.

—Hubo murmullos de aprobación—. Eso es unánime. Tío, pensalo de esta manera. Pensá en Uruguay. ¿Cuántas pensiones han recortado?

—Demasiadas.

—No es mucho lo que queda para los mayores.

—No.

—Una bolsa de papas, capaz.

El abuelo concedió ese punto asintiendo con la cabeza.

—¿Por qué crees que ha pasado eso?

El abuelo agarró otra empanada. Junto a él, Roberto reanudó sus ecuaciones.

—Los tiempos son difíciles. Nuestras industrias tienen problemas.

—¿Y qué más?

Ignazio se encogió de hombros.

—La deuda a los yanquis, tío.

—Es verdad. —Mamá se inclinó hacia delante, arrojando una sombra sobre la página de Roberto. Él dejó el lápiz con demasiada fuerza—. Le estamos quitando a nuestra propia gente para darle a aquellos que más tienen.

—Las deudas hay que pagarlas —dijo el abuelo.

—No a expensas de los trabajadores —dijo Mamá.

—Mmmm.

—¿Qué querés decir con "mmmm"?

—Eso es lo mismo que dicen los comunistas.

Mamá se puso tensa.

—Por supuesto —dijo Xhana—. Yo soy comunista.

El abuelo Ignazio miró a Eva.

—¿Vos sos, hija?

—Todavía no estoy segura.

El abuelo suspiró.

—¿Qué pasó con el antiguo batllismo?

—Nuestros líderes lo vendieron —dijo Xhana —al mejor postor.

El abuelo Ignazio se volvió hacia su esposa.

—Pajarita, ¿vos sabías que tu sobrina era comunista?

—Claro que sí.

—¿Y qué pensás de eso?

—Espero que se quede a comer.

—¿Y qué me decís de tu hija?

—Espero que ella también se quede.

Mami se echó a reír. El abuelo Ignazio hundió los hombros en un exagerado gesto de derrota.

—Me encantaría —dijo Xhana.

Tenía once años, una buena niña, una niña de aspecto insulso, con dos trenzas que colgaban finas y flojas contra el cuello, a pesar de los intentos de Mamá por enriquecer su pelo, los ungüentos, lavados, champúes fragantes, remojones en aceite de oliva que la dejaban oliendo como una ensalada. Nada funcionaba; seguía siendo insulsa. Los años por venir la desconcertaban y aterraban y excitaban. Quería crecer dentro de una nueva piel, del modo en que lo había hecho Roberto, con catorce años ahora, separado de ella, casi un hombre, apoyando una navaja de afeitar sobre las mejillas cada mañana. Ya no estaban unidos como antes. Estaba sola. No era buena para hacer amigos, aunque en la escuela había chicas que recurrían a ella cuando necesitaban ayuda con los deberes, y en sus casas veía a sus madres, con los delantales sujetos a sus amplias cinturas, el pelo echado bruscamente hacia atrás como si no les importara, como si tuviesen cosas más importantes en las que pensar que sus peinados. Ellas horneaban y limpiaban y esperaban a sus esposos y no escribían poemas ni parecían tener secretos escondidos en los armarios o en la ropa o en los recados de las mañanas. Ella no iba a menudo a las casas de sus amigas. Leía constantemente. En algunas historias, algunas de ellas muy viejas, había chicas que no eran realmente chicas sino hadas que pertenecían al bosque, a una casa dentro del tronco de un árbol o caña o río, y ella buscaba, a veces, en las calles de la ciudad, en su ciudad que estaba desarrollando un cinturón de cantegriles —lejos de donde ella estaba, pero había visto uno, conocía sus casuchas tristes y atestadas de gente, seguía viéndolas en sueños— buscaba duendes o fantasmas o brujas que pudieran abrir puertas inesperadas en el aire diáfano.

Obtuvo una beca para asistir a un colegio privado. Roberto también. Ella no supo nada de la solicitud de ingreso hasta que Mamá le enseñó la carta de aceptación.

—Estás feliz, ¿verdad?

Salomé asintió. Pensó en el Crandon, un gran edificio blanco con las paredes cubiertas de hiedra. Ella sólo lo había visto a través de las puertas de hierro.

—Vení acá, hija.

Dejó que su madre la abrazara. Su pelo olía a almendras dulces. Ambas fingieron que ella no era ya demasiado grande para sentarse en su regazo.

—Cuando tenía tu edad dejé la escuela. ¿Lo sabías?

Ella no lo sabía.

—Trabajaba en un negocio.

Ella trató de imaginarlo, una Mamá joven, vendiendo zanahorias o blusas o juguetes mientras las lecciones quedaban desatendidas.

—Pero vos. Vos podés ser cualquier cosa.

Su mano trazó lentos arcos a lo largo del cuero cabelludo de Salomé.

En su primer día en el Crandon, Salomé despertó ante el sonido de un viejo tango, cantado en la voz tostada de su madre. Se levantó de la cama y siguió la melodía. Miró en la sala de estar y se quedó asombrada ante lo que vio: Mamá estaba planchando. Meticulosamente. A las cinco y media de la mañana. Llevaba el mismo vestido azul que la noche anterior. *Y un rayo misterioso,* cantaba, *hará nido en tu pelo.* Hacía danzar la plancha hacia delante, a través del cuello blanco y crujiente del nuevo uniforme. *Florecerá la vida.* Salomé percibió una profunda conversación privada entre mujer, plancha, tela. Se retiró sin hacer ruido y volvió a acurrucarse en la cama. Afuera, el cielo tenía el color del pelo de una mujer anciana.

Roberto y ella atravesaron la ciudad en autobús. Su falda plisada le rascaba las rodillas. Dentro de las puertas de hierro, chicos con el pelo engominado y chicas con aros de perlas se congregaban sobre un césped perfecto. Las aulas tenían el olor a limón artificial de los lugares recién fregados. Las ventanas formaban cofres pulidos contra el cielo. Ahora tenía una profesora de inglés, que no usaba un suéter hecho con lana que ella misma había hilado y tejido, sino una chaqueta hecha a medida con una falda a juego. Hablaba inglés con un lento resplandor.

—Aprenderán… a hablar… como un ciudadano de… Estados Unidos. ¿Qué es Estados Unidos? ¿Clase?

Los deberes se apilaban. Estaba prohibido hablar fuera de turno en clase. Los pasillos resonaban con sus pasos y los pasos de los muchachos con el pelo engominado y las chicas con aros de perlas.

—¿Y bien? —preguntó Mamá aquella noche—. ¿Cómo te fue?

—Bárbaro —dijo Roberto.

—Bien —dijo Salomé.

—¿Mucho que estudiar?

—Sí.

Ella estudiaba un idioma completamente nuevo, palabras nuevas para las mismas cosas familiares. Ella estudiaba Estados Unidos, el país al norte del norte, memorizando sus estados, cincuenta de ellos, desde Alabama hasta Wyoming, estados enormes, muchos de ellos más grandes que todo Uruguay. Estudiaba los dólares, cómo convertirlos en centavos, su volumen comparado con los pesos. Aprendió las capitales de las naciones europeas. Aprendió que había compañías extranjeras que podían contratar a muchachas uruguayas si eran inteligentes, pulcras y sabían inglés y escribir a máquina. Aprendió biología, geometría y todo lo relacionado con las dos guerras mundiales. En casa, aprendió a planchar las faldas plisadas y a hablar en inglés para Mamá, diciendo *por favor* y *claro que sí* y *qué zapatos tan lindos, Madre.* Mamá la animaba y aplaudía cada vez que lo hacía.

—Pensé que no te iba a gustar el inglés —dijo Salomé.

—¿Y por qué no?

—Es el idioma de los yanquis.

—¿Y?

—Está en contra de las revoluciones.

—Esas son bobadas —dijo Mamá rápidamente—. Un idioma no puede estar en contra de nada.

Ambas se quedaron en silencio, mirándose. Era casi de noche; glifos de luz pendían a baja altura a lo largo de las paredes.

—De todos modos tenés que entenderlo. Es el idioma de las oportunidades.

Roberto había hecho un amigo, Edgar, un chico pecoso obsesionado con la química. A veces iba a casa a comer y limpiaba el plato no importaba cuántas veces la abuela lo llenase, y contestaba educadamente a las preguntas que le hacía el abuelo. Sí, mi padre es abogado; no, vivimos en Malvín; creo que soy bueno jugando al fútbol; por supuesto que Peñarol es mi equipo. Salomé se preguntaba cómo sería traer a una amiga a casa. La mayoría de las chicas en el colegio no se parecían en nada a ella. Su pelo estaba perfectamente en su sitio; tenían piscinas en los jardines de sus casas; todos los días llevaban un collar de oro diferente; sus risitas eran delicadamente calibradas. Para su alivio, todas ellas tendían a ignorarla. También ignoraban a Leona Volkova. Leona se sentaba siempre con las rodillas juntas, pero no cruzadas. Nunca sonreía en clase. Era la única chica judía, educada y de hablar suave… hasta el día en que se levantó de golpe para decir que León Trotsky no había sido un loco.

En el aula, el aire se tensó como una brida. Todos los ojos se volvieron hacia Leona, que estaba de pie y con las manos entrelazadas delante de ella.

La señorita Magariños tenía la expresión de alguien a quien le han puesto un supositorio.

—¿Perdón?

—No era un loco —repitió Leona.

—Jovencita, nadie le preguntó.

—No, señorita Magariños. Pero aun así. Gracias a él mi familia pudo salir de Rusia con vida.

Leona miraba fijamente a su profesora, quien miraba a la pared. Se sentó torpemente.

La señorita Magariños tosió y continuó con la clase. Los alumnos volvieron a encorvarse sobre sus cuadernos. El aire permaneció tenso y pesado hasta que sonó la campana.

Después de clase, Salomé caminó junto a Leona en el pasillo.

—Eso fue valiente.

Leona no la miró. Sus rizos oscuros parecían estar a punto de rebosar la banda elástica que sujetaba su pelo detrás de la cabeza.

—¿Tú crees?

—Claro.

—Eso no fue nada. No comparado con lo de otra gente.

—¿Como Trotsky?

—Sí. Como León Trotsky.

Ambas salieron al prado de césped recién cortado y fragante. León. Leona.

—¿Te pusieron el nombre por él?

El sol se reflejaba en las gafas de Leona, oscureciendo su expresión.

—¿Cómo supiste?

Salomé se encogió de hombros. Acomodó los libros en la cuna de sus brazos.

—Mi segundo nombre es Ernestina. Mi madre dice que me lo puso por el Che.

—¿Cómo es posible?

—Ella dice que lo conoció en Buenos Aires, en el 51, cuando yo nací.

Leona se echó a reír. Era diferente cuando reía, casi bonita (y muchos años más tarde, temiendo por su vida, Salomé recordaría a Leona de esta manera, una chica sonriente con el sol reflejado en sus lentes).

—¿Le creés a tu madre?

—Algunos días. ¿Le creés vos a la tuya?

—Sí. —Se había puesto seria otra vez. Bajó la voz—. ¿Sabés que el Che hablará en la universidad?

—Sí, claro.

—Mi hermana, Anna, estudia allí. Vamos a ir a oírlo.

Leona tenía los ojos muy abiertos, su postura era erguida, olía a mandarinas y pasta de dientes. Parada allí, en el borde del césped, con un uniforme almidonado y plisado bajo el fuerte sol, Salomé no podía pensar en un destino mejor que la amistad con esta chica.

Leona miró a su alrededor, al extenso grupo de blusas blancas.

—¿Querés venir?

—Por supuesto. —Las blusas se dirigieron hacia el césped, donde brillaban intensamente bajo el sol del mediodía—. Pero voy a tener que preguntar.

Cuando Salomé preguntó, el peine de su madre se apretó con fuerza contra su cuero cabelludo.

—Por supuesto que no podés ir.

Sus manos tomaron la mitad del pelo de Salomé, lo dividieron en tres y lo trenzaron enérgicamente.

—Pero, Mami, ¿por qué no? Ya fuimos a otras conferencias…

—Esta no es una conferencia común y corriente. Es polémica.

—¿Entonces?

—¡Entonces! —Sus dedos estiraron la trenza. Eran rápidos; eran flexibles; conocían muy bien este tejido—. Va a haber policías y muchas… emociones.— Una goma elástica se cerró alrededor de la trenza. Mamá la dejó caer y comenzó con el lado izquierdo.

Salomé quería apartar las dos manos de su pelo.

—¿Vos vas a ir?

—No. Es la noche en que jugamos a las cartas en casa de la tía Carlota.

La goma elástica final ajustó su nudo corredizo.

La noche de la conferencia del Che, comieron sin la presencia de Mamá. El abuelo les explicó historias en la mesa, viejas historias familiares, decoradas en otras partes. Un hombre se aventura en un acto de magia durante el carnaval. Una niña reaparece desde la muerte en la copa de un árbol. Parecía irreal, absurdo, más grande que la vida. Pero entonces, pensó Salomé, ¿qué se puede ganar de la pequeñez? Seguramente la resonancia —o el deseo ardiente de uno, el impulso de gritar tu alma en todas sus volubles explosiones— no era ningún crimen. Y, quizás, las historias que contaba el abuelo no eran en absoluto más grandes que la vida. Quizás, durante el siglo, el mundo mismo había cambiado, su alcance se había reducido, sus proporciones se habían encogido, sus límites fantásticos atraídos hacia el horizonte.

Estaba recogiendo la mesa cuando la tía Carlota llamó por teléfono.

—¿Dónde está tu mami, Salomé?

—Salió.

—¿Adónde?

Ella titubeó.

—A jugar a las cartas.

—¿Qué? ¿Con quién? ¿Quién sirve mejores picadillos en sus noches de partidas de cartas?

—Nadie, tía, estoy segu…

—Eso es, nadie. ¿De veras no sabés adónde fue tu madre?

—Ni idea —mintió Salomé.

—Bueno, decile que me llame.

—Claro.

Salomé cortó la comunicación y se quedó en el corredor con el auricular gimiendo contra la oreja. Había ido. Tenía que haber ido. En este momento, su madre estaba en una sala abovedada con el Che, mientras Salomé sólo escuchaba el zumbido de esta línea vacía. Escuchó ese zumbido hasta que comenzó a sonar agresivo. Fue a la cocina. La abuela Pajarita estaba lavando una cacerola de hierro fundido. Su trenza negra y plateada se balanceaba ligeramente, como si la punta estuviese limpiándole la cintura. Salomé secó los platos, quitando la humedad de las curvas, guardándolos en el armario con un leve tintineo. Parecía tan fácil: lavar, luego secar, luego guardarlos en su sitio. Ningún rastro de lo que se había hecho.

Cuando hubo terminado se deslizó dentro de la habitación de su madre y cerró la puerta. No encendió la luz. La luna entraba a través de la ventana con brazos de plata. Ella era ahora bastante alta, y bastante fuerte, y no temía cometer esa trasgresión o, si temía hacerlo, no permitiría que el miedo la dominase. Todo lo que necesitaba era una silla, como ésta, arrastrarla hasta el armario, hasta la caja que todavía estaba allí, de modo de poder moverla hacia delante, con paciencia, de puntillas. Aún era pesada; llenó sus brazos; la bajó hasta el suelo. Cuando abrió la primera solapa olió a eucalipto. Otra solapa, otra, y allí estaban, expuestos bajo la pálida luz de la luna. Zapatos. Zapatos de niño. Sus zapatos escolares con tirillas y los *oxford* de Roberto, los pares que les habían quedado pequeños el año pasado. Cada estrato contenía zapatos más pequeños que el anterior, hasta que, en el fondo, aparecieron unos zapatos diminutos de bebé, algunos con diseños de flores, algunos varoniles y sencillos, y cada zapato de cada tamaño contenía tres hojas de eucalipto, ni una más, ni una menos. Quería zambullirse dentro de los zapatos, nadar a través de la oscuridad buscando alguna pista sobre la mente de Mamá, alguna pista sobre el eucalipto, o cualquier otra cosa. Se llevó una hoja a la nariz y la olió, luego la frotó contra sus dedos como si fuese la primera hoja que hubiese sentido realmente en su vida, como si hubiera un código secreto en las finas nervaduras de su superficie, pero apretó con demasiada fuerza, la partió por la mitad, y retrocedió ante su propio acto de destrucción. Volvió a dejar la hoja dentro del zapato y los zapatos en sus respectivos lugares, plegó nuevamente las solapas y colocó la caja en su estante, la silla contra la pared nuevamente, nadie vio esto, nadie hizo esto, nadie lo sabe.

Aquella noche, mientras se dormía, pensó en cajas, puertas, salas de conferencia, las bocas de los zapatos, y cuánto, cuánto, deseaba saber.

La conferencia del Che terminó en violencia. Escucharon la noticia en la radio a la mañana siguiente durante el desayuno. Alguien disparó un tiro, se produjeron violentos disturbios en la calle y, al acabar la noche, los heridos se contaban por docenas. El abuelo se quejó de que los socialistas se estaban volviendo demasiado revoltosos y avivaban los problemas. Mamá bebía su mate sin alzar la vista.

Leona faltó dos días al colegio. Salomé la imaginaba con los huesos rotos, la piel herida, magulladuras, moretones. Pero cuando apareció, estaba entera e incluso sonreía. En la clase de inglés le pasó una nota a Salomé: *tenemos que hablar*. Durante la hora del almuerzo se aislaron bajo un eucalipto en la esquina del césped. Salomé estaba tan ansiosa por escuchar la historia que no pudo comerse el sándwich.

—Fue algo increíble. —Leona se quitó los lentes y limpió los cristales con el borde de su falda. Sus ojos estaban limpios y brillantes—. Dijo tantas cosas. Que la lucha en Cuba es nuestra lucha, que es algo espiritual, más allá de las fronteras, que se va a extender a todos los lugares donde la gente pase hambre. Llevaba puesta un boina negra y sus brazos bailaban todo el tiempo, e incluso desde lejos podías ver que es más guapo en persona. —Leona se interrumpió cuando tres chicas mayores pasaron junto a ellas, con las manos ahuecadas sobre las bocas en mitad de un chisme—. Dijo que no deberíamos odiar a los imperialistas, porque si no nos volvemos iguales que ellos, y en cambio podemos permanecer fuertes, dijo, y mantener los ojos puestos en la victoria, "¡Victoria!". Así lo dijo: "¡Hasta la Victoria!". Y cuando dijo eso, todo el auditorio comenzó a aplaudir.

Salomé deseó ese aplauso, estar dentro de él, ser llevada por él.

—¿Y cuándo empezaron los líos?

—Poquito después, pero escuchame, los diarios mintieron. El Che no los provocó. Estábamos de pie, aplaudiendo y vitoreando, y entonces oímos un disparo, una bala dirigida contra el Che. El pánico se apoderó de la gente y entró la policía como si estuviera interviniendo en una pelea; pero nadie estaba peleando excepto ellos. Golpearon a la gente que intentaba salir. A mi hermana le rompieron el brazo. Yo sólo salí con unos magullones. —Se levantó la manga de la camisa y le mostró a Salomé una marca redonda, desvaída, medio morada—. Un pequeño precio.

Salomé asintió, repitiendo las palabras del Che en su cabeza, consignándolas a la memoria, crípticas, inmediatas, premonitorias. La desvaída magulladura parecía brillar como un medallón.

Leona y Salomé pasaban largas horas debajo de aquel árbol. Comían el almuerzo mientras observaban a los otros estudiantes reunidos en el césped, o se instalaban allí para estudiar después de clase. En ocasiones cerraban sus libros de texto y hablaban sobre los libros que habían estado leyendo, no los títulos que les habían asignado en clase sino los que Leona tomaba prestados de la biblioteca de su hermana Anna. Anna tenía *El capital* de Marx, *Mi vida* de Trotsky, numerosas historias de América Latina, libros y ensayos escritos por Bolívar, Artigas, Batlle, Bakunin, Lenin, Castro, el Che. Salomé envolvía los libros en papel que sacaba de la carnicería para que los profesores no vieran los títulos e intervinieran. Los textos eran densos; ella agradecía las anotaciones hechas por Anna con tinta, que indicaban dónde las palabras eran tan importantes que debían ser subrayadas, o acompañadas de una estrella o —las más fuertes de todas— subrayadas y acompañadas de una estrella con un *¡Sí!* apuntado en el margen. Al principio trató de llevar los poemas de su madre, pero Leona los leía sólo por cortesía.

—La poesía —dijo finalmente —no es utilitaria.

Salomé tanteó el libro de su madre (oyendo la voz de su abuelo, *no podés comer un poema*) y lo volvió a guardar en su mochila. Tuvo más éxito cuando llevaba las cartas del tío Artigas: cada vez que llegaba una, Leona presionaba a Salomé para conocer su contenido, hasta que finalmente decidió copiar las cartas, palabra por palabra, cuando la familia no miraba. Qué cartas. Casi podías oler el sudor y la caña de azúcar cortada, el músculo y el hambre de sus días. Después de llevar treinta y tres años viudo, el tío Artí había encontrado nuevamente el amor, con Constanza, una octogenaria de Matanzas que podía mover cacerolas y sartenes con la mente. La primera vez que se besaron, afirmaba él, la mesa de la cocina giró hacia ellos e inmovilizó sus cuerpos contra una brillante pared amarilla. Convinieron entonces en que pasarían juntos el resto de sus vidas. Él pasaba algunos días en La Habana, otros en el campo, siempre blandiendo alguna cosa: libros escolares, machetes, fusiles, gasa medicinal. El gobierno era estricto, decía, pero había razones para ello. Leona leía cada palabra con avidez. Salomé la amaba por su apetito. Esto era amistad, verdadera y centellante, capaz de reconocer su deseo con toda intensidad, de sentir dónde se combaba en huecos cóncavos, donde se henchía en busca de significado, cómo presionaba y rascaba y quemaba contra el interior de su piel. Los deseos de Leona se combaban y henchían y rascaban junto con los suyos. Las palabras no eran necesarias para saberlo. Ella lo sabía mientras permanecían sentadas, en silencio, hombro con hombro, observando cómo las sombras de las ramas reptaban sobre el césped.

Salomé cumplió trece años. Uruguay estaba cambiando: se perdían puestos de trabajo, las fábricas cerraban, las pensiones se recortaban. Montevideo abría los brazos a una embestida de huelgas. Carniceros, granjeros, zapateros, trabajadores telefónicos, trabajadores del petróleo, trabajadores de la industria de la lana bloqueaban las calles de la ciudad. Salomé no los veía, pero veía las fotos en *El País,* muchedumbres con bocas vociferantes y banderas alzadas en alto. El gobierno decretó el toque de queda, estableció censura a la prensa, apaleó a los trabajadores, abrió fuego, arrestó gente. En la radio, el presidente Giannattasio llamó a sus acciones Medidas Prontas de Seguridad. Los panfletos inundaban las universidades en apoyo a los huelguistas. Roberto, recién ingresado a la universidad, se quejaba durante la cena.

—Están en todas partes. En el suelo, en los pupitres, pegados en las paredes. Es un fastidio.

—Pero las huelgas se hacen por una buena causa —dijo Mamá—. Las medidas nos roban los derechos civiles.

—¿Acaso no es eso lo que está haciendo Castro?

—Allí es diferente.

—¿Por qué?

—Es por la revolución.

Roberto no dijo nada; se sirvió más arroz en el plato.

—El muchacho tiene razón. —El abuelo Ignazio levantó su tenedor como si fuese un cetro—. La universidad sólo tendría que ser para los estudios.

Mamá frunció el ceño. Llevaba el pelo peinado en forma de elegante colmena, que Salomé, con sus aburridos mechones, no podía imaginarse llevando en su cabeza. Era extraño que Mamá se permitiese unos peinados tan elegantes cuando el dinero escaseaba. Parecía bastante burgués de ella. En una ocasión Salomé había intentado preguntarle, pero ella le había respondido bruscamente, "Me hace descuento, es una vieja amiga", y abandonado el tema.

—A lo mejor el mundo actual también merezca un estudio.

Un día de primavera, en la época en que los Beatles cantaron por primera vez en la radio, Leona la llamó, casi sin aliento y con una nota de urgencia en la voz.

—Salomé.

—Sí —dijo ella, su mente atestada de razones para esa llamada: una muerte trágica, un novio súbito, la primera menstruación de Leona (a Salomé le había ocurrido el añó anterior; le diría que no era tan malo).

—Rompimos relaciones con Cuba.

—¿Qué?

—El gobierno. Rompió las relaciones diplomáticas.

—Ah.

—Es algo serio. Los funcionarios de Estados Unidos le dijeron que tenía que hacerlo. Nuestro gobierno les debe dinero, de modo que hicieron lo que les ordenaron. —La línea crepitaba por la estática—. Cobardes. —El sonido de papeles—. 'Pera. Te lo voy a leer.

—Claro que espero.

—Bien. Esto es lo que dijo Estados Unidos: "Su gobierno está excusando la intolerable presencia del comunismo en este continente". ¿Lo podés creer? 'Pera.

Salomé oyó la voz de fondo de Anna.

—Escuchá, ahora tengo que salir. Te llamo más tarde. ¿Sí?

—Claro.

—Nos vemos mañana.

Leona colgó antes de que Salomé pudiera despedirse.

En la Plaza Independencia se había organizado una manifestación de protesta. Salomé escuchaba la radio e imaginaba el ambiente, los gritos, cachiporras, disparos, arrestos, Leona y su hermana en aquellas calles, arriesgando la vida. Se le ocurrió escapar de casa y unirse a ellas, pero era imposible; Mamá la vigilaba atentamente y no abandonaría la sala de estar. Ella fingió hacer sus deberes. Dos horas más tarde, Roberto irrumpió en la casa, su rostro encendido. Parecía viejo, no un muchacho.

—¿No deberías estar en clase? —preguntó Mamá.

—No pude entrar. Está ocupada.

—¿Qué está tomada?

—La universidad. —Las dos lo miraron. Roberto alzó las manos—. Son cientos, estudiantes y creo que profesores también, y ocuparon todos los edificios. Llevan pancartas y gritan. Es por ese asunto con Cuba.

Mamá parpadeó.

—¿Y la policía?

—Rodeó los edificios.

—¿Tienen armas?

—Obvio que sí.

Mamá se levantó lentamente y estaba pálida, con los labios rojos y el pelo negro, Blancanieves ante la manzana envenenada.

—Muy bien. Ninguno de los dos sale a la calle hasta que todo esto haya terminado. Salomé, no vas a ir al colegio.

—Pero...

—Ya me oíste. Te quedás en casa.

Salomé inclinó la cabeza sobre los libros. No ir al colegio significaba que no vería a Leona, ella no la pondría al día de lo que estaba pasando, no recibiría las historias de las calles debajo del árbol. Las fórmulas algebraicas la miraban desde el papel, obcecadas como jeroglíficos sin relevancia alguna esta noche. Desde la cocina llegaba el ruido de la abuela cortando zanahorias o papas; percibió el olor a cebollas friéndose en la sartén. Fuera de estas paredes, el mundo estaba cambiando, girando sobre su eje empujado por muchas manos, alimentado por todos los gritos y consignas y pies que marchaban y habitaciones abarrotadas y sueños ardientes… y ella no formaría parte de todo eso. Se preguntó cómo sería estar allí fuera.

Montevideo se estremeció y agitó durante días. Salomé seguía el curso de los acontecimientos a través de la radio. La universidad seguía ocupada por los estudiantes. Al tercer día, el embajador cubano arrastró su apresurado equipaje hasta el aeropuerto de Carrasco. Una multitud se había congregado allí para mostrar su solidaridad y decirle adiós. Salomé se enteró de los violentos incidentes por la radio: la policía utilizó cachiporras, no se detuvo cuando la gente caía al suelo, había sangre en las calles, había sangre en las puertas de vidrio del aeropuerto. Leona aún no la había llamado. Tal vez estaba en el aeropuerto, tal vez su sangre ahora veteaba los vidrios. Tal vez la revolución estaba llegando a Uruguay, describiendo círculos cada vez más bajos como un enorme halcón, algo espiritual, sin fronteras, arrojando una larga sombra como si buscara un lugar donde posarse, y la historia recordaría a todos aquellos que habían despejado un espacio para que lo hiciera. Ella quería ser valiente. Quería experimentar el eje del mundo. Hoy no puedo hacerlo, pensó, me lo prohibieron, no puedo encontrar una manera de escapar. Pero tú, larga sombra, que vuela en círculos, te prometo que me entregaré a vos. Cuando sea recordada, si es que soy recordada, será por haber ayudado al cambio. Si ahora contengo la respiración durante treinta segundos, eso sellará la promesa. Miró el reloj. Contuvo la respiración.

El teléfono sonó en el vestíbulo. La abuela atendió.

—¿Hola? ¿Qué? César, sí. Ah. Por supuesto… Lo lamento. ¿Ella está…? Desde luego.

La voz de Mamá.

—¿Qué pasa?

—Xhana está en el hospital.

—¿Está bien?

—Tiene algunas costillas fracturadas. Cortes en la cabeza.

Mamá profirió un sonido leve, gutural.

—Estaban en el aeropuerto.

—Tengo que verla.

—Andá. Yo cuido a los nenes.

Salomé pensó en la tía Xhana, los huesos rotos, la cabeza sangrando, lanzada contra el asfalto por la cachiporra de un policía. Esperó, absurdamente, que Mamá le dijese que la acompañara. Eso, por supuesto, no ocurrió. Inquieta, agitada, atrapada dentro de la casa, oyó a su madre agarrar las llaves y salir deprisa.

Xhana permaneció cinco días en el hospital y, una vez que la universidad volvió a abrir sus puertas y se reanudaron las clases, Salomé pudo ir a visitarla. El tío César estaba sentado junto a la cama, parecía más cansado de lo que ella lo había visto nunca. Xhana estaba apoyada sobre unas almohadas y sus ojos se iluminaron cuando vio los claveles en las manos de Salomé.

—¡Qué lindos! —dijo, sonriendo, y Salomé vio que había perdido dos dientes.

Durante el año siguiente —mientras estudiaba química y Hemingway y arte, mientras susurraba con Leona a la sombra del eucalipto, a través de días y noches bulliciosos en la casa de Punta Carretas— Salomé escuchó todas las conversaciones que podía encontrar. Ahora era una espía, subrepticia, urgente, decidida a rastrear las sombras hasta su origen, a ver el mundo en todas sus marañas y conseguir un lugar propio en medio del caos. Había muchas conversaciones, en voz baja, en voz alta, preocupadas, furtivas, impetuosas, contemplativas, excitables, didácticas. Abría las orejas y se volvía invisible. En los pasillos del Crandon, en la calle, en la carnicería de Coco, en la cocina de Xhana, en la cocina de la abuela, detrás de la puerta cerrada de Mamá, en la parada del autobús, ella juntaba palabras y las unía como en un rompecabezas:

Cambió todo.
Es algo temporal.
Es un desastre.
Esto es prácticamente una dictadura.
Ah, no me embromes.
No me embromes vos. Mirá la policía.
Es verdad.
¿Ves?
La economía es un desastre.
Siempre nos hemos recuperado.
Esto es diferente.
Somos un país tenaz. La Suiza de América del Sur.
Eso era antes.
El pasado nunca muere.
No te has actualizado.
Los sindicatos son fuertes.
También la pobreza.
También la violencia policial.
Francamente, no puedo creer la violencia que tienen.
No es uruguaya.
Ahora es.
Nos levantaremos para protestar, como el resto del mundo.
Mirá Cuba.
Mirá Europa, China, Vietnam.
Mirá Mississippi.
Mirá los Tupamaros.
¿Tupamaros? ¿Quién carajo son esos?
No estoy seguro, pero tiraron panfletos en la universidad.
Creo que pusieron una bomba el otro día.
Sí, delante del edificio de la marina de Estados Unidos.
Mmm. Qué tipos macanudos.
Escuché que escribieron *gringos piratas* en la pared del edificio.

Escuché que se llaman así por Túpac Amaru.
Escuché que roban bancos.
Escuché que tienen armas.
Escuché que están ahorrando para la revolución.
Escuché que les entregan el botín a los pobres.
Escuché que son un brazo del partido socialista.
Son delincuentes.
Son héroes.
Nuestros legisladores son delincuentes, así que, ¿a quién le importa realmente?
Exagerás.
Sos un ingenuo.
Les pegan a los huelguistas.
Bueno, se están volviendo demasiado descontrolados.
¿Demasiado descontrolados para quién?
Exacto.
Están despidiendo a periodistas.
¿Y qué? Están despidiendo a todo el mundo.
Necesitamos una revolución.
Por supuesto que no.
Estamos al borde de una dictadura.
No me embromes, no somos esa clase de país.
Ya empezó.
No puede pasar aquí.
Por supuesto que sí.
No va a pasar.
Te digo que ya está pasando.
Si la gente tiene un poco de paciencia, las cosas van a mejorar.
¿Y si no mejoran?
Entonces…
¿Entonces qué?

Los quince parecían acercarse a ella a toda velocidad, se suponía que las chicas deben volcarse y hacer planes y contener el aliento para el día de su fiesta de quince, saboreando el insoportable suspenso, pero a Salomé se lo tenían que recordar su madre y su abuela, quienes se preparaban para esa fecha con meses de antelación, quienes cosían el vestido tarde por las noches, la sala de estar un océano charro de volados blancos, preguntando, ¿te gusta esto? ¿y esto? Más capas aquí, ¿qué te parece? Salomé asentía o meneaba la cabeza sí o no y dejaba que ellas pincharan, hilvanaran, la hicieran girar lentamente, analizaran, afirmaran que estaba tan bonita. El resultado final hizo que se sintiese delgaducha y desgarbada. Seguía siendo angulosa, de miembros largos, un boceto de la feminidad. Y, de todos modos, a ella le parecía que los beneficios de convertirse en una mujer, los solemnes dones concedidos, eran decepcionantes: su primer lápiz de labios, rosado y pegajoso en su boca; tacos altos sobre los que perdía el equilibrio; guantes largos y blancos para que hicieran juego con su vestido con volados. Seguramente había algo más, un mayor incentivo para aceptar las inescrutables cargas de la edad adulta.

La fiesta la mareó con su calor y gentío y ruido, su festín de suficientes masitas, empanaditas, alfajores, pascualina y pebetes para alimentar a todo Montevideo. El pastel parecía contener un millar de porciones. Los invitados, uno por uno, le dijeron lo hermosa que estaba, lo que hizo que se sintiera un tanto suspicaz. Sin embargo, una vez que bebió un par de copas de champán y el baile comenzó en serio, sucumbió a las corrientes eléctricas ocultas del placer. La alegría, después de todo, acechaba en sus huesos, caliente y pegajosa y caudalosa, y también la vio reflejada en los invitados mientras bailaban: la tía Xhana y el tío César se movían al compás de un ardiente tango; los pelos grises de Coco y Gregorio se entremezclaban mientras se apretaban uno contra el otro; el abuelo hacía girar a Mamá y Mamá reía y los ojos de él se abrieron mucho con una especie de perplejo sobrecogimiento; hasta Roberto salió a la pista de baile, agitándose sonrojado con los Beatles, "Do You Want to Know a Secret", con Flor, su novia, la prima de Edgar, su pelo suelto del color de las castañas, su cuerpo serpentino, su rostro sereno y radiante. Salomé nunca sería como Flor, tan armonizada con las filigranas del deseo, capaz de dominarlas y llevarlas a su esfera sin emitir un sonido. No importaba. Ella no quería ser Flor, tersa, vacía, mientras el mundo se rompía en pedazos y se transformaba a su alrededor. Ella siguió sonriendo a la multitud. Leona no estaba allí. Extrañaba a su amiga, que últimamente había estado muy ocupada, y distraída, porque su tía estaba enferma, o eso era lo que decía. Seguramente Leona no tenía ningún motivo para mentir, no a Salomé, con quien lo compartía todo; razón de más para que las mentiras fueran difíciles, torpes, pobremente dichas, haciendo que Leona apartase la mirada cuando hablaba de su tía y de su larga enfermedad, mirando hacia las grandes puertas de hierro en el extremo del césped.

Los largos guantes blancos comenzaron a picarle. Algunos secretos se cuentan con facilidad, pero otros pueden hacer combustión si se los acerca demasiado a las palabras. Y si ahora soy una mujer, si es verdad que estos volados pueden convertirme en una verdadera mujer, que este champán y este baile pueden despojarme de mi infancia, entonces quiero entrar, quiero ver lo mismo que Leona ve, quiero entrar en los lugares escondidos que ella quizá no conozca pero que yo creo que ahora conoce, lugares llenos de peligro que no puedo nombrar ni imaginar pero que seguramente no son para niños, nunca serán para niños, son sólo para hombres y también quizás para mujeres que pueden decir que son verdaderas mujeres y no tienen miedo de mirar a su propio destino a los ojos.

Llevó dos meses. Estaban en el baño del sótano, un lugar medio abandonado que apestaba a óxido mohoso. Afuera llovía. Salomé tenía una carta de Artigas.

—Escuchá esta parte: "Todavía nos estamos recuperando de la partida del Che. Algunos dicen que abandonó la Revolución. Pero yo creo que se fue a extenderla por otros lugares de América Latina. ¿Quién sabe dónde aparecerá la próxima vez?"

Alzó la vista. Las sienes de Leona estaban perladas de sudor.

—¿Qué pensás?

Leona golpeaba el lavamanos con las uñas. Parecía preocupada por algo: un examen a la vuelta de la esquina, una piedra en el zapato.

—¿Qué pensás *tú*?

—Creo que es verdad. Creo que se está extendiendo. —Salomé aspiró una bocanada de aire mohoso—. Quiero ser parte de ella.

—¿Cuánto lo querés?

El tono de voz de Leona era desconcertante.

—Vos sabés cuánto.

Leona se acercó un poco más. Su rostro se tensó alrededor de la mandíbula.

—¿Con todo tu ser?

—Sí.

Leona estudió el rostro de su amiga. Llevaba el pelo sujeto en una colita de caballo; unos cuantos mechones rebeldes formaban un halo encrespado. Su expresión se suavizó; la mirada se volvió casi tierna.

—¿Serías capaz de dar la vida?

Salomé no respiraba. Ninguna ventana agraciaba el baño del sótano; la única luz se escabullía desde una lamparilla débil y desnuda. Colgaba justo encima de ellas, de modo que sus frentes estaban iluminadas, mientras que los mentones estaban medio perdidos en la oscuridad. Dos colegialas hablan en un baño. Dos mujeres jóvenes definen sus vidas. Ella oía la lluvia que caía en golpes distantes contra el edificio. Su mundo estaba lleno de lluvia y dientes y cachiporras para romper esos dientes, y aquí estaba ella, colegiala, mujer, excitada y viva y temerosa, contemplando a su amiga, escuchando resbalosos apetitos en su cuerpo, la promesa que había hecho con la respiración contenida cuando aún era una niña, pensando que un día sería lo bastante fuerte, ¿pero soy lo bastante fuerte? ¿Cuán fuerte es suficiente? Algunos pasos son finales, no podés regresar, no podés saber cuándo estás preparada o incluso ver el camino que tenés delante, sólo podés mirar la oscuridad con sus tenues destellos y explosiones lejanas y giros abruptos y sopesar —rigurosamente, rápidamente— el precio.

—Sí —dijo.

Leona registró su cara, sonrió. Sacó un papel de la mochila, escribió contra la pared, puso la hoja en la mano de Salomé y se marchó del baño.

Salomé leyó la nota. *Reunite conmigo afuera de El Chivito Sabroso mañana a las seis menos diez en punto. Asegurate de estar sola. Hacé pedazos esta nota inmediatamente.*

Al día siguiente, después de clase, Salomé hizo rápidamente sus deberes. No tenía tiempo de cambiarse; tendría que ir con el uniforme.

—Salgo —le dijo a su madre mientras se dirigía a la puerta.

Mamá alzó la vista del libro.

—¿Adónde vas?

—A ver a una amiga.

Mamá enarcó una ceja esculpida.

—¿Qué amiga?

Salomé pensó deprisa. *Hasta la Victoria.*

—Victoria.

—Victoria. ¿Va al Crandon?

—Sí.

—¿Terminaste los deberes?

—Sí.

Mami se relajó y Salomé sintió una punzada por haber mentido. La apartó, recordando la noche en que el Che Guevara había ido a hablar a la universidad. Su madre también mentía acerca de sus destinos.

—¿Volvés a cenar?

Ella no tenía idea.

—No.

—Que te diviertas. No vuelvas muy tarde.

A las seis menos doce, Salomé estaba delante de El Chivito Sabroso. Había dejado de llover; el atardecer comenzaba a acariciar las piedras y los ladrillos. Intentaba no pensar en las horas que la esperaban, cavernosas y blancas, cegadoras, inescrutables. A través de la ventana del restaurante observó a tres hombres melancólicos que compartían una jarra de cerveza. Una mujer solitaria comía su chivito[3] y los ingredientes —carne, huevo frito, jamón, panceta, queso— se escapaban por la parte inferior cuando lo mordía. Un mozo mantenía una guardia indiferente. Al otro lado de la calle, dos policías se pararon en la esquina. Pasó un autobús lleno de trabajadores cansados. Uno de los policías empuñó la pistola que llevaba en la cadera, innecesariamente, mientras continuaban su camino.

Leona dobló la esquina. Salomé alzó la mano para saludarla, pero ella pasó a su lado como si fuesen desconocidas. Aminoró el paso sin volverse. Salomé la siguió manteniendo una corta distancia. Las dos caminaron hasta el final de la cuadra, luego giraron a la derecha, luego dos cuadras más y a la derecha otra vez. Ahora estaban en una calle tranquila, débilmente iluminada, flanqueada por edificios agotadas. Leona se detuvo delante de una lavandería automática. Las luces estaban apagadas. El cartel de la ventana decía CERRADO. Leona llamó a la puerta; se abrió; entró rápidamente. Salomé se quedó sola en la calle desierta. Olía a alcantarillas frescas de lluvia. Se acercó a la puerta y ésta se abrió antes de que pudiera golpear. Leona la hizo entrar y la condujo a través de la oscuridad, pasando junto a lavadoras invisibles, hacia la parte trasera de la tienda. Llegaron a la pared del fondo; Salomé estiró la mano para tocarla y palpó los mangos de escobas y trapos y palos para lavar el piso. Leona golpeó en el extremo

---

[3] En Uruguay se le llama chivito al sándwich de lomo. (N. del t.)

izquierdo. Se abrió y Leona tomó a Salomé de la muñeca y la hizo pasar a través de la puerta invisible.

Entraron en una habitación oscura y estrecha que no tenía ventanas. Allí había cuatro personas: Anna, la hermana de Leona, con su cara afilada y lentes con marco dorado; un joven con el cuello almidonado; otro hombre de unos treinta años con el rostro cuadrado y una barba espesa; y un muchacho grande y corpulento con el pelo caído sobre la cara que parecía mayor que Salomé, de unos diecisiete años. Le resultaba familiar, pero no conseguía ubicarlo, no podía pensar, porque todos la estaban mirando.

Leona le indicó que se sentara. Salomé se instaló con cuidado sobre el suelo helado, lamentando haber salido deprisa de casa con la falda del uniforme que la cubría hasta la rodilla. Sintió en su boca los alientos mezclados de seis personas y dos lámparas de aceite.

Barba Espesa le indicó con la cabeza a Leona que cerrase la puerta.

—Bien —dijo Barba Espesa —conque tú sos Salomé.

Ella asintió. Todos los ojos estaban fijos en ella.

—¿Se puede confiar realmente en ella?

El asentimiento de Leona fue categórico.

Barba Espesa miró a Salomé. Sus ojos eran verde oscuro, matizados por una veta marrón.

—¿Qué sabés de los Tupamaros?

Ella se aclaró la garganta. De modo que aquí estaba.

—Planean liberar Uruguay.

—¿Dónde esuchaste eso?

—En los diarios...

—Los diarios son mucho menos favorables.

—Y en las conversaciones de mi familia.

El muchacho de los mechones en la cara sonrió y ahora ella pudo reconocerlo, el nieto de Cacho Cassella, el mago de los años de juventud del abuelo. Tinto Cassella. Él le guiñó un ojo bajo la luz mortecina.

Barba Espesa continuó.

—¿Qué pensás *tú* de los Tupamaros?

Ella le había estado dando vueltas a esa pregunta todo el día.

—Que son importantes. Y valientes.

—¿Qué le dirías a un Tupamaro si conocieras a alguno?

Observó a Leona con su visión periférica, alzando la barbilla, inclinándose hacia delante, y Salomé casi pudo oler el eucalipto, sentir la luz granulada del césped del colegio.

—Admiro lo que están haciendo y quiero formar parte.

Barba Espesa se mantuvo impasible.

—¿Y qué si el tupa te dijera que la liberación sólo se consigue a través de la acción, incluyendo la fuerza, cuando es necesario?

Fue en ese momento cuando vio las armas. Casi se fundían con las paredes oscuras: fusiles en un rincón, una pistola en la rodilla de Anna. Ella había visto armas antes, en un policía, en las manos de un soldado, en fotos de la revolución cubana, pero nunca tan cerca, y no en el regazo de una muchacha universitaria, no al alcance de un hombre que la estaba sometiendo a una prueba. Sentía que su cuerpo era una copa llena de hielo picado, tan frío y comprimido. Pero las armas, por supuesto, eran necesarias, ¿verdad? Una sucia necesidad que no querés pero no podés ignorar, como la defecación. Pensó en el Che, el luminoso Che, abrazando un fusil lustroso en su sueño. La atmósfera era densa, sin ventilación, opresiva.

—Estaría de acuerdo.

Barba Espesa se inclinó hacia ella.

—¿Cuántos años tenés?

—Quince.

—¿Entendés lo que se te está pidiendo?

—Sí.

—¿No creés que sos demasiado joven?

—No.

El hombre se acarició la barba. Miró alrededor de la habitación.

—¿Algún comentario?

Tinto alzó la mano.

—Yo la conozco. Nuestros abuelos son amigos. Ella es una buena persona, de confianza.

—Yo le confiaría mi vida —añadió Leona.

—Eso está bien —dijo Barba Espesa—. Tal vez tengas que hacerlo. ¿Alguna preocupación?

La habitación permaneció en silencio.

—¿Todos a favor?

Todos los miembros alzaron las manos. Leona la abrazó con fuerza.

—Bienvenida, amiga.

Cada Tupamaro se levantó y besó a Salomé. La mejilla de Tinto era suave y tersa; la de Barba Espesa, bastante tierna. Su nombre era Orlando. Le presentó a los demás; Tinto, Anna y Guillermo, el hombre con el cuello almidonado. Orlando dijo que era el jefe de la célula; Anna se lo explicaría. Anna se levantó los lentes y se volvió hacia Salomé. Los Tupamaros, dijo, también se llamaban Movimiento de Liberación Nacional. De ahora en adelante, todo debía mantenerse en el más absoluto secreto. Anna hizo una pausa. Salomé asintió. Anna continuó. El movimiento estaba organizado en células. Ésta era su nueva célula. Sólo una persona en cada célula conocía a otros Tupamaros. Orlando se reunía con los demás y traía la información al grupo. Si eran capturados en el curso de alguna misión, ellos no podrían revelar más que unas pocas identidades, aun cuando se les aplicase presión en los interrogatorios; pronunció estas últimas palabras lentamente, saboreando cada sílaba. Había algo como de cuchillo en Anna, en su fino aplomo, sus palabras afiladas. Como que no dudaría en cortar el mundo en dos.

—¿Entendés?

Salomé asintió.

—Muy bien —dijo Orlando—. Continuemos.

Ella permaneció sentada en silencio durante el resto de la reunión. Fue ordenada, educada, casi banal; a ella le recordó a un grupo de estudio evaluando sus deberes, hablando de investigación (¿quién ocupa el cargo más alto en el Banco Federal? ¿qué hace los fines de semana?) y proyectos artesanales (cuarenta pares de esposas caseras para la semana siguiente) y planes (la próxima reunión es en el sótano del tío de Guillermo). Resultaba difícil creer que todo esto fuese real. Se imaginó levantándose de un salto, corriendo al callejón, gritando *¡Soy una tupa!* a las ventanas cerradas y el cielo aterciopelado. La reunión terminó. Tinto se acercó a ella.

—Salomé. Qué sorpresa.

Ella se levantó con dificultad de su torpe postura en el suelo.

—Una sorpresa agradable, por supuesto.

Su corpulencia la sorprendió. Había sido un niño flaco y desgarbado. Lo llamaban Tinto porque su cuello era largo y fino como una botella de vino tinto. Ahora no había nada fino en él, aunque su cuello sí parecía estirado. Ansioso. La luz de las lámparas de aceite se volvió más tenue y ella lo agradeció porque había empezado a sonrojarse.

—¿Cómo está tu abuelo?

—Sigue trabajando —dijo Tinto—. Dice que si no puede poner comida en la mesa más le valdría estar muerto. —Se apartó un mechón de pelo de la cara. El mechón volvió a caer un segundo después—. ¿Cómo está el tuyo?

—Está bien.

Ambos se miraron.

Leona le tiró del brazo.

—Salimos de a uno. Tu turno.

Tinto la besó rápidamente.

—Te veo la próxima vez.

—Nos vemos ahí —dijo ella y se volvió hacia el pasillo. Dudó un momento al llegar al umbral; no podía ver nada; afuera, la noche había caído hacía tiempo. Nunca antes había caminado en una oscuridad tan profunda. Le hubiera gustado tener una linterna o una vela, pero sabía que no era apropiado pedirlas, de modo que extendió los brazos delante de ella y echó a andar a través de la habitación negra como boca de lobo con su guante oculto de máquinas.

siete

CONEJOS DE ACERO Y CANCIONES QUE DERRITEN LA NIEVE

Ellos estaban preparando la revolución. Había mucho por hacer. Había que conseguir armas y miembros; bancos y clubes de tiro que asaltar para conseguir suministros: alambre de cobre para enrollarlo y darle forma para que sujetara de modo que no lastimara. Salomé se probaba cada par de esposas que fabricaba. Empujaba las muñecas contra los alambres, y si dejaban cortes rojos seguía ajustándolas para suavizarlas. Por supuesto, siempre podían perder la forma en el bolso o el bolsillo o la mochila de algún tupamaro sin rostro, pero aun así, ella hacía lo mejor que podía. Los usuarios de las esposas podían ser guardias, empleados de banco, clientes, recepcionistas, la misma gente por la que luchaba el Movimiento. Lo último que queremos hacer es lastimar a esa gente, pensaba, formando círculos lentamente, transmitiendo al alambre sus buenos deseos. Durante los operativos, los Tupamaros siempre se mostraban amables y educados. La cortesía era una regla esencial del Movimiento.

Había muchas reglas que aprender. Las reglas se filtraban en su mundo y en su mente. Regla Uno: estar impecable, no llamar la atención. Ella podía hacer eso, era algo natural, se había estado preparando toda la vida. Regla Dos: ser devoto. Sí. Ella no era demasiado joven, podía trabajar, se podía confiar en ella, podía entregarse a algo noble y ardiente, les demostraría quién era. Regla

Tres: guardar secretos. Ella también podía hacer esto, aunque en ocasiones la asaltaban por sorpresa unas extrañas tentaciones. Su nueva identidad rugía y bullía y echaba espuma. Podría haberle gritado al conductor del autobús *¡Voy a salvar su país!* Casi le susurró a la monja en la última fila, *lo entiendo, sí, sí, yo también hice un voto.* Y el hombre canoso al otro lado del pasillo que le miraba las piernas boquiabierto: *Cuidado, no le dijo, no sabe quién soy, no ha visto las armas que guardo debajo de mi cama.*

Ella las escondió obedientemente, como le habían dicho. El truco consistía en guardarlas debajo del colchón y luego mantener la cama tan bien tendida, con las sábanas tan limpias, que a ningún miembro de la familia se le ocurriera tocarlas. El día que Salomé llevó a su casa su primer botín —dos pistolas y un fusil— estuvo ablandando la almohada durante veintisiete minutos y ajustó la colcha verde y azul durante toda una hora. Estaba ordenado, prístino, terso, liso, por supuesto que sí, un poco hacia la izquierda, estirarlo un poco a la derecha, era eso una arruga, no, era sólo un pliegue sutil entre los triángulos de la tela, ahora la almohada tiene una depresión, ahora está convexa, ahora la manta, cómo está la parte de abajo, parece que está bien, todo limpio, todo pulcro, ésta es una cama inocente.

—Salomé —Mamá llamó a la puerta—. La comida está pronta.

En la mesa, las voces de su familia sonaban distantes, como si estuviesen atrapadas dentro de un caparazón marino, o como si ella estuviese acurrucada en un caparazón marino y ellos estuvieran muy lejos en la playa. Los veía levantarse y correr a su dormitorio, primero la abuela, luego el abuelo, luego Roberto, luego Mamá, ocho manos que alzaban el colchón, pero sólo hubo una comida bulliciosa, risas relajadas, el sabor de los buñuelos fritos, la Coca-Cola cayendo dentro de los vasos.

Salomé aprendió a dormir —y a no dormir— con duras elevaciones contra la espalda. Durante la primavera y el verano dio vueltas en la oscuridad, tratando de encontrar una posición donde no las sintiera, pero fue inútil. Agudas prominencias acechaban el hueso ilíaco. Largos cañones se extendían desde el omóplato hasta la cintura. Algunas noches permanecía en un estado de inquietud, medio despierta, medio dormida, atisbando a través de la ventana un rayo de luna o la ausencia de la luna. Otras noches conseguía dormir lo suficiente para soñar y entonces se encontraba en la selva, en alguna parte desconocida del mundo, esperando a otros guerrilleros que debían reunirse con ella, acurrucada sobre un montón de armas, rodeada de árboles nudosos y penetrantes cantos de pájaros. Mientras estaba tendida sobre las armas, la pila crecía, un creciente montículo de armas, cada vez más alto hasta que ella asomaba por encima de la cubierta del bosque, y el sol se derramaba sobre ella con copioso y caliente esplendor, brillando sobre las copas de los árboles y las pistolas en sus rodillas. Ella chorreaba de sudor bajo el sol. Entonces se despertaba (bañada en sudor, encima de las armas) y hacía la cama inmediatamente. Se duchaba y se ponía el uniforme, metiendo la blusa con cuidado dentro de la falda. Luego llegaba el desayuno —¿Cómo dormiste, Salomé? Bien, Mamá— y luego el autobús para ir al colegio.

Le resultaba difícil concentrarse en las clases. Parecían tan alejadas del nuevo apogeo de su mente. Pero ella era fuerte, demostraría su fuerza, sería impecable: escribía unos ensayos exhaustivos, descifraba las leyes de la física, pulía su pronunciación de las palabras inglesas. Los alumnos modelo no despiertan sospechas. Nadie podía decir que no era la misma, excepto Leona, que lo sabía todo, que también soñaba despierta con esplendores revolucionarios, que también dormía con el acero contra la espalda, y que se sentaba remilgadamente en clase, tomando notas, respondiendo a las miradas de Salomé con un leve alzamiento del hombro o una sonrisa incluso más leve. Leona, hermana en espíritu, hermana en el crimen, la mujer más indómita que jamás pareciera tan contenida. La intimidad entre ellas se había profundizado hasta convertirse en una sensación de mente compartida.

Cada una sabía cómo vivía la otra, en una doble vida, una vida estratificada, una vida encima de la otra, una en el sol y otra rebosando de movimiento subterráneo.

Ella tenía que agrandarse para hacer espacio a tanta vida.

Las reuniones eran puntuales y apretujadas y productivas. Orlando los ponía al corriente de las últimas operaciones: asaltos a bancos, obtención de armas, entrega de alimentos en un cantegril. El papel de ella se limitaba a escuchar los informes, guardar unas cuantas armas, fabricar las ocasionales esposas. Tinto la distraía con sus enormes manos, los pelos oscuros que se rizaban por encima del primer botón de su camisa, rizos fuertes que seguramente llevaban a más rizos oscuros a lo largo del pecho y ¿cómo se extendían exactamente entre el algodón y la piel? Era la clase de joven con el que fantaseaban las señoras mayores para que las ayudara a cruzar la calle, amable y grande y un poco ingenuo. Había crecido muy deprisa, a juzgar por su porte, sus hombros un tanto encorvados, algo torpe con todo ese súbito volumen. A Salomé le gustaba eso de él, tanto el volumen como la torpeza; un dulce peso para apoyar encima de una mujer; qué pensamiento, qué pensamiento, ¿de dónde había salido?

Después de las reuniones, en momentos robados, Tinto se acercaba a ella con retazos de cosas que contarle.

—¿Sabés?, mi abuela hizo la cama nupcial de tus abuelos.

Una forma extraña de iniciar una conversación.

—Ya sabías.

—Sí.

—Ah.

—Mi abuelo dice que tu abuelo canta como los dioses.

Él pareció dubitativo.

—No, de veras. Aparentemente era mejor que Gardel.

Tinto se echó a reír. Su nuez de Adán temblaba mientras reía. La miró. Ella sintió a los otros tupas, evitando deliberadamente sus miradas.

—Mi turno de irme —dijo ella.

—Sí. Nos vemos la próxima vez.

Ella pensó durante días en su breve intercambio. Hizo rodar cada palabra a través de la sedienta extensión de su mente. Él no había visto lo insulsa que era, su rostro insípido, bajo la luz mortecina de habitaciones ocultas como cuevas. Él lo había visto pero no le importaba su aspecto. O le importaba y le gustaba lo que veía. Podía ser, pero de todos modos no importaba, a ella no le importaba, no era a eso a lo que iba a las reuniones y él probablemente sólo estaba siendo cortés.

Después de la siguiente reunión, Tinto se acercó a ella y reanudó la conversación como si acabaran de dejarla.

—¿Cómo se conocieron tus padres?

—En Argentina. En un hospital.

—Interesante.

Ella se encogió de hombros.

—¿No te parece interesante?

—¿Cómo se conocieron tus padres? —preguntó ella.

—Es una larga historia.

—¿Y?

—Es tu turno —dijo él.

Septiembre. La primavera alzaba la cabeza y sacudía su pelo cálido y suelto. Tinto le pasó una nota antes de que ella se marchara de la lavandería.

¿Te gustaría conocer la larga historia? ¿Qué te parece mañana a la noche, en el Parque Rodó, a las nueve?

La noche siguiente, en el parque, Salomé buscó a Tinto en la oscuridad, sendero y árboles y fuente envueltos en noche. Lo encontró sentado en un banco con un mate y un termo. Se sentó a su lado. Se pasaron el lento mate de uno a otro. Su silencio era tan flexible como la oscuridad. Detrás de ellos, la fuente entonaba su canción, suave y ondulada.

—Todavía quiero escuchar la historia —dijo ella.

—Ah. Claro.

Tinto le contó que su papá, Joaco Cassella, había nacido en un tramo de carretera en alguna parte del departamento de Rocha, en un carromato de carnaval rodeado de baúles llenos de disfraces. Su madre empapó de sangre varias cortinas de terciopelo durante el parto. Se establecieron en Montevideo, donde el abuelo de Tinto dobló sus ropas de mago, se convirtió en carpintero a tiempo completo y se enfrentó a la extraña frontera de la vida urbana. La mamá de Tinto, por su parte, pertenecía a un linaje que la unía a la ciudad durante seis generaciones. Su nombre era Magda. Su padre era un sastre que en una ocasión había confeccionado trajes para el presidente Batlle y Ordóñez. Ella conoció a Joaco en la panadería del barrio. Tenía dieciséis años y se quedó impresionada por la forma en que él acariciaba las monedas antes de entregárselas al panadero. Eran unas caricias suaves, íntimas y confiadas. Joaco la miró de un modo que hizo que ella se marchara de la panadería sin el pan. La segunda vez, ella estaba saliendo con varios panes en los brazos y miraba el suelo y no lo vio tocar nada. La tercera vez, ella entró y lo vio acariciar una sola moneda. Sus ojos se encontraron. Él se acercó.

—Puedo hacer que este peso aparezca donde tú quieras.

—¿Cómo dice?

—En mi manga. En el mostrador. En tu mano.

Ella se echó a reír.

—No soy tonta.

—¿No me crees? —Joaco se inclinó hacia ella y, en su versión de la historia, lo supo tan pronto olió su pelo—. Observa. Si me sale me permites que te acompañe a tu casa. ¿De acuerdo?

—De acuerdo.

Años más tarde, Magda afirmaría que él la engañó al no revelar su línea paterna.

Tinto hizo una pausa; una pareja se acercaba por el sendero arbolado, acariciándose, tomándose su tiempo. Esperó hasta que sus siluetas se fundieron con los árboles.

El paseo de Joaco y Magda fue silencioso y eléctrico durante todo el trayecto hasta la Sastrería Quiroga. Él preguntó quién era su padre. ¿El sastre, don Quiroga? Sí, dijo ella, vivimos arriba. Ella entró y él se quedó en la calle, mirando la puerta exquisita y la orgullosa placa de bronce. "Conocí a mi futura esposa", le dijo aquella noche a su madre, "pero para cortejarla necesito un traje digno de Batlle". Su madre, Consuelo, la Dama de los Disfraces, quitó el polvo a su máquina de coser y le dijo a su hijo que ahorrase para comprar una tela fina. Llevó dos meses que cada moneda y cada costura encajaran en su sitio. Joaco se lustró los zapatos y dirigió sus pasos a la Sastrería Quiroga. Su dueño era exactamente igual a un *bulldog.*

—Don Quiroga. Vengo a pedir su bendición. Quisiera cortejar a su hija.

Don Quiroga sabía que su hija era hermosa y tenía planes para ella, un casamiento con un alcalde o un burócrata al menos, excelente vino, viajes al extranjero, años de asientos en primera fila en el Teatro Solís. Este joven se presentaba sin ninguna credencial. Pero sus solapas eran perfectas, sus puños clásicos, su rostro decidido. No podía rechazarlo en el acto.

—Dejaré que ella decida.

Dos años después estaban casados. Tinto nació en una habitación llena de virutas de madera. Al cumplir siete años ya había fabricado cuatro mesas.

—¿Y ahora? —preguntó Salomé.

Ahora su padre trabajaba más horas y los precios habían caído. Su madre encontraba todos los días nuevas formas de estirar la comida y llenar cada boca. Su abuela Consuelo, la Dama de los Disfraces, se estaba muriendo de cáncer en la habitación del frente. Tinto le llevaba el mate todas las mañanas, sopa y galletas al mediodía. El dolor o la edad la habían vuelto caprichosa y olvidadiza. Ante su insistencia, él había quitado de la pared el único objeto colgado en ella, una acuarela del puerto de Montevideo, clavando en su lugar su viejo leotardo rosado. Su abuela se quedaba horas mirándolo, a veces con una expresión de horror, otras como si estuviese viendo un ángel deshilachado.

Salomé podría haber seguido escuchando la historia de Tinto hasta el amanecer.

—Tengo que irme.

—Yo también.

Ninguno de los dos se movió.

—A lo mejor —dijo Tinto— podemos encontrarnos de nuevo.

El banco se convirtió en su guarida privada. Siempre se encontraban por la noche. Una noche, él le preguntó cómo se había Convertido, y ella le habló de Leona, la sombra del eucalipto, la enigmática invitación en el baño del sótano. Otra noche él le contó cómo se había Convertido, cómo se había unido al partido Socialista después de que alguien le pusiera en la mano un panfleto en la calle, durante una huelga de obreros de la caña de azúcar que habían marchado hasta Montevideo desde los campos del norte, y él se había quedado parado en la acera, húmedo por el calor, sosteniendo con ambas manos el panfleto arrugado, pensando en su abuelo Cacho, que también era del campo, quizás un primo lejano de estos hombres, martillando con sus manos artríticas. Fue a la reunión que se anunciaba en el panfleto. Un hombre llamado Orlando lo estuvo observando durante un año antes de decir, Vos, Tinto, vamos a tomar algo. Ella también le contaba historias expansivas acerca de la llegada a la ciudad de un hombre de Venecia, cuando tanto la ciudad como él eran jóvenes, cuando ambos estaban llenos de promesa; y acerca de un bebé, una niña, que desapareció de una casa donde no la querían, donde no le habían dado un nombre, y que sobrevivió milagrosamente hasta que fue descubierta, salvaje, como un pájaro, sola, en la copa de un árbol, y voló desde allí, o se cayó, dependiendo de la persona a quien le preguntases y cuándo lo preguntaras. Y ella le habló de la infancia de esa niña en el campo en la época en que no había alambrados en la tierra, y del conocimiento de las plantas y de sus poderes que comenzó, tal vez, en el renacimiento en un árbol, y que se prolongó durante toda su vida, y fue suficiente para que alimentara a su familia en tiempos difíciles, y llenó su cocina con frascos y macetas con hierbas que parecían susurrarle en silencio por debajo de los sonidos de su familia. Ella le habló acerca de otra mujer que, según contaba la leyenda, conoció a su futuro esposo cuando ella era su paciente, en una silla de ruedas y vestida con una insulsa bata de hospital, seduciéndolo con su pura intensidad de espíritu. Salomé siempre había imaginado ese encuentro como una colisión física en un pasillo, un azaroso accidente del destino, la poeta recorriendo alocadamente el largo corredor sobre su desbocada silla de ruedas, el médico frágil e indefenso con su bata blanca y almidonada, las ruedas apuntadas a sus rodillas, la cabeza de ella acercándose velozmente al espacio debajo del corazón de él. Ella le habló del amor o la necesidad o la complicada lujuria que los había llevado a casarse, y de la lujosa casa en Buenos Aires donde nació pero que no recordaba haber visto con sus propios ojos. La casa, dijo ella, estaba llena ahora con una vida a la que ella no pertenecía, un médico con una nueva esposa que, al llegar la Navidad, enviaba dinero a modo de regalos, pero nunca suéteres que pudieran quedarle bien o libros cuya lectura ella pudiera disfrutar, excepto el año que él publicó su libro sobre neurología y envió dos ejemplares, uno para cada hijo, firmados por el autor. Un ejemplar, el de Salomé, juntaba polvo indiferente debajo de la cama, pero el otro estaba en el estante más alto de Roberto, con su cubierta expuesta para que pudiese brillar como una estrella lejana. Ella describía todo esto, y también el libro de su madre, *El río más ancho del mundo,* que le fascinaba, cada línea de palabras moldeada de un modo único, como llaves para acceder a la inescrutable vida interior de su madre, llaves que ella acariciaba con la mente pero no podía utilizar porque las cerraduras estaban intrincadamente plegadas en la tela siempre cambiante de la mujer que había escrito esas líneas. Una mujer que continuaba escribiendo y que, de alguna manera, encontraba tiempo para impartir clases de poesía en numerosas salas de estar a lo largo y ancho de Montevideo, un esfuerzo que no le reportaba virtualmente ni un centavo pero después del cual regresaba a casa con una expresión luminosa y triunfante. En los relatos de Salomé, su madre, para su propia sorpresa, se convertía en un ícono de inspiración, belleza, glamour, todas las cualidades que parecían tan resbaladizas y ajenas en sus propias manos. A ella le sorprendía toda esta conversación, el hecho de que él la escuchara, todas las historias que se movían y respiraban dentro de ella como criaturas con miembros propios. La atmósfera conspiraba con ellos, proporcionándoles oscuridad, envolviéndolos en noches húmedas y exuberantes. Una noche, la mano de Tinto se apoyó sobre la suya, una palma sobre sus nudillos, ancha, fuerte, indecisa. Ella no se movió. Sentía el calor en el brazo como un aguijón. Más allá de los árboles, la fuente vertía su canción de agua.

—Contame alguna cosa —dijo él.

—¿Como qué?

—De vos.

—Ya lo hice.

—Algo más.

La mano, en lo único que podía pensar era en esa mano grande y cálida.

—No se me ocurre nada.

—¿Nada?

—Nada.

—Sos relinda.

Aquel día se había mirado en el espejo; sabía que nada había cambiado.

—Mentiroso.

—¿Cómo te atrevés?

Ella pensó que se había enfadado hasta que se echó a reír. Le gustaba su risa áspera. Entre sus manos se había formado una película de sudor: el sudor de ella, o de él, o de ambos. Todo se despertó, eléctricamente, los árboles, el aire denso, la piel de su mano y todo lo que había dentro de ella. Quería gritar. En el mundo no había nada más poderoso que esto, una mano, una voz, la urgencia de gritar. Tinto la besó, brevemente, firmemente, una pregunta muda que ella contestó con los dedos justo por encima del primer botón de la camisa de él, acariciando los rizos, su textura más sedosa de lo que había imaginado.

—Es oficial. —Eva sostenía el periódico tenso entre las manos—. Los Tupamaros hicieron una declaración pública.

El abuelo Ignazio tomó una sota descartada.

—Qué noticia.

Salomé estudió su mano de póquer. Al otro lado de la sala de estar, en la mecedora, las agujas de tejer de la abuela tamborileaban una contra otra. La lluvia moteaba los cristales de la ventana.

Eva no pareció irritarse.

—Publicaron el comunicado, palabra por palabra. Escuchen esto: "Nos situamos fuera de la ley. Ésta es la única solución honesta cuando la ley no es igual para todos; cuando hasta los mismos que la crearon se apartan de ella, con total impunidad. Hoy nadie nos puede quitar el sagrado derecho a la rebelión".

Su madre, la oradora. En las reuniones, las palabras habían sido diseccionadas y discutidas, reducidas a su esencia prosaica; aquí, en la sala de estar de casa, entonadas por Mamá, las palabras se renovaban, radiantes, viriles, místicas. Se preguntó si los alumnos de su madre alguna vez se sentían de esta manera al escuchar sus poemas resonando en la voz de Eva. Si era eso lo que ocurría en una clase de poesía; ella no tenía idea de lo que sucedía realmente en esas clases.

—Habría que fusilarlos a todos —dijo el abuelo—. ¿Qué tiene de sagrado asaltar un banco?

Salomé desplegó cuatro reinas sobre la mesa.

—¡Eh! ¡Tú ganás!

El abuelo empujó varios caparazones marinos hacia ella, descascarados después de años de apuestas. Desde la cocina llegaba el olor de la carne asada. En el pasillo, dentro de su habitación, Roberto encendió la radio. *One day,* cantaban los Beatles, *you'll look to see I've gone.*

—El motivo —dijo Eva—. Eso tiene.

—En realidad, no era una pregunta.

—De todos modos la contesté. Además —dijo Eva —nunca lastiman a nadie.

—¿Qué creés que sienten los dueños del banco?

—Que su dinero va a la revolución. Lo cual es cierto. ¿Qué pensás tú, hija?

But tomorrow may rain, so tomorrow I'll follow the sun.

—No le he dado mucha vuelta a eso —dijo Salomé.

Eva la miró.

—¿De veras?

Ella asintió. El calor le encendía la cara.

—¿Y vos? —preguntó Eva, mirando a Pajarita.

La abuela Pajarita siguió tejiendo, tejiendo. Salomé se preguntó cuántas puntadas habría dado en su vida. Cientos de miles para ella sola.

—Creo que no me gustaría estar en el banco mientras ellos lo roban.

Eva se estiró perezosamente. El periódico se arrugó en su regazo.

—Parece que son bastante educados.

El abuelo hizo una mueca al recibir sus nuevas cartas (estaba actuando).

—A veces, hija, sonás como uno de ellos.

—Si lo fuera, nunca lo sabrías, ¿verdad?

—Si lo fueras no te dejaría entrar en esta casa.

Salomé se levantó, quizás demasiado deprisa.

—Voy a echarle un vistazo a la carne.

—Acabamos de empezar una mano —dijo el abuelo.

—La carne está bien —dijo la abuela.

—Vuelvo en un momento.

Cuando llegó a la cocina se obligó a respirar. Tenía que mostrarse más tranquila, más prudente. Abrió el horno e imaginó lo que diría su madre si lo descubría: *Todas esas mentiras,* quizás, o *Tendrías que haber pedido permiso,* o *Tesoro, mi tesoro, nunca supuse que tuvieras tanta fuerza.* El abuelo estaba equivocado, Mamá no era una Tupamara. Salomé lo sabía porque había mirado debajo del colchón de su cama y sólo había encontrado páginas y más páginas de poemas sin terminar. Había días en los que Mamá se marchaba de casa sin haber hecho la cama. Ella era flagrante: marchaba junto a los sindicatos, leía poemas encendidos en los cafés, publicaba versos que creaban música de palabras como *liberación,* los panfletos asomaban impúdicamente de su bolso. Mientras tanto —la más clara de las pistas— ella no había buscado armas debajo del colchón de su hija. No, pensó Salomé, ella no está conmigo, estoy sola. Nadie en esta casa conoce la ciudad que yo conozco, una ciudad de puertas, tantas de ellas, altas y bajas, barrocas y sencillas, brillantes y oscuras, descascaradas y nuevas, y entre esas puertas están las que conducen a través de pasadizos que llevan a puertas invisibles que sólo algunos pueden atravesar, sólo aquellos que entregan cada momento de vigilia de su vida a su país y cada momento del sueño a las armas.

Ellas se reproducían bajo el colchón. Extraños conejos de acero. Seis pistolas y cuatro fusiles ahora. Había aprendido, por simple necesidad, a dormir sobre sus cuerpos duros, alerta y a la vez soñando. Las pilas seguían transformándose en montañas en el medio de su mente.

Salomé cerró el horno y aumentó la temperatura.

El Che Guevara había muerto. Era la primavera de 1967. La noticia les llegó en un día de cielo dulce, un extraño azul encima de tu cabeza que hacía que quisieras probarlo. Había estado viviendo con un grupo de guerrilleros en Bolivia. Había recibido varios balazos en el pecho. Según la información publicada en *El País,* el Che cayó en combate. Según Orlando, los soldados lo capturaron herido y luego lo mataron, bolivianos entrenados por agentes de Estados Unidos. Según Orlando, le habían cortado las manos.

Estaban en silencio, los ocho, en una gruta de cemento debajo del suelo de madera de un restaurante. El aire era escaso y olía a grasa usada un montón de veces. Salomé cerró los ojos y vio dos manos enormes amputadas, unidas como si estuviesen rezando, se vio trepando por ellas, hacia el cielo, la sangre pegándose a sus tacos. Abrió los ojos. Tinto estaba llorando, sin moverse, sin un sonido. Leona tenía los ojos cerrados. La expresión de Anna era adusta, como siempre.

Orlando tosió.

—La mejor manera de honrar al Che es seguir adelante. —Parecía mucho más joven sin la barba. Estaba trabajando de forma encubierta en una comisaría, donde se exigía que los empleados se afeitasen—. Siempre conocimos los riesgos.

Y era verdad, ella había conocido los riesgos, era demasiado inteligente como para no conocer los riesgos; era consciente de la posibilidad de la muerte, de ser arrestada, de La Máquina[4] con su rumoreado infierno eléctrico; el salto que había dado podía acabar en vuelo o caída o territorios que no podía o quería imaginar. Todo esto ya era verdad cuando el Che aún vivía, esperanzado, sonriente, las manos unidas a los brazos. No debería impresionarse, tampoco asustarse, pero no podía impedirlo, una ola de terror crecía en ella y esperaba que nadie pudiera oler su presencia salobre.

---

[4] Nombre popular de la picana eléctrica en Uruguay y Argentina. (N. del t.)

Orlando se inclinó hacia delante. Ella no podía imaginarlo en una comisaría. No podía imaginarlo en ninguna parte excepto en habitaciones oscuras y sin aire.

—No podemos distraernos de nuestro objetivo. Que el Che se mantenga vivo depende de nosotros.

—Hasta la victoria siempre —dijo Anna.

Salomé repitió las palabras junto con todos los demás.

La primavera se expandía. Las margaritas levantaban sus delicadas cabezas en el Parque Rodó. No alcanzaba a verlas en la oscuridad, pero sabía que estaban allí, mirando el cielo negro mientras Tinto y ella susurraban, bebían mate, se hacían arrumacos. Ella aprendió la curva de su cuello, la depresión de su cuello, el hueso duro a lo largo de su mandíbula, nuevamente hacia el cuello, atrapando rizos del pecho con la lengua. Ella trazaba ese sendero muchas veces, arriba y abajo, arriba otra vez, hambrienta, hambrienta, nunca satisfecha, mientras las manos de Tinto le comían el cuerpo, el pelo, el cuello, el pecho, la cintura, la cadera, el pecho. Ella lo silenciaba cuando trataba de hablar. No quería oír sus palabras, sus pensamientos, promesas que podía o no mantener. Las palabras son una extravagancia, no podés comer un poema, ella no era una muchacha corriente que podía mantenerse con dulces; dame el alimento fundamental de tu piel, boca, palmas, un alimento que llevo a través del rigor de mis días. Durante las clases y exámenes y cenas familiares, ella extraía bocados —la mano de Tinto sobre su blusa, el sabor de su lengua, la desesperada contención de su aliento— y volvía a saborearlos. Muchacha buena. Muchacha guerrillera. Ella tenía que endurecerse para representar ambos papeles. La lujuria y el temor y el placer tenían que quedarse bajo la superficie, revolviéndose, royendo, manteniendo silencio.

Incluso cuando llegó la carta de aceptación de la universidad y su madre comenzó a gritar de placer, saltando como una niña borracha, Salomé contuvo su alegría.

—Historia —dijo Mamá.

—Sí.

—¿Todavía querés ser historiadora?

—Sí.

Ella sentía la atracción, libros apilados en montones decadentes, corredores cubiertos de panfletos, incursiones en las luchas del pasado, y ella, muchos años más tarde, una nueva intelectual para un nuevo Uruguay.

—Mija, eso es distino. A tu edad yo ya estaba sirviendo mesas. No quiero eso para vos. —Se secó los ojos y sostuvo la carta de aceptación de modo que se arrugó contra sus pechos—. Vení, sentate, mi amor.

Se sentaron en el sofá y mamá rodeó los hombros de Salomé y comenzó a hablar, *Yo trabajaba en una zapatería, al principio, pero no era un buen lugar, y las cosas mejoraron cuando me escapé a La Diablita, tenía trece años y aquellos fueron unos días dorados, los días en los que encontré a otros poetas, encontré a la poeta que había en mí, y luego me marché a Argentina, quería cambiar el mundo, quería verlo todo, probarlo todo, escribirlo todo, y sin duda he tenido mi vida, pero si hubiera ido a la universidad podría haber...*

Sus palabras continuaron rodando y Salomé las escuchaba a medias pero estaba preocupada por algo que su madre había dicho al principio. Finalmente, su madre hizo una pausa en medio de la historia de un joven apaleado y reducido a pulpa por la policía de Buenos Aires, y Salomé dijo:

—¿Qué querés decir con "escape"?

—¿Qué escape?

—Dijiste que te escapaste a La Diablita.

—Sí.

—¿Por qué tuviste que...

—En realidad, no fue un escape —dijo Mamá tensamente—. Sólo era un nuevo trabajo.

Ambas se quedaron en silencio. El sol del atardecer alargaba las sombras.

—De todos modos —dijo Mamá —esta noche lo celebraremos. Voy a comprar unas botellas de champaña.

Se levantó y agarró el bolso, y la apertura entre ellas desapareció. Salomé observó a su madre marcharse y se quedó sola en el sofá con su carta de aceptación de la universidad. La abrió y examinó sus recientes arrugas, sus palabras formales, la creciente oscuridad que parecía provocar que el papel canturrease. La sostuvo paralela al suelo y se imaginó a sí misma encogiéndose hasta un tamaño en el que pudiera sentarse sobre la carta y tomarla, una alfombra mágica, hacia dominios inexplorados. Casi podía simular que era posible, ella sentía esa flotabilidad, esa facilidad para mantenerse en el aire.

La sensación duró una semana, hasta que, una noche, en la habitación trasera de una fábrica abandonada, Orlando dijo:

—Salomé. Tenés una misión.

Salomé se sentó erguida rápidamente. No estaba acostumbrada a formar parte de la agenda. Sintió sobre ella la quemadura de los ojos de sus compañeros.

—Hay una oferta de trabajo en la embajada de Estados Unidos. Necesitan una ayudante de secretaria: que sepa escribir a máquina, traducir documentos y hable un inglés excelente. Tendrá acceso a muchos archivos. Es un trabajo a jornada completa. —Orlando extendió las manos—. Nosotros pensamos que podrías conseguirlo.

Ella quería preguntarle quiénes eran *nosotros,* qué hombres sin rostro habían declarado junto con Orlando que ella podía conseguir, debía conseguir este trabajo. Era una pregunta absolutamente inapropiada. Podría haberse cacheteado sólo por haberlo pensado.

—Salomé. —Orlando se inclinó hacia adelante. Su rostro mostraba una expresión amable bajo el resplandor de las lámparas de aceite—. El Movimiento tiene suficientes estudiantes.

Con el rabillo del ojo alcanzó a ver a Anna, delgada como una cuchilla de afeitar, a la expectativa de un tic o una tirantez que la delatasen.

—Por supuesto —dijo Salomé.

Dos semanas más tarde el trabajo era suyo. El proceso incluyó una prueba de dactilografía, una prueba de inglés y una breve entrevista con Viviana, la secretaria principal, una mujer que usaba lentes con marco de asta que todavía no dominaba el sonido *th* en inglés. A Salomé le faltaban dos semanas para terminar el colegio. ¿Podrían esperar? Sí, por supuesto, señorita Santos. Estaremos encantados de esperar.

Ella se graduó, formalmente, un caparazón de muchacha sonriendo para las cámaras y brindis con champán y madres y abuelas llorosas. A la mañana siguiente se quedó en la cama con los ojos abiertos hasta que Mamá llamó a la puerta y entró en la habitación llevando una bandeja con tostadas y mate y una rosa amarilla que doblaba su delgado cuello fuera de un jarrón.

—¡Para mi nueva graduada!

Salomé se sentó en la cama.

—¿Qué pasa? —preguntó Mamá.

—Tengo una noticia. —Se sentía pequeña en la cama, una niña que jugaba con botones y era incapaz de trenzarse el pelo. Apoyó los pies en el suelo—. Conseguí un trabajo.

Mamá la miró con una expresión vacía.

Salomé agarró la bandeja, la colocó encima de la cama y trató de sonar entusiasmada.

—Es un trabajo bárbaro. Como secretaria. En la embajada de Estados Unidos.

Su madre estaba como suspendida en medio de la habitación. Llevaba la bata de baño morada puesta al revés; las costuras estaban abiertas y harapientas. Habló lentamente, como si le costara reunir los pensamientos.

—¿Qué pasó con la universidad?

—No voy a ir.

—¡Pero querés estudiar!

Salomé miró la pantalla roja de la lámpara en la mesita de luz.

Estaba vieja y gastada y tendrían que haberla cambiado hacía años.

—En realidad, no.

—Desde cuándo.

—Además, necesitamos la plata.

—¡No podés dejar los estudios por la familia!

Salomé se levantó.

—¿O sea que debería ir a la universidad por la familia? ¿Por vos?

Mami estaba boquiabierta; miró a su hija; dejó escapar un sonido que era casi un ladrido.

—Todos esos años con notas perfectas. —Se balanceó—. ¿Has pensado en tu futuro?

Pero Salomé no podía hablar del futuro, no le podía hablar a su madre del puñado de futuro que llevaba con ella, los fusiles debajo del colchón, el proyecto en su mente, la acción que llevaba a cabo cada día, arduamente, secretamente, por el futuro, por el pueblo, al insignificante costo de la urgencia egoísta de una muchacha por estudiar, porque seguramente tenían razón y era insignificante una vez que incluías la revolución y excluías su deseo de salir corriendo de aquí en pijamas y no detenerse hasta llegar a la universidad e irrumpir en la biblioteca para alzar una barricada con los libros que leería y con los que haría una cama y empuñaría contra cualquiera que viniera por ella.

—Escuchá, Mamá, es un trabajo excelente. ¿Por qué no estás orgullosa de mí?

Eva mostró los dientes como un puma; por primera vez en la vida de Salomé, ella temió el ataque de su madre.

—¿Cómo podés decir que no estoy orgullosa?

—No de este trabajo.

—No vas a aceptar ese trabajo.

—Sí, lo voy a aceptar.

—Tenés dieciséis años, Salomé. Soy tu madre y digo que vas a ir a la universidad.

Salomé sintió una oleada de pánico al imaginarse que la arrastraban a clase por el pelo, Mamá acechando fuera de las salas de conferencia, el trabajo en la embajada perdido, su reputación arruinada a los ojos de Tinto, Leona, Orlando, Anna, los Tupamaros sin rostro, el fantasma del Che.

—Estás furiosa porque vos nunca estudiaste.

Un instante después se arrepintió de haber pronunciado esas palabras, o al menos lamentó ver lo que le sucedió a Mamá, el endurecimiento, la desaparición de cualquier vestigio de puma, rastro de calor, dejando a una mujer vacía y conmocionada cubierta con una bata de baño con todas las costuras expuestas. Eva no se balanceó. No parpadeó. No miró a Salomé. El silencio era tan espeso que no dejó espacio para respirar hasta que su madre abandonó la habitación.

Eva se quedó tres días en la cama. Salomé la evitaba. Una vez, y sólo una vez, la abuela Pajarita sacó el tema.

—Ese trabajo. ¿Es lo que querés?

—Sí —dijo Salomé, fregando la encimera.

—¿Estás segura?

—Sí.

—Porque sabés que podrías estudiar. Nos arreglaríamos.

Salomé pasaba el paño de cocina con furia.

—¿Por qué nadie confía en mí?

—Estás cambiando de tema —dijo Pajarita con tristeza. Salomé no dijo nada y la abuela Pajarita la observó colgar el paño de cocina y marcharse.

El primer día de trabajo, Salomé se levantó a las cinco de la mañana para que el rodete del pelo, la blusa y las medias panty estuviesen perfectos. La embajada era un laberinto de corredores amplios y relucientes. El señor Frank Richards, su nuevo jefe, le hizo crujir los dedos al estrecharle la mano. Llevaba patillas largas y tenía una sonrisa rápida; encima de su escritorio había un cartel triangular en el que se leía BOSTON RED SOX.

—Así que usted es Salomé. —La llevó hasta un escritorio desnudo y le indicó que se sentara—. Ustedes, los uruguayos, terminan la secundaria muy pronto. Yo nunca habría sabido qué hacer a los dieciséis años. —Sacó un cigarrillo y un encendedor de plata—. Tampoco es que lo sepa ahora. —Sus ojos se entrecerraron cuando se echó a reír.

Ella sonrió afablemente. Esto no sería demasiado difícil.

El señor Richards le traía archivos para que los organizara, archivos para que tradujera, archivos para que los pasara en limpio a máquina (*Aquí tiene, Salomé,* se imaginaba que le decía él, *lleve esto inmediatamente a los rebeldes*). Había cartas banales llenas de palabras corteses y promesas, solicitudes de ayuda de ciudadanos estadounidenses, declaraciones oficiales con muy poco que decir. El séptimo día de Salomé en el trabajo, el presidente Gestido falleció y dejó en el poder al vicepresidente Pacheco Areco. Los memorandos de los asistentes de Pacheco Areco inundaron la embajada. Ella fisgoneaba en los archivos de Viviana para leerlos. Pacheco Areco prometía ser receptivo a las preocupaciones de Estados Unidos. La amistad entre ambos países se fortalecería. Lyndon Johnson no tenía de qué preocuparse: la plaga del socialismo sería tratada como se merecía.

—Admirable —dijo Orlando al recibir el informe. Era pulcro y conciso, lleno de recriminaciones bien organizadas. Leona le lanzó una mirada luminosa desde el otro lado de la habitación, vestida con su uniforme de empleada de banco. Salomé había pensado que su misión devastaría a Leona, pero ella se limitó a decir *ya va a haber tiempo para estudiar más tarde, después de la revolución.* Su fe en esa época inminente era inquebrantable.

En casa, Mamá no decía nada. Miraba el rodete ceñido y las medias panty de Salomé con suspicacia. Trataba a su hija como si fuese un huésped inesperado, alguien que merecía ser tratado con amabilidad pero ajeno a su casa, cuyos estados de ánimo e inclinaciones no podían ser estimados. Un huésped extraño que trabajaba para los yanquis y vestía como una pacata y no parecía indignada por este hombre que ahora se llamaba a sí mismo presidente, que ya había cerrado periódicos, declarado ilegales las reuniones políticas, ilegalizado a partidos de izquierda, insistiendo en la necesidad de imponer una fuerza estricta en Uruguay. Mamá, quería gritar, no soy lo que tú pensás, no hables de la censura, no hables de las leyes, estoy haciendo por estas cosas más de lo que podrías imaginarte y, de hecho, si conseguimos salir de este desastre, si alguna vez salimos de él, vas a ver mi sacrificio y a mí se dirigirá tu gratitud. Pero no dijo nada. Se tragó la imagen de sí misma como empleada de oficina, indiferente, comiendo sus espaguetis sin deshacerse el rodete, mientras Mamá se lamentaba en vano acerca de la situación, sabiendo de qué manera se desarrollaría el ritual: el abuelo musitaría algo relacionado con la seguridad, Roberto se quejaría por las interrupciones en la universidad, Salomé jugaría con la comida en su plato, y la abuela Pajarita haría un comentario cansado pero sincero acerca de la supervivencia —"Vamos a salir de esta", por ejemplo— y alentaba a todo el mundo a repetir, a comer más, había suficiente.

Encontró un refugio para la hora del almuerzo en un banco de una plaza cercana. Un general de piedra reclamaba su centro, la espada alzada en alto, cubierta de palomas y sus excrementos. Nunca se había detenido a leer la placa con el nombre del general y no sabía quién era. ¿Cuánta gente —cuántos miles de personas— luchaban y morían por sus países sin que nadie levantara estatuas de ellos? ¿Quién agraciaría las plazas de la ciudad una vez que triunfara la revolución? No quiero ser una estatua, pensó, sólo quiero saber que fui parte de ella. Que hice algo para ayudar al cambio cuando llegaba y poder contárselo así a mis nietos: yo sabía que el cambio estaba llegando, me entregué a él, hice todo lo que pude; ellos me mirarán a la cara admirados y se sentirán orgullosos de mí. Contanos otra vez lo que pasó, me van a decir. Hablanos de eso. Yo estaba luchando por ustedes, para que pudieran tener un Uruguay feliz, donde todos tuvieran suficiente para comer. Ellos estarían desconcertados ante ese loco pasado, donde no todos podían comer, y crecerían y se harían mayores y les contarían esa historia a sus nietos. Salomé dio otro mordisco a su sándwich. Estoy luchando por ti, dijo mentalmente, hablándole a la ciudad: tú, Montevideo, chata y lenta y modesta, el único lugar que conozco, con todas tus bocas hambrientas y encantos no alabados, capital de una tierra pequeña en el extremo del mundo, donde la luz cae sobre un pavimento fracturado, donde, mirá, mirá, dos mujeres mayores caminan ahora agarradas del brazo hasta un banco cercano llevando bolsos que hacen juego con sus sombreros, y quién sabe qué recuerdos habitan debajo de esos sombreros. Acabó de comer el sándwich. Las dos mujeres mayores seguían caminando. Sus pasos eran infinitesimales, tenían aspecto de no haberse apresurado nunca en sus vidas, el viaje hasta el banco podía llevarles todo el día. El viento agitaba las hojas y el cuello y las faldas de las viejas damas. Otro día, otra plaza, en esta ciudad dulce-triste. El general soportaba en silencio la mierda de paloma. El banco del parque sólo contenía el sol.

Aún le quedaban seis minutos de la hora que le concedían para el almuerzo. Les arrojó las migajas a los pájaros alborotados.

El presidente Pacheco Areco gobernaba por decreto y pisoteaba rutinariamente la Constitución. Anunció que los sindicalistas en huelga podían ser reclutados, lo que permitía que los soldados abriesen fuego contra ellos, los obligasen a volver al trabajo y mantenerlos detenidos en la cárcel bajo la ley marcial. Los periodistas escribían sus artículos de manera sesgada, enterrando los indicios de malestar social en columnas cuidadosamente redactadas. Los trabajos se redujeron de manera drástica, incluyendo el del abuelo Ignazio, obligándolo a quedarse en casa todos los días, derrumbado en el sofá, mirando a través de la ventana los muros pálidos de la prisión, que estaba llena de presos políticos, desde socialistas hasta obreros y Tupamaros. Su pensión era raquítica pero la familia podía seguir adelante: Mamá aportaba el dinero que ganaba sirviendo mesas, la abuela Pajarita seguía ofreciendo hierbas y tés y una oreja atenta en la parte de atrás de la carnicería de Coco, y Salomé, por supuesto, traía a casa un salario decente. Roberto, que ahora ya era una estrella en el Departamento de Biología, no tenía necesidad de abandonar la universidad para traer dinero a casa, y la familia tampoco tenía que sumarse a las colas de pan que serpenteaban alrededor de las manzanas en toda la ciudad.

Sus días eran suaves y duros, suaves y duros, los labios suaves y calientes de Tinto, las duras colinas de las armas (veinte de ellas ahora, nuevos modelos, incluyendo fusiles M16 como los que se utilizaban en la guerra de Vietnam), el viento suave que ella leía de manera instintiva en busca de señales de peligro, los duros tacos de sus zapatos bajos de charol contra el suelo de la oficina, la voz suave del abuelo mientras contaba y volvía a contar historias de un Uruguay más viejo, místico y sepia, las puertas duras que se cerraban para que comenzaran las reuniones secretas.

El Movimiento iba cobrando impulso. El número de miembros aumentaba. Su célula contaba ahora con once integrantes, más codos y menos oxígeno. Corría el año 1968 y el mundo se levantaba y jadeaba y centelleaba con alzamientos populares, podías leer lo que estaba sucediendo en todas partes, en todo su continente y también en la ciudad de México, Checoslovaquia, Londres, París, Vietnam, Varsovia, Berlín, Chicago, Australia, Japón, lugares que ella nunca había visto o tocado pero con los que podía conectarse, con los que ya estaba relacionada, apenas una mota en una inmensa red que abarcaba todo el globo, lo rodeaba, lo enredaba en sus pegajosas hebras de cambio. Hebras rebeldes. No había forma de escapar de ellas. En su pequeño país periférico —ella podía sentirlo, a veces, mirando una calle vespertina— acariciaba las sutiles riendas del mundo y era verdad, sí lo era, la cabalgata de la revolución, la inclinación para iniciar el galope. Había llegado la hora de lanzamientos de cabeza que nunca serían olvidados, de los que los historiadores del futuro escribirían en términos imponentes: *así fue cómo comenzó la liberación.* Requería intensidad, ocultamiento, sacrificio. Otros sacrificaban mucho más que ella, como Orlando, por ejemplo, cuyo nombre había aparecido incluido en una lista de personas buscadas por sedición y que ahora estaba escondido. Los tupas eran buscados. Famosos. Estaba prohibido nombrarlos en la prensa. Los periodistas sólo podían emplear palabras como "criminal" o "terrorista". Un periódico los llamó *Los Innombrables* y la oficina fue quemada hasta los cimientos (¡los edificios arden, pensó Salomé, por nuestro nombre!), pero el término resistió. Ella lo escuchaba en los autobuses, en las plazas, en los kioscos del centro, sobre las vitrinas de carne de Coco.

Los Innombrables hicieron otra; robaron un casino.

Son como Robin Hood.

Ellos nos van a salvar de este desastre.

Los Innombrables, ellos provocaron este desastre, de qué estás hablando, idiota, ellos son el problema.

Ellos son las cucarachas de Uruguay.

Los héroes, mejor dicho.

La caca, mejor dicho.

Ellos van a liberar este país.

Pacheco Areco no los va a dejar.

Los Innombrables son más inteligentes que él.

De eso no hay duda.

Ellos también se preocupan más por nosotros.

Los odio.

Yo los aplaudo.

Ten cuidado de no aplaudir demasiado fuerte.

¿Por qué no? ¿Ves? ¡Ya no somos libres!

Los Innombrables son libres.

¿Cómo lo sabés?

Es obvio.

Nada acerca de ellos es obvio.

Deberías preguntarles.

¡Ja!

Si querés que te diga la verdad, yo les tengo miedo.

A mí me gustaría tener los huevos para ser uno de ellos.

A mí gustaría conocer a uno porque, puedo asegurártelo, tengo muchas cosas que decirles.

Incluso los niños escuchaban los susurros, como explicó la tía Xhana una noche.

—La señora Durán da clases a alumnos de tercer año en la puerta junto a la mía. Ella no es ninguna simpatizante, eso puedo asegurártelo. —Xhana sirvió vino en el vaso de Ignazio—. Pero la semana pasada les pidió a sus alumnos que escribieran una palabra, cualquier palabra que empiece con "T". Diecinueve niños —¡diecinueve de ellos!— escribieron "Tumaparo". ¿Qué hizo entonces la señora Durán? Intentó sacar todos los libros de Robin Hood que había en la biblioteca de la escuela. ¿Pero adivinen qué pasó?

Una densa pausa se instaló sobre la mesa.

—¿Qué? —preguntó Mamá.

—Llegó demasiado tarde. Estaban todos prestados. Hasta los chiquilines saben lo que está pasando.

—Está bien que lo sepan —dijo Mamá.

Parecía que al abuelo Ignazio las papas se le habían vuelto amargas en la boca.

—¿Cómo pueden los Innombrables ser una buena lección para los niños?

—¿Cómo puede serlo la represión? —Mamá agitó el pelo, que hoy llevaba en una melena suelta y dócil—. La gente necesita toda la esperanza que pueda conseguir.

El abuelo puso los ojos en blanco. Salomé se imaginó vertiendo esperanza, un líquido viscoso almacenado en barriles secretos, que ahora se derramaba en las calles, debajo de los coches, en las alcantarillas de los tejados, sobre los adoquines, a través de las paredes, como el potaje en aquel cuento de la olla que nunca se acababa. El vino giraba incisivamente contra su lengua.

En diciembre de 1968, Roberto cruzó el río para visitar a su padre en Argentina durante los meses de verano. Preparó su equipaje escrupulosamente y estuvo vagando por la casa con pasos vivaces. Cuando habló por teléfono con Flor, su novia, le aseguró: "Por supuesto que te voy a extrañar, no seas tonta", apoyándose contra la pared con expresión ausente. Salomé también estaba invitada, pero no fue. La necesitaban en su misión en la embajada. Los tiempos eran brutales, los tiempos eran luminosos; hasta los Beatles habían escrito una canción titulada *Revolution.* El mundo avanzaba a toda velocidad. Había mucho trabajo que hacer. Y, en cualquier caso, aunque la había invitado, su padre no quería verla a ella tanto como deseaba ver a Roberto, una realidad que era evidente por la discrepancia entre las conversaciones que mantenían por teléfono. Con Salomé, su padre se mostraba parco, monosilábico en ocasiones. Con su hijo, en cambio, parecía animado, manteniéndolo en la línea durante varios minutos, con largos tramos en los que Roberto hijo escuchaba ávidamente, asintiendo lentamente, respondiendo finalmente con un comentario relacionado con sus estudios, o los logros de su padre, o algún fenómeno biológico específico que, por supuesto, sí por supuesto, él debía conocer, o qué maravilloso sería conocer a esos científicos que su padre mencionaba, hombres eminentes, amigos de su padre. Hombres a los que Roberto hijo miraba como sus compañeros miraban a John Lennon. Ella, Salomé, sería una verdadera molestia en ese viaje, una ocurrencia tardía en el mejor de los casos, la chica que dejó los estudios después de acabar el instituto, una simple secretaria, ¿de qué iban a hablar? Cuando ella buscaba en su interior algún sentimiento hacia su padre, en la cándida oscuridad de sus noches insomnes, no encontraba amor u odio o ira o siquiera anhelo, sino una ausencia vacía de emoción, una cavidad tan vieja que no tenía ningún deseo de ser llenada. No tenía palabras para explicarle esto a su madre pero, afortunadamente, no tuvo que hacerlo. Para su sorpresa, Eva respondió a su decisión con una aceptación próxima al alivio. Su hijo parecía suscitar en ella una mayor preocupación, con su evidente entusiasmo, su actitud distraída durante la comida, su preocupación por qué llevar y qué dejar, todo lo cual Eva soportaba con una sonrisa tensa, como si el viaje a través del río fuese un viaje que lo alejaba de ella, como si la atracción que él sentía hacia su padre pudiese atraparlo, como si fuese una polilla en la luz, y nunca devolverlo del todo a casa. El día que su hermano se marchó, Salomé estaba en el muelle de salida del barco entre su madre y Pajarita, quienes saludaban y saludaban agitando las manos mientras Roberto se alejaba por la rampa, aunque les daba la espalda. Finalmente, él se detuvo, se volvió y entonces ellas no sólo agitaron las manos sino que gritaron: "Adiós, adiós, llamanos". Podrían haber provocado un incendio con toda la energía que generaban, gritando y agitando los brazos y poniéndose en puntas de pie, y Salomé sintió una punzada de envidia, no por el viaje, sino por el amor feroz que revelaba la despedida.

Aquella noche, tarde, se reunió con Tinto en el parque.

—No me importa —murmuró con la cara apoyada en su pecho.

—¿Cómo puede ser? Él es tu pa... —No acabó la frase, la mano de Salomé estaba sobre sus pantalones, sobre la bragueta, sin abrirla, nunca lo hacía, pero hablándole a su sexo duro con los dedos. El viento besaba las copas de los árboles.

—Todo —dijo agitadamente Tinto más tarde —a su debido tiempo.

Los planes para Pando se desplegaron en una fría noche de agosto. Orlando delineó la operación con un entusiasmo poco común. Se llevaría a cabo el 9 de octubre de 1969, exactamente dos años después del asesinato del Che. Tomarían el pueblo durante toda la tarde. Reunirían dinero y armas y le mostrarían al mundo la fuerza de la resistencia en Uruguay.

—Estamos hablando de una importante operación militar. —Se acarició la barba, que había crecido más oscura que la vez anterior—. Vamos a necesitar a todos los miembros más experimentados. Tinto. Anna. Leona. Guillermo. Salomé.

A pesar de todas sus noches de conejo de acero y dedicadas tareas de espionaje, Salomé nunca había participado en una operación militar. Nunca había exhibido un arma en público, no había robado un banco ni un casino ni un club de tiro. Se sentía eufórica y un tanto insegura. Miró a Tinto, quien le guiñó un ojo a través de la penumbra.

En los días previos a la operación de Pando —mientras ella viajaba en autobús y escribía a máquina y lavaba los platos— se esforzaba por mantener contenidos la excitación y el temor. Un día, Pando sería recordado como el Cuartel Moncada de la revolución uruguaya, el punto de inflexión, el inicio de una nueva era. En su imaginación brillaba una plaza, con una fuente o una estatua en el centro, y todos estaban allí, Tinto, Leona, Orlando, Anna, Guillermo, y docenas de Tupamaros desconocidos, alzando los fusiles en el aire, al descubierto, no para disparar sino para exhibir su victoria, y la gente sentía la transformación de su pueblo como un brillo tenue a través del aire y caía de rodillas al ver las armas, de modo que ella les decía, *levántense, levántense, no tengan miedo,* y entonces ellos se levantaban y bailaban y gritaban palabras incoherentes.

El día señalado se levantó temprano para preparar su bolso una y otra vez. Pistolas, panfletos, un pañuelo blanco, una linda blusa, treinta esposas de alambre de cobre, archivos de secretaría dispuestos arriba de todo. Se vistió de negro siguiendo las instrucciones. Le temblaban los dedos. Trató de relajarse. Recitó mentalmente las instrucciones. Llegá puntualmente a la funeraria. Acordate que estás de duelo. Tenés que ser convincente. Tratá de llorar. Agua, pensó. Necesitaba agua. Y, al menos, una tostada para desayunar.

En la cocina, la abuela Pajarita ya había preparado el mate.

—Buenos días —dijo y le pasó el mate con yerba.

Salomé lo tomó sin quitarse el bolso que llevaba colgado del hombro. La bebida amarga alivió y despertó su garganta. Esta cocina no estaba garantizada, tampoco su regreso a ella. La luz. Los frascos. Las plantas en las macetas. Las raíces colocadas en una bandeja para que se secaran, oscuras y retorcidas, destinadas a aliviar los dolores articulares o el corazón o la conciencia de una mujer mayor. La cocina en la que habían cocinado tres generaciones. Todo eso podía desaparecer, y ella podía desaparecer de allí, aunque eso pareciera imposible, y sin embargo siempre era posible; la contingencia era obvia, un hecho de la vida, y hoy aún más ya que una sola bala podía provocar el cambio, impedir que ella regresara, que aprendiera los nombres de todas las plantas en aquellas macetas; los propios nombres eran frágiles, viviendo del modo en que lo hacían en la mente solitaria de la abuela, y quién podía saber lo que sucedería (a los manojos, los frascos, el taburete en la carnicería de Coco) cuando ella muriera, algo que parecía más imposible que cualquier cosa, la abuela muerta, esta casa sin duda explotaría o se derrumbaría si la abuela moría.

La abuela la miró con inquietante claridad.

—¿Tenés tiempo para una tostada?

—El tiempo justo.

—Te la preparo.

—No te preo…

—No hay problema. —Ella ya había colocado dos rebanadas de pan en la plancha. La trenza se derramaba sobre su espalda como una arrollo plateado. Quería gritar que tenía dieciocho años, que era una guerrillera, que estaba a punto de tomar un pueblo, que era capaz de prepararse una tostada. Quería comer para siempre las tostadas que hacía la abuela, y eso la avergonzó: que con la gran batalla del día esperando, ella quisiera quedarse aquí, con su abuela, rodeada de fragancias verdes y una luz lánguida. La abuela untó la tostada con manteca y observó a su nieta que la comía a grandes bocados—. ¿No pensás sentarte?

—Tengo que ir a trabajar.

—Ta. ¿Te vemos a la hora de cenar?

—Por supuesto —dijo Salomé, dirigiéndose hacia la puerta.

Cuando llegó al salón de la funeraria ya se habían congregado dos docenas de dolientes. Eran todos jóvenes, sombríos, vestidos con prendas negras. Se acercaron a ella uno por uno y la besaron en la mejilla. No hubo intercambio de nombres. Se suponía que eran todos primos, ya íntimos, que lamentaban la muerte del tío Antúñez y lo llevarían en una procesión de coches para enterrarlo en su pueblo natal. Tupas. Tupas. Sus mejillas eran suaves como el bálsamo contra la suya; reprimió la urgencia de tomarlas entre sus manos para poder mirarlas y memorizar sus rasgos.

Orlando y Leona se acercaron a ella, acompañados de un hombre rollizo con el pelo blanco y fino.

—Me llamo Tiburcio —dijo el hombre—. Soy el dueño de la funeraria. Lamento mucho su pérdida.

Salomé asintió. Buscó algo adecuado que decir.

—Comprendo —dijo él—. Parece que todos lo querían mucho.

—Cierto —dijo Leona. Olía a aceite de jazmín—. Era muy generoso. Siempre les daba a los pobres.

Tiburcio compuso un gesto de practicada compasión.

—Sí. Sí.

El funeral fue rápido y sencillo, y después la multitud de primos se dirigió fuera de la funeraria. En el camino particular, nueve coches negros brillaban bajo el sol. El coche fúnebre estaba delante de todos con las puertas traseras abiertas. Seis portaféretros

tros llevaron un ataúd hasta el coche. Encima había coronas y dentro viajaban las armas. Era demasiado, el aire cálido de la primavera, el ataúd lustroso, el tipo que les había dado pero no les había dado a los pobres, un funeral sin muerto, un ataúd sin restos, sin restos pero con armas, armas en lugar de carne, sólo quedan armas, y todos ellos formando una familia extraña y secreta, una familia de Innombrables, una familia de máscaras, una familia llorando la muerte de —¿quién? ¿qué?— y deseaba conocerlos, estos primos anónimos, estos jóvenes vestidos de negro, no sus nombres o sus comidas favoritas sino lo que vieron dentro del ataúd, lo que les había enviado a buscar, lo que velaban y atesoraban en los rincones más oscuros de sus cuerpos. ¿Amas lo que yo amo, sabés por qué lo hacés, y qué, por el amor de Dios, hacés con todo el miedo? Sus rostros eran tan hermosos bajo la luz del sol, frescos y decididos y llenos de huesos que podían quebrarse fácilmente. Ella quería proteger sus mejillas y todos esos cuerpos frágiles de su país, el país de ellos, el país de ella, pero sólo podía cumplir órdenes y llorar. Lloraba con tanto sentimiento que el dueño de la funeraria apoyó una mano sobre su espalda. Ella se inclinó hacia él; las puertas del coche fúnebre se cerraron. Los ojos de Tiburcio estaban húmedos.

—Todo va a estar bien —dijo.

Se amontonaron en los coches, cada uno de los que habían portado el ataúd al volante de otros tantos coches. Salomé viajaba en el coche que conducía Tiburcio, junto a Orlando y otros dos Tupamaros. La carretera se volvió menos transitada a medida que se alejaban de Montevideo, las calles de la ciudad dejando espacio a cobertizos cuadrados y solitarios puestos de venta de frutas. El cielo se extendía como una enorme tienda azul. Pasaron junto a un cantegril, con sus casuchas de cartón y lata y un hedor que se filtraba a través de las ventanillas. Finalmente, la carretera quedó desierta y llana delante de ellos, una incisión entre los campos verdes. Tiburcio dejó que su charla superficial se deslizara hacia el silencio. Orlando estaba impasible. Continuaron el viaje.

Los coches que iban delante de ellos se detuvieron. Todo sucedió deprisa. El dueño de la funeraria miró a través del parabrisas.

—¿Por qué se...?

—Por favor, pare el auto —dijo Orlando.

El coche se detuvo en la banquina. Orlando sacó su pistola.

—Señor, por favor, bájese del auto.

Salomé no podía ver el rostro de Tiburcio; sólo alcanzó a oír una súbita inspiración de aire, seguida del sonido de la puerta al abrirse y pasos sobre la grava. Orlando también salió del coche. Delante de ellos, los otros coches exhibían la misma danza; a un sorprendido conductor se le pide que levante y ofrezca las muñecas detrás de la espalda para las esposas de alambre; se instala en el asiento trasero; uno de los dolientes bien vestido se coloca al volante y regresa a la carretera, el sol reflejado en los vidrios entintados.

Orlando conducía. Tiburcio estaba sentado ahora junto a Salomé en el asiento trasero, los ojos muy abiertos como los de un venado. Salomé sostenía la pistola sobre el regazo.

Durante un minuto no se oyó sonido alguno salvo el lento ajetreo de la carretera.

—¿Qué carajos pasa? —preguntó Tiburcio.

—Somos Tupamaros —dijo Orlando sin apartar los ojos del camino—. Nos apoderamos de estos autos para una operación.

—¿Tupamaros?

—Así es.

—¿De verdad?

—Sí.

—¿Adónde me llevan?

—A Pando.

Tiburcio se mordió el interior de la mejilla.

—¿Y su tío?

—No existe.

Salomé sacó un panfleto sin soltar la pistola.

—"El único objetivo del gobierno es humillar a los trabajadores" —leyó—. Nosotros somos trabajadores, igual que usted. Queremos acabar con la injusticia y hacer que las cosas funcionen bien para todos.

El dueño de la funeraria la miró. Sus ojos eran grises, compactos, casi transparentes. Ella se sintió avergonzada por sus lágrimas falsas.

—Bueno, eso no suena tan mal.

—No tenga miedo —dijo Salomé—. No lo vamos a lastimar.

—¿Miedo? ¿De ustedes? —Su risa fue aguda y metálica—. Si se parecen a mis nietos.

Media hora más tarde llegaron a Pando, con sus apacibles calles acuareladas. Se dirigieron hasta la plaza moteada por el sol y detuvieron el coche. Salomé, Orlando y los otros dos tupas se ataron pañuelos blancos alrededor de los brazos. El corazón de Salomé latía agresivamente en su pecho. Casi la una. En la plaza, sentados en uno de los bancos, una pareja de jóvenes comía sándwiches disfrutando del sol de mediodía. Ellos también llevaban pañuelos blancos en los brazos. En alguna parte, a pocas calles de distancia, un grupo estaba apostado para sitiar a la policía. Tinto y otros esperaban en el cuartel de bomberos. El objetivo de Salomé, el Banco República, se alzaba a plena vista al otro lado de la plaza, con sus paredes de piedra y sus altas puertas de bronce, un edificio de aspecto impenetrable que ella estaba a punto de tomar por asalto. Todo su cuerpo estaba tenso, como si fuese de alambre. Tiburcio se inclinó contra ella, el mentón apoyado en el pecho, húmedo y carnoso y relajado. Sus labios se movían levemente. Ella enlazó su brazo con el suyo.

—Usted viene conmigo —susurró. Él asintió sin mirarla.

Otros tres coches del cortejo fúnebre se detuvieron en la plaza, uno tras otro. La mujer que estaba sentada en el banco se volvió hacia el coche de ellos. Vio el pañuelo de Salomé y ambas sonrieron.

Apareció una moto y rodeó la plaza haciendo rugir el motor. El conductor agitaba un pañuelo blanco en el aire. Todos salieron del coche, los cuatro Tupamaros y Tiburcio con las manos esposadas. Cruzaron la plaza calentada por el sol; a mitad de camino se les unieron otros dos dolientes que llevaban cinco fusiles. Irrumpieron en el banco.

—Que todo el mundo se quede tranquilo —gritó Orlando, levantando su fusil en el aire.

La cola de clientes de la hora del almuerzo se volvió hacia ellos. Un cajero dio un grito.

—No corren peligro —dijo Orlando—. No se preocupen, somos Tupamaros, por favor, contra la pared.

Salomé ayudó a llevar a los clientes hacia la pared, sosteniendo la pistola en una mano, el otro brazo enlazado con el de Tiburcio. Sentía una corriente caliente de energía. El dueño de la funeraria caminaba junto a ella arrastrando los pies, su rollizo cuerpo sudoroso resignado y obediente. Alguien acercó una silla para una mujer embarazada. Orlando se marchó a buscar la bóveda de seguridad. La habitación era un espeso mar de sudor y aliento y preguntas no formuladas.

—No tengan miedo —dijo Salomé mientras empujaba sus espaldas—. Estamos tomando el pueblo en nombre de la gente. Nadie va a salir herido.

Se movió a lo largo de la fila, con Tiburcio a su lado, repartiendo panfletos. Los clientes se daban vuelta en su sitio para leer el comunicado.

—Mantengan las manos contra la pared, por favor.

—¿Cómo puedo hacer eso y leer al mismo tiempo?

—Inténtelo —dijo Salomé tan firmemente como pudo. Se sentía como una maestra de escuela con alumnos inteligentes y revoltosos. Se acercó a un hombre con lentes y una camisa de tela a cuadros.

—Gracias —dijo, recibiendo el panfleto.

—De nada.

—¿Tupamaros?

—Así es.

—¿De veras?

—Sí.

Su rostro se iluminó, sujetó el panfleto contra la pared y comenzó a leer.

A través de la puerta entreabierta oyó que una mujer mayor discutía con un Tupamaro.

—Vine a cobrar mi pensión.

—Ta, señora, pero hoy no puede cobrarla.

—¿Qué dijiste, hijo?

Más alto:

—No puede cobrarla hoy. El banco ha sido tomado por los Tupamaros.

—¿Tupa… qué?

—Eso. Ahora tiene que entrar; es peligroso quedarse en la calle.

—¿Me pagarán la pensión mañana?

—Sí… no sé. Por favor, entre.

El Tupamaro entró escoltando del codo a la reticente mujer. Llevaba el mentón alzado y su rostro era austero.

—¿Por qué tengo que entrar —protestó, a nadie en particular— si no van a pagarme mi pensión?

Salomé le entregó un panfleto a la mujer y ella lo dobló en cuartos muy precisos antes de meterlo en el bolso. Estudió a Salomé con una expresión acusadora; Salomé continuó avanzando, deprisa, a lo largo de la fila, repartiendo panfletos y empujando ligeramente a Tiburcio. Se preguntó cómo irían las cosas en la bóveda de seguridad, en la calle, en el cuartel de bomberos. Dejá de pensar. Concentrate.

Una mujer irrumpió a través de la puerta del banco, el pelo como una larga capa a su alrededor.

—¡Están asaltando el banco de Pando!

Se quedó boquiabierta mirando la fila de clientes cautivos, los mostradores desiertos, la pistola de Salomé que le apuntaba.

—¿Qué? ¿Aquí también?

Salomé asintió; la mujer se echó a reír. Salomé le hizo señas de que se volviera, y ella obedeció, colocando las manos contra la pared, sin dejar de reír, el pelo oscilando como si fuese de seda negra y fina. Salomé le entregó un panfleto, esperando que el papel consiguiera que cerrara la boca. Estaba bien, sí, que la gente no se encogiera de miedo, pero ella era una guerrillera, una combatiente, armada y seria, ¿cómo se atrevían a reírse?

—Mire —dijo la mujer —no puedo leer de esta manera. ¿Qué dice?

—Describe nuestros objetivos. Por qué estamos aquí.

—¿Y bien? ¿Por qué están aquí?

—Lea el panfleto —dijo el hombre de la camisa a cuadros—. Es bueno.

—¿Por qué tengo que leerlo cuando ella me lo puede explicar?

—Ella quiere arreglar las cosas, —dijo Tiburcio, señalando a Salomé con la cabeza.

—¿En serio? ¿Por eso lo mantiene esposado?

Tiburcio se encogió de hombros.

La puerta se abrió de par en par. Salomé se volvió, la pistola cargada para los que se reían o las ancianas o cualquiera. Era Tinto, colorado, recién llegado del cuartel de bomberos, el pelo cayendo en mechones rebeldes sobre sus ojos.

—Es oficial —gritó—. ¡Los Tupamaros han tomado Pando!

Subió de un salto a uno de los mostradores e improvisó un discurso, desordenado, apasionado.

—La liberación, pues, está en el aire, la estamos respirando, está llenando este país espectacular, Uruguay, una joya olvidada en un continente perdido —pero eso se acabó— vamos a brillar, nada puede detenernos: uruguayos, queridos ciudadanos, hermanos, hermanas, ustedes son la revolución y van a ser libres, toda Latinoamérica será libre. El Che está aquí con nosotros, animándonos, ¿pueden oírlo?

Tinto continuó hablando. Al hombre de la camisa a cuadros se le humedecieron los ojos detrás de los lentes. La mujer mayor que venía a cobrar su pensión frunció los labios, ya fuese de disgusto o para no sonreír. Unos pocos permanecieron inmóviles, pero otros asintieron, lanzaron vivas, gritaron, con las manos apoyadas contra la pared, los cuerpos girados para mirar a Tinto por encima de los hombros, un joven grande con las palmas extendidas, algo torpe, con el rostro cubierto de sudor, la voz vibrante, el pelo moviéndose en todas direcciones, los brazos amplios en su súbito escenario.

Orlando emergió de la bóveda de seguridad cargando sacos de dinero.

—Vámonos.

Tinto saltó del mostrador. Se dirigieron hacia la puerta. Afuera se oyeron disparos. Más disparos. El interior del banco quedó en silencio.

—Voy a echar un vistazo —dijo un Tupamaro pálido. Regresó rápidamente—. Hay un policía. Está a los disparos con dos de los nuestros.

El rostro de Orlando era una pared de calma.

—Vamos a esperar acá adentro.

Esperaron. Los disparos perforaban el silencio del banco. Alguien sollozaba junto a la pared. Los disparos cesaron, salieron del banco y el sol hirió los ojos de Salomé. Al otro lado de la calle había estacionados tres coches fúnebres, el último de ellos acribillado a balazos. Los neumáticos estaban destrozados. Junto a él había un policía, joven, de pelo negro, la pernera del pantalón empapada y brillante. Un charco rojo se extendía lentamente desde su pierna.

—Mierda —dijo Orlando—. Perdimos un auto. Vamos a tener que arreglarnos. ¡Amontónense en los otros dos!

Salomé corrió hacia uno de los coches y empujó a Tiburcio al asiento trasero, luego entró ella, Orlando último. A través de la ventanilla trasera vio que Tinto se metía en el coche que estaba detrás. Lanzó el resto de los panfletos por la ventanilla cuando arrancaron, y parecían un enorme confeti sobre las calles, cubriendo el asfalto, absorbiendo, esperaba ella, algo de la sangre del policía. Giraron en una esquina. La avenida estaba llena de gente: en las aceras, parados en los portales, congregados en medio de la calle, agitando pañuelos blancos desde los balcones, abalanzándose sobre su coche.

—¿Van a volver?

—¿Cuándo es la revolución?

—¡Enrólenme!

—¡Llévenme!

—Lleven a mi hermano.

—¡Eh!

—¡Que viva el Che Guevara!

El conductor hacía sonar la bocina y gritaba a través de la ventanilla.

—¡Muévanse! ¡Por favor, muévanse!

Maldecía entre dientes.

Había nueve de ellos apretujados dentro del coche: Orlando, Tiburcio, Salomé y otros seis, tres de ellos con uniformes de la policía de Pando. Carne y sudor y aire denso los apiñaban a cada lado. La multitud se redujo. Se detuvieron a la salida del pueblo, delante de las puertas del cementerio.

—Vamos a dejarlo acá —dijo el conductor.

Salomé le quitó las esposas a Tiburcio deprisa pero con ternura. El contacto de ese hombre se había vuelto familiar, casi una segunda naturaleza.

—Gracias.

El dueño de la funeraria le apretó el brazo con el suyo.

—Oíme, tené cuidado.

Ella no lo miró.

—Estoy bien.

La puerta del coche se abrió. Se quedó parado solo en el camino de entrada de grava del cementerio, parpadeando bajo el sol, un hombre rollizo con el pelo fino y blanco que acaba de despertarse de un sueño. Ella quiso decirle algo más, pero la puerta se cerró y se alejaron. Agitó la mano a través de la ventanilla trasera. Él le devolvió el saludo, las adornadas puertas de hierro alzándose tras él, su gesto cada vez más pequeño en la distancia.

La carretera abría ante ellos sus largos brazos. Estaba muerta de hambre; podría haberse comido la tapicería de los asientos, las pistolas, el brillante tejido del cielo. Los muchachos vestidos con uniformes policiales estaban exultantes, desaliñados, explicaban sus historias desde el asiento delantero.

—Tendrías que haberles visto las caras. Esos policías.

—Yo encontré a uno en el baño, meando; un tipo enorme; se rió de mí hasta que le clavé la pistola entre las costillas.

—¿En serio?

—En serio.

—En nuestra calle paramos el tránsito, tirando panfletos y gritado: "¡Viva la revolución!".

Ella sintió su carga; eléctrica, indomable. Se disparaba a través de su piel. Lo habían hecho, habían triunfado, habían conseguido salir sanos y salvos.

Orlando se inclinó hacia el conductor.

—¿Esto es lo más rápido que podés ir?

—Voy con el acelerador a fondo, compañero. Es el peso extra.

—Sí, claro.

—No nos van a alcanzar. Llevamos mucha ventaja. Cuando la policía de Montevideo reciba la noticia, ya vamos a estar a salvo en nuestr… donde sea.

Orlando tocó el hombro del conductor. Era realmente un hombre amable.

—Andá tan rápido como puedas.

Llegaron a las afueras de Montevideo. Al costado de la carretera había un coche de policía. Se quedaron en silencio. Los policías —los auténticos— se irguieron en el asiento al divisar el largo coche negro, aceleraron el motor, luego vieron los uniformes y volvieron a acomodarse en el asiento, no, esos no podían ser los tupas. Salomé se sintió enferma. Ya los estaban buscando. Entonó un silencioso y torpe y medio olvidado *Ave María, llena eres de gracia, bendita tú seas,* no es así, en cualquier caso protegenos, aquí en el coche, y también a Tinto, dondequiera que se encuentre, y a Leona y Anna y Guillermo, y a todos los tupas que me besaron en el funeral esta mañana, todos los tupas que aún estaban huyendo de Pando; y a Tiburcio mientras encuentra el camino a casa; y al policía con su pierna mojada; por favor mirá nuestros corazones, *Santa María madre de,* perdonanos la pierna mojada, ruega por nosotros pecadores, ahora y en la hora de nuestra, nuevamente por Tinto. Tinto. Tinto. Continuaron el viaje hacia los límites de la ciudad. El coche se detuvo en una calle silenciosa y se estacionó detrás de un Ford azul. Una mujer joven con un pañuelo blanco atado en el brazo salió del Ford, se acercó a su coche y abrió el maletero sin decir una sola palabra. El conductor comenzó a trasladar los bolsos con armas y dinero del coche negro al coche azul. Orlando subió al asiento trasero del Ford y se acostó, invisible a la calle. Ella se preguntó dónde dormiría esta noche, dónde había estado durmiendo este año pasado, dónde imaginaba su esposa que estaba. El resto de ellos se separó en las cuatro direcciones, sin despedirse. Salomé hizo un alto en una panadería para comprar empanadas, seis de ellas envueltas en papel blanco y crujiente. Más de lo que era capaz de comer pero estaba famélica. Llegó su autobús; se sentó en la parte de atrás con su almuerzo furtivo y vio que las calles de Montevideo se volvían más largas, más ruidosas, viviendas chatas elevándose hasta convertirse en edificios de apartamentos, adoquines que daban paso a calles asfaltadas. Montevideo, ciudad de guerrilleros urbanos con mejillas suaves. Ciudad de palomas y su mierda y posibilidad. Ciudad de dueños de funerarias blandos y húmedos, armas ocultas, alambres de cobre robados.

Llegó al edificio de la embajada y se metió en el baño. Se retocó los labios, se cambió la blusa, apretó sus pensamientos lacerantes en una pelota donde nadie los pudiera ver, y comprobó el estado de su peinado en el espejo. Eran las 2:56 de la tarde y aquí estaba, la buena y silenciosa Salomé, de regreso de la visita al dentista que había solicitado obedientemente hacía varias semanas, preparada para trabajar, puntual como siempre. Se deslizó detrás de su escritorio y comenzó a redactar a máquina la carta que estaba encima de la pila. El señor Richards se acercó a ella.

—Salomé. ¿Cómo estuvo la visita al dentista?

—Bien; no fue demasiado doloroso después de todo.

Se tocó la mejilla para aliviar su dolor inventado.

El señor Richards bajó la voz.

—No sé si le creo.

El aire se quedó atrapado en sus pulmones.

Él se inclinó un poco más, con su olor a Marlboro.

—El dentista siempre es doloroso.

Ella se echó a reír demasiado bruscamente. Él sonrió y se alejó hacia su despacho.

Media hora más tarde, Viviana, la secretaria principal, irrumpió en la habitación. Sus ojos brillaban detrás de sus lentes.

—¡Los Innombrables! ¿Te enteraste?

—No.

Salomé alzó la vista, cuidando de no revelar ninguna emoción.

—Bueno, se mandaron esta locura en Pando…

—¿Eh?

—Sí, es terrible, pero de todos modos la policía los agarró cuando volvían.

—¿Los agarró?

—Hubo un tiroteo en Toledo Chico.

Salomé no podía hablar. La mirada de Viviana era socarrona.

—Yo sé. Pensaban que eran invencibles.

Salomé esbozó una sonrisa forzada.

—Bueno, mirá vos.

—Algunos han muerto.

—¿Qué?

—Eso es lo que dijeron en la radio.

Salomé se quedó mirando fijamente su máquina de escribir.

—Y se lo merecían.

—Eso es exactamente lo que yo digo.

Viviana se marchó. Salomé corrió al baño y vomitó cuatro empanadas y media. El resto de la tarde transcurrió en medio de una neblina opaca. Cuando salió de la embajada fue directamente a la cita de su célula. Podría haberse desgarrado la piel. Tinto no estaba.

Anna se encargó del informe. Ella había estado en Toledo Chico. Sus palabras eran llanas; las dirigía hacia la lámpara de aceite. La policía había rodeado dos coches. Tres tupas intentaron rendirse. Anna vio cuando alzaban las armas en alto y caminaban lentamente hacia la policía a través de un pastizal que les llegaba a las rodillas. Los abatieron a tiros y, cuando cayeron a tierra, los policías corrieron hacia ellos y los acribillaron a balazos, luego los patearon, luego volvieron a disparar contra los cadáveres. Un coche lleno de gente, en el que viajaba Anna, consiguió burlar el cerco y escapar; el otro fue capturado. El coche donde estaba Tinto. No había nada que hacer excepto esperar alguna noticia.

Salomé no podía vomitar, sus intestinos estaban vacíos, completamente áridos, como si jamás hubiera comido y nunca volvería a comer. Al acabar la reunión, Leona se acercó a ella con los brazos abiertos.

—Salomé.

—Tengo que irme.

—Salomé.

—Dejame sola.

Salomé se alejó tambaleándose antes de que fuera su turno para salir.

Aquella noche, durante la cena, Salomé no pudo tocar la comida. Las voces de su familia se mezclaban y emborronaban y se elevaban a su alrededor. Hablaban de lo que había ocurrido en Pando, qué horroroso era todo, cómo este bando o aquel bando había ido demasiado lejos, la muerte de los tupas era una tragedia, la muerte de los tupas era un alivio, callate, callate, y ahora el abuelo Ignazio le estaba hablando, *Comé, Salomé,* Mamá la estaba mirando con demasiada atención, *Qué pasa, cuál es el problema,* Roberto en su extremo (lejano, lejano) de la mesa, *parece enferma,* la abuelita, acercándose a ella, *Capaz que tiene fiebre,* su mano apoyada en la frente de Salomé, luego en el hombro, *Mañana deberías quedarte en casa.*

Se quedó cuatro días en cama. La fiebre la agitaba y oprimía y estiraba, y suspendía trozos de Tinto en su visión, boca amplia, rodilla doblada, mano desgarrada, cara rota. Estaba violando todas las reglas que figuraban en el manual no escrito de los Tupamaros, tenía que levantarse de la cama y mostrar un rostro tranquilo y saludable, pero no le importaba o ya no podía impedirlo. Mala guerrillera, mirate, qué vergonzosas grietas en tu autodisciplina. Callate, andate a la mierda, ¿dónde está él ahora, dónde está? No quería comer ni beber, pero la abuela llegaba siempre a la hora de la comida con un plato de sopa y una taza de té marrón oscuro. Mamá dormía en el suelo junto a su cama. Esto la obligaba a simular que dormía, hasta que escuchaba que la respiración de su madre se tornaba lenta y audible.

—¿Qué pasó?

No preguntes.

—Salomé.

Basta.

—¿Se trata de algún joven?

No podés, Mamá.

—Podés contármelo.

—No. No es eso.

—¿Entonces qué es?

—Sólo la fiebre.

—Me parece que es algo más que eso.

—Es sólo que no me siento bien. No sé por qué.

—Decime qué es lo que puedo hacer.

Podés mantener la boca cerrada.

Podés devolverme a Tinto.

Podés escupirme y decirme que soy una hija horrible.

Todos los días, el abuelo Ignazio entraba en la habitación y le cantaba canciones de cuna, viejas melodías que había aprendido cuando era un niño en Venecia. Él vagaba, desafinado. Las canciones eran en italiano, una lengua que ella raramente escuchaba y que le hacía pensar en agua luminosa y ángeles errantes.

—Mi madre me cantaba estas canciones.

—Ah.

—Me curaban las pesadillas.

¿Pesadillas? ¿Con qué soñabas?

—Quizás puedan curarte las tuyas.

Ellos seguían viniendo y viniendo, con sus tazas de té y palabras y canciones, y ella no era una muchacha sino un monstruo disfrazado de muchacha por tratarlos de esta manera, bebiendo té y escuchando canciones y fingiendo dormir sobre un colchón lleno de acero secreto. Y había una parte de ella que deseaba que las cosas fuesen como habían sido antes, hacía mucho tiempo, cuando era pequeña y no sabía cómo hacer para esconder partes de ella misma tan profundamente que corría el riesgo de perderlas, cuando desear cosas buenas para el mundo aún era algo dulce-seguro, y cuando podía volverse hacia la abuela y el abuelo y Mamá para un abrazo cálido y un consejo sabio sobre una tarea escolar complicada o cualquier otro problema que pudiese tener. Ella no era esa muchacha para ellos, ya no, ni siquiera ligeramente. Ella era una ladrona que les había robado a su niña y dejado en su lugar una copia falsa.

Al cuarto día Leona la llamó por teléfono.

—Encontré tu libro.

Salomé se apoyó contra la pared. No quería caerse.

—¿Dónde?

—Ah, por aquí. Ahora hay un hueco en mi estantería. —Hizo una pausa—. No hizo tanto frío hoy, ¿verdad?

Hueco. Pocitos. La casa del tío de Guillermo estaba en Pocitos; su célula se había reunido en el sótano. El sótano tenía una trampilla que se abría a un túnel y Salomé nunca había bajado allí pero sabía que llevaba a una ratonera. Un nido de ratas. Un escondite. Las palabras clave: *frío hoy.*

—No, estuvo cálido y agradable.

—Bueno, te veo más tarde.

—Bueno. Chau.

Salomé tomó su abrigo y salió disparada de casa antes de que nadie pudiese detenerla. Caminó hasta Pocitos y llamó a la puerta del tío de Guillermo. El propio Guillermo abrió la puerta, la llevó al sótano y le entregó una linterna. Ella se sumergió a través de la trampilla y bajó por una escalera a un fétido pasadizo. Cuando pisó tierra vio que un largo túnel se extendía delante de ella. Se agachó y avanzó a través del pasadizo; él estaba allí, al final del túnel, en una habitación que era una cueva fría y húmeda.

Era un espectro de sí mismo, encorvado junto a un balde con su propia mierda y orín. Entrecerró los ojos ante la luz de la linterna como si le lastimara. Ella dirigió el haz hacia el suelo; la habitación quedó apenas iluminada; pero ella ya había alcanzado a ver las quemaduras, los hematomas, una cara doblada sobre sí misma como una carta sellada.

—No deberías haber venido.

Ella levantó el balde.

—Volveré en un momento.

A través del túnel, escalera arriba, con cuidado, no volcarlo, vaciar el cubo, enjuagarlo como si se pudiera hacer algo con el olor, luego la trampilla y el túnel otra vez para volver. Se sentó junto a él. Permanecieron en silencio unos minutos respirando el aire escaso.

—No quería que me vieras así.

—Solamente quería verte.

—¿Pero así?

—A vos. Quería verte a vos.

Él volvió a cruzar las piernas tratando de no hacer una mueca de dolor.

—Ellos no saben tu nombre. No por mí.

Ella le tocó la mano. Él se encogió. Ella comenzó a apartarse.

—No —dijo él—. Quedate.

Permanecieron quietos y en silencio. A él le temblaba el labio inferior. Ella apartó la vista. Pasó más tiempo.

—Salomé. Salomé.

Ella se inclinó hacia la parte interior del codo de él, a una quemadura de cigarrillo donde depositó un beso extremadamente tierno. Le besó las heridas, lentamente, una por una. Las siguió debajo de la ropa hasta todos los lugares sensibles que La Máquina había visitado antes que ella. Hicieron el amor en ese agujero oscuro por primera vez. La virginidad derretida como hielo lanzado a las llamas. Después de toda la pompa y las advertencias, la pérdida de la virginidad fue algo absolutamente simple. Sólo tienes que alzar los brazos y arrojarla. El resto está preparado, esperando, latiendo acaloradamente debajo de tu piel. Eso fue lo que aprendió, así fue cómo lo hizo, presionando contra las partes golpeadas, las partes quemadas, todo. Era evidente que a él le dolía todo el cuerpo, pero no pensaba dejarla ir. Se tomaron su tiempo. Ella le rodeó el cuerpo con las piernas como si fuesen dos vendajes; junto empujaron a través del dolor hacia el éxtasis intolerable que había más allá de él. Después permanecieron entrelazados, sudorosos, chamusquiados, exhaustos, en un cuarto sin aire, con nada más que respirar que el aliento del otro. Con dedos suaves como alas de mariposa acarició la piel hinchada, sus colores ocultos en la oscuridad aunque ella los conocía, quemaduras rojas, ampollas blancas, hematomas azules y blandos.

—Los vamos a agarrar —susurró ella y sólo en ese momento Tinto Cassella rompió a llorar.

La nación estaba en guerra. Todo el mundo lo sabía. El presidente declaró un prolongado estado de emergencia. Todos los montevideanos debían estar en sus casas a las nueve de la noche. Los soldados hicieron resonar la música de sus botas en las calles adoquinadas, en los bulevares, en callejones donde despertaban a parejas de ancianos en sus camas: ¿Dónde está su hijo? Orlando se encontraba entre los tupas capturados. Salomé robaba momentos junto a la ventana, mirando la prisión que se alzaba al otro lado de la calle. Orlando estaba allí, junto con otros compañeros, un centenar de Tupamaros sin rostro; ella trataba de imaginarlos, dentro de esos muros, sus nuevos vecinos, tan lejos y sin embargo tan cerca. Enfrentándose a lo que Tinto se había enfrentado. Era como una pesadilla, esa clase de dolor al otro lado de la calle, delante de su casa, esta casa que el abuelo Ignazio había levantado con sus propias manos hacía tanto tiempo. Era difícil de creer, aún más difícil dejar de pensar en ello. ¿Era posible acaso que pudiese deslizarse a través de la ventana y mezclarse con su vino y aliento y pensamientos? Ella corría las cortinas todos los días y discutía con Mamá, quien quería las cortinas abiertas. La luz, decía ella, ¿no querés que entre la luz? Salomé no quería. Con las cortinas abiertas no podía apartar los ojos de la prisión. Sus muros eran pálidos y elegantes como siempre. No revelaban nada. Ella los veía con frecuencia, ya que su madre seguía luchando por la luz. A Mamá le gustaba sentarse en el rincón junto a la ventana y escribir. Ella escribía y escribía y no parecía preocuparle la prisión al otro lado de la calle, siempre que el sol entrara como una cascada a su alrededor, a través de la ventana, sobre el papel. Su madre escribía todos los días, no importaba cuántas horas hubiera trabajado, o lo cansada que estuviese. Algunos poemas acababan publicados en revistas, o recitados en salones de toda la ciudad, pero muchos de ellos parecían desaparecer dentro de montones ocultos en su habitación. Su madre escribía tanto que Salomé imaginaba escondites repartidos por todo su dormitorio, como el que ella había descubierto debajo del colchón, seguramente los cajones y armarios y los recovecos polvorientos entre los muebles y las paredes estallaban ahora de palabras escondidas. Sin embargo, aún no eran suficientes para que Mamá se detuviese: seguía escribiendo, escribiendo, inclinando la página hacia la luz.

Anna se convirtió en la nueva responsable de la célula. Era exigente. Sus palabras eran claras y precisas y exigía lo mismo de los demás. Guillermo abandonó la célula para dirigir una nueva. El número de militantes no dejaba de aumentar. El día de la toma de Pando había encendido a la juventud y la había enviado en busca de Tupamaros en sus guaridas urbanas. Grupos de estudiantes en todo el mundo habían expresado su entusiasmo por los audaces e inteligentes guerrilleros de Uruguay, según les informaban las noticias que recibían de forma clandestina. El propio Fidel Castro había alabado su victoria y elogiado a los Tupamaros: *La Revolución está viva y fuerte en Uruguay.* Salomé percibía el entusiasmo de los nuevos miembros, el sudor fresco de sus pensamientos: somos parte de algo. Robin Hood. La gente escucha hablar de nosotros en todas partes. Hasta Castro habla de nosotros. Ella quería sacudirlos, quería sacudir a su país, país pequeño, país olvidado, con los ojos muy abiertos con todo su ingenio, tan fácilmente seducidos por una migaja de glamour. Estaba siendo injusta. Ellos habían venido por otras razones, seguramente, y eran lo bastante listos como para saber cuáles eran los riesgos. Aun así zumbaban con esperanza y voluntad, mientras que ella se sentía vieja, gastada, llena de estratos opacos a través de los cuales ni siquiera ella podía ver. El otoño se abatió sobre Montevideo. Ella tomó parte en el robo rápido y perfecto a un casino, trasladó arsenales de armas y dinero y uniformes y ayudó a organizar una fuga de la cárcel de mujeres, que consiguió que varias docenas de compañeras volviesen al trabajo.

—Es una vergüenza. —El señor Richards meneó la cabeza. La ceniza cayó del cigarrillo que sostenía entre los dedos—. La verdad es que tenían un pequeño y bonito país.

Salomé continuó escribiendo a máquina.

—Señor. —Viviana cerró el archivador—. Con el debido respeto, señor, esto está muy lejos de haber terminado. Los rebeldes no tienen ninguna posibilidad contra las medidas.

El señor Richards miró el mentón decidido de Viviana. Ella le preparaba el café y colgaba su abrigo cada mañana. No era una mujer a quien faltar el respeto.

—Tiene razón. Debe tener razón. Aun así... debo decir... son unos guerrilleros muy listos.

Salomé reprimió el impulso de echarse a reír. Tuvo que concentrarse, ella tenía una misión: encontrar todos los archivos que pudiera acerca de un individuo llamado Dan Mitrione.

Le llevó dos semanas. Era un hombre difícil de encontrar. No estaba en el archivador junto a todos los demás estadounidenses residentes en Uruguay. Estaba en el archivador donde se guardaban los documentos que eran altamente confidenciales, el que el señor Richards cerraba con su propia llave, que Salomé robó un día y apretó contra una barra de jabón para sacar un molde. Dan Mitrione, decía el documento, era un asesor de escasa jerarquía, enviado por la Alianza para el Progreso. Estaba en Uruguay para asesorar a la policía. Había trabajado como jefe de policía en el estado de Indiana y, desde entonces, había trabajado como asesor en Brasil y la República Dominicana. Tenía esposa y nueve hijos, seis de los cuales vivían actualmente en Uruguay. Tenía una dirección en Malvín. Se especializaba en comunicaciones. Había algunas notas manuscritas. Las comunicaciones, sugerían las notas, eran una forma de arte. Se requería matiz y práctica y precisión. El entrenamiento marchaba bien.

—Bien hecho —le dijo Anna—. Esta información corrobora los otros informes.

Anna los puso al corriente acerca de Mitrione. Era un hombre que impartía clases en un estudio completamente equipado que había montado en el sótano de su casa. El sótano estaba insonorizado. Los policías eran los protegidos. Los entrenamientos se llevaban a cabo con "muestras", mendigos, prostitutas, cantegrileros, detenidos por la fuerza, nunca vueltos a ver. Salomé miró a Tinto. Él tenía la vista fija en la llama de una vela. Esta noche no había lámparas de aceite, sólo dos mechas desnudas que ardían lentamente. Ella trató de encontrar su mirada pero él no alzó la vista.

—¿Qué vamos a hacer entonces?

Anna se echó el pelo hacia atrás. Era hermosa, de una manera salvaje.

—Lo vamos a someter a juicio.

Mitrione desapareció tres semanas más tarde. Fue secuestrado, dijeron el presidente Pacheco Areco y el presidente Nixon y el señor Richards y el abuelo Ignazio y todos los periódicos que aún se publicaban en Uruguay. No, dijeron los Tupamaros en un comunicado, no fue secuestrado; Mitrione fue arrestado y retenido en la cárcel del pueblo, por crímenes cometidos contra el pueblo uruguayo.

Era agosto de 1970, un invierno muy crudo, y la cárcel del pueblo era un sótano helado. Al acusado se le ofreció un abrigo y café. Era alimentado por guardias que llevaban sus rostros cubiertos todo el tiempo. Lo sometían a juicio cada mañana —¿Puede explicar estos memorandos de la policía de Montevideo? ¿A la embajada de Estados Unidos? ¿Estas fotografías de Santo Domingo? ¿Qué son? Se lo preguntamos otra vez, señor, ¿qué son? —y todas sus respuestas eran elípticas, mesuradas, frías. Salomé las escuchaba desde su puesto en la otra habitación. Ella estuvo de guardia durante un día. Sólo un día. Había temblado de frío tan pronto como entró en el sótano. La habitación estaba iluminada por una única lamparilla desnuda y olía a sudor y moho. Ella llevaba puesta una capucha de arpillera con agujeros a la altura de los ojos y sostenía el fusil derecho. Las paredes estaban revocadas con periódicos, del suelo al techo, una celda con palabras en lugar de barrotes, palabras en todas partes, cacareando titulares, rodeando al prisionero. Finalmente, las preguntas se fueron apagando poco a poco. El prisionero había reducido sus respuestas a monosílabos. Ella oyó cómo aseguraban la venda en los ojos y luego dos tupas enmascarados lo llevaron a la habitación. Lo sentaron en una silla, lo ataron a ella, le hicieron una seña y se marcharon.

Ella se sentó delante del hombre que tenía los ojos vendados. Ella sentía las manos húmedas y pegajosas dentro de los guantes de cuero. El hombre era alto, ligeramente barrigón, su pelo comenzaba a agrisarse en las sienes. A través de las aberturas en la capucha de arpillera parecía pequeño. Debajo de la barbilla le colgaba una bolsa de carne. Unos pelos cortos y gruesos cubrían la línea de la mandíbula. Su cuerpo era blando, mortal, hecho de carne que se encorvaba y abombaba y producía pelos, y era monstruoso, inaceptable, que fuese un hombre y no un monstruo, Dan para algunos, *Dad* para otros, algún otro nombre —¿qué nombre?, ¿qué nombre?— para la gente sobre su mesa, hecha también de carne, igualmente viva y plegadiza. Él utilizaba el agua y las corrientes eléctricas juntas. Exploraba la tierna oscuridad del cuerpo. Enseñaba las herramientas más recónditas del dolor. Ella no podía comprenderlo, era incapaz de conciliar sus pensamientos con ese hombre simple encorvado en una desvencijada silla de madera, pero era crucial que lo hiciera o, de otro modo, nunca podría ver el mundo con ojos lúcidos. Le dolían los ojos. Los cerró detrás de la capucha. Aquí estás, el enemigo, vulnerable y ciego, y ni siquiera puedo mirarte. ¿En qué clase de combatiente me convierte eso? ¿Quién sos y qué sos, cómo te convertiste en Dan Mitrione, y cómo nos convertimos en estas dos personas frías en un sótano mirándose sin verse? Ella lo vio de pie, desinhibido, sobre Tinto, Tinto desnudo, retorciéndose, la boca muy abierta, y luego él se convertía en Mitrione, con la boca muy abierta, retorciéndose, y era ella quien estaba parada junto a él y lo vigilaba y se inclinaba para susurrarle: ¿Ya entendió? ¿Entiende? ¿Entiende?

Mitrione se movió.

—¿Hay agua?

Ella llenó un vaso de agua de una jarra. Lo acercó a sus labios finos, pálidos.

Él bebió.

—Gracias.

—De nada.

Él enarcó las cejas.

—¿Una mujer?

Ella no dijo nada.

Él sonrió burlonamente.

—Suenas tan joven.

—Los jóvenes también tienen poder.

—Eso creen.

—¿Qué sabe usted? —dijo ella y se arrepintió de inmediato.

—¿Qué es lo que sé?

Su voz era casi dulce.

Salomé le miró el rostro. La venda que le cubría los ojos era incongruente, un pañuelo grande de algodón de estampado búlgaro que Tinto había sacado de la cómoda de su abuelo. El pañuelo del Mago Milagroso. Pensó en Tinto, en su tierna musculatura. También pensó en la abuela, con su colección de plantas; Mamá con su bolígrafo incesante; los hijos de Dan Mitrione, en camas silenciosas, compartiendo una casa con las maquinaciones de su padre, los susurros calibrados, la paciente escalada, los ojos vidriosos de los policías adquiriendo una nueva habilidad.

—No lo suficiente.

—¿Qué se supone que significa eso?

—Nada que importe.

Ella regresó a su puesto.

—Ay, Dios —dijo él con voz aburrida.

El silencio se extendió por la habitación húmeda y débilmente iluminada. Estaban sentados uno delante del otro respirando el mismo aire. Finalmente, él se hundió en la silla y pareció dormirse. Ella relajó las manos alrededor del fusil. Pasaron dos horas, amurallados por palabras escritas. Sus pensamientos deambularon hacia Tinto. Sus manos grandes. En este preciso momento debían estar serrando madera, o martillando clavos o sosteniendo un mate. Esta noche, a medianoche, cuando se encontraran en el coche de su tío, le quitaría los guantes a pesar del frío. Metería sus manos debajo de su suéter para mantenerlas calientes, para llevarlas al horno. Y quizás un día, después de todo, esta revolución tambaleante se acabaría (¿era posible todavía? ¿hacia dónde se dirigían? hacia el brillante botín o a un lado de la carretera en profundos barrancos de donde era imposible salir, no, no pienses en eso) y ellos podrían casarse a plena luz del día bajo una lluvia de arroz. Una nación liberada y una luna de miel. Y luego una vida tranquila de carpintería, hijos quizás, nuevas vidas para un nuevo Uruguay. Y Mamá ya no la estaría pinchando más, como lo hacía ahora, sin poder creer que su hija, con diecinueve años, no tuviera pretendientes. Seguro que hay alguien, decía ella, extendiéndose acerca de la supuesta belleza de Salomé, su carácter tranquilo, su mente brillante. La única manera de que dejara de hablar era decir, Bueno, Mamá, ¿y qué me decís de vos? Mamá se echaba a reír —¡qué, ella, ja!— pero eso conseguía que dejase de insistir con el tema. Al principio, Salomé lo había hecho en defensa propia, no había pensado en respuestas, pero algo en la risa, un vestigio de autoconfianza en ella, había hecho que se preguntara, aunque por supuesto era imposible, no significaba nada, ese vestigio de autoconfianza, su cara sonrojada a veces después de haber visitado a su peluquera, una mujer, y todos esos estilos elegantes en tiempos difíciles, imposible por supuesto, pero ¿qué había dicho el tío Artigas antes de irse a Cuba? *Yo no te juzgo, Eva. En serio.* Él podía haberse referido a su debilidad por el lujo: o a otra cosa, lo impensable, lo inimaginable, un secreto en su madre tan inimaginable como el de ella. La gente no sospecha aquello que no puede imaginar. Si tal cosa era verdad, nadie sospecharía de Eva, excepto quizás la hija que también ocultaba lo impensable.

Mitrione estaba despierto.

—¿Eres tú todavía?

—Sí.

—Me gustaría tomar un poco más de agua.

Ella se levantó y le acercó el vaso a los labios. Él hizo ruido al tragar. Se derramó el agua sobre la barbilla como un bebé. Ella no tenía que limpiarlo —no formaba parte de sus obligaciones— pero levantó el borde de su camisa hasta el rostro de Mitrione y lo secó. Él se echó hacia atrás. Ella acabó de secarlo, preguntándose por qué lo hacía. Sintió la barba debajo de la tela. Cuando hubo terminado, él asintió, como si la relevara de una misión que le hubiese asignado. Ella regresó a su puesto. Ambos se sentaron.

—Ustedes los Tupamaros —dijo él—. No son lo que yo esperaba.

—¿Qué esperaba? ¿Unos terroristas sanguinarios?

—Por supuesto.

Salomé apoyó el fusil sobre el regazo.

—Qué irónico.

Mitrione suspiró, el suspiro largo y lento de un hombre agobiado.

Permanecieron sentados durante otra hora. Ella tenía hambre. Afuera, el sol seguramente ya habría retirado su luz de las calles. Se preguntó si habría luna.

Cuando volvió a hablar, Mitrione lo hizo en un susurro.

—¿Tú... ellos... piensan matarme?

—No queremos hacerlo.

Él alzó la cabeza como si estuviera descifrando un código. Un detective con los ojos cubiertos con un pañuelo de vivos colores.

—¿Las exigencias siguen sobre la mesa?

Así era: la liberación de más de un centenar de Tupamaros, Orlando entre ellos, a cambio de la vida de Mitrione.

—No puedo contestarle eso.

—Ah. —Hizo una pausa. Parecía que se hubiese tragado algo ácido—. ¿Puedes darme un cigarrillo?

Salomé se acercó, colocó un cigarrillo entre los labios de Mitrione y lo encendió. Él dio una profunda pitada; el diminuto extremo brilló intensamente anaranjado.

—Ellos nunca lo van a aceptar —dijo—. Yo tampoco lo haría.

El hilo entre ellos —fino y pegajoso como el de una araña— era demasiado.

—Muy bien —dijo ella—, basta de charla.

La predicción de Mitrione demostró ser correcta. El presidente Pacheco declaró que no negociaría con terroristas y que ningún criminal sería liberado de la prisión. Los soldados martillaban las calles, Montevideo era un tambor, estremecido con los ritmos de las botas, marcando el paso, incisivos, continuos, derribando puertas a patadas, personas sospechosas de pertenecer a los Tupamaros arrastradas fuera de sus camas, *aplastaremos a los terroristas,* y en un golpe de enorme importancia consiguieron capturar al fundador del Movimiento, que llevaba largo tiempo escondido, Raúl Sendic, encarcelado luego en medio de un gran despliegue y numerosas fotografías en *El País.* Salomé no podía dormir, porque si lo hacía seguramente despertaría ante los cañones de una docena de fusiles apuntando a través de la oscuridad hacia su cama llena de acero, y peor aún, la arrastrarían fuera de la casa delante de la abuela y el abuelo y Roberto y Mamá, quienes estarían en el vestíbulo con sus indefensos pijamas, y ella no sería capaz de soportar, por encima de cualquier otra cosa, las expresiones en los cuatro rostros.

El toque de queda se redujo a las seis de la tarde. Su célula se reunió al amanecer. Se apiñaron en una despensa donde las fregonas y los recipientes con líquidos limpiadores los rodeaban como rígidos centinelas.

—Hora de votar. —Anna estaba demacrada, pero su maquillaje era sobrio y perfecto, preparado para el trabajo.

—Recuerden, ésta no es una elección sentimental. Para él nunca lo fue. Tienen que pensar en términos políticos. —Los estudió uno por uno—. ¿Y bien?

Héctor, un miembro nuevo, un soldado con su uniforme completo, fue el primero en hablar.

—Si lo ejecutamos, la prensa hablará de sus hijos, de su pobre esposa. De lo violentos y crueles que somos. Eso les dará una excusa para venir por nosotros.

—¿Pero qué va pasara si no hacemos nada? —preguntó Leona—. Esa actitud va a enviar el mensaje de que no respetamos nuestra palabra. —Parecía tan equilibrada, pensó Salomé, ya no quedaban rastros de aquella niña—. El mundo entero tiene los ojos puestos sobre nosotros.

—Eso es cierto —dijo Carla, una maestra de escuela—. Si nos mostramos débiles, esa actitud podría afectar a los movimientos en todo el mundo.

—De cualquier manera, ellos van a utilizar esto para tratar de aplastarnos.

—Algo que, de todos modos, ya están tratando de conseguir.

—¿Cómo decidimos entonces?

El debate continuó. Las palabras perdían su significado en los oídos de Salomé, se deslizaban en remolinos auditivos derretidos. Intentaba concentrarse pero había algo que le atenazaba los pulmones, un puño que se tensaba; no podía respirar; tal vez fuese el aire, la falta de oxígeno, noches insomnes y madrugadas que apestaban a lejía; una boca, la suya, preparándose para un simple sí o no; se sentía mareada, la cabeza le daba vueltas, el debate era un mar de sonidos del que surgía, en su imaginación, una barbilla con barba crecida, un mentón con un hilo de baba, enorme e imponente, como una ballena.

—¿Salomé? —La voz de Tinto se alzó por encima de las demás—. ¿Estás bien?

Ella asintió. La pequeña habitación volvió a entrar en foco.

—Es tu turno —dijo Anna tensamente. El tiempo se agotaba—. ¿Sí o no?

Ella quería decir no.

Anna frunció el ceño.

—¿Salomé?

Miró alrededor de la habitación. Doce rostros se volvieron hacia ella bajo la luz raquítica. Un momento después abandonarían esta cueva y comenzarían sus días cabales, cada uno de ellos llevando en su interior un trozo del sueño.

—Sí —dijo.

Estaba revolviendo la salsa de tomate para la cena —jamás olvidaría su vapor exuberante, el olor a albahaca dulce— cuando sonó el teléfono. Ella se apresuró a atenderlo.

—¿Hola?

—Salomé.

No reconoció la voz.

—Sí.

—Está frío hoy, ¿no?

Las rodillas, las piernas, no podía sentirlas. Basta, pensó, sabés hacer mejor que esto.

—Sí —dijo—. Tuve que ponerme mi abrigo más grueso.

—Buena idea.

Ella escuchó la línea hueca.

—Bueno. Chau.

—Chau —respondió y colgó. El corredor olía a tomates que se cocían lentamente. Deseaba probar una última cucharada pero no había tiempo. Pensó deprisa: sus abuelos estaban durmiendo la siesta, Roberto en su habitación, Mamá en la sala de estar justo delante de la puerta del frente. ¿Quizás podría pasar corriendo junto a ella? No. Su bolso estaba allí, podría necesitarlo, tenía que agarrarlo, tenía que despedirse.

Metió un poco de ropa en un bolso, con unas carpetas por encima, y entró en la sala de estar. Mamá estaba sentada en el sofá releyendo el *Quijote.* Gardel cantaba desde el tocadiscos una vieja canción de Buenos Aires. Detrás de su madre, en la ventana, un roble alzaba sus ramas desnudas hacia el cielo negro.

—Mamá —dijo, dirigiéndose hacia su bolso— me traje a casa los archivos equivocados. Voy a la oficina a cambiarlos por los correctos.

Mamá apoyó la mano sobre el bolso.

—¿Lo qué?

Salomé enfrentó su mirada de mala gana. Mamá seguía siendo una mujer hermosa, de facciones marcadas, con el pelo negro y los labios rojos. Ella brillaba, suavemente, como una vela ahusada en la oscuridad.

—Tengo que terminar la traducción para mañana de mañana.

—Pero el toque de queda. —Mamá hizo un gesto hacia la ciudad que se extendía más allá de la ventana—. Los soldados. La locura en la calle. No podés salir.

Salomé miró el bolso. Los dedos de Mamá se clavaron en él como garras. Imaginó a las dos luchando por él, revolcándose en el suelo.

—Tengo que irme.

—Salomé. En una noche como esta puede pasar cualquier cosa.

—Pero es por el trabajo.

—¿A quién le importa? —Mamá se levantó de un salto—. Tu seguridad es más importante.

Miró fijamente a Salomé y Salomé amaba las largas pestañas negras, los ojos airados, la boca a través de la que podían surgir tantas palabras (bálsamos, chispas, navajas). Por un instante pensó que podía derrumbarse y quedarse, después de todo, como una pila de escombros a los pies de su madre. Pero el bolso había quedado descuidado; era su oportunidad. Se lanzó hacia él, lo agarró y corrió hacia la puerta.

—Voy a estar bien —mintió mientras la abría.

Mamá le aferró la muñeca.

—¡Quedate!

Salomé se volvió; sus rostros estaban separados apenas por unos centímetros. Ella pudo aspirar la esencia de almendras dulces del pelo de Mamá. Mamá sondeó sus ojos buscando una respuesta a una pregunta aún no formulada, zambulléndose en busca de secretos que pudieran resolver el rompecabezas, sí, pieza con pieza rota.

—Hija...

Salomé se soltó de la mano de su madre.

—Cuidame el fuego —dijo y echó a correr.

Corrió directamente a la ratonera donde Tinto y ella habían hecho el amor por primera vez. A través de la trampilla, bajó por la escalera, avanzó por el túnel hasta la cueva. Tinto estaba allí, y Leona, y Héctor el soldado. Se saludaron con un leve asentimiento. Nadie habló. Ella se acurrucó junto a Tinto; él la envolvió entre sus brazos. Estaba temblando, los brazos de Tinto hicieron que tomase conciencia de ello. Él la abrazó con fuerza, la aplastó contra su cuerpo y ella hizo lo propio. El balde ya apestaba pero ella se apretó aún más contra él hasta percibir su olor a almizcle.

Durmieron un sueño inquieto en el suelo.

A la mañana siguiente, una Tupamara desconocida les trajo pan, queso, cigarrillos, agua y noticias: la policía había encontrado el cuerpo de Mitrione. Se había aconsejado a la población civil que se quedase en sus casas, los bancos estaban cerrados, se habían suspendido las clases, cientos de casas habían sido puestas patas arriba. Se había declarado un día de duelo nacional por Mitrione. Anna había sido detenida, junto a muchos otros compañeros. Ellos tenían que permanecer escondidos. La Tupa cambió el balde lleno por otro vacío y limpio y se marchó rápidamente. Su líder, Anna, quedó pendiendo del aire como un fantasma. Leona parecía una estatua de sí misma. Salomé partió el pan en varios pedazos.

—Leona —dijo—, lo lamento.

Leona enarcó las cejas, sólo un poco, para mostrar que la había oído. Salomé le pasó un trozo de pan con queso. Leona meneó la cabeza.

—Tenés que comer —dijo Salomé—. Todos tenemos que comer.

Leona comió. Todos ellos comieron, en su oscuro círculo apenas iluminado por una linterna. Salomé trató de no pensar en su casa, las botas de los soldados, su colchón culpable, lámparas rotas, su familia, su familia, su familia. El silencio era tan empalagoso como el olor.

—Che, Leona —dijo.

—¿Sí?

—Contanos una historia.

—¿Sobre qué?

—Sobre tu familia. Rusia. Cualquier cosa.

Leona parecía escéptica. Se ajustó los lentes. Miró a Tinto, quien asintió, y a Héctor, quien se encogió de hombros. Comenzó a hablar. Contó la historia de Irina, su bisabuela, que era conocida en todo Pereyaslav por el inimitable sonido de su voz. Cuando ella cantaba, los amantes olvidaban sus peleas, los enfermos sanaban, y las plantas secas y marrones volvían a la vida. Su bisabuela podía derretir la nieve con una balada de una hora. Entonces, un año, su esposo y seis de sus hijos fueron asesinados en un pogromo. Dejó de cantar. Las cosechas se perdieron; los ancianos murieron. La gente del pueblo dejaba canastas llenos de fruta en su puerta y le rogaba que volviera a cantar; nunca lo hizo. Pero su hija creció con ese don y pasó su vida cantando y aullando en la plaza del pueblo, y tanto ella como sus hijos tuvieron suficiente para comer incluso en los inviernos más largos. Ella era la abuela de Leona. En los primeros recuerdos de Leona, ella se acurrucaba en sus brazos y escuchaba viejas canciones de sus labios.

Cuando Leona acabó de contar su historia, ellos continuaron hablando. Las historias giraban, una tras otra, de cada uno de ellos por turnos. Las historias tejieron un manto que podía cubrirlas de su ahora-reciente-pasado y su futuro inmediato, envolviéndolos en algo más grande y brillante que cualquier cosa que pudieran ver desde donde estaban sentados, agachados, inquietos. Tinto habló del espectáculo de magia de sus abuelos, los encuentros en la panadería de sus padres, su tatarabuela de Paysandú cuyas empanadas eran tan buenas que los argentinos solían cruzar a nado el río Uruguay para probarlas; dieciséis caballos se habían ahogado cuando sus amos buscaban esas empanadas, era verdad, incluso hoy en Paysandú se sabía que era verdad. Y, en cualquier caso, en el lugar donde estaban sentados ahora, la verdad era irrelevante; todo lo que importaba era la textura de la historia. Salomé les habló de los gauchos de los que había nacido su abuela Pajarita, y del ceibo en el que había renacido poco después; cómo se decía que ella, la propia Salomé, era la chozna bastarda de José Gervasio Artigas; cómo su madre se dedicó a la poesía durante la Segunda Guerra Mundial y después, al otro lado del río, al peronismo y las hojas mimeografiadas que la enviaron al exilio; cómo su padre, el eminente científico, sacó a su paciente de la silla de ruedas y se enamoró de ella, súbitamente, desafiando a su familia para casarse con una poeta inmigrante (y ella sintió un afecto repentino y natural hacia su padre mientras contaba la historia); las aventuras del tío Artigas a través del continente, Brasil, los Andes, Cuba. Pasó otro día, y un segundo, y un tercero; ellos los llenaban con sus historias, con su manto de historias, suavizando ese agujero lleno de su mierda; sudor; alientos. Héctor el soldado finalmente se unió al resto: les explicó que su madre era hija de un rico estanciero que tenía cientos de hectáreas de tierra. Cuando ella era muy joven se enamoró de un vaquero y quedó embarazada de su hijo bastardo. Su familia la desheredó y ella huyó con su amado hacia el sur de Argentina. Dio a luz en el borde de un glaciar de la Patagonia después de diez días sin comer y se desmayó por el esfuerzo; cuando despertó, un musculoso puma estaba lamiendo a su hijo recién nacido. Ella comenzó a gritar; el puma levantó su lustrosa cabeza y la miró a los ojos. Años más tarde le contó a su hijo que, justo en ese momento, ella sintió una extraña y súbita comunión con esa criatura y supo que era un ángel de Dios. En los días y meses que siguieron, el puma cazó para ellos, ayudándolos a sobrevivir en ese territorio inhóspito. El otoño se acercaba. El puma los guió hacia el norte, de regreso a Uruguay. Ellos lo siguieron, volviendo a través de pueblos y pampas y bosques y colinas, hasta que llegaron al río Uruguay, donde comenzaba su país natal. En aquella orilla frondosa y burbujeante, el puma se detuvo. La madre del joven soldado lloró y le imploró a su amigo que se quedara, que cruzara el río con ellos, pero la silueta de la criatura ya se perdía entre los árboles.

Esas historias. Ellas los envolvían, los abrazaban, los mantenían sanos e incluso salvos, hasta que, al atardecer del cuarto día, cuando el sol se hundía en un cielo lejano, fueron descubiertos por soldados calzados con pesadas botas.

ocho

LAMENTOS, AULLIDOS, HAMBRE DE SOL

Los días sangraban juntos. Su sangre sangraba junta. Ella ya no podía decir qué partes del cuerpo habían goteado qué manchas en el suelo de cemento. Ella ya no podía decir si era día o noche, infierno o muerte, sangre o saliva humedeciendo la venda que le cubría los ojos, tres hombres o treinta en la habitación, el mismo hombre el que gritaba u otro, el mismo hombre el que canturreaba u otro, si lo siguiente serían golpes o largas largas violaciones o un viaje a la habitación con el colchón mojado, con descargas eléctricas que desgarraban la piel, la habitación con la paleta completa de artes importadas, de máxima categoría, tecnología avanzada, ay mi país, ay mi país, después de todo no quedás donde el diablo perdió el poncho, mirá lo que compraste, mirá lo que tenés, sólo fijate cómo lo utilizas. Qué experto sos. No te detenés ante nada.

Al principio, ella no habló, no les voy a decir nada, voy resistir y resistir, pero el tiempo se hizo interminable sin la fuerza moldeadora de los días, no podía pensar, tenía demasiado frío, estaba demasiado mojada, estaba hambrienta y desnuda excepto por la capucha, y el sueño pertenecía a ese otro mundo distante donde el sol continuaba saliendo y poniéndose; esto no puede ser, no puede estar pasando, otra vez no, otra vez no, y finalmente supo que su boca se abría para implorar; era repugnante, inmunda, estaba desnuda e imploraba, era tan poco lo que podía contarles, de verdad, casi nada, y la traición iba y venía sin satisfacerlos. Ya que no le quedase nada que ocultar en la suave envoltura de su cuerpo, ella se quebró libremente. Una ruptura mayor a la que jamás imaginó que una persona pudiera sobrevivir. A veces podía odiarlos con un odio incandescente que la quemaba como la propia máquina; podía odiar a Salomé; podía odiar otra cosa también, algo que controlaba a los hombres que la rodeaban como marionetas sostenidas con hilos —¿no estaba allí?, ¿no era verdad?—, algo del tamaño de cincuenta edificios, mucho más grande que cualquier ser humano, acechando encima de todos ellos, babeando mugre, los dientes como lanzas, ávido de las contorsiones de quebrador contra el quebrado, de la sangre del cautivo y el alma del secuestrador. Pero eran sólo momentos, afilados y fugaces. El tiempo era infinito y su cuerpo no tenía bordes, estaba abierto, abierto, abierto. No puede estar pasando. Rezó para morirse. Un día estuvo a punto de morir, o quizás fue una noche, no había forma de saberlo, de todos modos esa vez la sintió rondando, muerte, muerte tan dulce, casi toma sus alas excepto que las palabras surgieron delante: las palabras de Mamá: una línea de poesía, de todas las cosas, atravesando las voces y el zumbido eléctrico. *Vos, mi fuego, sos todo lo que tengo. Desnuda sigo viniendo hacia vos.* El verso surgió y creció y se convirtió en una cuerda de palabras: *vos mi fuego; vos mi fuego vos mi fuego mi fuego mi fuego mi fuego mi fuego vos mi* una cuerda de palabras para agarrar, para aferrarse, para enrollar alrededor del cuerpo, para cantar en el interior de las ciudades fantasmas de la mente.

Ella había admitido, aparentemente, una lista de crímenes. Le quitaron la capucha para que pudiese firmar la confesión. La luz le lastimó los ojos y retrocedió pero unas manos la arrastraron nuevamente hacia la mesa. El documento tenía muchas páginas, pero ella sólo pudo ver la última, donde su mano fue guiada hasta la línea vacía que esperaba su nombre. Ella alcanzó a ver la fecha apuntada debajo. Habían pasado nueve meses.

Fue trasladada a la prisión de mujeres, un edificio situado a las afueras de la ciudad. Había oído hablar de ese lugar en las reuniones de la célula, pero si se parecía en algo a la prisión de los hombres en Punta Carretas, no podía decirlo, ya que no pudo ver nada hasta que estuvo dentro. Cuando le quitaron la capucha se encontró en una celda: tres paredes grises, una pared con barrotes, un espacio en el que apenas cabía el camastro. Ella llevaba un vestido de algodón áspero que le llegaba hasta las pantorrillas. No llevaba ropa interior. Sus pies se apoyaban desnudos sobre el cemento frío. El guardia cerró la puerta de hierro, barrotes golpeando con fuerza contra barrotes. La capucha flácida oscilaba en su mano.

—Está prohibido hablar —dijo el guardia de forma mecánica. A lo largo del corredor se oían sonidos, sonidos de mujeres, murmullos y pasos y una risa aguda, abortada. La celda estaba helada. Ya era mayo y el invierno se acercaba deprisa. Mayo, pensó, ahora es mayo, me perdí el resto, las brisas de octubre, el enero caliente, el opresivo febrero, el suave marzo. No había suavidad donde había estado, dondequiera que fuese, excepto la suavidad que era peor que el resto de ello. El submundo. El no-mundo. ¿Y no estoy allí todavía? Ahora puedo ver, y tengo algunas cosas, hoy al menos: un vestido, un tazón, una almohada. Parecía ofensivo, casi profano, que hubiera una almohada en el submundo.

Podía sentarse o quedarse de pie o acostarse, lo que le diera la gana. La sensación de libertad era abrumadora. Se sentó en el camastro. El colchón era delgado y podía sentir los muelles. No se movió. No podía pensar. Llegó su primera comida, un potaje de harina de maíz en un tazón. Ella trató de alcanzar el tazón que había en la celda pensando que pondrían allí la comida.

—¿Acaso querés comer en el tazón donde cagás?

Ella retiró la mano.

—Sos repugnante —dijo el guardia.

Se sentó sola con el tazón apoyado en el regazo. No quería comer. No podía sentir el cuerpo y agradecía que fuese así. El hambre no puede tocarme, nada puede tocarme, no en este minuto y tal vez tampoco en el siguiente. El potaje de harina de maíz tenía un aspecto pálido y magro pero, aun así, había algo chocante en el color amarillo. Era extraño poder ver la comida antes de comerla. Comienzas a comerla por los ojos. Estoy casi llena, casi enferma de mirar. Dejó el tazón en el suelo. En el corredor se oía a una mujer que alzaba la voz y decía Álvaro, Álvaro. Salomé no quería pensar en Álvaro, quienquiera que fuese, o en cualquiera que tuviese un nombre y viviera fuera de estos muros, que hubiese vivido la primavera y el verano en ritmos que ella se había perdido, ritmos lentos y normales que pertenecían al otro mundo, el mundo del sol, y que ahora tenía pensamientos acerca de ella, quién sabía qué pensamientos, no, ella no podía dejarlos que entraran, a ninguno de ellos, quédense allá afuera, estoy sola, quiero estar sola. No puedo existir para ustedes. No quiero existir, quizás voy a morir aquí, sólo tengo que dejar de comer, sólo desvanecerme, ya estoy a medio camino de allí y ¿no sería eso mejor? Como quitar una costra de la piel de un tirón. Mejor, mejor. Dejar que la piel fuese más tersa sin ella.

Una rata entró en la celda pasando a través de los barrotes y se acercó a la cazuela con el potaje. Olisqueó la comida y comenzó a comer.

—No —dijo Salomé, antes de poder reprimirse.

La rata la miró. Sus ojos estaban brillantes y alerta.

—Hijo de puta.

Levantó el tazón del suelo. La rata, sin miedo alguno, la siguió hasta el camastro.

—No —repitió ella y, de pronto, tuvo la sensación de que podía matar a esa rata con sus manos o sus pies para conservar lo que era suyo. Pateó a la rata, con fuerza, tanto que el animal tendría que haberla mordido, pero en cambio retrocedió y se marchó de la celda como si simplemente no mereciera la pena, la comida no fuese lo bastante buena o la molestia fuese demasiado grande.

Ella miró el potaje. Había luchado por la comida y ahora tenía que comerla. Estaba tibia e insulsa, pero la comió toda, lentamente, sumisamente, pensando, es mía, pequeño hijo de puta, es mía.

Después de comer, la sensación inició un lento regreso a su cuerpo. Contra su voluntad, ella volvió a convertirse en un frágil receptor de frío y dolor. Esa noche se quedó despierta haciendo un inventario de los dolores en su cuerpo. Cuerpo. Aún tengo uno, y si este cuerpo va a vivir necesito alimentarlo, cerrar sus ojos para dormir, ponerlo en cuclillas para poder orinar, acostarlo y levantarlo, no quiero hacerlo, estoy exhausta de sólo pensarlo. No podía recordar una sola razón para seguir viviendo, era incapaz de encontrar una en su mente. El mundo exterior, con todas sus calles y puertas y voces, se le antojaba irreal, irrelevante, inalcanzable. El pasado estaba borroso, hecho pedazos, un tren destrozado en la niebla. Y, sin embargo, si ella estuviese dispuesta a morir, si realmente quería dejarse ir, ¿por qué no podía dejar que la rata comiera? ¿De dónde llegó esa determinación de aplastarla con sus pies desnudos? Frío, mis manos están frías, mis pies están fríos. La sábana áspera no la abrigaba. Dobló las rodillas para poder apretar las manos contra la carne cálida y descongelarlas. La voluntad de vivir, pensó, es una cosa extraña, una bestia en sí misma, con sus propios dientes y misterios, viviendo dentro de nosotros con tanta gracia y quietud que ni siquiera nos percatamos de ella hasta que huye, se marcha, te deja un cascarón vacío, o eso pensás hasta que encontrás sus huellas en alguna parte dentro de vos donde menos lo esperabas, marcas en tu alma, una vez deseé vivir, estaba aquí, justo aquí, el deseo, aquí es donde anidaba, hasta que no-lo-digas lo ahuyentó, ¿pero acaso no vi hoy el destello de sus dientes, no podría estar rondando en algún lugar más cercano, o incluso lejano, pero no tan lejano que no pudiera regresar?

Se durmió. En su sueño unos hombres grandes estaban sobre ella, presionaban, demasiados.

Vinieron y se fueron cinco días en los que ella consiguió comer, acuclillarse, abrir los ojos y cerrarlos. El sexto día, los guardias llegaron para llevar a las mujeres al patio. Las mujeres formaron una fila en el corredor. Una mujer que estaba delante de ella comenzó a caminar demasiado pronto.

—Alto —ordenó uno de los guardias, innecesariamente ya que la parte ancha de su fusil ya había girado hacia ella.

La mujer lanzó un gemido extraño y regresó a la fila.

—Ahora caminen. Las cabezas agachadas.

Salomé mantuvo la cabeza gacha, pero era una experta en mirar mientras parecía que no miraba, y mientras caminaba atisbaba las literas de las otras mujeres con el rabillo del ojo, celdas para dos, para cuatro, incluso para seis reclusas.

Llegaron al patio. El suelo estaba mojado por la lluvia reciente, el cielo estaba gris y cargado con la lluvia que vendría. Aun así, estar afuera, sentir el peso de la luz del sol, no importaba cuán distante y filtrada a través del manto de nubes; sol, todavía existís, estás otra vez sobre mi piel, mi piel estaba sedienta de ti y yo ni siquiera lo sabía, piel codiciosa, era demasiado y ella entrecerró los ojos, no podía decir si era por la claridad o para no echarse a llorar. Grupos de cuerpos de mujeres caminaban lentamente en círculo, las cabezas bajas, como les habían ordenado. Aquellas que caminaban demasiado deprisa o demasiado lento eran golpeadas con los fusiles, pero los golpes eran escasos, realmente, todas eran expertas en el paso, la velocidad, el andar colectivo arrastrando los pies. En su hora de ejercicio se convirtieron en un solo cuerpo, un gran círculo de carne, cada mujer un músculo en un todo, lo ven, muévanse así, lleven el paso, eso es, si lo hacemos perfectamente los guardias ni siquiera levantarán la vista, una mirada furtiva a los vestidos grises y los rostros grises, miren las caras, mujeres, mujeres, rostros cerrados, que no revelan nada, sosteniendo estrechamente lo que llevan dentro, ése es el truco, eso es, manténganlo dentro, ésa también, y ésa Dios mío la conozco, al otro lado del círculo, el rostro de Anna, Anna Volkova, alta y flaca, la mandíbula tensada con dignidad, y el mundo exterior estalló en Salomé antes de que tuviese oportunidad de protegerse contra ello; surgieron los recuerdos, las imágenes explotaron y ella vio lámparas de aceite, habitaciones estrechas, el pecho de Tinto, el sudor en sus sienes, el gruñido de coches, puertas cerradas, ventanas abiertas, platos de comida, una mecedora, los ojos de su madre. Volvió a mirar el suelo, el dobladillo gris delante de ella. El dobladillo no era el dobladillo de una presa; era el dobladillo de su madre, Mamá delante de ella, en cámara lenta, al alcance de los brazos, la espalda vuelta hacia ella. No. Basta. Dobladillo gris, dobladillo de prisión. Mamá jamás usaría eso; no era su vestido, no era su espalda despectiva. Pero Anna, ésa era Anna, no se lo había imaginado, no estaba sola en este lugar.

Después del patio vinieron las duchas, en grupos de cuatro, sin agua caliente, sin jabón. El agua despertó su piel e hizo que cantara en silencio. Los guardias vigilaban.

Aquella noche se quedó acostada con los ojos abiertos. Estaba oscuro, pero una luz tenue se filtraba dentro de la celda desde una lamparilla en algún lugar del corredor. Se preguntó dónde estaría durmiendo Anna y qué otras Tupamaras estaban también aquí. Tupas. Yo soy una tupa, ahora, aún, aquí en el interior, tengo que pensar en mis hermanas, mis hermanos, los otros que dieron lo que yo he dado, perdieron lo que yo perdí, estuvieron donde yo estuve. No estoy sola. Ese pensamiento la despertó y la asustó. Leona. Tinto. Guillermo. Orlando. Ella no quería saber, ella tenía que saber. Tenía que encontrar a Leona, si estaba aquí, y también hablar con Anna, en alguna parte, de alguna manera. Para recuperar el vínculo, para oír cualquier noticia, tal vez incluso para encontrar una forma de salir. Imposible. ¿Pero acaso los tupas no habían hecho muchas cosas que parecían imposibles? ¿Acaso no habían organizado una fuga de esta misma prisión? Ella lo recordaba, había ayudado a trazar los planes. Pero había ocurrido hacía mucho tiempo, cuando los policías eran sólo unos aficionados, torturaban al azar, ignorantes, ambivalentes. Ella no podía saber qué era lo que había ahora fuera de estos muros, pero las cosas parecían diferentes. Nueve meses. Las cosas habían cambiado, Uruguay había cambiado, quién sabía qué clase de país había ahora allí fuera. Ella no podía desentrañar qué había más allá de los muros de hormigón, y no quería hacerlo, no podía permitir la entrada de la existencia de cierta casa color arena donde se sabía demasiado y donde puertas y ventanas podrían estar cerradas, cerradas, cerradas. En lugar de eso, pensó en Leona, obstinada, con el pelo magnífico, una chica seria detrás de los lentes, Dios mío, y si te quitaron los lentes, Leona, tengo que encontrarte.

La encontró en el séptimo viaje al patio. Estaba cinco vestidos grises por delante de ella. Ninguna de las dos alzó la vista, pero Salomé sabía que se habían visto, saludado con el mismo silencio entusiasta que habían compartido en el colegio. Leona estaba delgada, entumecida, como si hubiese reunido todo su espíritu en alguna red oculta. Llevaba lentes y estaba viva.

Dos amigas cerca. Eso le dio valor para despertarse más aún. Aquel día reparó en algunas cosas que antes le habían pasado inadvertidas. Los guardias, por ejemplo, eran hombres, sólo hombres, llenos de gritos y golpes pero hombres no obstante, con sus distracciones y sus momentos de inquietud, la urgencia de ser perezosos, de hablar con sus compañeros, ya que ellos, después de todo, eran sólo seres humanos, tratando de cumplir con su deber y llevar pesos a sus casas por la noche. Parecían cansarse de su propia piel espesa. De modo que si cumplías con tu papel y caminabas al paso adecuado y mantenías la cabeza baja, no sólo podías obedecer sino también persuadirlos de que se relajaran, descansá, no te preocupes, las putas se están portando bien, ¿viste el partido anoche? El patio era el mejor lugar para eso; los guardias también sentían el sol. Si disponían de suficiente ímpetu, y si estaban de buen humor, se apartaban y dejaban en paz al círculo de mujeres. Entonces era posible ajustar sutilmente el paso, más lento, más recortado, sólo una leve diferencia, pero suficiente para acercarse a una mujer determinada, y las otras mujeres te dejarían paso y ocultarían tu movimiento diferente con el balanceo de sus vestidos, porque vos también lo hacías por ellas, porque cada vez que la lluvia y los guardias mermaban había alguien que caminaba lentamente hacia otra persona.

Salomé llegó junto a Leona cuando el paseo casi terminaba. Ella sólo habló lo suficiente como para modelar su aliento alrededor de una palabra.

—Amiga.

Leona la oyó.

—Amiga.

—¿Estás bien?

Era una pregunta estúpida. Leona avanzó tres pasos.

—Sí. ¿Vos?

—Viva.

Caminaron unos pasos más. Los guardias se irguieron de mala gana; era hora de entrar. Al día siguiente, Salomé se acercó nuevamente a Leona y avanzaron en silencio. Después de eso llovió durante cinco semanas, no hubo salidas al patio, sólo había el interior, y en el interior, en lo profundo de la noche, Salomé oyó que su cuerpo decía lo que ella menos quería oír.

Cuando el suelo se secó y pudieron volver a salir, Leona se acercó a ella al iniciar la caminata.

—Tenemos noticias. —Leona aminoró el paso para que un vestido gris la pasara—. Tinto está vivo.

Salomé aspiró una bocanada de cielo blanco. Había tantas cosas dentro de ella, clamando por ser dichas, ser llevadas, ser nombradas, pero si empezaba tenía miedo de no poder parar.

—Estoy a cuatro celdas de la tuya —susurró Leona—. Escuchá por mí.

Salomé escuchó, cada noche, y la tercera noche oyó los golpecitos en la pared. No eran las ratas; los golpes tenían un patrón. Llegaban agrupados, golpes, pausa, golpes, pausa, y cuando los contó el código se volvió evidente. Era simple, un golpe por cada letra del alfabeto. Doce golpes significaban L. Cinco golpes, E. Quince, O. L-E-O-P-A-R-A-S-A-L-O-M-É.

S-Í-S-O-Y-Y-O, contestó ella golpeando ligeramente la pared, y esperó mientras la mujer que estaba en la celda contigua se acercaba a la otra pared, para transmitir S-Í-S-O-Y-Y-O. Su vecina era una mujer cuyo rostro hablaba de mucho alcohol, que siempre gemía por las noches. Salomé le agradeció en silencio, mentalmente, así como a las otras dos mujeres que estaban más allá de ella, sin rostro, golpeando pacientemente la pared, enviando su mensaje a lo largo de la fila de celdas.

Esperó con la oreja pegada a la pared, las manos apoyadas en el vientre. Los golpes comenzaron. P-L-A-N-E-A-N-D-O-F-U-G-A.

Ella respondió. C-Ó-M-O.

Esperó. Sus dedos le ardían de golpear y golpear. Llegó la respuesta. P-O-R-A-L-C-A-N-T-A-R-I-L-L-A.

Salomé pensó en su cuerpo empujando a través de un túnel mal ventilado, nadando en la mierda, tratando de arrastrarse sobre el vientre, con la forma que tendría su vientre dentro de unas semanas. N-O-P-U-E-D-O-I-R.

P-O-R-Q-U-É.

Salomé transmitió con pequeños golpes en la pared lo que clamaba por ser dicho. E-S-T-O-Y-E-M-B-A-R-A-Z... su significado estaba claro ahora, podría haberse interrumpido, pero continuó golpeando hasta decirlo por completo, aunque su vecina quizás ya se había ido a transmitir el mensaje a través de la otra pared.

El silencio duró tanto tiempo que Salomé se preguntó si Leona, o alguien entre ellas, se habría quedado dormida. Entonces los golpes se reanudaron. Q-U-E-R-É-S-A-G-U-J-A-T-E-J-E-R.

Ella sabía lo que hacían las agujas de tejer, cómo podían llegar dentro y provocar un aborto, cómo podían sobrevivir las mujeres si lograban encontrar alguna manera de detener la hemorragia. Se tocó el vientre. Podía hacerlo y debía hacerlo, tal vez, excepto que esa cosa dentro de ella ya tenía una fuerza de insecto, rascándola con pequeños apéndices, canturreando con hambre de sol. N-O.

Los golpes recorrieron la fila de celdas. B-I-E-N.

Ella viviría. Tenía que vivir. No era un cascarón vacío.

En realidad, era justo lo opuesto; estaba más llena que nunca en su vida, más llena que en sus primeros días como tupa, cuando estuvo a punto de revelar su secreto en el autobús. Ahora tenía un secreto que hacía que se aferrase a la vida, que comiese hasta la última gota de las tristes sopas, que se mostrase ávida de comida, movimiento, descanso, almohadas, más comida, y tal vez los apetitos no fuesen suyos sino que se originaban en algo más profundo; en cualquier caso, el origen no importaba, ni el origen del hambre ni el horripilante origen del niño. Ella apartaba la mente de los orígenes, una y otra vez. Lo que importaba era que tenía hambre y eso hacía que se sintiera más viva, quería volver a tener carne real sobre sus huesos, podría haber matado a un hombre por una copa de helado, desmembrarlo por un plato de milanesas, recién salidas de la sartén, todavía crepitando, aceite y carne y pan rallado, ella lo necesitaba, lo quería, y aunque no podía tenerlo había poder —feroz, irrestricto— en el puro apetito. Las otras Tupamaras estaban de camino a la libertad, haciendo planes, guiando a los que estaban afuera mientras ellas cavaban un túnel desde la alcantarilla. Ella no las acompañaría. Su futuro contenía cosas inescrutables, sin forma, que no podía ver y no quería ver. No miraba el futuro, sólo el rebosante presente. En el patio, Leona parecía triste, casi lastimosa. Salomé la atrapada, Salomé la sobrecargada, y si hubiesen podido sentarse juntas debajo del eucalipto, ella le habría dicho, Leona, basta ya, estoy llena.

Llena de plenitud. No tenía sentido, ella no tenía sentido, era una mujer loca, y más loca aún por su voluntad de sucumbir a su propia locura. Dejaba que su mente vagase libremente. Vagaba hacia su madre. Mamá, quiero verte, lo lamento tanto, me puse a mí misma en peligro pero nunca quise que esto pasara y mucho menos hacértelo a vos sea lo que sea que mi ausencia esté causando ahora. Y ahora el hecho más obvio del mundo me golpea como una cachetada, que vos me llevaste en tu vientre, hace mucho tiempo en Argentina, y sentiste cosas y nací y sostuviste erguida mi cabeza cuando yo no podía hacerlo y me pregunto en qué pensabas cuando lo hacías. Si pensabas en tu madre y en lo que ella pensó y sintió cuando te llevaba en el vientre y luego te dio a luz y sostuvo tu cabeza por primera vez en esa misma casa donde todos vivíamos juntos. Es extraño pensar en la mujer que te llevó en su vientre cuando tú estás llevando un hijo, casi un hijo, un hijo que será. No hay palabras para explicar —no en este idioma, necesitaríamos ampliar el idioma— la sensación de aire extremo, la súbita conciencia de que un útero ya no te rodea, la exposición y la soledad en la que has estado viviendo desde el nacimiento. El calor, desaparecido. El calor, recordado. Recordado o reinventado por la historia que se repite en su interior.

Se acercaba el invierno. Hasta la mierda de rata se helaba. Los paseos al patio se hicieron menos frecuentes a causa de la lluvia. Salomé se volvió más grande. Cuando el vientre asomó a través de su vestido suelto, los guardias lo evitaron con las culatas de los fusiles y sus manos errantes. En la prisión hubo sólo un bebé, que ella supiera. Vivió en la celda de su madre durante dos meses y lloraba cuando a su madre le pegaban. Murió en el creciente frío.

Ella quería lo que no podía tener: rodear a su hijo para siempre. La exposición llegaría demasiado pronto.

Salomé golpeó la pared: L-E-O-L-U-E-G-O-V-E-N-P-O-R-B-É-B-É

B-I-E-N

L-L-E-V-A-L-E-J-O-S
B-I-E-N
L-O-J-U-R-Á-S
L-O-J-U-R-O

Escaparon a finales de julio. Ella permaneció despierta toda la noche, en la oscuridad, siguiendo a las mujeres con la imaginación, a través de los túneles de las alcantarillas, lodo y resbalones y chapoteos, alentándolas, vamos, vamos, pronto habrá oxígeno, no paren, no se rindan, piensen en lo que las espera en el otro extremo. Vio a Leona y a Anna y a otras treinta y seis Tupamaras, cubiertas de heces, arrastrándose por ese río fétido. Sin ella. El casi hijo dentro de ella pateaba y arañaba.

A la mañana siguiente la despertaron los rugidos de los guardias. Encontraron una cama vacía tras otra. El pelo en las almohadas no llevaba a las mujeres; había sido cortado con cuchillos conseguidos de contrabando. Cuando quitaban las sábanas, no encontraban más que pelo, extendido como si fuesen miembros amputados.

—La puta madre —dijo uno de los guardias en el pasillo—. El director nos va a cortar los huevos.

Otro guardia asintió con un gruñido.

—Los va a colgar como putos adornos de Navidad.

—No tengo ningún apuro en reportar esto.

—Mierda. Tomemos un mate.

El primer guardia se echó a reír.

—No, hablo en serio. Toma, chupá, tranquilízate.

Ella los oyó mientras bebían y hablaban con unas voces temblorosas que ella jamás les había escuchado utilizar. Se sintió orgullosa y victoriosa e inmensamente sola sin Leona y las demás, pero cómo podía pensar eso, no estaba sola, estaba constantemente acompañada por una criatura pequeña y hambrienta que cada día era más fuerte, cuyos pies y codos bailaban siguiendo una música irregular que Salomé no podía oír, música húmeda, música amniótica, una canción libre de gravedad.

En septiembre, cuando escaparon los hombres, los guardias aún estaban tan perturbados que discutían los detalles en el corredor y Salomé permanecía en silencio para poder oír lo que decían: es asombroso, absurdo, en toda la ciudad no se habla de otra cosa, ciento seis hombres escaparon a través de las alcantarillas de Punta Carretas. Anoche se produjeron movimientos de distracción para la policía: una catarata de llamadas de emergencia, una pelea a navajas en la otra punta de la ciudad. La sinfonía en la iglesia junto a la prisión sonó a un volumen anormalmente alto. El túnel terminaba en el suelo de una carnicería al otro lado de la calle, y esta noticia hizo que Salomé se echara a reír antes de poder contenerse, y el guardia gritó "Callate la boca", pero sin demasiada convicción; después de todo, ella era la embarazada loca. Al otro lado de la calle sólo había una carnicería. Su gastado y viejo cartel brilló en su mente, vívido, descascarado, clavado a mano. Ella podía ver cómo había sucedido: Coco y Gregorio, el pelo gris, encorvados, con batas a juego, habían bajado la escalera que llevaba a la carnicería para observar asombrados cómo se abría el suelo. Cada baldosa de ese suelo le resultaba familiar, estaba rayada por los juegos infantiles de Mamá, por el taburete de la abuela, por los zapatos de centenares de mujeres que buscaban curas verdes para sus males. Ella podía oler perfectamente aquel suelo, como si estuviera allí, el olor a carne y cuchillos y los ciclos de la vida animal, excepto, por supuesto, que aquella noche el olor debió ser muy diferente, cuando las baldosas se rompieron hacia arriba y la alcantarilla también y los tupamaros, Tinto entre ellos, allí estás mi Tinto, surgieron de debajo de la tierra, brotando, uno tras otro, ciento seis de ellos, llenando esa habitación de espaldillas de reses y ganchos de carne, surgiendo ante la mirada de una pareja de ancianos, regresando al mapa de los vivos, cubiertos de mierda, surgiendo hacia la luz.

Cinco días más tarde, durante el parto, la misma imagen volvió a ella; el suelo estallando, la aparición desde la inmundicia y hacia la luz.

El bebé fue una niña: Victoria. Era demasiado ligera y demasiado frágil y lloraba todo el tiempo. No había suficiente calor. No había suficiente leche. Había tela para improvisar pañales pero tenía que negociar para conseguirla, delante de la niña, y siempre se necesitaba más.

A pesar de todo, aquellas fueron sus tres mejores semanas en la prisión. Era diferente a estar embarazada, ahora podía abrazar y ver y tocar y oler y oír a la niña, y cada una de esas sensaciones la asombraba. La piel de Victoria era néctar contra su cuerpo. Su voz la música antes de la música. Cada aroma era increíble y perfecto, incluso los ácidos, especialmente los ácidos, porque eran tan fuertes. *Sé fuerte.* Por primera vez en años, ella cantó: suavemente, en una voz apenas audible, vagas melodías, *Viqui, chiquitita, querido tesoro, viví, viví, viví.* El bebé era tan frágil, tan delicado, sus dedos se desplegaban, sus ojos se cerraban con fuerza, sus ojos olvidarían este lugar, olvidarían a esta mujer que formaba una cuna con sus brazos. No. No. Sí, es lo mejor. Salomé memorizaba cada momento, cada uña del pie, cada gesto torpe-perfecto, rezando para que Leona cumpliera la promesa que le había hecho, para que Leona la olvidara, para que tuviera éxito, para que fracasara.

Cuando Victoria tenía tres semanas un guardia vino a buscarla. Era un hombre mayor y amable. Nunca la había tocado.

—El bebé va a hacer un viajecito —dijo—. Para que la bauticen como corresponde.

Salomé abrazó a su hija con fuerza, instintivamente, pero la puerta se abrió, unas manos se estiraron y ella perdió su abrazo.

—Se llama Victoria —alcanzó a gritar mientras los barrotes se cerraban.

A la mañana siguiente la despertó el sonido de una conversación entre dos guardias en el corredor.

—¿Te enteraste de lo que pasó con el bebé?

—No.

—Esos malditos tupas lo robaron. De los brazos de su abuela.

Las estaciones cambiaron, con fuerza, exhaustas tan pronto como llegaban. Al principio, ella esperaba que viniesen a buscarla. Organizaran otra fuga, basándose en su récord de treinta y ocho mujeres y un bebé. O, tal vez, ellos retenían algo o a alguien para hacer un intercambio y esta vez el presidente finalmente cedería, o incluso acudirían a los tribunales en su nombre y argumentarían que ella no había tenido un juicio, había cumplido su condena, ¿aún no era suficiente? y si no lo era, ¿cuánto tiempo más? y si ocurría, si ellos la rescataban, ella saldría y sentiría el sol y vería a su bebé mientras que aún había una bebé a la que pudiese ver.

Pero el flujo de mujeres parecía producirse en la dirección opuesta: hacia dentro y no hacia fuera de la prisión. La población de reclusas aumentaba cada mes. Había mujeres por todas partes, nuevos catres en cada celda, nadie estaba ya sola en una celda. Había muchachas jóvenes, como ella, recién expulsadas de La Máquina: Salomé lo sabía por los mentones bajos, los hombros temblorosos, los gritos a medianoche interrumpidos por una cachetada. Las veía caminando lentamente en el patio, en las duchas semanales, en la cocina, en las tareas de la lavandería que ahora le permitían realizar y por las que la obligaban a abandonar su celda. Tenía que saber lo que estaba pasando allí afuera, en el otro mundo, el mundo soleado que se extendía más allá de los muros, como para que enviase a tantas mujeres detrás de los barrotes. Encontró a un guardia que estaba dispuesto a negociar para conseguirle periódicos viejos; su nombre era Raúl, también tenía cigarrillos, no fue tan terrible, él podría haberla obligado de todos modos pero prefería que fuese dulce, y al cuerpo de ella no parecía importarle, ni siquiera se estremeció. Los diarios anunciaban que los Tupamaros estaban debilitados, luego aplastados, luego desaparecidos. Arrancados de raíz como hierbas malas que habían infestado la ciudad. Ellos utilizaban esas palabras, *hierbas malas, raíces, infestado.* Había que agradecerles a los militares que habían intervenido, por hacer un buen trabajo, arreglando una situación que la policía y el presidente no podían manejar. Los militares habían hecho una buena limpieza y ahora controlaban las calles. Las calles dependían de ellos para mantener el orden y la normalidad. Ella se quedó mirando largo rato la fotografía de nueve generales parados en un estrecho círculo alrededor del presidente. El presidente Bordaberry estaba sentado por debajo de ellos, los hombros encorvados, inclinado hacia delante, sonriendo con la sonrisa de un jugador sorprendido mintiendo. Los generales no sonreían. Permanecían tan juntos como se puede estar sin llegar a tocarse. Los diarios siempre le llegaban con dos semanas de atraso; para cuando se enteró del golpe de estado, ella y todos los demás en Uruguay ya vivían bajo una dictadura militar. Era un pequeño paso, una formalidad, y ella no podía sorprenderse. El periódico, cuando llegó, decía 28 de junio de 1973. Ayer, se leía, el presidente clausuró el Parlamento, cerró el edificio y lo rodeó de soldados. O los soldados cerraron el edificio y lo rodearon y el presidente anunció que, sí, él estaba detrás de eso, los soldados fueron enviados por él. En cualquier caso, todos los senadores podían marcharse a sus casas, ya no tenían nada que hacer allí. Se formaría una nueva junta militar. Ella estudió los labios tensos, apretados, del presidente en la foto. "Es necesario", dijo, "al igual que en otras partes del mundo". Fue incruento. Fue civil. Estaba hecho.

Salomé apoyó la espalda contra la pared. La mujer que ocupaba el otro catre dormía o fingía dormir. Sólo llevaba unas semanas en la celda. Era joven y parecía desorientada, como si estuviera atrapada en una película mala de la que se había perdido el comienzo. ¿Por qué la habían traído aquí? ¿Era ella una criminal, una tupa, una voz disidente, o sólo una persona en el lugar equivocado en el momento equivocado? ¿Qué les pasaría ahora a ella y a todos los demás en este nuevo Uruguay? Si sólo tuviera la fuerza, pensó, de las mujeres ancianas que se arrancan el pelo de raíz en su duelo, gimiendo de amor y tristeza por aquello que había muerto. Seguramente el país merece que todas nosotras nos despojemos del cuero cabelludo, sangrando por él, por lo que ha demostrado ser quebradizo, o sea todo, una nación, una mujer, un sueño colectivo. Si yo tuviera la fuerza de esas mujeres antiguas, y la libertad, me vestiría de negro y me arrancaría el pelo y escalaría una montaña en mi duelo, escalaría el Cerro, nuestra humilde pretensión de montaña, y durante todo el ascenso gritaría y me lamentaría por aquello que no puede ser olvidado. Pero no soy libre ni antigua, y necesito que mis aullidos y mis lamentos queden dentro de mí. Son un combustible que me ayuda a seguir adelante. Hace mucho tiempo, cuando era sólo una muchacha pero pensaba que era una mujer, y cuando pensaba que era una guerrera pero no sabía cuánto lo era, aprendí a enrollar mis pensamientos estridentes en una pelota y a mantenerlos profundamente dentro de mí donde nadie pudiera oírlos o tocarlos o llevárselos. Lamentos, aullidos, elegías. No los dejaré marchar.

Se quedó sentada, observando cómo su compañera de celda dormía o fingía dormir, hasta que llegaron los guardias para sacar a las mujeres al patio. Las lluvias de invierno habían concedido una tregua y podrían atisbar un trozo de cielo. Oyó el ruido de las puertas de las celdas al abrirse y cerrarse. Al abrirse el sonido era un chasquido sordo que se disolvía rápidamente, pero el cierre era violento y parecía resonar, una y otra vez, a lo largo del pasillo.

Las cosas escaseaban, comida, agua, calor, espacio, aire, luz. Ella tenía suerte, tenía a Raúl, quien le traía agua extra cuando estaba de buen humor y ella la compartía con las otras mujeres en la celda. Ahora había tres. Apenas tenían espacio para moverse. Salomé dormía sobre un delgado camastro en el suelo de cemento. Sus nombres eran Paz y Olga y Marisol. Olga y Marisol raramente hablaban. Paz era la esposa de un periodista y la habían arrestado por el crimen de estar casada con un periodista. Tenía alrededor de cuarenta años y no tenía miedo de mirar a los guardias a los ojos. Aprendió a dejar la orina en el suelo, bajo una delgada astilla de sol que llegaba a través del enrejado de metal. Ella movía la orina junto con el sol hasta que las sales quedaban depositadas y se convertía en una bebida que podía tragarse.

—Probala, Salomé. No está tan mala.

Salomé meneó la cabeza.

—Entonces probá la tuya. Es más fácil con tu propia orina.

Una semana más tarde tuvo que reconocer que Paz tenía razón.

Pasaron meses antes de que las historias de las mujeres comenzaran a filtrarse, lentas y en voz baja, en el círculo del patio, en la lavandería, en las duchas, en susurros a través de la celda, en los golpes que se habían convertido en una percusión nocturna en las paredes: eran miembros de sindicatos, estudiantes universitarias, profesoras universitarias, socialistas, comunistas, batllistas, artistas, periodistas, o eran las hermanas o hijas o madres o esposas o novias o amigas de los mismos. Habían sido sacadas de la calle, de sus camas, de las puertas de cafés. En el nuevo Uruguay, cada ciudadano estaba bajo vigilancia. Cada ciudadano estaba clasificado según su nivel de amenaza para el orden social. A o B o C. Sólo las A estaban a salvo de perder el trabajo, la familia, el mundo exterior. El régimen tenía sus manos llenas. Muchos, susurraban las mujeres, habían huido del país.

Con algunas personas que huían del país y tantas en prisión, ¿qué quedaba en la ciudad? Salomé trató de imaginarlo. Seguramente la vida seguía su curso, tenía que hacerlo, después de todo quedaba alguna gente, y edificios y asfalto y adoquines, y el río presionando contra su orilla, una ciudad viva con sus momentos corrientes. Ninguna junta militar podría seguramente vaciar todo el río o eliminar todos los momentos corrientes del mundo. La vida seguía su curso, tenía que hacerlo, tenía que ser mejor allí afuera que aquí; en alguna parte la abuela seguía hirviendo raíces y friendo empanadas, los coches zumbaban y hacían sonar la bocina, las campanas de las iglesias repicaban, Coco cortaba carne (roja, sanguinolenta, deliciosa) en una habitación con el suelo de madera reparado, Mamá fumaba un cigarrillo mientras un poema iba tomando forma en su mente, el abuelo jugaba al póquer con sus fantasmas, Tinto lijaba madera en suaves curvas y tal vez la extrañaba, tal vez, tal vez, Roberto miraba a través de su microscopio Dios sabe qué y hablaba por teléfono con su padre *cómo estás* y *todo bien* y *dejá que te cuente de mi último experimento,* Xhana se mecía al ritmo de los tambores de César y las manos de César se movían como pájaros veloces, Leona hacía lo que fuese que estuviera haciendo sin una revolución en su camino, chicas y chicos que estudiaban en nuevos libros de historia, bebés chillando y aplaudiendo y aprendiendo a caminar y a decir *mamá* (aprendiendo a quién mirar cuando lo decían), y miles de hombres que preparaban el mate por la mañana, bajo vigilancia pero todavía despertándose y levantándose para enfrentar cada día; seguramente aún había microscopios y cigarrillos y campanas en las iglesias y tambores, y aun cuando el sabor del miedo ahora tiñese el mate de las mañanas aún estaba allí, pasando de mano en mano. A menos que todos se hubieran marchado al exilio. Leona, Tinto, Orlando, Anna podrían haber huido. Y su familia, ellos podrían haberse quedado, quería pensar que ellos estaban sanos y salvos en Punta Carretas, pero no podía estar segura de que todos tuvieran un estatus A. Quizás su parentesco con una Tupamara los colocara en peligro; o, tal vez, ayudaba en los corredores burocráticos que su hija-hermana-sobrina-nieta se hubiese quebrado hacía ya mucho tiempo. Quizás ellos ignoraran su situación y tuvieran miedo y la odiaran por haberlos puesto en peligro, Salomé la traidora de la familia.

Algunas noches soñaba con bebés, flotando en el agua, ella estaba en el agua, nadando, nadando, buscando sólo a uno de ellos.

Otras noches, tendida en su camastro, incapaz de conciliar el sueño, evocaba la colcha de retazos de su infancia, la que habían hecho las manos de la abuela Pajarita. Evocaba cada triángulo, cada pequeño trozo de verde y azul y flor y raya, hasta que la sentía con precisión y era abrigada por su peso, su cuerpo flexible, su indicio granuloso de hoja y semilla y tallo deshilachado. Entonces la alzaba con el puño de la imaginación y la lanzaba a través de la ventana, hacia la ciudad, una colcha extendiendo las alas en el aire nocturno, un pájaro oscuro, planeando, probando el viento para encontrar el camino a casa.

Raúl se fue. En su pabellón había guardias nuevos y ella no era la favorita de nadie, nadie la quería para él. La compartían. Quebraban la piel. No había periódicos.

Pasaron los años.

Los años se movían lentamente, lentamente, el tiempo era un caracol que avanzaba centímetro a centímetro, había un exceso de tiempo, otras cosas escaseaban pero ella tenía tiempo. Constante, interminable, implacable. Avanzando, más allá de la tela gris, dando vueltas alrededor del patio.

Ahora ya llevaba en prisión ocho años, en los que el tiempo se extendía y empujaba como el aire dentro de un acordeón, interminable y contraído al mismo tiempo. Aprendés a vivir de esa manera, una mota de polvo atrapada en una corriente moldeada por fuerzas que no podés ver, esperando nada, sorprendida de nada, recorriendo las trayectorias inexploradas de cada día, encogiéndote ante la presión, apenas afectada, una mota después de todo, demasiado pequeña como para tener cicatrices o hundirse o interponerse en el camino de nadie, una molestia para nadie, una amenaza para nadie, suspendida sola en el estremecimiento de una hora. No llamás la atención y el mundo se olvida de que estás allí. Te olvidás de vos misma. Te sorprendés a vos misma con momentos de existencia.

Un día, en 1978, un milagro apareció deslizado subrepticiamente junto con sus cigarrillos. El paquete fue dejado caer en el bolsillo de su delantal, en la lavandería, como de costumbre. El vapor empujaba desde las máquinas, llenando el aire, y tenía la frente perlada de sudor. Los guardias, igualmente afectados por el calor, se habían retirado al corredor para buscar un poco de alivio. Abrió el paquete y vio un trozo de papel doblado y metido entre los cigarrillos. Lo sacó de inmediato.

Era un dibujo. Un árbol. El tronco era formalmente marrón, pero la espuma de hojas era dorada y carmesí y violeta, todo mezclado en los trazos anillados de una mano infantil. En la parte inferior del papel había un autógrafo: VICTORIA.

Salomé recorrió la *V* con las puntas de los dedos, el grueso tronco del árbol, pasó los dedos a lo largo de los anillos de color. Estaba completamente despierta. Podría haberse arrastrado dentro del dibujo, trepado a las hojas, acurrucado allí como un animal sarnoso de la selva; sentía la presión y el calor de todos sus colores alrededor del cuerpo; deseaba comer el dibujo, dormir en él, seguirle la pista hasta el lugar de donde había salido, hasta la mano que —existiendo en alguna parte del mundo allí afuera— había elegido este lápiz de color, aquél, y aquel otro también.

Ella se arrastraba dentro de él, trepaba, se acurrucaba allí todas las noches.

Dos años más tarde, los guardias quitaron el enrejado metálico de las ventanas, siguiendo órdenes, y pintaron los cristales para impedir que entrara la luz del sol. Las celdas se oscurecieron. Al caer la noche, Salomé izaba a Paz sobre sus hombros para que pudiese rascar la pintura negra con las uñas. *Ktchh, ktchh,* se formó un hueco y, al día siguiente, la luz se filtró dentro de la celda, pálida, dulce, prohibida.

Bajo aquella débil luz, los anillos de follaje conservaban sus colores: violeta era violeta, carmesí seguía siendo carmesí, el dorado era una veta desvaída pero discernible de oro. Cada trazo de color le daba sustento, la alimentaba cada vez que miraba el dibujo. No había antídoto más potente para los venenos de la prisión que una curva trazada con un lápiz de color. Podía beberla, soñarla, mecerse en ella. Pensar en la mano, la que había dibujado, imaginar su forma y suavidad.

Había comenzado una nueva década: una pizarra de tiempo vacía. Afuera había una ciudad, todavía, y un amplio mundo más allá de ella. Las primeras noticias del exterior se filtraron a través de las fronteras del país y de los obcecados muros de la prisión. Lejos, en otros países, el sol aún brillaba y los exiliados uruguayos habían estado hablando. Los grupos de derechos humanos los habían escuchado. Habían realizado estudios. Uruguay había batido un nuevo récord: más presos políticos per cápita que cualquier otro país del mundo. Este récord no fue informado dentro del país, por supuesto, pero sí afuera, a través de las fronteras y los mares, donde un triste récord de un diminuto país no llegaba a los titulares pero, al menos, se las ingeniaba para ocupar el rincón inferior de algunas páginas internacionales. Era suficiente para que la junta militar se pusiera nerviosa. Redactaron el boceto de una nueva Constitución, una que permitía incursiones nocturnas en casas particulares, otorgaba un mayor poder formal a los militares, y erradicaba sindicatos, huelgas y algunos partidos políticos. Las paredes de la prisión vibraban y latían y susurraban. A la noche, en clave, en extensos mensajes percutidos, ella se enteró de que sometían ese proyecto a votación.

¿Por qué?, preguntó a la piedra.

¿Por qué permitir una votación?

La conjetura tamborileó en la noche.

Porque a Pinochet le funcionó en Chile.

Por el escrutinio del exterior.

Para que parezca legítimo.

Para demostrarle al mundo que el pueblo los apoyaba.

Porque el pueblo está demasiado intimidado, clasificado, depurado de disidentes para derrotar el referendo.

Pero se equivocaban. La votación llegó y se fue y, dos semanas más tarde, las paredes resonaron eufóricas. V-O-T-O-F-U-E-N-O.

Salomé imaginó a los montevideanos, caminando por calles embrujadas, agazapados en sus casas, escuchando el *no* colectivo que ellos habían votado pero no discutido con los vecinos o los compañeros de trabajo o la familia o nadie en absoluto, ahora tratando de entender su mundo con este nuevo *no* en él, no sólo el de ellos sino construido por muchas voces, subrepticias, anónimas, conmocionadas por su propia resonancia.

Una fisura en la fortaleza. Eso le dio esperanza. Una esperanza resbaladiza sobre la que se podía planear o patinar.

Cumplió treinta años en absoluta intimidad. Estuvo planeando su celebración durante semanas. Guardó un tazón de agua y una docena de fósforos conseguidos de contrabando. La noche de su cumpleaños esperó a que sus compañeras de celda estuviesen dormidas. El tazón estaba frío y liso en sus manos. Lo depositó suavemente sobre el catre delante de ella. No derramó una sola gota. Encendió un fósforo y se inclinó sobre el tazón. En el resplandor de la tenue luz alcanzó a ver la superficie del agua, un círculo negro que contenía su reflejo. Miró a la mujer en el agua, quien le devolvió la mirada, los ojos impasibles en sus hundidas cavidades de carne. El fósforo se apagó; encendió otro. La mujer del agua aún estaba allí. Ella miró las mejillas huesudas, el pelo fino, la boca tensa y con los labios fruncidos por costumbre, ojos, ojos, ojos. Ella quería conocer a la mujer, o al menos verla claramente, este rostro al que nunca miraba sino desde el cual había mirado todo el tiempo, que contenía las historias pero también las contaba a través de sus arrugas. Su rostro. Treinta, pensó, y no lo sentía posible, no lo sentía tanto como un número sino como una presencia, algo que pendía a su alrededor como una fragancia. Salomé, pronunció en silencio mirando el agua, y la boca en el agua repitió el nombre. El fósforo se apagó, y con el siguiente y el siguiente sostuvo la mirada de los ojos de agua, observó cómo la boca se movía en silencio, buscó y buscó ojos y boca dentro del agua, diciendo y no diciendo Salomé, Salomé.

Dos meses más tarde, las autoridades permitieron que alguien la visitara. Fue escoltada hasta la sala con la capucha cubriéndole la cabeza y esposada. Cuando descubrieron sus ojos, allí estaba Mamá, detrás de una pared de cristal, un teléfono pegado a la oreja, el pelo súbitamente gris, aunque por supuesto no había sido nada súbito, había pasado más de una década. Llevaba el pelo más corto que antes, cayendo en delicadas capas alrededor de la cara. Parecía cansada y alerta. Llevaba los labios pintados de rojo, hoy como siempre. Salomé buscó algún indicio de culpa u odio en el rostro de su madre pero no pudo encontrarlo.

Tomó el teléfono que había de su lado del cristal.

—Mamá.

Mamá tocó el cristal.

—Hija...

—Mantenga las manos a los costados.

Mamá se echó hacia atrás.

—Sí, señor, por supuesto.

Una respuesta automática a la autoridad, sin discutir que esa regla era ridícula, una mujer no podía atravesar una pared de vidrio. Respondiendo, pensó Salomé, como una presa. Mamá le miró la cara, el pelo, el cuello, las orejas, los ojos, como si estuviese buscando a su hija en lo que veía. Su boca se torció en una mueca. Salomé bajó los ojos.

—Ha pasado tanto tiempo —dijo Mamá.

—Sí.

—Intenté varias veces venir a verte. Llevó tiempo.

—Gracias. —Quería decirle *Lamento que tengas que verme así,* pero no había ninguna otra manera en la que Mamá pudiese verla—. Gracias.

Mamá no le dio importancia a sus palabras.

—¿Estás bien?

—Sí.

Mamá parecía aliviada, aunque la mentira era obvia.

—Nosotros estamos todos bien.

—¿La abuela?

—Está bien.

—¿El abuelo?

—Bien.

—¿Roberto?

—Muy bien. Está en Estados Unidos.

Salomé la miró fijamente. No había pensado que su hermano hubiese tenido que escapar.

—Consiguió un trabajo en California en el 71.

—Ya veo.

—Es profesor. Flor también está bien, lo mismo que su hija.

—¿Tienen una hija?

Mamá asintió y añadió lentamente:

—Su hija dibuja árboles.

La sala estaba caliente, mal ventilada. Salomé comenzó a transpirar.

—¿Con hojas verdes?

Mamá miró al guardia, que parecía apático.

—No. Con rojo, púrpura, amarillo, toda clase de colores.

Salomé no podía respirar.

—Tu sobrina parece feliz.

Salomé no podía respirar.

—Tiene todo lo que necesita.

—Ah.

Mamá la miró a través del cristal, los labios abiertos, las manos apoyadas sobre la mesa de metal que había delante de ella. Sus pestañas eran llamativas y a Salomé le pareció un detalle intensamente reconfortante: que no importaba cómo se desgarrara y deformara el mundo, o cómo las afectara la edad a las dos, su madre aún se pintaba las pestañas por la mañana, todavía las volvía oscuras y largas para poder mirar y parpadear con fuerza.

—Un minuto más —dijo el guardia.

Las manos de Mamá se cerraron en dos puños. Se volvió hacia el guardia, luego hacia Salomé.

—Voy a volver. Estoy autorizada a una visita por mes.

Ella regresó, cada mes, por unos preciosos minutos en la sala de las visitas. Entre una visita y la siguiente, Salomé almacenaba un tesoro de preguntas: sobre las calles allí afuera, el sabor de las cosas, cómo era la gente, el dónde y qué y cómo de California. El tiempo nunca era suficiente y, por supuesto, siempre había uno o dos guardias, vigilando, de modo que las respuestas llegaban en fragmentos, indirectas, crípticas, graduales. Ella supo que la abuela y el abuelo habían llegado a sus ochenta años disfrutando de una asombrosa buena salud. Que la tía Xhana y el tío César se habían marchado del país para vivir, en palabras de Mamá, *donde está el padre de Xhana.* Que la abuela Pajarita había estado proporcionando remedios desde su cocina, en secreto, desde la muerte de Coco, mientras el abuelo se pasaba largas horas junto a la ventana, mirando la prisión y los robles. Que siempre tenían suficiente para comer gracias, en parte, a los sobres que llegaban desde Estados Unidos. Que la ciudad en Estados Unidos era San Francisco, una ciudad con un puente que se llamaba dorado aunque, de hecho, era rojo. Que la universidad se llamaba Stanford, la investigación sobre el tema de la eclosión, esa cosa, explicó Mamá, que hacen las mariposas para salir del capullo, que implicaba unas secreciones únicas, alas afiladas y un montón de movimientos agitados. La casa era bonita y azul y tenía dos teléfonos, que se utilizaban una vez por año para llamar a Uruguay en Navidad. La niña era hija única, una niña vivaz, con lápices de colores y patines y más muñecas de las que podía contar. Mamá llevó una fotografía que los guardias le permitieron sostener alzada en su lado del cristal: una niña, el pelo castaño, los ojos marrones, bien alimentada, dolorosamente bonita, dos lazos amarillos en el pelo, sonriendo en brazos de un enorme Mickey Mouse. Detrás de ellos se alzaba un castillo azul de cuento de hadas.

Aquella primavera, Victoria, la sobrina, la patinadora, cumplió diez años, diciendo *por favor* y *deseo* y *pastel de cumpleaños* y *madre mi madre es* en un idioma lejano, en un lugar lejano.

Los guardias recibieron órdenes de quitar la pintura de las ventanas y reemplazarla con pantallas de acrílico verdes. Nadie las rascó para ver el sol. En la celda, los rostros de las mujeres estaban bañados por un tenue resplandor verde. Parecían enfermas, o criaturas de otro planeta, intrusas en la densa atmósfera de la tierra.

Las noticias seguían llegando de a poco. Más diminutas fisuras en la fortaleza. Un exiliado político había regresado al país. Una protesta —una protesta real— se había producido en las calles. Una noche, a las ocho en punto, las casas de Montevideo habían apagado las luces y, a las ocho y cuarto, las cacerolas habían comenzado a sonar y sonar, a través de la ciudad, en la oscuridad. La palabra *elecciones* se abrió paso entre rumores, zumbaba en el aire, en la lavandería, a través del patio y de las paredes de las celdas. Salomé pensaba en la junta militar, generales envejecidos reunidos alrededor de una mesa, en sus camas, en la playa en Punta del Este, contrariados por el fastidio de tener que gobernar un país, contrariados por los signos de su propia fragilidad, soñando con descansar y dinero y grupos de bailarinas con los pechos desnudos, soñando con desprenderse de su carga, con poner fin a la molestia de gobernar a un pueblo desagradecido en un mundo que te desprecia. Y si permitían que se celebraran elecciones. Entonces. Entonces.

Ella almacenaba para las visitas de Mamá: almacenaba preguntas, almacenaba el destello de sí misma. En algunas de las visitas, las dos hablaban tan ávidamente que sus voces se superponían una con otra, rápidas, susurradas, ambas escuchando, ambas hablando, demasiado hambrientas como para reducir la velocidad. Durante otras visitas, las dos permanecían sentadas en silencio, durante interminables minutos, las manos cerca del cristal, próximas a tocarse, cada una mirando a su propio punto en el espacio. Pero, incluso en el silencio, ella estaba allí. Su madre, en carne y hueso, respirando y viva, prueba de la continua existencia de otro mundo.

Si, pensaba Salomé, acostada en su celda. Si, de hecho, pudiera ser verdad que toda su vida no se consumiría aquí en esta prisión, que ella no moriría entre estas gruesas paredes grises, que el régimen podía cambiar y ella volvería a caminar otra vez las calles, ¿entonces qué? Aquí estaba en la oscura caja de una celda, rodeada por la respiración pesada de las otras mujeres, aquí en este camastro donde no dormía sino que se derrumbaba cada noche, dejaba que sus pedazos se desprendiesen unos de otros en silenciosos impactos, los músculos libres para contraerse en cualquier dirección, la mente purgándose a sí misma, una y otra vez, de horas monótonas perforadas por púas intermitentes; ella aún estaba viva, esto lo sabía, respiraba, caminaba, contaba las horas hasta las visitas de Mamá, seguía las instrucciones de los guardias, imaginaba sus propias manos atando cintas amarillas en un pelo castaño, o hundiendo el cuchillo en un bistec caliente vuelta y vuelta, o sosteniendo un libro en su antigua sala de estar, podía sentir las cintas, el cuchillo, el libro, estaba viva, pero cuánto, ésa era la pregunta; las horas y los años le habían quitado brillo, ella misma se había apagado, estaba ausente de su cuerpo la mayor parte del día, una pequeña mota, flotando en otra parte, era sólo aquí, por la noche, muy tarde, en la oscuridad, cuando sus pedazos caían libremente y ella podía sentirse a sí misma, el pozo en su interior, oscuro, hirviente, la mitad de ella había caído dentro, ella había cambiado en estos lentos años, ¿en qué se había convertido? ¿Quién sería si atravesaba la valla? ¿Qué la esperaba allí afuera? La libertad significaría ausencia de vallas y sol y comida caliente recién hecha y gente que conoció una vez y para quienes el tiempo también había pasado y un montón de pequeñas decisiones, arrojadas nuevamente a sus manos. Se preguntaba cómo podría soportarlo. Se preguntaba cómo sería allí afuera.

El año siguiente, 1984, fue diferente. Se estiró como el largo cuerpo de un gato que se despereza después del sueño. Un año estirándose y levantándose, mirando a su alrededor, despertándose en medio del caos, arqueando el lomo. Las elecciones fueron fijadas para noviembre, las primeras que se celebrarían en trece años.

Llegó. Noviembre llegó.

La junta militar perdió; el nombre del ganador era Sanguinetti. Sonrió para un montón de cámaras, pronunció la palabra *democracia,* estrechó las manos de hombres con uniforme. Fue incruento. Fue civil. Estaba hecho. Fue algo difícil de creer, ella no quería creerlo y comenzar a tener esperanza y luego lamentarlo; la esperanza es peligrosa, te eleva y caés desde mucho más alto, cualquier cosa podía pasar, podían cambiar de idea y asesinarlo a él y a su familia, así que no esperes nada, y sin embargo no podía evitarlo; todo era diferente, la sopa estaba más caliente, el potaje de harina de maíz más espeso, los pasos de las mujeres más sonoros sobre el cemento, los guardias holgazaneaban más abiertamente, Mamá resplandecía al otro lado de la pared de vidrio frente a Salomé como si dijese sin hablar, *Él lo va a hacer, él te va a dejar salir, ya verás te vamos a sacar de acá,* y ella quería creerlo, todos los que estaban a su alrededor parecían creerlo, las mujeres con vestidos grises con sus cabezas-más-erguidas-que-nunca, ella no era la misma, una vehemente embestida eléctrica atravesaba su cuerpo, las imágenes de libertad la invadían sin ser invitadas, calles que podían caminarse, un cielo que podía saborearse, pan que podía comerse a grandes bocados. Esas imágenes la obsesionaban. No la dejaban dormir.

Sanguinetti juró su cargo de presidente en marzo, todavía real y sin haber sido asesinado. Una semana más tarde, a la mañana, llegaron dos guardias a abrir las celdas, demasiado temprano para el paseo por el patio.

—Vos. Ustedes cuatro. Vos.

Salomé y la mayoría de sus vecinas formaron la fila acostumbrada a lo largo del pasillo. Esperaron. Salomé miraba la espalda de Paz.

El guardia tosió.

—Ayer el Presidente firmó una ley.

Nadie profirió un sonido.

—Concede la amnistía a todos los presos políticos.

Los hombros de Paz dieron un respingo.

—Saldrán libres en media hora.

Paz se irguió. Una mujer gimió al final de la fila. Nadie le dijo que se callase.

No había prácticamente nada que guardar. Salomé tenía su cuerpo y el vestido que llevaba y un desteñido dibujo de un árbol. Deslizó el papel dentro de las bragas y se quedó apoyada contra la pared de la celda, tratando de verla, de verla realmente, ahora que estaba en un sueño en el que la celda estaba a punto de convertirse en un recuerdo. Olga lloraba, Marisol observaba, Paz las agarraba de las manos y hablaba en un tono animado que ella jamás le había oído. Ella misma se sentía ligera, como si pudiera flotar fuera de su cuerpo y a través de los barrotes y hacia el cielo y descender sobre la ciudad hasta posarse en algún lugar verde, o blanco, o cualquier otro color pero no gris. Cualquier cosa menos gris. Los guardias regresaron y las condujeron a lo largo del corredor en una fila que se separó formando grupos rebeldes de mujeres, no les importaba ser castigadas y de todos modos nadie las castigó porque ya no tenía ningún sentido hacerlo, a lo largo de más corredores con filas de barrotes y largas paredes de hormigón, hasta llegar a una sala gris que Salomé nunca había visto. La horda de mujeres llenó el espacio y firmó papeles, muy apretadas, silenciosas, susurrando, luego hablando en voz más alta, mirando hacia la puerta, caminando hacia ella, deteniéndose en un grupo inmóvil, luego empujando, fuera, fuera, a la luz del sol. La luz hirió la piel de Salomé como un cuchillo. El día estaba claro y fresco; era otoño y el sol se derramaba sobre Montevideo desde un cielo inmenso e inconmovible.

Salomé caminó hacia el gran portón de la prisión. Una multitud se apiñaba en la calle, cuerpos y rostros y brazos abiertos. Ella miró y miró hasta que las vio, paradas, esperando, empujadas, mate en mano: la abuela y Mamá.

nueve

LENGUAS SUAVES POR MILLONES

Monte. Vide. Eo. Veo una montaña, dijo un hombre, hace siglos, y así fue cómo una ciudad empezó a inventarse a sí misma. Ahora la ciudad tenía que volver a inventarse: levantándose, aclarándose la voz, frotándose las pesadillas de los ojos. Salomé estaba sentada junto a la ventana de la sala de estar, contemplando la pequeña tajada de ciudad: robles, mujeres en la escalinata de la iglesia, coches reduciendo la marcha a causa de los obstinados adoquines, sus radios vociferando la pena de algún cantante inglés, tenía los pies culpables y no volvería a bailar. Las mujeres en la escalinata de la iglesia tenían el pelo gris, estaban afligidas y miraban duramente a los coches con su estridente música. Las hojas se agitaban en las copas de los robles.

Pasaba largos días junto a la ventana. No salía de casa. Podía hacerlo si quería, era libre, pero libre era un espacio demasiado grande para que ella lo ocupase. Ese aire enorme sin restricciones la llenaba de terror, no podía respirar con tanto aire libre, y, de todos modos, no había ninguna necesidad de salir, dentro de la casa había más que suficiente para ella. Le llevó dos semanas acostumbrarse a los picaportes de las puertas y los interruptores de las luces; ah, te acordás, así es cómo se hace, cuando quieras sólo tenés que hacerlo girar, moverlo hacia arriba o abajo, cambiar la luz, cambiar la habitación, casi demasiado. Los recuerdos surgían de las paredes, fluyendo a su alrededor, algunos de ella y otros mucho más antiguos, algunos reales, algunos vueltos a imaginar. Los recuerdos pulsando desde cada mueble, cada rincón con su capa de polvo. Los recuerdos la arropaban. Cada objeto —tenedor y fotografía, espejo y bandeja— tejía historias. Una cuchara contaba haber entrado en innumerables bocas de parientes. Yo montaba guardia, dijo la mesa de caoba, cuando nació tu madre. Yo sé exactamente, canturreó la pantalla de la lámpara, todo lo que se susurró cada vez que esta habitación estaba tenuemente iluminada. Recordá, dijo el rincón, que una vez tuviste cinco años, y entonces, y entonces. Ella permanecía sentada durante horas, en silencio, meciéndose, rodeada por los murmullos de la habitación, que la aliviaban de los murmullos que habitaban dentro de ella, el *callate la boca* de un guardia, los gemidos nocturnos de una mujer, la voz interior que le decía tú no pertenecés acá, a esta ciudad, ya no, sos como ese hombre que cuenta la leyenda que se quedó dormido debajo de un árbol y despertó años más tarde en un mundo que había cambiado sin él, dejándolo perdido en su propia piel. Pero yo no estoy perdida, se decía ella, una y otra vez. Yo conozco este lugar, este lugar me conoce, estoy en casa.

—No te preocupes por la plata —insistía Mamá—. Tomate tu tiempo. Estamos bien.

Estaban bien. Tenían suficiente. Estaban los sobres que enviaba Roberto, las propinas de Mamá de dos turnos semanales en el café, y, también, las invasiones amistosas. Pajarita había tratado de guardar su canasta hacía siete años, cuando Coco murió de cáncer, pero las mujeres seguían llamando a su puerta, eludiendo los toques de queda, pasando furtivamente junto a los soldados envueltos en las sombras, buscándola a ella, solicitando curas, mostrando dolores, articulaciones que crujían, memoria perdida, memoria aguda, dolores extraños debajo de la cadera, angustia por hijos que habían desaparecido o huido, añoranza por el esposo en prisión, miedo a la prisión, manos rígidas, tics extraños, labios mordidos, llaves extraviadas, quejas extraviadas, sudores nocturnos, deseos oscuros, pánicos ciegos, ataques de ira en los que el esposo tenía que esquivar el lanzamiento de las ollas y sartenes de la cocina. La abuela Pajarita no rechazaba a nadie. Las llevaba a la cocina, escuchaba en silencio, luego buscaba sus frascos de vidrio. Su estatus de ciudadana cayó de A a B debido a estas visitas ilegales, o quizás como consecuencia de la sedición de su nieta, o las palabras escritas por su hija. A ella no le importaba. Eso era lo que decía. Ya tenía ochenta y seis años. Sus dedos temblaban pero no cometían errores. Eva la ayudaba para aliviar el peso del trabajo, convirtiéndose en las manos de su madre. A veces, Salomé las observaba, madre e hija, ambas con el pelo canoso, cuidando a una mujer con el rostro lloroso o impasible. Pero la mayor parte del tiempo se ocultaba de estos huéspedes, en su dormitorio o en la sala de estar, con el abuelo Ignazio, quien ocupaba el sofá como si fuese un trono. Tenía noventa y un años, estaba arrugado pero asombrosamente fuerte; su mente cambiaba de ágil a nebulosa a aguda otra vez, en el curso de una sola conversación. Hablaba sin parar durante horas sobre pañuelos amarillos, su peso, su textura y brillo, la insistencia de su esposa en esconderlos de la vista. Él creía que Salomé había estado viviendo en las montañas. Eva le había advertido sobre ello en el autobús, cuando regresaban de la prisión.

—Al principio, él no quería hablar de vos —dijo ella—. No te enojes. Tengo que contártelo. Papá evitaba tu nombre como si no lo hubiera oído. Luego, en el 81, creo que fue entonces, empezó a hablar de una montaña. Lo alta que era, qué escarpada, cubierta de nieve limpia. Cuánto debía gustarle ese lugar a Salomé, porque todavía no había regresado. No sé si él lo cree o sólo lo quiere creer. Mamá, ¿tú qué pensás?

Pajarita se miró el regazo, donde su mano tenía aferrada la mano de Salomé, dos juegos de dedos delgados que temblaban con el movimiento del autobús.

—Las dos cosas.

—Es mejor seguirle la corriente —dijo Eva.

Salomé le había seguido la corriente, algo que no era difícil. El abuelo Ignazio se había levantado cuando ella entró en la casa. La sorprendió la agilidad con que lo hizo.

—Salomé. ¡Volviste!

Ella asintió y le sonrió.

—¿Te gustaron los Alpes?

Ella no estaba segura de cómo debía responder. Lo abrazó torpemente. Su abuelo olía a jabón y vinagre y un poco de sudor.

—¿Hacía frío allá?

—Sí.

—¿Mucha nieve?

—Sí.

—¿Muy lindo?

Salomé sintió que su mano le acariciaba la espalda, arriba, abajo, arriba, abajo. La casa olía a carne asada y calor de horno y hierbas que ella no alcanzaba a distinguir, una comida preparada para su llegada a casa, el olor a paraíso, mejor incluso, paraíso con lo mejor de la vida carnal mezclado con él.

—Te voy a decir la verdad, abuelo. —Oyó que su madre ya hacía resonar los platos en la cocina—. Me gusta más aquí.

El abuelo pareció receloso. Salomé sintió que el agotamiento caía sobre sus hombros como trozos de plomo.

Eran demasiado buenos con ella, realmente, todos ellos, la abuela, el abuelo y Mamá. Demasiado amables, demasiado cuidadosos. Preparaban las comidas antes de que ella supiera que tenía hambre. La echaban de la cocina cuando intentaba lavar los platos. Estiraban la colcha de su cama cuando ella no miraba. Nunca la despertaban, no importaba hasta cuándo durmiera, o cómo se alargaran sus siestas, a menos que fuese plena noche y ella estuviera gritando. Entonces se despertaba por su propio sonido o quizás al sentir el tacto de Mamá, sus manos en la oscuridad, los brazos acunándole la cabeza, el perfume exudado de sus pechos, y lo único que le decía era *shhh, shhhh,* suavemente, meciéndola, acunándola, como si Salomé tuviese cuatro años, no treinta y cuatro, humillante, horrible, y mucho más por la forma en que ella lo deseaba. Ella fingía dormir, fingía no recordarlo a la mañana siguiente. Durante el día, Mamá y ella pasaban mucho tiempo sin mirarse. Fumaban juntas, se sentaban juntas, leían una al lado de la otra. Sólo hablaban acerca del presente de las cosas: el calor o el viento o la llovizna, la carne adobada, el agua caliente para preparar el mate, una clienta llamando a la puerta. Había tés para ella, por supuesto, infusiones amargas preparadas tres veces por día, y Salomé las bebía sin decir una palabra. Era un verdadero alivio que nadie la hiciera hablar. Tenía muy poco que decir, excepto lo que se acumulaba en su garganta, implícito, imposible de decir. Su madre era un laberinto, sinuoso, plegado, indescifrable, una mujer de sesenta años que aún seguía saliendo de casa con excusas vagas, súbitas, para dirigirse a algún lugar secreto, que sólo le pertenecía a ella. En la prisión, el secretismo se desarrollaba como una segunda piel. Salomé se preguntaba cómo se había sentido la dictadura, aquí afuera, todo el país quizás una especie de cárcel, Mamá quizás adaptándose de la misma forma que otros se adaptaban detrás de los barrotes. Se preguntaba si Mamá habría pensado alguna vez en abandonar el país, quizás para seguir a su hijo al norte del norte, y si lo había pensado, qué la retuvo en Uruguay. O quién. Seguramente su familia, su madre, padre, prima, hermanos, hija entre rejas, y tal vez había más, una razón oculta para quedarse. Trató de llegar a su madre, en privado, en las páginas de un libro: *El río más ancho del mundo,* por Eva Firielli Santos. Allí había algunos poemas, poemas eróticos, que Salomé no creía que hubieran sido inspirados por su padre. *Nací para tocarte, mi vida para esto, mi mano recorriendo tu piel.* Ella devoró verso tras verso. Entró en ellos. Quería hacer algo más que leer: quería encogerse y arrastrarse dentro de las palabras, cavar en busca de secretos en el desván de una *A*, ascender las ramas de una *Y* y escuchar sus sueños, deslizarse a lo largo de una *S* hacia su origen cálido y escondido, entrar en una *O* y probar el resplandor loco o la locura resplandeciente en su centro, tocar la esencia de su madre, tal como respiraba cuando Salomé aún era una niña, pequeña, abierta, y seguía respirando en alguna parte en los blancos que había entre las letras negras.

Llegó el invierno. La lluvia cubría Montevideo. Ella seguía sin salir de casa, y tenía sentido, verdad, estaba tan húmedo y frío. Ayudaba a la abuela Pajarita a preparar sopa y puchero y pan. Escuchaban la radio mientras cocinaban, las nuevas canciones de rock recién importadas y noticias optimistas, acerca de la reconstrucción, el inminente regreso de los exiliados, nuevos trabajos, desempleo, torturas reveladas, susurradas, sollozadas, todavía incalculables, discursos acerca de avanzar hacia el futuro. Salomé pensaba en los generales y los guardias y los soldados en los que no quería pensar. Pensaba en aviones que regresaban al país, trayendo, quizás, a Leona, Tinto, los demás, Tinto, Tinto. Los años habían pasado. Quince. Seguramente, dondequiera que estuviese, él habría rehecho su vida, y ahora no existía ninguna razón para pensar en su rostro, su olor, sus manos musculosas, su enorme cuerpo con ella en la oscuridad. Pero Tinto surgía en su mente y ella estaba con él, congelados en el tiempo, buscando su cuerpo joven con manos jóvenes, flexibles, temeraria, capaz de confiar y doblarse y abrirse de pura alegría. Ella no podía volver a ser aquella muchacha, aunque él entrara hoy y, milagrosamente, no hubiese envejecido ni un ápice. Y, sin embargo, el pensamiento persistía. No podía parar. Mientras estaba cocinando con Pajarita, en el aura apacible de su presencia, los pensamientos brotaban como un manantial obcecado liberando presión bajo tierra. Ella también pensaba continuamente en el teléfono en la habitación de al lado, en la llamada que no hacía, la llamada que costaría una fortuna, que valía una fortuna, a una casa bonita y azul en

California. La voz de Victoria, encerrada en la descarga estática, Victoria, Victoria, niña lejana, niña perdida, niña crecida locamente deprisa, cuál es tu sonido, lo sueño pero se escapa y se convierte en nuevos timbres, temo y a la vez deseo oír el sonido de tu verdadera voz. Pero primero estarían Roberto y Flor y ¿qué carajo decirles a ellos? Mejor esperar. Ellos llamarían en Navidad. Esperá.

La radio seguía gorjeando acerca del largo camino de la reconstrucción.

En septiembre, cuando la primavera secaba las aceras, Salomé salió de casa por primera vez. Dio un largo paseo por la ciudad. Montevideo. Monte. Vide. Eo. Ciudad de ecos. Ciudad de zapatos gastados y rostros gastados. Ciudad de sol brillante sobre portales medio derruidos. Le hacían daño, todas esas calles, con su familiaridad, sus callejones silenciosos, sus adoquines dulces, y también con su cambio, la pintura descascarada, ventanas tapiadas, tiendas cerradas, edificios ruinosos, carteles callejeros desteñidos, esperanzadas macetas con flores en los balcones, flores vencidas marchitándose en los alféizares de las ventanas, la fragancia del chorizo que se quemaba, lento y rico e inútil, en los cafés vacíos. Nunca había visto su ciudad tan vacía. Las pocas personas con las que se cruzaba parecían fantasmas que regresaban de los muertos. Caminó por el Barrio Sur, pasando frente a la vieja casa de la tía Xhana, en dirección al río. En la orilla, la ciudad parecía aflojarse el cinturón y respirar. Se sentó en el reborde que dominaba las rocas y el agua, agua marrón, cenagosa, ondulada, extendiéndose hasta el horizonte, hasta el final de Uruguay, donde comenzaba el resto del mundo. Ella deambuló con su mirada. La brisa deambulaba sobre su piel. Un hombre pasó caminando a su lado, aminoró el paso y se detuvo a pocos metros. Sin necesidad de girar la cabeza, ella supo sin ninguna duda que él también había conocido La Máquina. Podía afirmarlo por su temblor, inmóvil, invisible, como si lo estuviese rondando un terremoto que nadie más había sentido. Ella lo miró; el hombre se inclinó sobre la cornisa, mirando el agua. Llevaba unos lentes rotos, unidos con cinta adhesiva. Se preguntó si ella tendría ese aspecto para la gente, expuesta, desprovista de piel, un nervio gigante caminando sobre dos piernas. Pensó en correr hacia él con los brazos abiertos para envolverlo como si fuese un niño pequeño, ay, mirá te arañaste, vení, por Dios qué les pasó a tus lentes; pensó en echar a correr en la dirección opuesta, escapando de él. No te conozco, no me conocés, no hay nada que decir. Ella no se movió. Él tampoco lo hizo. Allí se quedaron, los dos, silenciosos, separados, respirando la presencia del otro, contemplando cómo el río atrapaba la luz rota.

Después de aquel día, ella volvió muchas veces a ese lugar, para estar sola y mirar el río. Mientras miraba el agua intentaba desentrañar todo lo que había perdido, la forma en que lo había perdido, el puro poder voraz del agua, cuánto puede hundirse bajo su superficie, para no ser visto nunca más. Hasta las ondas desaparecen después de cierto tiempo. Empezás a preguntarte si lo que se perdió existió alguna vez. Empezás a preguntarte por qué seguís de pie en terreno seco. Te maravillás, sobre todo, ante ese simple hecho: el río y tú junto a él en lugar de debajo de él, los pulmones llenos no de lodo sino de aire, respirando a pesar de todo, aquí para contemplar el río un día más, el río es silencioso y ancho y no revela nada, nada, nada, pero corre, respira, late, igual que vos siguió latiendo durante todos estos años, y quizás el río no robó lo que vos estás buscando, tal vez estás buscando en el lugar equivocado, el río después de todo sobrevivió los mismos años que vos, empujó y latió, inocente, rebelde, pero no, eso no es correcto, nadie que se haya rebelado conservaba su inocencia, seguramente los únicos inocentes son los muertos.

Ella siempre caminaba hacia el oeste. Sólo hacia el oeste. Las orillas del Parque Rodó, Palermo, Barrio Sur, la Ciudad Vieja, por estos lugares podía caminar libremente. Hacia el este se extendía otra parte de la ciudad y el río, y si caminaba demasiado podía acabar en Malvín, donde había vivido Dan Mitrione y donde podrían seguir viviendo sus protegidos, y más allá, Punta Gorda, Carrasco, grandes casas con parques y cercas en medio, con sus piscinas y hermosos juegos de porcelana china y hombres impunes, completamente libres, capaces de levantarse por la mañana y sacudirse cualquier cosa que hubieran soñado y besar a sus esposas y vestirse con ropas civiles ahora que los uniformes ya no estaban de moda, capaces de decir, *Querida, voy a sacar a pasear el perro,* o *voy a tomar un poco de aire,* y salir y caminar y estirar las piernas en los bordes orientales de la Rambla, respirando el aire público. Así que ella se limitó al oeste, tomando una derecha en Punta Carretas y buscando las partes más apretadas de la Rambla, sus partes más viejas, flanqueadas por edificios más viejos que el propio siglo, impúdicos como matriarcas en su arcaica decoración, arraigados en sí mismos, sin temor a hablar con el río o permitir que una mujer que pase imagine que ellos hablaban. Era mejor no pensar en el este. Tenía las manos llenas con el oeste y el agua y ella misma. Era un animal, voraz, que merodeaba en busca de algo que no podía nombrar, recorriendo la ciudad en silencio, atenta a alguna señal de ello, siguiendo huellas inescrutables. En sus días buenos, su apetito era enorme, primitivo, había ardido a través de su sangre antes de que naciera, había corrido por la sangre de toda su familia, un apetito ancestral que hacía que generaciones sudaran y cogieran y sobrevivieran, había impulsado a sus abuelos a avanzar y a centenares antes que ellos, podía impulsarla ahora a ella a avanzar. No todos los días. Algunos días se sentía demasiado frágil: no puedo levantarme, el día es una palma vacía, comienza a cerrarse a mi alrededor, y todo es demasiado pesado, mis brazos, mis piernas, mis pies, lo que tengo en el pecho, las imágenes que no me puedo quitar de la cabeza, el aire caliente de mi primer verano en libertad, no puedo moverme pero debo hacerlo, hay dientes que lavar, no siempre se lavan. Pero ella lo seguía intentando. Llegaban días más ligeros. En esos días, ella se levantaba para contemplar el río y exponerlo a sus pensamientos, y el día la sostenía suavemente en su palma.

Aquel año, por Navidad, Roberto llamó. El teléfono pasó de mano en mano a través de la sala de estar. Cada segundo era caro.

—¿Hola?

—¿Salomé?

La voz de su hermano sonaba metálica, lejana, llegando a través de la interferencia estática de la línea.

—Sí. ¿Cómo estás?

—Bien. Ay, Salomé, qué bueno oír tu voz.

—La tuya también.

—Flor también está en la línea.

—Hola, Salomé —dijo Flor, también metálica, también lejana.

—Feliz Navidad —dijo Roberto.

—Gracias. Lo mismo para ustedes.

—¿Estás… bien?

—Sí.

Una pausa impregnada de estática.

—¿Te gustaría saludar a Victoria?

—Ah —dijo Salomé tratando de sonar espontánea—. Sí.

—Viqui —llamó su hermano en la distancia—. Salomé está en el teléfono. —Luego, más desde el auricular—. Tu tía.

Sonido de pasos. La voz de una chica.

—¿Hola?

—¿Victoria?

—Sí. Hola, tía Salomé.

Su español era tenue, con un dejo inglés. Su voz no tenía dos, o tres, o seis años. Victoria tenía catorce, era un poco hosca, pero la voz era clara, a pesar de la estática, un dulce cristal transparente que Salomé jamás querría romper.

—¿Estás pasando una linda Navidad?

—Sí.

—¿Qué te regalaron?

—Un equipo de música.

—¡Cheee, mirá!

—Yo quería una moto.

—¿No sos demasiado joven para eso?

Victoria, desconcertada, respondió:

—Sí.

Salomé se dio cuenta de que, en cuestión de segundos, había conseguido convertirse en la tía mojigata. Intentó recomponer las cosas.

—Bueno, espero que consigas todo lo que querés. En la vida, quiero decir, no sólo hoy —añadió débilmente. Sólo oyó interferencia estática—. ¿Seguís ahí?

—Sí. —Más estática—. Gracias.

Salomé hizo una pausa. Ya había pasado mucho tiempo, más de un minuto. El abuelo esperaba junto a ella, el siguiente en la cola.

—Bueno, sé que esta llamada es muy cara. Te paso con el bisabuelo, ¿'ta?

—Bueno.

—Te quiero —dijo Salomé y pasó rápidamente el teléfono.

Cristal. Cristal hosco. Resonó en ella durante semanas.

Un día, hacia finales del verano, la llamó Orlando. Acababa de regresar a Uruguay. Era la primera vez que escuchaba su voz por teléfono.

—¿Salomé?

—¿Sí?

—Gracias a Dios. Soy yo, Orlando.

Ella pensó en una barba espesa, ojos serenos, habitaciones en penumbra, mierda en un balde.

—¿Dónde estuviste?

—En España. Acabo de volver.

—¿A Montevideo?

—Sí. Estoy en lo de mi madre. Escuchá, me enteré de que vos…

—Gracias por llamar —lo interrumpió, dispuesta a colgar.

—Salomé. Esperá. ¿Podemos encontrarnos para tomar unos mates?

Ella hizo una breve pausa. Desde la cocina llegaba la amortiguada voz de la radio.

—¿Cuándo?

—Cuando sea. El jueves.

Se encontraron en el Parque Rodó, en un banco junto a la fuente cantarina. Las baldosas seguían siendo las mismas, pintadas con granadas, dragones, peces danzarines, todo en azul, un antiguo mundo mítico debajo de sus pies. Orlando había pasado los cuarenta. Su barba estaba cuidadosamente recortada en los bordes y salpicada de gris. Su rostro estaba arrugado de un modo que sugería años de sol, de trabajo, o de trabajo al sol. Había desarrollado un poco de barriga. Demasiados asados, dijo, en la playa, a las dos de la mañana. Riendo mientras lo decía.

—¿Te gustó España?

—Sí. Pero extrañaba Uruguay. Quería volver a casa.

Salomé le pasó el mate.

—Es bueno volver a verte, Salomé.

Ella sabía que su aspecto era tan viejo como el de Orlando, y quizás más viejo, aunque cuando se conocieron él ya era un hombre y ella apenas una colegiala. Ella sabía también que los años que había pasado en prisión estaban escritos en su piel. Cuando sonreía, mantenía la boca cerrada para ocultar los dientes que le faltaban.

—De verdad, Salomé. Lo digo en serio. Tu espíritu sobrevivió.

Ella se encogió de hombros.

—Estuve preocupado por vos —dijo—. Todos estábamos preocupados.

El viento jugaba con el pelo verde de los árboles.

—¿Quiénes son todos?

—Yo, y Tinto, Anna, Leona.

La garganta de Salomé se cerró como si hubiesen tensado una cuerda a su alrededor.

—¿Estás en contacto con ellos?

—Sí.

—¿Dónde están?

—En la ciudad de México. Desde el 73.

—Ah. —Ascendió dentro de ella, contra su voluntad: el pensamiento del pelo, el pecho, las manos de Tinto, que habían llegado a ser más que perfectos en su mente. Entre sus pies, el dragón parecía sonreír en la baldosa—. ¿Te parece que ahora tal vez regresen?

—No lo creo. Parece que están bien instalados.

Orlando vertió agua caliente dentro del mate.

—Ah.

—Salomé —dijo Orlando suavemente—, Tinto y Anna se casaron.

Ella esperó a que él añadiera *pero no entre ellos.*

—Tienen tres hijos.

El dragón de la baldosa se burló de ella; lo pisó.

—Y Leona da clases en la universidad.

Ella debería sentirse feliz por Leona, feliz por todos, todas esas personas que habían conservado su sol y dientes y tiempo y bebés, quienes probablemente representaran la edad que realmente tenían, que habían visto otros países, se habían casado, habían estudiado, enseñado, asistido a fiestas en la playa. Anna era tan estricta, demasiado para Tinto, como un cuchillo era esa mujer, seguro que su tacto lo había cortado en pedazos. A menos que hubiese cambiado. A menos que todo y todos hubiesen cambiado.

—¿Salomé?

—¿Qué?

Orlando le pasó el mate. Salomé lo aceptó. Lo miró durante un momento antes de beber.

—No sabía cómo decírtelo.

—Supongo que encontraste la manera de hacerlo.

—Pensé que querrías saberlo.

—Capaz.

Volvieron a quedarse en silencio. El viento seguía jugando, seguía agitando las hojas, con sus motas superficiales de sol. La fuente lloraba copiosamente.

—Volvamos a hacer esto —dijo Orlando.

—¿Por qué?

—¿Por qué no?

—No necesito que me compadezcan.

—Bien. No había planeado hacerlo.

Ella lo miró. Orlando estaba haciendo girar la tapa del termo de un lado a otro.

—Estuve afuera mucho tiempo. Mi esposa se quedó en Barcelona; ya no es más mi esposa. Sería lindo contar con una vieja amiga.

Orlando y ella tomaban mate juntos dos veces por semana. Ambos se quedaban sentados en silencio durante largos minutos a la vez. Resultaba fácil estar en silencio con Orlando. Él se recostaba completamente en la quietud, la clase de quietud que sostiene tus pensamientos en alto como boyas en el agua. Él nunca fisgoneaba. Su sonrisa era auténtica y parecía pertenecer a un hombre mucho mayor. A veces se sentaban en el parque y, en otras ocasiones, paseaban por la Rambla, observando al sol inclinando su cabeza anaranjada hacia el agua y las rocas. Cuando llegó el invierno, se encontraban en cafés o en la casa del otro. Su madre era una viuda amable y convencional cuyo delantal estaba siempre manchado con harina. En la casa de Salomé, Orlando escuchaba generosamente los relatos vagos del abuelo Ignazio y hablaba de plantas con la abuela Pajarita, quien jamás había conocido a un hombre con semejante conocimiento botánico.

Orlando se encogía de hombros con modestia, hice un poco de jardinería en España, no sé mucho, ¿para qué usa esta corteza? Salomé lo había mantenido siempre tan separado de su vida familiar, una parte de su segundo mundo clandestino, que ahora le resultaba extraño tenerlo al descubierto, riendo y oliendo los frascos junto a su abuela pero, por otra parte, en este nuevo Uruguay podía pasar cualquier cosa, las cosas podían tocarse y mezclarse como nunca lo habían hecho antes. Orlando hablaba de política con Eva, mientras tomaban mate por la tarde en la sala de estar, el estado de la nueva democracia: el presidente aumentó las exportaciones, escuchó su discurso, Sí, claro, tan orgulloso del descenso de la tasa de desempleo, pero ese descenso no se debe al aumento de las exportaciones de bienes, sino de la exportación de gente, uruguayos que emigran en busca de trabajo, Sí, sí, tiene razón. Y los exiliados que no regresan al país, una quinta parte de la población sigue vagando por el mundo. Eva asentía arrobada. ¿Por qué no regresan como hizo usted? ¿Regresar a qué? Yo tuve suerte —mi madre todavía está aquí— pero fíjese en nuestro país. Hay grupos de chicos pidiendo limosna en los bulevares. Ah, sí, yo sé, he visto esos carros destartalados tirados por caballos rondando por la ciudad cuando cae la noche, revolviendo entre la basura para llevar algo al cantegril. Todo el mundo los ve, es una desgracia. Tiene razón, lo es, y también lo son todos esos hombres maduros en la calle vendiendo ropa vieja y billetes de lotería, fingiendo que no son médicos o abogados o ingenieros desesperados por conseguir un peso. Yo también los he visto. Todos los hemos visto, ¿no? No importa cuánto trate de engañarnos el presidente como si fuéramos niños. Eva le llenó el mate con agua caliente. Tiene razón, sí, tiene razón. ¿Qué pasará con este país? Ella se mostraba apesadumbrada, elegíaca, cautivada. Salomé no había conseguido hablar de política con su madre desde que había vuelto a casa. Era un tema demasiado cercano a fragmentos no revelados del pasado. La presencia de Orlando abrió una nueva naturalidad entre ellas, un estado de diálogo neutral donde pordioseros y pesos y presidentes podían ser ellos mismos sin llevar a la conversación dentro de celdas a las que nadie quería regresar.

Al llegar la primavera, Orlando comenzó a escribir para un periódico de izquierda. En diciembre consiguió que Salomé entrara a trabajar allí. La oficina se encontraba en el desván de la casa de un antiguo tupamaro, con un escritorio, una silla, muchas estanterías y un sofá roto. Era un trabajo pequeño, de media jornada y sin sueldo, pero era un buen trabajo para ella, comprobar hechos, corregir textos, traducir de fuentes extranjeras. Había artículos de investigación, entrevistas, opiniones, análisis, responsos por la revolución. La mayor temperatura se producía en torno a la cuestión de los derechos humanos, en las oleadas de nuevas confesiones, nuevas evidencias, desapariciones de uruguayos en Argentina, donde una comisión documentó todos los crímenes, pero aquí no había comisiones, no en Uruguay, ningún llamamiento a la justicia, ni siquiera a la memoria; el presidente pedía la amnistía para los militares, instaba al pueblo a que avanzara dejando atrás el pasado, pero estaba empujando contra la marea pública, que se arremolinaba con emoción y debate. Salomé no podría haber escrito sobre estas cosas. Carecía de la estridencia necesaria. Pero podía corregir la gramática, podía recortar los signos de admiración, podía añadir comas y puntos donde los autores los habían olvidado en el fervoroso embate de sus plumas. El hecho de ordenar los impetuosos textos la serenaba.

El día después de Navidad, después de otra embarazosa conversación con Roberto y Flor y Victoria, Salomé recibió un sobre desde la ciudad de México. El remitente decía FAMILIA CASSELLA Y VOLKOVA. El sobre era lo bastante grueso como para contener una carta, quizás una fotografía o dos. Lo dejó en su cómoda, sin abrir, durante una semana. Cada mañana se despertaba furiosa por su existencia, por el hecho de verlo cuando abría los ojos. Se odiaba a sí misma por su propia furia. Luchaba. Abría los ojos mirando hacia la pared, la puerta, el techo, desgarrada por sus propios pensamientos cuando llegaba el momento de levantarse de la cama. Finalmente, en Año Nuevo, tiró la carta.

Pero, tal vez, ella no debería seguir de esta manera. El pensamiento se desplegó lentamente, cuidadosamente, una misiva impactante escrita en papel rasgado. Tal vez había otra manera de abrir los ojos en la cama. Las estaciones pasaban. Su sueño se volvió más tranquilo después de dos años de tés marrones preparados por las manos viejas y arrugadas de la abuela Pajarita. Se despertaba empapada en sudor pero no gritaba, y eso era bueno, aunque extrañaba (jamás lo diría) las visitas secretas de su madre, su *shhh, shhhh,* su cuerpo perfumado en la oscuridad. Había cosas por las que merecía la pena despertarse; en el mundo había otras cosas además de dolor. Ella se decía esto, al principio, para salir de debajo de las mantas: allí afuera hay otras cosas además del dolor, despertate, despertate, al menos viví lo suficiente como para lavarte los dientes. Después de todo, todavía le quedaban algunos dientes, ella lo comprobaba en el espejo del baño cuando se los cepillaba, y considerando que no estaba muerta ni desdentada, ¿qué excusa tenía para no hundirlos en algo? Hundirlos en la carne blanda de los días: tardes de cartas y mate con el abuelo y Mamá; mañanas en la cocina con la abuela, podando plantas, trenzando su pelo, la radio charlando entre ellas, la abuela con su tierno y contundente silencio, sus radiantes reservas de recuerdos tácitos. La abuela seguía hundiendo los dientes en su vida. Y mira a Mamá, ella también lo hacía, saliendo de casa para asistir a partidas de cartas que seguramente no eran partidas de cartas, escribiendo poemas mientras las cebollas se freían y, ocasionalmente, se quemaban.

—Salomé —le dijo una noche su madre mientras rascaba los restos ennegrecidos de una sartén —nunca es demasiado tarde para volver a empezar.

—Sí —dijo ella, demasiado deprisa—. No te preocupes, yo pico las cebollas.

—Hablo en serio.

Se volvió hacia la tabla de picar.

—Ya sé —dijo.

Tres días a la semana subía la escalera que llevaba a la oficina en el desván y se sentaba junto a Orlando, preparando los textos, en un sofá hundido que los inclinaba a ambos hacia el medio. Visitaban juntos diferentes barrios, reuniendo firmas para un referendo contra la nueva ley de impunidad, golpeando puertas gastadas, mirando los rostros de Uruguay: Buen día, señor, estamos aquí para pedir, hoy me mantuve viva para poder conocerlo. Algunas noches, después del trabajo, Orlando la convencía para salir.

—Sólo un trago —le decía.

Ella sabía tan bien como él que *sólo un trago,* en uruguayo, significa tanto como te plazca, significa a las tres de la mañana la noche es joven, aunque la vida parezca corta, las noches seguirán siendo jóvenes.

—Sólo uno —contestaba ella y se quedaba.

Entonces visitaban bares con mesas redondas y muchas velas. La Diablita era su lugar preferido, gracias al piano que sonaba como si no hubiese sido afinado en su vida, pero seguía haciéndolo lo mejor posible. Se encontraban con amigos de Orlando —nuestros amigos, decía él— que eran viejos comunistas y socialistas y tupas, ya no en campos diferentes, ahora formaban parte de una izquierda amplia y ostensiblemente unida. Algunos de ellos habían estado en el exilio, algunos en prisión, algunos ambas cosas, todos ellos fieles seguidores de un sueño antiguo y derrotado, discípulos después de la crucifixión, brindando por los días en los que las cenas no habían visto aún la última. Hablaban y fumaban y bebían demasiado vino, justo la cantidad necesaria de vino para permitir que el pasado cayera sobre la mesa como tantas fichas de póquer.

Yo estuve aquí.
Yo estuve allá.
Yo no estuve allá, quiero saber. Contame.
No.
Ah, dale.
Fue así…
Siempre me lo pregunté.
Una vez yo.
Y yo.
Ahora que lo decís.
Y qué hay de.
Y también…
No me hagas empezar.
Ya lo hiciste.
Es verdad.
En otra ocasión yo.
Y yo.
Nunca lo conté, nunca.
Contalo esta noche.
Esta noche…

Ella llegaba tarde a casa y permanecía despierta, nadando entre las historias de ellos y las propias, imaginando las vertiginosas rutas que los uruguayos habían seguido durante años, imaginando una casa en España, un bar australiano, una determinada familia en México, una determinada nena en una playa de California, en un coche de California, hasta que se dormía y soñaba con lagos oscuros, océanos, Victoria en una balsa hacia la que Salomé nadaba. En otros sueños estaba sola en una habitación a oscuras y, de pronto, Victoria estaba allí, podía discernir su forma pero no alcanzaba a ver su rostro, y Salomé decía: *"Prendé la luz para que pueda verte"*, pero cuando Victoria lo hacía, desaparecía, la habitación desaparecía, y en las paredes alrededor de ella se veían las sombras del pasado, cambiantes, oscuras, expansivas, exigiendo testigos, exigiendo espacio, exigiendo luz.

Y estaba esta ciudad. Montevideo. Ella vivía y se levantaba cada día para verla. Era la única ciudad que conocía, y no la más deslumbrante, pero seguramente no había otra igual, eso decían aquellos que habían regresado de París, Nueva York, Caracas, Sydney, Salerno. De todos modos, no importaba lo que dijeran. Era su ciudad y ella la recorría, a las tres de la tarde, a las tres de la mañana, moviéndose subrepticiamente por sus calles, tocando las ventanas, aspirando el aroma de las cocinas de otra gente, girando a la derecha o la izquierda siguiendo un impulso. Era libre. Podía caminar donde quisiera. A menudo, sin embargo, se encontraba dirigiéndose, una y otra vez, en dirección al agua. Caminaba a lo largo de la Rambla, observando la luz de la luna que titilaba sobre el ancho río. Siempre había otras personas, ya fuese de día o de noche, el termo del mate debajo del brazo, caminando sin prisa, hablando, riendo, sin apresurarse jamás; quizás la mayoría de sus familiares estaban en el extranjero; quizás su trabajos se habían evaporado; tal vez sus amantes fueron rondados por La Máquina; tal vez desearan estar viviendo en Estados Unidos; pero aquí estaban. Muchos se habían ido. Los años habían sido centrífugos, distendiendo su mundo conocido, diseminando uruguayos a lo largo y ancho del mundo. Pero mirá, algunos se aferraban, insistiendo, Uruguay todavía existe dentro de sus propias fronteras, aunque no es el mismo, nunca volverá a ser el mismo, el país idílico que modeló Batlle ha desaparecido para siempre. Pero tenemos este país. Este Uruguay: menos inocente, más pequeño en cierta forma, empequeñecido por un mundo amenazante, más herido, sangrando gente a través de sus heridas, velando la sangre perdida de los exiliados y los muertos y también de aquellos que simplemente se encogieron de hombros y huyeron, pero también más fuerte por sus heridas, maduro, tenaz, más sabio acerca de aquello que puede resistir, con un corazón que late y gente que avanza a través de sus caminos. Ella observaba a la gente que pasaba a su lado. Establecía contacto visual y entablaba conversaciones. La Rambla abría su camino a todos, hacía resonar sus pies, capturaba sus miradas en el reflejo del río.

Una noche, Orlando la besó en la orilla del río, suavemente, su lengua como agua.

—Ven a casa conmigo —susurró.

Fffff, decían las olas en las rocas.

Salomé se recostó sobre él. Orlando olía a lana y almizcle.

—No tengo mucho para darte.

—Entonces no me des nada. A la mierda con dar. Sólo vení a casa.

Aquella noche, ella lo tocó como una gata, toda garras y hambre.

Victoria había crecido. Ahora ya era una joven. Salomé pudo oírlo en su voz en la Nochebuena del 88. No tendría que haberla impresionado —era algo normal, inevitable, después de todo le pasaba a todo el mundo— pero, aun así, podría haber aplastado el auricular en su mano.

—¿Victoria? ¿En serio sos vos?

—Sí, tía.

—Terminaste el liceo.

—Sí. Estoy en la universidad.

—¿Te gusta?

—En general, sí. Hace mucho frío en Nueva York.

—Debes estar feliz de haber vuelto a casa.

—Sí.

—¿Qué pensás estudiar?

—Todavía no sé. —Estática—. ¿Cómo están las cosas en Uruguay?

—Bien. A lo mejor podés venir a visitarnos algún día.

—Me gustaría.

La intensidad de la respuesta de Victoria la sorprendió.

—A mí también. —Había sido terriblemente codiciosa. Era

una llamada cara, debería dejarla ya, debería pasarle el teléfono a alguien—. Aquí siempre hay un lugar para vos.

—¿De veras?

—De veras —dijo Salomé. Más interferencia estática—. Bueno, será mejor que te pase con tu bisabuela antes de que me meta en líos. Ya sabés que amenazadora puede llegar a ser.

Victoria se echó a reír.

—Bueno. Feliz Navidad.

Salomé le pasó el auricular a Pajarita y se fue a su habitación. La voz de Victoria resonaba desde las paredes desnudas. *¿De veras?* No podía discernir el tono de la pregunta, y con cada eco no oído su forma cambiaba de placer a anhelo, de anhelo a sorpresa, de sorpresa a simple cortesía familiar. Ella una muchacha de orígenes remotos en un país pequeño y lejano, un lugar en el que jamás había estado o, al menos, no desde que fue lo bastante mayor como para conservar recuerdos. Quizás la habían criado con pequeños trozos y piezas: español conjugado, un tope de puerta de amatista, empanadas ocasionales, cueros marcados con gauchos colgados de las paredes, fotografías de las casas de infancia de sus padres, historias selectivas acerca de cómo acostumbraban a ser las cosas, una llamada anual. Tal vez no había sido criada de esa manera. Tal vez se sentía como una planta cortada de raíz. Quizás deseaba con vehemencia este lugar —conocerlo, impregnarse de él— o quizás no le importaba en absoluto. Tal vez Roberto y Flor eran expertos en olvidar, y criaron a Victoria de modo que no le importara. Pero las chicas no se convierten exactamente en aquello para lo que han sido moldeadas, yo debería saberlo mejor que nadie. Todo este olvido, era agotador, requería unas circunvoluciones de la mente invisibles e intrincadas, ¿y para qué servía eso? ¿Qué haría ella si no fuera una cobarde? Era una terrible, terrible cobarde. La habitación estaba en silencio. El sobre cerrado la miraba de soslayo desde la mesita de luz, otra tarjeta anual desde México, sin abrir, como siempre. Lo estuvo mirando durante un largo rato. Lo tomó y recorrió los bordes con las puntas de los dedos. *No, no puedo.* Lo dejó y lo tomó cuatro veces más antes de abrirlo. El frente de la tarjeta mostraba una imagen de Frida Kahlo, sangrando, el corazón expuesto. En el anverso leyó:

Querida Salomé:

Esperamos que te encuentres bien. Aquí estamos todos bien, nosotros tres y los niños. Cacho ya tiene 10, Ernesto tiene 7 y Salomé acaba de cumplir 6. Estamos agradecidos por nuestra salud, nuestra humilde casa y el negocio de carpintería. Este año Leona se licenció de profesora de historia. Lo celebramos con un asado al estilo uruguayo, ¡que nuestros amigos mexicanos disfrutaron mucho!

Pensamos seguido en vos. La invitación para que vengas a visitarnos sigue en pie. Esperamos que un día la aceptes y vengas a vernos a México.

Con mucho cariño,

Leona, Tinto, Anna, Cacho, Ernesto y Salomé

Leyó la tarjeta varias veces. Le temblaban las manos. La cerró, miró el retrato en el frente, la volvió a meter dentro del sobre rasgado, la sacó, miró el retrato, la guardó y volvió a sacarla y la leyó otra vez y otra y otra. *Esperamos que. La invitación para. Salomé acaba de cumplir.* Se sentía enferma. Tenía ganas de reír. Tenía ganas de tirar todo lo que había a la vista. Se sentía como si estuviera en una caja de cristal y el mundo que había fuera de ella respirase un aire diferente. Quería romper todos los vidrios que había a su alrededor. Quería aferrarse al aire rancio del interior, pero no, no podés hacerlo, no lo vas a hacer, esta vez no, hay muchas cosas esperando del otro lado. Se levantó y se dirigió al corredor. La voz del abuelo llegaba desde la sala de estar contando alguna historia exagerada acerca de un hombre que se quedaba despierto toda la noche para construir una barca. Estaba haciendo reír a su esposa, bien entrado en los noventa; era milagrosa, realmente, la buena salud de ambos. La puerta de la habitación de su madre estaba entreabierta. Entró sin pensarlo. Estaba sola. Abrió el armario de su madre con manos que parecían saber antes que su mente lo que estaban haciendo, buscó en el estante al que ahora podía acceder sin problemas, y bajó la pesada caja que aún estaba allí. Abrió las solapas y los sacó, los zapatos de su niñez, las galochas, los *Mary Janes* y los *oxford* y zapatillas de tenis, botas rojas de goma para la lluvia, zapatos de cuero blanco que debieron ser de su primera comunión, pequeños zapatos de charol blanco colocados aún más abajo, todos ellos con tres hojas de eucalipto colgando de sus bocas como lenguas; en alguna parte una de ellas estaba rota —ella la había roto— pero cuál de ellas, no lo sabía, no podía recordarlo, era demasiado tarde para encontrarlo, demasiado tarde para arreglarlo, los zapatos esparcidos por el suelo como un ejército. Los miró. No atacaron. Le mostraban sus lenguas de cuero.

Oyó pasos y alzó la vista. Su madre estaba en el vano de la puerta. Ambas se miraron. Mamá hizo un sonido que podría haber sido la primera parte de una palabra.

—Siempre me pregunté —dijo Salomé —para qué guardás estos zapatos.

Mamá titubeó un momento más. Llevaba una blusa roja para la ocasión; hacía juego con el color de su lápiz de labios. El pelo estaba peinado hacia arriba con dos hebillas plateadas. Se sentó en el suelo junto a su hija.

—Yo también.

—Te decepcioné.

—No.

—Por supuesto que sí.

—Cortala.

—Pensé que las cosas serían distintas.

—Yo sé.

—Me debes haber odiado.

Mamá parecía inmensamente triste.

—No.

—¿Cómo es posible?

Mamá se inclinó hacia adelante. Olía a perfume de rosas.

—Salomé. Salomé.

Salomé apartó la mirada, hacia la multitud de zapatos infantiles. Su madre la abrazó con fuerza, completamente despierta, justo allí bajo la luz de la lámpara, y lloró sin sonido. Años de palabras no dichas se sacudían en las convulsiones de su madre, se sacudían como se sacude el polvo de una alfombra cuando la golpean, y Salomé sintió que era verdad —ella de alguna manera lo supo—, su madre no tenía ningún odio hacia ella, nunca la había odiado, y esto la avergonzó pero también hizo que sintiera otra cosa, algo desconocido y punzante y hueco; nunca podré ser la misma mujer que fui o podría haber sido, y si voy a vivir entonces debo matarla —ahora, aquí, sentada en este suelo— debo matar a la mujer que podría haber sido y no puedo ser. Porque hay otra mujer esperando que todavía puedo ser, pero todavía no soy, sólo estoy empezando a convertirme en ella. Abrazó a su madre con fuerza y dejó que llorase. Por encima de su hombro miró cómo los *oxford,* las botas de goma, las zapatillas de tenis, los *Mary Janes* sostenían sus hojas de eucalipto y no hacían nada.

Mamá finalmente se serenó. Se apoyaron una contra la otra. El tiempo pasó.

—Mamá.

—Sí.

—Estoy cansada.

—Podrías descansar…

—Estoy cansada de secretos.

—Podés contarme lo que quieras.

—Quiero conocer a Zolá.

Mamá se puso rígida.

—¿Para que te peine?

Salomé acarició los rizos grises de su madre.

—Seguro que la querés mucho.

Mamá no dijo nada.

—Espero que sea buena contigo.

Muy suavemente, de manera casi inaudible, Mamá dijo:

—Es buena.

Salomé trazó lentos arcos a lo largo del cuero cabelludo de su madre.

Zolá era una elegante mujer de sesenta y tantos años. Tenía el pelo fino y blanco. Su apartamento era un cuadro de mármol color durazno, espejos, oro. Recibió a Salomé con un mate y una bandeja con bizcochos. Salomé se sentó en un sofá de terciopelo junto a una ventana que llegaba del suelo al techo, donde la mirada podía vagar por encima de los edificios hasta el río y el cielo. Nunca en su vida había estado a semejante altura.

—Gracias por venir a visitar a una vieja señora como yo. —Zolá sonrió. Llevaba un collar de perlas, un atrevido maquillaje y un vestido azul violeta—. Dale. Pregúntame.

—¿Preguntar qué?

—Lo que quieras.

—¿Cómo conoció a mi madre?

—¿Ella no te dijo?

—No.

—Hace mucho tiempo, cuando éramos unas criaturas. Volvimos a encontrarnos cuando ella volvió de Buenos Aires.

—¿Cuánto tiempo han estado…?

—Treinta y tres años.

Salomé observó a su anfitriona mientras Zolá llenaba el mate con agua caliente.

—¿Y usted la qu…

—Inmensamente.

—Ah.

—¿Y quién no?

Salomé sonrió, casi separando los labios, casi olvidando sus dientes ausentes.

—No me lo puedo imaginar.

Zolá le pasó el mate.

—Me alegro de conocerte.

Salomé bebió.

—Me alegro de verte entera.

Ella chupó hasta que el mate se vació de agua, borboteando en el fondo de las hojas. Imaginó a su madre viniendo a este lugar año tras año, mientras su hija estaba presa, para llorar o besar o insultar al cielo que estaba unos cuantos pisos más cerca de este espacio. El hogar de Zolá, el santuario. El secreto más luminoso. Afuera, el sol se hacía añicos en su lento descenso hacia el agua, algunos fragmentos atrapados entre las olas. Una gaviota despegó de uno de los tejados e inició un vuelo inclinado.

—¿Estoy entera?

—¿Me lo preguntás a mí?

Salomé le devolvió el mate.

—¿Por qué no?

Zolá volvió a llenar el mate y bebió. Apoyó el mate. Miró a Salomé. Sus ojos eran oscuros y estaban dolorosamente despiertos. A pesar de todo el maquillaje que esta mujer llevaba en la cara, no había nada que enmascarase sus ojos.

—¿Me dejarías que te lave el pelo?

Con la cabeza en la palangana, Salomé rindió lentamente su propio peso. Se sumergió en el aroma de su madre, esa emanación intensa y dulce característica de ella, rosas y almendras, opulenta, quc para ella representaba todo un misterio cuando era pequeña. Dos manos entraron en el agua y la tocaron, ligeramente, sinuosamente, como un pez. Como un pez nadaron a través del pelo y llegaron al cuero cabelludo, que estaba tan desnudo y pálido, era insoportable, este tacto, dañaba, era dulce, dañaba dulcemente, ella lo detestaba, se apartaba de él, pero cuando los dedos se alejaron ella se escuchó a sí misma *No, volvé por favor,* y lo hicieron. Salomé no sabía qué era lo que cayó de ella, dentro del agua, qué costras invisibles se desprendieron para convertirse en espuma o mugre o lapas, pero estaba desnuda con la piel desgarrada y un hombre se reía mientras la violaba; no, no era cierto, ella no estaba allí, estaba en la casa de Zolá, y una voz llegó a ella a través del agua, *Respirá, Salomé, respirá.* Unas manos tan suaves. Ahora mecían su cabeza como si fuese un bebé que no pudiera levantarla sin ayuda. Rosas. Almendras. Se filtraban en su cuero cabelludo.

Cuando hubo terminado, Zolá le envolvió la cabeza con una toalla limpia y cálida.

—No te levantes. Relajate.

Salomé perdió la noción del tiempo. Cuando abrió los ojos, Zolá estaba leyendo sentada en el sofá. El sol había caído aún más y ahora miraba directamente dentro de la habitación.

Zolá alzó la vista.

—¿Cómo te sentís?

—No quería interrumpir.

—Al contrario. ¿Por qué no te quedas a comer?

—Tengo que ir a un lugar —mintió.

—¿Seguro que estás bien?

—Más que bien. No tengo manera de agradecerle.

Zolá sonrió.

—Eso es muy fácil. Sólo tenés que volver.

Salomé descendió quince pisos y se dirigió a la Rambla. Había oro en la luz de las aceras, un oro fugaz, la clase de oro que sería engullido por el crepúsculo en cualquier momento. Ella siguió el rastro con grandes pasos.

A la semana siguiente regresó a la casa de Zolá. Quería que le cortara el pelo. Zolá la recibió con los brazos abiertos, una palangana con agua tibia, y las tijeras preparadas. Uno tras otro, corte tras corte, los mechones gastados, separados, cayeron al suelo. Después del primer corte fue a la casa de Orlando y lloró durante siete horas (él no le preguntó nada, le secó las mejillas con la palma de la mano, la camisa, la toalla, la abrazó, olía a suelo de selva). Se despertó a las cuatro de la tarde siguiente, exhausta, con los miembros pesados, retrocediendo lentamente fuera de una densa neblina.

A su segundo corte de pelo llevó papel y bolígrafo en el bolso. Después fue al banco del Parque Rodó que solía compartir con Tinto, pero no se pudo sentar allí porque había una pareja de jóvenes entrelazados. La excitación cuando se tocaban era palpable. Ella se mantuvo a distancia, resistiendo el impulso de correr hacia ellos y decirles, Nosotros también hacíamos eso, lo hacíamos, pero no a plena vista del sol, lo hacíamos al amparo de la noche, teníamos tantas cosas que esconder, disculpen, ¿interrumpo? Por supuesto que estaría interrumpiéndolos. Eran jóvenes, no podían imaginar y no querían imaginar a una pareja que había encontrado refugio en ese mismo banco hacía más de veinte años. En cambio, se dirigió hacia la fuente y se sentó frente a ella. El agua surgía y caía y susurraba en un idioma líquido que no era capaz de interpretar. Contempló las coronas verdes de los árboles. Bolígrafo y papel permanecieron inmóviles en sus manos un largo rato, hasta que finalmente le escribió a la familia Cassella y Volkova: *Gracias, fue bueno escucharlo, me encantaría aceptar la invitación, tal vez el próximo año.*

Después del tercer corte de pelo se bebió una botella de vino tinto, sola en su habitación, contemplando cómo el roble acunaba la fría luna fuera de su ventana. A las dos de la mañana, cuando estuvo segura de que todos dormían, fue al vestíbulo y levantó el auricular del teléfono. Marcó un número. El sonido de la llamada era largo y extranjero.

Su hermano contestó.

—¿Hola?

—Roberto. Soy Salomé.

—¿Qué? —Parecía alarmado a través de la distancia—. ¿Qué hora es ahí?

—Espero no haberte despertado.

—Por supuesto que no. Acabamos de cenar.

—Bien.

—¿Está todo bien?

—Sí. Perdoná. Ninguna muerte en la familia.

—Ah. Bien.

—Quiero hablar contigo acerca de Victoria.

Silencio crepitante.

—Quiero contárselo.

Más silencio.

—¿Roberto?

—Estoy aquí. Esta llamada es muy cara. Dejá que te llame yo.

Ella colgó. Esperó. El vestíbulo estaba lleno de sombras; a través de la puerta de su dormitorio veía su ventana y, a través de ella, más lejos, el roble. Se vio a sí misma, en la cama, a los siete años, mirando el roble, decidida a romper su primera regla. Sonó el teléfono. Ella atendió rápidamente.

—Roberto.

—Sí. Flor también está en la línea.

—Hola, Salomé —dijo Flor, bruscamente, o quizás fuese la estática, era difícil decirlo.

—Hola, Flor. ¿Cómo estás?

—Bien.

—Entonces —dijo Roberto —¿lo pensaste bien?

—Obviamente.

—Mirá, yo sólo…

—Perdoná, Roberto, perdoná. No cuelgues.

—No voy a cortar. No seas ridícula.

Salomé trató de imaginarlos, en su bonita casa, los platos de la cena apilados en el fregadero, listos para ser lavados, ahora colocados en teléfonos separados, en sillas de buen gusto, lanzándose miradas a través de la habitación. Vio a su hermano vestido con el viejo pijama del Pato Donald.

—¿Por qué ahora? —preguntó Roberto.

Salomé cerró los ojos.

—Porque ya es bastante mayor. Porque se lo debo. Porque por fin puedo hacerlo. —Flor y Roberto se quedaron en silencio. Ella esperó—. ¿Están ahí todavía?

—Estamos aquí —dijo Flor.

Salomé se mordió el labio.

—No es que no hayamos pensado en eso —dijo Flor.

—Ah.

—Sólo que queríamos decírselo nosotros.

Salomé esperó que ella añadiera, *porque somos sus padres.*

—Danos un minuto —dijo Roberto.

—Cómo no —dijo Salomé. Oyó el sonido de los teléfonos al apoyarlos. En alguna parte, a miles de kilómetros de distancia, un matrimonio se retiraba a la cocina o al porche trasero o al vestíbulo para susurrar, para deliberar, para pensar. La línea crepitaba en su oído. El sudor pegoteaba el auricular. Estaba asombrada por las realidades de la distancia, la forma en que la voz de su hermano podía llegar hasta ella mientras su hermano estaba en una casa remota, en un lugar al que ella no podía acceder pero que él declaraba como suyo y donde había criado a su hija, su hija, qué árbol genealógico retorcido, empalmado y extendido por todo el mundo. Miró hacia afuera a través de su dormitorio, a través de la ventana, el roble, con sus ramas curvadas hacia arriba y en las que quedaban apenas algunas hojas.

Pasaron cinco minutos. Seis. Siete. Pensó en colgar. Pensó en el costo de cada minuto de silencio. Luego crujidos, crujidos y ambos regresaron.

Roberto fue el primero en hablar.

—¿Salomé?

—¿Sí?

—Gracias por esperar.

—Sí.

—Mirá —dijo él —no lo hagas por teléfono.

—Por favor —dijo Flor—. Las conexiones son horribles. Sonás como si estuvieras adentro de un generador.

Roberto añadió:

—Con Flor pensamos que le podrías escribir una carta a Victoria. Podés escribir en ella lo que quieras. Nosotros estaremos con Victoria cuando la lea. Es lo más cercano a decírselo juntos.

Salomé se apoyó en la pared. Estaba fría contra su espalda.

—¿Salomé? —preguntó Roberto—. ¿Estás ahí?

—Sí.

—¿Te parece bien?

—Sí. Bárbara. Gracias.

—De nada.

—Podría llevarme tiempo. Escribir la carta.

—De acuerdo —dijo su hermano.

—Está bien —dijo Flor.

Los tres se quedaron escuchando las interferencias estáticas.

—Es muy tarde para vos —dijo Roberto—. Tal vez deberías irte a dormir.

—Muy bien, hermano. Buenas noches, Flor.

—Buenas noches, Salomé.

—Buenas noches, Roberto.

—Buenas noches.

La carta fue mucho más difícil de escribir de lo que había imaginado. Una palabra equivocada, aparentemente, podía estropear todo el esfuerzo. Las palabras adecuadas, sin embargo, quizás pudieran obrar un milagro, cerrar un círculo que estaba abierto y desgarrado desde hacía años; tal vez incluso pudiera cerrar círculos más viejos, más profundos, círculos que ella apenas había vislumbrado. Comenzó a escribir la carta docenas de veces, una y otra vez, buscando su tono, su inicio, su voz. Por momentos olvidaba a quién le estaba escribiendo.

Querida Victoria, escribió, *Espero que puedas perdonarme.*

No. Eso no estaba bien.

Querida Victoria: Ésta es la terrible verdad.

Querida Victoria: Ésta es la espantosa verdad.

Querida Victoria: Ésta es la verdad.

Querida Victoria: ¿Qué es verdad? ¿Y quién decide qué es espantoso? Algunos días me asombro de estar viva. Pero no es eso lo que quiero decirte, de modo que…

Querida Victoria: Te preguntarás quién soy.

Querida Victoria: Soy tu madre, sé que suena extraño… dejame que te explique.

Querida Victoria: Te quiero Dios mío te quiero, sé que vas a odiarme. Ya he pasado demasiado tiempo odiándome a mí misma —eso no me lleva a ninguna parte— y es algo demasiado pesado de soportar y por eso, a veces, simplemente me lo quito de encima —realmente lo hago— suena demencialmente simple, pero no lo es —pero esperá, esperá, eso no es para esta carta…

Querida Victoria: Tu concepción no fue hermosa pero aun así merecés saberlo.

Querida Victoria: Lo lamento. Tu concepción fue una pesadilla interminable y brutal que aún me estremece hasta lo más profundo. Pero tú sos lo mejor que alguna vez pudo haber salido de mí, ¿no te parece una paradoja? ¿Conocés la palabra "paradoja" en español? ¿Estás utilizando un diccionario para leer esto? Nunca leerás esto, no voy a dejar que lo hagas, este borrador es un desastre.

Querida Victoria: Por favor leé toda la carta, por favor, no la tires.

Querida Victoria: Te estoy escribiendo en caso de que las raíces sean importantes para ti.

Querida Victoria: Las raíces son fundamentales. Empezamos mucho antes de nacer.

Querida Victoria: No permitas que las mentiras acerca de las raíces te afecten. La gente tiene muchas cosas que decir al respecto, pero tus raíces no definen quién sos. No permitas que nadie te diga jamás lo que debés pensar. Virgen Santa, ahora soy yo quien te dice lo que debes pensar.

Querida Victoria: Mirá, estuve trece años en prisión para poder traerte al mundo.

Querida Victoria: Tu árbol violeta me mantuvo con vida, ¿lo recordás? ¿Por qué ibas a acordarte? Era un dibujo perfecto, maravilloso, tan lleno de colores. Yo soñaba y respiraba y me mecía dentro de tus colores.

Querida Victoria: Tengo que decirte algo, no sé cómo decirlo.

Querida Victoria: Por favor, creeme, no estoy escribiendo esto para destrozar tu vida, ya causé suficientes destrozos y estoy dispuesta a hacer algo más, de verdad, como construir, tener esperanza, hacer cosas, escuchar, pasear, maravillarme, ver, sobre todo ver.

Querida Victoria: Lamento haber dejado que pasara tanto tiempo. Lo lamento profundamente.

Querida Victoria: Quiero llegar a conocerte, no estoy segura de cómo hacerlo. Me pregunto qué significa conocer a otra persona. Me pregunto qué significa conocerte a vos misma. Aquí estoy, acercándome a los cuarenta, sin tener idea de lo que significa conocerte a vos misma, algo que supondrías que es tan sencillo, Sócrates se mostró muy conciso acerca de esta cuestión hace mucho tiempo, sin embargo aquí estamos, seres humanos modernos, dando vueltas como perros perdidos, incapaces de encontrar aquello que hay en nuestro interior. Quizás vos no. Quizás vos te conocés a vos misma y yo quiero conocerte, Victoria, más que cualquier otra cosa.

Querida Victoria: Ojalá te hubiera conocido cuando eras chiquita.

Querida Victoria: ¿No podrías volver a tener cinco años? ¿Sólo por un día?

Querida Victoria: ¿Qué me está pasando con estas cartas? ¿Qué me estás haciendo? ¿Qué estás haciendo por mí? Encuentro palabras que no sabía que había escrito. Encuentro páginas entre las sábanas por la mañana, arrugadas por mi sueño. Cuando escribo me quedo enredada en pensamientos sobre vos. Hay tantos de ellos, pensamientos, pensamientos, todos gritan y corren hacia la página, una multi-

tud que ruge con cada sonido que te puedas imaginar, saliendo en estampida súbitamente. Temo que no puedas oírlos claramente. Temo que no entiendas.

Querida Victoria: Cuando tenía tu edad dormía sobre fusiles. Espero que vos no.

Querida Victoria: No te voy a culpar si quemás esta carta. Espero que no lo hagas.

Querida Victoria,

Querida Victoria,

Querida Victoria.

A través del invierno, a través de la primavera, todo el camino hasta el caluroso diciembre, las páginas llenaron una caja tras otra.

Aquella primavera, el tío Artigas murió en La Habana. Xhana envió una carta con una foto en la que se veía un montículo de tierra y una lápida en la que habían cincelado un tambor. Había vivido, escribió Xhana, hasta la formidable edad de noventa y cuatro años. Al recibir la noticia, Pajarita aflojó el amarre que la mantenía unida al mundo. Abandonó el cuidado de sus plantas; se marchitaban en sus macetas; por primera vez en sesenta años hubo espacio en la encimera. No se levantaba de la mecedora, ni para comer ni para ir a la puerta; la familia le llevaba el almuerzo y la cena en bandejas y comían en el sofá, junto a ella, turnándose para alimentarla, bocado a bocado. No estaba triste, o enferma, exactamente; sólo ausente, ambivalente, abierta a las derivas que había más allá del mundo. Apenas hablaba. Eva le suplicaba que comiera, sólo un bocado más, sólo uno. Ignazio se sentaba a su lado presa del pánico, mirándola, mascullando en italiano, sacudiéndole el brazo.

—Papá, no la sacudas. Dejá que descanse.

—¿Descansar? Ella no hace más que mirar por la ventana.

—Entonces dejala que lo haga.

Ignazio sacudió a su esposa, que no se resistió y tampoco alteró su mirada.

—Papá.

—Está bien. Está bien.

Salomé observó que su abuela miraba hacia la prisión, al otro lado de la calle. Los robles proyectaban sombras sobre sus muros de marfil. Ella se había criado frente a esa prisión, igual que Mamá, y resultaba difícil creer que fuera a cambiar, que la construcción empezaría en menos de un año. Que sería un centro comercial, el más grande de Uruguay, siguiendo el modelo yanqui, con relucientes productos importados exhibidos en relucientes tiendas. El muro exterior que rodeaba el patio, con su atractivo perfil de fortaleza, sería conservado. Los clientes pasarían a través de las mismas puertas que habían contenido a los presos. Pero el edificio que se alzaba detrás de esas puertas, la propia prisión, sería demolida y daría origen a un nuevo edificio, cuyo aire acondicionado y cañerías ocultas no conservarían presumiblemente ninguna huella del pasado, ningún rastro inquietante, nada excepto el limpio brillo del futuro. Ella había estado corrigiendo para su edición comentarios críticos, *una nueva clase de prisión para una nueva era; esto es una locura; lo que realmente deberíamos hacer es, la culpa es de. Recordar es doloroso, pero es más doloroso olvidar.* La abuela Pajarita no parecía hacer más ninguna de las dos cosas, o bien las había unido en un único gesto mental. Ella contemplaba el muro de la prisión como si todo lo demás fuese superfluo, como si contuviese toda la historia, explicada en idiomas de sol y sombra.

Cuando vino el médico, Pajarita se movió educadamente para que la auscultara con el estetoscopio. Su pulso era débil, dijo el médico. Debía cuidarse, era muy mayor, pero, en general, parecía gozar de buena salud. Le recetó reposo y unas pastillas.

En diciembre, Pajarita abandonó la mecedora y la ventana y se quedó en la cama. Los días eran largos y húmedos. Salomé quitaba con una esponja el sudor de su cuerpo frágil. La limpiaba lentamente, con suavidad, secando los surcos húmedos entre la carne, abuela, abuela, de modo que éste es tu cuerpo, aquí están tus pliegues privados, tus envejecidos acopios de oscuridad. La abuela mantenía los ojos cerrados. Su cuerpo cedía suavemente al movimiento de las manos de su nieta. Su piel parecía papel, de la clase muy fina, a través del cual uno podía ver la sombra de su mano. Salomé se preguntó si ella viviría para ver cómo su piel se volvía tan suelta y suave y delicada. Quería hacerlo. Se dio cuenta de ello mientras lavaba las caderas de su abuela: quiero quedarme aquí en este mundo hasta que mis caderas estén quebradizas y laceradas y cubiertas de arrugas e incluso oliendo a orín hasta que alguien me limpie, aun así, no me importa, quiero estar viva.

Hacia la tercera semana, la extensa familia invadió la casa, día tras día, todos los tíos (Bruno, Marco, Tomás) y tías (Mirna, Raquel, Carlota) de Salomé, y sus primos (Elena, Raúl, Javier, Félix, todos los que no se habían marchado) con sus esposas y sus hijos, preocupados, apiñándose en el corredor, queriendo verla, queriendo ayudar, y Salomé corría de un lado a otro para poner las flores en los jarrones y controlar los platos que se apilaban en la cocina. En Nochebuena había tanta gente a la que pasarle el teléfono que no saludó a Roberto, Victoria o Flor, lo que estuvo bien en cualquier caso ya que aún no estaba preparada. Pajarita yacía sobre un trono de almohadas, mirando a la multitud que la rodeaba, cerrando los ojos durante largos períodos. Cuando sus ojos estaban cerrados, las voces se convertían en susurros para que pudiera dormir.

Tres días después de Navidad, Clara, la hija de Javier, le llevó a Pajarita su última comida. Era una empanada de carne. La había hecho ella, como Pajarita le había enseñado, con la pequeña innovación de una pizca de canela, un truco que había aprendido de su bisabuela libanesa, María Chamoun. Clara cortó un trozo con muy poca masa y lo clavó en un tenedor. Pajarita aceptó el bocado. Masticó muy lentamente. La habitación estaba en silencio. Desde el umbral, Salomé observaba su mirada, de ojos despejados, que recorría la habitación y se fijaba en cada miembro de su familia, en Mamá, en el abuelo Ignazio con su mandíbula floja como si fuese un cachorro abandonado, en Mamá otra vez, en la propia Salomé con una expresión de perturbadora intensidad en la que Salomé podría haber jurado que ella no sólo veía a Pajarita la mujer mayor sino a Pajarita la mujer joven y Pajarita la niña e incluso a Pajarita la bebé extraña y legendaria, todas despiertas en esos ojos marrón oscuro, mirando con asombro alrededor de la habitación.

—Ah —dijo Pajarita y cerró los ojos.

Su corazón dejó de latir mientras dormía.

Ignazio insistió en una góndola. Para tener un auténtico funeral veneciano, dijo. Sus hijos intentaron disuadirlo con todas las razones que se les ocurrieron: no era práctico, no había góndolas, no había ningún bote que pudiera llevar un ataúd, su esposa, de todos modos, no era de Venecia. Ignazio tenía una respuesta para cada una de estas razones. Ella no era veneciana pero él le debía un trozo de Venecia. La góndola no tenía que llevarla a ninguna parte; podían limitarse a colocarla en la playa, reunirse a su alrededor, hablar, llorar, luego llevar el ataúd al cementerio. No era necesario que compraran una góndola, él tenía una en su cabeza; la construirían; él les diría cómo hacerlo.

Era una locura, todo el mundo lo sabía, y habrían insistido en el asunto pero el abuelo Ignazio, con los ojos enrojecidos, angustiado, era un hombre frágil con quién sabía cuántos días le quedaban sobre la tierra. Cuando los días son escasos, ¿qué mejor manera de pasarlos que en un ataque de locura? Y, de todos modos, pensaba Salomé, el dolor necesita un lugar donde volcarse. En ella, la aflicción se estaba elevando en una enorme ola de sal marina, extendiéndose cada vez más, más grande que ella, que la casa, que la ciudad, húmeda y antigua, rugiendo a su alrededor, sumergiéndola por completo, una fuerza purificadora que parecía capaz de lavar todo el mundo, y ella no se ahogaría si podía mover las manos, hacer algo, martillar, acarrear, serrar. No podía detenerse. La góndola cobró forma en el garaje del tío Bruno. Les llevó tres días y tres noches. Había planchas de madera que unir, comidas que servir, clavos que martillar, lágrimas que enjugar, madera que cortar, madera que lijar, madera que tallar, instrucciones que absorber de Ignazio, instalado en su mecedora, las manos artríticas apoyadas en el regazo. El serrín entraba en todas partes: la ropa de Salomé, su aliento, sus uñas, el olor de todos sus primos mientras trabajaban. Mamá preparó un forro de fina seda amarilla y mientras cosía no lloraba sino que parecía transportada, transfigurada, una mujer cosiendo el tejido de la tristeza o la pasión o el tiempo. La anatomía interna del bote acabó por desplegarse, y luego su cuerpo, largo y sinuoso.

—Tiene que haber un remo —dijo Ignazio.

—¿Por qué?

—No se precisa.

—No vamos a tener que remar.

Ignazio frunció el ceño.

—Si no tiene remo no es una góndola.

Hicieron un remo. Tallaron imágenes en los costados de la góndola: hojas, cruces, enredaderas, peces, lunas, cuchillos, ángeles toscamente labrados, sílfides aún más toscas (ante la insistencia del abuelo) enlazadas en coitos, *Vs* con los brazos extendidos como pájaros en pleno vuelo.

El día de Año Nuevo de 1990, la familia llevó la góndola y el ataúd a la orilla del río. Fueron al amanecer, para tener intimidad, veintiséis de ellos, todos vestidos de negro. El sol naciente lanzaba reflejos pálidos sobre los escalones que llevaban hasta la arena. Detrás de ellos, la ciudad aún bailaba o dormía, soñando en el límite de una nueva década.

La góndola aterrizó en el borde del agua. Salomé ayudó a sus tíos a colocar el ataúd dentro del casco. La multitud se congregó a su alrededor. Todos estaban en silencio. Alguien tosió.

—Bueno —dijo el abuelo—. ¿Quién quiere empezar?

E tío Marco contó la primera historia acerca de su madre, su férrea voluntad, su ira el día en que llevaron a sus hijos pequeños a un bar. La tía Mirna habló de la paciencia de Pajarita. Explicaba las cosas con tanta gracia, con una presencia tan apacible, me enseñó a ser madre. Clara explicó la historia de la Empanada Final, que todo el mundo conocía, habiendo estado allí, pero que disfrutaron de todos modos. Eva leyó un poema que había escrito hacía muchos años, en Argentina, un poema acerca de una mujer que tiene una visión de su madre en un árbol etéreo, y la mujer está enferma, y esa visión le salva la vida. Salomé dejó de escuchar. Las palabras se convertían en sonidos que se combinaban y le contaban tanto como las propias palabras. Dirigió la mirada más allá de los cuerpos vestidos de negro, hacia el agua. Había sido otra noche insomne y pronto volvería a acostarse, pero por ahora su agotamiento era una espada, una afilada lucidez, surcando el aire para pelar las capas del tiempo, de modo que era capaz de ver más allá de su propio anhelo y dolor a la totalidad, la enorme extensión del río, y podría jurar que esa vasta agua marrón estaba llena de gente, todos estaban allí, surcaban las olas: el joven en su barca de Italia; la chica-poeta escapando hacia una ciudad brillante; Artigas; Pajarita; los muertos y los espectros pasados de los vivos, suspirando en la superficie del agua, escuchando las voces que llegaban desde tierra firme, cambiando, flotando, mirando, centelleando, oscureciéndose, llegando, empujando hacia la orilla, y era como si siempre hubiesen estado empujando el agua, como si el agua no pudiera ser ella misma sin ellas, como si fuesen a continuar empujando más allá del tiempo y la muerte y la tristeza, sin llegar nunca, algún oscuro y exquisito secreto en el hecho de empujar. Finalmente, los discursos se arrastraron hasta el silencio. Los miembros de la comitiva fúnebre se movieron con cierta incomodidad. La brisa les hacía cosquillas en el cuello.

Ignazio los estudió. Parecía una versión en papel de sí mismo.

—Necesito estar un momento con ella. A solas.

Ellos dudaron.

—Ahora quiero que se vayan todos a la escalera, para que no puedan oírnos.

Se alejaron de mala gana, una nube de tela negra que se movía a través de la arena. Se reunieron en la pequeña escalera. El tío Bruno sacó su mate. Salomé se sentó en los escalones y cerró los ojos. Detrás de los párpados aún veía el río lleno de gente, y a ella misma en la orilla, a tiro de piedra de los espectros. Todavía estamos aquí, decían sus rostros, y ella les contestaba sin hablar, Yo también. Los miraba a los ojos y ellos le devolvían la mirada, rostros bañados en una luz azul verdosa.

Abrió los ojos al sonido de los gritos de sus tíos. No alcanzaba a entender las palabras, pero entonces los vio, a sus tíos, corriendo hacia el agua, agitando los brazos como cuervos torpes. La góndola había desaparecido; no, desaparecido no: había sido empujada hasta el río, se estaba alejando, y el abuelo estaba dentro de ella con el ataúd, la espalda vuelta hacia la orilla. El abuelo remaba furiosamente, con una fuerza asombrosa, inclinado en el movimiento, noventa y cinco años, decidido a escapar con sus bienes robados, un pirata con su tesoro-ataúd, sus hijos y nietos y bisnietos gritando en el borde del agua, lanzándose al agua completamente vestidos, nadando tras la góndola, pero quién sabía de dónde sacaba aquel viejo su fuerza, qué hijo de puta, qué loco, no había nadie como él en el mundo, simplemente remaba más y más lejos, hacia el interior del río, remaría hacia Argentina, remaría hacia el Atlántico, hasta donde ella sabía podría remar de regreso a Venecia, o se ahogaría abrazado a un ataúd; y Salomé corrió hacia la orilla, se quitó los zapatos y se metió en el agua. Estaba fría y tenía un efecto relajante, empapó su falda, la espuma blanca se acumulaba con furia alrededor de las rodillas, *woossshhh,* lenguas blancas de espuma y una corriente urgente por debajo, lenguas suaves pero por millones que podían tallar la línea de la costa en la roca. La tela negra de su falda se elevó a su alrededor, mojada y flotando, y gritó junto con los demás pero, por dentro, gritaba *remá,* por Ignazio, por su locura, por la mujer en el ataúd, por las apariciones en el río, por todos ellos que habían quedado vivos en la orilla, por la propia ciudad, su ciudad, Montevideo, la ciudad más llana que jamás se atreviera a tomar el nombre de una montaña. El agua estaba viva bajo el sol de la mañana. El reflejo le lastimaba los ojos. Ignazio se iba convirtiendo en un punto negro sobre el agua. Los dedos de sus pies se hundían en arena mojada, sus ojos estaban posados en el horizonte. Tenía un hambre feroz, pero hoy, antes de haber comido, antes de haber dormido, antes de que su falda hubiese tenido la posibilidad de secarse, ella tomaría papel y lápiz y compondría una carta, porque finalmente tenía las palabras iniciales. *Victoria,* escribiría, *mi más querido tesoro, ha pasado tanto tiempo.*

AGRADECIMIENTOS

Aunque esta novela es una obra de ficción, una gran parte está basada en hechos históricos. Consulté muchos textos y fuentes durante mi exhaustiva investigación. Estoy particularmente agradecida a *Los Tupamaros,* de María Ester Gilio, y al archivo fotográfico del Ayuntamiento de Montevideo. También estoy agradecida a Evelyn Rinderknecht Alaga, quien me despidió de Uruguay con una pila de libros marcados que contribuyeron joyas a mi investigación.

Uno de mis recursos más importantes fue mi propia familia. En Uruguay, mis primos Andrea Canil y Óscar Martínez me ofrecieron una cálida bienvenida, un sitio en su hogar, y largas noches regadas con mate o un poco de grappa miel discutiendo la historia y cultura uruguayas. Tía Mary Marazzi leyó un borrador, habiendo demostrado su fe en mi hace tiempo al llevar una de mis escritos de la infancia en su bolso durante años. Germán Martínez fortaleció mis esperanzas y deseos para el futuro de Uruguay. Y muchos miembros de mi familia en Argentina, Estados Unidos y Francia me han apoyado y nutrido durante los largos años de escritura, y todos ellos tienen mi corazón: Cuti, Guadalupe y Mónica López Ocón; Daniel, Claudio y Diego Batlla; Ceci, Alex y Megan De Robertis; Cristina De Robertis; y —por último y jamás por ello menos importante— Margo Edwards y Thomas Frierson, Jr.

Mi gratitud va también a mi extraordinaria agente, Victoria Sanders, por su visión, ingenio y dedicación, así como a Benee Knauer por su apoyo y perspicacia. Agradezco a Carole Baron en Knopf por su habilidad, pasión y finura editorial. Mi editora británica, Susan Watt, también contribuyó con su agudeza por lo que le estoy agradecida.

También estoy agradecida a Shanna Lo Presti, sin cuyo apoyo y amistad quizás jamás habría acabado; Carlos e Yvette Aldama, por su sabiduría y por abrir las más maravillosas puertas; Micheline Aharonian Marcom, por el camino al pozo; Daniel Alarcón, por su constante generosidad; Joyce Thompson, por las palabras adecuadas en el momento adecuado; y Jill Nagle por compartir su sabiduría. Muchas otras personas leyeron versiones o fragmentos del libro en diferentes momentos, ya sea en grupos de escritura o como amigos, y les agradezco a todos su tiempo, dedicación y comentarios—particularmente a Natalia Bernal, Ilana Gerjuoy, Denise Mewbourne y Luis Vera. Agradezco a Marcelo de León y Alex Bratkievich por la riqueza cultural y lingüística que le dieron a la traducción española, además de al libro en general. También estoy muy agradecida al incomparable personal y profesorado del Mills College, además de a los talentosos estudiantes que conocí allí, por su energía, crecimiento y descubrimientos.

Este libro simplemente no existiría como ahora lo hace sin mi mujer, Pamela Harris, quien ha imbuido a las palabras *fe* y *apoyo* un nuevo e incandescente significado. Nadie ha creído en este libro tanto como tú, ni me ha dado más alegrías y aventura en mi vida. *La montaña invisible* es tan tuya como mía, o de cualquier otra persona.

Por último, agradezco a mis antepasados por sus vidas e historias. No hay herencia más valiosa en este mundo.